MACKENZIE FORD

Mackenzie Ford est le nom de plume de Peter Watson, journaliste et historien anglais réputé. *Un amour dérobé* (Lattès, 2011) est son deuxième roman, le premier publié en France.

UN AMOUR DÉROBÉ

MACKENZIE FORD

UN AMOUR DÉROBÉ

Traduit de l'anglais
par Valérie Rosier

JC LATTÈS

Titre de l'édition originale :
THE KISSING GATES
publiée par Sphere, une division de Little,
Brown Book Group, London

MIXTE
Issu de sources responsables
FSC® C003309
FSC
www.fsc.org

Pocket, une marque d'Univers Poche,
est un éditeur qui s'engage pour
la préservation de son environnement
et qui utilise du papier fabriqué à partir
de bois provenant de forêts gérées
de manière responsable.

Première édition novembre 2011.

ISBN : 978-2-266-23288-3

Pour K.

Une confession

Hôtel *Majestic*, Paris, mai 1919

Il est deux heures du matin et il pleut des cordes. Les caniveaux débordent d'une eau noire comme de l'encre. Les fiacres qui circulent vaille que vaille malgré la pluie battante sont plus nombreux qu'on ne pourrait s'y attendre à cette heure-là. Sur l'avenue Victor-Hugo, les pavés mouillés et les robes des chevaux luisent d'un même reflet argenté. Le martèlement des sabots est assourdi par le sifflement du vent et de la pluie. Sans se soucier du temps, deux amoureux s'embrassent sous un arbre. J'entends vaguement la musique qui monte de la salle de bal, plusieurs étages en dessous. Comme la guerre semble déjà loin.

La guerre. Déjà baptisée par certains la Grande Guerre, non en raison des problèmes moraux qu'elle aurait contribué à résoudre, hélas, mais à cause de la multitude de jeunes gens qui y périt : toute une génération engloutie. Moi, j'y ai survécu, et paradoxalement, c'est elle qui m'a apporté le bonheur.

Je suppose que depuis lors, tout le monde a entendu parler de la Trêve de Noël de 1914. De la veille de Noël au lendemain, sur tout le front de l'Ouest, soit neuf cents kilomètres allant de la Belgique jusqu'en Suisse, de simples soldats des deux camps ont déposé les armes. Bravant les ordres de leur haut commandement, ils se sont extirpés des tranchées et se sont avancés pour fraterniser avec l'ennemi. Dans certains cas, il y eut des sortes de préliminaires, on échangea des messages gribouillés sur du papier, mis dans des boîtes en fer-blanc, puis jetés de l'autre côté des barbelés : « Si vous ne tirez pas, nous non plus. » Ailleurs, la trêve fut plus spontanée. Soudain des soldats surgirent, sans armes, brandissant un drapeau blanc attaché à une branche d'arbre ou encore, comme chez nous, à un piquet de cricket. L'autre camp répondit de la même façon, et des hommes se rejoignirent au milieu du *no man's land* pour échanger des cigarettes, troquer des boutons, des insignes, et se plaindre de leurs supérieurs.

Une semaine plus tard, les journaux en faisaient leur une. Des « Tommies » et des « Fritz » en avaient parlé dans des lettres adressées à leurs parents, dont certains avaient fait suivre ces courriers à la presse. Je me rappelle d'un journal titrant : « La Trêve de Dieu », commettant de ce fait un contresens complet, à mon humble avis. Car si Dieu il y avait, alors pourquoi avait-il permis que cette satanée guerre ait lieu ?

Pourtant personne ne connaît mon histoire, qui commença justement durant la Trêve de Noël et ne serait pas advenue sans elle. C'est mon secret, depuis plus de quatre longues années ; je l'ai gardé plus jalousement qu'aucun des innombrables secrets militaires, politiques et économiques qu'on a pu me confier à cette époque. Mais il s'est récemment produit quelque chose qui m'oblige à le coucher par écrit.

La photographie

S'il n'y avait eu la guerre, le Noël de 1914 aurait eu des allures de conte de fées. Le 24 décembre, le temps changea brusquement. Sur la ligne de front, il se mit à faire un froid de canard, et le soleil qui brilla tout l'après-midi ne réussit pas à dégeler les mares d'eau boueuse qui s'étalaient partout. Rats et lapins faisaient malgré eux des glissades sur la glace, et même la vermine qui grouillait dans nos cheveux, nos vêtements, nous accorda quelque répit, comme endormie par le climat. Sur ce plan-là, ce fut un bon jour, par rapport à d'autres où nous nous grattions jusqu'au sang. La nuit tombée, une fine nappe de brume se forma, mais la température ne s'adoucit pas pour autant et la neige se mit à tomber, légère, poudrant le paysage désolé d'une fine couche de cristaux étincelants. Les branches des rares arbres morts qui restaient debout s'auréolèrent d'une lueur irréelle, un peu comme des acteurs sur scène éclairés d'en dessous par des projecteurs. Ce terrain qui commençait à nous devenir familier prit soudain une étrange apparence, plutôt sinistre, et je me rappelle m'être demandé si j'étais passé de l'autre côté sans m'en rendre compte, abattu par une balle ennemie.

Était-ce donc l'enfer que je contemplais ainsi, un enfer non de flammes, mais de glace ?

Pourtant cette lugubre vision était bien réelle. Alors que minuit approchait et que c'était déjà Noël chez ceux d'en face, en avance d'une heure par rapport à nous, nous perçûmes du mouvement dans les tranchées allemandes. Elles se trouvaient à moins de quatre-vingts mètres de nos positions, aussi les sons nous parvenaient-ils. Cela commença par un petit sapin, hissé sur le bord de leurs tranchées, éclairé par des bougies. L'un de nos tireurs d'élite le visa et l'arbre s'écroula. En temps normal, il y aurait eu une rafale de balles en réponse, mais pas cette fois-là. Tout resta silencieux. Je criai au tireur d'élite l'ordre de baisser son arme, et nous attendîmes tous. Au bout d'un moment, il y eut de nouveau du tapage du côté allemand, et un autre arbre illuminé fut placé en bordure de leur tranchée. Cette fois, nous n'y touchâmes pas.

Et nous attendîmes encore. Quelques minutes plus tard, une musique s'égrena dans l'air glacé, à peine audible. Les accords plaintifs d'un harmonica, jouant un air solitaire, mélancolique. Après quelques mesures, des voix se joignirent à l'instrument, et je reconnus la chanson ; c'était *Die Wacht am Rhein*, « La veille sur le Rhin », d'après un poème allemand du XIXe siècle. La brume s'était dissipée, et le front était d'une beauté frappante, au clair de lune. Nous en avions presque oublié le froid.

À la fin du chant, l'un de nos hommes a crié : « *Guten singing, Fritz !* », ou quelque chose d'approchant. Nous nous sommes tous mis à rire et à pousser des acclamations. Après un court silence, l'harmonica a repris, et les Allemands ont entonné *Stille Nacht*, *Silent Night*, ce qui nous a évidemment permis de nous joindre à eux en chantant les paroles anglaises. Imaginez la scène ! Des hommes enfouis dans des tranchées à quatre-vingts mètres de distance et qui, quelques heures plus tôt, faisaient de leur mieux pour s'entretuer, chantaient maintenant à l'unisson. Enfin presque.

C'était l'un de ces rares moments dans la vie où chacun sent confusément qu'il dépasse les limites de sa propre existence pour entrer dans l'histoire. Un moment unique, qu'aucune des personnes présentes n'oubliera jamais.

J'avais alors vingt-trois ans, et je servais comme sous-lieutenant dans le 47e régiment des Gloucestershire Rifles. J'étais né et j'avais grandi à Edgewater, un hameau situé dans les Costwolds, non loin de Stroud. Ma scolarité connut des hauts et des bas, surtout des bas, à vrai dire. J'étais doué pour les langues, mais à cela se bornaient mes aptitudes. Deux fois on me surprit la cigarette au bec et deux autres en train de me battre. Il ne s'agissait pas à proprement parler de bagarres, mais de combats à mains nues, qui avaient lieu dans la cour de l'école à minuit ; ils étaient formellement interdits, mais c'était notre manière à nous de régler nos querelles. La seconde fois, j'échappai de justesse à l'expulsion, et je dus mon salut au fait que je donnais la réplique au seul membre féminin de la troupe de théâtre, qui se trouvait être la fille du directeur de l'établissement. Elle voulait à tout prix se lancer sur les scènes du West End et fit pression sur son père pour qu'il ne me renvoie pas.

À vingt-trois ans, je n'étais donc que sous-lieutenant, un grade plutôt bas pour cet âge. C'était surtout parce que j'avais différé mes études à Cambridge pour passer deux ans… en Allemagne. Impressionné par mon don pour les langues étrangères, mon père m'avait octroyé une pension pour que je séjourne un an à Berlin, puis à Munich, afin d'approfondir, entre autres choses, mes notions d'allemand. Les années d'avant-guerre en Allemagne, et particulièrement à Munich, étaient celles du modernisme ; là était né l'art abstrait, le cabaret y avait fait ses débuts, Thomas et Heinrich Mann avaient écrit leurs magnifiques romans en cette ville. Quelle époque ! Ce fut à Munich que j'appris à boire et à jurer. Je tâtai de la peinture, écrivis quelques chansons, perdis ma virginité, dilapidai également ma pension aux tables de jeu, travaillai comme videur au casino pour payer mes dettes (d'où l'avantage d'avoir fait de la boxe), assistai à des strip-teases des deux sexes, appris à faire durer un verre dans des pianos-bars ouverts toute la nuit, bref, je profitai allègrement de tout ce que le nouveau siècle avait à offrir. Mon père avait-il prévu pour moi ce genre d'apprentissage ? Je l'ignore, mais ce séjour en Allemagne fut pour moi si intense, si libérateur, que je l'en remerciais tous les jours.

Voilà donc pourquoi je ne suis entré à Cambridge qu'à l'âge de vingt ans pour en sortir en mai 1914, juste avant mes vingt-trois ans. Je travaillais dans l'édition à Londres depuis six courtes semaines quand la guerre éclata.

Malgré le haut degré de sophistication que j'avais acquis à Munich en fréquentant les galeries d'art abstrait, les femmes du continent et en goûtant aux cuisines et modes étrangères, je ne vis pas, comme tant d'autres, venir la Grande Guerre. Et comme tant d'autres, je me portai immédiatement volontaire, ce qui ne sembla guère faire plaisir à mon père. C'était un homme assez distant, qui m'inspirait plus de respect que d'amour. Sans en avoir jamais vraiment parlé avec lui, je crois qu'il se rendait mieux compte que moi du danger. Il a dû penser qu'en devançant l'appel, j'aurais plus de chances d'être affecté à un meilleur poste, moins risqué. Que mes connaissances en allemand m'aideraient à obtenir une planque dans les services secrets, loin du front. En quoi il se trompait, car c'était d'hommes de troupe dont on avait le plus besoin au tout début ; de « chair à canon », comme l'écrivaient certains esprits sceptiques dans les journaux.

Dès le début, ma mère se prononça contre la guerre, et si cela n'avait tenu qu'à elle, je n'y aurais pris aucune part. Je pense même qu'elle aurait assez bien accepté que je sois objecteur de conscience. Elle aussi m'apparaissait comme un personnage assez intimidant, qui m'inspirait plus de respect que d'amour. Je ne voudrais pas donner l'impression que mes parents étaient froids avec leurs enfants, non, mais la distance qu'ils maintenaient entre eux et nous était pour eux une façon de permettre à ma sœur et moi de développer nos propres personnalités. Quoi qu'il en soit, ma mère se défiait de l'autorité, sous toutes ses formes. Elle ne croyait pas en Dieu, détestait l'Église, et n'avait guère plus d'estime pour le haut commandement de l'armée, qu'elle considérait comme une bande de brutes arriérées sans cervelle, selon ses propres termes. Les hommes commettent dans la vie des erreurs dont les femmes ne seraient jamais capables, déclarait-elle avec mépris à qui voulait l'entendre. Quand je quittai la maison pour m'engager, elle m'embrassa sur la joue en silence, sans me souhaiter bonne chance ni me dire au revoir.

Quant à ma sœur Isobel, c'était tout le contraire. De deux ans ma cadette, Izzy incarnait le stéréotype de la petite sœur (du moins est-ce ainsi que je la voyais à l'époque), béate d'admiration devant son grand frère et prenant son parti en toutes circonstances. Je n'y étais pour rien, cela lui était venu tout naturellement à mesure qu'elle grandissait, et c'était pour moi un fardeau autant qu'un plaisir, qui me faisait la regarder de haut.

J'obtins donc un poste dans les 47e Gloucestershire Rifles, cantonnés à Tetbury. En tant que sous-lieutenant, grade le plus bas, je suivis une formation d'officier d'un mois et seulement trois semaines de classes. Il n'y a pas grand-chose à dire sur Tetbury, sinon qu'à mi-parcours de nos classes, on nous accorda une permission d'un week-end et que plusieurs d'entre nous prirent le train jusqu'à Bristol. Cette ville serait amenée plusieurs fois à jouer un certain rôle dans mon histoire et la première, ce fut ce week-end-là.

Je voyageais avec deux autres sous-lieutenants. L'adjudant de l'état-major nous avait conseillé d'aller visiter un certain « établissement » situé près des quais, nommé le *Baltic Wharf*, et de nous recommander de lui. Disons-le sans ambages, ledit établissement, s'il se présentait comme un pub au rez-de-chaussée, était un bordel à l'étage au-dessus. Nous le découvrîmes quand l'un de nous, en passant commande, invoqua le nom de l'adjudant. Apparemment, le patron du *Baltic Wharf* avait servi dans son jeune temps comme sergent-major de compagnie, et il avait gardé un faible pour l'uniforme. Nous doutions fort tous les trois que l'on nous permettrait de sortir à nouveau du camp avant la fin de nos classes, et une fois que nous serions en France, en Flandres, ou n'importe où ailleurs, les femmes ne viendraient pas en tête sur la liste des priorités de l'armée. En outre, cela faisait des semaines qu'aucun de nous n'avait eu l'occasion de dépenser sa solde, et le *Baltic Wharf* semblait l'endroit rêvé pour le faire. Il nous apparut soudain comme une petite touche de couleur dans un morne univers de gris et de kaki.

Je me rappelle que la fille s'appelait Crimson, un nom d'emprunt, cela va sans dire, et qu'elle était de Halifax, en Nouvelle-Écosse. Elle vivait à Bristol depuis quelques mois, après être montée clandestinement à bord d'un bateau, à disposition de l'équipage. La guerre ayant éclaté, l'Atlantique Nord était soudain devenu une zone très dangereuse, et elle n'avait pas eu le cran de retraverser l'océan pour rentrer chez elle.

Le *Wharf* était un lieu très distingué pour une maison de passe (à mes yeux du moins, car je ne suis guère qualifié pour en parler, Munich et Bristol étant mes seules expériences dans ce domaine). En plus des chambres, il disposait au premier d'un salon où l'on pouvait se détendre, fumer une cigarette, boire un verre, lire les journaux. L'idée, assez fûtée, était de ne pas presser les clients une fois leur affaire faite, mais de leur donner au contraire envie de traîner un peu, quitte à essayer une autre fille après une petite pause bénéfique. Bref, je me prélassais au salon tout seul avec un verre et une cigarette en attendant mes compagnons et feuilletai le *Morning Post* du jour, quand un type entra dans la pièce. Il me fit un petit salut, se versa à boire, et alluma une cigarette.

À vrai dire, j'étais un peu inquiet. Un article dans le journal disait que certains de nos vaisseaux avaient coulé au large de l'Irlande. Crimson n'était pas près de rentrer chez elle.

Ce fut alors que j'entendis des éclats de voix venant du rez-de-chaussée. Alarmé, l'autre client se précipita vers la porte. Il pointa la tête dans le couloir, aux aguets, puis s'empressa de la refermer.

— Mince ! Je suis cuit ! grommela-t-il.

— Que se passe-t-il ? demandai-je. La police ?

— Non, pis, chuchota-t-il. Le couvre-feu.

— Le couvre-feu ? Mais il est encore tôt.

— Pas pour les simples soldats. Nous ne sommes pas autorisés à circuler près du port. Seuls les officiers en ont le droit.

— Ah bon ? Pourquoi ?

— Ce n'est pas moi qui fais le règlement, répondit-il en haussant les épaules. Il y a eu une ou deux bagarres, avec des coups de couteau.

— Vous ne pouvez pas vous échapper discrètement ?

— Trop tard. C'est fichu.

— Et de quoi écopez-vous, si vous êtes pris ?

— Un séjour en prison, au pain sec et à l'eau. Suppression des privilèges pendant des semaines, ou plus. Je risque même d'être dégradé.

Je gagnai la porte et regardai au-dehors. Un lieutenant approchait de l'escalier qui montait aux chambres et au salon.

— Comment vous appelez-vous ? lui demandai-je après avoir refermé la porte.

— Meadows, mon lieutenant.

— Je parle de votre prénom, et évitez de dire « mon lieutenant ».

— John, mon lieutenant. Pardon. John.

— Vous avez de la chance, déclarai-je en ôtant ma veste. Je connais l'officier qui monte l'escalier. Pas très bien, mais il me remettra.

— Et en quoi cela peut-il m'aider ?

— Je m'appelle Hal, répondis-je en lui tendant ma veste. Enfilez ça et asseyez-vous là. Essayez d'avoir l'air détendu.

— Vous voulez que je me fasse passer pour un officier ?

— C'est à vous de voir.

Il prit ma veste. Quant à moi, je m'affalai sur un fauteuil en prenant un air désinvolte.

Hésitant, Meadows me regarda droit dans les yeux. Puis il enfila ma veste et s'allongea mollement sur le divan.

La porte s'ouvrit soudain et l'homme que je connaissais comme étant le lieutenant Ralph Coleman entra. Il s'arrêta sur le seuil, me regarda, m'adressa un petit salut, puis se tourna vers Meadows.

— John, dis-je alors avec un sourire, à l'adresse de mon infortuné compagnon. Est-ce que tu peux encore m'offrir une cigarette, s'il te plaît ? Les miennes sont tout écrasées.

Meadows fit de son mieux pour me rendre mon sourire.

— Bien sûr, Hal. Tiens, attrape !

Coleman s'avança dans la pièce. Son regard passa de moi à Meadows. Le temps s'arrêta.

— Est-ce que je peux t'en taper une aussi ? lança-t-il à Meadows. Je suis à court.

Meadows hocha la tête, et je jetai à mon tour le paquet à Coleman.

Il alluma le clope, posa le paquet sur la table, aspira une bouffée.

— Espèces de petits veinards, susurra-t-il. On m'avait dit qu'il y avait des troufions planqués ici aujourd'hui, mais je n'en ai pas vu la couleur. Hé les gars, n'épuisez pas trop les filles, hein ? Laissez-m'en un peu pour demain.

Je ne revis jamais Crimson ni le *Baltic Wharf*. Fin octobre, nous avons embarqué pour la France. Nous sommes arrivés sur le front en autobus. Le gouvernement en avait envoyé deux mille, conduits par des réservistes. Cela suscita quelques plaisanteries, comme vous pouvez vous en douter. Dès novembre, nous nous sommes livrés à des combats acharnés le long de la Marne et aux environs. Nos effectifs furent si réduits que la taille minimale requise pour les recrues passa d'un mètre soixante-dix à un mètre soixante. Nous prîmes une sacrée raclée, qui m'affecta directement car mon supérieur immédiat, un lieutenant originaire de Bath, de six mois mon aîné, fut tué durant l'offensive sur Nieuport et je dus le remplacer.

Ainsi la guerre avait-elle à peine commencé que mon unité avait changé quatre-vingts pour cent de ses membres par rapport à ce qu'elle était en quittant Tetbury. Presque tous ceux qui étaient sous mon commandement étaient à peine sortis de l'adolescence, et je suis à peu près sûr que certains avaient triché sur leur âge pour se faire enrôler, des gamins qui auraient été mieux à leur place sur les bancs de l'école.

Quand la veille de Noël arriva, nous étions tous devenus une bande de vieillards fatigués. La boue, le danger, les bombardements incessants, les monceaux et morceaux de cadavres, sans parler des soldats qui avaient perdu la vue, des mutilés sans bras, sans jambes, du sang dont les flots se mêlaient à la boue, des hurlements la nuit des blessés restés dans le *no man's land* et qu'on ne pouvait secourir... Oui, c'était une expérience bien différente de celles que j'avais vécues à Munich. Nous apprîmes à dormir debout, à supporter sans nous plaindre le froid, l'humidité, la vermine qui nous dévorait, à ne pas penser plus loin que le lendemain. Dans les premières lettres que j'envoyai chez nous, je m'efforçais de décrire l'horreur, mais au bout de quelques tentatives, j'y renonçai. Il n'y avait pas de mots pour décrire ce que nous voyions. Dans les tranchées, nous n'en parlions même plus.

Ces airs échangés et chantés en commun la veille de Noël durèrent environ une demi-heure. Pour moi, notre camp avait damé le pion à celui d'en face, car nous avions dans nos rangs un jeune choriste membre de la chorale de la cathédrale de Gloucester (et qui à mon avis aurait mieux fait d'y rester, vu l'âge qu'il devait avoir). Il chantait merveilleusement bien. Accompagné d'un type plus âgé, virtuose de l'harmonica, il entonna une complainte écrite pour une voix de soprano, tirée d'un opéra de Händel, *Rinaldo*, je crois. Je ne me souviens pas du titre en latin, mais en anglais, la complainte s'appelait *Let Me Weep*, une aria tout à fait appropriée, étant donné les circonstances. D'autant que de son vivant, Händel n'avait véritablement connu le succès qu'à Londres. Là aussi ce fut un moment inoubliable. Un garçon anglais chantant un air composé par un Allemand sur un champ de Flandres…

Une fois que le garçon eut fini et que les accords de l'harmonica se furent évanouis, il n'y eut plus que le faible murmure du vent pour meubler le silence qui s'étendit sur la plaine, et nous sûmes tous qu'il n'y aurait plus de musique cette nuit-là.

— *Gute nacht, Fritz !* cria notre linguiste. *Schlafen sie gut.*

— *Good singing, Tommy !* lança quelqu'un en retour. *Merry Christmas.*

Dans la tranchée cette nuit-là, les hommes avaient changé d'humeur.

— Peut-être qu'on va enfin pouvoir se payer une bonne nuit de sommeil, grommela un gars.

— Je l'espère aussi, répondis-je. Mais on maintient la garde.

— Vous croyez vraiment que cela s'impose, mon lieutenant ? dit l'un des hommes.

— Je l'ignore, mais dans le doute, je n'ai pas envie de risquer de perdre des gars par manque de précautions élémentaires. En tout cas, celui qui sera de garde aura droit à ma compagnie, du moins pour le premier quart. J'ai des lettres à écrire.

Visiblement, cela ne leur plut guère, mais ils comprirent que c'était la voix du bon sens.

Les hommes désignés prirent position et je me mis à ma correspondance. En fait, ces lettres n'étaient pas destinées aux miens. En plus de leur âge précoce, certains de mes soldats – et c'était pareil dans toutes les unités – ne savaient ni lire ni écrire. La plupart ne s'étaient pas rendu compte de l'importance que prendrait le courrier sur le front, tant reçu qu'envoyé à leur famille. Moi non plus je n'avais pas prévu la chose, mais la solution fut vite trouvée. Même parmi ceux qui savaient lire et écrire, beaucoup peinaient. Dans ce temps de Noël, je me retrouvai donc tout naturellement dans le rôle d'écrivain public, l'une de mes tâches les plus essentielles, pour entretenir le bon moral des troupes.

C'était donc mon pain quotidien. Je lisais les lettres aux hommes dès qu'elles arrivaient, en général tard le soir. Eux me disaient ce qu'ils voulaient mettre dans leur réponse, je prenais des notes, et adjoignais à leurs propos d'ordre personnel un résumé des combats que notre unité avait livrés durant les jours précédents. Ils apposaient juste leur signature en bas de la lettre avant l'envoi. De cette façon, j'en vins à connaître bien plus de choses sur les hommes qui étaient sous mon commandement que je n'aurais pu l'imaginer ; ceux qui, étant au front, n'avaient pu assister à la naissance de leur enfant, ceux dont les frères avaient été tués, lesquels étaient supporters de telle ou telle équipe de football, lesquels comptaient sur la fidélité de leur petite amie ou ne se berçaient pas d'illusions, comment s'appelaient leurs chiens, leur marque de bière préférée.

Cette routine s'installa avec une surprenante rapidité, et ces échanges prirent vite pour les hommes une extrême importance. Même s'ils ne pouvaient les lire, ils portaient les lettres sur eux, dans les poches de leur tunique, et les sortaient de temps en temps.

« Tenez, mon lieutenant, relisez-nous ce passage où notre Lily reproche au pasteur d'avoir fait un sermon défaitiste. »

« Mon lieutenant, pouvez-vous juste relire celui où ma mère parle du prix qu'elle a gagné au concours floral ? »

« Oh non ! pitié, mon lieutenant, se plaignaient les autres. Seigneur ! on y a déjà eu droit hier et avant-hier. »

Mais ils protestaient pour la forme. Car pour des hommes qui avaient vu ce que nous avions vu, même durant le court laps de temps passé au front, des événements ordinaires de la maison, sur un concours floral, le sermon d'un pasteur, une chienne terrier qui avait eu des petits par césarienne, avaient un caractère presque sacré.

Bien sûr, les mauvaises nouvelles ne manquaient pas, surtout concernant ceux qui étaient issus de familles nombreuses, dont plusieurs frères étaient partis au front. Je lisais donc d'abord les lettres en privé, pour mieux préparer les hommes à les recevoir. Cela m'aidait aussi à décider à qui donner une permission, et quand.

J'ignore quand je m'endormis cette nuit-là, mais une fois mes travaux d'écriture finis, je m'assoupis. Quand je me réveillai, l'aube commençait à poindre. Un pâle soleil se levait sur les collines de la Caillette à l'est. En bâillant, je jetai un coup d'œil vers les lignes ennemies. Jamais il n'y eut paysage plus désolé que cette partie du sud de la Belgique, défoncée, grêlée de trous d'obus, avec ses mares de boue plantées d'éclats de shrapnels et de ferraille tordus, déformés. Jamais dans toute l'histoire du monde il n'y eut terre aussi déshéritée. Sur les bourbiers qui ne dégelaient pas, la fine couche des cristaux tombés dans l'après-midi brillait comme des poils argentés dans la barbe d'un vieillard. Le contour des arbres morts dont toutes les feuilles avaient été soufflées se dessinait en blanc sur la boue grisâtre, si bien qu'ils semblaient comme peints au pochoir sur ce fond morne et désolé, et leur beauté même paraissait déplacée, en ces lieux maudits.

Pourtant, comme la veille au soir, l'humeur des hommes était différente, et ce dès les premiers rayons du soleil. Il faut se rappeler qu'en 1914, dans l'armée anglaise, nous n'avions pas de casques, et qu'ils ne furent introduits qu'en 1916. Même si les tranchées étaient censées être assez profondes pour que nous soyons toujours à couvert, dans la pratique, c'était loin de la vérité. Les fossés comblés par les éboulements de terrain, les cours d'eau souterrains, les affleurements rocheux, tout cela faisait qu'en maints endroits, on devait se plier en deux, quand ce n'était pas ramper, pour ne pas offrir une cible facile aux tireurs ennemis.

Mais pas ce jour-là. Dès l'aube, les soldats des deux camps se déplacèrent sans contrainte, en s'accordant pour une fois le luxe de se tenir debout pour se raser, de poser un miroir sur le bord d'une tranchée en plein jour et à la vue des Allemands, qui faisaient de même. Nous préparâmes le petit déjeuner en sifflotant gaiement, criâmes *Happy Christmas* par-dessus les barbelés, et ceux qui en étaient capables écrivirent des lettres à leur famille.

Vers dix heures et demie, l'un des leurs sortit en terrain découvert. Il leva les bras pour montrer qu'il ne portait pas d'armes, en brandissant un mouchoir blanc accroché à un bout de tuyau métallique. Je donnai l'ordre de ne pas tirer. Et nous le regardâmes avancer sur le terrain défoncé et gelé, en serpentant autour des trous d'obus, jusqu'à la rangée de barbelés allemands. Là il s'arrêta et nous fit signe.

J'envoyai à sa rencontre le sergent de compagnie, un charpentier de Bath nommé Frank Stephenson. Lui non plus n'était pas armé. Il revint peu après avec un message.

— Leur commandant voudrait vous rencontrer à midi, mon lieutenant. Midi, heure anglaise. Pour un échange de cadeaux et de pourparlers au sujet des morts à enterrer.

Des cadeaux ? Qu'est-ce que les Allemands pouvaient bien avoir à nous offrir, et surtout, qu'allions-nous leur donner en échange ? En revanche, j'étais pour l'idée de trouver un compromis nous permettant d'enterrer nos morts respectifs. Le *no man's land* était couvert de cadavres, entiers ou non. La puanteur des corps en décomposition et les couinements des rats qui s'en repaissaient nous empêchaient d'oublier que sur le front, la mort n'est pas une fin. Chacun d'entre nous avait perdu des proches, amis ou même parents, et la seule chose que nous pouvions encore faire pour ces malheureux, c'était leur donner une sépulture décente.

Quant aux cadeaux, je ne voyais pas du tout ce que nous pourrions leur offrir. Nos soldats avaient surnommé la tranchée *The Great West Road*, et elle n'avait rien d'une avenue commerçante.

— On a plein de plum-puddings, mon lieutenant, proposa Stephenson. Si on leur en donnait ?

Parbleu oui, il avait raison.

— Dans le but de les empoisonner ? lui rétorquai-je. Quelle brillante idée, sergent ! ajoutai-je, et Stephenson s'esclaffa. Préparez les puddings, voulez-vous.

Depuis Londres, le *Daily Register* avait organisé une campagne afin que toutes les unités postées sur le front soient approvisionnées en plum-puddings pour Noël, et pour complaire à l'opinion, le gouvernement nous en avait fait parvenir en quantité, au point que les boîtes prenaient autant de place que nos réserves de munitions.

Je détestais le *Daily Register* et le chauvinisme hystérique avec lequel il couvrait tout ce qui avait trait à la guerre. Aussi cette idée de fourguer sa camelote aux Allemands me remplissait-elle d'aise.

Puisque ceux d'en face voulaient bien s'entendre avec nous pour enterrer les morts, il fallait exploiter au mieux le temps dont nous disposions. Je donnai donc aux hommes l'ordre de rassembler les pelles, et chargeai Stephenson de chercher du bois pour faire les croix. Cela les changeait tellement des ordres que je leur donnais d'habitude qu'ils s'y collèrent tous avec entrain.

À midi, je fus le premier à sortir de la tranchée. C'était crispant de me montrer ainsi à découvert, mais passé l'instant de terreur absolue où mon cœur s'arrêta de battre, voyant qu'aucun des trois cents Allemands qui auraient pu me cribler de balles n'avait tiré, je sentis vite l'exaltation succéder à la peur en parcourant du regard le paysage, comme l'aurait fait une personne ordinaire en temps de paix.

Mon uniforme et ma casquette devaient pouvoir se distinguer depuis l'autre côté, m'identifiant comme officier. J'avançai de quelques pas jusqu'à notre rangée de barbelés et m'arrêtai. Après des mois et des semaines de guerre des tranchées, je ne puis décrire le sentiment de liberté qui m'envahit, d'être ainsi de plain-pied et de contempler l'horizon. J'en étais comme étourdi. Je sortis mon étui à cigarettes et allumai une Craven A. C'était un geste anodin, l'un de ceux qu'on fait sans y penser dans une rue de Londres, mais dans ce contexte, il m'apparut superbement nonchalant, flamboyant même. C'était un retour momentané à la vie d'avant, une vie que la guerre avait oblitérée. En outre, l'odeur du tabac avait l'avantage d'atténuer la puanteur des cadavres que le froid intense ne suffisait pas à supprimer.

L'autre officier se hissa hors de sa tranchée et avança dans ma direction en pataugeant dans la boue. C'était un bel homme blond, mince, avec un nez droit, un menton décidé, et il portait un foulard de soie blanche autour du cou. Comparé à moi, il avait fière allure.

Comme il avançait, je me tournai pour faire signe à mes hommes. En file, eux aussi sortirent de la tranchée. Les soldats de la ligne allemande firent de même.

Je m'étais arrêté devant les barbelés, mais pas mon homologue allemand. Il y avait beaucoup de trous dans les fils à cause des tirs et des obus, et il profita d'une ouverture causée par la chute d'un arbre pour pénétrer au cœur même du *no mans' land*. Je l'imitai.

Nous étions face à face, assez proches pour nous serrer la main, quand il y eut de l'agitation derrière moi, sur ma gauche. Je vis la peur se peindre sur le visage de l'Allemand, une peur que je partageais, et fis volte-face. Qu'est-ce qui était venu perturber notre prudente chorégraphie ? Allait-elle tourner au cauchemar ?

En fait, dérangés par la présence insolite de tant d'humains dans ce territoire, deux lapins avaient surgi pour filer comme l'éclair. Des lapins, autrement dit de la viande fraîche, qu'en temps normal personne n'aurait tenté de capturer. Mais ce n'était pas un jour ordinaire, et cette fois, les lapins n'avaient pas la guerre pour les protéger. C'en était trop pour les hommes des deux camps. Ils leur donnèrent la chasse en criant et en s'encourageant, glissant dans la boue, plongeant de-ci de-là.

Les lapins ne respectaient ni les barbelés ni le *no man's land*, et bientôt les soldats des deux camps se furent éparpillés à travers la plaine en se couvrant de boue, si bien qu'il était difficile de les distinguer les uns des autres. D'ailleurs tous « collaboraient » à présent pour rabattre les bestioles vers un trou d'obus particulièrement grand, comme un entonnoir. Il y eut une explosion de hourras quand un premier, puis un second lapin furent capturés et brandis fièrement, tenus par les oreilles. Fidèle à l'esprit de la chasse, chaque camp eut droit au sien. Je me suis souvent demandé ce qui se serait passé si un seul lapin s'était montré.

Après ce succès commun, il n'y eut plus moyen d'arrêter les hommes. À travers le terrain ravagé, de petits groupes se formèrent et les soldats échangèrent des poignées de main, troquèrent du tabac, des boutons arrachés à leur uniforme (chose formellement interdite), et se montrèrent mutuellement des photos de chez eux.

Je me tournai à nouveau vers l'officier allemand et nous aussi nous serrâmes la main en nous présentant.

— Lieutenant Henry Montgomery, 47e Gloucestershire Rifles, lui dis-je, en allemand.

— *Oberleutnant* Wilhelm Wetzlar, 32e régiment de l'infanterie saxonne. Joyeux Noël, Henry. J'ai un cadeau pour vous, me répondit-il en un anglais parfait, à mon grand étonnement.

Et il sortit de la poche de poitrine de sa tunique grise trois magnifiques cigares, gros comme le pouce et longs de vingt centimètres. Dès lors, nous poursuivîmes chacun dans notre langue maternelle.

— Je ne puis accepter, je n'ai rien pour vous, à part ça, déplorai-je en lui tendant d'un air piteux une boîte contenant un plum-pudding, avec l'impression qu'à cette guerre des cadeaux, nous étions cette fois les perdants.

— J'accepte avec grand plaisir, répondit-il. Ce soir, pour mon Noël, je me régalerai de lapin et de *Christmas pudding*. Voilà un dîner que je ne risque pas d'oublier, ajouta-t-il avec un petit rire.

Comment résister, face à tant d'élégance ? Je pris les cigares, les humai, en roulai un près de mon oreille, puis les plaçai dans la poche de poitrine de ma tunique, en me promettant de les garder pour une occasion spéciale.

— Votre anglais est remarquable, complimentai-je en boutonnant ma poche.

Un sourire éclaira ses yeux bruns. Ses lèvres aussi étaient plus brunes que rouges.

— Jusqu'en juin dernier, j'étais professeur dans votre pays.

— Vraiment ? Où donc ? lui demandai-je, sidéré.

— À Stratford-sur-Avon. Shakespeare est très populaire en Allemagne. D'ailleurs, il me semble que dans ses pièces, Falstaff appelle le prince Henry « Hal », n'est-ce pas ?

— En effet, confirmai-je. Et c'est ainsi qu'on m'appelle dans ma propre famille.

— Grâce à un programme d'échanges culturels, j'enseignais l'allemand à Stratford, et mon collègue enseignait l'anglais à Göttingen. C'est une très belle vieille ville universitaire, comme votre Cambridge. Où avez-vous appris l'allemand, Hal ?

Je lui parlai de mes années à Berlin et à Munich.

— Êtes-vous déjà allé au *Paris Bar* ? me demanda-t-il.

— Sur Kantstrasse ? Évidemment. Mais jamais avant deux heures du matin, répondis-je, ce qui le fit rire.

— Je vois ce que vous voulez dire. Y a-t-il un endroit de ce genre à Londres ?

— J'ai travaillé à Londres juste avant le début de la guerre, mais seulement quelques semaines. Je connais Berlin et Munich mieux que ma propre capitale. Et j'ai aussi suivi un cursus sur Goethe à Weimar.

— Et Munich, comment est-ce ? Figurez-vous que je n'y suis moi-même jamais allé.

— Pour un esprit un peu bohème, il n'y a rien de mieux. Plus qu'aucune autre ville à ma connaissance, Munich grouille de peintres, d'auteurs dramatiques, de musiciens, d'artistes de music-hall et de cabarets. Dire que j'en ai peut-être tué sans le savoir durant les derniers mois… Je préfère ne pas y penser. Et Stratford, ça vous a plu ?

— Beaucoup, acquiesça-t-il. La rivière est très belle. Plus petite que les rivières d'Allemagne, mais si romantique, avec tous ces cygnes… Des volatiles assez agressifs, remarquez, dès qu'on s'approche un peu trop de leurs petits. Et il y a ces terrains de cricket au bord de la rivière, un si joli prétexte pour que tout le monde s'habille en blanc… La popularité de Shakespeare en Allemagne a fait du même coup celle de Stratford. Vous connaissez ?

— Non. Je n'y suis jamais allé. Et à ma grande honte, Shakespeare vous est certainement plus familier qu'à moi.

— Eh bien, nous formons une fameuse paire, tous les deux. Vous l'Anglais qui connaissez mieux Goethe que moi, et moi l'Allemand, qui en sais plus sur Shakespeare. Si on échangeait nos places ?

J'avoue qu'il me plut. Beaucoup plus en tout cas que la plupart des officiers anglais que j'avais rencontrés en

Flandres, et que je n'aurais pas envie de revoir, une fois rentré à Londres.

Je jugeai néanmoins opportun d'aborder la question de l'enfouissement des cadavres. Nous convînmes de consacrer le reste de la journée à cette tâche. Nos hommes enterreraient les leurs sans se mêler de ce que faisaient ceux de l'autre camp. Nous décidâmes aussi de réparer nos barbelés le mieux possible, si nous en avions le temps. Wilhelm me demanda alors si la trêve se prolongerait jusqu'au lendemain. Je dis que je ne pouvais le garantir, et lui fis remarquer que lui non plus ne le pouvait pas. Les huiles des deux camps étant vigoureusement contre toute fraternisation, lui et moi désobéissions donc aux ordres. Si la nouvelle venait à se savoir plus tard dans la journée et remontait la chaîne de commandement, nous n'aurions ni l'un ni l'autre d'autre choix que d'obéir. Il le reconnut, mais nous souhaitions lui comme moi fêter dignement Noël en dînant tranquillement, laisser passer la nuit, puis aviser au matin. J'ajoutai que nous, Britanniques, ne serions pas les premiers à tirer, à moins d'un ordre explicite émanant de nos supérieurs, et que pour ma part, la trêve durerait jusqu'au lendemain soir minuit, heure anglaise.

Il accepta ma proposition.

Sachant tous deux que nos hommes attendaient nos instructions, nous prîmes congé l'un de l'autre pour organiser les ensevelissements. Mais juste avant de s'en retourner, il s'adressa à moi.

— Êtes-vous marié, Hal ? Avez-vous des enfants ?

— Non, deux fois non.

— Fiancé peut-être ?

— Non.

— Moi oui, déclara-t-il, et il plongea la main dans une poche de sa tunique pour en sortir une photographie, qu'il me tendit.

C'était un portrait d'une jeune femme blonde. Une jeune fille plutôt. La peau claire, des cheveux ondulés retenus par un bandeau, et un sourire timide, montrant qu'elle ne se doutait pas encore de l'effet qu'elle pouvait avoir sur les hommes.

— Vous avez de la chance, dis-je. Elle est très belle. Comment s'appelle-t-elle ?

— Sam.

— Un diminutif pour Samantha ?

— Oh non ! En vérité, son prénom c'est Sally. Elle s'appelle Sally Ann Margaret Ross, d'où ce surnom de S.A.M., d'après ses initiales… Oui, c'est une Anglaise, confirma-t-il, croisant mon regard. Elle est institutrice dans un petit village voisin de Stratford, c'est ainsi qu'on s'est rencontrés, lors de mon séjour là-bas. Nous nous sommes fiancés juste avant que je sois rappelé en Allemagne, en juin ; j'étais réserviste.

Il reprit la photo et en sortit une autre de sa tunique.

— J'ai une faveur à vous demander, Hal, souffla-t-il. Voici un portrait de moi en uniforme. Bien sûr, Sam ne l'a jamais vu… Elle n'a pas reçu de mes nouvelles depuis que la guerre a éclaté.

Il retourna la photo et me la tendit. Malgré mon geste de recul, il garda la main tendue.

— Son nom et celui de l'école où elle enseigne figurent sur le dos. Pouvez-vous la lui faire parvenir ? Ce serait si important pour nous deux. Moi, bien évidemment, je ne puis lui envoyer, mais vous, oui. Je n'ai pas écrit de mot. Ce serait dangereux, si on le trouvait sur vous. Ou s'il était intercepté dans un bureau de poste quelconque.

Quand il vit mon air dubitatif, il avança d'un pas.

— Nous étions fous l'un de l'autre. Mais nos sentiments survivront-ils à cette guerre ? Et moi, y survivrai-je ? Quand elle est tombée amoureuse de moi, je n'étais pas un ennemi de son pays. Si elle avait une photo de moi tel que je suis maintenant, peut-être cela l'aiderait-il à savoir où elle en est ? Il faudra qu'elle cache la photo. Imaginez quelle vie ce serait en Angleterre, pour une fille fiancée à un Allemand ? Si cela l'effraie de me voir ainsi en uniforme au point de la détourner de moi... eh bien, au moins, nous saurons où nous en sommes, ce sera plus honnête, et elle pourra commencer à m'oublier. Quant à moi, je ne l'oublierai jamais, et la première chose que je ferai quand cette guerre sera finie, ce sera d'aller la retrouver. Cette photo lui dira tout ce qu'elle a besoin de savoir.

Il me tendait toujours le cliché.

— Le ferez-vous ? Veillerez-vous à ce qu'elle la reçoive ? S'il vous plaît. Faites-moi cette faveur, pour Noël.

Comme il rangeait la photo de sa bien-aimée, je songeai aux trois cigares dont il m'avait fait cadeau, et à ce plum-pudding pathétique. Si j'acceptais de lui rendre ce service, ce geste compenserait cette disparité, et redorerait un peu le blason anglais.

Aussi, je pris la photographie et la mis dans ma poche, à côté des cigares.

L'hôpital

La trêve perdura le 26 décembre, même s'il n'y eut plus de fraternisation, en tout cas pas dans notre secteur. À minuit, pourtant, la guerre reprit. Au début, ce fut étrange de tirer sur des gars avec qui on avait fumé une cigarette. Mais ensuite les bombardements recommencèrent ainsi que les sifflements des balles, et, inévitablement, le sang se remit à couler. L'horreur et la folie reprirent là où on les avait laissées.

Une semaine après, on ordonna à notre unité de donner l'assaut pour reprendre le petit village de Plumont. Nous avançâmes sous le couvert de l'obscurité et, vers onze heures quarante-cinq, le mercredi 3 janvier 1915, je reçus une balle dans l'aine ; c'en fut fini pour moi des combats. Le pelvis fracturé, je m'effondrai dans un trou de vase, et on me dit ensuite que j'aurais pu me noyer si un caporal, voyant que je respirais encore, n'avait pas sorti ma tête de l'eau glacée alors que je gisais inanimé. L'hémorragie et la douleur m'avaient fait perdre conscience, et je ne revins à moi que plus tard, dans une tente d'hôpital, aux alentours de Douai.

— Ça n'a pas été facile pour le caporal de vous trimballer hors de la zone des combats, vous pouvez me croire, me raconta le garçon de salle. Mais d'après lui, il vous devait bien ça. Un certain Beddoes, ou Meadows…

Une fois l'hémorragie jugulée et ma blessure pansée, on me donna des calmants, et je fus rapatrié via Calais, Folkestone et Farnham, pour me retrouver dans un hôpital de la vallée d'Evesham, appelé Sedgeberrow. Là, le chirurgien répara mon pelvis du mieux qu'il put, et quand le gros de la douleur fut passé, on permit à mes parents de me rendre visite. Ils étaient déjà venus à l'hôpital juste après mon arrivée, ainsi qu'Isobel de son côté, mais j'étais trop abruti par les sédatifs pour m'en être rendu compte.

Comment mes parents allaient-ils me traiter ? Ma mère, qui était depuis le début contre la guerre, me réservait-elle une tirade du genre « je t'avais prévenu » ? Mon père serait-il déçu que je ne sois pas devenu un héros et que mes études en Allemagne ne m'aient pas mieux aidé à servir mon pays ? Considérerait-il tout cela comme un affreux gâchis ? Ils n'avaient jamais été très expansifs, aussi je n'attendais d'eux aucune démonstration d'affection. D'ailleurs nous en aurions tous été bien embarrassés.

En fait, ils furent d'une surprenante gentillesse et m'emmenèrent faire une promenade dans le parc de l'hôpital, en poussant mon fauteuil roulant. Le parc de Sedgeberrow regorgeait d'arbres fruitiers, pommiers, poiriers et pruniers, qui n'étaient pas encore en fleurs, si tôt dans la saison. En revanche il y avait aussi des jardins potagers, et donc des plantes à regarder, à commenter.

Je leur posai aussi des questions sur la vie à Edgewater, sur le pasteur (dont la famille était toujours l'objet de commérages dans le village), et sur ma sœur. Ils m'apprirent qu'elle était à Londres où elle terminait sa formation d'infirmière, et qu'elle viendrait me voir à nouveau dès que possible. À un moment, je me rappelle que ma mère nous a priés de l'excuser et nous a laissés seuls, mon père et moi. J'étais assis dans le fauteuil roulant et lui sur un banc, et nous regardions des canards vagabonder dans le parc comme s'ils s'étaient égarés loin de leur étang, quand mon père se tourna soudain vers moi.

— Hal, j'ai quelque chose à te dire.

Cet air de conspirateur ne lui ressemblait pas du tout. Bien que distant, c'était d'habitude le plus direct des hommes. Il était plus grand que moi et devait se pencher pour me parler, de sorte que ses cheveux lui tombaient sur le front. Et je remarquai la façon dont il tordait un peu la mâchoire, une manie qui ne trompait pas et que je connaissais bien, car elle avait déteint sur moi. C'était le signe qu'il s'apprêtait à aborder un sujet délicat.

Que me réservait-il ? Ma mère ou lui étaient-ils malades ? Allaient-ils divorcer ? Une catastrophe s'était-elle abattue sur ma sœur, Izzy l'impétueuse ?

— D'après les médecins... commença-t-il en s'approchant pour poser la main sur ma jambe. Vois-tu, nous avons préféré t'en parler nous-mêmes, plutôt que tu l'apprennes par eux... Quand cette balle t'a fracturé le pelvis, elle a aussi détruit ta glande prostatique. Ce n'est pas de veine, Hal. J'ai le regret de te dire que tu ne pourras pas avoir d'enfants. Excuse-moi pour ces détails intimes, mais il vaut mieux que ce soit moi qui t'en parle plutôt qu'un inconnu, me dit-il en me regardant droit dans les yeux. Tu auras des érections, ainsi que des éjaculations moyennant peut-être quelques difficultés. Mais pas de sperme, et donc pas d'enfants. Je regrette, fils.

Il retira sa main et détourna les yeux. Je gardai le silence.

Je ne dis rien sur le moment, de toute la journée ni de toute la semaine qui suivit. Une dépression profonde s'abattit sur moi, contre laquelle je n'avais aucune défense, n'y étant pas préparé. Était-ce à cause de la mort que j'avais côtoyée, à cause du caractère inattendu de cette nouvelle ? Même aujourd'hui, je ne puis me l'expliquer. Tout ce qu'on lit sur la dépression ne nous est d'aucun secours. Un nuage noir ? Un poids énorme qui vous oppresse ? Non. La dépression, c'est comme être enfermé vivant dans un cercueil, au fond d'une mine ou de l'océan, sans lumière, sans air et surtout sans aucun moyen de s'échapper, sans qu'aucun être vivant ne puisse vous approcher, hors de portée des sons, des odeurs, dans un néant vide de sens. Un néant sans couleur, matière, ni forme.

Je ne me souviens pas du départ de mes parents ce jour-là ni de les avoir revus durant les semaines qui suivirent, pourtant ils sont certainement venus. Plus rien n'avait d'intérêt pour moi, même pas la guerre. Surtout pas la guerre, étant donné ce qu'elle m'avait fait. Je suppose que ma dépression ne m'a pas aidé à guérir, mais je n'en sais trop rien. En revanche, je me rappelle qu'au bout d'un moment, une jolie infirmière est venue me voir tous les jours ; elle me sortait sur mon fauteuil roulant, essayait de me faire reparler et remarcher. Mais je m'enfermai lamentablement dans un silence obstiné. Une jolie fille, c'était bien la dernière chose au monde que j'avais envie de voir, et pour cause.

La seule personne du sexe opposé dont la présence m'aurait fait plaisir, c'était Isobel, ma sœur. Elle m'adorait toujours, encore plus maintenant que j'avais une blessure de guerre, ce qui faisait de moi à ses yeux un véritable héros. Elle m'écrivit de Londres une lettre ou deux, avant de pouvoir se libérer pour me rendre visite. « *Mon pauvre vieux* », disait-elle dans l'une d'elles en refusant résolument de faire l'impasse sur mon problème, contrairement aux autres.

Figure-toi que je viens de lire l'ouvrage d'un médecin, Sigmund quelque chose, allemand qui plus est, ou autrichien, bref, un type de l'autre camp mais une sommité dans son domaine, et d'après lui, les gens qui n'ont pas d'exutoire normal pour leurs besoins sexuels les canalisent souvent dans d'autres sphères d'intérêt, intellectuelles, sportives ou sociales. Tu as tout pour devenir quelqu'un d'important au ministère de la Défense. Tu parles l'allemand couramment, tu es un blessé de guerre.

Dès que tu seras debout et en état de marcher, ou de boiter, je suis certaine qu'ils feront appel à toi.

Les sœurs peuvent se permettre ce genre de billevesées, et j'attendais ses lettres avec impatience. Plus que tout, elles m'aidaient à dépasser ma dépression. Et quand, pour finir, elle vint me voir, vers la fin mai, ses pouvoirs magiques fonctionnèrent mieux encore. Dans son uniforme d'infirmière bleu pâle, elle était tout à fait ravissante. Ma petite sœur était devenue une adulte, d'un caractère bien trempé. « Miss Efficacité

Redoutable », comme je l'appelais, refusa d'abord de me promener en fauteuil roulant.

— Pas question. Tu es tout à fait capable de faire cette promenade à pied. Allons, debout.

— On t'a enseigné la cruauté, dans cet hôpital ?

— Debout ! me lança-t-elle, avant de partir d'un pas martial vers le couloir.

Je suivis.

Cet après-midi-là, nous fîmes le tour complet du parc, et c'était la première fois que j'accomplissais cet exploit à pied. Je le lui dis.

— Très bien. D'ailleurs il faut que tu te remettes vite, car on a besoin de ton lit pour d'autres, qui sont en bien pire état que toi.

En bien pire état. Elle avait raison. Cette descente en abîme dans l'introspection m'avait tant replié sur moi-même que je n'avais pas eu une pensée pour ceux qui souffraient de dommages bien plus graves. J'avais presque oublié les morts que j'avais enterrés. La cruauté fraternelle d'Izzy me secoua en me ramenant au monde réel.

Mais ce qui me fit sortir pour de bon de ma léthargie et de Sedgeberrow, ce fut l'épisode qui suivit. Rassemblant son courage, Isobel se décida à en venir au fait.

— Hal, puis-je te demander quelque chose de vraiment très personnel ?

Mon Dieu. On aurait dit mon père le jour où il m'avait avoué mon incapacité génitale. Quoi encore ? Izzy était-elle enceinte ? S'était-elle déjà mariée en secret à quelqu'un que mes parents jugeaient indésirable ? Voulait-elle que j'intervienne, pour amortir le choc ?

— Mais oui, vas-y, Izzy. Je ne te promets pas d'y répondre, mais envoie. Je n'ai jamais été un espion, si c'est ce que tu t'apprêtes à me demander.

— Mais non, rien de ce genre. Si tu étais un espion, je sais très bien que tu ne me le dirais pas ; je l'apprendrais dans une lettre à n'ouvrir qu'après ta mort.

Ma sœur avait toujours eu une imagination terriblement féconde.

— Bon alors, cette question ?

Je me rappelle que nous étions assis sur un banc, près des canards, qui, d'après moi, faisaient la navette entre un étang situé assez loin d'ici et les jardins potagers de l'hôpital.

— Tu me promets de ne pas te mettre en colère ?

— Comment puis-je le savoir à l'avance ?

— Promets-le-moi !

— Bon, d'accord, c'est promis.

— Très bien. Très bien. Alors voilà, commença-t-elle en prenant ma main dans les siennes. Je ne risque pas d'en parler à Maman ou Papa, ils en mourraient, mais… eh bien, tu es allé à Munich, à Berlin, puis à la guerre… C'est peu probable, étant donné que tu viens d'avoir cette dépression… Mais est-ce que tu es…

— Accouche, Izzy. Si je suis quoi ?

— Tu n'es pas homosexuel, n'est-ce pas ?

— Bon sang, Izzy ! m'exclamai-je en lui retirant ma main. Bien sûr que non. Tu as vu combien j'ai été déprimé, et tu sais pourquoi. Qu'est-ce qui a pu te donner une idée pareille ?

— Je sais, c'est idiot, gloussa-t-elle, sans doute de soulagement. Mais tu aurais pu être déprimé de ne pouvoir avoir de rapports sexuels en général… c'est valable autant pour un homosexuel que pour n'importe qui d'autre.

— Izzy, je ne le suis pas, un point c'est tout, dis-je entre les dents, excédé. Qu'est-ce qui a pu te le faire croire ?

Elle reprit ma main dans les siennes.

— Eh bien, quand tu étais vraiment très mal, au tout début, je suis venue te voir, et tu étais complètement abruti par les calmants. Tu te rappelles ?

— J'aurais du mal à m'en rappeler, puisque j'étais dans le coaltar. Mais vas-y, continue.

— Je m'ennuyais un peu, à force d'attendre en vain que tu émerges. Et je ne pouvais pas m'en aller, car le taxi ne viendrait me chercher que plus tard.

— Oui, oui. Tu peux arrêter de tourner autour du pot, s'il te plaît ?

— Du coup, j'ai commencé à fouiller dans tes affaires…

— Izzy !

— Je sais, je sais, je n'aurais pas dû. Ne te mets pas en colère. Tu me l'as promis. Mais je suis ta sœur et je l'ai fait. Et maintenant, j'ai passé l'âge que tu me tires les oreilles, ajouta-t-elle en grimaçant un sourire auquel je ne répondis pas. Eh bien, il se trouve que dans ton portefeuille, j'ai trouvé une photo.

— Bonté divine !

— J'ai cru que c'était une photo de ta petite amie et j'ai eu envie de la regarder de près, pour voir si elle était jolie… Simple curiosité féminine, c'est tout naturel, non ? Eh bien c'était un homme. Un homme en uniforme, très séduisant d'ailleurs, je te l'accorde. J'ai cru que tu étais tombé amoureux d'un de tes camarades de combat. Au dos de la photo, il y avait un prénom et une adresse, Sam quelque chose, si je me souviens bien. J'ai même songé à lui écrire, mais je ne l'ai pas fait… Je ne l'ai pas fait ! protesta-t-elle en voyant que j'étais au bord de l'explosion.

— Cela t'apprendra à fourrer ton sale nez partout, Izzy. Et non, tu n'es pas trop vieille pour que je te tire les oreilles.

Mais je ne mis pas cette menace à exécution. Au lieu de ça, je lui racontai l'histoire de la Trêve de Noël et mon échange de cadeaux avec l'officier allemand, l'*Oberleutnant* Wetzlar.

— Mince alors, Hal, dit-elle quand j'eus fini, tu crois que tu as bien fait de lui servir de messager ? Bien sûr, c'est très romantique, et je me demande si quelqu'un aurait pris ce risque pour moi, mais est-ce que ce geste ne peut pas être interprété comme… de la trahison ? Tu ne risques pas d'être fusillé, si on te démasque ?

— Il se trouve que pour l'instant, je n'ai pas encore transmis ce message. Et pour que les autorités le découvrent, il faudrait qu'une petite fouineuse d'infirmière le leur moucharde.

Mais emportée par son côté romantique, Izzy était déjà cent lieues en avant.

— Stratford, c'est près d'ici, non ? s'enquit-elle.

Par Dieu oui, elle avait raison. Stratford était tout près d'ici. Cela ne m'était même pas venu à l'idée. J'étais si enfermé en moi-même que j'en avais oublié ma géographie.

Un vol

S'il n'en avait tenu qu'à elle, Izzy serait allée à Stratford le jour même en prenant la voiture de notre père, mais je m'y opposai. Je ne savais pas très bien ce que je voulais, seulement que je préférais agir seul et sans précipitation. En tout cas, l'enthousiasme romantique d'Izzy avait servi à me convaincre de m'occuper moi-même de la photographie de Wilhelm au lieu de la confier à la poste. Ainsi il n'y aurait pas de risque qu'on découvre que je passais un message venant de l'ennemi, mais surtout, l'esprit romanesque d'Izzy avait déteint sur moi. La remise de cette photo en mains propres serait un moment d'émotion que je voulais vivre par moi-même. Or cette rencontre n'aurait pas lieu si je me contentais de glisser la photo dans une enveloppe, puis dans une boîte aux lettres. Par ailleurs, en lui remettant la lettre directement, je pourrais raconter à sa fiancée ma rencontre de Noël avec Wilhelm, sans rien coucher de compromettant sur le papier. Et puis je dois admettre que la beauté de Sam Ross y était pour quelque chose. Je voulais la voir de mes yeux, pour lui parler, mais aussi pour vérifier si elle était à la hauteur de ce que promettait son portrait, ou simplement photogénique.

Elle s'était fiancée à un Allemand. Où en était-elle à présent de ses sentiments ? Plus j'y réfléchissais, plus cette entrevue promettait d'être intéressante. Ma sœur l'avait saisi d'instinct.

Quand Izzy revint me rendre visite, j'avais appris par les médecins de Sedgeberrow que je garderais sans doute toujours en séquelle un léger boitillement. La réparation de mon pelvis s'était bien passée, mais il manquait des petits fragments d'os emportés par la balle, et l'articulation avec ma jambe gauche étant imparfaite, ma hanche ne pouvait fonctionner à cent pour cent. Ce ne fut pas aussi déprimant que ce qu'on m'avait annoncé au sujet de ma prostate, car je m'y attendais un peu. Quand je rendis compte à mon supérieur cantonné à Tetbury de mes progrès médicaux, lui aussi m'avoua qu'il n'en était pas surpris.

— Mais ne vous en faites pas, Montgomery, continua-t-il. On saura vous employer, vous et votre connaissance de l'allemand. J'en informerai le ministère de la Guerre et je suis certain qu'ils trouveront de quoi vous occuper dans les services secrets. Tenez-vous prêt.

Je finirais donc peut-être par obtenir un poste conforme à celui que mon père souhaitait pour moi.

Il en résulta qu'à la mi-juin, les médecins de Sedgeberrow me déclarèrent que je pouvais me passer de leurs soins, mais que je ne serais pas apte à reprendre du « service actif » avant deux ou trois mois. J'en avisai mon commandant puis je rentrai chez moi, à Edgewater. Mais de retour dans mon ancienne chambre, avec ses livres, son attirail de pêche, son jeu de cricket, je me sentis mal à l'aise. C'était la guerre, tout de même. Aussi, trois jours plus tard, je commandai par écrit des livres en langue allemande, histoire de ne pas trop me rouiller. Le libraire de Londres qui m'expédia les livres y joignit un avis émanant du ministère de la Guerre qu'il devait faire parvenir à tous ceux qui lui achetaient des ouvrages en allemand. Ce document visait les femmes au premier chef, et demandait à quiconque se jugeant compétent en allemand d'envisager de participer à l'effort de guerre. Les candidats retenus après un test d'évaluation seraient hébergés et recevraient une formation gratuite dans des domaines spécialisés, technologie, économie, géographie. L'avis dressait la liste de plusieurs lieux où ces cours étaient donnés : Carlisle, Doncaster, Nottingham… et Stratford-sur-Avon. Je n'en crus pas mes yeux, puis je compris que l'école où les cours avaient lieu était sans doute le centre où Wilhelm Wetzlar avait travaillé avant la guerre. Cela tombait sous le sens.

Stratford étant le plus proche, je posai ma candidature par l'intermédiaire de mon commandant, et fus dûment convoqué pour passer un test. J'empruntai la voiture de mon père, ainsi que sa carte d'essence, et début juillet 1915, je me mis en route un dimanche pour effectuer un trajet de soixante-dix kilomètres d'Edgewater à Stratford. Je pris une chambre à l'hôtel et à neuf heures et demie le lendemain matin, je me présentai à l'école. L'examen était oral ; dans mon cas, il ne dura qu'une dizaine de minutes. Je parlais l'allemand couramment et les examinateurs, impressionnés, me dirent que je pourrais commencer dès le lundi suivant.

Ce voyage me permettait de faire d'une pierre deux coups. J'avais conduit relativement lentement afin de garder de l'essence pour faire une petite virée jusqu'à Middle Hill, le village où enseignait Sam Ross. Une fois sorti de la salle d'examen, je montai en voiture et roulai vitres ouvertes tant la journée était belle, sur la route d'Alveston et Wellesbourne qui menait vers l'est, de Stratford à Middle Hill. La route longeait la rivière Avon, puis traversait un parc à daims, des champs d'épandage et croisait un chantier de construction. Alors que des collines se dressaient devant moi, elle bifurqua vers la gauche, filant au nord. Je trouvai Middle Hill assez facilement ; c'était un hameau de jolis cottages en brique rouge avec une rue principale qui donnait sur une place où un marché avait lieu chaque mardi, du moins en temps de paix, comme je le découvris plus tard. À l'entrée du village, la route montait vers un pont qui enjambait un canal et une voie ferrée.

L'école non plus ne fut pas difficile à trouver, dans un bourg aussi petit. Elle était située au bout de la rue principale. Quand je l'eus repérée, je fis demi-tour et allai me garer près du pub du village, appelé le *Lamb*. Insensiblement, un petit changement de programme s'opérait dans ma tête. Je repartis à pied vers l'école. Ma claudication était encore assez prononcée, quoique beaucoup moins douloureuse, et dans mon uniforme, j'attirais les regards bienveillants des passants, qui devaient en conclure que j'avais été blessé au front.

L'école était située près de l'église et construite dans la même pierre, ce qui la distinguait du reste du village, tout en brique rouge. Mais elle se différenciait également de par ses dimensions et son style, plus imposante que les autres bâtiments, avec des pignons, des corniches, des encadrements. Pour dissiper le moindre doute, le mot ÉCOLE était sculpté en lettres capitales au-dessus de l'entrée principale.

Je la dépassai et entrai dans le cimetière. Il descendait en pente douce jusqu'à un ruisseau où j'aperçus une famille de poules d'eau qui se dandinait à la queue leu leu. Sur l'autre rive, il y avait une grille, et un portail en fer forgé qui donnait sur ce qui ressemblait à un terrain de cricket. Ce décor calme et champêtre était si éloigné du chaos et de la désolation qui régnaient sur les Flandres qu'il était difficile de croire que nous étions en guerre. Une femme qui s'occupait d'entretenir les tombes leva les yeux en entendant mes pas crisser sur le gravier. Voyant mon uniforme, elle me sourit, mais ne dit rien. Pas plus que le pasteur qui apparut alors en soutane noire sous le porche de l'église et se dirigea vers nous d'un pas précipité, rappelant l'allure des poules d'eau que je venais de voir. Il semblait distrait, ou préoccupé, et j'espérai qu'il n'était pas pour ses paroissiens un objet de railleries comme l'était notre pasteur à Edgewater. Il fut surpris de me voir et m'adressa un léger sourire, mais n'en continua pas moins à se hâter vers la femme.

J'entrai dans la petite église. Sur la nappe blanche de l'autel brillait une grande croix en cuivre, encadrée de deux bouquets. En regardant autour de moi, je vis qu'il y avait des fleurs partout, sur la chaire, près de l'orgue, et sur la table où les recueils de cantiques étaient rangés. Visiblement, c'était un lieu très apprécié, et très fréquenté. Les deux premières rangées de bancs devant la nef étaient fermées par des portillons en bois, montrant qu'ils étaient réservés à des familles importantes de la région. J'avais ce genre de privilèges en horreur. Ma propre famille avait elle-même son banc dans notre village, mais je n'en avais jamais fait aucun cas.

Je m'assis tout au fond et réfléchis un moment. Je n'étais déjà guère pratiquant avant la guerre, mais à présent, après ce que j'avais vu, ce qui me restait de foi avait volé en éclats, comme mon pelvis. Cependant, la Trêve de Noël m'avait aussi montré que le christianisme pouvait parfois exercer une bonne influence sur les hommes en les poussant à bien agir. Oui, les croyants se conduisaient mieux à Noël. Mais cela ne suffisait pas à me redonner la foi.

Ce jour-là pourtant, mes préoccupations étaient tout autres. Je sortis la photographie de Wilhelm et souris en me rappelant Izzy, ses doutes, ses questions saugrenues. La découverte de cette photo dans ma poche pouvait prêter à confusion.

Assis sur le banc, je sortis aussi mon mouchoir et astiquai le bout de mes chaussures terni par la poussière du gravier. Encore une maniaquerie héritée de mon père, dont je ne pouvais me défaire.

Le pasteur revint, me souhaita poliment au passage un bon après-midi, puis se mit à sortir de leur pochette les hymnes datant du service de la veille.

Dans un sursaut, je me rendis compte qu'il devait être midi et le vérifiai en jetant un coup d'œil à ma montre. Tournant et retournant dans ma tête une idée encore mal définie, je me levai et sortis.

En approchant de l'école, je vis un petit groupe de mères rassemblées près du portail. À la campagne, il est courant que les enfants rentrent déjeuner chez eux.

Alors, je la vis. Sally Ann Margaret Ross. Elle était debout au milieu de la cour. La chevelure blonde, le bandeau, les sourcils, les pommettes. C'était elle, indubitablement. Elle se pencha sur un petit garçon pour lui parler, et à l'expression de son visage, au pli sévère de sa bouche, je devinai qu'elle le réprimandait, peut-être pour que sa mère assiste à la scène et le punisse une fois qu'il serait rentré chez lui. En tout cas, elle ne lui fit pas longtemps la leçon. Elle se redressa et l'envoya rejoindre sa mère. Puis elle porta un sifflet à sa bouche en parcourant la cour du regard. Apparemment, Sam Ross prenait son rôle d'institutrice très au sérieux.

Tout cela me traversa l'esprit, je m'en souviens. Mais j'avais la tête remplie d'autres pensées qui m'étaient déjà venues durant la nuit, ainsi que sur le trajet vers Middle Hill, et à nouveau dans l'église. Sam Ross était plus grande que je l'avais imaginée, et sur la photo de Wilhelm, un portrait, on ne pouvait deviner quelle jolie silhouette elle avait, mais c'était surtout sa manière de se pencher pour admonester l'enfant qui m'avait frappé. Un mélange de fermeté et de tendresse, de grâce et de caractère. Cette jeune femme avait bien du charisme, et sa façon de se mouvoir allait de pair avec sa beauté. Je comprenais fort bien ce que Wilhelm avait vu en elle.

Pour toutes ces raisons et parce qu'elle était manifestement de surveillance dans la cour, les circonstances me parurent mal choisies pour l'aborder. Je repartis donc à pied vers le pub. Il avait ouvert à midi. Il n'y avait pas foule et les rares clients se turent à mon entrée. Un silence qui n'avait rien d'hostile, d'ailleurs. En fait, après que j'eus commandé une pinte de bière, le barman me dit que celle-ci était offerte par la maison, et je découvris plus tard que c'était un peu la coutume, avec les vétérans de guerre. « C'est le Kaiser qui régale », ironisa-t-il en grimaçant un sourire. Je l'en remerciai, levai mon verre à la ronde, et allai m'attabler à l'écart dans une alcôve pour réfléchir. Je sortis encore une fois la photo de Wilhelm, puis la rangeai.

Tandis que je sirotais ma bière, il se produisit deux choses qui bousculèrent mes projets. D'abord, j'appris en écoutant les conversations que logeaient au pub deux ouvriers qui aidaient à construire un terrain d'aviation près de Wellesbourne, sans doute le chantier que j'avais vu en venant ici. Puis un homme plus âgé entra. Le barman lui servit une pinte et sortit de derrière le bar une assiette de pain et de fromage. Le vieux prit ses consommations et vint s'asseoir près de moi, avec le journal du jour. Il me fit aimablement un petit salut et mordit dans son fromage.

Quand il eut fini sa collation, le barman vint pour emporter l'assiette vide.

— Quand aura lieu l'audience ? demanda le barman.

— Dans trois semaines, répondit le vieux.

— Et de qui se compose le jury ?

— Le conseil, tu veux dire ? Ce n'est pas un jury à strictement parler. Il y a moi, en tant que directeur, l'un des professeurs désigné par ses collègues, deux membres du conseil d'établissement et un inspecteur académique qui vient de Coventry. En tout, nous serons cinq.

— Et quelles sont ses chances ?

En guise de réponse, le vieux passa sinistrement un doigt en travers de sa gorge.

Le barman disparut et le directeur se replongea dans son journal.

Plus tard, j'allai commander un sandwich au barman, mais le directeur bénéficiait d'un arrangement spécial, et on ne pouvait m'en servir. Aussi demandai-je un demi de bière puis je restai assis à réfléchir, bien après que le directeur fut reparti donner ses cours de l'après-midi.

Enfin, environ une heure plus tard, je repris la route et m'en retournai chez mes parents. Je n'attendis pas la sortie de l'école comme je l'avais prévu au départ et n'abordai pas Sam Ross pour lui remettre la photo de Wilhelm.

Aussitôt rentré à Edgewater, je m'empressai d'acheter au garage du village une motocyclette d'occasion qui ne consommait pas trop d'essence et que mon père fit réviser à ses frais (heureusement, le démarreur était placé du côté droit, celui de ma bonne jambe.) Puis, deux jours plus tard, très fier de ma débrouillardise, je dis au revoir à mes parents, roulai à moto jusqu'à Middle Hill, et louai une chambre au *Lamb*. Ils semblèrent contents de m'avoir comme pensionnaire, la nourriture était passable, il y avait un garage pour ma moto, et j'avais un compte ouvert au bar. Le trajet pour me rendre à mes cours à Stratford prenait dans les quarante minutes.

Il ne me fallut qu'un jour pour mettre mon ébauche de plan à exécution. Un soir au pub, j'engageai la conversation avec le directeur, venu prendre un dernier whisky. Comme tout le monde, il était curieux d'avoir des nouvelles de la guerre. C'était un client assidu, et moins d'une semaine plus tard, il fit ce que j'escomptais en m'invitant à donner une petite conférence à l'école, sur la vie au front. J'acceptai avec joie.

La semaine suivante, toute l'école se réunit dans le gymnase, qui servait à l'occasion de préau. Les enfants s'assirent par terre, jambes croisées, le personnel prit place sur un côté de l'estrade, et les quelques parents présents restèrent debout, adossés aux murs. Je serrai les mains de chaque enseignant, et fus donc aussi présenté à Sam.

Le directeur m'ayant demandé de ne pas effrayer les enfants par un réalisme trop cru, je ne m'appesantis pas sur les atrocités que j'avais vues. J'évoquai quand même la dévastation qu'amenait cette guerre, car je ne pouvais la nier complètement, mais je déclarai qu'avec de la chance, le conflit serait fini bien avant que les enfants qui se trouvaient dans ce gymnase soient en âge de combattre.

Ces gamins étaient trop petits pour rester longtemps assis, et ils auraient sûrement besoin d'aller aux toilettes. Aussi racontai-je surtout la Trêve de Noël, très populaire auprès du directeur et de l'équipe. Bizarrement, les enfants furent choqués par la capture des lapins. Sans doute auraient-ils préféré que les hommes restent sur leur faim plutôt que ces deux animaux soient sacrifiés. Après l'épisode de *Silent Night*, que tout le monde connaissait, je parlai de ma rencontre avec un officier allemand et notre échange de cadeaux. Chacun trouva très drôle l'histoire du plum-pudding, mais voilà, je ne mentionnai pas Wilhelm par son nom, ni l'affaire de la photo. Et j'évitai soigneusement de regarder dans la direction de Sam Ross durant cette partie de mon exposé. Je passai vite à notre arrangement sur l'ensevelissement des cadavres, thème hautement réjouissant dans ce cadre scolaire.

Puis ce fut fini. Les enfants m'applaudirent à tout rompre, avant de s'éparpiller. Le directeur m'invita avec quelques membres du personnel à boire un sherry dans son bureau et là, je me mis en demeure de parler avec Sam. Je lui demandai si elle habitait au village ; elle acquiesça, en précisant qu'elle n'avait pas cherché à être nommée ici. Si elle était mariée ; à quoi elle répondit non en rougissant et en secouant la tête. Je lui dis que je séjournais au *Lamb*, que c'était là que j'avais rencontré le directeur, et voulus savoir s'il lui arrivait de s'y rendre. À nouveau, elle fit non de la tête. Puis je m'enquis des curiosités de Stratford, mais à part la maison de Shakespeare, il n'y avait pas grand-chose d'intéressant à voir, à sa connaissance.

La photographie que Wilhelm avait d'elle était en noir et blanc, mais là, dans le bureau du directeur où le soleil entrait à flots par les portes-fenêtres, elle était tout en or et blanc. Un fin duvet doré nimbait les contours de son visage, les lobes de ses oreilles, la chair douce de ses bras, et le col de sa chemise s'ouvrait sur une peau laiteuse.

Je ne puis dire que notre première entrevue fut un succès retentissant sur le plan de la conversation, mais je me souviens de l'expression qui me vint en la voyant de près. Elle vous mettait l'eau à la bouche.

Je remarquai aussi que certaines de ses collègues lui battaient froid, mais je n'en pensai rien, sur le moment.

Même si notre première rencontre ne fut pas à la hauteur de mes espérances, je songeai que le temps était de mon côté et ne m'en inquiétai pas outre mesure. Les autorités de Stratford avaient été un peu fâchées quand je leur avais annoncé que je prenais ce mardi de congé, car les règles étaient plutôt strictes. Après tout, on était en guerre, et ces cours étaient financés par le gouvernement. Mais quand elles découvrirent que c'était pour donner une conférence dans une école, elles se radoucirent et je fus pardonné.

Les horaires étaient chargés, les cours duraient de neuf heures à dix-huit heures trente, mais nous avions nos jeudis après-midi et donc, le jeudi suivant, je m'installai pour lire dans le fumoir du *Lamb*. Tant que le bar était fermé, les pensionnaires pouvaient utiliser la pièce pour lire ou écrire, parler, ou même faire un petit somme. Le fumoir avait une baie vitrée qui donnait sur la rue. J'étais donc bien placé pour surveiller l'entrée de l'école et observer discrètement toutes les allées et venues. Je saisis l'occasion pour fumer le premier des cigares que Wilhelm m'avait donnés lors de la trêve.

Il pleuvait ce jour-là, et le groupe de mères qui attendaient leurs enfants devant l'école était plus petit que d'habitude. Les nouvelles de la guerre n'étaient guère encourageantes. C'était l'époque où le tsar de Russie avait congédié son chef d'état-major pour commander lui-même son armée… Un désastre. J'avais reçu une lettre de ma sœur depuis Londres. Elle menaçait de venir me voir à Stratford.

Enfin voyons, tu ne peux pas aider à gagner cette guerre en t'enterrant dans la cambrousse. Les sous-marins allemands ne naviguent pas dans l'Avon. Viens à Londres… il y a de la place dans l'appartement, on sera juste quatre filles et toi !!!

Izzy avait toujours usé et abusé des points d'exclamation.

À quinze heures trente, les enfants sortirent et le groupe de mères se dispersa. Dix minutes plus tard, je reconnus deux des maîtresses qui se hâtaient de rentrer chez elles, dont une courageuse à bicyclette.

Puis je vis Sam ; elle portait un imperméable bleu marine, guère différent de ceux que portaient beaucoup d'enfants, ainsi qu'un chapeau de marin bleu marine, à larges rebords. Elle paraissait très jeune. Le bleu de ses vêtements faisait ressortir le blond de ses cheveux, qui lui tombaient sur les épaules.

Je la laissai dépasser le pub avant de me glisser par la porte latérale. Je restai sous le porche, à l'abri de la pluie, et vis Sam entrer dans l'épicerie, située au milieu de Wellesbourne Road. Elle en ressortit peu après avec un petit colis, mais en quittant la boutique, elle se retourna pour crier quelque chose que je n'entendis pas, visiblement contrariée. Puis elle s'éloigna à pas vifs, traversa la route en courant et prit à droite, après la place de la fontaine où le marché s'établissait les mardis matin.

Je la suivis à distance. Il ne tombait qu'un petit crachin, pourtant les passants étaient rares. J'atteignis le coin de la rue et regardai en bas, vers Newbold Lane. Il y avait des maisons de chaque côté et tout au bout, la route remontait pour croiser le canal, puis la voie ferrée. La gare était à l'autre extrémité du village, après un entrepôt appartenant à un brasseur local.

Sam était sur le pont et en redescendant, elle disparut. Dès qu'elle fut hors de vue, je me hâtai d'avancer, malgré la pluie et en traînant un peu la patte. Heureusement la douleur diminuait de jour en jour. Alors que j'atteignais le pont, un train arriva en brinquebalant, au milieu d'énormes nuages de vapeur et de fumée qui lui faisaient comme une paire de favoris à l'ancienne mode. En approchant de la gare de Middle Hill, la locomotive ralentit et les wagons me bouchèrent un moment la vue. Puis ils repartirent vers l'ouest, dégageant la voie, et je revis soudain Sam, qui s'était tournée pour regarder passer le train. Heureusement, je ne me trouvais pas dans son champ de vision. Elle était sur l'autre rive du canal, à la porte d'une maison d'éclusier, et s'apprêtait à entrer.

Quand elle eut disparu à l'intérieur, je continuai ma route. Bien sûr, j'aurais pu demander à n'importe quel client du pub où Sam habitait, mais je ne voulais pas afficher mon intérêt pour elle. Passé le canal et la voie ferrée, Newbold Lane se rétrécissait jusqu'à n'être plus qu'une rue à une seule voie, et le gravier remplaçait le bitume. Je savais que la rue menait à une porcherie et que j'allais bientôt patauger dans la boue, sinon pis. La pluie tombait plus dru, mais j'étais bien équipé, et je résolus d'avancer tant que je le pourrais avant de m'en retourner vers la maison de l'éclusier. Oui, je comptais bien frapper à la porte de Sam, mais je voulais aussi lui laisser le temps d'arriver, de se changer et de se détendre, qu'elle soit à l'aise au moment où je lui ferais le petit discours que j'avais préparé.

Mon esprit revint à la guerre. Récemment, les Français avaient mené une série d'offensives sur les Allemands, mais ils avaient été repoussés. Cela venait en grande partie d'un manque complet de stratégie. Le général Joffre, commandant en chef des forces françaises, faisait sa loi, et en conséquence, les Alliés, en tant qu'unité de combat, pesaient moins que n'aurait dû le faire la somme de leurs armées. Cette situation déplorable ne pouvait continuer, et on avait programmé un sommet pour y remédier. Le peintre Henri Gaudier-Brzeska venait juste d'être tué durant un assaut donné sur Neuville-Saint-Vaast.

Le chemin devenait de plus en plus boueux et l'air malodorant. Voyant le lustre de mes chaussures gravement menacé, je fis demi-tour. La pluie me fouettait le visage. Comme je revenais en vue du pont, mon cœur fit un bond. Une femme marchait sur le chemin de halage, loin de la maison de l'éclusier. Sam était-elle ressortie à peine rentrée ? L'avais-je manquée en poursuivant vers la porcherie ? Alors je m'aperçus que ce n'était pas Sam, mais une jeune fille qui ne devait pas avoir plus de quinze ans. En fait, je la reconnus : elle chantait dans la chorale de l'église du village.

Elle avançait tête baissée à cause de la pluie et ne me vit pas. J'attendis qu'elle disparaisse de ma vue, puis descendis le pont pour emprunter le chemin de halage. Au loin une péniche glissait lentement vers les écluses. Les gouttes de pluie crépitaient sur l'eau du canal.

Arrivé devant le cottage, je poussai le petit portail. Les gonds grincèrent doucement.

Je restai un instant devant la porte avant de frapper, en proie à une légère indécision. J'entendis une bouilloire siffler et crus entendre un bébé vagir quelque part. Soudain l'odeur de lisier portée par le vent devint si forte que cela me poussa à agir.

Je frappai à la porte et peu après, Sam apparut.

— Oh ! s'exclama-t-elle en s'étranglant presque, manifestement aussi surprise que je l'espérais.

Elle avait enlevé son imper et portait un tablier rayé.

— J'espère que je ne vous dérange pas, dis-je doucement, en ôtant ma casquette malgré la pluie battante.

— Non, pas du tout. Remettez votre casquette, je vous en prie. Vous allez être trempé. Comment avez-vous su où j'habitais ?

— Ils savent tout au pub, mentis-je, en me recoiffant.

Elle ne m'invitait pas à entrer. Y avait-il quelqu'un d'autre à la maison ? Mais j'étais allé trop loin pour reculer.

— Je me demandais si… Il y a un bal à Stratford samedi prochain, j'ai pensé que vous aimeriez peut-être y aller.

Elle me regarda sans ciller.

— Eh bien, continuai-je, la danse n'est pas vraiment mon fort, surtout avec cette jambe, mais… il y aura du monde, un bar, de la musique… ça change un peu de la vie au village. Qu'en pensez-vous ?

— Je ne peux pas sortir, en tout cas pas la nuit, me répondit-elle en se mordant la lèvre… Pas la nuit, en tout cas, répéta-t-elle en bredouillant à moitié.

Que voulait-elle dire par là ? Qu'elle ne voulait pas sortir du tout ? Ou pas avec moi ?

— Alors nous pourrions toujours aller à Stratford pour déjeuner, nous promener au bord de la rivière. Visiter la tombe de Shakespeare… vous devez déjà l'avoir vue, bien sûr, mais…

Tout cela sonnait faux. Pourtant, elle hocha la tête.

— Oui, cela me plairait de revoir la rivière…

Elle ne finit pas sa phrase, mais je devinai ses pensées. C'était là qu'elle et Wilhelm s'étaient courtisés, durant le printemps 1914.

Cela ne m'en disait guère plus, mais suffisamment. Je m'exhortai à la patience.

— Aimez-vous la moto ? enchaînai-je.

— Comment ?

— J'ai une moto.

— Oh non ! c'est beaucoup trop dangereux. Enfin, je n'ai jamais essayé, mais j'en ai déjà vu. Elles vont trop vite… cinquante kilomètres à l'heure, vous vous rendez compte ? D'ailleurs il ne vaut mieux pas, ajouta-t-elle en baissant les yeux. Non, prenons le train, proposa-t-elle. Je vous retrouverai à la gare à onze heures trente.

Tout le monde au village savait que le train pour Stratford du milieu de la matinée partait à onze heures trente-huit.

— Vous ne voulez pas que je vienne vous chercher ?

— Non. Retrouvez-moi à la gare à la demie. Ne vous en faites pas, je serai ponctuelle.

Elle poussa la porte, me signifiant ainsi mon congé, sourit, ferma la porte complètement, et la rouvrit aussitôt.

— Merci, dit-elle en un murmure.

Puis la porte se referma pour de bon.

Je retournai vers le pont et gravis les marches qui menaient à Newbold Lane. La première fois que j'avais rencontré Sam, c'était dans l'éclat chatoyant du soleil. Par temps de pluie comme aujourd'hui, sa peau, ses cheveux luisaient d'une nuance plus argentée que dorée, mais elle était tout aussi… tout aussi… disons que tout ce qu'elle portait lui allait comme un gant, jupe blanche, imper bleu marine, tablier rayé. Sam Ross avait des courbes que la photo de Wilhelm ne permettait pas d'apprécier. Lorsque je l'avais vue en photo sur le front, j'avais été saisi par sa beauté, mais seul Wilhelm connaissait ses autres charmes. Que je venais de découvrir.

Je n'ai encore pratiquement rien dit de mes cours d'allemand à Stratford. Sise dans un ancien lycée agricole sur Wood Street, l'école de langues était à l'époque de Wilhelm Wetzlar un établissement privé, dont l'objectif principal consistait à enseigner l'allemand et d'autres langues aux diplômés qui avaient obtenu une bourse pour étudier dans des universités européennes telles que Göttingen, Heidelberg, Paris et Bologne. Ainsi qu'à enseigner l'anglais à des étrangers. À l'ouverture des hostilités, le ministère de la Guerre l'avait réquisitionnée, et l'école formait maintenant des interprètes, des interrogateurs, des spécialistes de la propagande, des traducteurs, des espions en herbe, des apprentis diplomates, tous ceux ayant un don pour les langues dont le talent pourrait s'avérer utile à un moment ou à un autre – autant que j'aie pu voir, il n'y avait pas de stratégie bien définie. Les femmes y étaient moins nombreuses que je ne l'aurais cru après avoir lu la brochure du ministère de la Guerre que le libraire londonien m'avait envoyée. C'étaient surtout des gars de l'armée, plus quelques-uns de la marine, échoués là, et un ou deux blessés, comme moi. On y pratiquait essentiellement l'allemand, mais aussi l'italien, le néerlandais et le français.

« L'Agence », comme on l'appelait, s'élevait sur trois étages, et elle devait être assez ancienne car elle manquait singulièrement d'escaliers. En fait, si elle n'avait été réquisitionnée pour la guerre, je suis certain qu'on l'aurait fermée à cause des risques d'incendie. Il n'y avait évidemment pas d'ascenseurs, et un seul et unique appareil téléphonique de modèle récent, situé dans le bureau du directeur d'études, et donc peu accessible. Construit en pierre, tout le bâtiment résonnait : une quinte de toux se propageait dans les couloirs comme une déflagration. Située au rez-de-chaussée, la cantine était imprégnée d'une odeur de cuisine qui n'avait rien d'appétissant, et quelle que soit la nourriture qu'on y servait, soupe, viande, saucisses, oignons, elle était toujours dans des tons brun-gris, peu ragoûtants. Heureusement, Stratford regorgeait de pubs. Une équipe de cricket s'était formée, mais mon état physique me condamnant au seul rôle d'arbitre, j'avais préféré m'abstenir.

Grâce à mes deux années passées en Allemagne, j'étais inscrit dans le cours supérieur où l'on enseignait le vocabulaire allemand spécialisé des différents domaines scientifique, économique, géographique et militaire. L'idée, c'était qu'avec mon expérience des combats et mes connaissances linguistiques, je finirais par être attaché à l'état-major de quelque unité d'avant-poste, pour traduire des documents pris sur l'ennemi, ou interroger les prisonniers. Je n'avais rien contre : mon père serait impressionné et je pourrais ainsi me rendre utile, malgré mon handicap.

Dans l'ensemble, je me serais plutôt bien adapté à ma nouvelle existence s'il n'y avait eu notre bête noire à tous, un certain major George Romford, commandant en second, qui était aussi notre directeur d'études. Il avait beau se raser de près, son menton bleuissait à une vitesse inimaginable. Il avait une énorme moustache que je soupçonnais de dissimuler un bec-de-lièvre, et la plus grosse pomme d'Adam que j'aie jamais vue, de la taille d'un œuf de cane. Dès qu'il parlait, je la voyais danser la gigue dans sa gorge et je ne pouvais en détacher les yeux, sauf pour remarquer que ses chaussures auraient eu besoin d'un bon coup de brosse à reluire.

Le major Romford était né dans une famille de dockers de l'East End de Londres et il s'était fait tout seul, ce qui était tout à son honneur. Après de brillantes études à l'université de Londres, il parlait trois langues en plus de l'anglais.

Malheureusement, il avait une conception assez étriquée de la lutte des classes. Tous ceux qui n'étaient pas nés comme lui dans les bas quartiers et ne s'étaient pas élevés « à la force du poignet » étaient des mauviettes qu'il fallait former à la dure, en les démolissant systématiquement. Ainsi ma façon de traduire, de prononcer, de construire mes phrases n'était jamais assez bonne pour George Romford, même si nous savions tous les deux que je parlais l'allemand avec un meilleur accent et plus d'aisance que lui. C'était justement ce qu'il ne me pardonnait pas, alors que cela n'avait rien d'étonnant, puisque lui avait appris l'allemand à l'école et n'était jamais allé à l'étranger. Il avait une dent contre moi, non seulement à cause de mon accent et de mon origine sociale, mais aussi parce que ayant mon propre moyen de locomotion, je pouvais ainsi m'éloigner du collège (et de lui) à une vitesse défiant toute concurrence. Tant que j'étais à l'Agence, je m'évertuais à l'esquiver et à éviter son regard dès qu'il donnait un cours. Il était particulièrement obséquieux dans ses rapports avec les femmes, ce qui me le rendait encore moins sympathique.

Malgré cet inconvénient, je progressais bien dans mes connaissances de l'allemand technique en y prenant un certain plaisir, et trouvai même quelques livres sur la science et l'histoire allemandes dans la bibliothèque de Stratford, qui me permirent de mieux saisir l'arrière-plan général des termes techniques que j'apprenais.

Le samedi matin, Sam et moi nous sommes retrouvés comme prévu sur le quai de la gare de Middle Hill, à onze heures trente. (Un seul quai desservait les trains allant dans les deux sens.) Comme promis, elle était à l'heure. J'ai acheté les billets et nous sommes restés plantés gauchement l'un à côté de l'autre, en attendant le train. Le soleil brillait, les oiseaux faisaient un raffut du diable, et malgré ma gêne, j'étais d'excellente humeur. J'avais fait une promenade ce matin-là (ma jambe allait de mieux en mieux) et j'avais cueilli un bouton-d'or pour le mettre à ma boutonnière.

Quant à Sam, elle était belle comme un ange. Elle portait un manteau en laine bleu pâle avec un bandeau assorti.

Nous avions à peine eu le temps d'échanger deux mots quand deux jeunes enfants qui l'avaient repérée avant moi se sont rués sur elle en criant à perdre haleine.

— Mademoiselle ! Mademoiselle ! On va à Bristol, comme vous avez dit !

— Notre Colin est marin sur un bateau !

— Il part pour une destination secrète et on vient lui dire au revoir !

Sam s'est accroupie pour être à leur hauteur, endossant instantanément le rôle d'institutrice gentille mais ferme, dans lequel je l'avais vue la toute première fois.

— Du calme Maureen. Brian, ne crie pas comme ça.

Elle a levé les yeux vers moi et a souri tout en les écoutant. Dociles, ils avaient aussitôt baissé le ton et, collés à elle, lui racontaient tout par le menu, plus posément. Le signal a retenti, et quand on a entendu le sifflement du train qui approchait, les enfants se sont empressés de rejoindre leurs parents en courant sur le quai.

Sam s'est relevée.

— Alors ? ai-je fait, intrigué.

Elle a sorti un mouchoir de son sac et s'est tamponné les lèvres.

— J'ai toujours eu envie de voyager, mais avec cette guerre, ça ne risque pas d'arriver de sitôt, a-t-elle expliqué. L'autre jour, je faisais la lecture à la classe, et comme c'était le livre d'un explorateur, nous avons parlé de pays lointains. J'ai recommandé à mes élèves de naviguer de par le monde dès qu'ils le pourraient. Or Maureen et Brian ont l'occasion d'aller à Bristol. Pour eux, c'est déjà l'aventure, et ils voulaient que je le sache.

— Ils font l'aller et retour en train ?

— Oui. Pauvres choux, ils vont sans doute tomber de sommeil en cours lundi, mais au moins, ils auront vu Bristol. Tous les autres enfants les bombarderont de questions. Ils seront les stars d'un jour, comme Mary Pickford…

Peu après le départ, le train croisa la maison d'éclusier où Sam habitait. Je fus surpris d'apercevoir, debout devant le cottage et faisant signe au passage, la jeune fille qui chantait dans le chœur. Cela me donna à réfléchir.

Le train n'était pas bondé et nous eûmes un compartiment pour nous tout seuls. Sam a ouvert son manteau et s'est assise. Alors que le train prenait de la vitesse et que l'odeur des fumées de la locomotive nous parvenait par bouffées, elle m'a désigné plusieurs villages que nous traversions sans nous y arrêter : Charlecote, Littleham Bridge, Avoncliffe. La ligne croisait et recroisait les eaux vert sombre des canaux du Warwickshire, dont elle connaissait aussi les noms. Les courbes que laissait entrevoir l'échancrure de son manteau formaient un paysage tout aussi fascinant.

— Vous avez déjà navigué sur des canaux ? lui ai-je demandé.

— Oh oui ! souvent ! Mais c'est un peu lent à mon goût. J'aime la vitesse.

Dans ce cas, pourquoi n'avait-elle pas voulu monter à moto ?

Le train continuait vers Evesham, Gloucester et Bristol bien sûr, mais un bon nombre de passagers sont descendus avec nous à Stratford. Sam m'a expliqué que le train était parti de Coventry et que les week-ends, beaucoup de gens venaient comme nous passer la journée à Stratford. Alors que nous quittions le quai, elle a fait un signe aux enfants qui allaient à Bristol. Une fois sortis de la gare, nous avons décidé de faire un petit tour en ville pour nous ouvrir l'appétit puis de déjeuner dans un pub que nous connaissions tous les deux, *The Crown*, avant de nous promener plus longuement le long de la rivière dans l'après-midi. Je connaissais assez bien les rues principales de Stratford, mais Sam m'a entraîné dans un quartier de ruelles, de cours et d'impasses rempli d'écuries et d'ateliers, forges, fonderies, selleries. La route nous a menés près du bac, puis nous avons longé une église et un moulin. J'ai remarqué la forte proportion de femmes ouvrières dans les forges et la fonderie, qui travaillaient sans doute pendant que leurs hommes étaient au loin, sur le front. Cela peut sembler étrange, mais sur le moment, je me suis réjoui de mon infirmité, qui justifiait aux yeux de tous ma présence ici.

Nous nous sommes arrêtés devant une petite maison encaissée dans une ruelle qui devait être un atelier de menuisier, d'après l'enseigne suspendue à l'extérieur.

— Venez, me lança Sam en m'entraînant à l'intérieur. C'est l'endroit idéal quand on a besoin d'une canne, ou d'une jambe de bois, a-t-elle ajouté avec un petit sourire.

Docile, je l'ai suivie.

Dedans, trois hommes étaient à l'ouvrage, un plus âgé et deux jeunes apprentis. Mais c'étaient les murs qui attiraient en premier lieu le regard. Construits en briques anciennes, ils étaient recouverts de toutes sortes d'outils d'une rare qualité, chacun accroché à sa place, là où les artisans savaient les trouver : rabots en bois luisant, poinçons, alênes, forets, mèches, pinçons, marteaux assortis de têtes différentes, pointes, pics, couteaux, ciseaux, vastringues, fendoirs, herminettes, doloires, lames et râpes. L'ensemble rappelait les immenses collages abstraits que j'avais vus à Munich.

— Comment se fait-il que vous connaissiez cet endroit ? demandai-je. C'est fantastique !

— Il y a un professeur de menuiserie à l'école. Il m'a emmenée ici. Avez-vous jamais rien vu de pareil ?

— Non, mais ça me fait penser à quelque chose que j'ai vu à Munich, car j'ai séjourné là-bas. Je vous raconterai un jour.

Nous avons dit au revoir aux trois hommes d'un signe de la main, puis nous sommes sortis du réseau de petites rues pour rejoindre le pub.

Sam connaissait l'une des serveuses, une certaine Maude, qui nous a donné une bonne table avec vue sur une cour où, à une autre époque, on devait décharger les voitures à chevaux. La cour contenait un bon nombre de fûts, sans doute vides et attendant d'être échangés contre des pleins, lors de la prochaine livraison du brasseur.

Il n'y avait guère de choix au menu, après tout, c'était la guerre, mais les plats étaient beaucoup plus appétissants que ce qu'on nous servait à la cantine de l'école, et on nous a apporté du poisson après la soupe, ce que j'ai trouvé très chic.

Je ne me souviens guère du pub lui-même, car je n'avais d'yeux que pour Sam. Je ne suis tombé amoureux qu'une fois dans ma vie et ça m'est venu d'un coup, là, dans les ruelles et impasses de Stratford. Je voyais bien que Sam essayait de garder ses distances alors que je faisais tout pour me rapprocher d'elle. Pendant notre excursion dans le quartier caché de Stratford, elle s'était adressée à moi comme un guide escortant un touriste. Avait-elle réservé ce traitement à Wilhelm, au début ? Il n'y avait pas eu de petit regard ni de sourire complices, pas le moindre contact physique. Pourtant je ne lui étais pas complètement indifférent. Je l'ai remarqué à sa façon de m'observer, de guetter mes réactions devant les obstacles qu'elle dressait en travers de ma route pour ralentir mes travaux d'approche. Et puis elle était un peu timide. Moi, j'étais juste ravi d'être avec elle.

Avant le déjeuner, nous avons tous deux siroté un sherry. Pendant le repas, j'ai bu une pinte de bière et elle un panaché. Quand elle a ôté son manteau, révélant une robe boutonnée sur le devant, l'effluve parfumé qui s'est exhalé d'elle et sa tenue un peu ajustée m'ont inspiré une bouffée de désir intense tel que je n'en avais jamais éprouvé, même pas à Munich, au cabaret des *Onze Bourreaux*, ni avec Crimson. Oui, ce fut, et resterait, le moment le plus érotique de ma vie.

Durant la première partie du déjeuner, elle a décrété que c'était mon tour de parler, qu'elle était à court, après notre tour en ville. Je n'étais pas certain que ce fût vrai, car elle gardait toujours ses distances avec moi, mais j'ai obéi bien volontiers. Comme font dans des moments pareils les amoureux, ou ceux en passe de le devenir, je lui ai raconté l'histoire de ma vie, ou du moins une version expurgée, conçue pour lui donner une bonne image de moi. Tout en parlant, je la regardais manger, observant sa bouche, ses lèvres, sa gorge.

Je lui ai donc raconté mon enfance dans les Costwolds. Nous habitions dans un petit hameau une grande maison située près de l'église, entourée de terres agricoles et de bois de hêtres.

— Dès mon plus jeune âge, je connaissais les champignons comestibles et vénéneux, les coins où les blaireaux s'aventuraient la nuit, les clairières que les jacinthes des bois tapissaient d'un bleu diapré, au printemps. Ces bois m'étaient devenus si familiers que je n'y étais plus moi-même considéré comme un intrus, au point que les renards ne fuyaient pas à mon approche.

« L'été, le feuillage des hêtres formait une voûte immense que les rayons obliques du soleil baignaient d'une lumière d'un vert doré. C'était une sublime cathédrale de verdure. À d'autres moments de l'année, quand il faisait froid et qu'il pleuvait, ma sœur et moi fabriquions des cerceaux en recourbant des brindilles pour recueillir sur les haies des toiles d'araignée perlées d'eau de pluie ou, mieux encore, ourlées de givre, petits chefs-d'œuvre de dentelle que nous tendions vers la lumière. D'innombrables ruisseaux traversaient les plateaux en sinuant, formant des creux où des ragondins, des poules d'eau et des serpents trouvaient refuge.

« Tout le monde, en tout cas tous les enfants du coin, savait dans quel pré le fermier gardait son taureau. À nous les plus jeunes, il nous était formellement interdit d'en approcher, ce qui parait cet endroit de toutes les vertus et nous attirait vers lui irrésistiblement. Le portail en fer qui y menait comprenait un dispositif ingénieux, un tourniquet qui ne laissait passer qu'une personne à la fois et permettait de pénétrer dans l'enceinte sans que le taureau puisse en sortir. C'est ce que nous faisions, quand aucun adulte n'était dans les parages. Nous nous amusions même à compter combien de temps nous pouvions rester dans le pré interdit avant que le taureau ne nous repère par la vue ou l'odorat et s'approche d'abord au trot, puis en fonçant tête baissée. Nous appelions ce jeu "la charge du taureau". Alors on décampait en ressortant par le tourniquet, et on taquinait le taureau en toute sécurité, protégés par la clôture. Je me rappelle une fois où nous sommes restés dans le pré en comptant jusqu'à 444, chiffre qui devint dès lors magique pour ma sœur et pour moi. Puis on m'offrit ma première montre, ce qui nous permit de vérifier le temps que nous restions dans le pré avec une exactitude qui enlevait au jeu beaucoup de son intérêt.

« Le pasteur de notre village avait cinq filles, et un scandale éclata quand l'une d'elles fut engrossée par un ouvrier agricole de la région. (À cet instant, je vis les joues de Sam s'enflammer, mais je continuai mon récit.) Elle avait alors quinze ans, un an de plus que moi, et je l'avais embrassée une fois, dans un couloir du presbytère, un bâtiment sombre plein de coins et de recoins. J'ai découvert plus tard qu'elle embrassait n'importe qui à l'époque, mais sur le moment, j'ai cru que c'était moi qui l'avais mise enceinte, et je me rappelle avoir été malade comme un chien, tant j'étais honteux et inquiet. Mais la police ne s'est jamais pointée chez mes parents, et avec le temps, mes sentiments de culpabilité se sont dissipés. La jeune fille fut expédiée au loin et je ne la revis jamais, à mon grand regret d'ailleurs, car je gardais une excellente impression de ce baiser illicite, et j'aurais volontiers recommencé.

« Ma sœur était de deux ans ma cadette et nous faisions toujours tout ensemble, à part évidemment embrasser la fille du pasteur. Dans nos jeux et nos aventures, c'était moi le chef et elle mon fidèle lieutenant, rôle dont elle se contentait avec bonheur.

— Comment s'appelle-t-elle ? demanda Sam entre deux bouchées.

— Isobel. Izzy.

— Était-ce un garçon manqué ?

— Pas vraiment. Pourquoi ?

— L'une de mes sœurs était un vrai garçon manqué. Elle ne cessait de nous tyranniser et de nous entraîner dans de mauvais coups.

— Non, en réalité, Izzy est très féminine. Quoique un peu despotique, ces derniers temps, mais cela vient du fait qu'elle suit une formation pour devenir infirmière. On dirait que l'autoritarisme va de pair avec cette fonction.

— Est-ce qu'elle va s'engager dans l'armée ? On peut voyager comme infirmière, surtout en temps de guerre… Désolée, je vous ai interrompu, s'est reprise Sam en faisant la moue. Continuez.

— J'ignore quels sont ses projets. Elle vit à Londres et on a un peu perdu le contact. Mais nous avons toujours été très proches.

Et j'ai raconté à Sam notre première expédition. J'avais sept ans, Isobel cinq, et on nous avait permis de passer la nuit dans une tente dressée dans le jardin.

— Avec l'aide de nos parents, on a fait du feu pour griller des saucisses, que nous avons ensuite grignotées en feignant de nous régaler alors qu'elles étaient carbonisées. Plus tard dans la nuit, Isobel a été un peu effrayée par les cris des hiboux et à vrai dire, moi aussi. Mais j'ai joué le rôle du grand frère à la perfection. On s'est endormis dans les bras l'un de l'autre, dans le même sac de couchage.

« Mais pour nous, la grande aventure, c'était d'aller regarder le mascaret de la Severn. La rivière était à une quinzaine de kilomètres de chez nous, et à certaines périodes de l'année, surtout au moment des grandes marées d'équinoxes, une vague de plus de un mètre de haut se levait, due au brusque rétrécissement du canal de Bristol, et elle remontait la rivière au moins jusqu'à Sharpness. Les gens venaient de toute la région pour voir le mascaret, mais pour les enfants, le jeu consistait à s'asseoir quelque part sur la berge, là où on risquait d'être emportés par la vague, et de jouer au dernier qui se dégonfle. On restait sur la rive, assis ou debout, et on tenait jusqu'au moment où la vague déferlait, alors chacun prenait ses jambes à son cou. Le gagnant était bien sûr celui qui tenait le plus longtemps.

« Évidemment, nos parents ne nous auraient jamais laissés faire s'ils avaient su, mais Isobel et moi nous éclipsions discrètement à vélo. Le trajet de quinze kilomètres jusqu'à la rivière n'était pas trop dur, malgré quelques petites montées. Quand l'heure de la marée le permettait, on pouvait facilement être rentrés avant la nuit. Or nos parents étaient très stricts sur ce point : en toute saison, il fallait être rentrés à la maison avant la tombée de la nuit, ce qui nous empêchait de participer au jeu particulièrement dangereux qui consistait à défier le mascaret de nuit. Il fallait attendre sur la rive dans le noir, sans voir la vague arriver, et évaluer sa vitesse et sa distance au seul bruit qu'elle faisait. Quand nous arrivions à la rivière, nous entendions les autres enfants parler de cet exploit, et cela nous inspirait un respect mêlé de crainte. Car certains avaient mal estimé l'approche de la vague et ils étaient morts noyés. En ces occasions, nous retrouvions des copains qu'on ne voyait pas le reste de l'année. C'étaient des amitiés aussi intenses qu'éphémères.

— C'est à Bristol que j'ai grandi, dit Sam entre deux bouchées. Les grandes marées qui remontaient dans le canal de Bristol provoquaient parfois des inondations. Une vraie calamité. À la décrue, mes sœurs et moi descendions pour regarder les poissons et les anguilles qui s'étaient fait piéger quand l'eau s'était retirée. Quelle horreur, ces anguilles, fit-elle en frissonnant.

— La vie dans les Costwolds n'était pas que bucolique, repris-je. À Edgewater, il y avait un enfant épileptique qui avait régulièrement des crises. Il s'appelait Martin. On avait appris à tous les gamins que s'il avait des convulsions, il fallait sortir un mouchoir – on en avait toujours un en poche – et maintenir sa langue pour qu'il ne l'avale pas au risque de mourir étouffé. Pendant ce temps, un autre enfant courait chercher de l'aide. Personne ne se moquait des épileptiques au village et nous n'en avions pas peur, contrairement à beaucoup de gens en ville.

Sam se tamponna les lèvres avec sa serviette et but une gorgée de son panaché. Sa façon de manger, de remuer la bouche, d'avaler, tout en elle m'apparaissait empreint de sensualité et je la dévorais des yeux.

— Je sais ce que c'est, remarqua-t-elle. À Middle Hill, nous avons deux gamins épileptiques, Alice et Barry. Quand ils ont des crises, cela perturbe la classe pour le reste de la journée. Pauvres petits. Je trouve qu'on devrait apprendre aux enfants quelques rudiments de médecine et de secourisme.

— Au village, il y avait de pauvres gens, des romanichels, comme on les appelait, et nous n'avions pas le droit de jouer avec leurs enfants, en tout cas pas officiellement, mais les langues allaient bon train. On disait qu'ils ne se lavaient jamais et qu'ils maltraitaient leurs chevaux, de pauvres bêtes efflanquées.

« Or les romanos aimaient braconner dans les bois avec ces pièges qui se referment en claquant comme des mâchoires quand on marche dessus. On ne cessait de leur répéter que ces pièges étaient dangereux, mais ils continuaient à en poser. Un jour, ou plutôt un soir, un habitant du village a marché sur l'un de ces pièges et une pointe en métal a perforé l'artère de sa jambe. Il a sûrement appelé à l'aide, le pauvre, mais personne ne l'a entendu, et pendant la nuit, il s'est vidé de son sang jusqu'à ce que mort s'ensuive. Au procès, le romanichel a plaidé coupable pour homicide involontaire, et l'affaire a fait la une du journal local pendant des jours et des jours. Mais le ministère public a argué du fait que poser ce piège dans les bois révélait une volonté délibérée de nuire. Le gitan a été jugé coupable de meurtre et condamné à mort.

« Il a été pendu deux semaines plus tard. Je n'oublierai jamais le mardi où c'est arrivé. La plupart des gens trouvaient qu'il le méritait, mais ce jour-là, le village est resté prostré sous une chape de silence… Désolé, ce n'est pas très drôle comme histoire.

Sam l'a reconnu en souriant.

— J'aimerais que vous me parliez de votre famille, de vos parents, me demanda-t-elle.

— Eh bien, je ne suis pas spécialement proche de mon père, mais je le respecte. Mon grand-père, que je n'ai pas connu, avait fondé une maison d'édition qui marchait très bien, Montgomery & Mann. Elle publiait des romans, des livres d'histoire, principalement des ouvrages scientifiques. Quand mon père est entré dans l'entreprise familiale, la société avait des bureaux à Londres, mais aussi à Édimbourg et à New York.

— Vous êtes déjà allé à New York ?

— Non. Même pas à Édimbourg.

— J'adorerais connaître New York... Si j'en avais l'occasion, je prendrais le risque de traverser l'océan, malgré les sous-marins.

— C'est vrai ?

— Je vous l'ai dit, j'ai la bougeotte. J'attends juste que cette guerre finisse. Ensuite, je vais courir le monde. Mais je vous ai encore interrompu. Désolée. Vous me parliez de votre père... Lui a forcément dû aller à New York.

— Oui, quelques fois. Pour voir comment les affaires marchaient là-bas. Il m'a confié un jour qu'il avait vaguement pensé à émigrer, mais alors, il a rencontré ma mère et pour elle, il n'en était pas question. Aussi n'ont-ils jamais bougé... Ma mère n'est pas du tout comme vous, sur ce plan-là.

— Continuez, fit Sam avec un sourire.

Comme j'avais pu le reconstituer plus tard, je lui expliquai donc que mon père avait dans les quarante-cinq ans, et moi quinze, quand mon grand-père reçut une offre d'un gros consortium, une offre qui s'avéra au fil des discussions trop alléchante pour être rejetée.

— Six mois plus tard, mon grand-père mourut d'une crise cardiaque et mon père hérita de sa fortune et de ses affaires. Il continua à travailler un moment au sein de l'entreprise, même s'il n'en avait pas besoin pour vivre, mais avec le temps, il apprécia de moins en moins les orientations du consortium et il démissionna pendant que j'étais en Allemagne.

« C'était avant tout un intellectuel, plus intéressé par les idées que par les gens. Il y avait des livres partout dans la maison et pour cette raison, entre autres, il n'avait pas éprouvé la nécessité d'envoyer son fils en pension dès son plus jeune âge, contrairement à beaucoup de ses amis. Izzy et moi avons joui très jeunes d'une grande indépendance vis-à-vis de nos parents. Ce qui n'empêchait pas une vie de famille harmonieuse. Nous fêtions Noël, Pâques et les anniversaires, mais sans excès : un cadeau pour chacun suffisait, selon mes parents. Ma sœur et moi étions obligés de jouer dehors par n'importe quel temps ou presque, mais il n'y avait là aucune cruauté, et quand l'un de nous tombait malade, nos parents étaient pleins de sollicitude à notre égard. Le médecin du pays, Liam Barnaby, déjeunait avec mon père une fois par semaine à l'auberge du village, et c'était un bon ami de la famille. Pendant ces déjeuners, mon père et lui discutaient de leurs dernières lectures. Je le sais parce qu'il m'arrivait de les écouter.

« J'ai fini par entrer en pension à l'âge de treize ans. Mais ce n'était pas loin de la maison. C'est là que je me suis découvert une passion pour l'allemand. Quand il était dans l'édition, mon père se faisait un devoir de se tenir au courant des dernières recherches dans des domaines aussi variés que l'histoire, la médecine, le génie civil et la chimie, et ils étaient alors bien souvent plus avancés en Allemagne qu'en Amérique ou en Grande-Bretagne. C'est pourquoi la langue, l'histoire et la science de ce pays m'ont toujours intéressé.

« Mais je parle trop, dis-je en remarquant soudainement que Sam avait depuis longtemps fini de déjeuner, tandis que mon assiette était encore à moitié pleine. Désolé. Vous voulez bien prendre le relais pendant que je termine ce poisson ?

— D'accord, acquiesça-t-elle avec un sourire. Si vous me commandez un autre panaché.

Mon verre aussi était vide. Je fis signe à Maude, la serveuse, et passai la commande.

— Je parie que votre vie a été plus intéressante que la mienne, m'exclamai-je.

Elle se mordit la lèvre, comme je l'avais déjà vue le faire plusieurs fois.

— La vôtre semble avoir été idyllique, comme devrait l'être toute vie de famille. Affectueuse, sans trop de démonstration, et plutôt épargnée par la guerre. Pourtant je suis certaine que vous avez dû passer sous silence certains détails moins réjouissants.

— Un homicide, une pendaison, un épileptique, des romanichels… J'ai fait de mon mieux, ironisai-je en haussant les épaules.

— Pour commencer, nous sommes quatre filles, reprit-elle après un petit silence. Une famille qui rappelle un peu celle de votre pasteur. J'ai grandi à Bristol, comme je vous l'ai dit. Mon père était dans la marine marchande, aussi était-il souvent au loin. Peut-être que c'est de là que me vient mon envie de voyages, mais je n'en suis pas certaine. Quand il était à la maison, mon père buvait, et nous avons appris à le craindre. Il frappait ma mère. Elle n'a jamais rien fait pour se venger. Mais un jour, alors qu'il repartait en mer et qu'elle savait qu'il serait absent pendant des semaines, sinon des mois, elle a plié bagage et nous avons déménagé. Nous vivions dans un meublé, alors ce ne fut pas difficile. Elle nous a emmenées à Londres, où elle avait une sœur. Chez nous, il n'y a que des femmes, soupira Sam avec un sourire.

« Ma mère était couturière ainsi que Ruth, ma sœur aînée. Elles n'ont pas eu de mal à trouver du travail. Quant à nous autres, nous étions trop jeunes. Nous sommes allées habiter un appartement près de chez ma tante et nous avons été bien plus heureuses qu'à Bristol. Les week-ends, nous visitions les musées, Buckingham Palace, la Tour de Londres, le palais de Westminster. Puis notre mère a été engagée comme couturière à façon par un tailleur de Savile Row dans le West End, ce quartier chic où les gens du beau monde se font faire tous leurs vêtements. Elle s'y rendait deux fois par semaine pour prendre et livrer du travail et durant l'une de ces visites, elle a fait la connaissance d'un client. Ma mère était jolie, et ce client, qui s'appelait Mortimer Stannard, sir Mortimer Stannard, s'est vraiment entiché d'elle. Il l'a invitée au restaurant, au théâtre, et l'a même emmenée aux courses. Comme elle se faisait ses propres vêtements, elle était très élégante…

« Vous pouvez sans mal imaginer la suite, poursuivit-elle après un petit silence, mais en voyant que je faisais non de la tête, elle m'a proposé de poursuivre cette conversation en nous promenant au bord de la rivière, pour profiter des meilleures heures de la journée.

Nous avons donc renoncé au pudding et au café, j'ai réglé l'addition et vingt minutes plus tard, nous nous promenions au bord de l'Avon. À Stratford, la rivière est large, et ses berges plates la font paraître encore plus grande. À cette époque de l'année, les prairies étaient couvertes d'un tapis de pissenlits.

Comme c'était samedi, la rivière était assez fréquentée. Il y avait des pêcheurs assis au bord de l'eau, des barques à fond plat, des canots qui faisaient fuir les canards. Et même un ou deux nageurs intrépides. Comparé au mascaret de la Severn, c'était un cours d'eau très tranquille.

Deux cents mètres plus loin, les pêcheurs se firent plus rares, les rameurs et canoteurs avaient tous fait demi-tour, et nous avions quasiment l'Avon pour nous tout seuls.

— Là-bas, c'est Luddington, dit Sam en désignant la flèche d'un clocher qui dépassait des arbres.

— Vous savez, fis-je en m'arrêtant un instant et en posant la main sur son bras. J'ai beau faire, je n'arrive pas à deviner la suite.

— Notre père nous a retrouvées, continua-t-elle alors que nous reprenions notre marche. Il savait où vivait la sœur de ma mère et l'a menacée de violences si elle ne révélait pas où nous étions cachées. Il est arrivé, saoul comme d'habitude, d'une humeur massacrante, et il s'en est pris à ma sœur aînée, car ma mère n'était pas à la maison.

Sam s'est interrompue.

— Regardez, là.

Sur la rivière nageaient une maman cygne et deux oisillons d'un brun moucheté. Visiblement, nous étions un peu trop près au goût de la mère qui a dressé son long cou en sifflant dans notre direction.

Dès que nous nous fûmes éloignés, elle s'est calmée. Wilhelm ne m'avait-il pas dit quelque chose à propos des cygnes de Stratford ?

— Les gens ne sont guère différents des animaux, commenta Sam en murmurant, comme si elle craignait encore de déranger les oiseaux. Ma sœur Ruth, par exemple. En fait, à l'époque, c'était le garçon manqué dont je vous ai parlé. Quand mon père s'en est pris à elle, elle a riposté en brandissant un couteau de cuisine. Et elle l'a blessé au bras, ce qui l'a mis encore plus en rage. Il a voulu la frapper et comme il était ivre, il a trébuché et est tombé sur le couteau qu'elle tenait. Aucune de nous n'a su que faire. Il est mort là, sur le sol de la cuisine, en se vidant de son sang.

Elle s'est interrompue, s'est penchée et a arraché une touffe d'herbe.

Je ne savais que dire. Je comprenais maintenant pourquoi mon enfance lui semblait idyllique.

— Ma sœur n'a jamais été inculpée. Quand Mortimer Stannard a appris par ma mère ce qui s'était passé, il a été merveilleux. Il a engagé un avocat qui a recueilli une déclaration signée de ma tante, confirmant que notre père était fin saoul et très agressif ce jour-là, et qu'il l'avait menacée de violences. Quant à nous, les autres sœurs, nous avons témoigné qu'il avait d'abord frappé Ruth et qu'il était tombé sur le couteau.

Je me suis demandé si cette partie-là était véridique.

Sam a lancé la touffe d'herbe dans l'air et la brise l'a emportée.

— En tout cas, la mort de mon père a permis à ma mère d'épouser sir Mortimer. Le mariage eut lieu quelque temps après sur un bateau, une cérémonie très discrète. Sir Mortimer avait déjà assuré notre avenir en payant pour les études des trois plus jeunes. C'est là, en pension, que j'ai gagné une bourse pour entrer à l'Institut de formation des maîtres.

— Je suis soulagé que l'histoire finisse bien.

Elle m'a regardé sans ciller. J'ai alors remarqué que ses yeux étaient noyés de larmes.

— Ma mère et sir Mortimer furent unis par Edward John Smith, le capitaine du *Titanic*.

— Vous voulez dire que…

Elle a acquiescé en se mordant la lèvre. Plutôt raté comme happy end.

Nous étions arrivés devant une clôture métallique munie d'un tourniquet.

— On fait demi-tour ? ai-je demandé, aussi doucement que possible.

Elle a hoché la tête et je lui ai tendu mon mouchoir pour qu'elle sèche ses larmes.

Nous avons fait le trajet du retour sans parler ou presque. À mi-chemin pourtant, elle a passé son bras sous le mien. Comment l'interpréter ? Un signe d'affection ? Trop tôt. Vraisemblablement, elle avait besoin d'un peu de réconfort après avoir raconté son histoire. J'ai resserré mon étreinte et n'ai pas dit grand-chose, jusqu'à ce que nous soyons assis dans le train, au départ de Stratford.

— Et entre vos études de formation et Middle Hill, que s'est-il passé ? ai-je alors demandé.

— L'institut était à Londres, et en 1913, je me suis rendue à Stratford, à une conférence sur Shakespeare. Les tragédies shakespeariennes étaient mon sujet de thèse. À la conférence, j'ai rencontré deux enseignants de l'école de Middle Hill, on a sympathisé, ils m'ont dit qu'il y avait un poste à pourvoir à Middle Hill, et me voilà.

— Alors c'est votre premier poste d'institutrice ?

— Oh oui ! Je ne suis pas si vieille que ça, vous savez.

— Et cela vous plaît ?

Elle n'a pas tout de suite répondu. Puis le sifflet a retenti et le train s'est ébranlé. Ma question s'est noyée dans la vapeur, la fumée et l'agitation du départ, sans que j'obtienne de réponse.

Le train étant plein au retour, il était difficile d'aborder des sujets trop personnels, et nous nous sommes tous deux assoupis un moment. Le ciel jusque-là ensoleillé s'assombrissait. Tout en somnolant, cette question cruciale m'obsédait : oserais-je embrasser Sam sur la joue au moment de lui dire au revoir, ou était-ce prématuré ? Je n'avais pas envie de recevoir une rebuffade.

Je l'ai raccompagnée de la gare de Middle Hill vers chez elle, mais quand nous avons quitté le pont pour nous engager sur le chemin de halage, c'est Sam qui m'a tendu la joue. C'était juste une façon de prendre congé. Pourtant, j'étais aux anges, et je n'ai pas tenté d'aller plus loin.

— Irez-vous à l'église demain matin ? ai-je demandé.

Elle a fait non de la tête.

— Et une promenade dans l'après-midi, ça vous dirait ?

— Oui, volontiers. Je vous retrouverai à quatorze heures trente devant l'école.

Cette fois encore, elle ne semblait pas avoir envie que je vienne la chercher.

Elle m'a tourné le dos et est descendue sur le chemin de halage.

Quant à moi, j'ai caressé ma joue, là où elle m'avait embrassé.

Alors voilà. Je n'avais pas parlé de Wilhelm, et n'avais plus l'intention de le faire. Tout ce que je savais, c'était que j'étais follement amoureux de Sam et prêt à assumer n'importe quel mensonge ou dissimulation pour qu'elle m'ait à la bonne. Pour être honnête, j'avoue que je ne me suis pas posé trop de questions, sur le moment. La guerre risquait de durer encore un bon bout de temps.

Sam et moi venions à peine de nous quitter au bord du canal qu'elle me manquait déjà, ce samedi-là. Certes, je me rappelais avec acuité son odeur, le bandeau qui retenait ses cheveux, sa façon de se mordre la lèvre, de tenir ses couverts, les muscles de sa gorge quand elle avalait une gorgée de panaché. Mais ses traits s'estompaient, et j'avais un besoin irrésistible de revoir au plus vite son visage.

Le lendemain il pleuvait. Une pluie d'hiver, froide et persistante, qui avait tendance à retarder la croissance de la végétation plutôt que la favoriser. J'allais aux matines pour passer le temps, et parce que même si je n'avais pas la foi, j'aimais toujours chanter les hymnes qui avaient bercé mon enfance. J'espérais aussi qu'une fois le service fini, la pluie torrentielle aurait cessé. Mais le temps empirait encore : des nuages bas s'amoncelaient, d'un gris aussi sinistre que celui d'un uniforme allemand.

Ceux d'entre nous qui résidaient au *Lamb* prirent leur déjeuner du dimanche dans l'arrière-salle où nous dînions pendant la semaine. C'était une sorte de jardin d'hiver et ce jour-là, la pluie crépitait sur la verrière comme un tir de mitraillette. J'étais à cran, car je redoutais que le mauvais temps n'oblige Sam à annuler notre rendez-vous.

À quatorze heures vingt-cinq précises, je me glissai dans la rue par la porte latérale du *Lamb* et me dirigeai vers l'école. J'avais relevé le col de mon imperméable, et dessous je portais un costume en tweed qu'Isobel m'avait donné. Vu le temps, je ne fus pas surpris de trouver la rue principale déserte. Une automobile passa, une Lanchester d'un modèle récent, mais les vitres étaient si embuées qu'il me fut impossible de voir si je connaissais ou non le conducteur. J'atteignis le portail de l'école et attendis en un lieu un peu abrité de la pluie.

Viendrait-elle ? À quatorze heures trente, toujours aucun signe d'elle, ni cinq minutes plus tard (j'avais toujours la montre à gousset qu'on m'avait offerte quand j'étais enfant, celle dont je me servais pour vérifier combien de temps Isobel et moi restions dans le champ du taureau). De là où j'étais, j'avais vue jusqu'au cimetière attenant à l'église, où la pluie battante malmenait les fleurs qui ornaient les tombes.

Quand je me suis retourné pour regarder vers Wellesbourne Road, elle était là, dans son imper bleu marine, coiffée du chapeau assorti. Elle m'a vite rejoint et m'a tendu une joue mouillée. Ses cils étaient perlés de gouttes de pluie.

— J'ai cru que vous ne viendriez pas, dis-je en humant avec délice son parfum capiteux.

— À cause du temps ? Ce n'est pas un peu de pluie qui m'empêcherait de sortir. Ne pleuvait-il donc jamais dans votre enfance dorée ?

— Où aimeriez-vous aller ?

Sans hésitation, elle a pointé du doigt.

— Si nous descendons par là, puis remontons le canal vers le nord, nous arriverons à Hampton Gorse dans un peu plus d'une demi-heure. Avec un peu de chance, le salon de thé sera ouvert.

Nous nous sommes mis en route.

— Êtes-vous allé à l'église ? demanda-t-elle.

— Oui, j'ai vu Katharine dans la chorale.

La pluie était plus forte que jamais et quand nous avons atteint le canal, nous avons vu que sous l'effet du vent, l'eau était agitée de vaguelettes ourlées d'écume. Il n'y avait aucun pêcheur dans les parages.

— Et vous avez déjeuné au *Lamb* ?

J'ai acquiescé, sans me laisser abuser par ces questions anodines en apparence, car je savais où elle voulait en venir.

— Sam, je suis au courant, pour le bébé, lâchai-je.

Elle n'a pas du tout réagi comme on aurait pu le prévoir. Elle a continué à marcher sans ralentir le pas ni se tourner vers moi, le visage offert à la pluie et au vent.

Ce matin-là à l'église, j'avais fini par rassembler les morceaux du puzzle, que d'autres informations recueillies au pub pendant le déjeuner étaient venues compléter. Sam avait un bébé, un tout petit garçon. Quant à Katharine, la jeune fille que j'avais vue aux alentours de la maison d'éclusier, c'était sa baby-sitter. Même si elle avait terminé ses études, Katharine était trop jeune pour qu'on lui permette de rester dehors après la tombée de la nuit, et c'était pour cette raison que Sam ne pouvait sortir le soir. Cela expliquait aussi pourquoi elle n'était pas allée à l'église : Katharine devait chanter dans le chœur et Sam n'avait pas envie d'exhiber son bébé en public.

Ces détails éclairaient aussi la conversation entre le barman et le directeur de l'école que j'avais entendue par mégarde, la première fois que j'étais entré au pub. Le fait que Sam, une institutrice, ait eu un enfant hors des liens du mariage était considéré par certains habitants du village comme une faute impardonnable, l'œuvre du malin, et un exemple consternant pour les jeunes enfants qu'elle avait sous sa responsabilité. Je dois admettre qu'au début, moi aussi je fus choqué. Cette conduite ne correspondait pas à l'image que j'avais de Sam. Elle ne semblait pas du tout dévergondée, elle était même tout le contraire. C'était pour le moins déconcertant.

J'avais aussi appris que d'ici peu, le conseil d'établissement se prononcerait sur son éventuel renvoi. Elle n'avait gardé sa place jusque-là qu'à cause du temps que le comité en question avait mis à se rassembler. Par ailleurs, ses qualités d'enseignante lui valaient le soutien de nombreux membres du personnel. Et puis la guerre faisait qu'on manquait cruellement d'enseignants. Les langues allaient bon train dans le village, mais on ne divulguait pas ce genre de scandale à des étrangers comme moi. Je n'en avais appris les détails qu'à force de poser des questions, et parce que j'habitais à l'auberge.

J'y avais d'ailleurs observé avec intérêt combien les opinions divergeaient. Certains trouvaient la conduite de Sam inqualifiable et la jugeaient en état de péché mortel, mais d'autres partageaient l'avis de la majorité du personnel de l'école : malgré son écart, Sam était une institutrice remarquable, une jeune femme bien élevée, droite, adorée des enfants. De plus, et c'était là sans doute le facteur qui entrait le plus en ligne de compte, on pensait communément que le père de l'enfant était un soldat qui risquait sa vie à tout moment, et qu'il était parti au front avant que Sam sache qu'elle était enceinte. De ce point de vue, le péché de Sam était tout à fait pardonnable.

Quant à moi, j'étais complètement anéanti par ce nouveau développement. D'autant que contrairement aux autres, je savais qui était le père. Je savais aussi que les partisans de Sam avaient raison au moins sur un point, à savoir que le père était au front et ignorait qu'il avait un enfant.

Il s'est passé un certain temps avant que Sam reprenne la parole. Nous avons continué à marcher face au vent et à la pluie en suivant le chemin de halage, puis nous sommes arrivés à un pont qui traversait le canal, sous lequel nous sommes allés nous abriter un moment.

Sam s'est arrêtée et j'ai senti qu'elle se tournait vers moi. Je dis « senti », car à cause du mauvais temps, il faisait sombre et humide sous le pont, et je ne distinguais pas bien ses traits. Peut-être était-ce voulu, justement. Quand elle s'est mise à parler, sa voix a résonné contre les briques humides.

— J'avais l'intention de vous en parler hier mais… je n'ai pas voulu gâcher ce moment. C'était tellement agréable. Je regrette, a-t-elle soupiré. Ma famille n'a rien de glorieux. Alcoolisme, parricide… et maintenant un petit bâtard. Ma vie n'est qu'une longue suite de désastres.

— Est-ce si grave ? suggérai-je. Je sais, on ne peut se fier à ce qu'on entend dire au pub, mais la moitié des gens sont de votre côté et ils croient que vous aurez gain de cause.

Elle a rapproché son visage du mien, si bien que j'ai pu mieux voir ses traits.

— Parce que le père est soldat et qu'il est au front, c'est ça ?

J'étais incapable de répondre.

— C'est peut-être vrai, a-t-elle murmuré d'une voix presque inaudible. Même moi, je n'en sais rien. Et vous savez pourquoi ? Je vais vous le dire. Parce que c'est un Allemand ! s'exclama-t-elle avec une sorte de fureur rentrée, et ses yeux ont étincelé dans l'obscurité. Il était professeur ici, à Stratford, mais il est reparti pendant l'été, et puis la guerre a éclaté. Il a promis d'écrire, mais je suppose qu'il n'en a pas eu le temps… J'étais certaine qu'il réussirait à me joindre d'une manière ou d'une autre. J'ignore s'il s'est porté volontaire ou s'il a été appelé. Il était réserviste. Voilà, conclut-elle dans un sanglot, vous êtes le seul à savoir. À part lui et moi… Il s'appelle Wilhelm.

Secouée de spasmes, elle avait du mal à reprendre son souffle.

— Je ne devrais pas dire ça, mais c'est une grâce que ma mère soit morte. Imaginez ce qu'elle penserait de moi. Se faire engrosser sans être mariée, et par un Allemand. Elle m'aurait craché dessus. Elle m'aurait craché dessus et je ne l'aurais plus jamais revue.

Elle était en larmes à présent, des gouttelettes argentées qui roulaient sur ses joues, dans la semi-pénombre.

— À votre avis, quelle opinion les gens auraient-ils de moi s'ils savaient ? Ils pensent déjà pis que pendre, disent que je suis sous l'emprise du démon ! Alors imaginez un peu. Vous croyez que je garderais mon emploi s'ils découvraient ce que vous savez ? J'aurais de la chance de rester en vie !

Elle bloquait sa respiration pour tenter de réprimer ses sanglots. Quant à moi, je suis resté silencieux, tant je craignais de prononcer quelque parole irréversible.

— Vous êtes choqué ? En colère ? Vous me méprisez, vous m'avez en horreur ? Alors, partez, laissez-moi, je me débrouillerai, ajouta-t-elle en désignant le chemin que nous venions d'emprunter, et sa voix s'est brisée.

Elle aussi était brisée, et elle avait pris un risque terrible en me racontant son secret. Mais il fallait qu'elle en parle à quelqu'un.

Je suis demeuré immobile. Pendant un moment, il n'y a eu que le flic flac des gouttes d'eau qui suintaient des briques de l'arche.

Devais-je lui révéler ce que je savais ? Elle était brisée, et la photographie que j'avais pouvait l'aider à guérir. Elle croyait que Wilhelm l'avait abandonnée, mais moi je savais… Je savais qu'il n'en était rien. Il était en mon pouvoir de lui redonner courage, et espoir.

Malgré ses larmes, ses sanglots, son état d'effondrement, sous ce pont, dans la semi-pénombre, sa beauté était plus désarmante que jamais.

J'ai attendu qu'elle se calme et reprenne son souffle, puis j'ai glissé mon bras sous le sien comme elle l'avait fait la veille à Stratford, au bord de la rivière.

— Ce qu'il nous faut à tous les deux, c'est une bonne tasse de thé. Venez.

Elle m'a laissé la conduire et quitter l'abri du pont pour marcher à nouveau dans les bourrasques de pluie et de vent, sans qu'aucun de nous ne dise un mot, plongés que nous étions chacun dans nos pensées, elle dans sa tristesse, et moi dans mon dilemme.

L'air pitoyable sous la pluie, des poules d'eau se sont éparpillées à notre approche, et nous avons continué sur le chemin de halage en enjambant des flaques d'eau, dans l'odeur un peu âcre du cerfeuil sauvage, sans croiser personne. Enfin nous sommes arrivés à Hampton Gorse et heureusement, le salon de thé était ouvert. En outre, à cause du mauvais temps, il était pratiquement désert. Nous nous sommes assis à une table près de la fenêtre et on nous a apporté une grosse théière fumante. Malgré le rationnement, il y avait des scones et de la confiture au menu. C'était un don du ciel, et Sam s'est un peu ragaillardie.

— Parlez-moi de lui, murmurai-je quand la chaleur et les bonnes odeurs du salon de thé nous eurent réconfortés. Comment vous êtes-vous rencontrés ?

C'était très mal de ma part, je sais. Mais c'est ainsi que j'ai agi, et je me dois de le dire aujourd'hui.

Les scones sont arrivés. Sam en a beurré un, l'a tartiné copieusement de confiture et me l'a tendu. Je me rappelle encore qu'il était succulent et que j'ai dû essuyer le beurre et la confiture qui me coulaient sur le menton. Les vitres du salon de thé étaient embuées si bien que nous étions comme dans un cocon, à l'abri du monde extérieur.

— Il s'appelait… il s'appelle Wilhelm. Il est de Göttingen et il était professeur à l'Agence, là où vous étudiez maintenant. Avant la guerre c'était un établissement privé, mais vous êtes sûrement au courant. Nous nous sommes rencontrés à la foire de Stratford l'an dernier : c'est une grande attraction, avec balançoires, manèges, jeux de massacre, barbes à papa.

Elle a souri à cette évocation, songeant sans doute au jour de leur rencontre. Ce fut plus fort que moi. Il fallait que je sache.

— Vous êtes tombés amoureux ?

Elle avait la bouche pleine, des miettes collées à ses lèvres. J'aimais la voir manger. Elle a hoché la tête, les yeux agrandis.

Ce n'était pas la réaction que j'espérais.

— Mais on devait bien voir qu'il était allemand, non ? Je parle des autres villageois, bien sûr. N'ont-ils pas fait le rapprochement, quand ils vous ont su enceinte ?

— Non, car il n'a jamais mis les pieds à Middle Hill. Nous nous retrouvions toujours à Stratford. Et la fille qui m'accompagnait quand nous nous sommes rencontrés, elle aussi institutrice, est partie à la fin du trimestre pour s'engager dans l'armée. À ce moment-là, j'habitais chez Mme Foley, sur Wellesbourne Road, et elle ne permettait pas qu'on reçoive des « messieurs », comme elle disait. C'est pourquoi j'ai toujours vu Wilhelm à Stratford. Et pourquoi je connais si bien les horaires de trains, ajouta-t-elle en souriant. Il voulait venir ici, mais j'ai refusé. Les gens sont tellement chauvins. Stratford n'est pas Londres, mais il y vient beaucoup de monde, des touristes étrangers, à cause de Shakespeare. Aussi nous avons été assez heureux et tranquilles, le temps que ça a duré.

Elle a encore souri, tant elle était heureuse de pouvoir enfin parler de lui à quelqu'un.

— Il avait un frère qui s'appelait Dieter et nous plaisantions souvent à son sujet, en imaginant qu'il tomberait amoureux d'une de mes sœurs. Cette guerre horrible et bestiale a tout gâché. Je mourais d'envie d'aller en Allemagne, de voir Göttingen… C'est une ville universitaire.

— Vous auriez bien voulu vivre là-bas ?

— Oh oui ! Mais lui ne voulait pas. Il disait que le sentiment anti-anglais y était aussi fort que le sont ici les préjugés contre les Allemands. Nous avions prévu d'émigrer et d'aller vivre à New York. Pour lui, ce n'était pas une envie frénétique comme pour moi, mais il pensait que l'Amérique nous conviendrait.

J'avais beau connaître les réponses, avec une hypocrisie consommée je posais tout de même les questions.

— Et pour le bébé, il est au courant ?

— Non. Il est parti assez soudainement, avec l'intention de revenir très vite, mais la guerre a éclaté de façon si brusque et imprévisible… Il n'a sans doute pas pu repartir.

— Et vous ne savez pas où il est ?

— Non !

Ce non m'a déchiré le cœur. Ce n'était qu'un murmure, presque un soupir, mais ce fut comme si une partie de Sam s'échappait avec lui. Soudain elle a semblé se tasser et se recroqueviller dans son fauteuil.

Elle a tartiné un demi-scone qu'elle m'a tendu.

— Il m'avait promis qu'il écrirait et qu'il m'indiquerait son adresse, pour que je puisse lui répondre… De toute façon, même si j'avais son adresse, à cause de la guerre, aucune lettre ne lui parviendrait. Mais j'aimerais juste… j'aimerais juste savoir s'il va bien.

Elle m'a resservi une tasse de thé. Son visage avait repris couleur grâce à la tiédeur de la pièce, et au soulagement qu'elle ressentait de pouvoir se confier à quelqu'un.

— Vous savez, c'est drôle… Quand vous êtes venu à l'école et que vous nous avez fait cette conférence sur le front et la Trêve de Noël, je me suis dit comme ce serait extraordinaire si vous aviez rencontré Wilhelm, si c'était lui l'officier allemand avec qui vous aviez parlé et échangé des cadeaux le jour de Noël. Mais évidemment, de pareilles coïncidences n'arrivent pas.

Je suis retombé dans le silence. Mon visage aussi avait repris couleur, mais ce n'était pas pour les mêmes raisons.

— Et votre fils, comment s'appelle-t-il ?

— Il n'a pas encore de nom. Je l'appelle « bébé », il a cinq mois à peine. Je ne peux l'appeler Wilhelm. C'est le prénom de son père, mais c'est aussi celui du Kaiser. Pensez un peu aux problèmes que cela lui causerait, à court et à long terme. Et je ne veux pas lui donner le prénom de mon père. Et puis je ne suis pas du tout sûre que si je l'emmenais voir le pasteur de Middle Hill, il consentirait à baptiser un bâtard. Alors je laisse courir. Est-ce que je vous ai choqué ou contrarié, en disant que je suis toujours amoureuse de Wilhelm, un ennemi de la patrie ?

— Je veux bien courir ma chance, glissai-je, puis j'ai avalé du thé brûlant pour dissimuler ma gêne. La guerre risque de durer longtemps et qui sait comment tout cela finira ? Nous en avons fait du chemin, depuis hier matin onze heures trente-huit, conclus-je en levant ma tasse à sa santé.

Elle s'est penchée et a posé sa main sur la mienne.

— Aimeriez-vous le voir ? Je parle du bébé.

— William, dis-je soudain, comme cela m'est venu. C'est un bon prénom, fort, traditionnel, celui d'un conquérant, et il n'est pas trop éloigné de Wilhelm. On ne peut pas continuer à l'appeler « bébé ». Oui, j'aimerais beaucoup le voir.

— William ? murmura-t-elle pensivement. Non, c'est trop… sérieux comme prénom. Et puis on finit toujours par le raccourcir en Bill, et j'ai horreur de ce diminutif.

— Alors disons « Will ». Ça ne fait pas trop sérieux, et le lien avec Stratford va de soi. Et puis c'est un prénom impossible à raccourcir.

— Will ? Will… Pourquoi pas ? J'aime bien ce prénom, et vous avez raison, il rappelle Wilhelm sans qu'on puisse s'en douter. Les gens croiront que le bébé a été nommé ainsi à cause de Shakespeare. Bien sûr, un jour, il faudra qu'il sache, pour son père, mais pas tant qu'il y aura la guerre et que nous ne pourrons en prévoir l'issue. Will… Oui, ça me plaît, confirma-t-elle, et elle m'a souri. Merci. Si jamais il est baptisé, je l'appellerai Will Henry… D'accord ?

Le lendemain, un lundi, j'étais de retour à Stratford, à l'Agence. Pour changer de la routine habituelle, les étudiants du cours avancé avaient droit ce jour-là à une conférence, donnée par un certain colonel Pritchard, un petit homme à la tignasse poivre et sel et dont les joues striées de couperose faisaient penser à un schéma électrique compliqué. Son exposé concernait les capacités de production de l'Allemagne avant-guerre en matière de charbon, d'acier et de construction navale, et leurs répercussions sur la guerre actuelle. Il avait pour but de nous familiariser avec le genre de renseignements que nous aurions à traiter une fois ces études terminées – contenu, sujet, vocabulaire, concepts. Il avait puisé ses informations dans des livres, des articles de journaux, des transcriptions d'interrogatoires et des photographies aériennes.

Or il se trouvait que Montgomery & Mann avait publié une partie des données recueillies par le colonel Pritchard, et que je connaissais très bien certaines de ses sources. Si bien en fait que j'ai repéré dans l'exposé du colonel une petite erreur, que j'ai jugée néanmoins significative. Quand il est arrivé à la fin de sa conférence, il a demandé si nous avions des questions à poser, et j'ai levé la main.

Il m'a invité à prendre la parole d'un aimable signe de tête.

— Monsieur, dans votre exposé sur les capacités de production métallurgique de l'Allemagne, vous avez dit qu'elles avaient dépassé celles de la Grande-Bretagne en 1908. Je ne sais si vous trouverez cela important, mais d'après le rapport de Trevor Kennedy dans l'ouvrage que vous avez cité, on dit qu'elles ont dépassé les nôtres en 1903, c'est-à-dire cinq ans plus tôt.

Un silence total s'est abattu sur la salle. À part un train qu'on a entendu passer au loin.

Puis Pritchard a repris la parole.

— Donc d'après vous, je me suis trompé.

— Il est facile de confondre un trois et un huit, monsieur, répondis-je en rougissant de confusion. C'est sans doute une erreur typographique.

— Grands dieux ! grogna le major Romford. Présentez tout de suite des excuses, Montgomery ! Pour qui vous prenez-vous ? Winston Churchill ?

Comme je n'obtempérais pas, il a explosé.

— Eh bien, si vous n'avez pas la politesse de vous excuser, je le ferai à votre place… et nous réglerons ça plus tard… dans mon bureau !

Il s'est tourné vers le colonel, mais celui-ci lui a fait signe de laisser tomber.

— Non, non, tirons ça au clair, objecta Pritchard en se mettant face à moi. Car ce n'est pas un petit détail, n'est-ce pas ? Si je vous comprends bien, vous soutenez que nos évaluations des capacités de production allemandes sont en retard de cinq ans. Ce qui signifie que nous avons pu gravement les sous-estimer.

— Oui, s'il se trouve que j'ai raison, monsieur. Et s'il ne s'agit pas juste d'une coquille…

— Bon sang ! a éclaté Romford. Espèce de petit prétentiard…

— Eh bien, c'est vérifiable, l'interrompit Pritchard en se frottant le menton. Et je m'en occuperai dès mon retour au ministère. Mais j'aimerais savoir comment il se fait que vous soyez si bien informé. Quand j'ai demandé si vous aviez des questions à poser, j'avoue que je ne m'attendais pas du tout à ce type de remarque.

— Exactement ! grogna le major. C'est tout à fait déplacé. Je ne supporterai pas ce genre d'impertinence…

— Allons, dit le colonel en calmant le jeu. Une minute. Laissons donc répondre ce jeune homme.

J'ai donc parlé au colonel de la maison d'édition familiale, de mon intérêt pour la science, de mes deux années passées en Allemagne, et des livres que j'avais empruntés à la bibliothèque municipale de Stratford.

— Et quelles ont été vos impressions de l'Allemagne, avez-vous aimé ?

— Oh oui ! beaucoup. Je sais, ils sont nos ennemis, mais…

— En effet, me coupa-t-il. Y a-t-il des différences entre eux et nous ? Des différences dont vous pensez qu'elles puissent être importantes ?

J'ai réfléchi un moment.

— Une ou deux choses m'ont frappé. L'Allemagne est aussi snob et collet monté que l'Angleterre, plus même, sur certains plans. Mais là-bas, on montre beaucoup plus de respect envers les chercheurs, et en particulier envers les ingénieurs. Quand j'y étais, ils venaient de se regrouper en corporation.

— Et alors ? aboya Romford.

— Oui, renchérit Pritchard, beaucoup plus posément. Pourquoi mentionnez-vous ce fait en particulier ?

— Plus on accorde de considération aux ingénieurs, plus ils ont des chances de progresser. Cela signifie que leur industrie va s'améliorer et qu'ils vont inventer des armes nouvelles, plus redoutables.

— Des idées là-dessus ?

— Oui. Cette nouvelle technologie automobile… combinée à leur potentiel métallurgique. Une fois qu'on a trouvé comment conduire un véhicule en rase campagne, on en vient vite à construire des blindés.

Pritchard n'avait cessé de se frotter le menton.

— Autre chose ?

Romford me transperçait de ses yeux furibonds. Je n'en avais cure.

— En Allemagne, la marine est bien plus populaire que l'armée.

— Et pourquoi donc ?

— À l'origine, l'armée allemande était prussienne, et toutes les autres régions du pays ont gardé envers elle certaines réserves. Alors que la marine n'a été formée que depuis l'unification du Reich… Elle est donc allemande, et non prussienne. Aux yeux d'une grande partie de la population, en tout cas.

— Et qu'en concluez-vous ?

— Que les Allemands encaisseront plus longtemps une guerre maritime qu'une guerre de position comme celle que nous avons menée jusqu'à présent.

— Vous n'avez pas peur de tirer des conclusions à partir de rien, a persiflé Romford.

— C'est bien souvent ce que les services de renseignements sont amenés à faire, remarqua le colonel. Parfois nous avons très peu de données à la base, quand ce n'est pas aucune… Vous avez servi au front ? me demanda-t-il après s'être éclairci la gorge.

— Oui, monsieur. J'ai reçu une balle dans l'aine juste après le nouvel an, durant une attaque sur Plumont. Mon pelvis a été fracturé.

— C'est pour cela qu'il boite, a confirmé Romford avec hargne, d'un air de dire que c'était contagieux.

— Eh bien, conclut le colonel en réajustant sa cravate, je vérifierai les faits et vous ferai savoir ce que j'aurai trouvé.

Il n'y eut pas d'autres questions, personne n'osant affronter le courroux de Romford. Le colonel réunit ses dossiers, se leva, nous fîmes de même pour le saluer, et il partit, avec le major à sa suite.

— Dieu vous protège, Montgomery, si vous vous êtes trompé, me lança Romford, juste avant de quitter la salle.

Ce soir-là, je me rendis chez Sam pour faire la connaissance de Will. Sam ne me l'avait pas présenté le dimanche, trouvant la maison trop en désordre pour recevoir quelqu'un. J'avais eu beau dire que je m'en fichais éperdument, elle n'avait pas voulu en démordre.

Je suis arrivé chez elle à sept heures du soir, avec des sablés que j'avais achetés au marché noir de Stratford, deux bouteilles de bière et une bouteille de limonade, pour faire du panaché.

Will était un poupon un brin dodu, mais à part ça, j'ai dû reconnaître en mon for intérieur qu'il était le portrait de son père, tant c'était flagrant : il n'avait pas les cheveux blonds, pourtant la forme du visage, le dessin des sourcils, des lèvres, tous ses traits rappelaient ceux de Wilhelm. S'il s'affinait un peu en grandissant, il deviendrait un beau petit garçon.

Il gazouilla beaucoup, fit son rot, sourit en dénudant ses gencives, grimaça en poussant un long bâillement… D'après mon expérience, le temps qu'on peut passer à communiquer avec un bébé de cinq mois est assez limité ; quoi qu'il en soit, Will s'est endormi peu après mon arrivée. Sam l'a couché, j'ai préparé pour elle un panaché, et nous nous sommes assis pour dîner : il y avait du porc, ce qui compensait pour une fois le désagrément d'habiter près d'un élevage de porcs et de devoir supporter en permanence l'odeur du lisier.

Nous avons passé presque toute la soirée à parler de l'audience à venir, qui déciderait du futur immédiat de Sam. Au pub, l'opinion était toujours divisée, mais les nouvelles du front étaient très mauvaises (les Allemands avaient avancé jusqu'à cinq kilomètres d'Ypres après avoir lâché du gaz au chlore), et beaucoup trouvaient que Sam ne devait pas être abandonnée par le village, si vraiment le père de l'enfant était sur le front et qu'il y risquait sa vie à tout moment. Certains chrétiens des plus fervents parmi les clients citaient la Trêve de Noël, qui s'effaçait peu à peu des mémoires, comme exemple de ce que la bonne volonté pouvait accomplir, et ils voulaient qu'elle s'exerce en faveur de Sam.

Mais l'intéressée n'était guère optimiste.

— Vous devriez voir comment on me traite dans les boutiques quand je vais faire mes courses. Comme une traînée sortie du ruisseau, qui n'inspire que du dégoût.

J'ai repensé au premier jour où je l'avais suivie sous la pluie, quand elle avait quitté en fureur la boutique de la Grand-Rue. Les autres femmes s'en étaient-elles prises à elle ?

— Que ferez-vous si le verdict… si la décision s'avère négative ?

— Je retournerai sans doute vivre à Londres.

— Chez votre tante ?

— Oh non ! C'est une bigote qui n'accueillerait jamais un bâtard sous son toit. Je ne lui en ai même pas parlé. Pas encore. Non, j'habiterai chez l'une de mes sœurs.

— Sont-elles au courant… pour Will ?

— Oui, je leur ai écrit pour leur annoncer la nouvelle. Elles sont venues me voir à l'hôpital après sa naissance.

— Et que va-t-il se passer ? Je parle à plus long terme.

— Il est trop tôt pour le savoir, répondit-elle en rajoutant de la limonade à sa bière. Si l'impensable se produit, si l'Allemagne gagne la guerre, si la Grande-Bretagne est envahie, alors l'origine de Will pourrait l'aider. C'est une drôle d'idée, mais…

— Vous ne… vous ne souhaitez tout de même pas que cela arrive, n'est-ce pas ?

— Non, bien sûr que non. Disons que cela m'a traversé l'esprit. La guerre est ainsi : elle vous fait imaginer des choses auxquelles vous préféreriez ne pas penser… Je n'éprouve aucune haine contre les Allemands. Et vous ? Je ne comprends même pas pourquoi nous sommes en guerre.

J'ai repensé à la Trêve de Noël : la camaraderie des hommes dans le *no man's land* quand ils avaient attrapé les lapins, l'échange de cadeaux, la haine commune des simples soldats pour leurs supérieurs. La photographie de Wilhelm brûlait comme un charbon ardent la poche de mon porte-feuille, et ma conscience.

— Vous n'avez jamais envisagé de le faire adopter ?

Elle a secoué la tête en souriant. Manifestement, elle était certaine que Wilhelm reviendrait un jour.

Nous sommes restés assis à bavarder de choses et d'autres. Sam se levait de temps en temps pour aller écouter au pied de l'escalier si Will ne se réveillait pas. Elle me raconta que Katharine, la choriste, venait le garder deux soirées par semaine et le week-end à la demande, sauf les dimanches matin, où elle devait se rendre à l'église. Sa famille était plus compatissante que bien d'autres, car Katharine était elle-même née hors mariage, même si son père, un maître d'équipage de la

Royal Navy, avait épousé sa mère lors de sa première permission.

D'après ce que Sam avait entendu dire, le pasteur menait contre elle une véritable fronde, allant jusqu'à prêcher du haut de sa chaire contre la « fornication ». Une raison supplémentaire pour ne pas aller à l'église.

Dieu merci ! le pasteur ne fait pas partie du conseil d'établissement, et il ne sait rien à propos de Wilhelm, ai-je pensé.

— Vous êtes croyante ?

Sam a secoué la tête avec vigueur.

— Vous plaisantez ? Si Dieu existait, comment pourrait-il tolérer que quelqu'un se comporte comme mon père, ou laisser couler le *Titanic* ? Sans parler de cette guerre… Et vous ?

J'ai bu un peu de bière avant de répondre.

— Quand on a vu ce que j'ai vu sur le front, il est dur de croire en quelque chose. Pourtant certains hommes réagissent à l'inverse, le carnage ne fait que les convaincre qu'il doit y avoir un monde meilleur autre part.

Je me suis enfoncé dans mon fauteuil. Dehors la lumière commençait à baisser.

— Quand je suis venu faire cette petite conférence à l'école, repris-je, le directeur m'a demandé d'éviter les détails trop atroces pour ne pas effrayer les enfants.

— Eh bien, je ne l'en blâme pas. Les enfants ont largement de quoi faire des cauchemars hors de la salle de classe, inutile d'en rajouter… Et cet officier allemand que vous avez rencontré pendant la trêve, ajouta-t-elle après avoir un peu gigoté sur son siège, comment était-il ? Vous êtes-vous bien entendu avec lui ?

Je n'ai pu m'empêcher de rougir, et j'ai craint que ma réaction ne me trahisse. Sam savait-elle qui j'avais rencontré, avait-elle deviné, découvert, ou compris comment et pourquoi j'étais arrivé jusqu'à Middle Hill ? Non, c'était impossible.

— Il était jeune. Comme nous tous. Et originaire de Berlin, répondis-je sans prendre de risque, en m'abritant derrière ma bière, car j'avais envie d'esquiver cette conversation tout en mentant le moins possible. Si je l'ai apprécié ? En une autre vie, il aurait pu me plaire, oui.

— Avez-vous discuté de vos familles et de vos petites amies ? Avait-il des enfants ?

— Nous n'étions mariés ni l'un ni l'autre. Il avait une sœur, comme moi. Ensuite nous avons dû parler de l'enterrement de nos compatriotes respectifs.

— Vous n'avez pas évoqué vos petites amies ? Il avait peut-être une photo sur lui ?

Voilà que je rougissais encore. Et que je transpirais à grosses gouttes.

Mais alors Will s'est mis à pleurer, à hurler plutôt, avec un merveilleux sens de l'à-propos, et Sam a grimpé à l'étage. Elle est vite revenue avec le petit dans ses bras, déjà à moitié assoupi.

Je me suis levé pour prendre congé, et fuir ainsi cette embarrassante conversation. Une fois dehors, je me suis penché pour embrasser Sam sur la joue. Au dernier moment, elle a levé son visage et m'a offert ses lèvres. Je l'ai prise contre moi et nous sommes restés longtemps pressés l'un contre l'autre. Enivré par son parfum et l'odeur de sa peau à laquelle se mêlait celle de Will, je menais la danse, mais elle se laissait faire. Parfois j'ouvrais les yeux et je voyais ses paupières closes, à la peau nacrée.

Enfin je me suis détaché et j'ai reculé d'un pas. Sa bouche est restée légèrement entrouverte, découvrant la pointe de sa langue. Avait-elle ressenti ce même élan de désir brûlant ?

Je me suis retourné sans parler pour regagner le chemin de halage. Les lumières brillaient dans le lointain. Quand j'ai monté les marches pour m'engager sur le pont qui enjambait le canal et la voie ferrée, j'avais presque le tournis tant mes pensées s'agitaient dans ma tête. Que signifiait ce baiser ? Sam ne m'avait-elle pas dit qu'elle était toujours amoureuse de Wilhelm ?

Le lendemain soir, mardi, je suis resté à Stratford. Une partie de moi aurait préféré être à Middle Hill, mais ma sœur Isobel devait me rendre visite, et j'avais hâte d'avoir de ses nouvelles. Elle s'apprêtait à partir pour rejoindre le front.

Je ne puis dire que je fus très attentif en cours ce jour-là. En tout cas, je ne garde aucun souvenir des sujets abordés, du temps qu'il faisait, ni de ce qu'on nous servit à la cantine au déjeuner. Je passai la journée à revivre le baiser de la veille au soir, tournant et retournant dans ma tête ce qu'il pouvait bien signifier, et me demandant si j'occupais les pensées de Sam comme elle occupait les miennes. Toute ma gratitude allait à Will d'avoir interrompu juste à temps une conversation pour le moins gênante.

Izzy et moi nous sommes retrouvés au bar du *Crown*, où nous avions chacun réservé une chambre. Quand nous aurions fini de dîner, le dernier (et seul) train du soir pour Middle Hill serait parti depuis longtemps et à cause des rationnements d'essence, ce week-end-là, ma moto était à sec.

Ma sœur avait fière allure dans son uniforme bleu pâle et sa cape grise. C'était vraiment devenu quelqu'un. Que je sois son frère ne m'empêchait pas de voir combien elle plaisait aux hommes avec ses longs cheveux bruns, son regard de velours, sa peau laiteuse. À vingt et un ans, elle était déjà une infirmière confirmée. Cette vocation lui était venue très jeune, apparemment, alors que j'étais en pension, et elle avait commencé ses études très tôt. Le fait que j'aie été envoyé au front, puis blessé, avait encore renforcé sa détermination. Je n'avais aucun doute sur ses aptitudes. Izzy était une championne de l'organisation et en temps de guerre, il y avait un besoin évident d'infirmières.

Nous avons pris un sherry au bar avant le repas. J'ai remarqué les coups d'œil envieux que me jetaient certains clients, sans savoir que j'étais le frère d'Izzy et donc hors jeu. Ébahi, je l'ai vue avaler son sherry en un rien de temps.

— Maintenant je prendrais volontiers un gin tonic, si ça ne te dérange pas. Le sherry me porte sur le foie.

J'ai obtempéré en commandant un whisky pour moi. (On manquait moins d'alcool que de nourriture, en ces premiers temps de la guerre.) Quand nos verres sont arrivés, Izzy m'a donné des nouvelles de nos parents. Maman n'allait pas fort, apparemment. C'était une fumeuse invétérée et elle avait une mauvaise toux : Papa se faisait du souci pour elle. J'ai promis d'aller les voir plus souvent.

Je venais d'ouvrir le menu quand Izzy m'a demandé :

— Et ta blessure de guerre ? Je ne parle pas de ta hanche, je vois bien que de ce côté-là, ça va mieux. Mais de l'autre truc.

Les sœurs peuvent se montrer très directes avec leurs frangins.

— Pas d'amélioration en vue. Ni maintenant ni plus tard.

— Mais est-ce que tu peux quand même… aller avec des filles, Hal ? Est-ce que tu es toujours… tu vois ce que je veux dire… excité ?

Je dois avouer que j'ai rougi violemment.

— Le diable soit des sœurs, surtout quand elles sont infirmières ! fulminai-je. Oui, Izzy, ça m'arrive encore.

— Tant mieux, commenta-t-elle avec un grand sourire, puis en grommelant, elle a suivi du doigt les plats proposés au menu. Je prendrai du carrelet. Tout le reste fait grossir.

J'ai fait signe à la serveuse qui a pris notre commande, puis Izzy est revenue à la charge.

— Est-ce que tu as une petite amie ?

— Ça se pourrait.

— Tu n'es pas mal physiquement, dans le genre beau ténébreux. Et puis un héros de guerre, affligé d'une légère infirmité. *Romantico*, comme disent les Italiens. Je connais beaucoup de filles qui s'amouracheraient volontiers d'un type comme toi.

— Merci, tu es trop bonne.

— Ne sois pas si ronchon, je suis ta sœur, après tout. C'est à moi de te remonter un peu les bretelles. Puis-je avoir un autre gin ?

— Tu crois que c'est raisonnable ?

— J'ai vingt et un ans, espèce de butor. Demain je pars pour Londres, et dans un jour ou deux pour la France. Qui sait ce qui m'attend là-bas ? J'ai bien droit à un autre gin. D'ailleurs je compte bien en reprendre quelques-uns. La soirée ne fait que commencer, me lança-t-elle en m'envoyant un petit baiser du bout des doigts.

J'ai fait signe au barman de nous resservir une tournée.

— Mais ça ne barde pas trop en France, là où tu vas, hein ? Les hôpitaux sont installés bien en arrière des lignes de front.

— Oh ! je ne serai pas dans un hôpital de campagne, répliqua-t-elle avec désinvolture. Je participe à une unité expérimentale, mise en place à la Lister Clinic de Londres. Une nouvelle technique a vu le jour, mise au point par un Tchèque, à Prague. Ça s'appelle la transfusion sanguine. Je prélève du sang au bras d'un civil que je mets en bouteille en y ajoutant un peu de citrate de sodium pour éviter qu'il ne coagule. On l'analyse en distinguant quatre groupes, O, A, B, et AB, puis on en réinjecte dans les veines des soldats qui ont été blessés au front et ont perdu beaucoup de sang en prenant garde que le sang soit du bon groupe. Tu serais surpris de voir à quelle vitesse ils se requinquent. Mais tout cela se passe avant qu'ils ne soient transportés vers l'arrière, pour compenser l'hémorragie.

— Izzy, ça a l'air drôlement dangereux.

— Un peu risqué, oui, mais très utile, puisque cela aide à sauver des vies. Le fait d'être un homme ne te donne pas le droit d'être le seul héros de la famille. Je vais contribuer à l'effort de guerre à ma manière et tout est décidé, alors n'essaie pas de m'en dissuader, s'il te plaît, affirma-t-elle avec un aplomb qui m'a laissé un instant sans voix.

— Et Papa et Maman, sont-ils au courant ?

— Non, pas encore.

— Je me disais aussi…

— Et tu n'as pas intérêt à le leur dire ! Promis ?

La serveuse est venue nous conduire à notre table.

— Promets-le-moi ! souffla Izzy.

— D'accord. Mais sois prudente.

Nous sommes entrés dans la salle à manger. Comme c'était un mardi, il n'y avait guère de monde. Des aquarelles ornaient les murs, représentant des scènes tirées des pièces de Shakespeare. Nous nous sommes assis, et Izzy a repris de plus belle.

— Ne prends pas cet air sinistre, Hal ! D'accord, c'est un peu plus intimidant que d'aller narguer un taureau en comptant jusqu'à 444. Mais je sais ce que je fais.

— Bon… mais je pensais que tu allais bientôt te marier, avoir des enfants…

— Oh, ça peut attendre. Quant au reste, c'est fait : je ne suis plus vierge, tu sais.

Je l'ai fixée, sidéré. Heureusement pour moi, le premier plat est arrivé et on s'est occupés d'assaisonner les légumes.

— Voilà que ça recommence. Ne fais pas cette tête, Hal. Ça ne devrait pas te choquer. Tu sais, aucune de mes amies n'est encore vierge. Tu me trouves trop franche ? Ça vient sûrement de mon métier.

— Alors c'est vrai ce qu'on dit sur les infirmières ? Que vous êtes toutes des obsédées ?

Je n'en revenais pas d'avoir ce genre de conversation avec ma petite sœur.

— Mais quel genre de vie mènes-tu à la fin ? s'exclama-t-elle en empoignant sa fourchette et son couteau. On est en guerre, Hal, les gens peuvent à tout moment être envoyés au front et mourir là-bas. Tu es bien placé pour le savoir, nom d'un chien. Alors on n'a pas le choix, il faut profiter de la vie, tout essayer, tout connaître, avant qu'il ne soit trop tard. Je ne fréquente pas seulement des infirmières, tu sais. L'une de mes colocataires travaille au ministère de la Guerre, une autre est dans le théâtre. On sort tous les soirs, on danse, on boit, on fume, on flirte… Et oui, parfaitement, on s'envoie en l'air, ajouta-t-elle en baissant d'un ton.

Elle a goûté à son poisson et s'est penchée en avant.

— Tu es choqué ? Qui sait quand cette guerre va finir, Hal ? Tu te rends compte, si on perdait ? Imagine un peu l'Angleterre occupée, la maison de nos parents réquisitionnée ? Comment le supporteraient-ils ?

Elle s'est radossée tandis qu'on nous remplissait nos verres.

— Et toi, tu restes dans ta cambrousse avec tes canards, tes cygnes, tes vaches, à boire du sherry en plus, reprit-elle aussitôt. Tu devrais revenir à Londres. D'accord, c'est sale, c'est bruyant, aujourd'hui plus que jamais, à cause des bus et des automobiles qui circulent partout. Mais au moins, c'est exaltant, on sent battre le pouls du monde en rythme avec le sien. On vit dans l'instant, dans l'urgence et, pour cela, il faut jouer le jeu à fond, tâter de tout. Oui, même des drogues, si on en a envie. Ça montre qu'on est vivant, debout, et qu'on tient le coup. C'est même un devoir, parce que du jour au lendemain, ça peut finir.

— Tu as trop bu, dis-je, et je l'ai aussitôt regretté.

J'avais l'air d'un donneur de leçons.

— Mais non frérot, je ne suis pas saoule. Juste un peu pompette, peut-être, et ravie d'être avec mon grand frère chéri qui a veillé sur moi toutes ces années, et qui est maintenant affreusement choqué par la vulgarité de mes paroles et de ma conduite. Tu sais, Hal, poursuivit-elle en se penchant à nouveau, sur un débit accéléré. Comme infirmière, j'en ai vu des hommes à poil. Je leur ai retiré leur dentier, leur ai enfoncé des tubes dans la gorge pour leur laver l'estomac quand ils avaient tenté de se suicider. J'ai respiré leur haleine fétide et leur ai tenu la main quand ils avaient peur à l'approche de la mort. Le sang, l'urine et la merde, tel est mon lot quotidien. Je m'occupe de gens qui ne se sont pas lavés depuis un mois et n'ont pas changé de dessous depuis le début de la guerre… Nous avons eu une enfance heureuse, dont la pire épreuve fut d'entendre crier des hiboux, quand nous avons dormi dans une tente sur la pelouse du jardin… Mais je ne voudrais pas revenir en arrière. Non, je préfère de loin cette vie d'adulte. L'autre jour, une jeune mère est arrivée à la clinique dans un sale état. Elle avait pris de la drogue en surdose et en avait donné à son bébé. On leur a fait à chacun un lavage d'estomac. Le bébé a survécu, mais pas la mère. Songes-y. Une vie de sauvée, mais un orphelin de plus sur cette terre.

Elle a fait un sort à son gin.

— Tu ne trouves pas que nous avons eu une enfance trop sage, trop préservée ? Et que Maman et Papa étaient trop protecteurs envers nous quand nous étions petits ? Ils nous interdisaient de fréquenter les gosses des gitans, de grimper aux arbres. Tu te rappelles la fois où ils nous ont obligés à aller rendre des pommes que nous avions chapardées ? Bon sang ! ce fermier avait des vergers immenses. Tout ça pour quelques pommes. Les pommes volées ont toujours meilleur goût que celles qu'on achète, pas vrai ? remarqua-t-elle.

— Oui, c'était très gênant de devoir rendre les pommes, je m'en souviens, acquiesçai-je en répondant à son sourire.

— J'ai boudé pendant une semaine. Faire toute une histoire pour si peu. C'est comme pour la voie ferrée. Toujours à nous mettre en garde. Comme si nous allions jouer à rester couchés sur la voie quand un train arrivait. Bien sûr je comprends, c'était par amour. Mais moi… j'ai toujours aimé prendre des risques. Évidemment j'avais la trouille quand on courait devant ce taureau, mais en même temps, j'adorais ça. J'aurais aimé vivre plus de moments comme ceux-là.

— Eh bien au front, tu vas être servie, Izzy. Fais attention. Ne te laisse pas gagner par l'ivresse du danger. J'ai déjà vu ce phénomène chez d'autres.

— Ne t'en fais pas. Je ne suis pas une écervelée. Mais je ne suis pas non plus une grande lectrice comme toi. J'aime l'action, j'aime être dans la vie plutôt que dans les livres. Je sais, elle est pleine de surprises pas toujours bonnes, de désordres, de chocs, de tracas. Mais le chaos est dans l'ordre naturel des choses, et en devenant infirmière, je peux y remédier en apportant aux gens un peu d'ordre et de calme, à un moment de leur vie où ils en ont besoin. C'est aussi le cas des professeurs, et sans doute des prêtres. Peut-être aussi des écrivains.

Elle s'est renfoncée dans son siège et m'a souri.

— Est-ce que tu me trouves pontifiante ?

— Non. C'est ma spécialité, répondis-je en riant, et je lui pris la main. Je t'ai vue couverte de varicelle, rappelle-toi. Toute rouge et boursouflée. Et je me souviens encore d'une fois où tu as mouillé ta culotte. J'aurais vraiment du mal à te trouver pontifiante.

Elle a enfoncé ses ongles dans le dos de ma main en me traitant de goujat, puis a changé de conversation.

— Qu'est-ce que tu lis comme quotidien, Hal ?

— Le *Morning Post*. Pourquoi ?

— Moi j'ai lu le *Times* dans le train, en venant ici. À cause des taxes et du rationnement de papier, il n'est guère épais et ne parle que de la guerre ou presque. Mais page cinq, il y a un ou deux petits articles, des entrefilets plutôt, destinés à vous changer les idées.

— Par exemple ?

— Eh bien, dans le journal d'aujourd'hui, il y avait cinq lignes sur un fait divers qui s'est passé dans un asile d'indigents, dans un bled appelé Milton-next-Sittingbourne, dans le Kent. Les gardiens de l'asile ont enlevé à sa mère un petit garçon de deux ans parce qu'il jurait de façon abominable et qu'il réclamait de la bière ou du whisky quand on lui proposait du lait.

— Tu délires ?

— Je te jure que non. Évidemment, ce n'est pas très drôle pour les intéressés, mais ce genre d'anecdotes divertit des milliers de lecteurs en les changeant des horreurs qui s'étalent partout sur les autres pages. Maintenant, je cherche toujours la page cinq. Il y a souvent un paragraphe intitulé « Longévité », qui cherche à compenser un peu la sinistre rubrique nécrologique du jour, où figurent les listes de tous les jeunes tués au combat. Ça parle de monsieur ou madame Untel, morts de leur belle mort à quatre-vingt-quinze ans ou plus. Tout ça pour dire que la vie vaut quand même d'être vécue. Ça me plaît. C'est de la propagande, évidemment, mais plutôt douce, et dans un bon esprit.

« Demain, je donne une petite fête à l'appartement, où je serai entourée de tous mes amis, poursuivit-elle après avoir liquidé son gin. Infirmières, comédiens, espions américains, soldats en permission, strip-teaseuses et croupiers de boîtes de nuit miteuses, peintres, écrivains, médecins, trafiquants du marché noir. Qui sait ? fit-elle en claquant des doigts. Je suis sûre qu'il va se passer quelque chose avant mon départ pour la France…

Elle m'a décoché un sourire affectueux qui m'a ramené à notre enfance.

— Excuse-moi, Hal, je m'emballe un peu, mais c'est parce que tout cela est si intense. C'est l'époque qui veut ça, et ce serait dommage que tu passes à côté.

L'excitation faisait briller ses yeux, donnait plus d'éclat à sa peau, à ses cheveux. Elle était belle, oui, mais ce n'était plus ma petite sœur.

J'étais complètement dépassé.

Le lendemain matin, j'ai accompagné Isobel à pied jusqu'à la gare, prendre le premier train pour Londres. Nous nous sommes embrassés sur le quai.

— Merci pour ton petit sermon d'hier soir, dis-je.

— Est-ce que j'ai été trop péremptoire ? Mon Dieu. C'est à force de diriger mon monde et de m'occuper des malades. Je ne suis plus la bonne pâte que j'étais, hein ? me lança-t-elle avec un regard limpide.

— Je suis fier de toi, Izzy, dis-je en l'embrassant sur le front. N'oublie pas d'écrire.

— Et toi, n'oublie pas de venir à Londres. Tu perds ton temps ici. J'aurai une permission dans six mois et on pourra fêter ça à l'appartement. Je te présenterai tous mes amis. Un beau brun intellectuel comme toi, avec ton visage taillé à la serpe et ce petit boitillement si sexy… Va savoir, avec le hasard ?

Elle m'a encore embrassé, avant de disparaître.

Sam convint de sortir avec moi à nouveau le samedi suivant, à la condition que cette fois ce soit elle qui choisisse notre destination. Je devais la retrouver à la gare à midi pile, et elle ne m'en dit pas davantage. Quand je suis arrivé, elle était déjà là avec Will, une poussette et un panier de pique-nique.

— Alors, où va-t-on ? voulus-je savoir en lui prenant le panier.

— C'est une surprise. Mais ne vous attendez pas à quelque chose d'extraordinaire.

Nous avons pris le train de midi un quart qui filait au sud vers Walton Hill, Lower Lea et Hookend Halt. À Hookend, nous fûmes les seuls passagers à descendre.

— Ce panier ne vous pèse pas trop ? demanda Sam.

— Non, pas du tout.

— C'est à une dizaine de minutes d'ici, précisa-t-elle en installant Will dans la poussette.

— Quoi donc ?

— L'Irwall. C'est le nom d'une rivière.

Nous avons pris la seule route qui partait de la gare de Hookend vers un pont enjambant un cours d'eau. Ce devait être la rivière Irwall, car alors nous avons quitté la route pour nous engager dans l'herbe au bord de l'eau sur un chemin boueux. Le pré qui bordait la rivière était très bosselé. Sur les berges s'alignaient des saules pleureurs dont certains avaient été écimés, mélangés à d'autres espèces d'arbres et de buissons qui formaient une voûte de verdure au-dessus de l'eau.

Sam a peiné pour faire avancer la poussette sur le chemin cahoteux, puis elle s'est arrêtée. Nous étions à égale distance entre le pont, là où nous avions quitté la route, et certains bâtiments que je distinguais au loin. Elle semblait savoir où elle allait.

— Voici l'abbaye de Blacklands, m'informa-t-elle en indiquant les bâtiments. En fait, c'est un monastère, toujours en activité.

Nous avions atteint une clairière entre des arbres où la rivière avait créé une petite plage naturelle. Elle a garé la poussette et m'a tendu Will. J'ai posé le panier, Sam a étendu sur l'herbe une couverture et y a installé Will. Puis elle s'est mise à déballer le pique-nique.

— Du corned-beef. C'est tout ce que j'ai pu trouver.

Il y avait aussi du pain, de la margarine, des tomates, deux pommes, deux bouteilles de bière et une de limonade.

— Pourquoi ne pas m'avoir prévenu ? J'aurais apporté quelque chose, protestai-je.

— Vous l'avez fait la semaine dernière. Chacun son tour.

— Une façon d'affirmer son indépendance ?

Elle a levé les yeux vers moi.

— Bien obligé, quand on a comme moi un enfant.

J'ai ôté ma veste et je me suis assis sur la couverture, sous le regard attentif de Will.

— C'est ça, la surprise ?

— Non. Un peu de patience.

Elle a préparé le repas, et je nous ai servi à boire, un panaché pour elle et pour moi, une bière. Sam a coiffé Will d'un chapeau à larges bords pour le protéger des mouches et des guêpes qui nous tournaient autour. Il semblait d'excellente humeur.

— Comment avez-vous déniché ce petit coin ?

— Je vais vous raconter, juste une seconde, le temps de finir ces sandwichs.

Peu après, elle m'a tendu une assiette en métal émaillé où étaient disposés un sandwich au corned-beef, une tomate et un œuf dur.

— Quel festin, m'exclamai-je, avec sincérité. Au grand air, tout semble avoir meilleur goût.

— Je mourais de faim, acquiesça-t-elle, la bouche pleine.

Nous avons mangé et bu en silence.

— Maintenant, voyons si vous êtes observateur. Qu'est-ce que cette rivière a d'inhabituel ?

— Ah ! La surprise.

— Allez-y. Ce n'est pas difficile.

— Pour moi, elle ressemble à n'importe quelle rivière.

— Regardez bien en amont et en aval. Dites-moi ce que vous voyez.

Je me suis dressé pour scruter la rivière dans les deux directions.

— Je ne vois toujours rien de spécial.

— Bon. Jusqu'où avez-vous vue, en amont ?

— Sur six ou sept cents mètres, je pense.

— Et vers l'aval ?

— À peu près pareil.

— Et pourquoi pouvez-vous voir aussi loin des deux côtés ? enchaîna-t-elle du ton patient et légèrement agacé d'une institutrice.

— Je ne sais pas, répondis-je, de plus en plus déconcerté. Parce que la rivière est droite ?

— Ah ! quand même ! Si vous pouvez voir aussi loin en amont et en aval, c'est parce que la rivière coule en droite ligne sur plus d'un kilomètre et demi.

— Et alors ?

— Et alors ? Avez-vous déjà vu une rivière parfaitement droite sur plus d'un kilomètre ?

— Je l'ignore. Je suppose que non.

— Permettez-moi de vous dire que c'est tout à fait exceptionnel.

— Alors c'est ça, la surprise ?

— Non, non, pas encore… fit-elle en gardant le mystère. D'après vous, pourquoi la rivière est-elle si droite ?

— Un phénomène géologique ?

— Non, regardez ces bosses dans les prés. Vous les voyez ? Vous ne les avez pas remarquées pendant la promenade, en venant ici ?

— Si si.

— Et d'après vous, qu'est-ce que c'est ? Ou plutôt, qu'est-ce que c'était ?

— Ah ah ! Je comprends maintenant. L'ancien lit de la rivière.

— Enfin ! Ce n'est pas trop tôt ! soupira-t-elle en laissant échapper un petit rire de gorge. Ces reliefs correspondent à d'anciens méandres datant de l'époque médiévale. Ce monastère existe depuis le XIe siècle, époque où l'on a inventé les roues hydrauliques et recouru à leur usage. Le monastère en possédait une grande, et afin de la faire tourner plus vite, les moines du XIe siècle ont canalisé la rivière sur un kilomètre et demi pour accélérer le courant.

— Très bien. Mais où est la surprise ?

— C'est pour bientôt. Mais nous devons attendre que Will s'endorme. Il faut un calme absolu. Restons là tranquillement à discuter un peu.

Nous nous sommes allongés pour digérer notre déjeuner tout en finissant nos bière et panaché, avec pour fond sonore le clapotis de l'eau, les bourdonnements des insectes et le doux babil de Will, ponctué çà et là par un chant d'oiseau.

— Comment avez-vous déniché cet endroit ?

— Grâce à Wilhelm, bien sûr. Il était venu ici avec d'autres collègues, du temps où il enseignait à Stratford ; des gars du pays qui connaissaient tous les bons coins. Il y a des truites dans la rivière, même si nous n'en avons jamais attrapé aucune.

Je n'étais pas sûr d'avoir très envie de parler de Wilhelm, contrairement à Sam qui, manifestement, y prenait grand plaisir.

— Se plaisait-il à Stratford ?

— Je crois, oui. Avant de travailler à Göttingen, il avait grandi en grande banlieue, et il appréciait beaucoup de pouvoir se retrouver si vite en pleine campagne. Il aimait aussi le fait que tout est ici à plus petite échelle qu'en Allemagne. Les églises, par exemple, qui lui semblaient d'une échelle plus humaine.

— Je crois bien que Will s'est endormi.

— Oui. On va rester ici encore un moment. Vous verrez, ça ne va pas tarder.

Je n'ai pas insisté.

— Wilhelm ne s'entend pas trop avec son père, mais il est très proche de son frère, Dieter. Ils faisaient de l'alpinisme dans leur jeunesse, vous savez, en s'encordant l'un l'autre par sécurité. Et ils se sont sauvé la vie à tour de rôle. Vous vous rendez compte ? C'est étrange, ajouta-t-elle avec un petit sourire triste, ils aiment l'Angleterre et parlent tous anglais, dans sa famille. J'avais hâte de les connaître. Mais avec tout ce qui s'est passé…

Elle s'est tue et a saisi une touffe d'herbe entre ses doigts.

— Parlez-moi plutôt de vos sœurs, suggérai-je.

— Ruth, le garçon manqué, est devenue avec le temps une très bonne couturière, et elle travaille à Londres, dans un atelier de confection d'uniformes. Disons qu'elle a… de la poigne, et ça tombe bien, car elle y est contremaître. Quant à Faye, c'est une vraie fêtarde. Elle est très jolie, blonde, bien faite, et tous les hommes lui courent après. À Bristol, elle descendait toujours sur les docks, dans le quartier des bars et des night-clubs, même si c'était défendu. Faye sait vivre, elle a un tempérament fougueux. Elle tient ça de mon père.

Sam a bu un peu de son panaché, puis repris son exposé.

— Lottie, c'est la rêveuse. Elle a toujours voulu faire du théâtre et elle adore se déguiser. À Noël et aux anniversaires, elle nous faisait jouer à des jeux de mime, à des charades. Faye et elle ont commencé à se maquiller bien avant moi, et même avant Ruth.

— Et vous, d'où vous vient…

— Là ! Regardez ! chuchota-t-elle en montrant l'amont de la rivière.

D'abord je n'ai rien vu, puis j'ai distingué soudain un éclair bleu vif qui fusait sous la voûte de feuillage où filtraient les rayons du soleil. Un martin-pêcheur volait à un mètre cinquante au-dessus de l'eau en filant comme une flèche, à une vitesse inouïe.

Avant que j'aie eu le temps de reprendre ma respiration, il avait disparu.

— Pour une surprise, c'est une surprise, m'exclamai-je. Je n'avais encore jamais vu ça.

— Pour les martins-pêcheurs, une rivière droite est une aubaine, c'est Wilhelm qui me l'a dit. Ils peuvent s'élancer à leur aise. Quelle apparition, hein ? N'est-ce pas merveilleux ? Ces oiseaux aiment le silence et le calme, c'est pourquoi il fallait que Will s'endorme. Ne vous en faites pas, il va revenir. Il faut juste qu'on reste tranquilles.

— D'accord. Je vais essayer de me tenir à carreau. J'allais vous demander d'où vous vient cette folie des voyages. Malgré son fichu caractère, votre père devait y être pour quelque chose.

— C'est possible, répondit Sam d'un air sceptique. Mon père venait d'une famille de marins, mais le père de ma mère était dans l'armée et il a servi en Inde, alors cela peut aussi me venir de ce côté-là. Maman avait gardé quelques belles photos de l'Inde, vous savez, des tirages sépia montrant des chasses au tigre ou à l'éléphant, et des trains bondés, avec des gens juchés sur les toits, débordant des wagons. Mais elle les avait emportées sur le *Titanic* et elles ont disparu avec elle…

« Je n'ai encore jamais fait de grand voyage, continua-t-elle après avoir tapoté doucement la tête de Will, mais j'adore les trains et les bateaux. J'aime l'effervescence des grandes gares, l'odeur des locomotives, les cordages, les gréements, toute cette pagaille qui règne sur les quais. C'est un tel foisonnement de… de possibles, ajouta-t-elle en ôtant son bandeau pour libérer ses cheveux d'un mouvement de la nuque. J'aime regarder les vitrines des boutiques de bagagerie, cela me donne toujours envie de prendre le large. J'adore être en mouvement, en partance, peu importe vers quelle destination. Mais il existe des lieux dont les noms résonnent à mes oreilles avec un attrait irrésistible : Valparaíso, l'Irrawaddy, l'Orénoque. Voir l'Orénoque une fois dans sa vie, imaginez un peu. J'ai lu quelque part que les Indiens de cette région peuvent dire d'où vient l'eau de la rivière rien qu'à son goût. Voir un volcan en éruption cracher des flammes vers le ciel, écouter craquer un glacier… Certains méandres du Mississippi s'étendent sur des kilomètres…

« Je sais, je sais, enchaîna-t-elle après avoir remis son bandeau. À peine aurais-je posé le pied dans un pays exotique que j'attraperais sans doute la fièvre jaune ou la malaria. Mais je suis prête à prendre le risque.

— On dirait que Middle Hill vous laisse sur votre faim. Quoi, vous voulez savoir si j'ai envie de voyager ? Eh bien, l'odeur d'une locomotive ne m'a jamais vraiment enivré, mais j'ai bien aimé mon séjour en Allemagne et…

— Regardez ! Il revient !

L'éclat bleu a fusé devant nous dans l'autre sens.

— Qu'est-ce qu'il fait, à votre avis ? Il pêche de quoi manger pour sa dame ou il s'amuse juste à filer comme l'éclair ?

— Je ne saurais dire, mais il y a sûrement une raison. Je demanderai à l'un de mes élèves de faire des recherches à ce sujet.

— Vous les chargez souvent des basses besognes ?

— Mais non, voyons, ils sont toujours ravis que je leur demande des services, répondit-elle en souriant.

J'allais lui demander si l'enseignement lui manquerait au cas où le verdict s'avérerait défavorable, mais je me suis ravisé, jugeant le moment mal choisi. Et puis Will commençait à s'agiter. Nous avons remballé le pique-nique et nous sommes apprêtés à rentrer à Middle Hill.

— J'allais vous parler de mon séjour en Allemagne, repris-je tandis que nous retraversions le champ bosselé.

— Le prochain train n'arrive que dans une heure. Vous pourrez me raconter ça tout à loisir quand nous serons arrivés à la gare. Cela nous aidera à passer le temps. J'aimerais bien que vous me parliez de Munich en particulier. Wilhelm disait qu'il n'y était jamais allé et qu'il en avait toujours eu envie.

À l'Agence, on nous menait la vie de plus en plus dure et cela me convenait. Au bout de quelques semaines, il ne suffisait plus de bien traduire en collant au texte : on nous obligeait à le faire en un temps record, et cela sans perdre en fidélité ni en précision. Manifestement, il y avait urgence. Nous suivions les cours depuis un mois environ quand des examens furent programmés les vendredis après-midi. Nous devions traduire des documents de plus en plus techniques en un temps donné, qui variait en fonction de la longueur du texte et des difficultés de vocabulaire et de syntaxe qu'il présentait.

Grâce à mes deux ans passés en Allemagne, je n'avais aucun mal à exécuter cet exercice, et deux autres camarades de classe avec qui j'avais vaguement sympathisé avaient la même facilité. Tous deux avaient eu la tuberculose et étaient donc exemptés. Ils s'appelaient Bryan Amery et Rollo West. Comme moi, ils avaient séjourné en Allemagne avant la guerre : Bryan à Francfort, je crois, et Rollo à Hambourg. Rollo s'y connaissait en navigation, et il possédait un vocabulaire encore plus riche que le mien, ainsi qu'un accent presque parfait qui me faisait le taquiner gentiment.

— Tu es sûr que tu n'es pas un Fritz ? lui demandais-je souvent.

— J'aurais pu, me répondit-il une fois.

Il m'expliqua qu'il venait de Southampton, où sa famille avait quelques navires. Lors d'un voyage avec son père, sa mère avait failli accoucher alors que leur navire relâchait à Hambourg. Il avait trois frères et trois sœurs qui parlaient entre eux quatorze langues différentes, disait-il. Rollo était un peu trop sérieux et zélé à mon goût, étant donné ses facilités. Mais il avait pas mal d'argent et les tournées qu'il payait souvent au pub le rendaient populaire.

Je suppose qu'il était plutôt sympathique, et il nous arriva une fois d'échanger quelques mots, à propos des examens. Trois ou quatre des autres stagiaires avaient du mal à suivre et à répondre aux nouveaux critères d'exigence, aussi Bryan et moi leur avons proposé de leur donner des cours particuliers. Rien d'extraordinaire : une demi-heure par jour pendant la pause de midi et une heure le jeudi, durant notre après-midi de congé. Pour être franc, un ou deux étaient des cas désespérés, mais les autres devaient surtout leurs maladresses à leur manque d'expérience, et avec la pratique, ils prirent vite de l'aisance. Ils étaient moins intimidés par Bryan et moi que par les professeurs attitrés, donc plus détendus, et ils faisaient de nets progrès.

Mais voilà que Rollo nous prit à part Bryan et moi pour nous demander si nous avions bien réfléchi à ce que nous faisions.

— Où veux-tu en venir ? s'étonna Bryan, qui avait grandi dans une ferme du Shropshire et gardait une pointe d'accent du terroir. S'ils passent l'épreuve avec succès, ils ne seront pas renvoyés, ils auront un emploi, et ils participeront à l'effort de guerre.

— Mais non, vous n'y êtes pas du tout, répliqua Rollo. À votre avis, que se passera-t-il quand ils n'auront plus leurs deux bonnes âmes pour leur tenir la main ? Ils régresseront instantanément. Non seulement vous gaspillez votre temps, mais vous nuisez à l'effort de guerre en assurant la promotion d'incompétents à des postes clés.

— C'est absurde, répliquai-je avec véhémence. Tu es allé en Allemagne, Rollo, ainsi que Bryan et moi. Nous sommes habitués à parler allemand couramment et donc à penser vite en cette langue. Les autres nous rattraperont, ils ne sont pas idiots, ils manquent juste de pratique. La plupart, en tout cas.

— Et puis il y en a une très jolie, renchérit Bryan.

— Ça, je vous l'accorde, acquiesça Rollo avec un sourire. N'empêche, je maintiens que vous ne servez pas le pays en faisant ce que vous croyez être une bonne action.

— Attendons de voir ce qui se passera à l'examen, dis-je. C'est bientôt.

— De mon point de vue, cela ne change rien à l'affaire, rétorqua Rollo. Oui, certains d'entre eux réussiront peut-être, grâce à vous. Mais une fois que nous repartirons d'ici chacun de notre côté, ils reperdront vite leur petit acquis. Et ce sera à notre détriment. Je parle de l'effort de guerre.

Malgré ce différend, Bryan et moi continuâmes à soutenir les autres comme nous le faisions avant l'attaque de Rollo. Et nous eûmes la satisfaction de les voir tous passer l'examen avec succès, sauf un. De plus, le père d'une des filles, la jolie, était un épicier en gros, et en remerciement de notre peine, elle nous donna à Bryan et à moi de la confiture, plus un baiser sur la joue.

J'ignore de quoi Rollo fut le plus jaloux, du baiser ou de la confiture.

En tout cas, tous sauf un étudiant montèrent de niveau, et ce ne fut pas grâce à Rollo.

J'ai omis un point important. Après notre retour du pique-nique au bord de l'Irwall au cours duquel nous avions vu le martin-pêcheur, Sam me permit de l'embrasser à nouveau au moment de la séparation. Sur la joue. Petit détail, certes, mais qui était pour moi d'une extrême importance. L'ennui quand on tombe amoureux de quelqu'un qui n'est pas amoureux de vous (ou pas encore), c'est qu'on scrute son comportement comme un archéologue décrypte les vestiges d'un site qui n'a pas été habité depuis des centaines voire des milliers d'années, en essayant de reconstruire un scénario à partir de maigres indices souvent ambigus.

Je n'avais pas de plan précis pour faire avancer notre relation, n'étant à vrai dire guère expérimenté en ce domaine. Mais je pensais que notre prochaine sortie devrait s'effectuer sans Will. En sa présence, et malgré l'affection grandissante que je lui portais, nous ne pourrions jamais gagner en intimité.

Seulement c'était plus facile à dire qu'à faire. Alors j'eus un éclair d'inspiration. Mon image d'archéologue me rappela soudain qu'à quelques kilomètres de Middle Hill se trouvait la fameuse voie romaine, Fosse Way, qui s'étend avec une rectitude stupéfiante sur des kilomètres. Non loin de là, on peut visiter la Quinton Villa, une villa romaine dont je savais qu'elle avait été fouillée dans les règles de l'art. Ce qui était intéressant, ou plutôt utile à mes desseins, c'était que la villa était trop éloignée pour qu'on s'y rende à pied et qu'aucun train ne desservait cet endroit. On ne pouvait y parvenir qu'à vélo.

En premier lieu, je m'assurai que je pourrais emprunter deux bicyclettes au pub avant d'évoquer ce projet d'excursion à Sam, et elle fut enthousiaste.

— Hal, c'est une excellente idée. Ensuite, je pourrai en parler à mes élèves. Merci.

Or donc, mon idée ayant reçu un meilleur accueil que je ne l'avais escompté, nous sommes partis le samedi suivant. Le beau temps était au rendez-vous. Nous avons embrassé Will et l'avons confié à la bonne garde de Katharine. On m'avait parlé d'un pub au village de Quinton, aussi, avec un peu de chance, nous trouverions de quoi déjeuner sur place et n'aurions pas à nous charger d'un pique-nique.

Nous avons d'abord pris la Loxley Road, puis obliqué vers Ettingley et Whitfield. Le paysage était assez vallonné, et après plusieurs montées, nous avons fait une pause d'une heure à Blackwell Quarry. Je me souviens qu'un vent contraire s'était levé, qui n'aidait pas notre progression. J'étais tombé amoureux de Sam dans les ruelles de Stratford, mais durant notre tour à vélo ce jour-là, une autre émotion m'envahit, tout aussi troublante. La voir peiner et s'arc-bouter sur son vélo en grimpant la colline de Oakham tandis que le vent soulevait sa jupe bien au-dessus des chevilles, presque jusqu'aux genoux, remarquer la façon dont son chemisier ajusté épousait le galbe de ses seins, sa jupe étroite la courbe de ses hanches, et l'élégance avec laquelle ses mains aux longs doigts fins se refermaient sur le guidon du vélo… tous ces détails entrevus m'inspiraient de violentes bouffées de désir comme je n'en avais jamais ressenti. Oui, sa peau veloutée d'une blancheur laiteuse était pour moi d'un érotisme sans égal. Alors que je roulais derrière elle, le vent m'apportait les effluves enivrants de son parfum. Sur son vélo, elle était aussi désirable de dos que de face. J'avais terriblement envie d'elle.

Quand nous sommes arrivés à la Quinton Villa, il s'est vite avéré que ses connaissances sur l'ancienne Bretagne et la Rome antique dépassaient de loin les miennes. Elle en a relevé tous les aspects fondamentaux : c'était une villa de deux étages, dotée d'un péristyle entourant une cour intérieure, de cuisines et d'écuries, ainsi que d'un système de chauffage souterrain et d'un ancien canal qui l'avait autrefois reliée à la Stour, une rivière qui coulait non loin de là. Après avoir exploré la villa sous toutes ses faces, nous avons remonté vers Bush Hill, Sam marchant en tête, et une fois là-haut, nous nous sommes assis pour regarder Quinton en contrebas.

— C'est la Fosse Way, là-bas, m'a-t-elle montré.

Des voitures et une camionnette y circulaient à bonne vitesse.

— Retournons par là, du moins pour faire un petit bout de chemin, proposai-je. On dirait que nous sommes vous et moi de grands spécialistes en tout ce qui est droit, rivières, routes, canaux.

— Bonne idée, approuva Sam en souriant. Bon, à moi de jouer un peu à la maîtresse d'école. Quelle est la longueur de la Fosse Way, d'où part-elle et jusqu'où va-t-elle ?

— Hé, c'est relâche, aujourd'hui.

— Vous ne savez pas ?

— Si vous voulez que je vous offre le déjeuner, allez-y mollo.

— Vous n'avez donc fait aucune recherche sur Quinton ?

— Je me suis dit que vos élèves dévoués pourraient s'en charger.

— Butor ! me lança-t-elle en me donnant une petite bourrade.

— Non, j'avoue mon ignorance, reconnus-je.

— Elle mesure trois cent cinquante-quatre kilomètres et relie Ilchester dans le Somerset à Lincoln.

— Arrêtez d'étaler votre science. En tout cas, je sais ce que signifie le mot « fosse ».

— Bon, vous remontez d'un cran dans mon estime. Mais savez-vous pourquoi le site de Quinton est intéressant ?

— J'ignorais qu'il l'était, je savais juste qu'il y avait eu des fouilles et que c'était non loin de Middle Hill.

— C'est à cause de son intérêt qu'on y a pratiqué des fouilles, souligna Sam en s'allongeant sur l'herbe, m'offrant un bon point de vue sur l'ouverture de son décolleté.

J'aurais pu lui faire l'amour là, tout de suite.

— La Fosse Way formait la frontière occidentale de la Bretagne romaine. C'était à l'origine un fossé défensif, qui fut ensuite comblé et transformé en route.

— Et Quinton se trouve à l'ouest de la Fosse.

— Exactement. Il faisait sans doute partie d'un poste avancé. Il reste encore beaucoup à découvrir.

Je me suis allongé près d'elle, humant les effluves de son parfum que le vent m'apportait par vagues. Dire qu'Izzy avait douté de ma virilité.

Nous sommes restés sur Bush Hill une demi-heure. De là nous avions vue sur la rivière Stour qui coulait en sinuant entre les prés, sur une autre carrière et sur Holberrow Orchard, avec ses vergers bien ordonnés ondulant en pente douce jusqu'à Bevington Marsh.

J'aurais pu à tout instant me pencher pour embrasser Sam sur ce flanc de colline, mais je ne l'ai pas fait. Mon manque d'expérience en matière de sentiment amoureux me laissait perplexe sur la marche à suivre, après les deux baisers sur la joue et le seul vrai baiser que nous avions échangés.

Sam était couchée sur l'herbe, les yeux au ciel. Son chemisier ouvert sur le cou était très ajusté, tout comme sa jupe, selon la mode du moment, j'imagine. Plus que jamais, ses courbes étaient mises en valeur. Elle avait dû remarquer mes coups d'œil appréciateurs, car j'ai vu sa gorge se contracter une ou deux fois, révélant son trouble.

Une heure venait de passer quand je me suis levé et lui ai tendu la main pour l'aider à se redresser. Ce fut notre seul contact physique de la journée.

Nous avons rejoint nos bicyclettes, puis roulé jusqu'à Quinton. Le pub du coin, le *Royal Oak*, n'avait pas grand-chose à offrir, à part du fromage ; mais il y avait des bancs dehors, au grand air.

Une fois que j'eus apporté les boissons, le fromage et le pain, nous sommes restés assis un moment à profiter de la beauté presque fortuite du village de Quinton. Je dis fortuite parce que comme beaucoup de villages anglais, il ne semblait pas obéir à un plan défini. C'était plutôt comme s'il avait poussé au hasard, ce qui lui conférait un caractère et une beauté qu'aucun architecte patenté n'aurait pu concevoir.

Je suis allé jusqu'à ma bicyclette et, du panier accroché sur le devant, j'ai sorti un paquet que j'ai tendu à Sam.

— Je me demandais ce que c'était, avoua-t-elle. Un cadeau ?

— Eh bien, oui et non.

Déconcertée, elle a ouvert l'emballage.

— C'est un livre. Mais un livre que j'ai emprunté à la bibliothèque de Stratford, parce que j'ai pensé qu'il vous plairait... Seulement il faudra que je le rende dans deux semaines. Alors vous ne pourrez pas le garder. Désolé.

Elle a retourné le livre pour regarder le titre.

— *Kosmos*... ?

— En réalité, c'est un extrait d'un livre écrit par un explorateur allemand, mais traduit en anglais, m'empressai-je d'ajouter. Cet explorateur ne fut pas le premier à découvrir l'Orénoque, mais il l'a remonté plus loin que n'importe qui, et il y a tout un chapitre contenant ses observations. J'ai pensé... étant donné ce que vous m'aviez dit la dernière fois... que vous auriez peut-être envie de le lire...

— Mais oui ! Je le connais. Wilhelm m'en a parlé. C'est Alexander von Humboldt, le grand explorateur allemand. Oh, Hal ! Vous êtes si attentionné. Quelle idée merveilleuse. Ne vous inquiétez pas, je vous le rendrai en temps et en heure.

Elle s'est penchée par-dessus la table et m'a embrassé sur la joue.

Durant le trajet du retour, nous avions le vent dans le dos ce qui rendait notre progression beaucoup plus facile. Il y avait peu de circulation et nous pouvions pédaler côte à côte tout en discutant. J'ai demandé à

Sam ce que j'avais eu l'intention de lui demander la semaine précédente : comment elle s'entendait avec ses sœurs.

— Eh bien, je ne sais pas trop, en réalité. Comme j'ai fait des études et pas elles, elles me donnent des surnoms, m'appellent « crâne d'œuf » ou « Mme la professeur ». Lottie me traite même de cheftaine. Pourtant ça ne me ressemble pas, qu'en dites-vous ? En tout cas, comparée à Ruth qui est un vrai gendarme, je ne suis pas du tout tyrannique.

— Elles sont jalouses ?

Cela lui a manifestement coupé le sifflet.

— Je n'y ai jamais réfléchi. Pourquoi seraient-elles jalouses ?

— Parce que vous avez fait des études.

— Seulement à l'Institut de formation des maîtres. Je ne suis pas allée dans une vraie université.

— D'accord, mais vous avez de l'instruction. C'est juste une façon de vous taquiner, non ? Rien de sérieux ?

— Oh non ! Nous sommes très proches.

— Vous ont-elles apporté leur soutien ? Je veux dire, pour le bébé ?

Elle n'a pas répondu tout de suite. Nous descendions une colline en roue libre et elle a pédalé pour me dépasser. Je l'ai laissée filer.

Quand nous sommes arrivés au pied de la colline, elle a ralenti pour que je la rattrape. Apparemment, elle avait retrouvé son calme.

— M'en voudrez-vous si je ne vous réponds pas ? Pas pour l'instant, en tout cas. Je ne vous connais pas depuis assez longtemps pour répondre à ce genre de question. Désolée.

— C'est moi qui m'excuse d'avoir été indiscret.

— Non. Vous n'avez pas été indiscret. C'est bien naturel que vous me demandiez ce genre de chose, mais disons qu'il y a chez mes sœurs du bon et du mauvais. Il peut leur arriver d'être assez méchantes.

— Bon, alors parlez-moi du bon.

Cela lui a rendu le sourire.

— Lottie a une très jolie voix. Quand nous étions petites et qu'on dormait toutes dans la même chambre, elle chantait pour qu'on s'endorme. J'adorais ça : les yeux grands ouverts dans le noir, j'imaginais tous les endroits dont je venais d'apprendre l'existence en écoutant Lottie. Avant qu'elle et moi sachions lire, Ruth nous faisait la lecture, de longues histoires romantiques avec des princesses, des châteaux, de méchantes marâtres. Faye en avait horreur. C'est depuis toujours la réaliste de la famille, elle a la tête près du bonnet, quitte à être un peu cynique à ses heures. Ce qu'elle veut pardessus tout c'est se marier, avoir quatre garçons, car elle a toujours préféré la compagnie des hommes à celle des femmes, et devenir riche. Son seul intérêt, à part les hommes et l'argent, c'est le jardinage. Elle aime les plantes, car elles ne peuvent vous faire du mal, contrairement aux gens, dit-elle.

— Et y en a-t-il une que vous préférez ? demandai-je alors que nous entrions dans Middle Hill.

— Oui, je pense. Mais ça aussi j'aime mieux le garder pour moi. Cela pourrait leur revenir et je m'en voudrais beaucoup.

— Alors ne me révélez rien.

Une fois arrivés au pont sur le canal, près du cottage de Sam, nous avons mis pied à terre et je lui ai repris sa bicyclette, que je devais ramener au *Lamb*.

Elle a contourné les vélos et, le livre à la main, elle m'a tendu la joue.

Je l'ai embrassée en m'enivrant de son parfum, à nouveau dans tous mes états.

— J'ai passé une merveilleuse journée. Hal. Merci. Will ne le sait pas encore, mais ce soir, il va se coucher très tôt. Ensuite je voyagerai sur l'Orénoque.

À l'Agence, la classe où j'étudiais gagnait peu à peu en cohésion. Nous avions plus ou moins fait une croix sur la cantine tant la nourriture était infecte, et à l'heure du déjeuner, nous nous rendions à pied jusqu'au *Crown* pour prendre un sandwich et une bière. C'est ainsi que j'en vins à me mettre dans les bonnes grâces de Maude, la serveuse à qui Sam m'avait présenté. Après déjeuner, nous étions quelques-uns à faire un petit tour au bord de la rivière et parfois à regarder des parties de cricket dans le terrain de fortune situé près de la prairie. Un jour que nous étions accoudés sur la barrière, Blanche, l'une des stagiaires, une brune qui avait la trentaine bien sonnée, s'amusa à nous poser des colles.

— Comment dirait-on « guichet » en allemand ?

— Tu veux parler des piquets ou de l'herbe entre les piquets ? demanda Bryan Amery.

— Les deux, répondit Blanche.

— Un piquet se dirait sans doute *Stumpf*, répliqua Bryan.

— Non, trop littéral, intervint Rollo en secouant la tête. Ils utilisent le mot *Tor*.

— Mais est-ce que ça ne signifie pas « porte » ? Et ne l'utilisent-ils pas pour désigner les buts, au football ? demandai-je.

— Si, acquiesça Rollo. C'est un mot couramment employé, mais c'est celui qu'ils utilisent. Quant à l'herbe entre les piquets, ils l'appellent *Spielbahn*.

— Et *leg before cricket*[1] ? s'enquit Blanche.

— Littéralement, ce serait *Bein davor Tor*, dis-je, comme Rollo tardait à répondre.

— Mais les Allemands se serviraient sans doute de l'expression anglaise, rectifia Rollo. Hal a raison à propos de *Tor* qui signifie « porte », et qu'on utilise pour désigner les buts au football, mais ils se servent aussi beaucoup du mot *goal*. Et le mot *run*, en cricket, se dit également ainsi en allemand.

— Alors « gardien de guichet » donnerait… ? s'enquit Blanche, avec insistance.

— *Torwächter*, répondit Rollo.

— Et « arbitre » ?

— *Schiedsrichter*.

— Pitié ! s'écria alors Bryan. Comment dit-on « Ferme ton clapet », en anglais, Blanche ? Rentrons, maintenant.

Nous avons marché deux de front le long de la rivière et je me suis trouvé à côté de Rollo.

— Comment se fait-il que les Allemands aient tous ces termes de cricket alors qu'ils n'y jouent pas ?

— Détrompe-toi, Hal. On joue au cricket en Allemagne depuis le milieu du XIXe siècle, surtout à Berlin. Une fédération allemande de cricket a même vu le jour il y a un ou deux ans.

— J'imagine qu'elle n'a pas beaucoup gagné d'adhérents, depuis.

1. Terme de cricket désignant la faute du batteur qui met la jambe devant le guichet au moment où la balle arrive.

— Ça, tu l'as dit.

Nous avons continué à marcher. L'Allemagne me surprendrait toujours. Du cricket à Berlin ! Wilhelm n'avait-il pas fait allusion à ce jeu sur le front ? Je ne parvenais pas à me rappeler précisément ses paroles.

Nous arrivions juste à Stratford quand j'ai senti qu'on me tirait par la manche. Je me suis retourné. C'était Blanche.

— Hal, est-ce que je peux te parler, s'il te plaît ?

Nous avons laissé les autres nous dépasser.

— Oui, Blanche, que se passe-t-il ?

— Je ne peux pas te rembourser la livre que tu m'as prêtée. Pas cette semaine en tout cas… Je sais, je m'y étais engagée. Mais je ne peux pas. Désolée.

J'avais déjà prêté à Blanche de l'argent deux ou trois fois. Elle avait une sœur à l'hôpital de Worcester et n'avait pas toujours sur elle de quoi acheter le billet de train pour lui rendre visite. Jusqu'à présent, elle m'avait toujours remboursé.

J'ai vu qu'elle avait les larmes aux yeux, je lui ai tendu mon mouchoir. Elle s'est essuyé les yeux et s'est mouchée. Quant à moi, je réfléchissais, et une idée m'est venue.

— Que fais-tu samedi soir ?

— Rien. Rien de spécial en tout cas. Pourquoi ?

— J'aurais peut-être besoin d'une baby-sitter. Si tu voulais bien me rendre ce service… nous serions quittes.

— Oh, Hal ! Ça me plairait beaucoup. Et cela réglerait-il ma dette ?

J'ai hoché la tête en souriant. Elle s'est mise sur la pointe des pieds et m'a embrassé sur la joue.

— Ouf ! Je me sens beaucoup mieux. J'avais peur que tu m'en veuilles.

Elle a désigné mon mouchoir, qu'elle avait roulé en boule.

— Je vais le laver, le repasser et je te le rendrai demain.

— Attention à la marche ! Il y a du gravier par terre, essayez de ne pas érafler vos chaussures, j'ai déjà abîmé les miennes, conseillai-je à Sam en l'aidant à descendre les marches de l'église.

Malgré la nuit étoilée qui s'étendait sur les toits de Stratford, on n'y voyait goutte. C'était l'entracte, et nous étions à la moitié du *Roi Lear*. J'avais réussi à persuader Sam de confier Will à la bonne garde de Blanche Brodie et de m'accompagner ce soir-là. C'était un cadeau du ciel. L'excursion à bicyclette jusqu'à la villa romaine avec Sam avait été un franc succès, grâce au fait que Will, Dieu le bénisse, n'était pas avec nous. Mais Sam ne se laisserait pas facilement détourner de ses devoirs de mère. Or j'avais remarqué qu'à Stratford, le samedi suivant, à la chapelle de la Guilde de la Sainte-Croix (attenante à la *grammar school* du Roi-Édouard VI, l'école que Shakespeare lui-même avait fréquentée selon les historiens et qui existait toujours), aurait lieu une représentation du *Roi Lear*. Les tragédies de Shakespeare étant le sujet de thèse de Sam à l'Institut de formation, je pensais qu'elle serait intéressée, d'autant que la pièce parlait d'un père et de ses problèmes avec ses filles.

— Ne soyez pas idiot, objecta-t-elle quand j'abordai le sujet pour la première fois. Je ne peux pas sortir alors que Will a besoin qu'on veille sur lui.

— J'ai parlé à Maude, votre amie qui travaille au *Crown*, répliquai-je. Il y a des chambres de libre samedi, et l'une de mes camarades de classe est d'accord pour faire du baby-sitting. On pourrait s'offrir une vraie sortie : théâtre, dîner, sans être pressés de rentrer à la maison. Avec un bon petit déjeuner le lendemain à l'hôtel. La vraie vie, quoi.

Visiblement, elle était tentée.

— Ça fait combien de temps que vous n'êtes pas allée au théâtre ? Avouez que ce pourrait difficilement être plus près de chez vous.

Nous nous promenions près du canal de Middle Hill. Sam s'est arrêtée, pensive.

— Et pour la nuit, comment s'organisera-t-on ?

J'ai haussé les épaules d'un air désinvolte.

— Il y a deux chambres. Une pour vous et Will, l'autre pour moi. Nous partagerons la salle de bains. Vous croyez que vous pouvez tenter le coup ?

Elle a fait mine d'ignorer l'allusion.

— Et qui est cette baby-sitter ? Je ne peux pas laisser Will à n'importe qui.

— Blanche Brodie. Elle a la trentaine passée, sa mère est morte, et elle veille sur sa sœur qui est à l'hôpital. Je lui ai prêté un peu d'argent, pas beaucoup, pour qu'elle puisse lui rendre visite, et elle a du mal à me le rembourser.

Nous avons repris notre marche.

— Vous voulez dire que ce serait pour elle une manière de se dédouaner ?

— Oui, et elle en serait ravie. Car elle est très gênée de ne pas pouvoir me régler sa dette, comme elle s'y était engagée.

Ce dernier argument l'a emporté, et Sam a dit oui.

Nous avons donc tous les trois pris le train du samedi après-midi et nous sommes arrivés à l'hôtel à seize heures trente. Grâce au balancement du train, Will s'était vite endormi. C'est pourquoi, le moment venu de partir au théâtre pour arriver à l'heure à la représentation qui avait lieu à dix-huit heures, Will était en pleine forme et vociférait son mécontentement à l'idée de rester en compagnie d'une inconnue.

Mais Blanche avait tout de suite plu à Sam, et elle n'a pas cédé. Elle m'a poussé vers la sortie alors que Will hurlait à pleins poumons.

— Il faut qu'il s'habitue au fait que le monde ne tourne pas autour de lui, se plaignit-elle alors que nous nous empressions de descendre l'escalier pour ne plus l'entendre.

— Ah bon ? Moi qui ai toujours cru qu'il était vraiment le centre du monde, ironisai-je.

— Butor ! s'exclama-t-elle en me donnant une petite tape sur le bras. À Middle Hill, c'est naturel. Mais c'est la première fois que je sors le soir depuis qu'il est né. C'est nouveau pour moi comme pour lui. À votre avis, suis-je une mauvaise mère ?

Ma réponse s'est perdue en cours de route, alors que nous traversions le hall de l'hôtel et avancions en direction du théâtre. À pied, c'était un trajet de quinze minutes. Sam portait une robe bleu marine avec un décolleté plongeant qui lui allait à ravir et faisait ressortir le bleu de ses yeux.

Je n'étais encore jamais allé à l'école du Roi-Édouard VI, mais Sam oui, et elle connaissait le chemin. C'était un ensemble de bâtiments à pans de bois noirs et blancs, longs et bas. Quant à la chapelle de la Guilde de la Sainte-Croix, avec sa silhouette massive et trapue, sa tour carrée et ses vitraux, elle ressemblait plus à une église normande traditionnelle. Elle pouvait contenir dans les trois cents places et elle était bondée.

À l'entracte, après avoir descendu les marches de la chapelle, nous nous sommes assis sur le bord d'une fontaine en pierre.

— Alors, quelles sont vos impressions jusqu'à présent ? C'est vous la spécialiste.

— Je déteste ce mot. Mais c'est l'une de mes pièces préférées, a répondu Sam. Elle exige tellement de l'acteur qui joue Lear. Même si Lear est vieux, la plupart des acteurs de cet âge n'osent s'y risquer, tellement le rôle est exténuant.

— Avez-vous retrouvé un peu de vos sœurs en Regan ou Goneril ?

Elle a souri.

— Oh non ! nous nous entendons bien mieux qu'elles. La trame psychologique n'est pas la même : nous n'avons jamais eu à nous battre pour un royaume.

— Pourquoi vous battiez-vous ?

— Qui a dit que nous nous battions ?

J'avais une demi-bouteille de whisky sur moi que je lui ai tendue, mais elle a décliné mon offre. J'ai avalé une gorgée.

— C'était juste une question. On se dispute dans presque toutes les familles.

— Mon père était tellement ignoble que cela nous a rapprochées et a renforcé notre solidarité. Nous veillions sans cesse les unes sur les autres. Notre mère était si jolie. Notre père et elle ont dû être amoureux, au début, avant que nous arrivions. Elle avait de tels projets pour nous. Rencontrer sir Mortimer lui a redonné espoir pour nous toutes, même si elle n'a jamais dit du mal de notre père, après… sa mort. Il m'a donné quatre charmantes enfants, disait-elle… Trois charmantes enfants et une brebis galeuse, a repris Sam après un silence. Elle aurait honte de voir comme j'ai mal tourné.

— Sam ! protestai-je.

— Vous ne l'avez pas connue. C'était une très jolie femme, entreprenante et pleine d'énergie, comme ces nouvelles automobiles qui trépident une fois le moteur démarré. Pourtant, même avec sir Mortimer, elle n'a pas… Ils ont dû attendre de s'être mariés. Elle a confié à Ruth qu'elle en mourait d'envie, mais qu'ils devaient attendre que le capitaine Smith les ait unis devant la loi. Ruth nous l'a raconté, après… le naufrage. Oui, ma mère m'aurait rejetée à coup sûr, en apprenant que j'étais tombée enceinte. J'aurais été chassée de ma propre famille. J'aurais été privée à jamais de la couleur, de la chaleur qu'elle apportait à nos vies… Rien que d'y penser, j'en suis mortifiée, conclut-elle en levant les yeux au ciel.

— Et vos sœurs ? Comment ont-elles réagi ?

Elle s'est mordu la lèvre.

— Ruth et Faye ont été un peu choquées quand elles ont appris mon état. Bouleversées serait plus juste, à vrai dire. Lottie s'est montrée plus compréhensive.

— Ruth et Faye sont-elles pratiquantes ?

— Non, pas spécialement. Enfin, elles sont croyantes, bien sûr, mais elles ne vont pas à l'église tous les dimanches, comme quand nous étions enfants, loin de là. Ce n'est pas qu'elles me jugent, mais elles sont déçues pour moi. Elles se disent que j'ai gâché ma vie. Et elles ont un peu honte de moi, je pense.

— Et Lottie ?

Sam a réfléchi un moment.

— Ça va vous sembler un peu cruel, Hal, mais Lottie est… la moins jolie de nous toutes. Je sais, ça fait très prétentieux, et je ne le lui dirais jamais en face, bien sûr, mais le fait est qu'elle a rarement eu des petits amis. En fait, Lottie est ravie quand Ruth et Faye ont des soupirants. Elle vit un peu à travers elles, partage leur euphorie, souffre avec elles quand l'idylle finit mal. C'est celle qui a le plus gardé le contact avec moi, pendant ma grossesse. Si elle habitait dans le coin, elle aurait gardé Will ce soir.

À cet instant les spectateurs furent rappelés pour la deuxième partie de la pièce, et je n'eus l'occasion de poursuivre cette conversation que plus tard dans la soirée, quand nous fûmes assis dans la salle à manger de l'hôtel pour le souper. Bien après la représentation, en fait, car Sam avait insisté pour monter vérifier si Will allait bien ; il s'était endormi auprès de Blanche, qui dormait aussi. Sam est redescendue, l'air ravi.

En ce samedi soir, la salle du restaurant était bondée, et le service traînait un peu en longueur. Mais nous avions la nuit devant nous. J'ai commandé une bouteille de vin et demandé à Sam ce qu'elle avait pensé de la pièce.

— Eh bien, je suis contente qu'elle se soit terminée selon la tradition.

— Que voulez-vous dire ?

— Le roi meurt ainsi que sa fille préférée, après que les deux autres se sont empoisonnées. Cette fin n'était guère populaire à l'époque, et on avait l'habitude de la changer de sorte que Lear ne mourait pas et que Cordelia épousait Edgar, qui était bien sûr amoureux d'elle.

— Mais pourquoi ?

— Oh, pour des raisons politiques. Les royalistes anglais n'appréciaient pas ce qui était arrivé à Charles Ier, puis à Jacques II en 1688, et Lear leur rappelait trop vivement la dure réalité. La fin originale ne fut réintroduite qu'à l'époque victorienne, quand ils n'y virent plus rien de menaçant.

On apporta le vin ainsi que les menus, rédigés à la main. Il n'y avait guère le choix : du poisson, suivi de poulet.

— Vous préférez les tragédies de Shakespeare à ses comédies ?

— Oui, je crois, acquiesça Sam en prenant un morceau de pain. La tragédie est plus proche de la réalité, d'une certaine façon. Ce n'est pas le seul mode d'expression théâtrale, mais c'est le mode majeur, et le plus classique. Et vous, qu'avez-vous pensé de la pièce ?

— J'ai beaucoup aimé l'interprétation. Je n'arrive pas à imaginer qu'Isobel ou moi puissions nous fâcher à mort comme les filles de Lear.

— Il n'y a pas de royaume en jeu.

— Cela change-t-il tellement la donne ?

— Territoire, argent, pouvoir : tout cela corrompt. Je suis certaine que si mes sœurs et moi n'avions été aussi pauvres, nous ne nous serions pas aussi bien entendues.

— Vous alliez me parler de Lottie.

— Ah bon ? Et à quel propos ?

— Vous disiez qu'elle n'était pas très jolie… lui rappelai-je après nous avoir resservi du vin.

— Ah oui ! Je n'aurais jamais dû parler en ces termes. Ce n'est pas gentil…

— Vous vous entendez bien ?

— Oui… Mais ce n'est pas aussi simple.

Le plat de poisson est arrivé. Nous nous sommes radossés et avons attendu qu'on nous ait servis.

— Qu'y a-t-il de si compliqué ? repris-je tandis que nous attaquions notre assiette.

— Laissez-moi vous poser une question, répondit-elle au bout d'un moment. De votre sœur ou de vous, lequel était le préféré de vos parents ? L'avez-vous remarqué ?

— Non, je l'avoue.

— Alors je peux vous dire que c'était vous.

— Vous ne manquez pas d'air !

Les yeux brillants, Sam s'est enflammée.

— C'est que je sais de quoi je parle, affirma-t-elle en brandissant sa fourchette dans ma direction. Croyez-moi, grandir au sein d'une famille comme la nôtre fut riche d'enseignement pour chacune de nous. Et pour tout vous dire, Lottie ne l'a jamais remarqué, mais c'était elle la préférée de nos parents. Elle avait droit à des petites gâteries, au meilleur morceau de viande au repas dominical, elle recevait plus de compliments, c'est elle qui s'asseyait à côté de notre mère dans l'omnibus et on lui donnait toujours un petit cadeau supplémentaire à Noël. Et elle ne recevait jamais de punition aussi sévère que nous… Quand nous avions eu le malheur de lui voler une de ses friandises, par exemple. C'était d'une injustice flagrante.

« Toutes les autres sœurs le remarquaient, et c'était plutôt dur à avaler. On en parlait d'ailleurs souvent entre nous. Jamais devant Lottie, bien sûr. Nous faisions des remarques acerbes, mais elle ne semblait jamais les prendre pour elle. Ce fut ainsi toute notre prime jeunesse. Nos parents avaient un petit faible pour elle, un point c'est tout.

Sam a bu un peu d'eau et a versé de la sauce sur son poisson. Quant à moi, je l'écoutais en contemplant avec ravissement sa gorge, sa façon de boire, de manger.

— Mais voilà, reprit-elle. Peut-être que vous aurez un avis sur la question. Tant que nous étions petites, quatre, six, huit ans, nous n'avons jamais vraiment remarqué laquelle était jolie et laquelle l'était moins. Ruth était le petit chef, Faye la pimbêche qui ne voulait jamais se salir, Lottie la comédienne, et moi la minus, le bébé toujours un peu trop jeune pour suivre.

« Mais en grandissant, quand Ruth puis Faye puis Lottie eurent dix ans, puis douze, les garçons entrèrent dans notre vie, et ces choses-là se mirent à compter de plus en plus. Je sais, ça fait un peu prétentieux, mais Ruth, Faye et moi, nous n'étions pas mal physiquement, même si j'avais à peine onze ans, tandis que Lottie était assez ingrate. Personne n'en parlait dans la famille. Mais Lottie a commencé à le sentir et à en souffrir. D'après moi, le succès n'apporte jamais autant de bonheur que l'échec peut rendre malheureux. L'avez-vous déjà remarqué ? La douleur de la défaite est bien plus forte que la joie de la victoire.

— Vous croyez ?

— Oui. Je me souviens de mon premier petit ami, nous étions si jeunes que ce n'est pas vraiment le mot qui convient, mais… Ensuite, je suis tombée amoureuse d'un autre et je n'ai pas hésité à le plaquer. Et quand j'ai moi-même été plaquée peu après par mon petit ami numéro deux, j'étais inconsolable… Ça n'a pas duré, je l'avoue, reconnut-elle en souriant, mais oui, à mon avis, perdre est bien plus douloureux que gagner n'est agréable.

— Et comment avez-vous réagi les unes et les autres ?

Sam a embroché le reste de son poisson.

— Chacune à sa façon. Ruth, qui était entre-temps devenue très féminine, a pris Lottie sous son aile. Faye était un peu cabotine et tirait vanité de ses succès auprès des garçons.

— Et vous ?

— Je suppose que j'étais la plus timide des quatre. Sans doute parce que j'étais la plus jeune. Il m'est venu à l'esprit que si nous autres sœurs n'avions pas remarqué étant petites que Lottie était moins jolie, mes parents avaient dû s'en rendre compte, et que même s'ils n'en ont jamais parlé, c'était pour cela qu'ils la gâtaient plus que nous, sachant qu'elle aurait une vie moins facile une fois adulte.

« Ce constat m'a beaucoup éclairée. J'ai compris que les parents sont moins bêtes qu'ils n'en ont l'air, qu'on ne dit pas toujours ce qu'on sait, qu'on réfléchit sur le long terme, et qu'on agit en conséquence, que ce qui paraît cruel sous un certain jour est en réalité une preuve de gentillesse et d'intelligence. Cela m'a fait aimer ma mère encore davantage.

Sam a reposé ses couverts et s'est essuyé les lèvres.

— Mais cela a également eu un autre effet sur nos vies. Quand je suis tombée enceinte, Ruth et Faye ont essayé de se montrer compréhensives, mais… j'ai bien vu qu'elles étaient choquées, surtout Ruth, même si elles s'efforçaient de le cacher. Je répète qu'elles ne m'ont pas prise pour une mauvaise fille, plutôt pour une idiote, mais oui, ce fut un choc pour elles.

La serveuse est enfin venue remporter nos assiettes.

— Mais Lottie… Lottie là encore a été différente, reprit Sam. C'était comme si… comme si c'était moi maintenant la disgraciée, la dernière des quatre, celle qui n'avait rien pour elle et que toutes les autres prenaient en pitié. Je n'irais pas jusqu'à dire qu'elle s'est réjouie de mon infortune, non, mais ce fut comme un soulagement pour elle, conclut Sam avec un petit sourire sans joie.

— Et comment avez-vous réagi ? À son attitude, je veux dire.

Sam a fait la moue.

— À vrai dire, je lui en étais reconnaissante. Je me sentais si mal, depuis le départ de Wilhelm. Si fragile, si solitaire. Personne ne m'a trahie, pourtant, oui, je me sentais comme trahie.

J'ai laissé passer un long silence. De l'autre côté de la salle, il y avait une tablée de six convives qui se plaignaient de la nourriture. Leur tapage couvrait tous les autres bruits et nous assurait un calme relatif. De plus le personnel avait fort à faire et ne s'approchait pas de notre table.

— Pourquoi l'avez-vous fait, Sam ? finis-je par lui demander.

Il fallait que je sache. Après tout, là où nous en étions, c'était une question assez naturelle.

— Je puis comprendre que vous ayez couché avec Wilhelm, bien sûr, continuai-je. Mais pourquoi n'avoir pas pris de précautions ? Il y a des moyens pour… vous avez fait des études, vous devez le savoir. Vous a-t-il… ?

— Non !

C'était un son étranglé, entre soupir et sanglot. Pour se donner une contenance, elle a saisi son verre de vin et l'a porté à ses lèvres.

Un long silence s'est ensuivi. Des larmes perlaient au bord de ses paupières.

— Il n'y est pour rien ! Il ne m'a pas forcée. Pas du tout. Oh non ! s'exclama-t-elle, puis elle prit une longue inspiration, avala un grand bol d'air. Nous avions loué une péniche et nous naviguions pour le week-end sur les canaux. Dans ce milieu, personne ne vous demande si vous êtes mariés ou non. C'était une journée splendide où les oiseaux et les insectes s'en donnaient à cœur joie, avec les bruits de l'eau qui s'écoulait à mesure qu'on ouvrait ou fermait les écluses, l'odeur des gaz d'échappement des autres bateaux qui faisaient teuf-teuf en passant, avec leurs drôles de noms peints en couleurs vives. Le midi, nous nous étions arrêtés pour déjeuner dans un pub près de la maison d'un éclusier, et le soir, nous sommes allés dîner dans un autre pub.

« Dans celui-là, l'ambiance était bruyante et chahuteuse. Il était tard, les gens avaient bu et ils se sont échauffés en parlant des Allemands, de leur caractère belliqueux et militariste, du Kaiser, qui était un tyran, et du fait que leur armée, leur marine ne cessaient de croître en nombre et en puissance. Vous pouvez imaginer, dit Sam en se mordant les lèvres.

« J'étais furieuse, j'avais peur et j'étais gênée pour Wilhelm. Personne ne savait qu'il était allemand, bien sûr. Il a eu le bon sens de ne rien dire, m'a fait un signe et nous sommes partis. Nous n'avons reparlé qu'une fois hors de portée de voix de l'auberge, alors que nous étions presque arrivés au bateau. J'ai commencé à lui faire des excuses, mais il m'a interrompue. Il a dit que c'était pareil en Allemagne, que les Allemands étaient aussi critiques envers les Anglais, et que nous ne devions pas y faire attention.

« La lune brillait et nous nous sommes promenés le long du canal pour nous calmer. Puis nous avons fini par rejoindre le bateau et nous sommes restés à parler en buvant un dernier whisky. C'était pour nous un sujet d'étonnement de s'aimer autant alors que nos compatriotes respectifs se détestaient. J'avoue que c'était à la fois merveilleux, déconcertant et angoissant.

Au rythme de sa respiration et de ses seins qui se soulevaient, je voyais qu'elle était émue. Elle a encore pris une goulée d'air. De l'autre côté de la salle, la bande de braillards s'était calmée.

— Au bout d'un moment, Wilhelm est allé sur le pont fumer une cigarette, et moi, je me suis mise en chemise de nuit. Puis il m'a appelée. « Sam, a-t-il chuchoté, viens voir ça. »

« Je suis montée sur le pont. Pendant que nous discutions en bas, la lune s'était levée, mais surtout, une brume s'était formée sur le canal, que la lune irisait d'argent et d'or. Et, isolés par la brume, nous étions comme coupés du monde. Elle s'était refermée sur nous, discrète, complice, et posait des baisers humides sur nos joues, nos paupières…

« Wilhelm a passé son bras autour de moi et alors que nous étions là, enveloppés par la brume, nous avons entendu un battement d'ailes… Deux cygnes sont passés devant nous en volant très lentement au-dessus de l'eau, tout près. En l'espace d'un instant, ils ont surgi de la brume, puis s'y sont engouffrés.

« Wilhelm n'a rien dit. C'était inutile. La simple vue des cygnes, le fait qu'ils étaient deux, suffisait.

« Il m'a embrassée. Je portais juste ma chemise de nuit, d'un tissu très fin. Il m'a embrassée sur la bouche, puis sur les seins. Oh, Hal !

Ces paroles m'ont transpercé.

— Comment vous dire ce que j'ai ressenti ? poursuivit Sam. Aucun écrivain n'a jamais pu l'exprimer. Et personne ne m'avait prévenue à ce sujet, ni ma mère, ni Ruth, ni Faye, ni Lottie, personne. On lit des poèmes où les sentiments, les moments d'amour, de tendresse, d'intimité sont décrits de façon si belle, si charmante. Mais c'est comme si on les observait… de l'extérieur, les mots employés sont si… limités.

Elle a poussé un long soupir.

— J'étais amoureuse de Wilhelm depuis un certain temps, mais cette nuit-là, cette nuit-là… pour la première fois, je l'ai… désiré. Quand ses lèvres se sont posées sur ma poitrine, je me souviens que j'ai crié. De surprise au début, mais c'est tout de suite devenu autre chose. Une vague m'a submergée, un flux de sang m'a envahie, ma chair en était comme gorgée, j'ai eu envie d'enrouler mes jambes et mes bras autour de lui et de le presser contre moi, d'aspirer en moi tous les sucs de son corps. Personne n'a jamais écrit là-dessus ! Je voulais sentir ses mains, ses lèvres, sa langue partout sur moi. Je transpirais, je criais, mais c'était d'extase. Des parties de moi que je croyais jusque-là insensibles s'éveillaient en me procurant un plaisir inouï.

Sam a rougi, mais ses yeux brillaient : il fallait qu'elle en parle à quelqu'un. Elle s'était tellement contenue que c'était comme un trop-plein qui débordait.

— On s'est allongés sur le pont du bateau, a-t-elle poursuivi. La brume autour de nous formait une nuée de lumière, grâce à la lune. Mon corps était en feu, un feu qui montait en moi comme une marée, du tréfonds de mon être jusqu'aux pores de ma peau. Et alors, alors… c'est venu.

Sa respiration s'est calmée.

— Je ne crois pas qu'aucune de mes sœurs ait vécu ça, conclut-elle.

— Vous leur en avez parlé ?

— J'ai bien essayé. Faye a écouté, mais pas les autres, me jugeant sans doute trop sentimentale.

Une serveuse est enfin venue débarrasser la table. Il se faisait tard et nous avons décidé de prendre seulement un café, arrosé pour moi d'un whisky.

— Alors, dans un sens, vous n'avez pas eu de chance.

— Oui, mais pas comme vous l'entendez.

— Ah bon ?

— Je suis tombée enceinte cette nuit-là, c'est vrai. Mais ce n'était pas grave, en soi. Nous avions prévu de nous marier et tout se serait arrangé selon les convenances, sans que nous ayons à regretter un seul instant cette nuit d'amour mémorable. Ce ne fut que lorsque Wilhelm est retourné en Allemagne et que la guerre a éclaté, presque par accident, que la chance a tourné. Quand nous étions sur la péniche, nous ignorions ce qui allait se passer. Tout le monde l'ignorait. Ce n'est pas comme si… comme si Wilhelm avait essayé de profiter de moi. Non, ça n'avait rien à voir.

Les cafés sont arrivés.

— Mais le résultat n'est-il pas le même ?

— Absolument pas. Comment pouvez-vous dire ça ! protesta Sam avec vigueur. Si j'avais juste couché avec Wilhelm une nuit en me comportant comme une fille facile et que j'étais tombée enceinte, oui, ce serait une histoire sordide, vulgaire, tout ce que vous voulez. Mais Will est le fruit de cette nuit d'amour, cette nuit sublime où… (Elle s'est interrompue en fermant les yeux, puis les a rouverts.) Où tout était parfait.

Nous avons bu le café et la serveuse m'a apporté mon whisky.

— Et vous n'avez jamais eu de ses nouvelles ?

— Non… répondit-elle en baissant les yeux, avant de prendre une courte inspiration. J'étais sûre que… Non, conclut-elle, puis elle m'a regardé.

J'avais la gorge nouée. La photographie de Wilhelm était dans mon portefeuille, juste dans son champ de vision. Oppressé, j'ai avalé une gorgée d'eau pour gagner du temps et ne pas être tenté de tout lui avouer.

— Qu'aimeriez-vous faire demain ? lancé-je ensuite d'un ton badin.

Elle sirotait toujours son café et elle a reposé sa tasse.

— Jamais au grand jamais vous ne devinerez. Vous savez que j'ai la passion des voyages, que la simple idée d'être en mouvement me fait déjà rêver. Or nous n'avons qu'une journée à notre disposition. Cependant…

— Allez-y, je donne ma langue au chat.

— La pièce de ce soir m'a beaucoup plu, mais je connais Stratford comme ma poche. Puisque vous le demandez, figurez-vous que j'aimerais beaucoup passer la journée de demain à Birmingham.

Quelle idée d'aller faire du tourisme à Birmingham ! J'étais sidéré. Mais Sam m'a expliqué son point de vue.

— Je n'y suis jamais allée, on peut le faire facilement dans la journée sans trop fatiguer Will, c'est une grande ville industrielle bourdonnante d'activités, dont beaucoup participent à l'effort de guerre. Or je vis à la campagne, dans le calme et l'isolement, depuis avant la guerre, et j'ai envie de voir les rues bondées, la foule, les taudis, les usines, du béton à perte de vue avec pour seule forêt celle des cheminées crachant de la fumée noire. C'est ce monde-là, tout crasseux qu'il soit, qui se bat pour nous en ce moment. D'une certaine façon, ce paysage urbain est aussi dépaysant que l'Orénoque.

Vaincu, je me suis rendu à ses arguments et j'ai accepté. Nous avons fini nos cafés, sommes montés à l'étage et, comme il était tard, j'ai raccompagné Blanche chez elle. Quand je suis revenu au *Crown* et que j'ai frappé à la porte de sa chambre, Sam est apparue en chemise de nuit, très légère, et a posé un doigt sur ses lèvres.

— Will dort.

Puis elle s'est dressée sur la pointe des pieds et m'a effleuré la bouche d'un baiser furtif.

— Quelle charmante soirée, Hal. Ça me fait tellement de bien de parler de tout avec vous. Même… de ce que vous savez.

Sur ces mots, je suis allé me coucher.

La petite virée à Birmingham fut bien plus intéressante et surprenante que je ne l'avais imaginé. Comme nous avions Will avec nous et que ni Sam ni moi ne connaissions la ville, j'ai discuté avec un chauffeur de taxi à la gare de Snow Hill pour qu'il nous promène durant une demi-journée. Il a trouvé assez bizarre que nous n'ayons pas envie d'aller dans les lieux habituels, grands hôtels, théâtres, cathédrale, musée, ni dans aucun des quartiers chics, et demandions au lieu de ça qu'il nous conduise à l'aciérie Wilmot et Breedon de

Basall Heath ainsi qu'à l'entrepôt des armes légères britanniques d'Aston. Mais quand il a compris que nous ne plaisantions pas, il a joué le jeu. En bon chauffeur de taxi, il connaissait la ville comme sa poche.

Nous avons commencé par le port fluvial juste après Bristol Road, où plusieurs canaux confluent vers un large bassin. Là, des marchands de fournitures pour bateaux vendaient de tout, barres de gouvernail sculptées, hélices en cuivre, cordages de toutes longueurs et épaisseurs, peintures étanchéifiantes, lampes à pétrole. Dans ce bazar rempli d'odeurs et d'objets de toutes formes et couleurs, Will exultait.

Puis nous avons visité les fonderies de Longbridge, les usines de peinture de Neachalls, les tôleries d'Acocks Green, la nouvelle usine de la RAF à Castle Bromwich, le dock de Saltley, les ateliers de la James Motorcycle de Harborne, les carrosseries Waterloo de Selly Oak et l'hôpital psychiatrique de Ribery.

De retour à la gare de Snow Hill en milieu d'après-midi, nous nous sommes alors aperçus que le prochain train pour Stratford, où nous prendrions la correspondance pour Middle Hill, ne passerait qu'une heure plus tard. La journée serait longue, surtout pour Will, qui s'était déjà endormi.

Le toit de la gare était une grande verrière en berceau, un bel ouvrage en fer forgé, et le bar-restaurant qui donnait sur le quai principal était équipé d'une machine à thé chromée. Il y avait des soldats partout. Nous avons pris deux thés et nous sommes installés à une table.

— Alors, qu'en dites-vous ? m'a demandé Sam en posant la main sur la mienne. Comprenez-vous maintenant pourquoi j'avais envie de venir ?

— C'est une ville prospère, malgré les taudis et la saleté, reconnus-je. Pleine de vie, d'activité, de toutes sortes de choses, dont pas mal de nouveautés. Mais ce n'est pas une belle ville, et pour rien au monde je ne voudrais y habiter.

— Il faut bien que quelqu'un y vive pour y fabriquer tout ce dont nous avons besoin pour combattre.

— Je le sais bien, Sam. Où voulez-vous en venir ?

Elle a siroté son thé.

— Sur les quatre sœurs que nous sommes, l'une est dans le théâtre, l'autre entretient des jardins, moi je suis maîtresse d'école, seule Ruth est vraiment engagée dans l'effort de guerre. Voir tous les gens d'ici fabriquer des munitions, des armes, des bottes, du fil de fer, des écrous, de la peinture, bref tout ce qu'il faut pour faire la guerre… Cela me fait me poser des questions. Est-ce qu'enseigner suffit, comme engagement ?

— On croirait entendre ma sœur. C'est pour cela que vous vouliez venir ?

— En partie, avoua-t-elle en se renfonçant dans son siège. Et parce que j'ai la bougeotte, bien sûr. Mais Wilhelm se bat sûrement, à l'heure qu'il est. Vous-même, vous vous êtes battu, et un jour prochain, vous retournerez au combat. Ma famille en fait-elle assez ?

Ce fut mon tour de poser ma main sur la sienne.

— L'issue de cette guerre ne repose pas sur vos frêles épaules. Enseigner n'est pas une perte de temps. Quant à vos sœurs, ce sont des adultes, vous n'avez pas à penser à leur place.

— Je sais bien. En tout cas, vous comprenez mon point de vue sur le voyage. Même une petite virée comme celle-ci, un seul jour de sortie en un lieu inconnu, tout laid et sinistre qu'il soit, vous fait changer de perspective et vous donne à réfléchir…

— Quitte à vous mettre mal à l'aise. Sam… Et si la guerre dure longtemps ? On a cru au début qu'elle serait finie à Noël. En ce moment, c'est l'impasse. Imaginez qu'elle dure encore un an, deux ans… voire davantage ?

— Je n'arrête pas d'y penser, dit Sam en fermant les yeux. Et si Wilhelm se fait tuer sur le front ? Et si le conseil d'établissement se prononce contre moi et que dans une semaine, je me retrouve sans emploi ?

Un train s'est mis à cracher de la vapeur. Des gens se sont levés. Ce n'était pas le nôtre.

Malgré sa tristesse, Sam essayait de faire bonne figure.

— Ce serait peut-être un mal pour un bien, reprit-elle. Cela me forcerait la main, m'obligerait à changer, à m'engager davantage.

— Vous le voulez vraiment ? Et Will dans tout ça ? Et Wilhelm ? D'une certaine manière, ce serait vous battre contre lui.

Elle observait un groupe d'enfants qu'on faisait monter dans le train.

— Ça me fait froid dans le dos, quand j'y pense. Mais la guerre engendre ce genre de paradoxe. Wilhelm avait lu Clausewitz, ce fameux historien militaire allemand qui s'est lui-même retrouvé dans le camp opposé à celui de ses deux frères. Ils auraient pu s'entre-tuer sans même le savoir et sans que personne n'y trouve rien à redire. C'est ce qui m'arrive aujourd'hui. Je suis dans la même position. Non que je me compare à Clausewitz, ajouta-t-elle en souriant, avant de poser à nouveau la main sur la mienne. Ne faites pas attention. J'aime le contact humain, toute notre famille est très tactile, cela nous vient de notre mère, je pense. Ce que je veux dire, c'est que… ma vie, mes émotions, mon avenir, mes pensées… tout est tellement confus dans ma tête. En ce moment, avec cette guerre, les gens sont tout noirs ou tout blancs. Mais pas moi. Comment le serais-je ? Et c'est là que vous entrez en jeu.

Elle a bu un peu de thé et m'a à nouveau pressé la main.

— Vous devez me trouver terriblement égocentrique, à parler de cette manière. Mais… ces deux jours ont été merveilleux pour moi, Hal. Will a beau être un adorable bambin, sa conversation est assez limitée… Vous, non seulement vous savez écouter, mais vous m'avez emmenée au théâtre hier soir, à Birmingham aujourd'hui. Et cette grande cité noire de crasse, où tout est purement utilitaire, a eu sur moi un effet miraculeux. Vous savez, aussi étrange que cela puisse paraître, assise là, dans cette gare immense, noire de suie, je me sens comme purifiée. Et c'est à vous que je le dois…

Elle a pris ma main et y a posé un baiser.

— Vous m'avez aidée à comprendre que quelle que soit la décision du conseil d'établissement, ce ne sera pas la fin du monde.

Je passai quelques jours sans revoir Sam après notre week-end mémorable avec le roi Lear et la suie de Birmingham. Elle voulait se préparer à l'épreuve qui l'attendait plus tard dans la semaine, quand elle comparaîtrait devant le conseil d'établissement, aussi je restai coucher au *Crown* de Stratford et assistai le lendemain à deux autres pièces données à la chapelle de la Guilde, *Coriolan* et *Jules César*. Le mardi soir, je n'étais toujours pas aussi calé que Sam sur les tragédies de Shakespeare, mais plus tout à fait novice en la matière.

Dans la deuxième pièce, une actrice m'avait beaucoup rappelé Izzy, c'était la même chevelure, la même silhouette, la même fougue dans sa façon de parler. Cette nuit-là, je ne pus dormir tant mes pensées vaguaient de ma sœur à Sam, aussi me levai-je tôt et allai-je revoir la rivière où nous nous étions promenés durant notre premier après-midi passé ensemble. La maman cygne accompagnée de ses petits était toujours de fort méchante humeur et de violentes rafales de vent ridaient la surface de l'Avon.

Sam m'avait confié que sa vie était en pagaille. Ce qu'elle m'avait révélé au fil de nos conversations montrait quel poids c'était pour elle de vivre seule avec un enfant en bas âge, sans aucun soutien, psychologique ou matériel. Et combien l'avenir lui paraissait sombre.

Quant à Izzy, elle était ou serait bientôt sur le front. J'éprouvais quelque angoisse à son sujet, mais je l'imaginais aussi tellement pleine d'enthousiasme et d'énergie que je ne pus m'empêcher de sourire. Les Allemands n'avaient qu'à bien se tenir.

Je repensai à la dernière soirée que nous avions passée ensemble au *Crown*, et à sa petite diatribe. Les nouvelles de la guerre étaient mitigées. Cinq mille Autrichiens avaient été tués en défendant la Galicie, et les Australiens avaient annoncé qu'ils allaient fabriquer des munitions pour nous aider. Différentes combines permettant aux compagnies britanniques de faire du commerce avec l'ennemi via la Chine avaient été dénoncées et stoppées. En revanche, les Allemands avaient bombardé Venise. Pourquoi au nom du ciel ? Ils avaient aussi utilisé des gaz toxiques contre les Russes, et les pertes britanniques s'élevaient à présent à deux cent cinquante-huit mille hommes. À Londres, un buffet gratuit était installé sur London Bridge pour les soldats, Emmeline Pankhurst s'était adressée à une audience passionnée pour dire comment les femmes pouvaient participer à l'effort de guerre, et des concerts de soutien aux Français s'étaient tenus à l'Aeolian Hall. Plusieurs galeries d'art avaient organisé des expositions sur la guerre, en soutien aux troupes.

Tous ces événements venaient renforcer le point de vue d'Izzy : c'était à Londres qu'il fallait être.

Plus tard ce matin-là à l'Agence, on nous distribua des journaux allemands datant de plusieurs semaines et qui avaient transité par la Suisse, nous dit-on. Nous devions les lire avec deux objectifs. Repérer les termes, expressions et tournures de phrase dont nous n'avions pas l'habitude, ainsi que tous les éléments d'analyse permettant de prévoir d'après le ton des articles où en était le moral des civils allemands. C'était un exercice intéressant, mais vers onze heures, je fus appelé à me rendre sur-le-champ dans le bureau du major Romford. Bon Dieu, qu'est-ce qu'il me réserve encore ? me suis-je dit en gagnant son bureau, qui se trouvait au rez-de-chaussée, près de l'entrée principale.

La porte en verre dépoli était entrouverte, mais j'ai frappé quand même. Inutile de me faire mal voir.

— Entrez !

La pièce tapissée de dossiers puait le tabac. Quant à Romford, il était occupé à écrire, mais il a tout de suite levé les yeux à mon entrée et m'a fixé d'un air peu engageant, sans rien dire, m'indiquant juste d'un signe de tête le téléphone qui se trouvait sur sa gauche. J'ai vu qu'il était décroché.

J'ai pris le combiné, en proie à une vive inquiétude. D'abord je n'avais pas l'habitude du téléphone, et surtout, Izzy m'avait appris durant notre dîner au *Crown* que notre mère n'était pas bien. J'imaginais mal qu'on m'appelle pour une autre raison.

— Allô ?

— Montgomery ? lança une voix masculine d'un ton rude. Pritchard à l'appareil. Vous vous souvenez de moi ?

— Oh... Oui, bien sûr, mon colonel.

Si je m'y attendais !

— On ne peut pas se fier à ces fichus téléphones, aussi j'en viens tout de suite au fait. Vous m'entendez bien ?

— Oui, parfaitement bien, mon colonel.

— Bon. Primo, vous aviez raison à propos des chiffres allemands. J'ai vérifié et revérifié, et vous avez mis dans le mille. J'aurais voulu vous appeler plus tôt, mais c'était chaud, ces derniers temps. Heureusement, il s'agissait juste d'une coquille dans le texte de ma conférence, et cela n'a donc pas joué sur notre politique actuelle, Dieu merci ! Mais ce n'est pas le problème. Vous avez relevé une erreur, une erreur importante, et je tenais à vous en remercier.

Je suis resté coi.

— Vous êtes là ?

— Oui, mon colonel. Je vous remercie.

— Mais il y a mieux. C'est le second objet de mon appel. Ai-je raison de penser que vous n'avez pas grand-chose à apprendre à Stratford ?

— Eh bien, il y a pas mal de nouveaux termes techniques, de nouveaux concepts scientifiques, ce genre de...

— Oui, oui, mais vous pourrez apprendre tout cela ici.

— Pardon, monsieur ?

— Je veux que vous me rejoigniez, Montgomery, et en vitesse. Vous pourrez commencer lundi... d'accord ?

— Commencer quoi, monsieur, et où ?

— Ma parole, mon garçon, la vie dans la cambrousse et la compagnie des vaches vous ont complètement abruti ! Si vous continuez comme ça, je vais douter de vos capacités. Je vous veux ici, au ministère de la Guerre. Sur Northumberland Avenue, juste à côté de Trafalgar Square. Comme analyste travaillant pour les services secrets. Nous avons besoin de types comme vous, instruits, ayant de l'expérience, et attentifs aux détails. Votre pratique de l'allemand aussi nous sera utile. Vous serez promu, évidemment. Capitaine, je dirais. Je m'occuperai de ça avec votre commandant. Ça vous va ?

— Oui, mon colonel.

C'était tout ce que j'étais capable de dire tant je luttais pour que mon exultation ne se voie pas sur mon visage, alors que le major Romford était à moins d'un mètre de moi.

— Et où habiterai-je ?

— Voilà que vous recommencez avec vos questions idiotes ! À l'hôtel, pardi. En tout cas au début. Vous toucherez la solde d'un capitaine à partir d'aujourd'hui. Et vous n'aurez à payer votre chambre que d'ici une semaine. Vous savez où se trouve le ministère ? Vous connaissez Londres ? Et Northumberland Avenue ?

— Je trouverai, mon colonel.

— Ah ! voilà qui est mieux. Huit heures. Lundi, demandez à me voir.

— Très bien, mon colonel. Et merci.

— Attention, ça ne sera pas de la tarte. Vous travaillerez bien plus dur que dans cette école. Alors prenez un ou deux jours de congé d'ici là. Vous n'en aurez peut-être plus l'occasion avant longtemps.

La ligne s'est coupée, et j'ai raccroché.

— Eh bien ? demanda Romford en levant les yeux.

— C'était le colonel Pritchard, mon commandant. Pour dire que j'avais raison au sujet des chiffres sur la production d'acier. Et que je dois me présenter au ministère de la Guerre lundi. Pour entrer dans les services de renseignements comme analyste.

— Petit veinard, commenta-t-il en plissant les yeux d'un air mauvais.

— Pardon ?

— Ça roule pour vous, hein ? Les portes s'ouvrent pour les fils à papa dans votre genre. Votre père fréquente le même club que Pritchard, je parie.

— Ne soyez pas si…

— Nos routes se recroiseront, Montgomery, et alors… lâcha-t-il avec un petit sourire narquois, chargé de menace. Vous êtes tous pareils, vous les nantis. Allez, *verpiss dich* !

Pas très technique, comme langage.

À sept heures pile ce soir-là, j'étais à la petite maison d'éclusier.

— Il y a une partie de cricket dans le terrain derrière l'église, dis-je à Sam. J'ai de quoi nous abreuver. Emmenons Will. L'air frais lui fera du bien.

Sam hésitait. Elle m'a tendu le livre de bibliothèque que je lui avais prêté et qu'elle avait fini de lire.

— La rosée du soir va bientôt tomber. Will risque d'attraper froid.

— Mais non ! Il fait bon, dehors. Nous ne le sortirons que pour une heure. S'il s'endort, tant mieux.

— J'avais prévu de rester à la maison pour préparer ce que j'avais à dire pour le conseil d'établissement de demain.

— Vous avez eu deux nuits pour le faire. Il est trop tard. Ça ne changera plus rien, maintenant.

Je suis allé chercher le châle de Will et une couverture dans le panier à linge près de la cheminée.

— Allez, venez voir la partie. Montrez-leur que vous avez fini de vous cacher.

— Hal !

Je l'ai fait taire d'un regard et elle s'est laissée fléchir.

Le terrain de cricket était situé derrière le cimetière de l'église, après le ruisseau aux poules d'eau. Nous avons passé la barrière en empruntant le tourniquet. Quand nous sommes arrivés, la partie était déjà bien entamée. Une cinquantaine de personnes s'était regroupée autour du « pavillon », un abri de bois peint en blanc surmonté d'un toit vert en tôle ondulée, où les chiffres du score étaient accrochés. J'ai repéré le marqueur, assis sur une caisse de bières, avec sa feuille de match posée devant lui, sur une autre caisse retournée.

Nous nous sommes allongés sur l'herbe de l'autre côté du champ, à l'opposé du pavillon. De là, nous pouvions suivre la partie sans que personne ne puisse écouter nos propos. J'ai étendu la couverture et Sam y a installé Will. Il s'est mis à se tortiller à plat ventre pour essayer d'avancer. Sam l'a observé d'un air extasié.

J'ai sorti un paquet de mon sac et le lui ai tendu.

— Pour moi ? Qu'est-ce que c'est ?

— Un petit cadeau. Ouvrez-le et vous verrez. Je l'ai trouvé à Stratford, ajoutai-je en la voyant hésiter, pour la rassurer. Je n'ai pas pu résister... Vous allez comprendre pourquoi.

Des applaudissements ont éclaté de l'autre côté du terrain alors qu'un joueur avait marqué.

— C'est une carte, murmura Sam après avoir défait l'emballage.

— Je l'ai trouvée dans une librairie, encadrée. Elle représente l'Amazone et l'Orénoque, mais elle a été dessinée au XVIe siècle, quand on ne connaissait pas encore tout le cours du fleuve.

— Hal, quelle délicate attention.

— Je me suis dit que vous pourriez commencer à les collectionner. Je parle des cartes. C'est une sorte de voyage qu'on peut faire même en temps de guerre.

— C'est vrai, Hal. Vous êtes si gentil.

Elle s'est mise sur les genoux et m'a embrassé sur la joue.

J'ai sorti du sac des gobelets en métal que j'avais empruntés au *Lamb*. Puis, d'un geste large, une bouteille de champagne, que j'avais réussi à extorquer au barman du *Crown*, à Stratford.

— Et voilà !

Quand le gobelet a étincelé au soleil vespéral, Will a ouvert des yeux ronds.

— Alors, comment vous sentez-vous, pour demain ? demandai-je en le lui tendant.

— Nerveuse, évidemment. Vous pouvez vous en douter, ajouta-t-elle en caressant la joue de Will.

Un cri a retenti quand un guichet est tombé.

— Sam, il m'est arrivé beaucoup de choses ces derniers jours. J'ai à vous parler et je dois le faire ce soir.

— N'allez pas trop vite, hein ? m'a-t-elle prévenu en me scrutant, puis elle s'est mordu la lèvre.

— Je n'ai pas le choix. Vous comprendrez quand je vous aurai dit.

Elle a pris Will et l'a serré contre elle.

Mon cœur battait à tout rompre. L'instant présent, ce pique-nique improvisé sur le terrain de cricket, dans ce décor pastoral, ce monde en vert et blanc, beau et calme, ne comptaient plus tant j'étais tendu. J'entendais le sang battre dans mes oreilles. J'avais la gorge sèche. Serais-je capable de prononcer les mots que j'avais prévu de dire ? Je me sentais comme un écolier qui attend les résultats d'un examen.

— Il y a deux choses que vous ignorez encore à mon sujet, deux choses importantes, et lourdes de conséquences, commençai-je, et je posai une main sur son genou alors qu'elle était accroupie, avec Will dans les bras. D'abord, quand j'ai été blessé en Flandres, ma glande prostatique a été touchée, de façon irrémédiable… Je ne pourrai jamais avoir d'enfant.

J'ai laissé passer un silence. Il y a eu un autre cri, quand un second guichet est tombé.

— Ensuite, ce matin même, on m'a proposé un emploi, une occasion fantastique. Entrer comme analyste dans les services de renseignements au ministère de la Guerre, à Londres…

De nouveau, je me suis interrompu malgré ma hâte, pour laisser à Sam le temps d'assimiler ces informations.

— Si jamais le conseil se prononce contre vous demain, pourquoi ne pas venir à Londres vivre avec moi ? Je sais que vous ne m'aimez pas, mais ça m'est égal. Moi, j'en suis venu à vous adorer et peut-être qu'avec le temps, vous apprendriez à m'aimer. Nous pourrions nous marier, ou faire croire aux gens que nous le sommes, à votre guise, élever Will comme notre fils, et même le faire baptiser. Vous pourriez trouver un poste d'enseignante à Londres. Vous dites que vous ne savez plus où vous en êtes, que vous voudriez vous rendre plus utile. Venez à Londres tenter votre chance.

J'ai laissé Will serrer l'un de mes pouces entre ses doigts minuscules.

— Bien sûr, cela voudrait dire que… vous renoncez à Wilhelm et qu'il faudrait cacher la vérité à Will, pour l'instant en tout cas, peut-être pour toujours. Mais si vous êtes dans le doute, nous pourrions juste essayer, ne pas nous marier immédiatement. Il faudrait faire semblant, cela va sans dire. Sinon, aux yeux des gens, nous vivrions dans le péché et aucun propriétaire ne voudrait nous louer un appartement. De cette façon nous pourrions attendre de voir comment la guerre va tourner, combien de temps elle va durer, quelle sorte de paix s'établira ensuite. Ce ne serait pas idéal, comme vie, mais ce serait peut-être mieux pour Will. Il aurait un père, un homme qui lui servirait de modèle. Je m'occuperais de vous, financièrement. Ma famille est à l'aise. Très à l'aise.

Elle n'a rien dit, a juste serré Will contre elle.

— C'est un bon poste qu'on m'a proposé, ajoutai-je au bout d'un moment. Se servir de mes connaissances de l'allemand pour analyser des rapports militaires émanant des services secrets. Je serai au plus près du centre des opérations. Et je me sentirai enfin utile.

Elle s'est détournée, puis est revenue vers moi.

— Vous feriez ça pour moi ?

— Pour moi, aussi. D'une certaine façon, je suis coincé. Par mon… affection ou infirmité, appelez ça comme vous voudrez. Vous aussi vous êtes coincée, me semble-t-il. Même si c'est d'une tout autre manière… Je sais, nous ne nous connaissons que depuis peu, mais je vous adore.

Elle a embrassé Will sur la tête.

— Nous devrions vivre à Londres ?

— Oui. Certes, c'est plus dangereux qu'ici, mais beaucoup plus intéressant.

Il y eut un autre cri, pour un autre guichet tombé.

— Et quoi qu'il en soit, vous allez accepter le poste ?

— Oui. Je ne peux pas dire non. C'est… c'est une deuxième chance pour moi d'aider mon pays. Vous pouvez le comprendre.

Voyant que Will s'assoupissait, elle l'a enveloppé dans son châle.

— C'est un peu précipité, vous ne trouvez pas ? lança-t-elle, et j'ai vu à son expression qu'elle ne plaisantait pas. Il s'est passé quoi… douze jours depuis notre promenade un samedi sur les berges de l'Avon.

Je n'ai rien dit.

Du coin de l'œil, j'ai vu un joueur de cricket courir dans notre direction pour ramasser la balle et la relancer au gardien de guichet.

— Je suis très touchée par votre proposition, Hal. Émue, même. Mais elle me laisse penser que je vais perdre mon emploi, demain. Sauriez-vous quelque chose que j'ignore ?

— Non. Absolument pas, affirmai-je tout en me rappelant le geste du directeur lors de ma première visite au *Lamb*, quand il avait passé un doigt en travers de sa gorge. Je vous le jure. Tout m'est venu à l'esprit aujourd'hui, après qu'on m'eut proposé ce poste. C'est pour ça que j'ai eu envie de boire du champagne. J'ai dîné avec ma sœur à Stratford il y a quelques jours. Elle est infirmière à Londres et vient de partir pour la France. Elle m'a aidé à prendre conscience que je ne pouvais rester ici. Mes blessures sont guéries autant qu'elles pourront jamais l'être, et travailler pour le ministère de la Guerre… ça ne se refuse pas.

Des acclamations se sont élevées et les joueurs se sont mis à quitter le terrain, une des équipes étant *all-out* [1].

Will s'était endormi, la bouche ouverte tant il était épuisé. Je commençais à m'attacher à lui.

— Je ne sais que dire, murmura Sam. Il y a un instant encore, je ne pensais qu'au conseil d'établissement prévu demain. Et voilà que vous me parlez de Londres, des services secrets, d'élever Will comme votre propre fils, alors qu'il ne l'est pas. Et même de mariage. Bref, de dire adieu à tout cela, conclut-elle en englobant d'un geste le décor qui l'entourait.

Je suis resté silencieux. Sam a fini par secouer la tête.

1. Une équipe à la batte est *all-out* lorsque l'équipe au lancer a réussi à éliminer dix des onze batteurs adverses, marquant ainsi la fin d'une manche.

— Je ne puis vous donner une réponse maintenant. Je vous ai dit que ma vie était en pagaille, et grâce à vous, mes idées sont plus confuses que jamais. Ça n'a pas été facile, d'avoir eu Will dans ces conditions. Quel genre de vie serait-ce de vivre avec vous sous le même toit, en faisant comme si nous étions mariés ? Que penseraient mes sœurs ? Et ma mère, qu'en aurait-elle pensé ? Elle aurait clamé que je m'enfonçais encore dans le péché. Le pire, c'est que je ne sais même pas quand je pourrai vous donner une réponse. Wilhelm est entré dans ma vie aussi soudainement qu'il en est ressorti. On dirait que vous allez faire pareil.

Entre les manches, deux spectateurs sont passés devant nous en marchant sur la limite du terrain. Je leur ai fait un signe de tête, mais ils m'ont lancé un regard noir sans me répondre. Et j'ai entendu le mot « bâtard ». Sam a étouffé un cri et a serré Will contre elle. Elle a levé la tête et m'a regardé droit dans les yeux.

— Je ne vous aime pas, Hal, en tout cas pour l'instant.

Je lui ai pris la main et l'ai embrassée.

— L'offre tient toujours.

Elle a ramassé la carte et s'est levée en serrant toujours Will contre elle.

— Raccompagnez-moi à la maison. J'ai besoin d'être seule.

Nous avons remballé nos affaires et sommes revenus sur nos pas en faisant le tour du terrain. Elle s'est arrêtée au tourniquet et s'est tournée vers moi.

— Il y en a un comme celui-ci, près de la rivière à Stratford, vous vous rappelez ? Wilhelm aimait beaucoup ces portillons appelés chez nous « *kissing gates* », car il n'en existe pas en Allemagne. C'est là qu'il m'a demandée en mariage. Il m'a fait avancer et m'a piégée à l'intérieur en disant qu'il me libérerait quand je lui aurais donné ma réponse.

Elle a eu un petit sourire que j'ai trouvé bien triste, puis elle a continué à marcher en tête en me tournant le dos. Nous avons ainsi passé le petit pont au-dessus du ruisseau pour entrer dans le cimetière et sommes revenus en silence jusqu'à la maison d'éclusier.

Cette nuit-là, je ne dormis pas. Pourtant j'étais resté au *Lamb* à boire avec les joueurs de cricket après la partie, dans l'espoir que l'alcool m'abrutirait. Les gens parlaient du match, mais aussi du conseil qui aurait lieu le lendemain à l'école. Certains des clients réguliers qui savaient que je m'étais lié avec Sam évitèrent soigneusement de me demander mon avis. J'allai me coucher vers minuit moins le quart et après m'être tourné et retourné dans mon lit, je sombrai enfin dans le sommeil à deux heures et demie du matin.

À cinq heures, j'étais réveillé. Je restai couché à lire au lit, me levai à six heures, puis je sortis faire une promenade le long de la voie ferrée, pour réfléchir. À condition de ne pas trop forcer, ma jambe ne me gênait plus. Que ferais-je si Sam disait non ? C'est vrai, je la connaissais depuis deux semaines à peine, même si je l'avais vue en photo des mois auparavant. Comment pouvait-elle avoir eu un tel impact sur ma vie en si peu de temps ? Il n'avait fallu qu'un bref instant pour qu'une balle allemande me cause un dommage définitif. Était-ce pareil en amour ? L'analogie me parut quelque peu oiseuse.

J'avais beau m'éloigner de l'élevage de porcs, la puanteur persistait. Des nuages se reflétaient sur les eaux du canal et des chevaux hennirent à mon approche. De Middle Hill, qu'est-ce qui me manquerait, à part Sam et Will ? Tout, si elle ne venait pas, rien, si elle venait avec moi. Le petit discours d'Izzy avait éclairé ma lanterne et je voyais Londres d'un autre œil. C'était la guerre, mais grâce à elle la ville m'apparaissait excitante, aventureuse, foisonnante de possibilités. Je n'avais encore jamais été amoureux, mais je sentais tapi au fond de moi un sentiment d'effroi qui me soufflait que si Sam restait à Middle Hill, elle me manquerait terriblement.

Elle aimait toujours Wilhelm, cela au moins était clair. Il fallait me préparer au pire.

Je pensai à Izzy. Ma petite sœur, qui devait être au front. Comme nos vies avaient changé !

En tout cas, quoi qu'il arrive à Izzy, elle ne ferait pas le genre de rencontre que j'avais eue avec Wilhelm. Ce concours de circonstances ne se reproduirait jamais.

Et Wilhelm, où en était-il, de son côté ? Était-il toujours en vie, avait-il été blessé, rapatrié comme invalide, s'était-il fiancé à une autre, était-il déjà père d'un deuxième enfant ? Je ne l'avais côtoyé qu'un instant, mais je savais que s'il était toujours de ce monde, il devait être resté fidèle envers Sam. Nous étions adversaires et rivaux à plus d'un titre, lui et moi, mais je n'éprouvais aucune haine ni rancœur à son encontre.

Je retournai au *Lamb*, pris un bain, me rasai, avalai mon petit déjeuner. À sept heures quarante-cinq, j'étais à la gare, soit une demi-heure avant le premier train pour Stratford. Je n'avais toujours pas assez d'essence pour me servir de ma moto.

En fait, je n'avais pas vraiment besoin d'aller à Stratford, du moins pas à l'Agence. Mais j'avais envie de m'échapper de Middle Hill en ce jour où se tiendrait ce détestable conseil. Si je restais, je passerais la journée à compter les heures. Et puis j'avais deux ou trois choses à régler à Stratford, rembourser de petites dettes, rendre le livre que j'avais prêté à Sam, faire mes adieux à quelques personnes.

Ensuite je dormirais au *Lamb* pour la dernière fois. J'avais décidé d'aller à Londres directement, le lendemain même. Cela me laisserait le temps de trouver un hôtel convenable et de visiter un peu la capitale, que je connaissais à peine. Si j'allais être aussi débordé de travail que me l'avait promis le colonel Pritchard, j'aurais rarement l'occasion de sortir, d'aller au théâtre, de faire la bringue dans les boîtes de nuit, de voir quelques expos, tout ce dont m'avait parlé Izzy en bonne citadine. Bien sûr, j'aurais dû faire escale chez mes parents pour voir ma mère, comme je l'avais promis à Izzy, mais le temps m'était compté. Il valait mieux remettre ma visite à plus tard plutôt que de passer en coup de vent.

Vers huit heures, le quai commença à se remplir. Je fis quelques signes de tête aux villageois que je connaissais et observai la gare plus attentivement que d'habitude, sachant que c'était ma dernière matinée. Quel souvenir garderais-je de Middle Hill ?

Quand le signal tomba dans son portique avec un déclic, je me tournai dans cette direction.

Alors je vis Sam.

Que diable faisait-elle là ?

Elle m'a vu et a couru vers moi. Elle semblait très agitée et pour une fois, ses cheveux lui tombaient sur les épaules, sans bandeau pour les retenir. Ça lui allait bien.

— Je suis allée au *Lamb*, m'apprit-elle, tout essoufflée, les joues roses d'avoir couru. On m'a dit que vous étiez là. Il fallait que je vous rattrape avant… J'ai dû me dépêcher, alors j'ai confié Will à la femme du propriétaire. Ils n'ont eu l'air d'apprécier ni l'un ni l'autre, ajouta-t-elle en souriant.

Moi aussi j'ai souri, mais je n'ai rien dit. Elle m'a entraîné vers le bord du quai.

— Je n'ai pas dormi, dit-elle dans un murmure et, de près, j'ai vu qu'elle avait les yeux cernés.

— Moi, je suis debout depuis cinq heures.

— Mais j'ai pris ma décision.

Le second signal a fait un déclic. Le train approchait.

— Vous n'avez pas perdu de temps.

— C'est que… si je devais accepter votre offre… Je ne pourrais pas le faire après avoir été renvoyée par le conseil.

— Pourquoi ?

— Ce ne serait pas juste. Cela voudrait dire que je me sers de vous comme d'un expédient, parce que le reste n'a pas marché.

— C'est votre façon de voir les choses, moi, ça m'est égal.

— Pas moi. Si j'accepte votre proposition, je dois le faire non par dépit ou parce que j'ai été rejetée par le conseil, mais parce que j'ai envie d'être avec vous.

Le train a sifflé juste avant d'entrer en gare. Les yeux rivés sur Sam, j'ai entendu le crissement des roues, le sifflement de la vapeur qui s'échappait. Sur le quai, les autres passagers ramassaient leurs sacs et leurs bagages.

— Continuez.

Elle a fait une petite moue, comme si elle s'adressait à un gamin.

— Vous êtes quelqu'un de bien, Hal. Et vous êtes bon envers moi. J'ai dit hier soir que je ne vous aimais pas et c'est vrai. Pour l'instant en tout cas. Mais… j'aime être avec vous, je peux vous parler, j'aime vous toucher, sentir que vous êtes là. Will aussi est plus calme en votre présence. Ça, vous ne pouviez pas le savoir.

Soudain la vapeur nous a engloutis. Tout le reste a disparu. Je me suis souvenu de ce que Sam m'avait raconté sur la brume du canal, la nuit où Will avait été conçu. Cette fois, la vapeur s'est vite dissipée.

— Je ne puis vous épouser, Hal. Ce ne serait pas bien. Peut-être un jour, si j'en viens à vous aimer comme je l'espère… nous verrons. Mais nous devrons faire comme si nous étions mariés. J'ignore ce que je vais dire à mes sœurs, mais j'en ai assez de la façon dont les gens me regardent au village et de la manière dont ils traitent Will, comme s'il avait fait quelque chose de mal. Au moins à Londres nous serons plus anonymes, les gens n'auront pas à savoir… nous pourrons continuer à… mener nos vies comme nous l'entendons.

Elle s'est mordu la lèvre.

— Si vous ne pensez pas que je me sers de vous et si votre offre tient toujours, j'accepte. Mais je ne vais pas attendre la décision du conseil. Dans ce cas, agissons dès maintenant. Préparons-nous à partir pour Londres aujourd'hui même.

Elle m'a touché la main.

— Je vais prévenir l'école que je donne ma démission. Le conseil dira ce qu'il voudra… conclut-elle avec un grand sourire. Cela m'est bien égal.

Gaz moutarde

Northumberland Avenue, quand je l'eus trouvée, était sinistre au possible. Je parle de l'avenue elle-même. Elle allait de Trafalgar Square à la Tamise, mais était bordée de grands bâtiments publics avec des façades en pierre. Je parle aussi du ministère, du moins de la partie du ministère qui y avait son siège. Au début, je crus avoir fait un bien mauvais choix en échangeant le calme bucolique et provincial de Stratford contre ce sombre réseau de rues et d'édifices auprès desquels l'Agence semblait à l'avant-garde de l'architecture moderne. Les conseils de ma sœur m'avaient fourvoyé.

Les choses ne s'améliorèrent guère quand je finis enfin, au prix de quelque difficulté, à localiser Pritchard. Il avait fallu quarante minutes et trois escortes différentes (trois types médaillés en uniforme, à qui il manquait un bras ou une main), avant qu'on m'introduise dans son bureau situé au troisième étage, à l'arrière du bâtiment, de l'autre côté d'une petite cour pavée. La pièce sans fenêtre contenait deux bureaux, dont l'un complètement nu, apparemment désaffecté.

— Ah ! vous voilà, grommela-t-il en se levant. Au fait, ici, pas de salut, ajouta-t-il en me voyant lever le bras. Ça ne se fait pas, dans ces services. Voici quelques papiers à signer, confirmant votre désignation et votre promotion. Et l'Official Secrets Act, la loi relative aux secrets d'État.

Il a posé les documents sur son bureau et je les ai signés sans les lire.

— Asseyez-vous. Je vais vous briefer, puis vous accompagner là où vous travaillerez. Vous avez trouvé un hôtel ?

— Oui, à Bayswater.

— Bien, acquiesça-t-il en allumant sa pipe.

Manifestement cette question ne l'intéressait guère ; tant mieux, car Sam s'occupait en ce moment même de nous trouver un appartement.

Évidemment, j'avais été ravi, plus que ravi, transporté, ivre de joie qu'elle ait accepté de partir avec moi sur-le-champ, à la gare de Middle Hill. Nous venions de passer un bon week-end à Londres, même s'il avait fallu trimballer Will avec nous d'un endroit à un autre, de Buckingham Palace à Westminster et au British Museum. Mais nous avions trouvé un sympathique restaurant sans prétentions près de l'hôtel, où tout le monde avait chouchouté Will sous l'œil attentif d'un énorme saint-bernard. Will adorait les chiens.

— Bon, reprit le colonel Pritchard après avoir allumé sa pipe. Les premières semaines, vous effectuerez un travail de routine, qui consistera principalement à lire des journaux allemands récoltés par nos agents en Allemagne, en Suisse ou en Norvège. Ils sont bien évidemment périmés et datent pour certains de deux ou trois semaines. Mais nous ne nous attendons pas à y trouver des informations capitales ; comme nous, les Allemands exercent une censure, et je doute qu'aucun secret d'État, militaire ou autre, puisse passer entre les mailles du filet. Non, je veux que vous lisiez les journaux en diagonale, pour voir si l'ensemble des articles vous révèle quelque chose, disons, sur les déplacements de population, le moral des Allemands, toutes les inquiétudes qu'ils peuvent nourrir et que nous pourrions exploiter à des fins de propagande. Au fil des jours et des semaines, vous remarquerez peut-être des changements dans la façon de traiter l'actualité, et cela aussi peut nous indiquer quelque chose. C'est plutôt maigre, je le reconnais, mais c'est une bonne façon de commencer afin que nous puissions vérifier que vous avez bien la tournure d'esprit que nous recherchons. Et puis vous serez également formé par vos collègues qui travaillent là-dessus depuis des mois.

Il a dû deviner à l'expression de mon visage que je commençais à regretter d'avoir quitté Stratford, car il a pris sur son bureau une chemise brune où la mention SECRET était inscrite en travers.

— Vous voyez ça ? dit-il en l'ouvrant et en prenant un ton confidentiel, la main posée sur les feuillets qu'elle contenait. C'est un rapport, très succinct, deux pages seulement, sur trois articles relevés dans la presse de Hambourg et mentionnant une nouvelle série de destroyers. Sans donner de détails, bien évidemment, les journaux furent autorisés à relater comment les ouvriers des chantiers navals de Hambourg ont mis les bouchées doubles pour construire les deux premiers navires de cette série, tout cela afin de remonter le moral de la population.

Il a brandi quelques coupures de presse supplémentaires.

— Et voici les comptes rendus du lancement des bâtiments, quelques semaines plus tard. Rien de particulier, à part leurs noms. Le *Grundich* et le *Sommersfeld*… ça vous dit quelque chose ?

Oui, mais je n'arrivais pas à mettre le doigt dessus.

— N'étaient-ce pas des personnages du XIXe siècle, mon colonel ? Des théologiens ou des scientifiques ? Non ? Désolé.

— Vous n'êtes pas tombé loin, mais ce n'est pas ça. Paul Grundich et Artur Sommersfeld étaient des professeurs réputés de l'université de Göttingen au XIXe siècle, et ils appartenaient à un groupe…

— Les sept de Göttingen. Je me rappelle, maintenant.

— Exact, dit Pritchard. Bien vu. Sept professeurs qui avaient fondé un mouvement pour protester contre les agissements du hobereau local.

Il tira sur sa pipe.

— Ce document secret en a donc déduit que cette nouvelle série de destroyers comprendrait vraisemblablement sept bâtiments. Ce n'est pas grand-chose et c'est peut-être infondé, mais disons que cela donne à nos agents un point de départ, une base sur laquelle travailler. Vous comprenez ?

J'ai acquiescé, sur le principe qu'il devait être plus facile de trouver sept aiguilles dans une meule de foin qu'une seule.

— Nous travaillons par équipe de quatre, chacune dirigée par un chef, un commandant. Je partage le travail entre les équipes, que les chefs subdivisent ensuite entre les membres de chaque groupe. Les équipes ont chacune leur spécialité, et nous en avons une dizaine. Certaines se spécialisent en histoire, d'autres en politique, en économie, en relations sociales. L'équipe scientifique est un peu faible en ce moment, j'aimerais que vous la renforciez.

Ce n'était pas une demande, mais un ordre.

— Volontiers, mon colonel.

— Bien. Maintenant suivez-moi, je vais vous présenter.

Il m'a conduit par un long couloir bordé de fenêtres sur un côté, nous avons passé une porte à deux battants, puis descendu un escalier qui s'enroulait autour d'un ascenseur brinquebalant. Une autre porte ouvrait sur une salle qui ressemblait beaucoup au gymnase de l'école de Middle Hill, là où je m'étais adressé aux enfants. Elle était assez vaste pour contenir un court de badminton, avec de hauts murs et d'énormes lampadaires ronds suspendus à des câbles noirs. De grandes tables carrées étaient disposées dans la pièce, permettant à quatre personnes de s'asseoir à leur aise de chaque côté. Les conversations à mots couverts se sont tues sitôt que nous avons descendu les quelques marches de l'entrée. Des piles de journaux étaient posées au milieu de chaque table.

Pritchard m'a conduit jusqu'à l'une d'elles où se trouvait une chaise vide.

— Sheila, s'adressa-t-il à une femme assise face au reste de la salle. Voici Henry Montgomery. Je vous ai parlé de lui. Blessé au front, convalescence à Evesham, quelques semaines à Stratford. C'est court, je sais, mais sa famille était dans l'édition et…

— Oui, je m'en souviens. Confiez-le-moi. Je vais le mettre au parfum.

— Bien, fit Pritchard, avant de se tourner vers moi. Sheila était professeur d'allemand à l'université de

Liverpool. Son mari, un physicien qui a passé un an à Heidelberg, a été tué à la fin de l'année dernière. Elle n'est pas aussi féroce qu'elle en a l'air.

— Mais si, je le suis, lança Sheila d'une voix peu amène. Alors n'allez pas égarer ce pauvre agneau.

Elle souriait, mais une certaine tension dans sa voix m'a laissé penser qu'elle ne devait pas être tendre avec ses stagiaires.

— Venez me voir vendredi matin pour me dire comment s'est passée votre semaine, conclut Pritchard. J'ai à parler à un membre d'une autre équipe. Sheila se chargera des présentations.

Il nous a fait un sourire à chacun, puis a traversé la salle vers l'une des autres tables.

Nous nous sommes serré la main.

— Je m'appelle Sheila Small. Voici Colin Jardine, et là, c'est James Leith.

Jardine était grand, dégingandé, Leith sec, nerveux, et chauve comme une boule de billard.

— Colin a travaillé pour une compagnie maritime à Hambourg, m'expliqua Sheila. Quant à James, il était dans les chemins de fer. Il sait tout sur les compresseurs, la physique des chaudières, bref le genre de détails techniques qui ne sont pas à la portée du premier venu.

— Et vous ? demanda Jardine.

Leith et lui étaient tous deux écossais et ils avaient un léger accent.

Je leur ai brièvement résumé mon séjour en Allemagne, puis le temps que j'avais passé au front.

Ils n'ont pas fait de commentaires, mais j'ai vu que malgré ma jeunesse, ils appréciaient mon expérience.

Sheila m'a indiqué la chaise libre.

— Posez-vous là, Henry.

— Chez moi, on m'appelle Hal.

— Va pour Hal.

Elle a pris un journal sur la pile et l'a plaçé devant moi.

— Voilà comment ça marche. Le colonel Pritchard vous a sans doute expliqué que nous lisons des journaux, allemands, suisses, hongrois, roumains, polonais et tchèques, à la recherche de tout ce qui peut nous servir, d'accord ?

J'ai hoché la tête.

— Bon. Nous verrons vite si vous êtes efficace dans ce service. Mais il y a deux autres choses qu'il faut garder à l'esprit. (Elle a ôté ses lunettes et s'est frotté les yeux.) Primo, il faut lire vite. Beaucoup d'informations ne datent pas d'hier et nous essayons de lire tous les journaux dans le mois courant de leur publication… même s'il leur faut deux semaines pour arriver ici. C'est clair ?

J'ai à nouveau hoché la tête.

— Cela veut dire que nous ne lisons pas les journaux en ordre d'arrivée, mais en ordre de parution, en essayant de coller le plus possible à l'actualité, précisa-t-elle en remettant ses lunettes. Secundo, vous vous apercevrez vite qu'il n'y a rien de plus fastidieux, et que c'est la plus basse besogne, ici. Mais la carotte que convoitent tous ceux qui se trouvent dans cette salle, c'est que les meilleurs, ceux qui arrivent à lire entre les lignes, sont promus, et qu'on leur permet de lire des rapports d'interrogatoires, ou même des documents capturés sur l'ennemi. Quelqu'un de vraiment doué peut même être envoyé à l'étranger, sur le front, pour analyser des informations fraîches à mesure qu'elles arrivent. (Elle a parcouru la salle du regard.) Pas tout le monde, bien sûr. Certains sont trop vieux, trop gras, ils tiennent trop à leur petit confort. Cela peut être dangereux. Alors quelqu'un de votre âge n'aura peut-être pas trop de mal à être promu, ajouta-t-elle avec un sourire sans joie.

Elle est retournée s'asseoir.

— Quoi qu'il en soit, vous allez rester ici à l'essai pour un mois. Au moindre problème, n'hésitez pas à demander conseil. Les horaires sont de huit heures trente à dix-huit heures, la pause-déjeuner dure de midi trente à une heure et quart, il y a toujours du thé et du café à disposition. C'est interdit de fumer dans cette salle, les hommes doivent porter des cravates, et tout le monde, homme ou femme, est en pantalon, afin de ne pas nuire à la concentration. Si quelqu'un fait une découverte que le colonel Pritchard et ses supérieurs jugent capitale, chaque table a droit à une bouteille de whisky. Pour l'instant nous avons eu droit en moyenne à une bouteille par mois, même si ces derniers temps, le rythme s'est un peu ralenti. Après le travail, les mercredis soir, tous les membres du service vont prendre un verre au coin de la rue, au *Wellington*. On comptera sur votre présence.

Je pris le journal posé devant moi, un numéro de la *Frankfurter Allgemeine Zeitung*, la *FAZ*, comme j'appris ensuite à l'appeler, et le reste de la journée passa plus vite que les jours qui suivirent.

Je ne puis dire que j'accomplis des prodiges durant cette première semaine. Ce dont je me rappelle le mieux, c'est du pot du mercredi, après le travail. Plusieurs autres membres du service me coincèrent pour savoir qui j'étais, si j'étais marié, si je jouais au bridge, si je connaissais bien l'Allemagne, si je parlais d'autres langues. L'un chercha même à me taper de cinq livres.

Le vendredi matin, à la fin de ma première semaine, je suis allé voir comme convenu le colonel Pritchard. Ou plutôt je suis arrivé devant son bureau au moment où il en partait.

— Tout va bien ?

— Oui, mon colonel.

— Impeccable. D'après Sheila, vous êtes une bonne recrue, alors ne me laissez pas tomber.

Et il a disparu.

Je suis retourné à mon poste et j'ai travaillé toute la journée. Les services de renseignements du ministère de la Guerre étaient le seul endroit que j'avais fréquenté où le vendredi après-midi ressemblait à n'importe quel autre jour de la semaine… À part le front, cela va sans dire. Nous restions assis à notre table avec assiduité jusqu'à six heures tapantes. Personne n'essayait de tirer au flanc, de partir plus tôt, de bavarder sur ce qu'il ferait durant le week-end. J'étais même surpris que nous ne soyons pas tenus d'y retourner le samedi et le dimanche, mais Sheila me dit que ce serait contre-productif.

— Les gens ont besoin de faire une pause. C'est un travail usant, fit-elle remarquer avec l'un de ses sourires sinistres. Vous allez voir, demain, vous n'aurez pas du tout envie de lire votre quotidien habituel. C'est le prix à payer. Mais essayez quand même de passer un bon week-end, si vous le pouvez.

Mon week-end fut meilleur que Sheila Small n'aurait pu imaginer. Sam et moi avons trouvé un appartement. Et pas n'importe lequel ; un grand appartement meublé, au premier étage de Penrith Mansions, un immeuble en brique rouge donnant sur la Tamise, dans Chelsea. Au début, je m'étonnai que cela ait été aussi facile, avant de me rendre compte qu'avec tous ces hommes partis au front, et déjà tant de morts, Londres regorgeait de logements vides, comme tout le reste du pays. Ce constat refroidit quelque peu mon enthousiasme.

Il y avait un immense salon avec deux portes-fenêtres donnant sur le fleuve, une salle à manger, une cuisine, une salle de bains et quatre chambres : une pour Sam et moi, une pour Will quand il serait plus grand plus deux chambres d'amis. Sam avait trouvé l'appartement le jeudi, je le visitai le samedi matin suivant, et nous emménageâmes le lendemain. Entre l'immeuble et le fleuve s'étendait une petite pelouse, un parc minuscule où Sam pourrait s'asseoir et Will s'ébattre par beau temps.

Nous avons passé la matinée à redisposer les meubles. Durant notre séjour au petit hôtel de Bayswater, j'avais acheté une alliance en or à Sam, afin qu'elle ne s'attire aucun regard dépréciateur, comme c'était arrivé à Middle Hill. Et nous avions partagé une chambre, ce qui signifiait donc un lit. Nous étions tellement gênés qu'il ne s'était rien passé. Mais une fois installés à Penrith Mansions, elle rangea ses vêtements et les miens dans la même penderie, la même commode, dans la plus grande chambre, celle avec la meilleure vue sur l'Embankment et la rivière. Cela me redonna courage.

Dans l'après-midi, nous partîmes faire le tour du quartier. Bien sûr, j'avais déjà entendu parler de Chelsea, mais je n'y étais encore jamais allé, et je n'avais pas d'idées préconçues. Je fus agréablement surpris. C'était un réseau de petites rues sympathiques aux trottoirs bordés d'arbres, où s'alignaient de charmantes vieilles demeures de toutes les tailles. On se serait cru dans un village plutôt que dans la capitale de l'Empire. Il y avait une ou deux églises dans le voisinage, le Lister Hospital n'était pas loin, et en revenant, nous avons croisé un pub pittoresque, le *Thomas More*, doté d'un jardinet séparé de la rue par une palissade branlante.

En approchant de Penrith Mansions, au retour, j'ai remarqué une jeune femme assise sur le banc du petit parc. Dès qu'elle nous a vus, elle s'est levée pour s'avancer vers nous d'un pas décidé.

— Tu attendais de la visite ? demandai-je à Sam, qui s'occupait de rajuster les vêtements de Will.

— Oh oui ! elle est en avance. C'est ma sœur, Charlotte. Lottie, me répondit-elle en lui faisant signe.

En la voyant approcher, je lui ai trouvé une vague ressemblance avec Sam, surtout les yeux. Elle était plus brune que Sam, plus petite, un peu plus ronde, mais non dénuée de charme, en tout cas pas aussi quelconque que sa sœur me l'avait dépeinte. Elle portait une robe blanc cassé, des chaussures plates et, comme Sam, un bandeau dans les cheveux.

Les sœurs se sont embrassées. Lottie s'est penchée vers Will, qui a résisté avec force, puis elle m'a regardé.

— Hal, voici Lottie… Lottie, voici Hal.

Nous nous sommes serré la main.

— Alors c'est vous le héros, dit Lottie avec une pointe d'accent du Sud-Ouest plus prononcée que chez Sam.

— Oh, je ne suis pas resté longtemps au front…

— Je ne parle pas de ça, mais du fait que vous avez pris Sam et le petit sous votre aile. C'est bien plus courageux que de casser du Boche, ajouta-t-elle en souriant.

— Je ne suis pas une affaire. C'est Sam qui m'a fait une faveur.

— N'importe quoi, murmura Sam. Allez, venez vous deux. Will est fatigué, c'est pour ça qu'il est aussi grincheux. Il faut que je lui donne son biberon, et puis au lit.

— Donne-le-moi, dit Lottie. Tu dois être vannée, Sam, après avoir fait ce déménagement tout en t'occupant du petit.

Elle a pris Will dans ses bras, nous sommes entrés dans l'immeuble et avons grimpé l'escalier jusqu'à l'étage.

— Je vais faire du thé, proposai-je en tournant la clef dans la serrure. Sam, occupe-toi de Will et puis fais donc visiter l'appartement à Lottie.

Avant d'entrer dans la cuisine, j'ai remarqué que les deux sœurs échangeaient un regard. Le gaz était branché sur un compteur à pièces, mais par chance, j'avais plein de monnaie. Pendant que chauffait la bouilloire, j'ai préparé un plateau que j'ai apporté dans le salon. Le soleil d'après-midi se reflétait sur la rivière et inondait la pièce d'une lumière dorée.

L'eau a mis cinq ou six minutes à bouillir. Quand je suis revenu avec la théière, Lottie était debout et regardait par la fenêtre.

— Sam est en train de coucher Will, dit-elle en se retournant. Quelle jolie vue.

— Oui, nous avons eu de la chance, pour l'appartement. Sam s'est bien débrouillée.

— Ça oui, et surtout, elle a eu de la veine de vous trouver. Vous pensez que ce prétendu mariage peut marcher ?

J'en ai déduit qu'elle était au courant.

— Disons que cet arrangement nous convient, en tout cas tant que la guerre durera. Vous le désapprouvez ?

Elle s'est avancée dans la pièce.

— Non, pas si vous l'aimez vraiment.

— Oh ! Pour ça, ne vous en faites pas. Je vous le promets.

— Et après la guerre ?

— Nous verrons bien, répondis-je en haussant les épaules. Je vous l'ai dit. J'aime votre sœur. En temps de guerre, il faut s'adapter à des situations qui sortent de l'ordinaire. Rien ne marche comme d'habitude. Désolé si notre arrangement vous déplaît, mais…

— Je n'ai pas dit ça et je ne le pense pas, m'a coupé Lottie, puis elle s'est assise. Elle dit que vous êtes un type bien. Elle a traversé une mauvaise passe et elle a un peu perdu les pédales, si vous voulez mon avis. Maman n'est plus là pour voir ça, et c'est tant mieux… Sam a besoin de stabilité, d'un soutien affectif, psychologique, matériel, et si vous pouvez le lui apporter, alors vous avez ma bénédiction… qui vaut ce qu'elle vaut.

J'ai servi le thé et quand Sam est revenue de la chambre, Lottie s'est levée pour se rapprocher de la cheminée, dont le dessus était en bois sculpté.

Je me suis moi-même affalé dans un fauteuil.

— Et vous, Lottie. Où en êtes-vous ? Êtes-vous mariée ? Habitez-vous près d'ici ?

Au lieu de répondre, elle s'est tournée vers Sam.

— Qu'y a-t-il ? demandai-je en les voyant à nouveau échanger un regard.

Sam but un peu de thé avant de répondre à sa place.

— Lottie est dans le pétrin. Elle travaillait dans le West End, au théâtre, comme assistante de Todd Makepiece… Tu as peut-être entendu parler de lui ? C'est un metteur en scène.

J'ai fait non de la tête en me demandant ce qui allait suivre.

— Eh bien, on a demandé à Todd de faire une tournée en France pour divertir les troupes. Évidemment, il ne peut ni ne veut dire non. Mais c'est très peu payé, dangereux, bref, Lottie se retrouve sans emploi. Elle habitait dans le West End un minuscule appartement près du théâtre, mais elle ne peut plus se permettre de payer le loyer.

Sam a pris sa tasse de thé et sa soucoupe sur la table basse, puis elle m'a regardé.

— Je me suis dit qu'elle pourrait peut-être habiter ici, juste le temps de retrouver un emploi. Occuper l'une des chambres d'amis, et garder Will de temps en temps, ce qui nous permettrait de sortir. Est-ce que ça te dérangerait ?

C'était un peu soudain. Très, même, mais cela me dérangeait-il ? Maintenant que j'avais, que nous avions, la bénédiction de Lottie…

— Très franchement, je n'en sais rien, Sam. Toi et moi, nous n'avons passé que dix nuits ensemble. Tu me prends un peu de court et je ne trouve pas le procédé très fair-play, mais…

Voyant qu'elle allait m'interrompre, j'ai haussé le ton.

— … quand j'étais sur le front, on a eu droit à un spectacle, une troupe venue de Londres, et je ne peux dire à quel point ça nous a réjoui le cœur, ajoutai-je en leur souriant. Alors je ne vais pas jouer les rabat-joie. Je suis sûr que Lottie va bientôt retrouver du boulot. En attendant, bien sûr, elle peut rester ici.

Sur ce, Lottie s'est dressée d'un bond, a traversé la pièce, et s'est précipitée sur moi pour me plaquer un gros baiser sur la joue.

Cette nuit-là, notre première à Penrith Mansions, serait différente des précédentes, et nous le savions tous les deux. L'hôtel de Bayswater n'était qu'une solution provisoire, mais à présent, dans l'appartement de Chelsea où nous allions vivre comme mari et femme dans les temps à venir, nous allions partager le même lit et il n'y avait plus moyen de se le dissimuler.

Quand Sam est revenue de la salle de bains, je lisais, adossé aux oreillers, en pyjama. Elle sentait le dentifrice, le savon et un peu l'odeur de Will, comme toujours. Quand elle a enlevé sa robe de chambre, j'ai bien vu que sous sa chemise de nuit, elle ne portait pas de soutien-gorge, car ses seins cachés par le coton rose bougeaient plus que d'habitude. Comment dire ? Je me suis retrouvé dans un état d'excitation auprès duquel l'élan de désir violent que j'avais ressenti sur la colline surplombant Quinton Villa semblait bien tiède.

Elle a gagné la fenêtre et a regardé la rivière en dessous.

— Will dort. Il fait froid dehors. J'ai l'impression qu'il est content d'avoir du monde autour de lui.

Elle a tiré les rideaux, puis s'est glissée dans le lit, et son odeur m'a empli les narines, au point que j'en ai eu le souffle coupé. Ensuite elle s'est penchée pour poser un baiser sur mon épaule.

— Pas encore, Hal. Ça ne saurait tarder, du moins je l'espère, mais c'est trop tôt. Désolée.

Cher Hal,

Tu avais raison et moi tort. La guerre est à tout point de vue une boucherie aussi horrible, tragique et stupide que tu le disais. Je repense avec nostalgie à notre délicieuse soirée dans ce pub de Stratford (en particulier au bon goût du gin tonic) qui me semble déjà si loin.

Excuse-moi de ne pas t'avoir écrit plus tôt. À dire vrai, il m'a fallu un certain temps pour m'adapter au fonctionnement de cette unité ; en fait, nous nous approchons bien plus de la ligne de front et du feu des combats que je ne le pensais, et à cela aussi il a fallu que je m'habitue. C'est un certain réconfort que mon métier d'infirmière m'abstienne de tirer sur qui que ce soit sous le coup de la colère. Notre unité sauve des vies ici et là, quand nous le pouvons.

La colère… j'en sais un peu plus là-dessus, depuis quelque temps. Dès que des hommes qui ont été blessés apprennent qu'ils ne vont pas mourir, leur peur se change en colère. Pas contre les Allemands (ça, je suis sûre que tu le comprendras), mais contre leurs supérieurs hiérarchiques. Dans l'impasse complète où nous sommes actuellement, rien de ce qui se passe ici ne semble avoir de sens. Si leur blessure est assez grave pour qu'elle entraîne leur rapatriement, alors leur peur se change vite en soulagement. D'une certaine façon, ceux-là sont des petits veinards.

Notre unité (rappelle-toi ma petite conférence sur la transfusion sanguine, ce soir-là à Stratford) a eu un accueil mitigé. Au début, tout le monde nous chouchoutait. Les transfusions sanguines sauvent des vies, personne ne peut le nier. Mais elles changent aussi la donne. Des blessés qui auparavant auraient été rapatriés restent hospitalisés en France, et au bout de quelques semaines, ils repartent sur le front. Ce n'est pas vraiment du goût de tout le monde, ici.

Évidemment, nous ne pouvons guérir tous ceux qui nous arrivent, et c'est ce que j'ai trouvé le plus difficile à accepter. C'est triste au possible et très pénible de voir tous ces morts. Mais ce sont les mourants qui ont le plus besoin de nous, de moi. Je dis « moi » non par fierté ni égocentrisme, mais parce que je suis la seule femme ici, du moins la plupart du temps. Pour ces moribonds qui ont dix-huit, vingt-cinq, quarante ans, je suis une mère, une femme, une sœur, une petite amie, une fille. Tu les verrais, Hal. Personne ne leur avoue qu'ils n'en ont plus pour longtemps, mais un jour, une nuit, un matin, ils s'en rendent compte, et alors…

Alors si tu voyais comme ils me regardent. Ils me demandent de me mettre du rouge à lèvres, du parfum, de me maquiller. J'espère que tu ne le prendras pas mal, Hal, mais il faut que j'en parle à quelqu'un. Ils me reluquent, fixent mes seins, me dévorent des yeux. Ces hommes qui approchent de leur fin n'ont pour la plupart pas la force de se lever de leurs lits, pourtant ils me font l'amour, chaque jour, dans leurs têtes.

Et je te le dis, s'il existait un moyen de me donner à eux, tous tant qu'ils sont, et de les satisfaire, si l'archevêque de Cantorbéry ou le pape lui-même m'accordaient pour ce faire une sorte d'autorisation spéciale, je jure que je le ferais.

J'en ai tenu tout tremblants dans mes bras, de ces hommes qui n'étaient parfois que des gosses. Certains qui pleuraient jusqu'à la fin, d'autres qui s'enfermaient dans le silence en maudissant cette vie et le sort qui les avait amenés ici. Et si j'ai pu constater que l'assistance d'un prêtre en réconfortait quelques-uns, pour la plupart, ils préfèrent reposer contre mon sein avant de commencer leur voyage vers l'inconnu. C'est un bien meilleur oreiller.

Désolée, Hal. Ce sont des choses que je ne pourrais dire ni à nos parents ni à mes colocataires de Londres. Toi, tu es venu ici, tu as vu ce que j'ai vu, aussi je sais que tu comprendras.

J'ai été choquée par le nombre d'hommes ici qui ne savent ni lire ni écrire. L'avais-tu remarqué ? On attend des gens qu'ils meurent pour leur patrie, mais on ne leur donne même pas le minimum d'éducation qui semble aller de soi, pour toi et moi. Ne t'inquiète pas, je ne vais pas m'engager sur le terrain politique, pas dans ma première lettre en tout cas !

Mille bisous. Dire qu'il suffisait d'un hibou ou d'un malheureux taureau pour me faire peur !!!

Izzy

La présence de Lottie dans l'appartement eut une influence bénéfique sur Sam. J'aurais dû me rendre compte à quel point elle était seule à Middle Hill, et comme les pressions qu'elle avait subies après être tombée enceinte l'avaient isolée des autres personnes de son âge. Même ses collègues enseignantes qui avaient pris son parti avaient gardé leurs distances, en attendant le verdict du conseil d'établissement.

À Penrith Mansions, les deux sœurs retrouvèrent vite la camaraderie qu'elles avaient sans doute du vivant de leur mère. Sam était bien plus détendue, et l'appartement résonnait de leurs éclats de rire. Elles se prêtaient leurs vêtements, savaient quels plats chacune aimait ou détestait, comment les préparer, et l'une finissait les phrases de l'autre, quand ce n'était pas sa cigarette.

Lorsqu'elle emménagea chez nous dans une des chambres d'amis, Lottie apporta avec elle quelques accessoires de théâtre qu'elle avait acquis au fil des ans et dont elle ne voulait pas se séparer : un casque de policeman, une tête de lion, une cage à oiseaux et un faux squelette, qu'elle nous a présenté.

— Il s'appelle George. C'est l'homme de ma vie depuis des années.

Et les deux sœurs de rire à gorge déployée. Mais Will avait très peur de la tête de lion, aussi la cacha-t-on dans l'autre chambre d'amis.

Bien sûr, Lottie connaissait des tas d'anecdotes sur le théâtre et, comme Sam l'avait dit, elle avait une très jolie voix. De temps à autre, elle nous régalait d'un air de music-hall qu'elle connaissait par cœur. Mais ce que j'aimais le plus écouter, c'était les histoires de leur enfance commune.

« Tu te rappelles, commençait l'une, tu te rappelles quand… » et c'était parti pour un voyage dans le temps. « Le temps d'avant », comme elles disaient, faisant ainsi allusion au naufrage du *Titanic*. Lottie commençait l'histoire, Sam prenait le relais, puis c'était à nouveau à Lottie de parler, et cela jusqu'à la chute, qu'elles entonnaient en chœur. C'eût été un numéro de comédie parfaitement réglé, si les chutes avaient été drôles et compréhensibles pour d'autres qu'elles deux.

— Tu te rappelles, dit Lottie un dimanche matin peu après avoir emménagé, alors que nous terminions de prendre le petit déjeuner, tu te rappelles quand le pasteur s'est pointé chez nous…

— La fois où il est venu demander pourquoi nous n'étions pas allées à l'église ce dimanche-là ?

— Oui. Maman lui a répondu que la journée était trop belle pour que des enfants aillent s'enfermer dans une église, que nous étions allées nous baigner dans la Ryde, comme d'habitude, et que c'était bien meilleur pour la santé, à notre âge.

— Bon Dieu, ce qu'il s'est mis en colère. J'ai cru qu'il allait la gifler.

— Alors Faye s'en est mêlée en disant « de toute façon, par n'importe quel temps, on s'ennuie à mourir à l'église…

— … les sermons, les prières, les hymnes… tout ça est d'un ennui mortel !

— On se croirait toujours à un enterrement ! » conclurent les deux sœurs en chœur.

— On peut dire qu'elle lui a rivé son clou.

— Après, il n'a plus jamais osé revenir.

— Allez-vous élever Will religieusement ? demanda Lottie après un petit silence.

Sam est soudain redevenue grave.

— S'il n'en tenait qu'à moi, je répondrais non.

— S'il n'en tenait qu'à toi… Que veux-tu dire par là ?

J'avoue que cette expression m'avait aussi déconcerté.

— Hal le sait, je n'ai guère la foi, après… tout ce qui s'est passé. Pourtant… ça va sans doute te blesser, Hal, ajouta-t-elle en me regardant droit dans les yeux, mais

Wilhelm, le père de Will, est catholique. Et beaucoup de catholiques tiennent à ce que leurs enfants reçoivent une instruction religieuse.

Un lourd silence s'est abattu sur nous.

— Heureusement, je n'ai pas à m'en soucier pour l'instant, mais il faudra bien que j'en tienne compte un jour, reprit Sam en posant sa main sur la mienne. J'ai fichu ma vie en l'air, et il n'y a pas moyen de tout régler par un coup de baguette magique, soupira-t-elle en retirant sa main. Nous allons sans cesse être confrontés à ce genre de problèmes. Je regrette.

Alors j'ai remarqué que Lottie me scrutait d'un drôle d'air, que je n'ai pas réussi à déchiffrer.

J'étais au ministère de la Guerre depuis un peu plus de deux semaines quand je repérai un article dans la *Berliner Zeitung* dont je crus qu'il méritait d'être soumis à l'attention de Pritchard. La *Berliner Zeitung* (l'équivalent du *Times*) était un petit journal mieux diffusé dans le nord du pays qu'ailleurs et qui nous parvenait non en transitant par la Suisse, mais plutôt par la Russie et la Scandinavie. L'exemplaire que j'avais datait de trois semaines.

Quand l'un d'entre nous trouvait quelque chose de significatif, la procédure voulait qu'il en explique d'abord la raison à son chef d'équipe. Si il ou elle convenait que l'information était importante, on en débattait au sein de l'équipe, puis avec le chef d'une autre table. C'était un genre de « contrôle de qualité », afin que Pritchard ne soit pas constamment dérangé pour des broutilles ou de pures élucubrations.

Mon idée franchit ces différents obstacles et vers onze heures et demie, par ce qui reste dans mon souvenir comme un jeudi matin pluvieux, Sheila et moi sommes allés frapper à la porte de Pritchard.

— Entrez !

Sheila a pointé la tête par l'ouverture.

— Je crois que Hal a peut-être trouvé quelque chose, mon colonel.

— Ah oui ? grommela Pritchard tandis que nous nous faufilions dans son bureau. Depuis combien de temps êtes-vous là ? Deux semaines ? me demanda-t-il en m'épinglant du regard.

— Presque trois, acquiesçai-je.

— Eh bien, j'ai vu plus lent, mais j'ai rarement vu plus rapide. Vous avez demandé leur avis à d'autres ? dit-il en s'adressant à Sheila.

— Oui, mon colonel.

— Bon. Asseyez-vous.

Il m'a désigné une chaise et s'est affalé dans une autre. Sheila s'était déjà perchée sur un radiateur. Elle semblait coutumière de cette place.

— Bon, alors, venons-en au fait. De quoi s'agit-il ?

Je me suis penché en lui tendant le journal que j'avais à la main, sachant que Pritchard comprenait l'allemand.

— Je suis fatigué, Hal, soupira-t-il. Dites-moi ce qu'il y a dedans.

J'ai regardé Sheila. Avait-elle la préséance, était-ce à elle de mettre Pritchard au courant ? Mais elle s'est contentée de sourire et d'allumer une cigarette.

— Allez-y, dites-lui.

J'ai pris une profonde inspiration. Voilà qui justifiait pourquoi j'étais monté à Londres.

— C'est dans la *Berliner Zeitung*, mon colonel. Un entrefilet, dans une colonne consacrée à l'archéologie.

— L'archéologie ? grommela Pritchard d'une profonde voix de basse.

— Oui, mon colonel. Les archéologues allemands sont les meilleurs au monde. Récemment, il y a eu des vagues, la corporation s'est émue. Il se trouve qu'à cause de la guerre, un nouvel institut a remplacé le musée archéologique. Or, pendant le déménagement, certaines antiquités inestimables ont été brisées.

— Oui… et alors ?

— Ce nouvel institut s'appelle l'institut Haber.

Pritchard est demeuré coi.

— Fritz Haber est l'un des chimistes allemands les plus distingués, peut-être le plus éminent. Parmi ses découvertes, on compte le procédé de fixation de l'azote atmosphérique, d'où l'on tire des composés permettant de fabriquer des fertilisants et des explosifs. C'est en partie grâce à Fritz Haber que l'agriculture et les bombes allemandes sont meilleures que les nôtres.

— Je vous écoute, a-t-il fait en allumant sa pipe.

— Tout cela est certes important, mais dépassé. Si l'on a fondé un nouvel institut à son nom, c'est qu'il doit être sur quelque chose de nouveau, ayant trait à la guerre.

— Avez-vous une idée de ce que ça peut être ?

Je me suis raclé la gorge.

— La spécialité de Haber, mon colonel, c'est la réaction des gaz, ce qui se produit quand ils sont chauffés, refroidis, compressés, quels usages médicaux on peut en faire, comment ils affectent les animaux et les plantes.

Pritchard m'a regardé.

— Si je vous comprends bien, vous voulez dire que… ?

— Les Allemands ont déjà utilisé des gaz toxiques sur le front, mais d'après ce que j'ai lu, ils ne se sont guère avérés efficaces. Que Haber possède son propre institut est le signe qu'ils ont décidé d'améliorer cet aspect de leur armement, et que Haber lui-même, qui est très ambitieux, est convaincu que les armes biologiques peuvent être perfectionnées… Ce n'est pas une idée très plaisante, mon colonel, mais je crois que vous devriez demander à vos agents infiltrés en Allemagne de découvrir tout ce qu'ils peuvent sur l'institut Haber.

Résultat des courses, trois semaines plus tard, le whisky apparut sur nos tables. On ne nous en dit pas grand-chose, mais de toute évidence, l'institut avait été surveillé par nos gens sur le terrain, et mes déductions se révélaient justes. À court terme, c'était une bonne nouvelle, qui me valut d'être reconnu comme l'un des leurs par l'équipe du Gymnase, comme j'appelais maintenant mon lieu de travail, mais à long terme, elle était désastreuse, puisqu'elle prouvait que Haber consacrait en ce moment même sa formidable intelligence à fabriquer des gaz toxiques à des fins meurtrières, et cela en temps de guerre.

Quand ma période d'essai toucha à sa fin, les autres membres de l'équipe scientifique m'emmenèrent quand même au *Wellington* pour fêter ça. Comme on dit dans la Mafia, j'avais fait mes preuves.

Dès notre installation dans l'appartement, Sam eut la bonne initiative de trouver un médecin de quartier, au cas où l'un d'entre nous tomberait malade. Il pourrait aussi dans un premier temps s'occuper de Will, vérifier les étapes de sa croissance et soigner les maladies infantiles les plus communes. Un après-midi qu'elle avait emmené Will à l'une de ces visites, Lottie en profita pour me coincer dans le salon, alors que je lisais le journal.

— Vous ignoriez que Wilhelm était catholique, n'est-ce pas ?

— Oui.

— Et cela aurait-il changé quelque chose si vous l'aviez su ? Auriez-vous fait à Sam la même offre ?

— Oui… je le pense.

— Que faudrait-il pour vous faire regretter votre décision ?

— Je ne vois pas où vous voulez en venir.

— Sam a fichu sa vie en l'air, elle le dit elle-même. Et cela risque de continuer. Jusqu'où ira ce gâchis avant que… avant que vous regrettiez de vous être embringué si vite dans cette histoire avec elle ?

— Je ne sais pas… et je ne suis pas sûr d'avoir envie d'en parler, Lottie. Vous êtes sa sœur, d'accord, mais…

— Il y a tant de choses que vous ignorez sur Sam, sur nous, les filles Ross, elle n'est vraiment pas celle que…

— Stop, Lottie ! Ça suffit maintenant, m'exclamai-je en repliant mon journal, que j'ai posé sur la table basse située au milieu de la pièce. Laissez-nous apprendre à nous connaître à notre rythme, à notre façon, pas à pas.

— Je voulais seulement vous aider, vous donner quelques indices…

— Je ne veux pas de votre aide et je n'ai pas besoin d'indices. Les choses me plaisent telles qu'elles sont, et si j'ai encore droit à des surprises de ce genre, je les gérerai au fur et à mesure, à ma manière.

— Mais tout s'est tellement précipité. Je peux sûrement…

— Non, Lottie. Cette précipitation ne vient pas du fait que nous sommes deux personnes irréfléchies. C'est arrivé si vite parce que c'est la guerre et qu'on m'a proposé à Londres un travail que je ne pouvais décemment refuser. Votre sœur n'est pas quelqu'un d'impétueux, moi non plus. Nous nous débrouillons du mieux que nous pouvons étant donné les circonstances.

— Mais n'avez-vous pas envie d'être aimé pour vous-même plutôt que pour ce que vous avez à offrir ?

J'ai laissé passer un silence.

— Quand nous nous sommes vus pour la première fois, vous et moi, le jour où vous étiez assise sur le banc devant l'immeuble, vous m'avez dit que vous donniez votre bénédiction à notre « prétendu » mariage, du moment que j'aimais vraiment votre sœur. Vous avez vécu avec nous assez longtemps pour vous rendre compte à quel point je l'aime, il me semble…

— Mais ce n'est pas réciproque !

— Qu'en savez-vous ? Comment pouvez-vous savoir ce qui se passe à l'intérieur d'un couple, même simulé ?

— Oh, Hal ! J'habite ici, je vois bien que…

— Oui, vous vivez ici, avec ma bénédiction, cette fois. Et tant que vous vivrez ici, Lottie, je veux que vous gardiez pour vous vos idées sur Sam et sur moi. J'aime quand vous chantez, ou quand vous évoquez le passé toutes les deux, j'aime vous entendre rire et bavarder comme des pies. Si ça me plaît, c'est aussi parce que Sam est plus détendue ici, à Londres, qu'elle ne l'a jamais été à Middle Hill. C'est en partie grâce à vous et grâce à moi. Maintenant, à mon tour de vous poser une question, dis-je en me penchant en avant pour mieux appuyer mes propos. Vous croyez connaître votre sœur, n'est-ce pas ?

Elle a hoché la tête avec vigueur.

— Aviez-vous jamais imaginé qu'elle tomberait enceinte, des œuvres d'un Allemand, qui plus est ?

— Eh bien, non…

— Voilà. Vous ne la connaissez pas du tout aussi bien que vous le croyez. On ne lit pas dans les gens comme dans un livre ouvert, même pas en soi-même. Sam n'est plus une enfant, elle n'est plus la jeune fille que vous connaissiez, et vous ne devriez pas essayer de la couler dans l'ancien moule.

Nous sommes restés assis un moment sans rien dire.

— Mais n'avez-vous pas envie d'être aimé ? finit par demander Lottie d'une voix beaucoup plus posée.

— Vous ne devriez pas poser ce genre de questions. Les gens ont rarement des raisons simples d'agir comme ils le font. Laissez-nous Sam et moi mener notre barque du mieux que nous pourrons, avec ce qui nous est imparti. Cette guerre n'est pas près de finir et tout peut arriver…

Il y eut un autre long silence.

— Laissez-nous être comme nous sommes, Lottie, s'il vous plaît… Je ne veux plus jamais qu'on aborde ce sujet. Jamais, vous m'entendez ? Si vous voulez rester ici, vous devez accepter cette condition. Est-ce clair ?

Elle m'a regardé et, comme j'insistais, elle a fini par hocher la tête.

Juste à ce moment-là, nous avons entendu Sam et Will qui montaient l'escalier, et nous n'avons pas pu clore la conversation comme il aurait fallu. J'ai juste eu le temps de murmurer : « Je ne plaisante pas. N'abordez plus jamais ce sujet », en me dirigeant vers la porte d'entrée.

Trahison

Will eut un an en mars 1916. Nous étions cinq pour fêter l'événement : Will, bien sûr, même s'il ne s'en rendit pas vraiment compte, Sam, moi et Lottie, qui était toujours notre baby-sitter en chef, et Whisky, un petit terrier des Highlands, le premier cadeau d'anniversaire de Will. Sam, Lottie et moi fîmes un sort à une bouteille de scotch en entonnant des chansons tirées de *Hullo !*, une nouvelle revue que nous avions vue dans le West End.

Nous nous étions installés dans un train-train quotidien avec une remarquable facilité, Sam et moi, étant donné la rapidité de notre changement de vie. En fait, nous parlions à peine de Middle Hill ou de Stratford. C'était douloureux pour Sam de regarder en arrière, de repenser à la disparition de Wilhelm et à ce conseil d'établissement, qui pour finir n'eut jamais lieu. Quant à moi, en proie à mes deux obsessions (Sam, bien sûr, et mon travail dans les services de renseignements), j'étais résolument tourné vers l'avenir.

Pour notre propriétaire et les commerçants du quartier, Sam et moi étions mariés, et Lottie jouait le jeu. Nous avons passé l'hiver à explorer Londres, et je dois admettre qu'en l'occurrence, Lottie nous fut d'un grand secours. Il était vite apparu qu'elle aurait le plus grand mal à retrouver du travail dans le théâtre. Si les music-halls se portaient bien (en temps de guerre, tout le monde a envie de rigoler et raffole des romances sentimentales), le théâtre dit « sérieux », celui qu'affectionnait Lottie, traversait une mauvaise passe. Aussi, les quelques semaines qu'elle devait passer chez nous à l'origine se muèrent en quelques mois. Il faut reconnaître qu'elle était très serviable. Elle s'arrangeait toujours pour disparaître le week-end afin que Sam et moi puissions le passer ensemble, seuls.

Ces week-ends, nous les attendions avec impatience. Après nous être procuré une meilleure poussette pour Will, nous nous mîmes à arpenter Londres en tous sens. Pas seulement les parcs et les beaux quartiers, mais les zones industrielles, les canaux, le dédale de ruelles et de quais oubliés près du fleuve. Nous en vînmes à connaître tous les ponts, les voies de garage, les boutiques spécialisées installées sous les remblais, à explorer de nouveaux pubs, les églises de Wren, les coins du Londres de Shakespeare qui subsistaient encore, à découvrir où l'on garait les nouveaux omnibus la nuit, où la police mettait ses chevaux à l'écurie, où se trouvaient les boutiques juives ouvertes le dimanche.

Et bien sûr nous parlions.

Sam de sa vie à Bristol, par exemple.

— C'est un port, bien sûr, ce qui veut dire que la ville grouillait d'étrangers pendant notre enfance, et c'est peut-être ce qui a nourri ma passion pour les voyages. Avant que mon père ne sombre dans l'alcool, il nous parlait de contrées lointaines, Lagos, Haïfa, Montevideo… Il avait vu des baleines, des crocodiles, des ours polaires. Tu imagines ! Il nous rapportait des poupées d'Afrique, des bijoux des Indes… Ensuite, quand il s'est mis à boire et qu'il est devenu violent, nous avons démembré les poupées et jeté les bijoux dans la rivière, ajouta-t-elle en se mordant la lèvre, comme à son habitude.

Sam évoquait parfois sa mère et sa jolie voix, dont Lottie avait hérité.

— Elle connaissait des tas de prières et de poésies par cœur. Les robes qu'elle faisait étaient toujours très chics et sophistiquées, elle utilisait les rubans les plus fins, faisait des points compliqués connus d'elle seule ou presque, et écumait la ville pour trouver des soies et des cotons sortant de l'ordinaire. Les fournisseurs l'avaient à la bonne et lui faisaient toujours des faveurs, à cause de sa beauté et de son talent de couturière. Mes sœurs et moi, nous gagnions toujours les concours d'élégance à l'école. Et nous étions connues dans le quartier où nous vivions, grâce aux costumes que ma mère nous faisait.

Son père avait toujours reproché à sa femme de lui avoir donné quatre filles et pas de fils.

— Vers la fin, c'était un motif de disputes entre eux, et cela a peut-être poussé mon père à boire. Mais selon moi, c'était un prétexte. Pourtant ça m'a manqué à moi aussi, de ne pas avoir de frère. À l'école de formation des maîtres, ma meilleure amie avait un frère de qui elle était très proche, et ils avaient l'air de bien s'amuser, d'après ce qu'elle racontait, tout comme Izzy et toi. Une famille de filles, ce n'est pas toujours une réussite. C'est parfois un vrai nid de vipères, avec des tas de petites rivalités et de mesquineries.

Sam voulait-elle que je sois comme un frère pour elle ? Cela me traversa l'esprit, bien sûr, pourtant durant nos promenades, elle me prenait par le bras, nous nous tenions les mains, nous nous rapprochions peu à peu.

Et nous nous complétions bien. J'étais calé en science, elle en théâtre shakespearien. Elle n'avait pas vu les boîtes de nuit de Munich ni les tranchées de Flandres, mais avait une compréhension très fine et personnelle de la psychologie, à laquelle Shakespeare n'était pas étranger.

En semaine, Lottie proposait de garder Will aussi souvent que nous le voulions. Nous allions au théâtre, au concert, ou à des conférences données à l'Académie des sciences et dans les grands hôpitaux. Ce fut à l'une de ces conférences en ce printemps 1916 que Sam engagea la conversation avec une femme qui était enseignante. Je n'ai jamais su si Sam avait proposé ses services ou si la femme lui avait laissé entendre qu'il y avait un poste de libre à son école correspondant à son profil, comme Sam me le fit croire ensuite.

Elle ne me dit rien sur le chemin du retour, ni le lendemain, ni le surlendemain. Mais le samedi suivant, alors que Lottie était partie pour le week-end et que nous promenions Will (en fait, c'est moi qui poussais son landau sur Chelsea Embankment), Sam m'a entrepris.

— Qu'en penserais-tu si je retrouvais un poste d'enseignante ?

Je l'ai regardée un moment en silence, tandis que Will gazouillait gaiement.

— Et Will ?

— Lottie dit qu'elle le gardera.

— Parce que tu en as déjà discuté avec Lottie ?

— C'est elle qui m'en a donné l'idée.

— Quoi !

Sam a posé la main sur mon bras.

— Ne te mets pas en colère. J'essaie d'être pragmatique.

— Pragmatique ?

C'était la première fois que je m'adressais à elle sur ce ton.

Elle y a vite mis un terme en se dressant sur la pointe des pieds pour m'embrasser sur la joue, alors que nous étions en pleine rue.

— Hal, tu as été merveilleux avec Will… avec moi, avec Lottie. Nous ne pouvons pas juste profiter de ta générosité…

— Je ne vois pas pourquoi.

— Non, ce n'est pas possible ! objecta-t-elle doucement, mais fermement.

Will a arrêté de gazouiller pour nous regarder.

— J'aime m'occuper de mon bébé, Hal. Mais l'enseignement me manque. De toute évidence, Lottie ne va pas retrouver un travail de sitôt. La dame que j'ai rencontrée à la conférence l'autre soir m'a dit qu'il y avait un poste de libre dans son école et…

— Et quoi ?

— Je m'y suis rendue hier, ajouta-t-elle, et elle sourit. La directrice m'a dit que c'était d'accord.

— Ne t'a-t-elle pas réclamé des références ? répliquai-je, assez méchamment, je l'avoue.

— Elle connaît l'école où je me suis formée, qui jouit d'une bonne réputation. Je lui ai expliqué ce qui était arrivé à Middle Hill, et elle s'est montrée compréhensive. C'est différent, dans une grande ville comme Londres. Je ne suis pas la seule dans mon cas. C'est arrivé à des tas d'autres femmes. La directrice m'a dit qu'elle ne voyait pas la nécessité d'en parler au reste de l'équipe, et que pour elle, ce n'était pas un problème.

— Et tu lui as révélé qui était le père de Will ?

Autre coup bas, dont je n'ai pu m'empêcher. Elle rougit.

— Non, bien sûr. Je lui ai dit que j'étais mariée, à présent, répondit-elle sans hausser le ton, mais elle posa son bras sur le mien. Tu as une sœur, Hal. Je ne l'ai jamais rencontrée, mais j'ai lu sa lettre, et je suis sûre qu'elle me plairait. Tu ferais tout ce que tu peux pour elle, n'est-ce pas ?

J'ai hoché la tête.

— Eh bien, considère la situation de mon point de vue. Si je travaillais, on aurait plus d'argent, et je pourrais donner quelque chose à Lottie, pour la remercier de garder Will. De quoi s'acheter les livres et les magazines qu'elle aime sur la vie des grands de ce monde. Elle se sentirait plus utile, mieux considérée, elle n'aurait pas l'impression de vivre à nos crochets… à tes crochets… Et puis au moins, je ne deviendrais pas une bobonne, coincée entre les couches et les biberons. Et tu aurais moins de pression. Après tout, ce n'est pas ton fils.

— Sam ! protestai-je en dégageant mon bras. Comment peux-tu dire ça ? J'aime Will, ça se voit, non ? Tu veux dire que tu souhaites que je passe moins de temps avec lui ?

— Je n'ai pas voulu dire ça, Hal. Ne prends pas la mouche.

— Alors que veux-tu dire ?

— Cela m'a semblé être… une bonne solution, c'est tout, me répondit-elle en me prenant la main. On serait comme quand on s'est rencontrés…

— Mais non ! Pas du tout. Tu n'aimes pas la vie que nous menons ?

— Mais si ! Je t'en prie, Hal. Calme-toi.

J'ai remarqué qu'elle ne parlait pas de renoncer à son projet. Un silence s'est installé entre nous.

— Je ne veux rien changer entre nous, Hal. Mais tu as un travail intéressant, et moi aussi je voudrais faire quelque chose. En fait, c'est la lettre de ta sœur qui m'a fait réfléchir. Elle a mon âge ou à peu près, et au moins, elle est engagée dans la guerre, elle fait quelque chose d'utile, qui vaut le coup. Je ne peux pas juste passer mon temps avec Will. J'ai besoin d'être plus active. Tu te souviens de notre conversation dans la gare de Birmingham ? Quand j'ai dit que je voulais davantage participer à l'effort de guerre ? J'ai laissé tomber cette idée depuis que nous sommes arrivés à Londres, mais je n'ai pas changé d'avis. Enseigner dans un quartier pauvre est plus utile que le faire à Middle Hill, et c'est dans mes capacités. Et puis cette école-là a des tas de projets liés à la guerre, auxquels je pourrai participer, comme j'en ai envie. Ça ne te contrarie pas, hein ? Toi-même, tu as un travail important, maintenant.

— Beaucoup de femmes considèrent qu'élever des enfants est un métier à plein temps.

— Si nous en avions plus, peut-être…

Elle l'a dit doucement, mais sa petite remarque m'a transpercé. Je me suis senti rougir.

— Je t'en ai déjà parlé…

— Oui, Hal. Tu n'y es pour rien. Je ne te critique pas, comment le pourrais-je, après tout ce que tu as fait pour moi. Ce soir-là, sur le terrain de cricket, quand tu m'as proposé de venir à Londres avec toi, tu m'as dit que je pourrais reprendre l'enseignement, si j'en avais envie.

Nous avons continué notre marche, pas longtemps, puis nous sommes rentrés. Notre envie de grand air s'était évaporée. La mienne, en tout cas. Mais elle disait vrai. J'avais en effet promis qu'elle pourrait recommencer à travailler.

Sur le chemin du retour, après avoir parcouru en silence quelques centaines de mètres durant lesquels Will avait eu la bonne idée de s'endormir, je lui ai demandé :

— Et cette école, où se trouve-t-elle ?

— À Notting Hill.

— Quand commencerais-tu ?

— Dès lundi, si je le souhaite, répondit-elle sans me regarder.

— Et Lottie est d'accord ?

Elle a hoché la tête.

— Alors c'est réglé.

— Je serai payée quatre livres six shillings par semaine, Hal. Nous serons à l'aise, avec ça.

— Nous n'avons pas besoin d'argent…

— Si, Lottie en a besoin, et moi aussi. Par exemple, j'aimerais te faire des petits cadeaux, mais avec mon propre argent.

— Je n'en ai pas besoin…

— Mais moi, j'en ai envie.

Cette nuit-là, nous nous sommes couchés en silence. C'était une première. Tandis que Sam était dans la salle de bains, j'ai posé mon livre, éteint ma lampe de chevet, et je me suis couché sur le flanc en tournant le dos. Je l'ai entendue sortir de la salle de bains, j'ai senti son effluve qui flottait dans la pièce. Quand elle s'est couchée, elle a éteint sa lumière. Soudain elle s'est collée contre moi et m'a embrassé la nuque. Alors je me suis rendu compte qu'elle ne portait pas de chemise de nuit.

Cher Hal,

Un petit mot. Je viens de bouger du point A au point B (je ne peux pas t'en dire plus, tu dois t'en douter.) Es-tu allé voir Maman et Papa ? Non ? Tu es un méchant garnement. Tu sais bien que moi je ne peux pas, alors c'est à toi d'y aller.

Hier nous avons reçu la visite d'une troupe de théâtre, dirigée par un certain Todd Makepiece. Peut-être que tu as entendu parler de lui (moi pas). En tout cas, ils ont joué une pièce d'Oscar Wilde, De l'importance d'être constant. *C'était très drôle, très bête, très anglais, avec des sandwichs au concombre, des gares, des pasteurs excentriques… Tout le monde a adoré. Cette Angleterre-là reviendra-t-elle, quand tout cela sera fini ? J'en doute.*

Deux des femmes de la troupe étaient très belles. C'est un beau métier, épanouissant, et qui le restera après la guerre. Je me demande si le mien me satisfera autant, quand la guerre sera finie. Voilà que ta petite sœur se met à philosopher. Mieux vaut arrêter.

Des milliers de baisers

Izzy

Le dimanche d'après la nuit où Sam et moi avons fait l'amour pour la première fois, nous sommes allés jeter un coup d'œil à l'école de Notting Hill, où elle devait enseigner, car je tenais à savoir dans quel genre d'établissement Sam allait s'engager. Nous avons fait à pied une partie du trajet, mais il y avait une nouvelle ligne d'autobus qui remontait Kensington Church Street. Nous avons emmené Will et Whisky avec nous.

L'école n'aurait pu être plus différente que celle de Middle Hill. Elle était entourée d'un haut grillage, dont une partie longeait un pont de chemin de fer et une autre un canal, délimité par une rangée de palissades de guingois. Le décor n'avait rien de bucolique.

— Alors ? Ça te plaît ? ironisai-je.

— Nous sommes en plein Londres, Hal. Les enfants d'ici ont autant besoin d'instruction que ceux de Middle Hill. Si ce n'est plus.

Par les trous du grillage, j'ai vu que des gosses jouaient dans la cour, alors que c'était dimanche. Des gosses sales, débraillés. Tout cela ne me disait rien qui vaille.

— J'espère que tu sais ce que tu fais, Sam. Ma mère appellerait ça un mauvais quartier.

— Oui, et ça ne me déplaît pas, figure-toi, répliqua-t-elle en glissant son bras sous le mien. Au fait, quand vais-je la rencontrer ?

Cela faisait bien longtemps que j'aurais dû rendre visite à mes parents. Je n'avais pas tenu la promesse faite à Izzy d'aller les voir plus souvent.

— Ne change pas de sujet, rétorquai-je, mais je lui pressai le bras en songeant qu'en effet, il faudrait qu'ils rencontrent Sam bientôt.

Quand Lottie est rentrée à la maison ce soir-là, j'ai vu qu'elle était nerveuse. Elle savait ce qui s'était tramé derrière mon dos, et n'était pas certaine de ma réaction.

— Tout est arrangé… lui lança Sam en rentrant. Hal est d'accord.

C'était bien plus que ce dont nous étions convenus : j'avais accepté qu'elle fasse un mois d'essai, au cas où l'expérience tournerait au désastre, mais Sam a glissé allègrement sur les détails et Lottie, soulagée, m'a fait un grand sourire avant de se ruer sur moi pour me plaquer une fois encore un gros baiser sur la joue.

J'ai toujours aimé les chiffres. Ne me demandez pas pourquoi. Peut-être est-ce leur précision, la clarté qui leur est associée. Les mots gardent souvent un caractère vague, ambigu, ils sont malléables à merci ; les mots « justice », « Dieu » ou « amour », par exemple. Si je parle de mon goût pour les chiffres, c'est parce que ce fut lui qui me conduisit, en avril 1916, à éplucher des pages de journaux allemands que peu d'autres membres du Gymnase prenaient la peine de parcourir. Il s'agissait des pages financières et, en particulier, des cours de la Bourse. Je me concentrais sur les entreprises du marché spécialisées dans les secteurs scientifiques et technologiques.

Avant la guerre, notre maison d'édition familiale avait publié un ouvrage très technique écrit par un physicien allemand sur la nature des flux, des courants, et les différents types de marées existants. Je savais, car cela figurait sur la page de titre du livre, que l'auteur était ingénieur conseil auprès de l'usine STG, la See-Technik Gesellschaft, une compagnie de construction maritime. Quelques semaines après mon installation à Northumberland Avenue, je remarquai par hasard la STG sur la liste de la page boursière de la *Berliner*

Zeitung. Ses actions avaient monté de deux marks par rapport au jour précédent.

Ce n'était pas grand-chose en soi, mais grâce à cette petite information, un nouveau monde s'ouvrait à moi. Sans trop y penser, je m'étais dit que la plupart des entreprises, sinon toutes, marchaient mal en temps de guerre. Mais il suffisait d'y réfléchir un tant soit peu pour se rendre compte que c'était faire preuve de naïveté. Quand on fabrique des uniformes, des armes, des navires de guerre, des médailles, des cercueils, des munitions, des livres de prières, des croix ou autres ornements funéraires, la guerre engendre forcément de la demande dans ces secteurs d'activité et accroît vos profits.

Et ce fut ce que je constatai à propos de la STG : le cours de ses actions était en effet en hausse marquée, et visiblement, l'entreprise se portait très bien. Nous ne conservions pas les exemplaires de journaux périmés au Gymnase, ils étaient descendus au sous-sol où on les gardait un moment avant de les détruire. Je retrouvai donc des exemplaires plus anciens de la *Berliner Zeitung* ainsi que d'autres journaux allemands où figuraient également les cours de la Bourse. Ainsi équipé, je fus en mesure de voir le cours des actions de la STG pour les quatre derniers mois. Et la courbe s'avéra fort intéressante.

Ayant pris un coup de froid, je n'étais pas au mieux de ma forme ce jour-là, mais j'ai montré les chiffres à Sheila et nous en avons débattu avec le chef de la table économique. Il est convenu que mon raisonnement semblait sensé, et donc Sheila et moi sommes allés voir Pritchard.

— Oui ? dit-il en nous indiquant à chacun un siège, auquel Sheila préféra son radiateur habituel.

J'ai sorti du dossier que j'avais constitué une liasse de coupures de presse.

— Venez-en au fait, Hal, me pria-t-il. Nous sommes débordés et on vous fait confiance.

— Cette fois, mon colonel, vous aurez envie de vérifier les données par vous-même, répondis-je en reniflant.

Il s'est penché en avant et a ouvert le dossier.

— Des cours de la Bourse ? fit-il, étonné.

J'ai dû remettre ces informations dans leur contexte pour qu'elles prennent tout leur sens.

— En 1912, notre maison familiale a publié un livre écrit par un certain Ulrich Pöhl, un hydrologiste, expliquai-je. Autrement dit, un spécialiste en tout ce qui concerne l'eau, les marées, les courants marins, les flux et reflux. Il était ingénieur conseil d'une entreprise de Brême, précisai-je avant d'évoquer la STG. Je me suis toujours intéressé à cette entreprise, c'est pourquoi quand je suis arrivé au Gymnase, j'ai vérifié, ajoutai-je en désignant les coupures figurant dans le dossier. Quand on parcourt ces tableaux, on constate que sur les quatre derniers mois, le secteur de la construction a progressé, disons, en gros, de deux pour cent. En revanche, la STG a progressé de vingt-trois pour cent, signe qu'il se passe quelque chose là-bas, et que les gens au courant achètent des actions.

Pritchard a mis ses lunettes et a parcouru les chiffres sans rien dire.

— Vous avez raison sur le cours des actions, constata-t-il. Quelle est votre analyse ?

J'ai jeté un coup d'œil à Sheila. Elle m'a adressé un sourire encourageant.

— La STG est une compagnie de construction navale basée à Brême, avec un hydrologiste comme ingénieur conseil. Selon moi, c'est le signe qu'ils travaillent sur des sous-marins. Ou bien la STG a inventé un nouveau type de sous-marin plus performant, et donc plus dangereux, ou bien ses dirigeants ont reçu l'ordre d'accroître leur production.

Pritchard prenait des notes.

— Vous avez consulté l'équipe économie ?

— Oui, mon colonel, répondit Sheila en allumant une cigarette.

— Et il n'y a aucun moyen de deviner lequel de ces scénarios est le bon ?

— Non, pas vraiment, dis-je. Mais le livre de Pöhl est sorti en 1912. Vous pourriez demander à nos hydrologistes quel type de recherches il faisait avant-guerre : cela nous donnerait peut-être une indication. Et aussi faire vérifier la page des remerciements du livre, où l'auteur mentionne les noms d'autres spécialistes à qui il a montré le manuscrit. Cela pourrait nous conduire quelque part.

Il a ôté ses lunettes et s'est frotté les yeux.

— Mais nous avons sûrement des gens sur le terrain à Hambourg, mon colonel. C'est encore le meilleur moyen d'avancer.

— Je suis allé à Brême, il y a des années, dit Pritchard en nettoyant ses verres avec son mouchoir. Plutôt sinistre, comme endroit. Les sous-marins me terrifient. Quelle horreur d'être coincé dans ces saucisses en métal à mille pieds de profondeur en risquant à tout moment de recevoir une torpille en pleine tronche !

Il a sorti un dossier vide d'un tiroir de son bureau.

— Bien vu, Hal, conclut-il. Et cette jambe ?

— Elle va de mieux en mieux, merci, mon colonel.

— Gardez un œil sur les actions de la STG, d'accord ?

— Je n'y manquerai pas, mon colonel.

— Peut-être que je ferais bien d'en acheter quelques-unes moi-même, plaisanta-t-il en me décochant un sourire.

Plus tard dans la semaine, je suis tombé malade pour de bon et me suis retrouvé cloué au lit par la grippe, aux bons soins de Lottie qui restait à la maison pour veiller sur Will. Le petit venait juste d'apprendre à marcher tant bien que mal, et comme il fonçait sur ses petites jambes bien plus vite qu'il n'aurait dû, il n'arrêtait pas de tomber, se mettait à brailler, puis, voyant que personne ne faisait attention à lui (pour ça, Lottie savait y faire), il se calmait et s'efforçait péniblement de se remettre debout en babillant des mots incompréhensibles, pendant que Whisky observait toute la scène en se tenant à bonne distance.

Quant à moi, je m'efforçais de dormir malgré tout ce tapage. J'avais un peu de fièvre, mais mon état n'était pas assez grave pour déranger un médecin. Quand Sam est rentrée de l'école, elle s'est inquiétée de me trouver couché à la maison et a échangé pour un temps son rôle d'institutrice contre celui de garde-malade.

— Quand on était petites et que l'une d'entre nous avait la grippe, Maman nous donnait à boire une sorte de grog au whisky et au citron, sucré au miel. Ça nous faisait transpirer et c'était parfois efficace. Notre père n'appréciait pas. Il disait que c'était du gâchis. Tu te rends compte ! Quel sale égoïste tout de même !

Sam avait trouvé ses premiers jours de classe à St Paul's Ladbroke Grove (c'était le nom de l'école) plus éprouvants qu'elle ne l'imaginait. Pas tant physiquement que moralement. Contrairement à Middle Hill, plusieurs jeunes enfants avaient perdu leur père à la guerre. Ils étaient perturbés de voir leurs familles brisées et confrontées pour certaines à une pauvreté que Sam n'avait pas rencontrée à Middle Hill. Les enfants arrivaient à l'école sans s'être lavés, mal nourris et, dans un ou deux cas, sans souliers aux pieds.

— Ils sont comme hébétés, Hal, m'avait raconté Sam quelques jours plus tôt. Toi, moi et Izzy, nous avons déjà du mal à comprendre cette guerre, alors imagine ce que ça doit être pour eux. L'histoire, la littérature, les mathématiques… tout ça leur semble bien inutile et éloigné de la réalité.

— Pourquoi ne pas les faire plancher sur des poèmes qui parlent de la guerre ? suggérai-je. (C'était avant de tomber malade.) Au boulot, une de nos collègues prépare de quoi en faire un recueil, je pourrais te donner quelques références.

— Oh, Hal ! quelle excellente idée. Il y a une bonne librairie à Notting Hill. Si tu me donnes quelques titres, je saurai quels livres commander.

Mais le lendemain, je fus accaparé par mes recherches sur la STG, puis je tombai malade, et ne fus donc pas en mesure de tenir ma promesse.

Ce soir-là, Sam m'a préparé un bouillon ainsi qu'un autre grog au whisky et au miel, sans citron, car ce fruit était introuvable sur le marché. Je n'ai pas pu finir la soupe, mais le grog m'a aidé à dormir. Sam s'est couchée dans une autre chambre cette nuit-là. Cela se comprenait, pourtant, elle m'a manqué. Je m'étais habitué à partager mon lit avec elle, et pas seulement parce que nous étions maintenant mari et femme dans tous les sens du terme. Nous y puisions tous deux du réconfort. Je le sais pour l'avoir une fois entendue par hasard en parler avec Lottie.

Le lendemain matin quand je me suis réveillé, Sam était déjà partie pour l'école.

Je n'étais toujours pas très vaillant et j'avais très mal à la tête, mais je savais par expérience que je me sentirais beaucoup mieux après m'être rasé. Je me suis levé pour gagner la salle de bains deux portes plus loin dans le couloir, après les toilettes, et je suis entré. Il n'y avait de verrou sur aucune des portes et, trop tard, je me suis rendu compte que la salle de bains était déjà occupée. Lottie venait de sortir de la baignoire et elle se séchait. Quand la porte s'est ouverte, elle a arrêté de s'essuyer et elle est restée là à me regarder, complètement nue.

Puis elle s'est avancée et m'a embrassé.

Quoique indéniablement flatté par les attentions de Lottie, j'étais aussi profondément choqué, et je me suis éclipsé aussi vite que j'ai pu en me retirant sans m'être rasé dans ma chambre, où je suis resté tout le restant de la matinée. Lottie ne m'a pas poursuivi de ses assiduités.

Le lendemain, c'est elle qui est tombée malade, et Will par la même occasion. À part Sam, tous les occupants de l'appartement se sont trouvés terrassés par la fièvre, et elle a dû prendre un jour de congé pour nous soigner. D'après tous les symptômes qu'elle me décrivit – rhume, fièvre, articulations douloureuses – Lottie ne faisait pas semblant.

On dit qu'un malheur n'arrive jamais seul. Alors que l'appartement ressemblait à une salle d'hôpital, voilà que Faye, la deuxième sœur de Sam, a fait son entrée. Sur le moment je n'en ai rien su, j'étais toujours cloué au lit et on ne m'a pas mis dans la confidence. Quand j'ai été sur la voie de la guérison et qu'il s'est révélé impossible de me dissimuler plus longtemps cette intrusion, à cause des bruits et éclats de voix en tous genres, on m'a informé. Comme Lottie, Faye avait perdu son emploi et n'avait pas eu de chance. Elle travaillait comme jardinière dans un parc au nord de Londres, mais le parc avait été réquisitionné par l'armée pour en faire un dépôt de munitions et de matériel. Faye n'était que locataire. Ses modestes revenus ne lui avaient pas permis de faire des économies, et comme on n'avait guère besoin de jardiniers à Londres en temps de guerre, elle ne retrouverait pas de sitôt un emploi.

L'une des voix que j'avais entendues du fond de mon lit sans pouvoir la reconnaître était masculine. En fait, il s'agissait de Tony, le petit ami de Faye qu'elle avait ramené à la maison. Tony faisait ses classes et pouvait à tout moment être envoyé en France. Faye et lui ne vivaient pas ensemble : il était en garnison dans une caserne juste à côté de Sloane Square, une raison supplémentaire pour que Faye veuille habiter chez nous, afin de se rapprocher de son homme. Tony étant très souvent chez nous, cela faisait cinq adultes, plus Will et Whisky. Plutôt qu'à une salle d'hôpital, l'appartement ressemblait maintenant à un hall de gare.

Le pire, c'est que ça me plaisait. Était-ce parce que j'avais grandi avec des parents un peu froids, ou parce que j'étais entiché de Sam, qu'importe, mais j'aimais bien cette animation. Et tant pis si la salle de bains envahie de linge à sécher n'était jamais libre, ou si le compteur à gaz engloutissait les shillings avec une férocité d'ogre.

Quand Will, Lottie et moi fûmes guéris de la grippe (Sam était passée à travers comme par miracle), du temps s'était écoulé depuis l'incident de la salle de bains ; Lottie et moi n'en parlâmes jamais et il n'y eut pas de récidive. Si je m'étonnais de son attitude, de ses motivations et des coups vaches qu'on pouvait se faire entre sœurs, je n'éprouvais pas le besoin d'approfondir.

Faye était donc la deuxième des quatre sœurs. (Dieu merci, Ruth avait un bon travail et il n'y avait absolument aucun risque qu'on lui propose d'habiter chez nous.) Grande et mince, Faye avait un tempérament démonstratif, passionné, expansif en tout cas, qui la faisait s'exprimer avec virulence sur tous les sujets, les hommes, les enfants, le maquillage, la politique (c'était une ardente socialiste) et la guerre, bien entendu. Elle nourrissait un fort sentiment antiallemand, mais gardait ses opinions pour elle du mieux qu'elle le pouvait quand elle était à l'appartement. Je n'ai jamais su dire si elle approuvait que l'on vive ensemble, Sam et moi. Mais une fois ou deux, je l'ai surprise en train de regarder Will d'une façon qui laissait penser qu'elle n'appréciait guère la conduite de Sam. Elle n'a jamais rien dit en ma présence, en tout cas pas à l'époque, mais il est vrai qu'elle occupait une chambre payée par moi, aussi était-elle à mon égard toujours très polie et déférente.

La présence de Tony n'aidait pas à éviter le sujet. Il venait de l'Essex et avait un ou deux ans de moins que moi. Ses cheveux d'un noir brillant étaient un peu trop gominés à mon goût. Il était de petite taille, de sorte que son uniforme semblait toujours un peu trop grand pour lui, les manches de sa tunique trop longues, le col de sa chemise trop large. Dès que j'étais à la maison, il me harcelait de questions sur la guerre, à quoi ressemblait le front exactement, à combien se chiffraient les pertes, à quel endroit précisément j'avais été touché, si la douleur était forte et combien de temps elle avait duré. J'en déduisis qu'il avait peur.

— Ne dites pas ça ! Vous allez le faire passer pour un trouillard, s'exclama Faye avec sa fougue habituelle, un jour que nous étions dans la cuisine.

Sam était aux fourneaux tandis que Lottie et moi, nous écossions des petits pois, en prévision du déjeuner.

— Mais non, Faye, répondis-je. La peur est la seule réaction sensée à cette guerre. Cela le rendra respectueux, prudent… et l'aidera à rester en vie.

Cette impression se vérifia quand Tony revint peu de temps après pour nous annoncer d'une voix mal assurée que son unité était affectée en France et devrait être prête à s'embarquer dans les dix jours. Ce soir-là, il emmena Faye danser. Ils rentrèrent très tard, ivres, et il resta coucher là. J'ignorais s'il enfreignait ainsi le règlement de son unité, et ce n'était pas à moi de m'en mêler, mais quand ils réapparurent le lendemain matin, un dimanche, Faye avait la bague au doigt, ils s'étaient fiancés, et tout leur fut pardonné. Je proposai alors de faire la fête ce soir-là, si Tony n'était pas jeté au trou pour avoir découché.

Fautif ou non, Tony parvint apparemment à attendrir le cœur de ses supérieurs, car le soir venu, nous avons fêté l'événement comme prévu, avec du whisky pour ces messieurs, du gin pour ces dames, et nous nous sommes tous saoulés allègrement, pour accompagner l'heureux couple.

Douze jours plus tard, l'unité de Tony s'embarquait. Faye, hystérique comme toujours, passa les deux jours suivants à pleurer comme une Madeleine. Heureusement, Ruth arriva à la rescousse avec une offre d'emploi dans l'usine de confection d'uniformes. Faye ne déménagea pas pour autant, mais elle se mit à payer une partie du loyer.

Cher Hal,

Je suis quelque part, en un lieu dont les censeurs veulent que je taise le nom, mais j'ai obtenu leur accord pour dire qu'il commence par un « S ». Un jour, « S » sera connu du monde entier. Ce n'est pas précisément le genre d'endroits où l'on aurait envie de passer ses vacances. Ici, des dizaines de milliers d'hommes ont été tués en l'espace de quelques heures.

Tu sais, Hal, j'ai du mal à décrire cette guerre. Les mots me manquent. C'est que nous n'étions pas préparés à vivre ce genre d'expériences, et il n'y a pas de langage adapté. Nos façons d'appréhender la réalité par catégories sont elles aussi dépassées.

Prenons, par exemple, la raison de ma présence ici : la transfusion. Pendant ma formation, les quantités de sang se chiffraient par centimètres-cubes, on en tirait de quoi remplir une seringue ou une éprouvette. En termes de transfusion sanguine, c'est par litres qu'elles se chiffrent. Mais ici à S, rien à voir. Soixante mille hommes ont été tués durant la première matinée ! Il y a eu trois fois plus de blessés, dont la moitié avaient besoin d'une transfusion. Cela représente au moins quarante-cinq mille litres de sang. Bien sûr, nous ne les avions pas. On a épuisé nos réserves à dix heures trente, ce matin-là. On a reçu un stock vers quatre heures de l'après-midi, mais à six heures quinze, il était déjà épuisé.

Voici un incident typique de ce que nous avons à gérer tout au long de la journée. Un jeune garçon (je me rappelle qu'il s'appelait Sandy) a été touché par un éclat d'obus. Une étiquette blanche épinglée à la boutonnière de sa tunique indiquait qu'il avait été blessé durant les combats et devait recevoir des soins en priorité. Nous avons nettoyé ses blessures, on lui a donné de la morphine contre la douleur et bandé les yeux. Avant qu'il soit transporté à la tente hôpital située à l'arrière des lignes, je lui ai demandé gentiment si cela ne le dérangerait pas qu'on lui prenne un peu de sang. Non, bien sûr, m'a-t-il dit, si cela peut aider à sauver la vie d'autres hommes. Je suis allée chercher mon matériel. Quand je suis revenue, Sandy s'était tranché la gorge avec son couteau. Il ne voulait plus vivre. Le sang jaillissait encore de sa gorge, et quand je dis jaillir, je n'exagère pas. Un instant, j'ai hésité. Devais-je étancher son sang, ou le recueillir pour que d'autres en profitent ?

Tu me manques, Hal. (Encore plus qu'un bon gin tonic, c'est dire !) La nuit, quand les tirs s'arrêtent et que le ciel est clair, je contemple les étoiles. C'est bien la seule chose que la guerre n'a pas défigurée ou effacée. Je repense à notre nuit à la belle étoile, quand nous avons dormi dehors dans le jardin de la maison après nous être régalés de saucisses carbonisées. Mais l'heure et le lieu se prêtent mal à ce genre de nostalgie sentimentale. Je ne dois pas me laisser aller. Demain ne sera pas mieux qu'aujourd'hui. Espérons juste qu'il va pleuvoir. La terre est si gorgée de sang qu'il n'y a pas d'autre moyen de la nettoyer.

Izzy

À force de passer des jours à lire des journaux allemands en quête de tout détail potentiellement significatif, on rencontre naturellement beaucoup d'informations sans intérêt : résultats sportifs, petites annonces, avis de naissances. Pourtant un jour, je suis tombé sur quelque chose qui n'avait rien à voir avec les services secrets, mais qui était pour moi d'un grand intérêt. C'était un article dans la *FAZ* sur le Régiment saxon, l'unité de Wilhelm. Il ne révélait aucune information d'ordre militaire, bien sûr, il ne parlait pas de ce qu'il était advenu du régiment ni de ses positions actuelles, rien de ce genre. Il racontait simplement qu'une certaine unité du régiment avait gagné le concours de manœuvres. Les Allemands aidaient à maintenir le moral des troupes en organisant ce genre de concours, auxquels le public était invité. L'ordre et la précision impeccables des compagnies qui y participaient fascinaient le public et lui remontaient aussi le moral. Cette année, c'était une unité du Régiment saxon qui avait gagné.

L'article ne mentionnait aucun nom ni ne m'apprenait rien sur Wilhelm. Mais il le ramena à mon esprit. À dire vrai, étant donné les circonstances, il n'était jamais très loin de mes pensées, mais voir le nom de son régiment imprimé me donna un pincement au cœur. Et me rappela surtout que sa photographie était toujours dans mon portefeuille. Soudain je craignis que Sam tombe dessus et, le soir même, je transférai la photo dans la serviette que j'emportais à mon travail. J'avais parlé à Sam et à Lottie de l'engagement que j'avais signé relatif aux secrets d'État, en expliquant que de ce fait, il leur était interdit de regarder ce qui se trouvait dans ma serviette : que je pourrais être renvoyé, mis à l'amende, ou accusé de trahison et condamné à mort si je dérogeais à mon serment, surtout en temps de guerre, et elles l'avaient compris. La serviette était donc inviolable, et mon secret aussi.

Bien sûr j'aurais pu détruire la photo, mais je ne l'ai pas fait. Je ne voulais pas que Wilhelm s'efface de ma mémoire, et cette photo me forçait à rester vigilant. Sans Wilhelm, je n'aurais pas rencontré Sam. Sa photo me reliait au front, me rappelait que j'avais été en première ligne. Que, d'une certaine façon, j'avais gagné Sam.

Une semaine environ après que Faye eut commencé à travailler à l'usine de confection sous les ordres de Ruth, nous étions assis à table au dîner quand Lottie s'est exclamée :

— Faye ! Et ta bague de fiançailles ? Qu'en as-tu fait ?

Faye a rougi d'un air gêné.

— Oh ! je l'ai enlevée pour prendre mon bain et j'ai oublié de la remettre. Je vais la chercher, dit-elle en quittant la table.

Lottie a fait la moue en s'adressant à Sam.

— Je n'y crois pas une seconde, et toi ? On n'a pas besoin d'enlever sa bague, en tout cas pas pour prendre un bain.

— Que veux-tu insinuer ? demandai-je. Elle a le droit de faire ce qu'elle veut, non ?

— Ce que Lottie veut dire, c'est que Faye est censée être amoureuse de Tony, renchérit Sam. Si elle l'était, elle n'aurait jamais ôté sa bague de fiançailles… On dirait que Faye a fait exprès de l'enlever pour que personne ne sache qu'elle est fiancée, à l'usine, expliqua Sam en me voyant la fixer. Loin des yeux loin du cœur.

À cet instant, Faye est rentrée dans la pièce.

— Voilà, dit-elle en montrant la bague à son doigt. Vous voyez ? Elle était restée là où je l'avais mise.

Il y a eu un bref moment de gêne, vite passé. Mais quelques jours plus tard, Lottie a encore fait remarquer que Faye n'avait pas sa bague au doigt, Faye est partie la chercher, et Sam et Lottie y sont allées de leurs commentaires. Au bout de la quatrième fois, Lottie elle-même a cessé d'y faire allusion. Faye enlevait sa bague pour aller au travail et la remettait une fois rentrée à la maison.

Ce ne fut donc pas vraiment une surprise quand deux semaines plus tard, un vendredi soir, un homme vint la chercher pour l'emmener danser. Il monta à l'appartement et se présenta sous le nom de Cyril, disant qu'il travaillait dans le même atelier que Faye à l'usine.

Un drôle de type, ce Cyril. Il approchait de la trentaine, le crâne déjà dégarni, avec une moustache fine, un peu miteuse. Il parlait avec un petit filet de voix et traînait des pieds en marchant. Je l'imaginais mal en brillant cavalier, et il m'inspira une antipathie immédiate.

Il ne rentra pas dans mes bonnes grâces quand voyant Will lors de sa première visite, il dit :

— Alors, c'est lui le petit Fritz, hein ?

— Il s'appelle Will, rétorquai-je.

— Mais il est allemand, n'est-ce pas ? En tout cas son père est un Boche.

— Il s'appelle quand même Will, répétai-je en grinçant des dents.

Il me regarda, puis haussa les épaules.

— Question de point de vue.

Heureusement, Sam n'avait pas assisté à cet échange, que je gardai pour moi.

Au petit déjeuner le lendemain matin, j'ai interrogé Faye au sujet de Cyril.

— Il n'est pas dans l'armée, n'est-ce pas ? Y a-t-il une raison pour ça ?

Elle a acquiescé la bouche pleine.

— Il est réformé pour raisons médicales. Il entend mal, suite à la tuberculose.

Cela expliquait cette façon qu'il avait de susurrer.

— Est-il bon danseur ?

— Meilleur que Tony, en tout cas.

Il n'en fallait pas plus à Lottie pour monter au créneau.

— Tu ferais mieux de vendre cette bague, pour ce que tu la portes. Tony ne voudra plus t'épouser quand il saura que tu l'as trompé…

Faye a littéralement explosé.

— Toi, tu ne risques pas de tromper qui que ce soit, hein, Lottie ? Comment tu te sens du haut de ton placard ? Un peu seule, je parie, à force de regarder les autres s'amuser.

— Arrêtez, vous deux, intervint Sam, et elle s'est tournée vers Lottie. On ne peut pas vraiment en vouloir à Faye. Je sais qu'elle est fiancée mais… eh bien, regardons les choses en face, Tony peut être tué à tout moment.

— Je n'ai pas besoin de toi pour me défendre ! cracha Faye. Je peux m'en charger moi-même, merci bien.

Un silence s'est abattu sur nous.

— Alors et la danse, c'était comment ? finis-je par dire, pour détendre l'atmosphère.

— On n'a pas tellement dansé, à vrai dire, marmonna Faye, reconnaissante qu'on change de sujet. Des gars se sont mis à se disputer à propos de la guerre et ça a vite dégénéré. Un vrai bain de sang. Ta sœur aurait pu faire des provisions.

— Et à quel propos ? voulus-je savoir. Y avait-il une raison précise ?

— D'après ce que j'ai pu entendre, ils parlaient des gaz. Quelqu'un a dit que les Allemands seraient les seuls à s'en servir, qu'ils étaient des barbares, et puis quelqu'un a fait remarquer que nous aussi on en avait utilisé, et que c'étaient les pauvres gens, les simples soldats des deux camps, qui en étaient morts. Que les Anglais ne sont pas les seuls à être victimes de la guerre… Alors là, c'en était trop. Faire passer les Allemands pour des victimes… Les gens n'ont pas pu l'encaisser. Cyril a sauté sur l'un de ces abrutis et en un rien de temps, ça a tourné à la bagarre générale.

— C'est Cyril qui a commencé ? demanda Lottie.

— Enfin, il en était, oui.

— Et comment ça a fini ?

— La police est arrivée et l'a arrêté. Je crois qu'il a passé la nuit au poste. Je vais m'y rendre dans un petit moment.

— Oh ! Faye. Reste en dehors de tout ça, conseilla Sam en posant la main sur son bras.

Faye s'est dégagée.

— Je suis assez grande pour savoir ce que je fais. Et moi, je suis du côté de Cyril, ajouta-t-elle en jetant à Sam un regard dur. Nous ne sommes pas aussi barbares que les Allemands.

Ce fut à peu près à ce moment-là que nous nous rendîmes à un concert au Bechstein Hall, comme il s'appelait alors, dans Wigmore Street. Plus tard pendant la guerre, son nom fut changé. Tous les biens de la société de fabriques de pianos Bechstein furent saisis par le gouvernement, et la salle de concerts vendue aux enchères. Son nom d'origine étant manifestement trop allemand au goût de l'époque, les Debenham, les nouveaux propriétaires, la rebaptisèrent. (Le changement eut lieu pratiquement en même temps que celui du nom de la famille royale qui, de Saxe-Cobourg-Gotha, devint Windsor.)

Sam aimait aller au Bechstein Hall, en particulier pour y assister aux récitals d'œuvres vocales, qui se donnaient les dimanches après-midi. Elle appréciait beaucoup moins les disputes incessantes nourries par ceux pour qui il était antipatriotique d'écouter de la musique allemande, une idée que certains journaux relayaient avec insistance.

— Brahms est mort depuis des décennies, et Schubert depuis presque un siècle, disait-elle. Qu'ont-ils à voir avec cette guerre ?

Quant à moi, je comprenais ces deux points de vue, mais pas le conflit ouvert qu'ils suscitaient.

Ce dimanche-là, nous sortions juste d'un concert où une soprano écossaise avait chanté différents lieder de Schubert, et quelques personnes nous attendaient dehors avec des pancartes pour nous traiter de traîtres et d'objecteurs de conscience.

Comme Sam avait tenu à ce que nous allions à ce concert, je lui ai demandé ce qu'elle appréciait tant dans Schubert.

Un instant, elle a tourné la tête vers moi, puis a regardé droit devant elle.

— C'était le compositeur préféré de Wilhelm et, pardonne-moi, Hal, mais… c'est son anniversaire aujourd'hui. J'essaie de ne pas y penser, mais que veux-tu… je ne peux pas l'oublier. Pas pour le moment. Écouter cette musique, c'est sans doute pour moi une façon de me rapprocher de lui. Désolée, je ne voulais pas t'en parler mais puisque tu m'as posé la question… Je ne veux pas te mentir. Étant donné la façon dont nous nous sommes rencontrés toi et moi et les termes de notre accord, si tu t'apercevais que je te mens, que penserais-tu de moi ?

Elle m'a pressé le bras.

— Ça ne m'engage pas à grand-chose, que je te promette de ne pas te mentir n'est-ce pas, Hal ? Mais regarde Faye, qui vit dans le mensonge. Moi, je ne pourrais pas.

Nous avions atteint Baker Street, où nous pouvions prendre un omnibus pour rentrer à la maison.

— Dis-moi un peu quels sont les goûts de Wilhelm. Comme ça, je saurai quels sujets éviter.

— Ne sois pas bête, Hal. Inutile d'être aussi formaliste, entre nous. Mais je ne peux pas l'oublier. Tu peux faire comme s'il n'avait jamais existé, si ça te plaît, mais pas moi. Non seulement je ne le peux pas, mais je ne le veux pas. Chaque fois que je regarde Will, je vois son père… la ressemblance est si frappante. Il faut que tu le saches. J'ignore combien de temps Wilhelm… tu sais très bien ce que j'essaie de dire, en cherchant à ne pas te blesser pour autant…

Blessé, je le fus sur le moment, puis je m'incitai à ne pas être si partial, à ne pas voir les choses que de mon point de vue, comme aurait dit Lottie. J'avais fait à Sam un mensonge, un énorme mensonge. En réalité, moi aussi je vivais dans le mensonge, tout comme Faye. Et qu'arriverait-il si Sam le découvrait ? Que penserait-elle de moi ?

Je fus à nouveau promu cet été-là. Pour deux raisons principales. D'abord, je repérai quelque chose dans *Die Zeit*, le journal de Hambourg, sans doute le meilleur des quotidiens allemands (et de ce fait le plus censuré). À première vue, cela n'avait rien d'exceptionnel, c'était une simple fanfaronnade en première page constatant avec satisfaction que le tirage du journal était en hausse, le genre de chose dont tous les quotidiens s'enorgueillissent. Dans une page intérieure, le journal donnait le détail de ses chiffres dans les environs de Hambourg où il était diffusé. Les chiffres montraient une augmentation moyenne du tirage durant les six derniers mois de 4 %, variant selon les régions : – 0,5 % à Witzhave, 1,3 % à Moisburg, 13 % à Hetlingen.

Malgré ma grande ignorance dans ce domaine, je savais que le lectorat de chaque journal varie en général assez peu, juste de quelques points de plus ou de moins chaque année. C'est compréhensible : les lecteurs sont attachés à un journal et n'aiment guère en changer. Mais si ces chiffres étaient véridiques, ils révélaient que dans une région de Hambourg, la diffusion avait augmenté de 13 %, ce qui sortait de l'ordinaire. Comment l'expliquer ?

Sans la bataille de Jutland, je n'aurais pas donné suite à ce raisonnement. Les débats faisaient rage dans les milieux concernés quant à savoir si la marine britannique s'en était bien ou mal sortie. Selon certains, la flotte allemande s'était enfuie, d'autres affirmaient que la Grande-Bretagne avait perdu bien plus de navires que les Allemands. Aussi avais-je en tête, comme tout le monde, les enjeux maritimes de cette guerre.

C'est pourquoi je pris la peine d'examiner une carte de Hambourg, et ce que j'y découvris m'amena à nouveau à consulter Sheila. Elle convoqua notre spécialiste en questions navales, qui fut en désaccord avec moi. Dans ce cas de figure, un chef de table était en droit d'aller voir Pritchard pour lui exposer l'idée émise par lui ou son équipe, mais il devait emmener avec lui leur contradicteur.

— Ah ! Hal fait encore des siennes ? s'écria Pritchard en tapant sa pipe contre le talon de sa chaussure pour en faire tomber le tabac. Julian, vous êtes venu aussi, à ce que je vois.

Julian Mayhew était notre expert naval.

— Il n'est pas d'accord avec moi, mon colonel, expliquai-je.

— Ah oui ? grogna Pritchard en prenant sa blague à tabac. Bon. Asseyez-vous.

Une fois Julian et moi assis et Sheila juchée sur son radiateur habituel, j'ai transmis à Pritchard les chiffres de diffusion de *Die Zeit*.

— Tout cela est bel et bien, dit Pritchard. Mais qu'en déduisez-vous ?

— Mon colonel, à Hetlingen, la hausse est assez spectaculaire. D'après moi, c'est dû à deux raisons éventuelles. Reste à savoir laquelle.

J'ai jeté un coup d'œil à Julian. Je n'aurais pas dû. La désapprobation se lisait sur son visage.

— Ou bien un journal local a cessé d'être publié à Hetlingen, de sorte que ses lecteurs se sont aussitôt reportés en nombre sur *Die Zeit*.

— Ou ?

— Ou bien… il y a eu une arrivée massive de population durant les six derniers mois, depuis le dernier relevé de chiffres.

— Et alors ? Je vous connais, Hal. Vous aimez bien faire des rapprochements. Qu'en est-il cette fois ?

— Les régions de Witzhave et de Moisburg qui n'ont pas connu une telle augmentation ou ont même subi une diminution sont situées à l'intérieur des terres. En revanche, Hetlingen est sur la côte, plus précisément au bord de l'estuaire de l'Elbe, la rivière qui traverse Hambourg et se jette dans la mer du Nord.

— Je connais, dit sèchement Pritchard. Continuez.

— Eh bien… ce ne sont que des suppositions, mon colonel, mais si cet afflux de population avait un lien avec la construction navale ? La création d'un nouveau chantier ou l'extension importante d'un chantier existant. Je sais, ce n'est qu'une hypothèse, mon colonel, mais… La bataille de Jutland a été un fiasco pour les deux bords. Peut-être est-ce le signe d'un changement d'orientation militaire…

— Minute ! objecta Pritchard en levant la main. Vous en lisez des choses, à partir de quelques chiffres de tirage. À vous, Julian. Donnez-nous votre point de vue.

— Je partage le vôtre, mon colonel. Je suis d'accord pour reconnaître que ces chiffres sont intéressants en eux-mêmes, et qu'il faut chercher à expliquer cette augmentation. Mais ils ne signifient pas nécessairement un afflux massif de population. Et ils n'ont certainement rien à voir avec des questions navales. Nous n'avons rien observé de notable dans ce domaine, ces dernières semaines.

— Hum… Une hausse de 13 % est-elle vraiment significative ?

— Mais oui, insistai-je. J'ai vérifié d'après les journaux anglais. Leur diffusion varie de 3 à 4 % de plus ou de moins par an. Par an, et pas juste sur six mois. Si le tirage d'un journal monte ou descend de 8 % par an, c'est déjà spectaculaire. Une chute de 8 %, et le rédacteur en chef se voit remercié. Mais, et c'est là le point décisif, une fluctuation importante, hausse ou baisse, se produit sur toute la zone de diffusion. Et ce n'est pas ce qu'on constate ici.

— Franchement, je ne vois pas le rapport avec Jutland, remarqua Pritchard avant de se radosser, en tirant sur sa pipe.

— D'après ce que j'en sais, repris-je après un petit silence, cette bataille n'a pas été concluante, ni pour les Allemands ni pour nous. Plusieurs de nos navires ont été détruits ; quant aux Allemands, ils se sont retirés aussi vite que possible pour rejoindre leur base. Ils ont dû depuis se rendre compte qu'ils ne pourraient gagner cette guerre sur mer avec la flotte dont ils disposent actuellement. Il leur faut développer, et vite, leurs bâtiments les plus efficaces et les plus dangereux, à savoir leurs sous-marins.

— Et d'après vous, ce serait ce que…

— Oui. À mon avis, ça vaudrait le coup de vérifier si les Allemands ont construit un nouveau bassin pour sous-marins à Hetlingen et fait venir de la main-d'œuvre pour en construire d'autres.

Pritchard se tourna vers Mayhew.

— Tout cela à partir du tirage en hausse d'un journal ? protesta Mayhew. C'est aller un peu loin. Bien sûr, nous avons des gens à nous sur le terrain, à Hambourg et dans les environs, sinon, nous serions perdus. On ne peut construire un ou plusieurs bassins sans que personne ne le remarque. Si ce que Hal suppose se passait réellement, nous le saurions déjà.

Pritchard a consulté Sheila du regard.

— Hal nous donne une cible, un début de piste qu'il faut vérifier, je dirais que ça vaut le coup de réagir, me soutint-elle.

— Ce n'est pas si simple, grommela Pritchard, et vous me surprenez, Sheila. Nos agents sur le terrain ne se tournent pas les pouces. Ils se consacrent à des choses très sérieuses, du solide. Si je leur demandais de s'en détourner pour vérifier le bien-fondé de cette… hypothèse, nous pourrions causer plus de mal que de bien à l'effort de guerre.

Silence.

— Rien d'autre ? demanda-t-il.

— *Die Zeit* tire à quatre cent cinquante mille exemplaires, dont soixante-dix mille sont vendus à Hetlingen et ses environs. Si la diffusion a augmenté de 13 %, cela représente neuf mille cent exemplaires. Disons qu'un tiers des nouveaux lecteurs est marié, ça représente en gros douze mille personnes arrivées depuis peu. Soit le personnel d'une énorme usine. Pouvons-nous nous permettre d'ignorer les chiffres ?

Pritchard a réfléchi un moment en mordant le tuyau de sa pipe, pendant que nous attendions.

— Non. Cette fois, je ne marche pas, Hal. Pas tant que nous n'aurons pas quelque chose de plus consistant à nous mettre sous la dent. Je vais garder la documentation ici, dans un dossier. Mais je ne transmettrai pas en haut lieu, pas pour l'instant. Ce sera tout, a-t-il conclu, puis il a tiré sur sa pipe.

Sheila m'a lancé un petit regard consterné, et nous sommes tous sortis du bureau de Pritchard.

Cher Hal,

Un petit mot. Tu es dans mes pensées car nous venons de soigner un homme qui avait reçu comme toi une balle dans le pelvis. Il a perdu beaucoup de sang, mais nous avons pu le sauver.

Tu es aussi dans mes pensées parce que nous avons reçu il y a quelques jours un paquet de vieux journaux périmés, dont quelques exemplaires du Times. *J'ai été ravie de voir que la page cinq est toujours en vigueur. Un paragraphe de trois lignes disait : « Les crocus de Hampton Court ont fleuri. Ils sont splendides. C'est le moment de venir les voir. » Qui en est l'auteur ? Quel secrétaire de rédaction choisit de faire passer ce genre d'information entre l'état des pertes, les listes de victimes, les rapports de bataille, les nouvelles lois de rationnement ? Comprends-moi bien, je trouve ça merveilleux. Rares sont les lecteurs du* Times *habitant à proximité de Hampton Court qui pourront aller voir les fleurs, mais c'est comme une petite éclaircie qui fend l'obscurité ambiante, le rappel d'une innocence perdue mais qui reviendra un jour, avec le bon sens et la chaleur humaine. Un journaliste anonyme du* Times *nous fait à tous cette faveur. Lire ces quelques mots fut pour moi, et de loin, le meilleur moment de la journée.*

Quel petit veinard tu es, de pouvoir lire ton quotidien tous les matins !

Je suis obligée de te quitter, car j'ai quelques lettres à écrire pour les blessés.

Avec tout mon amour,

Izzy

•

Les soirées où Sam et moi n'allions pas au théâtre, au concert, à une conférence, et où Faye ne sortait pas avec Cyril, nous nous trouvions des occupations plus ou moins divertissantes. Certains soirs étaient consacrés au lavage de cheveux ; Sam, Faye et Lottie se promenaient dans l'appartement enturbannées, et je leur faisais la lecture : des passages de romans récents qui m'avaient plu, des poèmes que Sam avait repérés, ou encore des articles extraits des magazines de Lottie sur les derniers ragots et mondanités du Tout-Londres. D'autres fois, nous fabriquions des masques à gaz rudimentaires, à base de tampons de laine de coton absorbants entourés de gaze, de vingt centimètres de long et dix centimètres d'épaisseur, qu'on maintenait sur la bouche et les narines en s'entourant la tête de sparadrap. Nous en gardions le nombre nécessaire, et portions ensuite à la caserne du quartier ceux qui restaient pour qu'ils soient distribués en cas d'attaque.

D'autres soirs encore, quand nous voulions vraiment nous détendre, nous jouions aux charades mimées.

Lottie en était le petit génie organisateur. Même si elle n'avait jamais eu assez d'assurance pour se produire sur scène ou en faire sa profession, elle adorait jouer la comédie. Les mots ou expressions qu'elle choisissait se prêtaient parfaitement à l'exercice et nous faisaient souvent hurler de rire. Au fil de la soirée, le whisky aidant, ils devenaient de plus en plus osés.

J'étais de loin le plus mauvais acteur de la bande. Grâce à leur enfance commune et à l'intimité partagée propre aux familles nombreuses, les sœurs avaient une grande connivence faite de jeux de mots, de références, de plaisanteries qui m'échappaient complètement. À force d'échanger leurs vêtements et de se voler leur maquillage, elles se comprenaient à demi-mots et évoquaient souvent les bonnes ou mauvaises affaires qu'elles avaient pu dénicher au « rayon homme », comme elles disaient, ce qui se soldait souvent par des fous rires interminables.

Cette franchise, ce manque complet de retenue qu'elles avaient entre elles me fascinaient et me plaisaient énormément.

— Ce que tu peux être vache, lançait Sam à Lottie, qui venait de faire une remarque acerbe.

— Je sais, reconnaissait Lottie de bon cœur, mais c'est plus fort que moi.

Elles s'envoyaient sans vergogne des piques sur leurs supposés défauts physiques, comparaient allègrement la forme de leurs seins, ou spéculaient tout à loisir sur ce que tel ou tel politicien valait au lit, d'après elles.

Un de ces soirs où Lottie et Sam jouaient aux charades mimées contre Faye et moi, Lottie m'a demandé de mimer une dernière phrase. Il était tard, la soirée était bien avancée, et Lottie et Sam menaient. Lottie m'a pris à part dans un coin de la pièce pour que Faye ne puisse pas entendre.

— Éjaculation précoce, me chuchota-t-elle à l'oreille.

J'ai ri jaune. Quant à Lottie, elle s'apprêtait déjà à éclater de rire au moindre de mes mouvements.

Ce n'était pas l'expression la mieux adaptée, étant donné mon léger handicap, mais Lottie l'ignorait.

Soudain un horrible doute m'a transpercé l'esprit : Sam avait-elle fait part à sa sœur de ce détail intime ?

Sam souriait, mais avait-elle rougi ? Dans ce cas, serait-ce juste parce que l'éjaculation était pour moi un sujet sensible et qu'elle s'inquiétait de ma gêne ? Ou parce qu'elle craignait que Lottie n'ait pu, même de façon détournée, trahir une confidence qu'elle lui avait faite ?

Tant pis, je m'en fiche, décidai-je, et je levai sans attendre deux doigts à l'adresse de Faye.

— Deux mots.

J'ai acquiescé, puis j'ai mis mes doigts dans mes oreilles, et me suis ensuite palpé en descendant jusqu'au bas du ventre. C'était une convention établie depuis longtemps entre nous pour indiquer un stéthoscope.

— Un genre de maladie, proposa Faye, et je hochai la tête.

Il n'y avait pas moyen d'y couper, aussi j'ai attrapé Lottie et l'ai fait s'allonger sur le tapis. Elle m'avait entraîné là-dedans, à elle de m'aider à m'en sortir. Au milieu des rires, j'ai simulé l'acte sexuel.

— Enfin ! souffla Lottie. Depuis le temps que j'attendais ça !

— Inceste ! lança Faye, pliée de rire.

— Mais non, c'est en deux mots, remarqua Sam.

— Alors vas-y, fais-le deux fois, dit Lottie.

— Et après, c'est mon tour, d'accord ? renchérit Faye.

Comme les rires redoublaient, Whisky est soudain entré dans la pièce d'un air inquiet, pour voir d'où venait tout ce raffut, et il s'est mis à lécher la figure de Lottie.

À présent, les rires frisaient l'hystérie collective.

Soudain, je me suis figé, et j'ai mimé comme j'ai pu un orgasme.

— Ma pauvre, dit Faye à Sam. C'est comme ça toutes les nuits ?

Sam s'est écroulée de rire en se renversant sur le canapé, tandis que Lottie se redressait tant bien que mal.

— Ça y est ! Je sais ce que c'est, cria Faye en essayant de retrouver son sérieux. Éjaculation précoce !

— Oui ! s'écrièrent en chœur Sam et Lottie.

— Bravo ! s'exclama Lottie. Comment as-tu deviné ? Pourtant, le jeu de Hal n'a pas été plus brillant que d'habitude.

— Ce n'était pas joué, dis-je.

Et les trois sœurs de rire frénétiquement.

— Sam n'est pas gâtée, si c'est comme ça que tu lui fais l'amour, Hal, remarqua Lottie, puis elle se releva et lissa sa robe. Bravo, Faye. Franchement, je n'aurais pas cru que tu devinerais aussi vite.

Faye a secoué la tête, incapable de parler tant elle riait. Une fois calmée, elle a regardé une sœur, puis l'autre.

— Vous ne comprenez pas. Le jeu de Hal n'était pas mauvais du tout… Il m'a fait penser à Cyril.

Les rires ont dû résonner jusqu'à l'autre bout du quartier.

Deux jours plus tard, Sheila et moi fûmes convoqués au bureau de Pritchard. Mayhew s'y trouvait déjà.

— Asseyez-vous, ordonna Pritchard. Sheila, cette fois, prenez cette chaise. Je veux vous avoir dans ma ligne de mire. Voici ce qui est arrivé plus tôt dans la matinée, ajouta-t-il quand nous avons été installés face à lui, et il a désigné un dossier sur son bureau, portant la mention SECRET inscrite en travers. Il n'y a que moi qui puisse le consulter, aussi ne puis-je vous le donner à lire. Sachez seulement que c'est un dessin. L'un de nos agents présents sur le terrain, en fait, il s'agit d'une femme, a observé une construction en cours au nord de Hambourg, du côté droit de l'estuaire. Elle a dessiné ce qu'elle a vu et nous l'a envoyé. Les scientifiques l'ont examiné. D'après eux, c'est un « kiosque » de sous-marin, comme ils disent.

Silence.

— J'ai eu tort. Julian, vous avez eu tort, constata Pritchard. Hal et Sheila avaient raison. Julian, fermez la porte, voulez-vous ?

Julian s'est levé et a fermé la porte qui donnait sur le couloir. Il s'est rassis.

— Sheila, vous allez descendre travailler au sous-sol, dans la Crypte, sur les rapports d'interrogatoires. Vous aussi, Julian. Le moment est venu de faire l'un de mes grands remaniements périodiques. Hal, vous prendrez le commandement de la table scientifique. Vous en serez le chef à partir de maintenant, avec une nouvelle équipe d'assistants sous vos ordres. Ceux qui la composent actuellement sont là depuis plus longtemps que vous, ils n'apprécieront pas que vous soyez promu major avant eux et que vous les dirigiez. Je vous confie donc une nouvelle équipe. Vous deux, ajouta-t-il à l'adresse de Sheila et de Julian, rassemblez vos affaires et revenez me voir. Hal, prenez le reste de la journée. Revenez lundi, une fois que j'aurai procédé aux mutations nécessaires. Je ne suis pas une chiffe molle… Simplement, je ne veux pas que l'efficacité de mon service risque d'être affectée par des rancunes personnelles, alors faites comme je vous dis, d'accord ?

J'ai acquiescé. Il avait le droit de mener sa barque comme il l'entendait.

Sheila m'a fait un petit baiser, Julian et moi nous sommes serré la main, puis nous sommes partis chacun de notre côté.

Cette journée si bien commencée devait mal finir. Après avoir quitté Northumberland Avenue, j'ai déjeuné seul dans un pub juste à côté de Trafalgar Square et j'ai décidé de rentrer chez moi à pied. Je n'étais pas pressé, le temps n'était pas trop mauvais, et j'avais besoin d'un peu d'exercice. J'ai cheminé sur le Mall en profitant de l'ombre des arbres et de la lumière mouchetée que le soleil projetait sur le trottoir à travers le feuillage. Une compagnie de soldats défilait le long de St James's Park. Ils ne portaient ni armes ni uniformes. Ils avaient été mobilisés et formés en unités, mais à cause de la grande pénurie qui sévissait alors, il leur faudrait attendre des semaines avant d'être équipés convenablement.

J'étais un peu grisé par mon succès. Tout le monde a besoin d'une certaine reconnaissance ; cette promotion confirmait que j'étais apprécié pour le travail que j'accomplissais et elle m'assurait un peu plus d'argent. Je n'en avais pas vraiment besoin, mais je n'avais pas eu la bêtise de refuser ; Sam n'était pas au courant, mais je mettais un peu d'argent de côté pour un certain petit garçon qui m'inspirait de plus en plus d'affection.

Juste à l'extérieur de Grosvenor Gardens, je me suis arrêté devant une librairie d'occasion et j'ai passé presque une heure à examiner au-dehors deux ou trois bouquins qui m'avaient attiré l'œil. Quand j'ai passé le seuil de la boutique, j'ai découvert avec émerveillement qu'elle regorgeait de cartes en tous genres : encadrées, roulées, reliées en livres, de toutes les tailles et de toutes les époques. Il y avait d'anciennes cartes du monde où l'Australie ne figurait pas car elle n'avait pas encore été découverte, avec une Inde de la taille d'un timbre-poste, et l'Alaska et la Sibérie réunis. Sam aurait adoré cet endroit. J'achetai pour elle une carte des îles Caraïbes éparpillées dans un désordre improbable. Elle irait bien avec sa carte de l'Orénoque. Deux cartes, c'est le début d'une vraie collection, me suis-je dit à moi-même, en jubilant intérieurement. Le libraire l'a soigneusement emballée.

L'un dans l'autre, il était dix-huit heures quand je suis rentré à la maison.

Tout le monde était déjà là. Dans le salon, Will essayait d'arracher les oreilles de Whisky, et les trois femmes étaient debout dans la cuisine, à discuter en buvant du thé. Quand je suis entré dans la salle à manger, j'ai laissé au passage le paquet près de la porte. Sam a entendu que je me servais un verre, une chose qu'elle aimait faire pour moi d'habitude, elle m'a rejoint et m'a donné un baiser.

— Ta journée s'est bien passée ?

— J'ai été promu major.

— C'est vrai ? Oh, Hal ! c'est merveilleux. Bravo.

J'ai eu droit à un autre baiser sur la joue.

— Je t'en sers un ? offris-je en indiquant la bouteille de whisky.

— Juste un doigt, répondit-elle, mais à cet instant on a frappé à la porte d'entrée.

— J'y vais, dis-je.

C'était le facteur. Il tenait une petite enveloppe brune à la main. J'ai signé le reçu, pris l'enveloppe, puis j'ai refermé la porte.

Faye et Lottie étaient maintenant dans le salon, avec Sam, entourant Will. Le chien avait disparu.

J'ai tendu l'enveloppe à Faye.

— C'est un télégramme. Pour toi.

Chacun s'est arrêté de respirer. Faye n'a pas bougé, tandis que je suis resté le bras tendu.

— Tu veux que ce soit Hal qui l'ouvre… ? murmura Sam à sa sœur.

Faye s'est avancée et elle a pris l'enveloppe. Alors j'ai remarqué qu'une fois de plus, elle ne portait pas sa bague de fiançailles. Elle a traversé la pièce en se dirigeant vers la fenêtre. Dos tourné, elle a déchiré l'enveloppe et en a sorti le télégramme.

Personne ne bougeait. Pas même Will. Nous fixions le dos de Faye, tandis qu'elle relisait le papier qu'elle tenait à la main.

Puis elle s'est mise à hurler et à trembler de tous ses membres.

Sam et Lottie se sont précipitées, mais elle s'est retournée avant qu'elles l'aient rejointe.

Ses larmes laissaient sur son visage de longues traînées noires, à cause du mascara.

— Il est mort ! Mort ! hurla-t-elle, de la salive aux coins des lèvres.

Lottie et Sam l'ont accompagnée jusqu'au canapé. Je suis allé dans la salle à manger pour en rapporter un grand verre de whisky que je lui ai tendu et qu'elle a pris machinalement, secouée de sanglots.

Sam m'a donné le télégramme. Il était pour le moins direct :

+REGRET.VOUS.INFORMER.SOLDAT.ANTHONY.
MCALLISTER.TUÉ.AU.COMBAT.PRÈS.VIMY+STOP+MES.
CONDOLÉANCES+STOP+COL.WALTER.COLE+FIN+

Faye restait à fixer le tapis devant elle, en se frottant les yeux. Comme son nez coulait, Lottie lui a donné un mouchoir.

Peu à peu, les sanglots se sont calmés.

— Tu préférerais un verre d'eau ? lui demandai-je doucement, voyant qu'elle n'avait pas bu une goutte de whisky.

Elle a secoué la tête en silence.

— Où est le télégramme ?

— Sur le canapé à côté de toi, murmura Lottie.

Faye l'a pris et l'a relu, puis elle a de nouveau éclaté en sanglots.

Sam a emmené Will dans sa chambre, en refermant la porte derrière elle.

Lottie et moi, nous avons attendu que Faye se calme. Lottie s'était assise à côté d'elle et lui caressait l'épaule. Quant à moi, assis près de la cheminée, je sirotais mon whisky.

Enfin, Sam a réapparu et m'a fait signe de lui préparer un verre. Je suis allé lui servir un whisky dans la salle à manger. Puis elle s'est assise sur mes genoux et nous avons attendu.

Il ne s'est rien passé de plus ce soir-là. Un quart d'heure plus tard, Faye s'est levée et a gagné sa chambre. Nous l'avons entendue pleurer, puis le silence s'est installé, et nous avons supposé qu'elle s'était endormie.

Nous sommes allés nous coucher tôt et en silence.

Dans notre chambre, j'ai tendu discrètement à Sam le paquet, que j'avais récupéré.

— Pour moi ? a-t-elle murmuré.

— Pour fêter ma promotion. Je ne pouvais pas deviner ce qui était arrivé.

— Oh ! dit-elle posément, après avoir ôté l'emballage. Qu'elle est jolie.

Sam m'a rejoint, nous nous sommes étreints et nous avons échangé un baiser, mais elle s'est vite dégagée.

— Désolée, mais ce n'est pas…

— Je sais, dis-je en posant mon pouce sur ses lèvres. Ce n'est pas le moment. Je ne pouvais pas deviner. Ne t'inquiète pas.

— Tu as été blessé, Tony a été tué. Trois enfants ne sont pas venus en classe aujourd'hui ; ils sont restés chez eux près de leur mère parce que leur père avait été tué au front. Combien d'hommes restera-t-il quand cette guerre sera finie ? conclut-elle en me caressant la joue du bout des doigts.

Je n'ai pas compris tout de suite à qui elle pensait…

— Notre père aimait les Caraïbes. Il y est allé quelques fois… reprit Sam après un petit soupir, en posant la main à plat sur la carte. En fait, il aimait tellement ces îles qu'il a quitté une compagnie de navigation pour entrer dans une autre, dont les navires allaient tous aux Caraïbes.

Nous nous sommes préparés pour la nuit.

— Notre mère pensait qu'il avait peut-être une autre femme, ou même une autre famille, là-bas. Mais elle n'a jamais eu le courage de le lui demander.

— Tu ne parles pas beaucoup de ta mère, soulignai-je.

— Ah bon ? J'ai quand même évoqué sa jolie voix, ses talents de couturière, son mariage avec sir Mortimer. Mais depuis que j'ai eu Will, elle est un peu comme une ombre qui plane au-dessus de mon épaule. Elle était très stricte, mais très aimante, même si Lottie était sa préférée. Ce n'était pas vraiment une suffragette, mais elle pensait que les femmes étaient mal traitées, et que nous devrions mieux savoir nous défendre. Il lui est arrivé de défiler dans des manifestations pour les droits des femmes, et ça a un peu déteint sur chacune de nous. Te voilà prévenu, a-t-elle conclu en souriant, et elle s'est penchée pour m'embrasser.

Quand j'ai éteint la lumière, elle a murmuré :

— C'est gentil d'avoir pensé à moi, Hal. Je parle de la carte. Elle m'a rappelé des tas de choses.

Elle s'est retournée et a posé un baiser sur mon épaule.

— Et ne t'en fais pas. Ce soir, je ne suis pas d'humeur. Mais je te revaudrai ça.

Le lendemain était un samedi. Sam, Lottie et moi nous étions à la table du petit déjeuner quand Faye est apparue, échevelée, le visage toujours brouillé de larmes et de traînées de mascara, l'air abattu.

Will jouait à se battre avec le chien dans le salon.

Faye s'est assise à la table de cuisine sans parler et Sam lui a versé du thé bien fort et bien sucré, comme elle savait que sa sœur l'aimait.

— Du pain grillé ?

Faye a secoué la tête et siroté son thé en silence.

Lottie s'est penchée en avant.

— N'accuse pas trop le coup, Faye. Il te reste Cyril.

— Lottie ! murmura Sam, trop tard.

Faye s'est rejetée en arrière en renversant sa tasse de thé sur la table.

— De quoi te mêles-tu ! a-t-elle crié en se levant d'un bond et en faisant tomber sa chaise. Combien d'hommes est-ce que tu as eus dans ta vie pour te permettre de juger ? Pour ce que tu t'y connais, mocheté ! Non mais regarde-toi, espèce de comédienne à la manque ! Pas de boulot, pas d'homme, rien dans la cervelle, et aucune perspective d'avenir.

— Ne hurle pas si fort, Faye, dit Sam doucement. Will risque de t'entendre.

— Ah, il ne faut surtout pas perturber le petit mangeur de choucroute, c'est ça ? Saletés de Fritz, cracha Faye en pointant sur Sam un doigt accusateur. Ce sont eux qui ont tué Tony. Ce sont eux qui ont déclenché cette guerre, eux qui nous forcent à vivre comme des rats, vociféra-t-elle en tapant du poing sur la table, puis elle a encore montré Sam du doigt. Comment as-tu pu faire ça ? Baiser avec un Boche ? Coucher avec l'ennemi ?

— Faye, dis-je en m'avançant.

— Ne te mêle pas de ça, Hal. Ça ne te regarde pas. Tu n'es pas de la famille.

— Faye ! hurla Sam. Retire ça tout de suite !

— Je ne retirerai rien du tout, gronda Faye. Il n'est pas le père de Will. Il n'est pas ton mari ! Tu te crois maligne parce que tu t'es dégoté un héros de guerre, un bébé et un appart à Chelsea ? Ce petit est un Boche, un Fritz, la sale engeance du Kaiser, et une fois que les gens sauront à quoi s'en tenir, que deviendra cette chère Mme Montgomery ? Tu veux que je te le dise ?

Elle a éclaté en sanglots et s'est effondrée contre le mur de la cuisine.

Sam et Lottie l'ont rejointe et l'ont ramenée jusqu'à sa chambre.

Quand elles sont revenues, Sam m'a embrassé sur la joue.

— Pardon, Hal. Désolée de t'avoir infligé cette scène.

— Cet abruti de Cyril a dû lui filer ses préjugés anti-allemands, avec son agressivité en prime, marmonnai-je.

— Je vais faire en sorte qu'elle s'en aille. Sinon aujourd'hui, demain au plus tard, en tout cas.

J'ai hoché la tête. Ça ne me plaisait pas que Faye parte dans ces circonstances, mais au moins, je ne reverrais plus jamais l'odieux Cyril.

Le serveur a traversé la salle à manger et s'est appuyé contre notre table, l'air exténué. Il a pris le bloc sur lequel mon père avait inscrit nos commandes.

— Je vais vous envoyer le sommelier, monsieur, dit-il en respirant avec peine, puis il s'est lancé dans le long trajet de retour vers les cuisines.

Je n'avais jamais aimé l'*Athenaeum*, situé dans St James's, au cœur du quartier des clubs. À Cambridge, je n'avais guère fréquenté de clubs, et quand mon père m'avait demandé s'il pouvait m'inscrire au sien, j'avais décliné son offre. Je menais une vie de famille agitée, les gens entraient et sortaient de chez nous comme dans un moulin, au point que l'appartement avait été baptisé par nos amis et ceux des sœurs de Sam la « Gare [1] Montgomery ». C'était très différent de l'ambiance familiale que j'avais connue, mais j'adorais ça. Qu'aurais-je fait d'un club ?

Pourtant le ministère de la Guerre où je travaillais étant situé juste à côté de Trafalgar Square, l'*Athenaeum* semblait tout indiqué pour y retrouver mon père, qui comptait passer la nuit à Londres.

Mon père n'était pas un gros buveur, mais il s'adonnait au cognac, ou plutôt à la fine à l'eau. Pour lui, c'était normal d'en prendre une ou deux le midi et plusieurs autres le soir. En revanche, il commandait rarement du vin, et donc quand le sommelier est arrivé, mon père lui a lancé sans ménagement un « comme d'habitude », puis il m'a interrogé du regard. J'ai demandé un quart de la cuvée maison, un bordeaux.

— Laisse-moi te regarder, dit mon père, comme le sommelier s'éloignait. Ta mère m'a demandé de vérifier ton poids et ta bonne mine. Elle craint que tu ne manges pas convenablement. Elle veut savoir si tu t'es déjà trouvé une petite amie.

J'ai tiré la langue, tendu les mains.

— Langue rose, ongles propres, tous les signes d'une bonne santé.

— Hum… Et pour le reste ?

— Ce n'est pas si simple, Papa. Pourquoi ne pas plutôt me donner des nouvelles de Maman ? Izzy m'a dit qu'elle n'était pas en grande forme.

Les boissons sont arrivées. Le serveur a posé la fine à l'eau devant mon père et m'a servi du vin.

1. En français dans le texte.

— C'est vrai, ta mère n'est pas bien, Hal. Pas bien du tout. On appelle ça un emphysème. En fait, elle fume trop, ses poumons sont atteints et ne fonctionnent plus qu'à soixante-dix ou quatre-vingts pour cent. Elle doit donc respirer deux ou trois fois plus que toi ou moi pour avoir assez d'oxygène dans le sang, et ces efforts surmènent son cœur. Elle a une mauvaise toux, qui n'améliore pas son moral, et tu la connais, son humeur n'est pas toujours au beau fixe… Cette fichue guerre n'arrange rien, évidemment. Elle prend la stupidité des militaires comme une offense personnelle. Puisqu'on y est, parle-moi un peu de ton travail, enchaîna-t-il en prenant un morceau de pain dans la corbeille.

Je lui en ai dit autant que possible, dans les limites autorisées : j'étais dans l'analyse de renseignements, je travaillais dans une équipe scientifique. Sans lui préciser que mon travail se bornait à éplucher des journaux allemands périmés en essayant de lire entre les lignes, ni lui parler des rapprochements que j'avais faits ; seulement de l'engagement moral que j'avais signé.

Il m'a écouté avec beaucoup d'attention.

— Ça semble utile, comme travail, commenta-t-il quand j'ai eu fini. Et sans danger. C'est un avantage, j'imagine.

Qu'entendait-il par là ? Qu'il trouvait que mon poste manquait de prestige et de responsabilités ? Qu'à son goût, j'étais trop loin du feu des combats ? Que mon boulot lui semblait trop douillet ? J'ai décidé de ne pas mordre à l'hameçon et de changer de sujet, une fois de plus.

— Et toi, que fais-tu à Londres, Papa ?

— Eh bien, la raison officielle, c'est qu'on m'a demandé d'être l'un des éditeurs de l'histoire officielle de la guerre, mais c'est confidentiel. En raison de mon expérience dans l'édition, du fait que je suis à la retraite, parce que je peux me le permettre sans être payé, et parce que je connais au ministère concerné quelqu'un qui a confiance en moi.

Je me suis renfoncé dans mon fauteuil quand la soupe est arrivée. Elle avait une couleur brunâtre qui n'aurait pas dénoté à la cantine de l'Agence.

— Bravo, Papa. Je suis content pour toi. Mais qu'arrivera-t-il si nous perdons la guerre ?

— Nous ne pouvons pas la perdre. Ne parle pas comme ça, murmura-t-il en regardant autour de nous, dans l'espoir que personne d'autre n'avait entendu des propos qu'il jugeait défaitistes.

J'ai à nouveau changé de sujet.

— Si c'est la raison officielle, alors quelle est l'officieuse ?

Il a avalé une gorgée de soupe, puis s'est essuyé les lèvres avec sa serviette en hochant la tête.

— Ta mère, bien sûr. Il nous faut un autre avis sur son emphysème, mais il faut aussi que ce spécialiste accepte de venir jusqu'à Edgewater. Je ne pourrais jamais obtenir d'elle qu'elle vienne à Londres, tu t'en doutes.

— Tu penses à quelqu'un en particulier ?

— Oui. J'ai parlé avec cet ami du ministère au téléphone. Entre parenthèses, incroyables ces engins, hein ? Le vieux Liam Barnaby en a un et il m'a permis de m'en servir. Bref, ce général de brigade, celui qui m'a recruté pour ce livre d'histoire. Nous avons fait nos études ensemble à Cambridge, il y a bien longtemps. Il m'a conseillé un spécialiste qui a un cabinet dans Harley Street. J'y vais cet après-midi.

Après la soupe, on nous a apporté le plat principal, du poulet. À cette époque, à part du poisson, c'était à peu près la seule viande dont on disposait.

— Tu t'inquiètes, Papa. Je le vois bien. Est-ce que je peux faire quelque chose ?

— Oui, je m'inquiète. Ta mère ne dit pas grand-chose, mais je vois bien qu'elle a peur, et qu'elle est en colère. Elle a peur pour Izzy, surtout. Ta mère déteste cette guerre, tu le sais. Elle l'accuse de t'avoir déjà privé… d'une part importante de toi-même. De la possibilité de lui donner de beaux petits-enfants, par exemple. Et elle a terriblement peur qu'il arrive malheur à Izzy. Je crois qu'elle n'y survivrait pas.

— Au fait, vous avez des nouvelles d'Izzy ?

Le visage de mon père s'est adouci.

— Tu ne trouves pas qu'elle écrit de belles lettres, Hal ? Elles sont un peu naïves, même si comme beaucoup de gens naïfs, Izzy est persuadée d'avoir les pieds sur terre. Mais elles sont si vivantes. Elle est douée. Et cette naïveté fait partie de sa force.

— Oui. Je trouve même qu'il faudrait les garder, renchéris-je. On ne sait jamais, après la guerre. Imagine un recueil intitulé : *Lettres d'une infirmière*… Les gens auront envie de lire ce genre de trucs.

— L'autre jour, nous avons reçu une lettre où elle relate une conversation entendue par mégarde entre deux jeunes soldats rendus aveugles par des éclats d'obus, a enchaîné mon père après avoir bu une gorgée de fine à l'eau. L'un des deux n'avait plus envie de vivre dans ces conditions, et il avait l'intention de mettre fin à ses jours. Izzy comprenait très bien ce point de vue.

Mais l'autre, un tout jeune garçon, faisait preuve d'un flegme remarquable. Il disait qu'il lui faudrait développer ses sens de l'ouïe et du toucher. Dorénavant, il imaginerait que toutes les femmes étaient belles. Il guetterait le bruit de la pluie, la chaleur du soleil sur sa peau, les chants des oiseaux, pour apprendre à les reconnaître. Il concluait en disant que tout bien réfléchi, un aveugle avait encore des tas de choses à faire et à vivre.

« Mais voilà : celui qui semblait le plus calme était en réalité tout aussi déprimé que son compagnon, sinon plus. Alors qu'on a mis le suicidaire sous surveillance, on a redonné à l'autre son uniforme, y compris son pistolet, en le laissant quitter l'hôpital de campagne pour rejoindre la Grande-Bretagne. Pour les autorités, c'était le type même du héros supportant stoïquement son infortune avec une force d'âme peu commune…

« Seulement, à la première occasion, le valeureux héros s'est tiré une balle dans la tête. On n'a jamais permis à l'autre, le suicidaire, de s'approcher d'une arme, et son compagnon le savait, il l'avait compris dès le début. Il savait qu'il devait jouer la comédie, autrement il aurait été privé des moyens de se tuer…

Mon père a secoué la tête en laissant passer un petit silence.

— Izzy m'a écrit tout cela en s'étonnant de ce que nous pouvons nous faire les uns aux autres et à nous-mêmes, à quel point les gens peuvent se montrer inventifs, rusés, comment ils cherchent avidement un peu de poésie et d'illusion dans cette guerre, pour échapper à ses fatalités, à ses horreurs. Bien sûr que je garde ses lettres. Mais ne lui dis pas ; si elle apprend que nous pensons qu'elle mérite d'être publiée, elle va changer, et elle perdra en naturel. Or c'est sa spontanéité qui est si charmante. Il faut qu'elle garde toute sa liberté d'esprit et écrive sans aucune retenue ni complexes, alors qu'elle risque sa vie chaque jour, là où elle se trouve.

Il avait englouti son poulet. Il a réuni ses couverts, et pris son verre de fine à l'eau.

— En parlant de complexes ou de situations compliquées, à ton tour. Et plus de dérobade, s'il te plaît. Comment vis-tu ? Habites-tu avec quelqu'un ?

Je lui ai tout raconté. Sur Sam, Will, Lottie, Faye et Whisky. J'ai prétendu que Sam avait perdu tout contact avec le père de Will, qui était au front. En revanche, je n'ai pas révélé qui il était, ni sa nationalité, et je n'ai rien dit sur le deuil de Faye, ni sur sa sortie tonitruante.

Il m'a écouté tout du long en silence, puis il a secoué la tête d'un air navré.

— C'est bien ce que nous craignions, ta mère et moi. Tu vis dans le péché. Tu fais semblant d'être marié à une femme dont l'homme peut revenir à n'importe quel moment réclamer ce qui est à lui. Oublions pour le moment de juger si ce que tu fais est moral ou non. Mais est-ce sage ? Est-ce que tu aimes cette femme ? Si oui, tu risques de beaucoup souffrir… Sur le plan affectif, c'est du n'importe quoi, Hal. Et du point de vue moral, ce n'est guère défendable, n'est-ce pas ?

Il m'a considéré un moment sans parler.

— Qu'avons-nous fait pour que tu gâches ainsi ta vie ? Avons-nous commis des erreurs, dans notre façon de t'élever ? Franchement, Hal, je suis choqué, déçu. Consterné, même. Ce n'est pas du tout ce que ta mère et moi espérions pour toi, déclara-t-il, et les traits durs, il me scruta d'un regard glacial.

— Mais je suis heureux, Papa. Très heureux.

Au point où j'en étais, j'ai continué sur ma lancée pour plaider ma cause.

— Et puis il y a une logique dans tout ça, biologiquement parlant. Tu peux le comprendre, non ? Mais, je ne crois pas que tu devrais en parler à Maman. Elle a assez de soucis comme ça, sans qu'on lui annonce l'arrivée d'un petit bâtard dans la famille.

En m'entendant prononcer ce mot, il a tressailli et a acquiescé d'un air abattu.

— Au moins tu n'es pas seul. Nous avions peur que tu souffres de solitude, à Londres.

J'ai souri.

— Aucun risque. Je travaille dur, j'ai un emploi du temps bien rempli, et Sam a trois sœurs. Chez nous, ça défile sans arrêt, au point qu'on a baptisé l'appartement la « Gare Montgomery ».

Il a esquissé un vague sourire.

En fait, je crois qu'il était en partie soulagé que je ne sois pas devenu un peu bizarre à cause de mes déficiences sexuelles, et en partie déçu que je n'aie pas rencontré une fille de « bonne famille ». Si Sam avait été chargée de cours dans une université au lieu d'être une simple institutrice, il aurait été bien plus content.

— Je ne dirai rien à ta mère pour l'instant, accepta-t-il. Là-dessus tu as raison. Voyons ce que cet autre médecin a à dire, puis nous aviserons.

J'ai acquiescé. Malgré leur réserve, je m'étais toujours bien entendu avec mes parents, et je tenais à ce qu'ils aient une bonne opinion de moi.

Mais je tenais encore plus à Sam.

Une fois Faye partie, l'appartement est devenu bien plus calme qu'avant. Si j'étais ravi que l'odieux Cyril ait disparu de la circulation, et si je ne regrettais pas Faye elle-même ni ses sautes d'humeur, je découvris avec surprise que le tumulte et la joyeuse ébullition qu'elle avait apportés avec elle me manquaient. Depuis son départ, Penrith Mansions ressemblait moins à une gare.

Sam était loin d'éprouver la même chose. Les violentes disputes à propos de la paternité de Will l'avaient bouleversée. En particulier parce qu'elle s'était rendu compte que ceux qui savaient ne parviendraient jamais à l'accepter.

Lottie ne faisait aucun commentaire à ce sujet, du moins pas devant moi, mais elle nous proposa de garder Will plus que d'habitude. Ces soirs-là, elle se plongeait avidement dans des livres et des magazines relatant les mariages, festivités et scandales de l'aristocratie. En ma présence, rien dans son attitude n'indiquait qu'elle considérait Will autrement que cent pour cent britannique.

Pourtant, quelques jours après le départ de Faye, c'est à moi que Sam s'en est prise. C'était un samedi, en début de soirée ; Sam, Will et moi étions allés à une fête foraine dans Battersea Park. Il y avait trois foires de ce genre par an, et nous aimions y aller. À la vérité, elles étaient un tantinet ringardes, mais elles nous changeaient de la routine, et pour Will, les lumières brillantes, les couleurs vives, la musique, les odeurs de beignets et de barbe à papa formaient un univers exotique et fascinant.

Il fallait toujours l'avoir à l'œil, car il était plus curieux et audacieux que jamais et à la moindre occasion, il se précipitait en se dandinant sur les machineries, mettait ses doigts dans les rouages, tirait sur des chaînes avec une parfaite inconscience, et gloussait quand nous l'entraînions loin du danger. Il savait qu'il était allé trop loin et s'en fichait royalement.

En milieu de soirée, il devait être vingt heures trente, heure à laquelle en temps normal Will aurait été couché depuis longtemps, je lui ai acheté de la barbe à papa. Nous étions debout tous les deux, les joues maculées de sucre coloré, quand Sam s'est adressée à moi à mi-voix, afin que Will ne puisse l'entendre.

— On n'en a jamais vraiment parlé, toi et moi, finalement. Du fait que le père de Will est allemand. Sauf ce premier jour sous la pluie, à Middle Hill. Tu n'y as même pas fait allusion quand nous avons dû traverser cette manifestation devant le Bechstein Hall. Toi aussi tu penses que j'ai mal agi.

La violente attaque de Faye la rongeait.

J'étais content d'avoir la bouche pleine. Cela me donnait une excuse pour différer ma réponse, car je n'avais guère envie d'aborder ce sujet.

— S'il te plaît, Sam, finis-je par dire. À part tes sœurs, je suis la seule personne à qui tu aies parlé de Wilhelm. Est-ce que ça a jamais été un obstacle entre nous ? Ce jour-là à Middle Hill, tu m'as dit que tu n'avais pas de haine pour les Allemands, tu te souviens ? Je n'ai pas exprimé de désaccord à ce moment-là, et je n'ai pas changé d'opinion depuis. Laisse tomber, tu veux ? Tiens, aide-moi plutôt à finir cette barbe à papa.

Mais elle ne voulait pas laisser tomber.

— Pourquoi Faye ne comprend-elle pas que ça s'est passé avant la guerre ? Wilhelm n'était pas un ennemi, alors ! Notre rencontre n'aurait pu se produire après la déclaration de guerre. Comme tant d'autres, Faye ne peut pas, ne veut pas comprendre que les Allemands sont pareils que nous. Wilhelm avait un frère et il a toujours voulu avoir une sœur, tout comme nous, les filles, nous sommes toujours demandé comment ça aurait été, d'avoir un frère. Il disait que son frère et lui étaient souvent en compétition, tandis que la rivalité, même si elle existait entre nous, n'était jamais déclarée. À l'école, le frère de Wilhelm avait de meilleures notes, mais Wilhelm était meilleur en sport. Ah, je déteste que Faye soit partie et… que nous ayons perdu le contact, déplora-t-elle, puis elle s'est mordu la lèvre. Mais ce qu'elle t'a dit était impardonnable, et d'une ingratitude inexcusable.

— Eh bien, elle est partie en emportant avec elle l'affreux Cyril. Il faut voir les choses du bon côté.

Mais Sam ne voulait pas de mon réconfort.

— Ils risquent d'en parler à des gens…

— De quoi t'inquiètes-tu ?

— Hal, tu travailles dans un domaine très sensible…

J'ai avancé d'un pas et je l'ai embrassée sur la joue, même si nous étions en public et malgré mes lèvres poisseuses de barbe à papa.

— Ça va te sembler présomptueux, murmurai-je, mais je crois que j'ai fait du bon boulot là-bas, assez pour prouver ma valeur et montrer que je ne suis pas un espion, un sympathisant proallemand, ni rien de ce genre. Et puis c'est idiot, Sam. Mes collègues de travail s'en ficheraient, s'ils savaient. Ils ont l'esprit pratique et rationnel.

— Eh bien pas les miens !

Sidéré, j'ai jeté la baguette de bois de la barbe à papa dans une grande poubelle.

— C'est cela qui t'inquiète, que le personnel de l'école le découvre ? Tu crois que Faye serait capable de te trahir par dépit ? Pourquoi ferait-elle ça ? Et puis est-ce que ça changerait quoi que ce soit ? La prendrait-on au sérieux ? Qu'est-ce qui se passe, Sam ? Est-ce que tu me caches quelque chose ?

Elle a eu beau secouer la tête, j'ai bien vu à son expression qu'elle ne m'avait pas tout dit, qu'il s'était passé quelque chose à l'école qui l'avait profondément troublée.

— Allons, Sam, s'il te plaît. Qu'est-ce que c'est ?

Elle a enlevé à Will sa baguette de barbe à papa, l'a jetée dans la poubelle, et l'a pris dans ses bras.

— Sam ! Ne t'abrite pas derrière Will !

Elle m'a tourné le dos et a pris le chemin du retour. Mais il y avait foule, c'était samedi soir, et je l'ai vite rattrapée.

— Qu'y a-t-il ? Qu'est-il arrivé à l'école ?

— Rien. Rien, je t'assure. C'est seulement que… un jour, la semaine dernière, dans la salle de repos, certaines de mes collègues discutaient. Une femme a dit qu'un élève de sa classe venait de perdre son père, qui avait été tué au front, et que sa mère était enceinte. Elle ne savait pas comment elle allait pouvoir survivre avec trois enfants, bientôt quatre, sans soutien familial. Alors tout le monde y est allé de son couplet antiallemand. C'était du vitriol, Hal.

Elle a reposé Will par terre et lui a tenu la main alors que nous fendions la foule.

— J'ai rencontré Wilhelm dans une fête foraine comme celle-ci, dit-elle en se redressant. Nous étions l'un à côté de l'autre à un stand de tir, et on s'est mis à rire de notre maladresse. Cela m'a semblé la chose la plus naturelle du monde, sur le moment, de tomber amoureuse. Et maintenant, ça commence à être un fardeau, soupira-t-elle. La chose la plus contre nature que j'aie faite de ma vie. Je sais ce que mes collègues diraient, si elles apprenaient la vérité… elles m'éviteraient comme la peste et je perdrais aussitôt mon emploi.

Je lui ai pris la main pour les entraîner elle et Will jusqu'à un coin plus tranquille, loin de l'allée principale.

— Écoute, dis-je en lui caressant la joue. Le problème est ici, dans ta tête. Peut-être que tu te sens encore liée à Wilhelm par loyauté, je ne sais pas. Quelque chose qui t'empêche d'avancer. Mais tu as tort de laisser Faye et sa bêtise te gâcher la vie et nuire au bonheur de Will. J'ignore si tu m'aimes un peu plus que quand nous sommes partis de Middle Hill, et je ne compte pas te le demander pour ne pas ajouter encore à ton fardeau, comme tu dis. Mais mes sentiments pour toi n'ont pas faibli. Quand tu seras prête, nous n'aurons qu'à nous marier, discrètement, et faire baptiser Will. Alors tu pourras changer d'établissement, et dire à tout le monde que je suis le père de Will.

— Tu es toujours prêt à le faire ?

— Tu le sais bien.

— Mais même dans une nouvelle école, j'entendrai ce genre de conversations, et cela me pèsera toujours.

J'ai laissé passer un court silence.

— Il me semble surtout que tu n'arrives toujours pas à renoncer à Wilhelm.

Nous avons fait le reste du trajet en silence.

À Middle Hill, ce soir-là sur le terrain de cricket et le lendemain à la gare, il m'importait peu que Sam ne m'aime pas. Mais ce n'était plus vrai. Si je n'éprouvais toujours pas de haine pour Wilhelm, sa mort m'aurait bien arrangé.

Ma nouvelle équipe de travail se composait d'Alan Brewster, un mathématicien brillant mais myope comme une taupe, ce qui l'excluait du service actif, d'Eve Palmer, une actrice de quarante ans, séduisante, genre femme fatale, qui avait travaillé à Munich dans des cabarets et en était partie juste à temps, et de Genevieve Afton, la fille d'un comte, d'une nature très réservée.

Au début, ce nouveau groupe fut difficile à gérer. Les relations entre les deux femmes de l'équipe, l'une rouée, tapageuse et quelque peu sarcastique, l'autre timide et coincée, étaient tendues, mais je n'eus pas le temps de m'y attarder, car Genevieve trouva vite de quoi nous occuper.

Elle repéra que plusieurs jours de suite, dans différents journaux, la censure avait laissé filtrer une information intéressante, parce que indirectement reliée à l'effort de guerre. Elle commença à se poser des questions quand une deuxième référence vint confirmer le premier indice, et me fit part de ses soupçons.

— Regardez, me dit-elle en me montrant un article relatant une bagarre entre des soldats et des gars du pays dans le dancing d'une ville nommée Bautzen.

— Et alors ?

— Je connais Bautzen pour y être allée il y a un an ou deux, juste avant la guerre, quand mon père fut invité à une partie de chasse par le *Freiherr* de la région, autrement dit le comte, m'expliqua-t-elle posément. Ce n'est pas une ville de garnison.

— En temps de guerre, tout le pays est militarisé, Genevieve.

— Regardez ça.

C'était une page de petites annonces extraite d'une édition du même journal deux jours plus tôt. Pour moitié, il s'agissait d'offres de location pour des chambres, dont plusieurs spécifiaient que les soldats étaient les bienvenus.

J'ai compris où elle voulait en venir.

— Vous pensez qu'il y a un rassemblement de troupes à Bautzen, c'est ça ?

Elle a fait la moue.

— Je ne suis qu'une débutante. À vous de décider. Mais c'est possible.

— Hum. Je suis sceptique.

En réalité, je trouvais que deux références, c'était trop peu pour accréditer l'interprétation de Genevieve. Mais je ne pouvais négliger ces indices. Bautzen n'était qu'à cinquante kilomètres de la frontière polonaise, et si vraiment on y rassemblait des troupes, cela pouvait signifier les débuts d'une offensive sur l'Est, et donc un changement d'orientation majeur dans la stratégie militaire allemande.

Par sécurité, j'ai fait part des idées de Genevieve à Tom Black, qui dirigeait à ce moment-là la table militaire. C'était un petit homme à la voix profonde et à l'accent un peu snob, qui semblait incapable de parler doucement. Il a écouté Genevieve jusqu'au bout, puis a émis un long sifflement.

— Bon Dieu, Gen ! s'exclama-t-il avec une familiarité qui me sembla déplacée. Si tu es dans le vrai, alors on est sur un truc énorme.

— Oui, mais est-elle dans le vrai ? soulignai-je, toujours en proie à mes doutes.

— Ne le prends pas mal, Hal, mais c'est une question qui nous dépasse, aussi bien toi que moi. Il s'agit d'un changement radical dans la stratégie militaire ennemie. C'est à toi de voir, mais si tu veux mon avis, il faut tout de suite aller trouver Pritchard. Si on rate le coche, on sera passé à côté d'un truc maous, avec des retombées à grande échelle.

Nous sommes donc allés voir Pritchard, Genevieve, Tom et moi, et il nous a assez mal accueillis, je dois dire. Il s'est même montré franchement désagréable avec moi.

— Écoutez, Hal, j'attendais mieux de vous. Vous êtes un personnage haut placé maintenant dans cette maison, et vous êtes censé avoir un jugement sûr. Vos indices sont maigres. Or vous savez ce que ça me coûte de déplacer mes agents sur le terrain d'un point à un autre, en les détournant d'une mission en cours. D'accord, je vois bien qu'il y a plus de soldats qu'avant à Bautzen. Et peut-être que c'est un lieu important du point de vue stratégique, mais cela ne signifie pas que la guerre est sur le point de changer d'orientation. Maintenant, allez faire votre boulot et ne revenez que quand vous serez sûrs d'avoir de quoi me convaincre. Ce sera tout, conclut-il avec un sourire sinistre, en tapant le fourneau de sa pipe contre son bureau.

Dépités, et dans mon cas passablement irrité d'avoir laissé Tom influencer mon opinion, nous sommes retournés à nos tables respectives. Les prochaines vingt-quatre heures, Genevieve a été plus effacée que jamais. Pourtant, au fil des jours, les indices se sont multipliés, confirmant sa théorie. Un entrefilet paru dans la *Sud-Deutsche Zeitung*, l'équivalent du *Times* dans le sud de l'Allemagne, annonçait qu'un certain major Ritter, du 4e corps d'armée Mecklembourg, ferait un discours au club de scouts local (Obergürig). Une boucherie faisait savoir que la distribution des rations de viande était suspendue, en raison d'importantes provisions affectées au camp de Briesen ; nous découvrîmes alors que c'était dans la banlieue de Bautzen. Par ailleurs le théâtre de Bautzen faisait paraître une annonce dans le journal informant que les soldats en uniforme auraient droit à des billets à moitié prix. Ce même journal commença à faire figurer l'emblème du 4e corps de Mecklembourg à côté de son titre. Enfin, une école annonçait un concert donné par la fanfare du régiment de ce même corps d'armée.

Je ne pouvais plus garder pour moi toutes ces données.

Cette fois, Pritchard fut plus accommodant, il faut le reconnaître. Mais nous avions perdu beaucoup de temps, alors que nous aurions pu réagir. Il nous assura que ces renseignements et nos conclusions seraient aussitôt transmis en haut lieu, et que nos gens sur le terrain seraient dépêchés à Bautzen pour vérifier et étoffer nos suppositions.

Nous progressions enfin.

Malgré le peu de ressemblance entre Middle Hill et Londres, les canaux figuraient dans l'un et l'autre endroit comme un élément important de « notre » paysage. À Londres, ils étaient fort mal entretenus, de sorte que les berges où nous nous promenions étaient envahies de mauvaises herbes, de buissons et même d'arbustes, ce qui en faisait au moins une sorte d'oasis de verdure, bien éloignée du béton et de la brique qui dominaient le panorama urbain de la capitale. Apparemment, peu de gens partageaient notre enthousiasme, et nous avions en général le chemin de halage pour nous tout seuls.

Will aussi aimait les canaux. Les péniches et chalands passaient avec des chargements intéressants. Et puis il nous arrivait d'apercevoir des animaux sauvages, surtout des ragondins, des poules d'eau, quelques canards et, les bons jours, une loutre, aussi agile dans l'eau que balourde sur la terre ferme.

Une fois, nous avons dérangé une famille de lapins qui broutaient tranquillement avant notre arrivée. Will les a montrés du doigt en baragouinant et il leur aurait donné la chasse s'il n'avait été coincé dans sa poussette.

— Les enfants de Middle Hill avaient détesté l'épisode où vous aviez tué ces lapins sur le front, tu te rappelles ? a dit Sam. J'ai cru que certains allaient se mettre à pleurer en plein milieu de ton exposé.

— Oui, je me rappelle, ai-je répondu en souriant aussi à ce souvenir. Je crois même que certains m'auraient lynché avec plaisir, s'ils en avaient eu l'occasion. Pour eux, mieux valait perdre la guerre plutôt que tuer ces deux lapins.

— Ce serait bien si tout le monde avait cette candeur. Mais les gosses dont je m'occupe maintenant sont bien différents. Ils en ont trop vu… Tant de pères ne reviennent pas.

Nous avons laissé passer un silence, en sachant tous deux à qui elle pensait.

— Cet officier que tu as rencontré pendant la Trêve de Noël, est-ce qu'il t'arrive de penser à lui, de te demander ce qui a pu lui arriver, où il se trouve à l'heure qu'il est, s'il est encore en vie ?

Où voulait-elle en venir ? Avait-elle des soupçons ? En avait-elle toujours eu ?

— Oui, cela m'arrive de temps en temps, confirmai-je en essayant de garder mon calme. Mais c'est assez flou dans mon souvenir. Notre rencontre n'a duré que quelques minutes.

— Est-ce qu'il t'a plu ?

— Oh, je ne saurais dire, Sam. C'était une situation étrange et assez tendue, tu peux t'en douter. Nous nous tirions dessus quelques heures plus tôt, et nous allions recommencer sous peu à nous entre-tuer. Tout était décalé, irréel.

— Tu n'as rien échangé avec lui, comme d'autres l'ont fait ? J'ai lu des articles là-dessus : les soldats des deux bords ont troqué des boutons d'uniforme, des cigarettes…

« Que savait-elle ? » me suis-je demandé en transpirant d'angoisse.

— Nous étions des officiers, Sam. Il nous fallait autant que possible montrer l'exemple. Aussi avons-nous échangé des cigarettes, mais pas des boutons.

— D'où était-il déjà ?

Était-ce un test ? Cherchait-elle délibérément à m'éprouver ?

— Je ne m'en souviens pas. De Hambourg, je crois.

— Non, ça y est, ça me revient. De Berlin. C'est ce que tu as dit la dernière fois.

— Oui, c'est ça, approuvai-je, en suant abondamment. Je ne me rappelle plus très bien les détails de cet épisode.

— Moi, il me semble que jamais je ne pourrais oublier une telle rencontre. Cette trêve restera gravée dans notre mémoire collective, consignée pour toujours dans les livres d'histoire.

Elle avait raison, bien sûr.

— Et il avait un frère, n'est-ce pas ?

— Ah bon ? Je ne m'en souviens pas, répondis-je prudemment. Je me rappelle que nous avions un jeune gars dans notre section qui chantait merveilleusement. Il a entonné une aria tirée d'un opéra de Händel, accompagné par un harmonica. Je te l'ai déjà raconté ? Imagine une voix cristalline s'élevant dans l'air glacé, sur des accords d'harmonica. Les Allemands n'avaient personne chez eux qui puisse rivaliser avec lui. Je me demande ce qui lui est arrivé à lui.

J'avais cru pouvoir ainsi détourner le cours de la conversation, mais je me trompais.

— Wilhelm et son frère chantaient dans une chorale, quand ils étaient enfants. Dieter en faisait toujours partie, quand Wilhelm est arrivé en Angleterre, mais lui-même s'était abîmé la voix à force de fumer des cigares. Il le regrettait, mais c'était devenu un vice chez lui ; il fumait un gros cigare tous les jours. Je me demande s'il parvient encore à s'en procurer ?

— Ça m'étonnerait. Les autorités distribuent des cigarettes, mais pas de cigares. Cela dit, si c'est tout ce qu'il a à endurer comme épreuve, il ne s'en sera pas trop mal sorti.

J'avais gardé un ton raisonnable, posé, du moins l'espérais-je. Mais tout en parlant je songeais, et ce n'était pas la première fois, que la mort de Wilhelm m'aurait bien arrangé.

Un ou deux soirs plus tard, Sam et moi nous rendîmes au théâtre tandis que Lottie gardait Will, comme d'habitude. Quand nous sommes rentrés à la maison, assez tard, elle s'était endormie devant le feu, un livre ouvert sur les genoux. J'ai doucement pris le livre, tandis que Sam allait vérifier si Will dormait toujours.

Le livre en question contenait les histoires dont Lottie se repaissait, sur la jeunesse dorée d'aristos friqués qui m'étaient pour la plupart de complets inconnus. Sam m'a servi un whisky, comme elle en avait l'habitude quand nous rentrions tard, pendant que je feuilletais le livre de Lottie. Et là, dans les pages-photos situées au milieu du livre, figurait un portrait du comte d'Afton, le père de Genevieve, assis à la table de jeux d'un casino du sud de la France.

— Ce n'est pas ta tasse de thé, murmura Lottie en émergeant, quand elle me vit le livre à la main. Alors, comment était la pièce ?

— C'était une œuvre américaine, *Mr Manhattan*, peu réaliste et d'une gaieté forcée qui passait mal auprès du public, vu les circonstances. Mais les chansons étaient bonnes. Il se trouve que ce type m'intéresse, ajoutai-je en lui montrant la photo du comte. Sa fille travaille pour moi.

— C'est vrai ? La pauvre.

— Pourquoi la pauvre ? C'est la fille d'un comte.

— Mais son père est un vrai légume. Il a eu une attaque il y a quatre ans, en laissant des dettes de jeux considérables…

Sam est arrivée à ce moment-là et m'a informé que Will dormait à poings fermés en me tendant mon whisky. Alors nous avons sacrifié à notre petit rituel du soir, quand nous rentrions tard du théâtre. Un gros sandwich au corned-beef accompagné d'un whisky, avant d'aller au lit.

Je me suis réveillé à quatre heures trente du matin, chose inhabituelle chez moi car j'avais toujours joui d'un bon sommeil, avec un vague sentiment de malaise. Quelque chose que Lottie avait dit me titillait… Au bout d'une heure, après m'être tourné et retourné dans le lit, à la grande exaspération de Sam qui me fila une ou deux fois un bon coup de coude, je mis enfin le doigt dessus.

Lottie avait dit que le comte d'Afton était réduit à l'état de légume suite à une attaque survenue quatre ans plus tôt. Or Genevieve m'avait raconté qu'elle était allée chasser avec son père en Allemagne « un ou deux ans plus tôt », avant la guerre. Était-ce juste une manière de parler ? Mais s'il ne s'agissait pas d'une approximation, dans ce cas leurs deux remarques ne correspondaient pas. Et alors, qu'est-ce que cela signifiait ? Pourquoi avais-je cette sensation au creux de l'estomac ?

Je me suis levé pour aller faire un tour le long de l'Embankment. Ma mauvaise jambe était toujours raide tôt le matin, mais avec un peu d'exercice, elle se détendait. À six heures moins le quart un matin de septembre, la Tamise brumeuse offrait un sujet aux contours indistincts, qui aurait été parfait pour un peintre tel que Rex Whistler ou Claude Monet. Sur ses eaux d'une couleur boueuse tirant sur le jaune, des péniches noires émergeaient du brouillard et y rentraient en glissant, telles des bêtes de la jungle en maraude. Les raids aériens des zeppelins avaient commencé au-dessus de Londres à cette époque, et on avait peint en noir le haut des réverbères pour réduire l'intensité de leur lumière.

Qu'est-ce qui me turlupinait, exactement ? En vérité, je n'arrivais pas à traduire en mots mon inquiétude, tant son objet me dérangeait.

Ma promenade le long de l'Embankment ne me fut d'aucun secours. Plus tard ce jour-là, à Northumberland Avenue, nous avons extrait deux autres coupures de presse. L'une à propos d'un procès au cours duquel un soldat avait été accusé d'avoir violé une habitante de Bautzen. Le coupable avait écopé de sept ans de prison. Le juge rapportait que c'était le cinquième cas de ce genre durant les derniers mois, et s'inquiétait de cette tendance.

La deuxième coupure était un article paru dans l'édition du dimanche écrit par le *Vizefeldwebel* (sergent fourrier) Eckart Muller ; il y comparait les mérites de la bière locale avec le breuvage servi dans la ville de garnison où le régiment était cantonné en temps normal, près de Rostock.

J'emmenai Genevieve voir Pritchard, qui prit note de ces derniers développements.

— Attention, Hal, me lança-t-il. Si je me rappelle bien, il s'est passé des semaines avant que vous ne découvriez quelque chose de valable. Genevieve a réussi au bout de quelques jours. D'ici peu, c'est elle qui fera votre boulot.

Une fois de retour au Gymnase, je priai mes collègues de m'excuser et me rendis aux archives. J'y passai du temps, mais je rejoignis mon poste bien avant l'heure de la fermeture.

Ce soir-là, je fis une chose que je n'avais encore jamais faite. Je me tapis dans le grand hall de Northumberland

Avenue, et quand Genevieve sortit dans la rue, je la suivis.

Ce n'était pas facile, et sans doute pas très malin, de me lancer dans une filature en traînant la patte, même si l'état de ma jambe s'était beaucoup amélioré. D'autant que je n'avais pu prévenir Sam que je ne rentrerais pas à l'heure habituelle, et qu'elle s'inquiéterait. Sans compter que Genevieve pouvait aller n'importe où, au théâtre, chez le coiffeur, dans une bibliothèque, à une conférence, à l'église se confesser (elle était catholique), prendre l'omnibus, ou tout simplement rentrer chez elle et y rester toute la nuit.

Sauf qu'elle ne fit rien de tout cela.

De Northumberland Avenue, elle se rendit à pied à Trafalgar Square et tourna à droite vers le nord, en remontant Charing Cross Road. Il commençait à faire froid et la pluie se mit de la partie, ce qui ne me facilita pas la tâche. À Cambridge Circus, là où Charing Cross Road croise Shaftesbury Avenue, elle prit à gauche pour s'engager dans Compton Street, et dans Soho. Grâce à mes sorties au théâtre, je connaissais bien le quartier. Après Frith Street et Dean Street, elle tourna à droite pour entrer dans Wardour Street, toujours vers le nord. Cent mètres plus loin, elle prit à gauche et s'enfila dans une petite impasse, Tyler's Court. Quand j'arrivai au coin de la rue, j'eus à peine le temps de la voir descendre un escalier en fer menant à ce qui ressemblait à un club en sous-sol. Une petite enseigne lumineuse au-dessus des marches indiquait *Le Matterhorn*.

Je m'arrêtai. Que devais-je faire ? La suivre à l'intérieur ? J'en saurais alors un peu plus sur ses fréquentations et le style de l'endroit. Mais si elle me surprenait, ma présence en ces lieux pourrait difficilement passer pour une simple coïncidence.

Tout en réfléchissant à un plan, j'ai laissé passer une bonne dizaine de minutes, afin que mon arrivée au club ne puisse être associée à Genevieve, puis j'ai descendu les marches avec désinvolture.

— Puis-je vous aider ?

L'homme à la porte était un grand Noir aux cheveux ras, en chemise blanche, cravate et veste noires.

— Oui, répondis-je sans me départir de mon flegme, car j'avais concocté à l'avance ma réponse. Je suis détective privé. J'enquête sur les frasques d'une épouse infidèle qui, d'après nous, fréquente ce bar… expliquai-je sur le ton de la confidence.

— Ce n'est pas un bar, mais un club privé. Pour les Suisses et les gens des pays neutres. Il est strictement réservé aux membres et à leurs invités.

— Ah oui ? Si je m'attendais… Alors elle fraye avec des étrangers. Voilà qui va plaire au mari. Merci et excusez pour le dérangement, conclus-je avec un clin d'œil, puis je me suis empressé de remonter les marches.

Ainsi Genevieve fréquentait des Suisses. Après tout, il était naturel que des expatriés habitant Londres et venant d'un pays neutre se retrouvent en un lieu privé tant que la guerre durerait. Ou bien y avait-il anguille sous roche ? Pour l'instant, je ne possédais aucun élément susceptible de répondre à mes interrogations. Je décidai donc de l'attendre.

À l'entrée de Tyler's Court, au coin de Wardour Street, il y avait un pub, l'*Eagle*. J'ai acheté un quotidien du soir à un kiosque, je suis entré dans le pub, et je me suis installé à côté de la fenêtre. De là, je pouvais lire le journal tout en surveillant les entrées et sorties du *Matterhorn*.

Ma situation me rappelait l'époque où j'avais suivi Sam dans Middle Hill, en sortant du *Lamb*. Cette fois, je n'avais pas de cigares de Wilhelm sur moi (il m'en restait encore deux).

Entre sept heures moins le quart et neuf heures moins vingt, je bus quatre bières et deux whiskies, et lus les huit pages du journal de bout en bout. Apparemment, l'*Eagle* avait de sacrés personnages parmi ses clients. Sur une petite estrade, un homme, dont les longs cheveux gris argent laissaient supposer qu'il avait sévi dans le West End comme acteur de genre, s'est mis à déclamer d'une belle voix de baryton non pas une tirade de Shakespeare comme on aurait pu s'y attendre, mais ce qui ressemblait fort à un poème de Kipling, parlant d'un simple soldat mis au trou après avoir pris une cuite monumentale et poché l'œil de son caporal-chef.

L'assistance l'a écouté jusqu'au bout, puis a applaudi vigoureusement et s'est dispersée.

Une gitane en longue robe violette en crochet et chaussures à lacets a entonné d'une voix frêle une chanson d'amour si déchirante que c'en était presque gênant. On l'a laissée faire. Qu'elle chante, si tel était son bon plaisir. Je découvrais un nouveau visage de Soho. Le West End avait-il toujours été comme ça, ou bien était-ce dû à la guerre ? En tout cas, cette ambiance me plaisait beaucoup.

Je me suis replongé dans le journal tout en restant aux aguets. Que faire d'autre ? J'étais incapable de me concentrer sur quoi que ce soit, obligé que j'étais de lever sans cesse les yeux, et puis Sam devait s'inquiéter et cela me turlupinait. Ah si j'avais pu lui passer un coup de téléphone !

L'attente se prolongeait. J'ai encore commandé une bière, que j'ai fait durer jusqu'à neuf heures dix, alors j'ai vu Genevieve apparaître en haut des marches qui menaient au club. Elle boutonnait son manteau et un homme l'accompagnait, mince, plus vieux qu'elle, aux cheveux sombres. Ils ont fait un signe d'adieu au Noir qui montait la garde à l'entrée du club, puis se sont éloignés bras dessus, bras dessous.

Je les ai suivis à distance. Ils ont pris vers le sud jusqu'à Wardour Street, puis à gauche, vers l'est, le long de Compton Street, en retournant par où Genevieve était venue jusqu'à Cambridge Circus, puis ils ont descendu Earlham Street jusqu'à Seven Dials. De là, ils ont gagné l'autre côté de Earlham Street et, à mi-chemin, ils sont entrés dans une boutique brillamment éclairée, encore ouverte à cette heure tardive, alors que la plupart des commerces étaient fermés depuis longtemps. On y vendait toutes sortes d'accessoires de théâtre, maquillage, costumes, chaussures de danse… Bref, tout ce dont les compagnies de théâtre pouvaient avoir besoin, au cas où. Eve Palmer, la vamp de notre équipe, nous en avait parlé, et Genevieve avait dû comme moi s'en souvenir.

La boutique était bien trop petite pour que j'y entre incognito, aussi ai-je attendu près de Seven Dials, dans une ruelle obscure tout à fait apte à servir mes desseins. Il s'est remis à pleuvoir. Earlham Street était si tranquille qu'on ne se serait jamais cru dans une capitale en temps de guerre, en plein cœur du quartier des théâtres. Les rues étaient plongées dans la pénombre, et le crépitement de la pluie couvrait tous les autres bruits.

Genevieve et son compagnon étaient dans la boutique depuis une dizaine de minutes. Je les ai vus sortir, et ils sont restés dans le rectangle de lumière que l'éclairage de

la boutique projetait sur le trottoir, le temps de remonter leurs cols et de s'enrouler leurs écharpes autour du cou pour se protéger de la pluie. Toute cette lumière déversée au mépris des consignes de sécurité semblait d'ailleurs bien insolite, mais ce n'était pas le moment de me pencher sur la question. Toujours bras dessus, bras dessous, Genevieve et son compagnon se sont dirigés vers Seven Dials, et vers moi.

J'ai reculé dans l'ombre. À part le bruit de la pluie sur les pavés, la rue était silencieuse, et j'ai pu les entendre parler alors qu'ils arrivaient à ma hauteur. Quand ils ont passé le coin de la ruelle où j'étais tapi, leurs voix me sont parvenues très distinctement.

— Fais-moi confiance, chérie. Un bon maquillage peut faire des merveilles. Il te donnera de l'assurance. Tu as bien commencé. Pas besoin d'être si nerveuse.

Puis ils ont continué leur chemin et se sont perdus dans la nuit.

Je n'ai pas bougé. Les mots que j'avais entendus m'auraient paru inoffensifs, quoiqu'un peu ambigus, peut-être. C'était juste un conseil donné par un homme d'âge mûr à une jeune collègue.

Sauf que la langue qu'il avait employée était l'allemand.

Dès que Sam a entendu ma clef tourner dans la serrure, elle s'est ruée dans l'entrée et s'est jetée sur moi pour me serrer très fort contre elle.

Quant à Lottie qui attendait plus loin dans le couloir, elle m'a accueilli avec un grand sourire de soulagement.

J'avoue que leur accueil m'a fait chaud au cœur.

— Où étais-tu passé ? s'écria Sam. On s'est fait du mauvais sang. Qu'est-il arrivé ?

— Y a-t-il quelque chose à manger ?

J'avais soudain une faim de loup.

— Il n'y a que du ragoût froid, répondit Lottie. Ou sinon, du fromage.

— Va pour du fromage. Apportez-moi un sandwich et un whisky devant le feu, et je vous raconterai tout.

Je n'aurais pas dû, bien sûr. Mais je m'en voulais de leur avoir causé tant d'inquiétude, et j'étais si content de leur accueil qu'une fois posté devant la cheminée, je me suis réchauffé les jambes en leur racontant tout : pourquoi j'avais soudain décidé de suivre Genevieve après ma conversation avec Lottie sur le comte d'Afton et son attaque, le club où elle s'était rendue, la boutique d'accessoires de théâtre, et ce que j'avais entendu.

Elles ont écouté en silence.

Quand j'ai fini mon whisky, je suis allé me resservir.

— Alors Genevieve est une espionne ? dit Sam.

— Comme c'est excitant ! murmura Lottie.

— Heureusement, ce n'est pas à moi d'en juger. Demain, je ferai un rapport sur ce que j'ai entendu ce soir, et ensuite, ce sera dans les mains de mes supérieurs. Au fait, vous feriez mieux d'oublier ce que je viens de vous confier. Quand je suis entré dans l'équipe de Northumberland Avenue, j'ai signé un contrat moral qui m'engage à ne rien divulguer, et je viens de l'enfreindre. Alors oubliez ma petite histoire, si vous ne voulez pas qu'on me fusille pour trahison.

Plus tard cette nuit-là, au lit, Sam fut plus passionnée que jamais. Nous avions élaboré peu à peu notre propre façon de faire l'amour, étant donné mon dysfonctionnement, et cette nuit fut la meilleure de toutes. Comme elle me l'avait dit le jour où nous prenions le thé à la gare de Snow Hill, Sam venait d'une famille très portée sur le

contact physique. Elle aimait ça, et durant nos promenades dans Londres, le long des rues ou du canal, nous nous tenions la main ou marchions enlacés. Au lit, nous dormions lovés l'un contre l'autre. Au début, nos rapports étaient gauches, empruntés, mais avec le temps, Sam s'était lentement abandonnée, et à présent, sachant qu'elle ne pouvait tomber enceinte, elle se donnait à moi sans retenue. Les charmes de son corps comblaient mes espérances, au-delà de tout ce que j'avais imaginé le premier jour où je l'avais vue dans la cour de l'école, à Middle Hill, quand je m'étais rendu compte qu'elle avait bien d'autres appas que sur la photo de Wilhelm.

Ensuite, nous sommes restés allongés à regarder glisser sur le plafond les ombres des péniches qui circulaient le long de l'Embankment.

— Tu sais, j'ai imaginé le pire ce soir, Hal. Promets-moi que ça n'arrivera plus, a murmuré Sam.

En réponse, je lui ai juste pressé la main.

— Will aussi était inquiet. Il demandait tout le temps : « Et Hal, où il est ? » Il a fallu que je lui assure que tu serais là au matin pour qu'il accepte d'aller se coucher, a-t-elle ajouté, puis elle s'est tournée vers moi et m'a embrassé l'épaule. Dieu merci ! tu es rentré.

Le lendemain matin (après que Will nous eut rejoints dans le lit juste au moment où Sam m'invitait à lui refaire l'amour), je suis allé tout droit au bureau de Pritchard. Il était déjà en réunion, aussi ai-je laissé un mot à sa secrétaire disant que je devais le voir aussitôt que possible pour une affaire d'extrême urgence.

À ma table tout le monde était là : Alan, Eve et Genevieve. Genevieve était un peu différente, et j'ai tout de suite remarqué qu'elle s'était maquillée, ce qui m'aurait peut-être échappé dans d'autres circonstances. Le teint coloré, les pommettes rehaussées par du fard à joues, les sourcils dessinés, elle était moins insipide que d'ordinaire. Dans quel but ? Essayait-elle de se rendre plus désirable pour séduire des hommes du service ?

Elle avait une nouvelle coupure de presse pour moi, relevée cette fois encore dans un journal de Bautzen. L'article relatait l'inauguration d'une nouvelle locomotive mise en fonction à la gare centrale de la ville. Il n'y avait ni photo ni dessin, mais l'engin avait été baptisé par le maire la « Mecklembourg », d'après le corps d'armée qui avait pris ses quartiers à Bautzen. Encore un indice confirmant qu'il y avait eu un renforcement de la présence militaire en ces lieux.

Au moins, cela m'a donné un prétexte pour quitter mon équipe et me rendre au bureau de Pritchard. Incapable que j'étais de siéger à la même table que Genevieve, je préférais attendre dans le couloir ou dans le hall qu'il se libère.

Finalement, j'ai rencontré sa secrétaire dans l'escalier : elle descendait justement me chercher. Je suis entré dans le bureau du colonel et j'ai refermé la porte. Il était en train d'allumer sa pipe.

— Hal ?

— J'en ai pour une bonne demi-heure, ai-je annoncé en m'asseyant, et il faudra que vous m'accordiez toute votre attention.

J'ai attendu qu'il ait tiré quelques bouffées, puis je lui ai dit ce que je savais, ce qui s'était passé, ce que j'avais fait, sans lui avouer que j'avais tout raconté à Sam et à Lottie.

Il m'a écouté en silence, les lèvres serrées, la mâchoire de plus en plus crispée. Il m'a fallu quarante minutes pour terminer mon exposé.

— Voici la dernière trouvaille, déclarai-je en lui indiquant l'exemplaire du *Bautzener Zeit*. Cette fois, c'est aller trop loin.

— Continuez, m'encouragea-t-il après avoir jeté un coup d'œil à l'article.

— C'est du même tonneau que les autres articles, c'est-à-dire une allusion indirecte à des affaires militaires ayant échappé à la censure, pour nous inciter à croire, gros malins que nous sommes, que nous avons su lire entre les lignes, en l'occurrence pour détecter un rassemblement de troupes. Mais posons-nous deux questions. Primo, est-il vraisemblable que toutes ces incidences aient échappé aux censeurs ? Secundo, est-il logique qu'une locomotive soit baptisée de ce nom avant même que les combats aient commencé ? Nos locomotives à nous le sont bien après l'événement ou la personne auquel leur nom se réfère, quand ce nom est entré depuis un certain temps dans l'histoire et devenu légendaire, grâce à une victoire ou une réussite éclatante. Tous ces articles sont bidon. C'est un coup monté.

Silence.

— Vous l'avez suivie jusqu'à un club suisse, souleva Pritchard. Certains Suisses peuvent parler l'allemand, mais ils sont neutres. Ce que vous avez entendu ne l'incrimine pas forcément.

— Mon colonel, se faire passer pour un Suisse allemand, quelle couverture idéale pour un espion ! Pourquoi Genevieve Afton serait-elle « nerveuse », et en quoi a-t-elle « bien commencé » ? C'est avec nous qu'elle a brillamment débuté, et à nos dépens. Vous vous rappelez comme elle a vite fait de découvrir ce truc sur Bautzen ? C'est vraiment bien tombé. Pour moi, c'est un coup monté, mon colonel. Je le répète : son père est dans un triste état, dans l'incapacité complète de se déplacer. Elle n'a pas pu aller avec lui à Bautzen comme elle le prétend. Elle ment.

Un autre silence sinistre s'est étiré.

— La fille d'un comte. Est-ce possible ? Quel scandale, si c'était vrai et que cela venait à se savoir, a fini par dire Pritchard, puis il m'a regardé intensément en tirant sur sa pipe, et s'est passé une main sur le visage. Mais vous avez raison, Hal, j'en ai peur. Je n'ai pas envie de vous croire, pourtant l'horrible crampe qui me tenaille les tripes me dit que vous ne vous trompez pas. C'est vrai, nous nous sommes crus malins, sans voir qu'il y avait trop d'indices mis sur notre chemin. Cela dit, Genevieve peut avoir « bien commencé » à jouer au bridge, ou à peindre. Et si elle est nerveuse, c'est peut-être parce qu'elle vient juste d'apprendre à conduire, ou de coucher avec notre ami suisse. Mais mon intime conviction me souffle que vous avez raison.

S'est ensuivi un autre silence accablé.

— Vous avez eu plus de temps que moi pour réfléchir au problème, Hal. Un avis ?

— Oui, mon colonel. D'après moi, il ne faut rien précipiter, rien faire qui puisse nous trahir, qui montre que nous avons pigé la combine.

Une fois n'est pas coutume, j'ai allumé une cigarette, signe que mon esprit était en ébullition.

— Il y a trois aspects dans cette affaire, ai-je repris. D'abord, l'ennemi connaît l'existence de notre unité et il nous a infiltrés. Je suppose que ses agents devaient se douter qu'il en existait une de ce type, mais ils nous ont trouvés, et nous devons savoir comment ils y sont parvenus. Le fait qu'ils nous aient localisés nuirait à notre crédibilité si cela venait à se savoir, aussi devons-nous remédier nous-mêmes à cette situation, et la garder pour nous, afin de préserver la réputation du service.

« En conséquence... ne renvoyez pas Genevieve, ne la faites pas arrêter à grand renfort de publicité. Nous allons vérifier ses antécédents et trouver une raison plausible pour la muter ailleurs, à un poste où elle ne pourra plus faire de dégâts. Vous devez le faire vite, mais sans éveiller ses soupçons ni ceux de ses agents de liaison. Ni d'ailleurs ceux d'aucun membre de nos propres services.

« Ensuite, faisons suivre son contact allemand, pour voir à qui il nous conduit puis, dans un mois environ, faites-les arrêter tous les deux sous un prétexte quelconque, usage de stupéfiants ou autre. Chargez la police, mais pas l'armée, de faire une descente au *Matterhorn* à un moment où Genevieve et son contact s'y trouvent. Une fois qu'ils seront séparés, tombez-leur dessus.

« En attendant, et c'est le deuxième aspect de cette affaire, comme sur la base de ces derniers prétendus renseignements, vous avez dû dépêcher sur place nos agents à Bautzen, il vous faut au plus vite les retirer. Les Allemands doivent les surveiller en ce moment même. Annulez tout, interrompez toutes les opérations en cours dans cette zone.

« Troisièmement, et j'aurais sans doute dû commencer par ça, vous devrez alerter nos supérieurs que nos informations précédentes sur un renforcement de troupes là-bas sont, disons, erronées, que c'était une feinte de l'ennemi, mais que nous avons découvert le pot aux roses. Ils ne vont sans doute pas apprécier, mais le fait que nous ayons nous-mêmes découvert la supercherie nous vaudra peut-être un peu d'indulgence.

— Vous semblez avoir pensé à tout, acquiesça Pritchard avec un hochement de tête. Les deux derniers aspects du problème sont les plus importants, certes, mais fort heureusement, ils sont les plus faciles à régler. En revanche, je vais devoir bien réfléchir à ma façon de procéder pour muter Genevieve sans éveiller de soupçons, et cela va prendre du temps. Mais c'est pour ça qu'on me paie, a-t-il conclu en se levant, puis il m'a tendu la main. Vous avez fait votre part, Hal, et vous vous en êtes bien tiré. Félicitations. Alors tenez bon et appuyez-moi pendant que je prends le relais... ça prendra le temps que ça prendra. Continuez à jouer le jeu avec Genevieve, jusqu'au moment où je vous dirai bas les masques.

Je suis retourné au Gymnase et j'ai félicité Genevieve pour sa dernière découverte. Ensuite, j'ai passé une journée pénible à essayer de faire comme si de rien n'était.

Ce soir-là, quand je suis rentré à la maison, Will s'est rué sur moi en se dandinant et a enserré mes genoux de ses bras comme s'il ne voulait plus jamais me laisser partir. Sam n'était pas loin derrière. Un accueil qui m'a fait rudement plaisir.

Évidemment, Sam m'a tout de suite cuisiné sur le déroulement de ma journée, et je lui ai tout raconté ou presque, enfreignant une fois de plus mon serment. Plus tard, au lit, c'est elle qui a mené le jeu, avec la même fougue que la veille. L'amante plutôt discrète et réservée que j'avais connue jusqu'alors devenait de jour en jour plus passionnée et démonstrative. Le lendemain matin,

Will est entré dans notre chambre très tôt, comme pour vérifier que j'étais bien là. Ça m'a fait chaud au cœur.

Je me rappelle que Sam était un peu tendue ce jour-là car l'une de ses élèves, une gamine de sept ans appelée Lily, avait appris que ses deux frères avaient été tués au front. La petite s'était fait pipi dessus en classe.

— Je pense à sa mère, qui a perdu ses deux fils... dit Sam en pressant sa tasse de café contre sa joue, alors que nous prenions le petit déjeuner. Quelle terrible épreuve.

— Comment s'appelait le frère de Wilhelm ? Dieter ? demandai-je, sachant à quoi et à qui elle pensait.

Elle acquiesça.

— Lui aussi était réserviste ?

— Je l'ignore.

— Tu n'as rencontré aucun membre de sa famille ?

— Bien sûr que non.

— Et il ne t'a jamais montré de photos ?

— Si, une fois. Sa mère était toute menue, pourtant elle a mis au monde deux solides gaillards... Imagine qu'ils aient été tués tous les deux, comme les frères de Lily, dit-elle en rinçant sa tasse sous le robinet. Sale guerre...

Je suis arrivé au bureau ce jour-là à neuf heures comme d'habitude, décidé à donner le change et m'y préparant mentalement. Mais voilà que vers neuf heures trente, Pritchard s'est pointé à notre table sans prévenir, de sorte que ma surprise n'était pas feinte. Il a posé une main sur mon épaule et m'a dit d'un ton affable :

— Désolé, Hal, j'aurais voulu vous prévenir au lieu de vous mettre devant le fait accompli, mais je vais devoir vous emprunter Genevieve. Ma chère, continua-t-il en s'adressant à elle, c'est une demande expresse du général Hamilton, chef du service de cartographie.

Apparemment, nos agents ont découvert une cache contenant tout un lot de cartes ennemies, dont beaucoup portent des indications manuscrites en allemand. Le général dit qu'il connaissait votre père avant la guerre, ils chassaient ensemble, et il lui faut quelqu'un parlant bien l'allemand pour l'aider à déchiffrer les inscriptions au cas où elles révéleraient des informations importantes. C'est juste une histoire de deux ou trois semaines, un mois tout au plus, puis vous reviendrez parmi nous. Pourrez-vous vous débrouiller à trois jusqu'à ce que je trouve quelqu'un pour la remplacer ? me demanda-t-il en se tournant vers moi.

— Est-ce que j'ai le choix ? répondis-je d'un ton morose. Vous n'auriez pas pu trouver un remplaçant avant de nous l'enlever ?

— Désolé, Hal, d'autant que nous sommes en plein dans ce truc sur le renforcement de troupes à Bautzen. Mais il y a urgence, et je ne suis que colonel. Le général Hamilton a trois galons sur son épaule. Il faudra vous adapter, mon vieux. Je ferai en sorte de la remplacer le plus rapidement possible, promis. Venez, ma chère, conclut-il en tendant la main à Genevieve. Je vous embarque.

Elle s'est levée, a réuni ses affaires, et voilà. Était-elle déçue ou soupçonnait-elle quelque chose ? En tout cas, elle n'en a rien laissé paraître. D'ailleurs Pritchard venait de lui faire miroiter un autre boulot de « l'intérieur », où elle pourrait sans doute faire encore plus de dégâts que dans notre service. Elle a suivi Pritchard dans le hall, et personne n'a épilogué là-dessus. Alan et Eve n'ont pas semblé perturbés, ni contrariés par ce dernier rebondissement, aussi en ai-je conclu que Pritchard et moi avions assez bien réussi notre coup.

Plus tard, j'apprendrais que Genevieve et son agent de liaison avaient été arrêtés par la police lors d'une descente au *Matterhorn*, ainsi qu'une bonne dizaine d'autres personnes. On y avait trouvé (ou planqué) une bonne quantité de drogues dures, et le club fut fermé pour un temps. Une fois qu'on eut séparé Genevieve et l'Allemand par sécurité, elle fut accusée et reconnue coupable de trahison, ainsi que d'avoir enfreint l'Offical Secrets Act. Avant les arrestations, son agent de liaison avait été suivi et trois autres espions identifiés.

Ainsi la couverture imaginée par Genevieve à la va-vite (cette prétendue partie de chasse avec son père) avait causé sa chute. C'était une leçon que je n'oublierais jamais. Pour finir, elle avait nui au moins autant aux Allemands qu'à nous.

Cher Hal,

Nous venons juste de recevoir la visite d'un groupe de journalistes, des correspondants de guerre, qui sont venus voir ce que nous faisons dans notre unité. Que des hommes, ce qui en soi n'a rien de surprenant, j'imagine, mais ça m'a fait réfléchir. Tout ce que je sens, vois, entends est-il différent parce que je suis une femme ? Le journal que je tiens trouvera peut-être un écho auprès du public, après la guerre. Beaucoup de soldats écriront leurs mémoires, c'est certain, alors pourquoi pas une femme ? Tu sais à quel point Maman est contre cette guerre, je me demande ce qu'elle dirait, si elle devait lire ce que j'ai écrit. Presque tout ce que je raconte est sinistre, mais pas tout, j'ai vu des hommes se comporter avec une grandeur d'âme exemplaire.

Cette guerre ne fait pas perdre à tout le monde sa fierté, ni sa dignité, loin de là.

Les journalistes ont apporté quelques journaux et j'ai la joie de t'annoncer que la page cinq du Times *sévit plus que jamais. Dernier exemple :*

« La loi dite Plumage a été rejetée. » Cette loi a été présentée devant le Parlement pour empêcher les femmes d'orner leurs chapeaux des plumes d'un certain oiseau appelé balbuzard, dont l'espèce est gravement menacée. Je ne vais pas me prononcer sur ladite loi et son bien-fondé. Mais comment diable le Parlement trouve-t-il du temps à consacrer à ce genre de débat ? N'est-ce pas merveilleux ?

Des milliers de baisers.

Izzy

Les raids de zeppelins sur Londres nous touchèrent de près, même si ce fut indirectement. S'il y en eut un ou deux juste au-dessus du quartier Chelsea-Kensington, pour la plupart ils visaient le centre-ville, le Strand, Blackfriars, la City. Après avoir découvert les nouveaux omnibus, nous avions poussé nos explorations. Nous commencions par un trajet en bus pour continuer à pied. Will surtout appréciait ce nouvel arrangement : du haut d'un omnibus, il avait une bien meilleure vue sur ce qui se passait dans les rues que du fond de sa poussette.

Un samedi que nous traversions en bus Trafalgar Square, où des canons pris à l'ennemi étaient exposés, ainsi qu'un cratère formé par une bombe de zeppelin, il a montré quelque chose du doigt en disant « Tolda ».

— Quoi, Will ?

— C'est son mot pour dire « soldat », me précisa Sam à voix basse, en l'installant mieux sur ses genoux. Je ne sais pas d'où ça lui vient. D'où viennent les mots qu'emploient les bébés ? Le sien ressemble au nôtre, mais est-ce qu'il n'arrive pas à bien prononcer « soldat », l'a-t-il mal entendu, aime-t-il mieux son mot à lui, a-t-il entendu d'autres enfants le dire ? Ou croit-il qu'il dit « soldat » tout à fait correctement ?

À cet instant la receveuse est venue poinçonner nos tickets. Tout le personnel des omnibus était féminin maintenant, à part quelques hommes âgés. Les femmes portaient des guêtres en cuir montant jusqu'aux genoux et une jupe-culotte bleue.

— Tu n'as pas de bouquins sur le sujet, à l'école ? demandai-je.

— Non. Tout le monde est bien trop pris pour faire de la psychologie. Freud, ce docteur viennois, soutient que la mère joue un rôle primordial dans l'équilibre de l'enfant. Mais chez nous, à l'école, les plus dissipés, ceux qui ne tiennent pas en place ou qui répondent avec insolence, sont ceux dont les pères sont partis au front ou ont déjà été tués.

— Tolda, répéta Will en pointant encore du doigt.

— Si le père est au front, ou mort, la mère le ressent, et donc l'enfant aussi, fis-je remarquer. Tu es bien placée pour le savoir.

— Bien sûr. Et je sais aussi que grâce à toi, Will et moi souffrons beaucoup moins de cette situation, Hal, ajouta-t-elle en me pressant le bras. Mais regarde : mon père était un alcoolo, et ça nous a conduits à la catastrophe. Nous savons si peu de chose sur les familles de nos élèves. Celles qui ont vraiment des problèmes sont évidemment celles qui refusent de parler de ce qui se passe chez elles. Alors comment leur apporter l'aide que nous, institutrices, sommes censées leur fournir ?

— Est-il arrivé quelque chose de spécial pour que cela t'inquiète à ce point, Sam ?

— Non, ça me trotte dans la tête depuis quelque temps. Avant-hier, tard le soir, la maison d'une des familles qui envoient leurs enfants chez nous a été réduite en cendres. Une bombe lâchée par un zeppelin est tombée non loin de chez eux. La maison n'a pas été touchée directement, mais elle a reçu l'onde de choc de l'explosion. C'était une maison sans électricité, leur éclairage marchait au gaz, un manchon a été soufflé et…

— Un manchon ?

— Oui, on appelle ça un manchon à incandescence. C'est un petit morceau de tissu incombustible, qui entoure la flamme d'une lampe.

— Ah ! je vois. Et alors ?

— Le manchon a sauté, la flamme a remonté, et tout le système de gaz a explosé, mettant le feu à la maison.

— Des morts ou des blessés ?

— Non, c'est la bonne nouvelle : il n'y a pas eu de victimes. Pas physiques, en tout cas. Mais la famille va devoir aller à l'hospice, les enfants manqueront les cours, ils n'ont plus rien, ni vêtements ni jouets. Même s'ils reviennent en classe, ce dont je doute, ils ne seront pas en état d'étudier. Et nous sommes absolument démunies devant ce genre de cas. Or cela se produit tous les jours.

— Qu'est-ce qu'on peut y faire ?

— Je ne sais pas, répondit Sam en tenant Will contre elle ; il s'était endormi, bercé par le balancement du bus. Mais je trouve qu'on devrait créer une sorte de service d'assistance aux victimes, où l'on évaluerait les dommages mentaux et non pas seulement physiques. Car ce sont des victimes. Il n'y a pas d'autre mot.

Passablement moroses, nous sommes descendus du bus à Southampton Row et avons pris par Bloomsbury Square jusqu'au British Museum. Quand nous sommes arrivés, notre humeur s'est encore assombrie. Les portes du musée étaient fermées, et un mot punaisé sur un panneau disait que tous les conservateurs étant partis en service actif, le musée était fermé jusqu'à nouvel ordre.

À peine ma mère m'a-t-elle embrassé quand j'ai franchi le seuil de la maison qu'elle s'est reculée pour me scruter des pieds à la tête.

— Tu es pâle, Hal. Tu devrais te trouver une gentille fille pour veiller sur toi. Est-ce que les séquelles de ta blessure te pèsent ? Est-ce que tu… tu te sens obligé moralement d'en parler aux femmes que tu rencontres ? Est-ce que ça joue beaucoup sur tes relations avec elles ?

J'étais chez eux depuis moins de deux minutes qu'elle me cuisinait déjà. Ma mère était comme ça. Au moins cela signifiait que mon père avait respecté sa part du marché et ne lui avait pas parlé de Sam. Comment aurais-je pu répondre à sa question, lui expliquer que nos situations respectives à Sam et à moi se complétaient admirablement, lui parler de notre arrangement, et du lien qui nous unissait ? Aussi ai-je dû biaiser.

— Je n'en parle pas tout de suite aux femmes que je rencontre, Maman.

— Mais il faut bien que tu le leur dises, j'imagine, avant que ça devienne sérieux entre vous.

Fort heureusement, mon père est arrivé à ce moment-là. Il s'était occupé de payer sa course au chauffeur de taxi.

— Tu veux boire quelque chose, Hal ? proposa-t-il en se dirigeant vers le bar. Un whisky ?

— Ce n'est pas de refus.

J'étais abattu, à cause de la fatigue du voyage, mais surtout parce que l'état de ma mère m'avait causé un choc terrible. Elle était amaigrie et congestionnée, sa peau avait pris une teinte rougeaude, presque violacée. Sa voix même avait changé, elle était devenue caverneuse. Je m'en suis voulu de ne pas être venu plus tôt. Izzy avait eu raison d'insister pour que je fasse un effort.

Papa a tendu un gin à ma mère et à moi un whisky. Lui était toujours abonné à la fine à l'eau, une boisson à l'ancienne à laquelle je n'avais jamais pu m'habituer. Nous étions dans la bibliothèque, une petite pièce à l'atmosphère intime, que je préférais au salon.

— Je disais à Hal qu'il a l'air mal nourri et qu'il devrait se trouver une jolie fille pour s'occuper de lui. Il aurait besoin de se remplumer.

— Il n'est pas le seul, souligna mon père d'un ton badin, en détournant la conversation. Au fait, qu'avons-nous pour le dîner ?

— Du poulet, évidemment. Mais pas n'importe lequel. C'est l'un des nôtres, l'un des rares qui nous restent, et celui-là est dodu à point. Vous ne mourrez pas de faim.

— Alors je vais déboucher une bonne bouteille de montrachet, déclara mon père. Ce n'est pas tous les jours qu'on a notre Hal à la maison. Ça se fête.

— Ça oui, renchérit ma mère en posant son verre sur une petite table. Essaie donc de venir plus souvent, Hal. Je suis contente de te voir, mais ça faisait des mois. Je m'inquiète tellement.

— Allons, Maman ! N'en rajoute pas. Tu n'es pas du genre à te faire du mouron, d'habitude, en tout cas pas pour un grand garçon comme moi, qui habite Londres. Je peux comprendre que tu t'en fasses pour Izzy, mais…

— Au fait, nous avons reçu une lettre d'elle hier, s'exclama-t-elle.

— J'aimerais bien la lire. Quand il est venu à Londres, Papa m'a dit qu'elle avait quelqu'un.

Il m'avait glissé la nouvelle à l'oreille sur les marches de l'*Athenaeum*, au moment de se dire au revoir.

— Il est marié, commenta ma mère en reniflant avec mépris.

— Ça ne te ressemble pas d'être si conformiste.

C'était vrai. Ma mère avait sa façon de penser, et elle ne mâchait pas ses mots.

— Ce n'est pas la question, Hal. Les hommes mariés divorcent rarement, aussi je ne vois pas ta sœur aller vers un avenir radieux. C'est cela qui m'inquiète. J'aurais cru qu'elle aurait plus de bon sens… Sérieusement, Hal, a-t-elle repris après un petit silence. Est-ce que ton handicap te cause des problèmes avec les filles ?

J'allais protester, quand mon père est intervenu.

— Voyons ma chérie, Hal a vingt-quatre ans, c'est un homme fait, qui a servi au front et qui connaît la vie. Ne le traite pas comme un gamin…

— Je le traiterai comme bon me semble, Arthur, je suis sa mère. Ce n'est pas parce qu'il a participé à cette ignoble boucherie que nous devons cesser de nous soucier de lui, toi comme moi. Bon, je vais faire une petite promenade dans le jardin avant le dîner, annonça-t-elle après avoir regardé l'heure à sa montre. Je vous laisse entre hommes. Einstein !

Einstein était le labrador de la famille, un chien aussi adorable que stupide, d'où son surnom.

— Ça m'a fait un choc, Papa. Elle n'a vraiment pas bonne mine, dis-je doucement, quand ils se furent éloignés.

— Le pire, c'est qu'elle ne veut pas s'arrêter de fumer, elle qui est si raisonnable par ailleurs. Elle a des quintes de toux qui n'en finissent pas, tu verrais comment son teint vire au violet dans ces moments-là… Je ne sais plus que faire.

— Que disent les médecins ? Ce spécialiste de Harley Street, par exemple.

— Ils ont tous jeté l'éponge. Et si elle continue à fumer, ils ne donnent pas cher de sa peau…

Il a bu un peu de sa fine d'un air morose.

— Est-ce que je peux faire quelque chose, en étant à Londres ?

— Je ne vois pas. Nous pourrions demander un autre avis, je suppose, mais… Tu sais, lâcha-t-il en levant les yeux, parfois, je pense qu'elle le fait exprès !

— Non !

— Mais si. C'est sa façon à elle de se supprimer. Elle semble déprimée, comme si elle voulait en finir.

— Déprimée ? Maman ? Elle m'a toujours paru parfaitement saine d'esprit, au point d'en être parfois presque brutale.

— Hum. Justement. Comme nous tous, cette guerre l'a profondément affectée, mais chez elle, ce sentiment s'est mué en une terrible colère. Tu sais qu'elle a toujours eu un sens moral très aigu, dit-il en se levant pour aller nous resservir. Pour elle, cette guerre est la chose la plus immorale qui puisse arriver. Tous ces jeunes envoyés à la mort... Ça la révolte, et ça la ronge.

— Pas au point de tomber réellement en dépression, si ?

— J'en ai peur, murmura mon père, l'air abattu.

— Il y a quelque chose que je pourrais faire, dis-je au bout d'un moment. La psychiatrie a fait quelques avancées, récemment. Si j'essayais de trouver quelqu'un ?

— C'est une idée. À condition que ce spécialiste, quel qu'il soit, accepte de se déplacer jusqu'ici. Il n'est pas question pour elle d'aller à Londres. Et toi, où en es-tu ?

— Toujours au même point. Heureux, comblé même. Tu n'as pas à t'en faire pour moi.

— Je ne m'en fais pas, mais je n'approuve pas non plus ton mode de vie, loin de là. J'imagine mal comment en parler à ta mère.

À cet instant, j'ai entendu ma mère et Einstein rentrer dans le vestibule, et nous avons clos cette conversation. Izzy avait parlé de psychiatrie quand nous avions dîné ensemble à Stratford, et Sam aussi s'intéressait aux ouvrages de Freud. Je décidai de m'occuper de faire venir un spécialiste, une fois de retour à Londres. Au moins j'aurais l'impression d'être utile. Jamais je n'aurais cru que ma mère pourrait un jour être dépressive.

Chers parents,

Je vous parlais d'Alan quand j'ai dû m'arrêter d'écrire, la dernière fois. Maman, tu as dû tomber par terre en apprenant qu'il était marié ! Essaie de ne pas trop t'inquiéter à ce sujet. C'est un homme charmant, et ça n'a pas du tout été une sorte de coup de foudre entre nous. Non, nous avons travaillé ensemble pendant des semaines, des mois sans qu'il ne se passe rien. Notre sentiment a grandi peu à peu, lentement, et c'est en se l'avouant l'un à l'autre que nous avons compris qu'il était réciproque.

Mettez ça sur le compte de la guerre, si vous voulez. Notre guerre à nous n'est pas aussi dangereuse que celle que mènent les soldats coincés dans les tranchées, mais croyez-moi, ce n'est pas une partie de plaisir d'opérer comme nous le faisons tout près du feu des combats. Sans parler des conditions : la boue, le manque d'intimité, les poux, la vermine, les odeurs épouvantables, le manque d'eau (pas question de se laver, le peu d'eau disponible étant réservée aux blessés), la monotonie des menus, la compagnie des rats… En de pareilles circonstances, il est naturel que notre unité fasse bloc et que ses membres se rapprochent. Chacun de nous a des talents particuliers qui le distinguent des autres, et le fait d'être une femme aussi me met à part.

Cette solidarité est due en partie au fait que nous parvenons dans certains cas, trop rares, à faire quelque chose, sauver des vies, redonner un peu d'espoir, aider les gens à tenir bon. Elle nous aide nous aussi à tenir en nous rendant plus… optimistes que beaucoup d'autres. Ce mot semble un peu étrange dans ce contexte. Mais cela soulage, d'être optimiste. Il n'y a pas d'expérience plus horrible que de servir au front comme simple soldat, ou même comme officier, je crois. Elle vous meurtrit au fond de l'âme, au point que vous ne serez plus jamais comme avant. Quand je pense à ce qu'a dû éprouver Hal quand il a découvert en plus du reste qu'il ne pourrait pas avoir d'enfant... Maman, Papa, aucun de nous ne pouvait vraiment le comprendre. Maintenant que je sais par où il est passé, je me rends un peu mieux compte de la terrible épreuve qu'il a subie.

Alan est médecin, mais je crois vous l'avoir déjà dit. En fait il s'appelle Alan MacGregor. Il est originaire d'Édimbourg, vient d'une famille de médecins. Il est marié depuis six ans à une femme des Highlands, qu'il a rencontrée à Édimbourg quand il y étudiait la médecine. Je sais ce que vous pensez et la réponse est oui, il a des enfants : une petite fille et un fils encore tout bébé.

Je vous entends déjà maugréer, et vous avez raison, du moins en partie. Le fait qu'il ait des enfants complique encore les choses. Je suis partagée, une partie de moi regrette ce qui s'est passé, mais sachez qu'on ne choisit pas toujours. Ce genre de sentiment vous tombe dessus sans crier gare. On discute, on se détend, dans notre cas, on s'évade quelques heures du front sans penser à mal. Puis on fait comme si de rien n'était. Puis, sans même s'en rendre compte, on voudrait qu'il se passe quelque chose. Et ça arrive. Alors, le bonheur est plus fort que la culpabilité, on se sent si bien, si vivant, si joyeux qu'on ne peut regretter ce qui est arrivé et ça y est, on est pris au piège.

Je ne vais pas exposer par le menu mes sentiments pour Alan ni entrer dans les détails. Je sais, vous êtes désolés pour moi, vous pensez que c'est du gâchis et que ça finira mal. Tout ce que j'ai à dire, c'est qu'être avec Alan rend certainement cette guerre un peu plus supportable, et me permet de penser à l'avenir. Après ce que j'ai vu ici, c'est un luxe inouï.

S'il vous plaît écrivez-moi, mais je vous en prie, ne me faites pas la leçon. Nous sommes sur le fil du rasoir, ici.

Tout mon amour (et un gros câlin pour Einstein).

Izzy

Quand j'ai parlé à Sam de la dernière lettre adressée par Izzy à mes parents, nous nous promenions au bord de la rivière à pas lents, en laissant Will se débrouiller sur ses petites jambes plutôt que de toujours le traîner en poussette.

— J'envie ta sœur d'être si près du front et de faire œuvre utile. Et je peux comprendre qu'en de telles circonstances, la force des émotions soit décuplée. Elle n'a rien pu faire. Ça a été plus fort qu'elle…

— Ma mère n'apprécie pas.

— Peut-être que ta mère n'a jamais… été confrontée à ce genre de situation… qu'elle n'a jamais été en proie à un sentiment aussi irrépressible.

Je savais pertinemment à quoi elle pensait en disant ça.

— Mais sa situation n'a rien à voir avec la tienne, Sam. Quand tu es tombée amoureuse de Wilhelm, tu ignorais que la guerre allait éclater. Or Izzy savait depuis le début que cet… Alan était marié. Il y a une énorme différence. J'ai conscience des conditions extrêmes de son travail, et du fait qu'elle côtoie chaque jour le danger, mais elle aurait dû garder ses distances.

Sam n'a rien dit pendant un moment. Des péniches passaient et elle a hissé Will pour qu'il puisse voir par-dessus le mur qui nous séparait du quai. Il a baragouiné en montrant quelque chose du doigt, puis elle l'a reposé à terre et nous avons repris notre marche.

— Faye sort avec un homme marié, c'est Lottie qui me l'a dit, m'a-t-elle annoncé au bout d'un moment.

Dernière nouvelle. En général, Sam me tenait au courant de tout ; du moins le pensais-je. Mais peut-être venait-elle juste de l'apprendre.

— Faye a beaucoup plus d'expérience qu'Izzy, dans ce domaine, soulignai-je.

— Oui, et peut-être qu'elle saura mieux gérer cette situation que ta sœur. N'empêche : si une femme franchit le pas tout en sachant que l'élu de son cœur est déjà marié, cela ne prouve-t-il pas justement la force de ses sentiments ? L'amour a quelque chose d'indomptable, non ? Peut-on s'y dérober ou y renoncer, même dans le cas d'Izzy ? Est-ce que cela aurait changé quelque chose pour toi si j'avais été mariée quand tu m'as connue ? Dans un sens, j'étais mariée, fiancée en tout cas, et cela ne t'a pas... dissuadé de me faire des avances.

— Sam, tu ne peux pas me comparer avec Izzy ou Faye. Allons ! Si Wilhelm avait été là, à Stratford, rien ne serait arrivé...

— Je sais, je sais. Je dis juste qu'avant de condamner Izzy, il faut se rappeler que nous pouvons tous à un moment ou à un autre être entraînés malgré nous par les circonstances, dans une voie que nous n'avions pas prévue. Je conviens qu'elle a pu manquer de discernement. Mais qu'en savons-nous, au fond ? Et qui sommes-nous pour la juger ? Ta sœur est une adulte douée d'un esprit et d'un instinct de survie qui lui sont propres. Tu dois la traiter comme telle.

En gros, c'étaient les arguments que j'avais servis à Lottie, quand elle avait voulu me donner « quelques indices » sur Sam. Aussi ai-je préféré ne pas pousser plus loin cette conversation. Ce que Sam disait se tenait, mais je n'étais pas pleinement convaincu. Et puis je constatais que tous nos échanges sur des questions d'ordre affectif ou sentimental revenaient invariablement à sa rencontre avec Wilhelm.

Cher Hal,

Incroyable ! J'ai su par Maman et Papa que tu leur avais enfin rendu visite. Avant toute chose, dis-moi sincèrement comment tu as trouvé Maman. Papa m'a écrit une lettre en secret l'autre jour pour me faire part de ses inquiétudes. D'après lui, elle a sans cesse des quintes de toux qui lui déchirent la poitrine. N'as-tu personne à leur conseiller, toi qui as maintenant des relations haut placées ? Quand tu étais malade, n'as-tu pas rencontré des professeurs ou pontes de la médecine qui pourraient les aider ?

Puisque tu es allé chez nous, tu dois être au courant, pour Alan. Maman et Papa t'ont certainement raconté. J'imagine qu'ils sont déconcertés, n'est-ce pas ? Anéantis ? Pire ? Ils me prennent pour une écervelée qui s'est amourachée d'un homme plus vieux qu'elle, etc.

Ce n'est pas ce que j'éprouve. Je ne vais pas te décrire mes sentiments, je ne m'en sens pas capable, du moins sur le papier. J'essaie d'en parler dans mon journal, c'est si nouveau et merveilleux pour moi... On verra. Si j'en suis assez satisfaite, je te le montrerai peut-être un jour.

J'aimerais que tu sois là, Hal. Je me rappelle la vie trépidante que nous menions, les filles et moi, quand j'étais à Londres. À l'époque, je les considérais comme des amies, mais je n'en suis plus si sûre à présent. Toi, c'est différent. Ne le prends pas mal, Hal, mais ta blessure t'a humanisé à mes yeux. Elle t'a rendu plus accessible, d'une certaine façon. Avant, tu étais une sorte de dieu pour moi. Te voilà descendu parmi les mortels, et ça me plaît. Ainsi je me sens plus proche de toi.

Ma rencontre avec Alan a tout changé pour moi. C'est un scientifique. Tu me diras, c'est normal, pour un médecin. Mais je parle de sa façon très rationnelle d'appréhender la vie. D'après lui, cette guerre va durer encore au moins deux ans vu le nombre de troupes engagées, mais la question n'est plus tellement de savoir qui va perdre ou gagner. Il dit que nous sommes entrés dans le genre de conflit le plus vicieux qui soit : combattre pour éviter la défaite. Il n'y a qu'à regarder les animaux qui défendent leur territoire ou leurs petits.

Crois-moi, Hal, je n'ai jamais eu l'intention de tomber amoureuse d'Alan. Mais cet amour m'a été d'un grand secours, sur bien des plans. La guerre commençait à m'user nerveusement, je ne dormais plus très bien, le matin, j'avais du mal à me lever, et je ne trouvais plus mon travail aussi gratifiant que je l'aurais dû (ce n'est pas le bon mot, en temps de guerre, mais je suis sûre que tu me comprendras). Tous ces troubles ont disparu. Je t'assure, ma vie est transformée.

Écris-moi, Hal. Dis-moi la vérité sur Maman, et sur ce que tu penses de mon histoire. J'espère que ma relation avec Alan ne t'a pas trop choqué, ni affligé.

Je ne t'ai pas posé de questions sur toi ni sur la vie à Londres, mais cela ne veut pas dire que je ne pense pas à toi,

Izzy

Plus tard cette année-là, un zeppelin lâcha une bombe près de l'école où Sam enseignait. L'école elle-même ne fut pas touchée, mais les rues autour furent défoncées, criblées de cratères, et l'école fut fermée pour une semaine, le temps d'enlever les décombres et de sécuriser les immeubles endommagés. J'avais accumulé quelques jours de congé et je proposai donc à Sam de profiter de l'occasion pour emmener Will faire une petite virée hors de Londres. À cause des graves problèmes des petits dont elle s'occupait, son moral finissait par s'en ressentir, et elle ne s'est pas fait prier.

— Mais où irons-nous ?

— Moi, j'ai une idée : j'aimerais voir les endroits où tu as grandi, à Bristol.

Ravie par ma proposition, elle m'a tout de suite demandé :

— Puis-je emmener Lottie ?

— Pourquoi pas, si elle en a envie.

Mais Lottie a décliné notre offre, sans donner de raison précise. Elle a juste dit qu'elle préférait rester à Londres.

Nous avons donc pris le train tous les trois. C'était le premier trajet en train dont Will était en âge de se souvenir, et il a beaucoup apprécié, même si le balancement des wagons et l'odeur de fumée l'ont rendu un peu malade. Nous avons pris une chambre au *Clifton*, l'un des meilleurs hôtels de la ville.

— Je n'aurais jamais cru pénétrer un jour dans ce palace, s'est extasiée Sam tandis que nous nous apprêtions pour la nuit. Il était bien trop chic pour faire partie de notre monde, quand nous étions enfants.

De Bristol, je ne connaissais pour ainsi dire que le *Baltic Wharf*, un endroit dont je ne comptais pas parler à Sam, bien sûr. Je me suis quand même demandé si Crimson y exerçait toujours.

Bristol était une ville plus petite et plus propre que je ne l'aurais cru, plus escarpée aussi, ce qui ne me facilitait pas la tâche quand je devais trimballer Will en poussette, car il se fatiguait vite.

Le lendemain, nous sommes allés voir l'immeuble où Sam habitait avec ses sœurs et ses parents, l'école fréquentée par les filles durant leur enfance, l'église où elles allaient le dimanche, et même la boutique du tailleur où leur mère avait travaillé comme couturière. Apparemment, rien n'avait changé.

Campée devant l'école, Sam s'est étonnée de sa petitesse.

— Dans mon souvenir, elle était monumentale, avec de grandes portes imposantes, un hall immense, un préau gigantesque.

Elle a reconnu certains de ses voisins d'autrefois et d'anciennes camarades de classe, sans doute parce qu'ils habitaient toujours au même endroit. Mais elle était sortie de leurs vies depuis trop longtemps pour qu'eux la reconnaissent, et elle ne s'est pas rappelée à leur bon souvenir.

Elle m'a montré une rivière non loin de là où les sœurs allaient se baigner l'été, un orphelinat où les garçons pensionnaires leur donnaient la chasse, et l'entrepôt où l'on stockait du sherry importé, en particulier l'entrée de service par où ses sœurs et elle venaient humer la « part des anges », l'odeur du vin doux qui s'exhalait des fûts, pour s'étourdir un peu.

Tout compte fait, elle avait l'air contente d'être venue sur les lieux de son enfance, même si j'avais senti chez elle une légère appréhension.

— Dans le train en venant ici, je craignais de me rappeler surtout mon père, m'a-t-elle expliqué d'un air grave. Mais non. Cela m'a ramenée au temps où mes sœurs et moi nous étions toutes ensemble. Avant… avant de devenir adultes.

Durant le trajet de retour vers le centre de Bristol, où était situé l'hôtel, nous nous sommes arrêtés devant un cimetière.

— Je veux te montrer quelque chose, m'a chuchoté Sam.

Se fiant à sa mémoire, elle a trouvé sans mal la tombe qu'elle cherchait.

— Regarde.

D'après les noms inscrits sur la pierre tombale, que nous avons eu du mal à lire tant la tombe était envahie par les mauvaises herbes, une demi-douzaine de personnes étaient enterrées là, dont certaines s'appelaient Ross.

— Les parents de mon père et ses grands-parents sont ici, ainsi que les parents de ma mère et l'une de ses tantes… Nous y venions souvent, avec ma mère. Elle n'était pas du genre larmoyant. Non, elle nettoyait la tombe, mettait des fleurs fraîches dans le vase tout en chantonnant et en parlant à sa mère ou à son père, comme s'ils étaient toujours avec nous. Nous les filles, nous asseyions sur l'herbe pour pique-niquer. Personne ne trouvait ça bizarre à l'époque, tout le monde en faisait autant : les week-ends, le cimetière était bondé, les familles apportaient de quoi déjeuner, et les enfants jouaient, riaient, faisaient du tapage au milieu des tombes. Cela semble étrange, mais pendant mon enfance, ce cimetière était un endroit très vivant, a-t-elle ajouté en souriant. Nous y venions chaque semaine, et d'une certaine façon, c'était sain. Cela nous montrait que la vie continue, que le chagrin finit par s'atténuer, que la mort fait partie de la vie comme une chose naturelle. Nous apprenions ainsi à moins la redouter.

Elle n'a pas cherché à nettoyer la tombe, mais s'en est retournée lentement vers la sortie.

— Où serons-nous enterrés, Hal ? Et avec qui ? Ça fait bizarre d'y penser, non ? Quelle importance, puisqu'on n'en saura rien, n'est-ce pas ? Pourtant je trouve ça bien, que toute une famille soit enterrée au même endroit. C'est dans l'ordre des choses… Avec cette guerre, tant d'hommes tués au combat sont enterrés à l'étranger, on ne sait où, avec des inconnus… C'est désolant.

Will furetait parmi les tombes, aussi l'ai-je réinstallé dans sa poussette.

— Je suis d'accord, ce n'est pas la même chose que d'être enterré avec les siens, dans son pays, mais beaucoup de soldats tués sur le champ de bataille sont enterrés avec leurs camarades, des gars qu'ils connaissaient, avec qui ils ont blagué, fumé des cigarettes. Pour certains, ils venaient de la même ville. Et cela n'a rien de déshonorant, au contraire, d'être enseveli sur le champ de bataille où l'on a donné sa vie, n'est-ce pas ?

— Oui, mais qui se rappellera d'eux tous, de chacun en particulier ? Une mort anonyme a quelque chose d'effrayant, tu ne trouves pas ? Imagine, si tu avais été tué ce jour-là, au lieu d'être seulement blessé, et enterré là où tes parents et Izzy n'auraient jamais pu te retrouver, sous une pierre nue, sans aucun nom… J'en ai froid dans le dos, rien que d'y penser. Pas toi ?

Je n'ai su que répondre. En vérité, je n'avais guère pensé à la mort, jusqu'à présent, peut-être pas assez, d'ailleurs. Où voulait-elle en venir ? Pensait-elle au triste sort de sa mère, à sa propre mort, à celle de ses sœurs, de Will… ou de Wilhelm ?

Elle songeait à Wilhelm, bien sûr. Elle pensait que s'il n'était plus, elle ne retrouverait peut-être jamais sa sépulture. Qu'il serait perdu pour elle à jamais. Et qu'il serait mort sans même savoir qu'il avait un fils. Une fin triste, froide et vide, un peu comme celle du roi Lear.

J'ai fourré mes mains dans mes poches. Je jouais un jeu sinon dangereux, du moins… Comment dire ? J'en savais assez pour l'aider, lui redonner espoir, chasser un peu la terrible angoisse qui lui glaçait le cœur. Devais-je le lui dire ? Moi qui prétendais l'aimer, ne voulais-je pas la rendre heureuse, la libérer de la terreur qui l'habitait ? C'était en mon pouvoir.

L'amour ne marche pas comme ça. Il a sa propre logique. Ma sœur aussi l'avait découvert. Et donc, m'abusant moi-même, je me dis que c'était peut-être pour Sam une façon de se préparer au fait que Wilhelm était sans doute mort, qu'elle ne le reverrait plus, n'aurait jamais de ses nouvelles. Que c'était pour cette raison qu'elle avait épilogué sur le sujet. Ce fut ainsi que je me tirai de ce dilemme, du moins sur le moment, sans vraiment croire moi-même à mon raisonnement. Je ne lui dis rien.

Meurtre

La nouvelle année 1917 fut marquée par une autre innovation : pour la première fois dans l'histoire, on commença à se battre dans les airs. Personnellement, j'étais heureux d'en finir avec les fêtes. Pour des raisons évidentes, Noël était pour moi teinté d'un mélange complexe d'émotions. Certes, si je n'avais pas fait la connaissance de Wilhelm, je n'aurais jamais rencontré Sam. Mais je me sentais mal d'avoir poursuivi dans la voie que j'avais choisie, et encore plus à l'approche de Noël qu'à d'autres moments de l'année. La photo était toujours soigneusement cachée dans mon porte-documents, et je ne l'en sortais jamais pour la regarder.

Pour ce Noël, fin 1916, nous fîmes quelque chose que Sam avait en tête depuis un certain temps sans m'en avoir parlé. Le 26 décembre, elle invita quelques-uns des enfants les plus pauvres de son école à prendre le thé à l'appartement. Il en vint une demi-douzaine, et à voir la voracité avec laquelle ils engloutirent le goûter que nous avions préparé, essentiellement des sandwichs et de la gelée, je constatai qu'elle avait eu raison de penser qu'ils n'avaient sans doute pas pris de vrai repas depuis des semaines. Étant donné la frugalité de notre régime alimentaire, à ce stade de la guerre, nous avions tous une fringale de sucre. Le gouvernement avait institué un jour sans viande par semaine. Au départ, j'ai pensé que Sam risquait d'être déçue par ce goûter de Noël, que sa démarche avait quelque chose de condescendant, mais je dois reconnaître que j'avais tort : tous les enfants eurent l'air de beaucoup apprécier leur après-midi passé avec « Mademoiselle », comme ils l'appelaient.

Je fus décontenancé lorsque, après le thé et sans préambule, elle me demanda de leur faire la petite conférence que j'avais donnée aux enfants des écoles de Middle Hill, sur la Trêve de Noël. Que cherchait-elle exactement ? Pensait-elle à quelque chose en particulier ? En tout état de cause, je parvins à raconter mon histoire et les enfants rentrèrent chez eux.

Plus tard dans la soirée, au lit, j'étais plongé dans mon *Morning Post*, quand ce que je lisais m'a fait frissonner :

— D'après cet article, Mannheim a été bombardé. J'imagine le vent de panique que ce déluge de feu a dû causer, en semant la mort parmi les civils autant que parmi les soldats, à des kilomètres de la ligne de front. Quelles nouvelles horreurs cette guerre va-t-elle entraîner ? Wilhelm n'était-il pas de Mannheim, justement ?

Comme elle s'occupait de souligner quelque chose dans le livre qu'elle était en train de lire, elle n'a pas répondu tout de suite.

— Oui… oui, en effet. Il était originaire de cette ville. Mais comment le sais-tu ?

Glacé, je me suis rendu compte trop tard de la gaffe que j'avais commise.

— C'est toi qui me l'as dit, sinon comment aurais-je pu le savoir ? ai-je répondu d'un ton neutre, en m'efforçant de rester calme.

— Ah bon ? Je ne m'en souviens pas. Quand ça ?

Soudain je me suis mis à transpirer sous mon pyjama, alors que j'avais froid l'instant d'avant. Mais j'ai eu le bon sens, ou plutôt la rouerie, de ne pas réagir trop vivement, et surtout de ne pas me lancer dans des explications fouillées qui ressembleraient à des justifications et éveilleraient ses soupçons.

— Tu dois me l'avoir dit lors d'une de nos promenades au bord du canal. Veux-tu lire l'article ?

Je lui ai passé le journal, elle l'a pris et s'est plongée dans l'article en question.

J'ai éteint ma lampe de chevet et me suis rallongé, en attendant qu'elle ait terminé. Elle aussi a fini par éteindre, et nous sommes restés à contempler sur le plafond les ombres mouvantes des péniches qui glissaient sur la Tamise le long de l'Embankment, comme nous le faisions souvent tout en discutant avant de faire l'amour.

J'attendais avec quelque appréhension qu'elle me pose une question. Elle devait entendre mon cœur tambouriner dans ma poitrine. La sueur me coulait sur les tempes, mais je n'osais l'essuyer de peur qu'elle s'aperçoive de mon angoisse.

En un sens, c'était extraordinaire de n'avoir encore jamais commis d'erreur. Mais il en suffirait d'une pour tout dévoiler. Le moindre faux pas pourrait tout détruire, me coûter mon bonheur, démolir comme un château de cartes l'existence fragile que je m'étais construite. L'oreiller sous ma nuque était trempé de sueur.

Oui, j'ai attendu dans une angoisse indicible, sachant que les mots qu'elle allait prononcer me diraient si, pour un instant d'inattention, j'avais détruit des semaines, des mois d'efforts. Je n'osais même pas regarder dans sa direction.

Alors je l'ai entendue respirer, sur un rythme régulier que je connaissais bien.

Elle s'était endormie.

Fin janvier, il se produisit simultanément trois événements, qui revêtirent cependant une importance inégale à mes yeux. Le 31 janvier, l'Allemagne déclara qu'elle livrerait une guerre sous-marine sans merci dans l'Atlantique Est, y compris contre les pays neutres, et elle s'attaqua aussitôt à des navires américains. Le même jour, Genevieve Afton fut jugée pour trahison. Je témoignai au procès qui se tint dans une salle de tribunal de réserve, dans un bâtiment situé juste au sud de la rivière, près de Lambeth Palace, la résidence officielle de l'archevêque de Cantorbéry. Le palais de justice avait été bombardé par des zeppelins la veille ou l'avant-veille, et bien que les dégâts ne soient guère importants, cinq ou six soldats s'occupaient de pomper l'eau qui s'échappait d'une canalisation crevée dans la cour. J'eus droit pendant deux heures à un interrogatoire serré, et fis, je crois, assez bonne impression. En tout cas, j'apprendrais plus tard que Genevieve avait été reconnue coupable et condamnée à mort. Je m'efforçai de me sortir cette idée de la tête.

Le troisième événement survenu une semaine plus tard m'y aida quelque peu : à nouveau promu, je fus transféré du Gymnase au sous-sol du bâtiment, appelé familièrement la Crypte. Désormais, mon travail consisterait à lire des rapports secrets à l'état brut, venant du terrain, qui avaient déjà été étudiés de près par des agents postés en France, dans les Flandres, ou ailleurs, selon le pays où les emmenait leur mission. Mais comme nous avions accès à toutes sortes d'informations, l'idée c'était que, disposant du recul nécessaire, et donc d'une perspective plus générale, nous pouvions mieux discerner dans la masse de ces renseignements ceux qui avaient une importance stratégique.

Si, du point de vue hiérarchique, la Crypte représentait une montée en grade, au niveau de la qualité de la vie, c'était une descente en pente raide. Pour des questions de sécurité, la pièce dépourvue de fenêtres bénéficiait du seul éclairage électrique, la fumée de tabac saturait l'atmosphère, stagnant autour de nos bureaux respectifs, et nous travaillions dans le vrombissement incessant d'un ventilateur rudimentaire qui couvrait pratiquement tous les autres sons. Aucune chance d'entendre les alertes des nouvelles sirènes de défense anti-aérienne qui avaient été mises en place.

Les bureaux étaient disposés en cercles concentriques, autour d'une cabine vitrée d'où le colonel responsable du service distribuait le travail. Il y avait beaucoup moins d'esprit de camaraderie dans ce département qu'il n'y en avait à l'étage, mais il est vrai qu'en 1917, l'humeur était à la gravité. Nous pouvions perdre la guerre à tout moment, et nous en étions conscients. Nous aurions préféré être au front, jouer un rôle plus actif, tout en sachant que chacun de nous pouvait faire une découverte cruciale. Il fallait continuer vaille que vaille.

En haut, au Gymnase, j'avais eu la chance de faire rapidement quelques trouvailles. À la Crypte, ce fut différent. Je passai deux mois difficiles à parcourir les dossiers qu'on me donnait : documents capturés sur l'ennemi, rapports sur le moral des troupes et civils allemands, statistiques portant sur les hommes et le matériel fournis par notre bord, rapports d'interrogatoires... Sans découvrir rien de très utile, je l'avoue. Quand arriva le mois d'avril, mon inquiétude ne fit que croître.

Ce dont je me souviens de cet hiver, ce n'est pas tant du froid, de la pluie ni de la neige, mais du vent. Nous apprîmes à redouter le vent d'est. S'il soufflait sur Londres, alors il risquait aussi de souffler sur le front, et les Allemands en profiteraient pour lâcher leurs gaz toxiques.

Ce fut alors que nous apprîmes avec stupeur que des émeutes de la faim avaient éclaté en Russie, que les cosaques avaient refusé de tirer sur les insurgés, et que le tsar, mis au défi par les cheminots, avait abdiqué. La Russie était jusqu'à présent une alliée... Comment cela tournerait-il ?

À la même période, je repérai quelque chose qui, à première vue, n'avait qu'un lointain rapport avec la Russie. Une allusion en passant, faite par l'un de nos agents de Zurich. Tous les jours, ou presque, il prenait son petit déjeuner au *Café Odéon*. Grâce à mes lectures, je savais que ce café était le point de rencontre des artistes du mouvement dada. Il était fréquenté par Hans Arp, Frank Wedekind, James Joyce, Emmy Hemmings et bien d'autres artistes qui se tenaient à l'écart de la guerre. Dans le rapport en question, notre agent disait ne pas avoir vu depuis plusieurs jours l'un des célèbres habitués du café : Lénine.

Cela me fit réfléchir. Étant donné les bouleversements qui se produisaient en Russie, Lénine, qui était jusqu'à présent en exil en Suisse, avait dû à coup sûr vouloir rentrer chez lui, pour participer à la révolution. Qu'en résulterait-il ?

À la Crypte, la procédure n'était pas la même qu'en haut. Si vous aviez une idée, vous alliez directement voir le colonel.

Il s'appelait Lockart, Hamish Lockart, et c'était un Écossais. Il portait une moustache, avait des cheveux d'un roux vif et beaucoup de taches de rousseur. Avec ses lunettes sans monture, il avait l'air d'un Prussien. Un suppléant partageait son bureau, un certain Frank Stanbury, major comme moi, mais jouissant d'un plus grand prestige. Quand je suis entré dans le bureau vitré, Lockart a lancé sa formule habituelle :

— Ouais ? Qu'est-ce que c'est ?

Après mon petit exposé, il a froncé les sourcils et ne m'a pas invité à m'asseoir.

— Et qu'est-ce que vous en déduisez ?

— Que Lénine est peut-être rentré en Russie.

Il a secoué la tête d'un air dubitatif.

— Et comment aurait-il fait ?

— Par l'Allemagne.

— Pourquoi l'Allemagne impériale laisserait-elle la voie libre à un révolutionnaire notoire ?

— C'est simple. Par intérêt. Lénine est contre toutes les formes d'autorité traditionnelles. Son plus grand désir est de sortir la Russie de cette guerre. S'il le faisait, si vraiment la Russie se retirait du conflit, pensez au nombre de divisions allemandes qui pourraient alors se reporter sur le front occidental.

— Vous connaissez ce Lénine en personne ?

— Non, bien sûr. Mais je lis pas mal. Comme beaucoup de gens, il pense que cette guerre a été déclenchée par des gouvernements et des généraux, et que c'est le petit peuple qui en est la première victime. Il pense également que si la Russie se retire du conflit, d'autres pays suivront probablement son exemple.

Lockart s'est renfoncé dans son siège. Il a échangé un coup d'œil avec Stanbury.

— Qu'en pensez-vous, Frank ?

Visiblement, Frank avait obtenu ce poste en n'exprimant jamais une opinion, surtout quand celle-ci était sujette à controverse.

— Pas facile, a-t-il commenté en se passant la langue sur les lèvres. Et vous, mon colonel ?

Leurs échanges m'ont fait penser à un match de tennis auquel j'assistais, impuissant.

Lockart n'a rien dit pendant une bonne minute. Il s'est lissé la moustache tout en me scrutant, pesant comme d'habitude le pour et le contre, craignant de déranger inutilement ses supérieurs, mais ne voulant pas non plus étouffer dans l'œuf les idées brillantes, ou présumées telles, de ses subordonnés.

— En supposant que vous ayez raison, quelle serait votre prochaine tactique ?

— Vérifier, et plutôt deux fois qu'une, que Lénine a effectivement quitté Zurich, en se servant de nos agents sur le terrain.

— Ça, nous pouvons le faire à peu de frais.

J'ai hoché la tête.

— Ensuite, s'il est bien parti, nous devrons joindre nos agents placés à Saint-Pétersbourg, les avertir des problèmes à venir et des précautions à prendre.

Lockart s'est encore lissé la moustache, en gardant le silence. Soudain il s'est levé.

— Très bien. Venez avec moi.

Il a boutonné sa tunique, resserré sa cravate et m'a devancé vers la sortie. Après avoir monté au pas de course un escalier et traversé la cour intérieure, nous avons passé une énorme porte à deux battants en bois des Indes, d'un style ouvragé.

Derrière la porte régnait un calme absolu. Une moquette épaisse où les pas s'enfonçaient, une grande bibliothèque, des lustres en cristal, et une odeur de cire que j'ai trouvée, je ne sais pourquoi, réconfortante. En face de la première porte il y en avait une autre, passé la moquette et les étagères, à l'autre bout de la pièce. Nous nous trouvions visiblement dans l'antichambre de quelqu'un de très haut placé. Comme nous avancions, dans un renfoncement est apparu un bureau où une femme à l'air revêche était assise.

— Margaret, a dit Lockart, pourrait-on voir le général ?

Margaret s'est levée. Elle avait une stature imposante. Ma mère l'aurait trouvée « costaude ».

— Un instant, je vais voir.

Elle a frappé doucement à la porte, a passé la tête à l'intérieur, puis elle est revenue vers nous.

— Donnez-lui une minute.

Nous sommes restés debout, sans dire un mot. Lockart lissait toujours sa moustache, Margaret était retournée à sa machine à écrire, quant à moi, je regardais danser les grains de poussière dans les rais de lumière tombant des fenêtres.

En effet, au bout d'une minute, les portes se sont ouvertes, et le général est venu vers nous. Il a serré la main de Lockart.

— Voici le major Montgomery, mon général, me présenta Lockart.

— Vous êtes nouveau ? me demanda le général.

— Le major est devenu une sorte de vedette au Gymnase, mon général, répondit Lockart à ma place. Il est avec nous depuis un ou deux mois.

Le général me dévisagea, et son regard s'éclaira soudain.

— Oui. J'ai entendu parler de vous. Je m'appelle Malahyde. Entrez.

La pièce était immense. Même tapis épais, mêmes rayons de bibliothèque chargés de livres, plus une haute fenêtre donnant sur une cour dont j'ignorais l'existence, avec une pelouse et des arbres.

Il nous a fait signe de nous asseoir et s'est lui-même installé face à nous dans un canapé, devant une table basse. Quand il a croisé les jambes, j'ai remarqué ses fines chevilles, ses chaussettes raffinées, le lustre de ses chaussures.

— Alors vous avez quelque chose pour moi, c'est ça ?

Lockart a de nouveau pris la parole, me devançant.

— Ça ne donnera peut-être rien du tout, mais c'est le genre de truc que nous recherchons, à la Crypte.

Il y avait un bloc de papier sur la table. Le général a pris son stylographe et l'a posé sur le bloc.

— Allez-y, envoyez.

Lockart m'a fait un signe de tête. J'ai donc raconté à Malahyde ce que j'avais dit à Lockart.

Sans bouger, sans même sourciller, le général m'a écouté en silence. C'était assez déconcertant, crispant même. À la fin de mon exposé, il s'est penché pour saisir le bloc et a pris quelques notes. Puis il l'a reposé, et a rangé son stylo. C'était apparemment un homme très méticuleux.

— Bon, vous avez bien fait de venir me voir. Il devrait être relativement facile de vérifier si Vladimir Ilitch se trouve toujours à Zurich ou non. S'il y est encore, c'est peut-être qu'il est malade, ou qu'il a une liaison avec une femme, peu nous importe. Mais si vraiment il a décampé pour la Russie, c'est une autre paire de manches.

« Major Montgomery, si Lénine est bien en route vers sa mère patrie, alors vous avez fait du bon boulot. Certes nous aurions fini par le découvrir, mais de toute évidence, le temps joue contre nous dans cette affaire, et vous nous aurez fait gagner quelques jours. Cependant, ajouta-t-il en changeant brusquement de ton, je me dois de vous rappeler que vous avez signé l'Official Secrets Act. Vous ne devrez parler à personne de ce qui nous occupe. Pas même à votre femme si vous en avez une. Vous me comprenez ?

J'ai acquiescé. Bien sûr que je comprenais.

— Ce que je veux dire, c'est que personne n'aime les Allemands en ce moment, mais au moins, ce sont de bons et loyaux ennemis. En revanche, il y a des tas de bolcheviques planqués en Grande-Bretagne, qui rêvent de voir la révolution arriver chez nous. Nous ne voulons pas qu'ils nous causent des problèmes, surtout pas maintenant, là où en est la guerre, et s'ils savent que Lénine retourne en Russie, cela pourrait nous causer toutes sortes d'ennuis. Est-ce clair ? Gardez ça pour vous, d'accord ?

J'ai à nouveau hoché la tête. Je n'avais certes pas envie de me disputer là-dessus et, quelles que soient mes opinions politiques, je ne voulais pas que la Russie se retire du conflit, du moins pas pour le moment.

Le général s'est levé pour nous donner congé. Il nous a tendu la main.

— À présent, je prends le relais. Voyons si je puis avancer à partir des éléments que vous m'avez donnés.

Il nous a reconduits à la porte. Pendant que nous traversions l'épaisse moquette en sens inverse, je l'ai entendu lancer à Margaret : « Appelez-moi Downing Street, voulez-vous ! »

À deux ans tout juste, Will était plus bruyant et incontrôlable que jamais. Il fonçait tête baissée dans l'appartement, mettait les doigts dans tous les trous à sa portée, grimpait sur les meubles, s'était brûlé une fois et ébouillanté à deux reprises en s'approchant trop près du feu ou du fourneau. Bref, il semblait n'avoir peur de rien et être partout à son aise.

Quant à Sam, avec le temps, elle s'était faite à son poste d'enseignante. Au début, elle avait reconnu que les enfants étaient bien plus sales et indisciplinés que ceux de Middle Hill.

— N'empêche, ils sont tout aussi intelligents, m'assurait-elle avant que je puisse émettre la moindre critique. Certes ils ont des conditions de vie plus difficiles et manquent d'hygiène… mais ils ont tellement de cran, Hal ! Ils se bagarrent un peu, donnent des surnoms aux profs, mais ce n'est pas méchant… juste un peu effronté. Ils savent que nous en savons plus qu'eux, pourtant à leurs yeux, nous sommes tous égaux, et cela ne nous rend pas meilleurs pour autant… Quand nous en venons aux passages les plus intéressants d'une leçon, le calme s'installe soudain dans la classe et ils se concentrent. En bons petits citadins, ils connaissent leur ville, et vu la promiscuité dans laquelle ils vivent, nous n'avons pas grand-chose à leur apprendre sur les détails pratiques et les dures réalités de l'existence, l'argent, le travail et le reste… Quant à la sexualité, cela n'est pas nécessaire, ils en ont déjà tant vu.

— Alors, qu'est-ce que vous leur enseignez ?

— L'histoire, la géographie : ils sont fascinés par les pays lointains, et les filles adorent les modes de l'ancien temps. La biologie : comment travaillent les animaux, ce qui se passe dans une ferme (beaucoup n'en ont jamais vu), pourquoi les saisons changent. L'art aussi : c'est une passion chez eux. Presque tous peuvent passer des journées entières à regarder des images ou des tableaux.

— Tu préfères enseigner ici qu'à Middle Hill ?

— Je me le demande. La vie de village me plaisait beaucoup, mais j'aime aussi ma vie ici. Quand j'étais jeune, à Bristol, nous partions en excursion pour la journée, à la campagne. J'aimais ces promenades. Toutefois je ne me sentais jamais comme faisant partie de la nature, pas plus que la nature ne faisait partie de moi. À Middle Hill j'ai changé, j'ai commencé à être davantage en communion avec la vie sauvage, les saisons, peu à peu, j'ai appris à reconnaître les haies, les taillis, les différentes espèces de vaches et de cochons, tous les termes qui désignent les diverses parties d'un harnais, et même à comprendre les diagnostics du véto local… tout ça m'a beaucoup plu. Mais vois-tu, ajouta-t-elle avec une lueur dans les yeux, je crois que je suis une citadine dans l'âme. Ta sœur avait raison, je me plais ici.

Nous étions dans la cuisine en train de préparer une boisson chaude pour Will. Il était habitué au lait concentré, contrairement à Sam et à moi, qui n'arrivions pas à nous y faire.

— La différence majeure, je la vois chez les parents, reprit Sam. À Middle Hill, les parents étaient très présents. Ici... c'est autre chose. Une fois ou deux, certains d'entre eux sont venus me reprocher que je faisais de leurs enfants des rêveurs, qu'il ne fallait pas leur bourrer le crâne en leur parlant de pays lointains ou des fastes du passé, mais au contraire leur enseigner des choses pratiques. Jamais les parents de Middle Hill n'auraient dit cela.

— Et qu'est-ce que tu leur réponds ?

— Je leur propose de venir en classe. La directrice ne s'y oppose pas. Quand ils voient ce que nous enseignons, comment, et la façon dont les enfants réagissent, en général, ils changent d'avis. Certains même y prennent goût et viennent régulièrement assister aux cours, ce qui est une bonne chose. Quand je dis parents, il s'agit surtout des mères, bien sûr.

Entre-temps, Lottie s'était trouvé un homme, enfin. Il s'appelait Reg, et quand elle fit sa connaissance, il était à l'école de police. Il n'était pas désagréable, mais si taciturne que c'en était presque effrayant, grand, mince, avec des cheveux noirs très courts et une moustache. Pourquoi les sœurs de Sam étaient-elles toujours attirées par des moustachus ? Reg aimait la pêche, et il passait des heures avec Lottie au bord des canaux, rivières, réservoirs, anciennes carrières inondées. De sortie tous les week-ends, Lottie découvrit ainsi la campagne des environs de Londres. Reg habitait à la caserne. Après une journée de pêche, ils rentraient tard à la maison, quand Sam et moi étions couchés, et passaient la nuit ensemble. À l'aube, il était déjà parti. Je n'ai jamais su si Lottie croyait ainsi nous berner, mais cela ne nous dérangeait nullement, pourvu qu'elle trouve son bonheur.

Cependant, Reg fut appelé à rejoindre une unité de l'armée dans le Yorkshire. Il fit donc ses adieux au milieu des larmes. Lui et Lottie ne s'étaient pas fiancés, aussi espérais-je que l'épisode Faye ne se reproduirait pas. Ce n'était pas facile pour Lottie.

Quant à Sam, elle s'était liée d'amitié avec une autre enseignante de son école, une certaine Ellen Smith, spécialisée en sciences. Un samedi, Ellen vint déjeuner en compagnie de son fiancé, Edward, qui était lui-même capitaine en second du port de Londres. Il me plut dès le premier coup d'œil et nous eûmes l'un pour l'autre une sympathie immédiate. Comme il faisait doux et que nous avions Will avec nous, nous sommes allés au pub, et nous sommes installés dans le jardin. Tandis que Sam et Ellen bavardaient, j'ai questionné Edward sur son travail.

— C'est surtout une question d'organisation, m'expliqua-t-il. En classe, j'étais bon en maths, particulièrement en géométrie, et ça tombe bien, car mon travail consiste principalement à gérer le temps et l'espace. Disons par exemple qu'un bateau arrive des Antilles. Je suis prévenu par télégraphe de l'heure de son arrivée, de son tonnage et du temps qu'il compte rester au port. Je lui assigne un poste d'amarrage qui lui convienne. Tout se passe bien, en supposant évidemment qu'il soit sous bonne escorte et ne se fasse pas torpiller. Je m'occupe des formalités de douane, vérifie les problèmes de quarantaine, m'assure que tous les documents sont en ordre.

— Mais ? fis-je, sentant qu'il y avait un hic quelque part.

— Eh oui, reconnut-il en souriant. Primo, je ne contrôle pas la fréquence des entrées au port. Si le port est plein, ce qui arrive, les bateaux doivent mouiller dans l'estuaire, une solution qui n'est guère appréciée, car elle revient cher. Pour moi, c'est un surcroît de travail, car je dois alerter les douaniers pour qu'ils gardent un œil sur eux.

« Le problème, c'est que certains des navires dépassent la durée de stationnement autorisée. Et les bâtiments de ce genre ne se déplacent pas facilement. Dans ce cas, ils sont mis à l'amende. Ils ont beau savoir que s'ils ne s'exécutent pas, la prochaine fois, l'entrée du port leur sera interdite, ce n'est pas toujours facile d'obtenir d'eux qu'ils payent. Et puis les marins qui ont passé des semaines en mer sont parfois déchaînés, une fois à terre. Ils boivent, vont au bordel, se bagarrent, se font arrêter et parfois mettre au trou. Ce n'est pas à moi de gérer ce type de problèmes, mais il faut bien que je sois au courant pour en tenir compte, dans la mesure où cela influe sur les entrées et les sorties des navires. Pourtant c'est un boulot plus intéressant qu'il n'en a l'air, et il me plaît bien. Évidemment, avec le temps, on apprend à se méfier de certains navires et capitaines à la réputation douteuse.

— Peux-tu aller jusqu'à leur interdire le port ?

— Oh oui ! c'est fréquent. Il nous arrive aussi d'arraisonner des bateaux qui n'ont pas payé leur dû. C'est assez mouvementé, en général, ajouta-t-il en grimaçant un sourire.

— Combien de navires entrent et sortent du port par semaine ?

— Selon les critères, il existe en Grande-Bretagne une ou deux dizaines de grands ports, et Londres est le plus important, bien sûr. Une trentaine de navires de haute mer y entrent et en sortent toutes les semaines. Sans compter les caboteurs.

Il a désigné mon verre, qui était presque vide.

— Volontiers, acceptai-je.

— Si ça t'intéresse, viens faire un tour là-bas, un de ces jours, suggéra-t-il en emportant mon verre. Tu verras, c'est passionnant. Un port, c'est tout un monde.

— Ça me plairait beaucoup. Cela me changerait de nos balades avec Will !

— Je t'ai entendu, vilain, me rabroua Sam en posant les mains sur mes épaules. Pour te punir, tu vas tout de suite nous emmener nous promener.

Je n'avais pas passé Noël avec mes parents, mais je me rendais à Edgewater plus souvent. En revanche, je n'y avais toujours pas emmené Sam, car mon père persistait à dire qu'il désapprouvait mon mode de vie, et je voulais épargner à ma mère toute contrariété, vu son état. Elle avait le teint de plus en plus congestionné, ses quintes de toux s'aggravaient, et si elle avait toujours eu du caractère, elle devenait maintenant irascible, se mettait en colère au moindre prétexte, et même Einstein ne trouvait pas grâce à ses yeux. Comme je l'avais promis à mon père et à Izzy, j'avais trouvé un psychiatre prêt à venir en consultation. Mais elle s'y était obstinément refusée. Hélas, son emphysème l'empêchait de plus en plus de se déplacer, et à mesure que les promenades s'écourtaient, le pauvre Einstein prenait du poids.

Un jour que nous avions emprunté la petite route qui longeait la maison pour nous promener et que nous étions appuyés contre la barrière d'un pré, elle aborda sans détour le sujet tant redouté.

— Penses-tu te marier avant ma mort ?

Heureusement, juste à ce moment-là, je regardais des lapins qui bondissaient à travers le pré, et je lui tournais le dos.

— Bien sûr, Maman, il n'y a pas le feu ! répliquai-je en lui faisant face.

— Si, et tu le sais bien, insista-t-elle d'une voix sifflante, en se tapotant la poitrine. Ces poumons ne vont pas durer toujours. Tu ferais bien de te dépêcher.

— Qui voudrait de moi ? lançai-je en essayant de garder un ton badin.

— Londres est grand, tu as bien dû avoir quelques aventures, dit-elle dit doucement.

— Oui, bien sûr, mais…

Je n'avais pas envie de lui mentir, et elle a laissé passer un petit silence avant de repartir à l'attaque.

— Supposons que je sois une femme de ton âge, que je te rencontre, que tu me plaises et que cela devienne sérieux entre nous…

— Maman !

— Non, laisse-moi finir. Je ne veux pas te mettre mal à l'aise, précisa-t-elle en posant la main sur mon bras. Mais ce n'est pas simple pour toi, j'en suis consciente. Tu te sentirais obligé d'en parler et… Bref, ce peut être un gros obstacle pour certaines femmes. Pourtant, il existe aussi des femmes stériles, incapables d'enfanter. Si tu en rencontrais une, vous pourriez envisager de recourir à l'adoption.

Je n'ai pas fait de commentaire, ne sachant que dire.

— Bien sûr c'est important d'avoir des enfants, reprit-elle. Je dois t'avouer quant à moi que cela m'était un peu égal. En revanche, ton père aurait été déçu si nous n'avions pu vous avoir, Izzy et toi. M'aurait-il épousée s'il avait eu des doutes sur ma fertilité ? Peut-être pas. Il devrait y avoir des agences matrimoniales pour les couples stériles, tu ne trouves pas ? Peut-être qu'il en existe, conclut-elle avec un sourire contrit.

Je suis resté coi. Pourquoi ne pas lui avoir parlé de Sam et de Will à ce moment-là ? Je l'ignore. Ou plutôt si, je le sais. Il aurait fallu expliquer pour quelle raison je lui avais caché jusque-là leur existence. J'aurais pu me laisser aller jusqu'à lui raconter ma rencontre avec Wilhelm, elle aurait insisté pour voir Sam et lui aurait tout déballé... Ma mère n'en faisait toujours qu'à sa tête et je ne pouvais prendre ce risque.

— Si on parlait d'autre chose ? fut ma seule réponse.

— Promets-moi d'abord de chercher à savoir si ce genre d'agences existe, et je laisserai tomber le sujet.

J'ai acquiescé d'un hochement de tête, et nous avons regagné la maison. En chemin, j'ai réfléchi à ce qu'elle m'avait dit, j'en ai conclu que voyant sa mort approcher, elle essayait de mettre un peu d'ordre dans sa vie, et qu'elle partirait plus tranquille en me sachant « casé ».

Un soir en rentrant à la maison, j'ai trouvé Sam, Lottie, Will et Whisky dans la salle à manger. La table était couverte de morceaux de papier et de carton, de ciseaux et de colle.

— Quel chantier, commentai-je en sirotant le whisky que je m'étais servi. Qu'est-ce que vous faites exactement ?

— C'est une idée de Lottie, expliqua Sam en se levant pour m'embrasser. Elle a trouvé une boutique qui vendait des affiches de voyage et on les colle sur du carton pour décorer la chambre de Will.

— Regarde, dit Lottie en déroulant une affiche des chemins de fer vantant les charmes de Snowdonia, une région du pays de Galles, puis elle a brandi un beau paysage des lacs suisses. Et en voici une autre.

— Lottie connaît ma folie des voyages. Qu'en penses-tu, Hal ? En grandissant, Will nous posera des questions sur les pays étrangers, et il comprendra mieux le monde qui l'entoure.

— Est-ce que je peux vous aider ? offris-je en m'asseyant.

— Oui, aide Lottie, pendant ce temps, je vais préparer le dîner.

Elle a disparu à la cuisine et Will a grimpé sur mes genoux, comme il aimait le faire de temps en temps. J'ai déroulé une autre affiche éditée par une compagnie maritime, Imperial Cruise Lines, proposant des croisières en paquebot pour découvrir les splendeurs de Bombay et de Madras.

— Voilà un voyage pour Sam, remarqua Lottie, qui s'occupait de découper du carton aux dimensions des affiches.

— Et toi, Lottie ? Tu ne partages pas son goût pour les voyages ?

— Après ce qui est arrivé à notre mère ? répondit-elle en faisant la moue. Non, sans façon.

— Pourtant tu as une jolie voix et il y a des salles de concerts, sur ces paquebots. Tu pourrais voyager en gagnant ta vie. On ne sait jamais, après la guerre… Des tas de possibilités s'offriront à toi.

— Tu crois qu'il y aura de grands changements ?

— C'est certain. Les guerres bouleversent la mentalité des peuples et le visage des pays. Mais on ne sait pas toujours à l'avance de quelle manière. Par exemple, pour vous les femmes, ça va changer…

— Ah, et comment ?

— Dans un premier temps, les femmes travailleront plus. Je veux dire par là qu'elles exerceront des métiers auxquels elles n'avaient pas accès. C'est déjà le cas, à cause de la guerre. Elles ont appris à conduire des autobus, même des camions. Il y aura plus de femmes policiers ou médecins, les portes de certaines universités qui leur étaient fermées jusqu'alors leur seront ouvertes.

— Et tu crois que les hommes laisseront les femmes marcher sur leurs plates-bandes ?

— Bien obligés, Lottie, car il en manquera, à cause de tous ces morts. Sur ce plan-là, ce ne sera pas toujours drôle, d'être une femme.

Il y a eu un court silence, pendant lequel Will et moi avons regardé Lottie mettre de la colle aux quatre coins du carton qu'elle avait découpé, puis y appliquer l'affiche « Imperial Cruises ».

— Est-ce que tu retourneras vers le théâtre, après la guerre ? ai-je demandé.

— Oui. Le théâtre, ça vous colle à la peau, une fois qu'on y a pris goût. Les horaires décalés, la succession des fours et des triomphes, les superstitions, les odeurs, les crises de nerfs et les caprices des acteurs, des metteurs en scène, les critiques vachardes, les petites fêtes en coulisse après les représentations, les accessoires, la musique… Je ne pourrais pas m'en passer.

Elle a appuyé un coude sur un coin du carton qui ne voulait pas s'aplatir.

— Tu nous as beaucoup aidées Hal, et je t'en suis très reconnaissante, tu le sais. Quant à moi, je ne suis pas sûre d'avoir envie que le monde change. J'aimais bien celui d'avant la guerre, et ma vie au théâtre. Londres était le centre de l'Empire britannique, et Soho, le centre de Londres. Ça y est ! s'exclama-t-elle en brandissant l'image bleu roi, rouge et blanc, justement aux couleurs de l'Empire.

Will a écarquillé les yeux. Visiblement, il la trouvait à son goût.

— Et toi, que feras-tu après la guerre, Hal ? Est-ce que tu resteras dans l'armée ?

— Avec ma blessure ? Non, on ne voudra pas de moi. De toute façon, je n'ai pas envie d'y rester, même pas dans les services secrets. Ma famille était dans l'édition autrefois, jusqu'à ce qu'elle vende l'affaire, et je suis tenté d'y retourner. Avec les nouvelles techniques d'impression en couleur qui se développent, je me lancerais bien dans la fabrication d'une nouvelle génération de livres d'art, avec de bonnes reproductions de peintures.

— Crois-tu que vous vous marierez un jour, Sam et toi ? me lança-t-elle en découpant un nouveau morceau de carton.

— Sam sait que je l'épouserai quand elle voudra.

— Alors tu attends gentiment qu'elle se décide. N'est-ce pas un peu humiliant ?

— Non, je ne vois pas les choses comme ça. Je l'aime. Tu devrais le savoir, depuis le temps, non ?

Elle a continué un moment ses découpages sans rien dire.

— Un jour, nous avions dans les six ou sept ans…

— N'oublie pas notre accord, Lottie !

— Mais non, c'est juste un souvenir d'enfance. Donc, nous avions six ou sept ans quand nous avons fait une fugue, Sam et moi… Notre père avait été particulièrement odieux avec Maman, et nous ne pouvions plus le supporter, ni l'une ni l'autre… Avec quelques shillings en poche, et juste des dessous de rechange, nous avons marché jusqu'aux docks de Bristol. L'idée, c'était de prendre un bateau pour une destination lointaine et exotique, bien sûr, telle que Zanzibar, l'Égypte ou

Samarcande. Ce nom, je m'en souviens, fascinait Sam. Une fois là-bas, nous ferions fortune, puis nous reviendrions arracher Maman des griffes de notre père.

« Arrivées aux docks, comme nous connaissions les lieux, nous y sommes entrées subrepticement. Sur la passerelle du premier bateau, un marin nous a appris que celui-là allait à Dublin. Le deuxième allait à Liverpool, le troisième à Glasgow.

« Tu n'imagines pas combien nous étions déçues. Enfin, surtout Sam. Pour être honnête, l'attrait de l'aventure s'estompant, je commençais quant à moi à changer de projet… j'avais envie de rentrer à la maison, tout simplement.

Comme Will gigotait, je l'ai posé par terre pour qu'il puisse jouer avec Whisky, tandis que Lottie continuait son récit.

— Mais Sam, elle, ne lâchait pas son idée. Nous avons passé la nuit aux docks, couchées sous la bâche d'un vieux remorqueur en cale sèche. Pour une petite fille de cet âge, Sam savait beaucoup de choses grâce à sa passion des voyages. L'heure des marées à Bristol, par exemple. La marée haute était prévue cette nuit-là à trois heures du matin. Donc, deux bateaux ont pris le large, et deux autres sont venus accoster. Dès l'aube, Sam s'est levée pour discuter avec les nouveaux équipages.

Lottie collait l'image des lacs suisses sur le deuxième morceau de carton.

— L'un des nouveaux bateaux venait d'un pays d'Afrique inconnu de nous, mais il devait rejoindre Le Cap. Sam était ravie : pour elle, Le Cap était presque un paradis. Quant à moi, j'étais affamée, mal coiffée, sale, et passablement inquiète. Vus de près, ces bateaux étaient d'énormes mastodontes nauséabonds pleins d'hommes bizarres qui ne devaient pas se laver souvent. Quant au Cap, c'était bien le dernier endroit où j'avais envie d'aller. Alors que nous nous demandions comment faire pour nous glisser à bord à l'insu de l'équipage, un policier a fait son apparition. Je l'ai vu interroger les officiers du port. Il était sûrement à notre recherche. À cet instant, il nous a aperçues et Sam, en le voyant, s'est précipitée vers le remorqueur où nous nous étions cachées pour la nuit en me criant de la suivre.

Lottie a pesé de tout son poids sur l'affiche qu'elle venait de fixer sur le carton.

— Mais je ne l'ai pas suivie. Je suis restée sans bouger, exprès, pendant que le policier courait vers moi. Je n'avais plus envie de fuir.

Cette fois, Lottie m'a regardé droit dans les yeux.

— Sam était à la fois la plus jeune de nous toutes et la plus tenace, sur certains plans. Peut-être justement parce qu'elle était la plus jeune, et donc la plus petite de taille, il lui fallait trouver un moyen de s'affirmer.

Lottie fit une pause, avant de s'attaquer au troisième carton. Sous la table, Will se chamaillait avec Whisky.

— Je comprends ce que tu veux dire, Lottie, ai-je commenté, puis j'ai avalé ce qui me restait de scotch. Merci de me prévenir.

Elle s'est penchée, m'a pris la main et l'a serrée.

Cher Hal,

Bravo d'être retourné chez nous. Quant à ce que tu dis sur Maman, pour être honnête, je le savais déjà. Papa m'écrit de plus en plus de lettres en cachette, aussi connais-je son état et combien il s'inquiète. J'aimerais vraiment demander une permission, mais on m'a répondu que c'était hors de question.

Alan a parlé de moi à sa femme. J'ai trouvé ça un peu prématuré, même superflu, et je le lui ai dit. S'il meurt demain, sa femme sera doublement affligée. Et si c'est moi qui suis tuée… eh bien dans ce cas, il aurait mieux valu qu'elle ne se doute jamais de mon existence. Mais Alan est comme ça. Un presbytérien jusqu'au bout des ongles, avec l'honnêteté farouche des Highlands. Très franchement, il arrive même que cette intransigeance m'effraie un peu.

Puisque je ne puis aller chez nous pour l'instant, il va falloir que tu t'y rendes pour nous deux, et plus souvent que tu ne l'as fait jusqu'à présent. Pourquoi ne pas essayer de voir le vieux Dr Barnaby pour lui demander quel est son pronostic ? J'ai demandé à Alan et il a fait la moue. Je ne crois pas qu'il veuille m'alarmer, mais il a tant d'autres choses en tête qu'il est à des milliers de kilomètres.

Bon Dieu, je deviens sinistre. J'essaierai d'être plus joyeuse la prochaine fois.

Tout mon amour et des milliers de baisers,

Izzy

Je crois que c'est juste après avoir reçu cette lettre d'Izzy que nous eûmes la visite à Northumberland Avenue du service de transfusion sanguine. Ils s'adressèrent à nous en petits groupes et nous expliquèrent, comme Izzy l'avait fait un soir à Stratford, que l'hémologie avait fait des progrès en découvrant que le sang qui coulait dans nos veines et artères pouvait être divisé en quatre groupes, A, B, AB et O. Pourvu qu'on donne à quelqu'un qui avait perdu beaucoup de sang dans un accident ou à la guerre, bien sûr, du sang du même groupe que le sien, son corps l'accepterait. L'orateur, un jeune médecin aux yeux bruns mélancoliques, disait qu'on avait aussi trouvé comment éviter que le sang coagule, et donc que nous, depuis notre sphère relativement protégée de Northumberland Avenue, pouvions de ce fait participer directement à l'effort de guerre en donnant chacun un demi-litre de sang qu'on s'empresserait de transporter au front, pour aider nos garçons blessés dans les tranchées.

C'était un discours posé et émouvant, à sa façon, mais mes collègues sont restés sur leurs gardes. Peu de gens aiment la vue du sang ou apprécient qu'on leur enfonce une aiguille dans la peau, et un demi-litre, ça semblait une sacrée quantité. Le médecin nous a rassurés en affirmant que cela ne mettait en aucun cas la vie du donneur en danger, que la seule précaution à prendre c'était de rester allongé une vingtaine de minutes après le prélèvement, pour vérifier qu'il n'y avait pas de mauvaises réactions, et de boire une tasse de thé.

Comme j'étais mieux renseigné que la plupart des personnes présentes, dès son exposé fini, je me suis porté volontaire, ce qui en a encouragé quelques autres, je pense. Il a conduit notre petit groupe jusqu'à une tente en toile goudronnée qui avait été plantée sur la pelouse de la cour centrale, celle dont je n'avais découvert l'existence que tout récemment.

Il m'a fait enlever ma veste, m'allonger sur un petit lit, et a relevé la manche de ma chemise. Tout en glissant l'aiguille dans mon bras, il m'a parlé pour me changer les idées.

— Vous n'avez pas hésité à vous porter volontaire. L'évocation du sang produit parfois de drôles de réactions chez certaines personnes.

Je lui ai parlé d'Izzy.

— Une fille courageuse, commenta-t-il.

— La guerre vous transforme parfois radicalement. C'était ma petite sœur et maintenant elle est… vraiment adulte, hésitai-je sans bien trouver les mots.

— Pensez à toutes les vies qu'elle a sauvées, souligna-t-il en ajustant le tuyau fixé à mon bras à une bouteille suspendue près du lit. Elle pourra marcher la tête haute quand tout cela sera fini. On ne peut pas en dire autant de tout le monde, ajouta-t-il avec un geste de la tête en direction d'un pan de la tente, où le général Haig [1] apparaissait sur une affiche de recrutement de l'armée.

Je n'ai pas fait de commentaire.

Le médecin est revenu peu après alors que la bouteille était presque pleine et il a défait tout l'équipement, en ôtant l'aiguille de mon bras.

— Et vous lui écrivez, à votre sœur ?

— Bien sûr.

— Alors parlez-lui de ce que nous faisons. Cela la rassurera. J'étais dans une unité comme la sienne, jusqu'à ce que j'obtienne ma mutation. Et donc je sais combien elle se sent exposée. Dites-lui que l'idée de la transfusion fait son chemin. Beaucoup de gens ont encore peur de donner leur sang, mais plus encore

1. Douglas Haig (1861-1928). Général britannique parfois critiqué pour les massacres jugés excessifs de troupes sous son commandement, mais reconnu aussi comme un grand stratège.

voient que c'est une façon pratique, quoique un peu intimidante, d'aider ceux qui sont en première ligne.

— À quel rythme peut-on donner son sang ?

— Nous ne le savons pas encore, répondit-il en faisant la moue. Nous n'en sommes qu'au stade expérimental. Peut-être deux fois par an, sauf en cas d'urgence. Mais nous avons vos coordonnées, et vous recevrez sous peu une lettre, pour vous remercier de votre aide et vous dire de quel groupe sanguin vous êtes. Ayez-le toujours en mémoire ; c'est une information très utile, dont on ne sait jamais quand on peut en avoir besoin.

— De quel groupe êtes-vous ?

— AB, le plus rare.

— L'élite, alors ?

— Oh non, pas du tout. Au contraire. Cela signifie que si j'ai un accident, que je perds du sang au cours d'une opération, ou que je suis renvoyé sur le front et blessé, on ne pourra me transfuser que du sang AB ou O. Le groupe O est à la fois le plus commun et le plus recherché. On peut donner du groupe O à tout le monde. Les gens de ce groupe sont nombreux, mais c'est le haut du panier en matière de transfusion. Bon, conclut-il avec un sourire. Je vais demander à l'infirmière de vous apporter du thé. Avec du lait concentré, hélas.

Au fil de sa romance avec Reg, passionné de pêche, Lottie avait découvert certains coins singuliers de Londres, des promenades en bord de rivières ou de canaux que Sam et moi n'aurions jamais trouvés par nous-mêmes. Les week-ends, nous explorions ces lieux reculés où habitait un étrange mélange de faune et de flore sauvage et de bric-à-brac industriel : péniches ou barges transportant du charbon, quais de marchandises, usines désaffectées, garages d'autocars. Un paysage insolite, dont Sam disait qu'il n'avait pas encore trouvé un peintre à sa mesure.

Durant ces sorties, nous parlions, Sam et moi. Elle se détendait après la classe et moi je dois admettre que je me laissais aller à lui raconter bien plus de choses que je n'aurais dû sur mon travail. Il faut dire que ces berges étaient loin d'être surpeuplées, et qu'il y avait peu d'espions allemands à la ronde ; peut-être aussi avais-je envie de lui faire savoir que la façon dont j'occupais mes journées n'était pas une perte de temps.

Ces excursions nous rappelaient bien sûr nos rencontres sur les rives de l'Avon, et je me doutais qu'elles évoquaient aussi à Sam les moments passés avec Wilhelm au bord de l'eau, ainsi que sa demande en mariage. Mais nous ne parlions plus guère de lui ni l'un ni l'autre, à présent. Les commentaires de Faye sur ces sales Boches et sur Will en particulier nous avaient beaucoup affectés.

Mes visites chez mes parents m'avaient marqué elles aussi. Lors d'une de ces promenades, nous marchions bras dessus, bras dessous, Sam et moi, par un jour gris où un vent violent ridait l'eau du canal en formant de curieux motifs, et où les amas de feuilles mortes venaient buter contre des branchages cachés dans les hautes herbes qui bordaient la rive.

— As-tu jamais pensé… Aimerais-tu que Will ait un frère ou une sœur ?

— Tu ne m'as encore jamais posé cette question, répondit Sam. Pourquoi maintenant ?

— C'est naturel, non, étant donné les circonstances ? Cela a dû te traverser l'esprit.

Sam n'a rien dit pendant un moment et nous avons continué notre marche. Le canal s'incurvait juste à cet endroit et nous étions à l'abri du vent.

— Nous nous entendons bien, non ? Je n'ai jamais regretté ma décision, Hal. Tu le sais, n'est-ce pas ? me demanda-t-elle avec une petite pression du bras.

— Ce n'était pas ma question.

— Mais c'est ma réponse. Ce soir-là au terrain de cricket de Middle Hill, et à la gare le lendemain, je t'ai dit que je ne t'aimais pas. Mais nous avons conclu un marché qui nous a convenu à tous deux et je ne le regrette pas, pas du tout. Tu as été merveilleux avec Will et moi, ainsi qu'avec mes sœurs, même si Faye ne t'a pas précisément montré de la gratitude. Et l'école où j'enseigne est tellement plus… ancrée dans la réalité. Je me sens bien plus utile ici qu'à Middle Hill. Je ne m'y attendais pas, en venant à Londres. Mais c'est aussi une bonne surprise.

Ce fut mon tour de rester silencieux un moment. Le canal allait à nouveau en droite ligne et nous approchions d'une écluse. On entendait l'eau couler des vannes alors qu'elle commençait à se remplir, pour permettre à une péniche de remonter le courant.

— J'espérais… J'avais l'audace d'espérer autre chose que de la gratitude.

Sam s'est arrêtée et m'a tiré par le bras pour m'obliger à lui faire face. Elle s'est mise sur la pointe des pieds et m'a embrassé sur la joue.

— Je sais, murmura-t-elle. Mais on s'entend bien, toi et moi, non ? On est bien ensemble. Je ne te l'ai encore jamais dit, Hal, mais… j'aime comment tu me fais l'amour. C'est un atout, de ne pas avoir à s'embêter avec des contraceptifs, et que tu ne sois pas non plus obligé de te retirer au dernier moment. Mon Dieu, je suis un peu trop expansive ces derniers temps… ça ne te gêne pas ?

— Non. Ça m'excite au contraire.

— C'est déjà pas mal, non ? Ne peut-on s'en contenter, pour le moment ? Je ne peux dire ce que je n'ai pas dans le cœur. Tu m'en voudrais, sinon ? N'est-ce pas ?

Je lui ai caressé la joue.

— Oui. Tu penses toujours à Wilhelm ?

Elle a posé la tête sur mon épaule.

— Ne cherche pas à te faire du mal, Hal. Nous avons notre vie maintenant, et elle se construit pas à pas. J'étais amoureuse de Wilhelm et je le serai toujours, une partie de moi en tout cas. Il parlait anglais avec un accent, bien sûr, mais ça me plaisait, c'était une particularité bien à lui, qui le distinguait des autres. On dit que les Allemands n'ont pas le sens de l'humour, mais il pouvait être très drôle. Il trouvait que le Kaiser était un personnage grotesque, dangereusement grotesque, et il le singeait à la perfection. La guerre dure depuis presque trois ans maintenant, Hal, et qui sait où se trouve Wilhelm, s'il est vivant, et s'il lui arrive de penser à moi ? Il appartient au passé. Notre vie est ici et maintenant, sur la rive de ce canal. (Elle a levé la tête et m'a regardé.) Tu te rappelles, tu m'avais conseillé de lire des poèmes de guerre à mes élèves ? Eh bien c'est ce que j'ai fait, et cela m'a poussée à lire davantage de poésie. Il y a un nouveau recueil écrit par Yeats, W. B. Yeats, un Irlandais.

— Oui, j'ai entendu parler de lui.

— Mais je parie que tu n'as pas lu son dernier recueil sur la naissance de ce nouveau mouvement politique en Irlande…

— Tu veux parler de l'IRA ?

— Oui. Je me rappelle un passage, à peu près en tout cas : « Le vert a beau être usé / Tout a complètement changé / Une terrible beauté est née. » Tu ne trouves pas que « terrible beauté » est une merveilleuse expression ? C'est vrai, certaines choses peuvent être à la fois belles et terribles. Ce qui est beau pour certains est terrible pour d'autres. Regarde, toi et moi par exemple, le hasard ou le destin nous a précipités l'un vers l'autre, alors qu'à cause de cette terrible guerre, nous avions souffert tous les deux, nous avions été blessés, chacun à notre manière, et que nous étions coincés, comme tu l'as dit un jour. Mais grâce à notre rencontre, nous construisons ensemble une vie meilleure que celle que nous avions. Will aussi en a profité. Sa vie n'aurait pas été si belle si tu n'étais pas apparu.

J'ai senti ma gorge se nouer.

Nous sommes restés à observer la péniche se profiler dans l'écluse à mesure que l'eau montait.

— Regarde, murmura Sam. Cette péniche n'a rien de reluisant, elle crache de la fumée noire et on ne peut pas dire qu'elle soit belle, hein ? Mais elle monte d'un niveau à un autre, et un nouvel horizon s'offre à elle à mesure que l'écluse se remplit. Comme pour nous. D'accord, c'est un peu forcé comme métaphore… reconnut-elle en riant. On ne peut effacer le passé, Hal, conclut-elle en s'appuyant contre moi. Mais on peut s'en détacher, jusqu'à un certain point.

Les portes de l'écluse se sont ouvertes et la péniche a avancé vers nous, puis nous a dépassés. L'homme à la barre nous a fait un signe de tête.

— Pourquoi n'est-il pas au front, à ton avis ? dit Sam à voix basse.

— Je ne sais pas. Il est peut-être trop âgé, ou infirme. Ou alors il transporte une précieuse cargaison.

— Les femmes se sont mises à exercer des métiers que seuls les hommes faisaient avant la guerre. Cela change notre psychologie. Hommes et femmes seront différents quand les combats auront cessé.

— S'ils cessent un jour. À ton avis, le fait d'avoir grandi en temps de guerre aura-t-il beaucoup d'influence sur Will ?

— Les enfants sont plus résistants qu'il n'y paraît, dit Sam en resserrant son écharpe autour de son cou. Il s'en tirera bien. Déjà, il a un homme pour veiller sur lui. Tu comptes plus pour lui que la guerre, Hal. Rentrons maintenant.

Nous avons pris le chemin en sens inverse.

— Quand vais-je rencontrer tes parents, Hal ? a-t-elle demandé peu après.

— Ça te plairait ?

— Ce serait un pas en avant, tu ne crois pas ?

— Ma mère te soumettrait à un interrogatoire serré, comme un prisonnier de guerre.

— Hal, tu n'as pas l'air de te rendre compte que j'enseigne dans un établissement plutôt coriace. Je serais de taille à me défendre, non ?

Sur le moment, nous n'avons rien décidé. Mais en remontant la berge du canal, en ce jour maussade, je me suis senti soudain ragaillardi. Sam trouvait que nous progressions. Elle n'était pas amoureuse de moi, mais pas de doute, les choses évoluaient entre nous.

— Bonjour, colonel Lockart, et vous aussi, Montgomery. Asseyez-vous, je vous en prie.

Le général de brigade Malahyde était toujours élégant, costume impeccable, veste bien coupée dont dépassait juste la bonne longueur de manchettes, chaussures lustrées où l'on aurait pu se mirer, plis de pantalons parfaitement nets.

— Alors vous avez quelque chose pour moi, si je comprends bien ?

— Oui, mon général. Mais comme c'est souvent le cas avec Hal, cela sort de l'ordinaire, dit Lockart, avant de me lancer un regard. À vous de jouer, à vos risques et périls.

— Mon cher Hal, vous risquez votre tête, fit le général avec un petit rire. Pourvu que ça vaille le coup.

— Général, ma femme est enseignante et l'une de ses collègues et amies a un fiancé qui est capitaine en second du port de Londres. Le week-end dernier, sachant que j'étais intéressé, il nous a invités ma femme et moi à venir à son bureau pour voir de près comment fonctionne le port. Je ne vous ennuierai pas avec les détails, mais j'ai remarqué quelque chose qui mérite, je crois, d'être mentionné. Le colonel Lockart est d'accord là-dessus.

Lockart émit une sorte de grognement. Le général ne broncha pas.

— L'un des navires en partance ce jour-là, un samedi, s'appelait le *Samuel Hood*. Il avait une cargaison d'insecticides et avait pour destination l'Amérique du Sud, l'Uruguay, via le Maroc. Samuel

Hood n'est plus de ce monde, mais c'était le fondateur de la firme Hood-Frankel, un consortium spécialisé en produits chimiques qui avait ses bureaux à Londres et à Hambourg, avant la guerre. Évidemment, depuis août 1914, la firme ne traite plus avec son ancien partenaire allemand, officiellement en tout cas, mais je me demande s'il en va de même officieusement.

— Continuez.

— J'ai regardé où en était la firme Hood sur les cours de la Bourse. Ça va on ne peut mieux. Le cours de ses actions a grimpé de 8 % cette année. Selon les journaux allemands, Frankel aussi se porte bien. Or, avant la guerre, la Grande-Bretagne exportait en Allemagne des milliers de tonnes de pyrèthre, c'est la base d'un insecticide, et Hood-Frankel détenait 45 % de ce marché. Mais voilà : le pyrèthre est extrait des pétales de chrysanthème, et s'il sert de base à des insecticides, distillé, il donne de l'acide picrique qui, à son tour, peut être transformé en paradichlorobenzène… un explosif.

— Et donc selon vous… ?

— Pourquoi le *Samuel Hood* fait-il route vers l'Uruguay en passant par le Maroc ? J'ai vérifié avec l'attaché de l'ambassade uruguayenne ici à Londres. L'année dernière, le bateau a justement transporté sept tonnes de pyrèthre, alors que l'Uruguay reçoit presque tous ses insecticides des États-Unis. Il m'est venu à l'esprit que Hood vend du pyrèthre à Frankel, en échangeant les marchandises au Maroc et en fournissant de ce fait des explosifs à l'ennemi. Qui vérifie si les marchandises arrivent bien à la destination prévue initialement ?

Selon son habitude, le général a sorti son stylographe de luxe et s'est mis à prendre des notes sur le bloc posé devant lui.

— Si vous avez raison…

— Si j'ai raison, cela veut dire que des gens qui croient fabriquer des insecticides dans les usines Hood de Canning Town produisent en fait une matière qui sera utilisée pour tuer nos propres soldats.

— Je m'en rends bien compte, rétorqua le général. Ce n'est pas ce que je voulais dire. J'allais vous indiquer qu'un des principaux actionnaires de Hood est sir Kingsley Draper, sous-secrétaire d'État au Foreign Office. Il a renoncé à ses parts quand il est entré en fonction, mais à tous points de vue, c'est un scandale gravissime. Et si nous le rendons public, les Allemands sauront que nous sommes au courant.

Il a regardé Lockart en tapotant le bras de son fauteuil. Le silence s'est étiré.

— En premier lieu, je crois que Hal devrait être transféré à ce bureau. J'ignore comment nous allons procéder, mais moins il y aura de gens au courant, mieux ça vaudra.

Alors que nous rentrions d'un concert au Wigmore Hall un dimanche après-midi (le changement de nom avait eu lieu), Sam et moi sommes arrivés à Baker Street, où nous prenions d'habitude un omnibus pour rentrer chez nous. Mais cette fois, après avoir attendu une vingtaine de minutes un bus qui de toute évidence ne viendrait pas, comme cela arrivait en ces temps troublés, nous nous sommes résolus à faire tout le trajet à pied en coupant par Hyde Park.

Nous sommes entrés dans le parc par Speaker's Corner. Je connaissais l'endroit, bien sûr, mais je n'étais jamais venu exprès pour écouter les extrémistes et cinglés de tous poils qui s'y produisaient. Bras dessus, bras dessous, nous sommes allés d'un orateur à l'autre, comparant les styles, observant avec amusement comment ils invoquaient le Tout-Puissant, réagissaient quand des trublions venaient les provoquer, ou se lançaient tels des prophètes de malheur dans des imprécations enflammées. Il y en avait pour tous les goûts : communistes, Indiens anti-impérialistes, sionistes, nationalistes anti- et pro-Irlandais, et fanatiques antiAllemands très remontés, évidemment. Quand je me suis rendu compte que nous étions entrés dans leur pré carré, j'ai essayé d'entraîner Sam plus loin, mais elle a résisté.

— Non. Écoutons un peu cet orateur.

Ce n'était guère plaisant à entendre. Si je m'en souviens bien, l'essentiel de ses arguments consistait à clamer que si le monde s'était abîmé dans la guerre, c'était les Allemands qui l'avaient déclenchée, dans le but d'essayer leur nouveau potentiel industriel et militaire parce qu'ils se croyaient « meilleurs que nous ». C'était sans doute ce que la plupart des gens présents ce jour-là avaient envie d'entendre, et l'idée m'a même effleuré qu'il était payé par les services de recrutement de l'armée. Mais alors il a développé sa théorie en disant que cette guerre était très différente de toutes les précédentes à cause du très grand nombre de civils enrôlés. Nous allions créer de ce fait toute une génération d'enfants sans père, et selon les dernières avancées de la psychologie, allemande soit dit en passant, c'était la première fois qu'une génération entière serait perturbée, en proie à un traumatisme bien plus grave que nous ne pouvions nous en douter et qui perdurerait bien au-delà de la guerre elle-même. Bref, la Grande-Bretagne ne serait plus jamais la même. Pour finir en beauté, il a brandi à bout de bras un bébé enveloppé d'un châle sur lequel étaient accrochées deux médailles. C'était son neveu, le fils de son frère, qui ne connaîtrait jamais son père car celui-ci avait sauté sur une bombe quelque part en France. Les médailles étaient bien sûr celles du défunt.

Comme l'orateur commençait à s'échauffer, Sam m'a tiré par le bras. Nous avons traversé la foule pour entrer plus avant dans le parc en avançant vers le sud-ouest, tandis que l'écho des cris et des voix allait s'estompant.

— Certains de mes élèves qui ont perdu leur père ont commencé à porter leurs médailles, a dit Sam au bout d'un moment.

— Et tu approuves ?

— Ça ne me dérange pas. Pourquoi serais-je contre ?

— Ce n'est pas afficher un peu trop ses sentiments ?

— Oh non ! Ce sont des orphelins, à moitié en tout cas. Pour eux, c'est important. Ils en sont fiers. C'est une marque d'honneur, un hommage rendu à leur père.

— Certes. Nous en avons parlé Lottie et moi l'autre soir, quand elle travaillait sur les affiches pour la chambre de Will. Sur ce point, ce type a raison. Il n'y a jamais eu de guerre comme celle-ci, impliquant tant de civils. Cela change notre manière d'être en nous rendant un peu plus… démonstratifs en public. Nous sommes moins coincés, moins pudiques que nous ne l'étions.

— Et heureusement ! s'exclama-t-elle avec véhémence. Regarde-moi, comme je suis sans cesse obligée de ravaler mes sentiments.

Nous sommes restés silencieux un moment. Ses mots avaient-ils dépassé sa pensée ?

— Je voulais dire que je ne peux parler à personne du fait que nous ne sommes pas mariés, a-t-elle précisé.

À cet instant, trois enfants qui poursuivaient un chien nous sont presque rentrés dedans.

— Tu as surtout voulu dire que tu ne peux parler à personne de Wilhelm, à part à Lottie et à moi. Et en supposant que nous ne perdions pas la guerre et que Wilhelm ait été tué, jamais Will ne pourrait porter ses médailles.

Un autre silence s'est étiré tandis que nous longions ce qui était avant la guerre un parterre de fleurs. Un luxe que nous ne pouvions plus nous permettre.

Sam ne pouvait se douter à quel point moi aussi j'étais coincé. Ces derniers temps, son passé revenait sans cesse la tourmenter, semblait-il, la laissant désarmée, échouée sur le bord de la route. Et il était en mon pouvoir, sinon de chasser tous ses tourments, du moins d'en alléger le poids. Comme il aurait été simple de lui révéler ce que je savais.

Au loin j'ai aperçu l'Albert Memorial. Nous serions à la maison dans une demi-heure.

Mon entrevue avec le général Malahyde concernant l'affaire du *Samuel Hood* eut deux conséquences. La première, ce fut que, sur sa demande, je fus transféré dans son service plus tard ce jour-là, et l'on m'octroya un bureau de fortune auprès de Margaret, sa dragonne de secrétaire. Nous découvrîmes vite que le navire déchargeait en effet sa cargaison de pyrèthre à Agadir pour la remplacer par des olives avant de repartir pour l'Uruguay. Nos agents au Maroc nous fournirent des photographies du déchargement et du chargement. De notre côté, à Londres, nous nous aperçûmes d'un fait encore plus révélateur : malgré la guerre sans merci que les sous-marins allemands livraient à notre flotte marchande, aucun des bateaux de la firme Hood n'avait jamais été attaqué par des sous-marins allemands, encore moins coulé. Aussi toute l'affaire revêtit-elle soudain un tour extrêmement douteux.

La deuxième, c'est au général lui-même que je la dois. Un jour il me convoqua dans son bureau en fin d'après-midi, et m'offrit un whisky. De toute évidence, il allait s'en servir un, donc j'acceptai sans faire de manières. Il faisait un temps sinistre, et le peu de lumière qui venait du dehors donnait à la pièce une atmosphère glauque, heureusement réchauffée par les cônes d'un jaune lumineux que projetaient les lampes de bureau.

— C'était drôlement bien vu, Hal, dit-il après avoir bu une gorgée de whisky. Tout comme votre idée sur Lénine. Vous avez la tournure d'esprit qu'il faut pour travailler ici. Bravo.

— Merci, mon général.

— Hélas ! on ne peut pas se reposer sur ses lauriers.

Il m'a regardé de ce petit air qui n'appartenait qu'à lui, à la fois bienveillant et scrutateur, qui semblait dire : est-ce que vous voyez où je veux en venir ?

Eh bien non, je ne voyais pas.

— Continuez, mon général.

— Vous avez dit vous-même que les actions de chez Hood se portaient bien.

— Oui, mon général, c'est ce qui m'a mis la puce à l'oreille en premier lieu.

— Très bien. Mais allons plus loin : si c'est le cas, c'est donc qu'ils réalisent d'importants bénéfices… et donc d'importantes rentrées d'argent. Il est peu probable que Hood fasse cadeau de son pyrèthre à Frankel.

J'ai enfin compris où il voulait en venir.

— L'argent doit changer de mains.

Son sourire s'est élargi.

— Mais pas au Maroc, ajoutai-je. Ce serait trop risqué.

— Non, pas au Maroc, mais alors où ?

— En Amérique ?

— Trop loin. Et tout aussi risqué, après tout… ce sont nos alliés maintenant.

— L'Uruguay ? Non. C'est aussi loin.

— Reste… ?

— La Suisse.

— Exactement, acquiesça-t-il.

Il a fini son whisky, s'est levé, est allé chercher la bouteille, nous a resservis, puis il a regagné sa place.

— Les photographies d'Agadir confirment vos soupçons. Pourtant, avant de divulguer la chose et de mettre les directeurs de Hood sous les verrous ou à la Tour de Londres, il nous faut jouer serré. Si nous interférons, nous empêcherons Hood de se livrer à sa petite combine, certes, mais notre investigation s'arrêtera là, nous aurons du mal à aller plus loin. En revanche, si nous parvenons à découvrir comment ils se font payer, ce sera le moyen idéal pour en savoir plus. L'Allemagne est à court de matières premières et pour en acheter, elle doit recourir à la fraude. Je parie que ce type d'opération, si elle existe, se passe en Suisse.

— J'en conviens, mon général, mais comment repérer où, quand et de quelle manière se déroule cette transaction ? Je ne saurais par où commencer.

Il a déboutonné sa veste avec une désinvolture qu'il ne s'autorisait pas d'habitude.

— Les Allemands ainsi que Hood doivent éviter toutes traces écrites, ce serait trop compromettant. Tôt ou tard il pourrait y avoir des fuites, même après la guerre. Les gens de chez Hood seraient toujours dans l'angoisse que la police ou le MI5 viennent un matin frapper à leur porte… Non, les transactions doivent se faire en espèces. Un représentant de Frankel, ou d'une quelconque organisation gouvernementale allemande de façade, doit rencontrer quelqu'un de chez Hood, en séjour en Suisse sous un prétexte ou un autre.

Il avait trouvé tout ça tout seul. C'était ce genre d'homme. J'ai attendu ses conclusions sans faire de commentaires.

— Or, pour aller en Suisse, cette personne de chez Hood doit le faire officiellement, sous un motif quelconque. Ce qui signifie qu'elle a forcément dû se déclarer auprès de notre ambassade à Berne. Voici la marche à suivre : il faut que quelqu'un de chez nous aille à Berne ni vu ni connu pour vérifier les registres et voir ce qu'il en sort.

Tout s'expliquait : l'heure tardive de notre entrevue, les deux whiskies, l'ambiance décontractée.

— Mais mon général, je boite, il me faut parfois une canne pour me déplacer. Je ne suis pas taillé pour ce genre de mission.

Il a siroté son whisky et son sourire s'est encore élargi.

— Sachez que votre boitillement a quasi disparu. Quoi qu'il en soit, rien ne vous empêche d'emporter une canne, au contraire. À mon avis, c'est parfait, comme couverture.

Quand je lui ai annoncé mon départ pour la Suisse, Sam n'a pas du tout apprécié la nouvelle.

— Pour combien de temps ?

— Je l'ignore, Sam. Jusqu'à ce que j'aie obtenu un résultat probant, j'imagine.

— C'est dangereux ?

— Le seul risque, c'est le trajet pour aller là-bas. Je devrai voyager par la France, bien à l'arrière des lignes de front, puis traverser le lac de Genève. La Suisse en elle-même est on ne peut plus sûre.

— Je parie que tu n'as même pas essayé d'y couper, Hal. As-tu pensé à Will ? Tu te rappelles dans quel état il était quand tu es rentré tard une nuit ?

J'ai cherché à dédramatiser en plaisantant.

— Il ne se souviendra sans doute plus de moi quand il ne m'aura pas vu de toute une semaine.

— Ne dis pas ça ! Il n'est entouré que de femmes. Ce n'est pas bon pour un petit garçon. Oh, Hal, c'est horrible ! Horrible !

Quand nous l'avons annoncé à Will, sa première question a été « Will vient ? ».

À ce moment-là, il avait l'habitude de parler de lui à la troisième personne. Quand je lui ai expliqué gentiment qu'il ne pourrait pas venir, il est devenu soudain très calme et s'est agrippé à sa mère.

Le dîner fut sinistre ce soir-là et plus tard, dès que Sam et moi nous fûmes couchés, Will est entré dans notre chambre pour se glisser entre nous deux. Comme il était épuisé, il s'est vite assoupi et je l'ai ramené dans son lit.

Quand je suis revenu dans notre chambre, Sam avait éteint sa lampe de chevet et tiré les couvertures sur ses épaules.

— Écoute Sam, je regrette, mais on est en guerre. Tu voudrais que je refuse d'obéir aux ordres ? Je pourrais être poursuivi pour trahison, emprisonné. Ce serait à coup sûr la fin de ma carrière, et de toute possibilité pour moi de servir mon pays. Sois raisonnable, je t'en prie. C'est notre dernière nuit ensemble, pour… un bout de temps. Ne la gâche pas.

Elle est restée immobile, sans rien dire.

— Ce n'est pas comme si je retournais au front pour me faire tirer dessus. Je ne vais pas courir de réel danger.

Elle s'est tournée alors pour me faire face.

— Qu'en sais-tu ? Comment peux-tu en être certain ? Tu seras une sorte d'espion, je ne suis pas idiote. Je sais que tu ne peux pas me dire pourquoi tu vas là-bas et je ne veux pas le savoir. Mais les espions s'entre-tuent en temps de guerre, même en pays neutre.

Elle s'est redressée, et sous sa chemise de nuit, j'ai vu ses seins bouger au rythme de sa respiration.

— On était si bien… et voilà que tu me refais le même coup que Wilhelm, sauf que cette fois nous sommes deux, Will et moi. Et si tu ne revenais pas, Hal ? Je ne crois pas que je pourrais le supporter… Être abandonnée… Veuve de guerre pour la deuxième fois. À l'école j'ai vu les enfants qui ont perdu leur père, j'ai vu ce qui leur arrive, comment ils s'enferment dans le silence et se recroquevillent sur eux-mêmes, comme si quelque chose en eux était brisé, ou perdu… Si cela devait arriver à Will, je… Mon Dieu !

Elle s'est effondrée contre moi. Je l'ai prise dans mes bras et l'ai embrassée. Le goût salé de ses joues mouillées de larmes, et ce doux mélange qu'elle avait toujours sur elle de son odeur et de celle de Will m'ont excité. Je lui ai léché les seins, sous sa fine chemise de nuit, et elle a poussé un cri de plaisir.

Cette nuit-là, elle a crié, encore et encore.

Je suis arrivé en Suisse trois jours plus tard. J'ai voyagé en changeant plusieurs fois de train dans des trous aussi perdus que Langres, Saint-Amour et Annecy. Le général avait veillé à ce que j'emporte tous les papiers nécessaires, aussi fus-je à chaque contrôle traité avec égard. J'avais des livres, mais mes pensées revenaient sans cesse à Sam. Notre dernière nuit avait été une expérience nouvelle pour l'un comme pour l'autre, je pense. Nous avions exploré nos corps avec une frénésie animale, presque violente. J'avais été un peu troublé par l'intensité dont nous avions fait preuve et Sam aussi, je crois. Mais assis dans ces trains français imprégnés d'une forte odeur de tabac brun, à regarder la campagne défiler, je me repassais comme en film certaines des choses que nous avions faites… pour me retrouver à nouveau dans un drôle d'état.

Enfin, le quatrième jour, peu après l'heure du déjeuner, mon train (le sixième si je me souviens bien) arriva en gare d'Évian, sur la rive sud du lac de Genève. Là, je dus attendre trois heures avant de pouvoir m'embarquer sur un bateau à vapeur. Grâce à la neutralité suisse, un service régulier desservait toujours le tour du lac, malgré la guerre : Genève, Évian, Montreux, Lausanne, Genève. C'était l'un des itinéraires les plus prisés pour entrer et sortir de Suisse, utilisé par les espions de toutes nationalités.

Personne ne m'attendait. Les seules instructions que Malahyde m'avait données, c'était de me comporter comme un habitué de ce trajet, pour ne pas me faire repérer comme nouveau venu par d'éventuels observateurs. Je devais prendre un taxi pour la gare de Lausanne, puis monter à bord du premier train pour Zurich. La destination avait été changée, car même si notre ambassade se trouvait à Berne, Zurich était le centre bancaire de la Suisse. Nous n'avions pas d'ambassade à Zurich, mais il y avait un consulat, qui me servirait de centre opérationnel. On me donna le nom d'un hôtel, l'*Olden*, où une chambre avait été réservée à mon nom. J'arrivai juste après neuf heures, défis mes bagages, pris un bain, puis dînai en solitaire dans une brasserie près du lac. Le lac figurant précisément sur l'affiche de voyage qui décorait le mur de la chambre de Will, ce qui me fit naturellement penser à lui, ainsi qu'à Sam. Comme si j'en avais besoin. C'était ma quatrième nuit sans eux.

Le lendemain matin, je me présentai au consulat à neuf heures pile, où je fis la connaissance de mon agent de liaison, un certain major Gregory Gaimster, avec qui je devrais partager un bureau exigu au deuxième étage, avec une petite fenêtre donnant sur une rue étroite traversée en son milieu d'une ligne de tramway. Juste en face se trouvait un bar assez miteux d'aspect, le *Venner*.

— Vous verrez, le soir, il est plus animé, me dit Greg. Il y a un bordel au-dessus, et certaines filles ne sont pas mal.

Il était de Nottingham, la ville d'Angleterre réputée entre toutes pour ses belles filles.

Ce matin-là, Greg me présenta à un ou deux autres membres du consulat, puis il alla faire du café dans une petite cuisine, revint, et ferma soigneusement la porte de notre bureau.

— J'ai eu un télégramme du général, mais guère de détails. Donnez-moi votre version. En prenant votre temps. On a toute la journée.

Il s'est assis et m'a donc écouté sans m'interrompre, tout en prenant quelques notes. C'était un grand type décharné au visage creux, aux yeux cernés, doté d'un menton volontaire. Il portait une veste en tweed et une chemise à carreaux avec une cravate tricotée. On aurait dit qu'il venait d'une partie de pêche ou de chasse. Il m'a tout de suite plu.

À la fin de mon exposé, il est resté assis un moment sans rien dire, l'air pensif.

— Puis-je vous poser une question ? a-t-il murmuré au bout d'un moment.

— Allez-y.

— À votre avis, combien de bateaux la firme Hood possède-t-elle ?

— J'ai vérifié avant de partir. Trois.

— D'après vous, un cargo qui va en Uruguay met combien de temps pour en revenir ?

— Je ne sais pas au juste… Disons une semaine ou dix jours pour arriver là-bas. Quatre jours pour décharger, recharger et repartir. En tout l'aller-retour ferait un peu moins d'un mois.

— Ce qui signifie que ces trois cargos peuvent faire grosso modo trois livraisons par mois, a calculé Greg.

— Mais ce n'est pas le cas. Le gars que je connais qui travaille au port de Londres dit que le *Samuel Hood* remonte la Tamise seulement deux ou trois fois par an.

— Il est possible qu'il transporte du pyrèthre à partir d'autres ports.

— J'en doute. Ce serait peu rentable pour Hood, d'avoir des entrepôts d'insecticide éparpillés dans tout le pays. Et leurs sites d'extraction se trouvant dans l'East End, le port de Londres est donc tout indiqué.

Greg est resté un moment à se tapoter les lèvres.

— Oui, ça correspond. Mais d'après nous, ça ne marche pas tout à fait comme vous le pensez.

— De quoi parlez-vous ? Que savez-vous ?

Il a repoussé sa chaise et a posé les pieds sur son bureau. Le lustre de ses chaussures laissait à désirer.

— Nous ne sommes pas des abrutis complets. Nous savons bien que la Suisse peut servir à certaines transactions douteuses, et c'est l'une des raisons pour lesquelles on nous a postés ici au départ. Mais vos informations peuvent être le dernier maillon de la chaîne, celui qui explique tout.

Au lieu de le questionner, je l'ai laissé développer ce qu'il avait à dire à son rythme.

— Encore un peu de café ? m'a-t-il proposé.

— On a toujours toute la journée devant nous ?

— Oui, ça va, on a le temps. C'est votre tour.

Je suis donc allé à la cuisine faire du café. Ensuite il s'est assuré à nouveau que la porte du bureau était bien fermée.

Il a goûté le café, a fait la grimace.

— Beuh, c'est un peu lavasse. Ne lésinez pas, la prochaine fois. L'un des avantages de vivre en Suisse, c'est qu'on a du café à gogo… Bon, maintenant, laissez-moi vous mettre au parfum. C'est différent à Genève, ou même à Berne, mais à Zurich et à Bâle, nous sommes très agressifs, certes discrets, mais agressifs, dans notre attitude envers les Britanniques qui se trouvent en Suisse. Oui, tout ce satané pays est neutre, mais nous voulons savoir ce qui a pu amener ici tel ou tel citoyen britannique. Des tas d'affaires on ne peut plus régulières continuent durant une guerre, évidemment, ce qui veut dire que certaines personnes sont là pour des raisons parfaitement légitimes. Mais pas toutes.

Il a mis une bonne cuillerée de sucre dans son café, et à en juger par son expression, cela a un peu amélioré son goût « lavasse ».

— Nous avons infiltré les gardes-frontières suisses et leur police. De ce fait, nous disposons des listes officieuses de tous les gens, britanniques ou autres, qui arrivent à Genève par bateau à vapeur ou par train. Les rapports de police nous donnent les renseignements figurant sur leurs passeports ainsi que leurs adresses sur le territoire suisse. Comme on ne peut pas vérifier tout le monde, on s'occupe en priorité des gens qui séjournent au centre de Zurich ou de Bâle. Nous les surveillons discrètement, bien sûr. Ils sont suivis, leurs chambres d'hôtel sont, disons, visitées en leur absence. Leurs relations aussi sont observées.

« La plupart du temps, ça ne donne rien. Mais il nous arrive de découvrir des choses. Et nous avons justement mis au jour un certain processus que nous ne comprenons pas tout à fait, mais qui pourrait bien correspondre à ce que vous soupçonnez.

J'ai goûté mon café. Il n'était pas si mauvais que ça. C'était bien agréable de le boire sucré, pour une fois.

— L'une des personnes que nous avons repérées est un certain Bryan Amery. Il s'est déclaré au consulat tout à fait normalement. Il a un peu moins de trente ans, est né à Leamington Spa, mais a vécu longtemps à Londres. Selon nos maigres recherches, car à cette distance et en temps de guerre, il n'est pas toujours facile de creuser, Amery est représentant en métaux précieux. Il travaille pour une petite société qui a son siège à Hatton Garden et son boulot consiste à observer le marché de l'or, de l'argent, du platine et du cuivre ayant cours à Zurich pour mieux conseiller ses employeurs sur les moments où il faut acheter ou vendre. Nous ne l'avons jamais interrogé, vous comprenez bien. Ces renseignements viennent exclusivement des recherches effectuées en Angleterre.

— Mais selon vous, ce n'est pas sa véritable activité ?

— On ne sait pas. Il a un petit bureau ici, dans la Thuringstrasse, mais nous n'y avons pas encore mis les pieds. En revanche, il dispose d'une suite au *Baur au Lac*, le meilleur hôtel de la ville, que nous avons fait fouiller. On n'y a trouvé pour ainsi dire aucun papier. De ce côté-là, on n'a rien récolté d'intéressant.

— Alors qu'est-ce qui vous a conduits à le soupçonner ?

Greg a fait la grimace.

— Il rencontre beaucoup de monde. Généralement dans des cafés, où lui et ses interlocuteurs ne parlent qu'en allemand. Nous avons suivi ces individus et, même s'il s'agit pour la plupart de Suisses parfaitement innocents, une poignée d'entre eux, un peu plus en réalité, sont des Allemands qui représentent des sociétés telles que Hood-Frankel. Autrement dit des firmes anglo-allemandes qui, avant la guerre, n'en formaient qu'une, ou qui travaillaient en étroite collaboration.

Greg s'est levé et s'est étiré le dos.

— Ma colonne vertébrale s'ankylose si je ne remue pas de temps en temps… Cela m'avait traversé l'esprit qu'une combine très proche de celle que vous suspectez pour Hood incrimine d'autres firmes. Tant qu'à faire, pourquoi n'y aurait-il pas d'autres firmes profitant du même filon ? Hood n'a que trois navires et fait environ neuf livraisons par an ; cela me paraît bien cher en proportion de loger Amery au *Baur au Lac* toute l'année.

« L'Allemagne, comme on sait, est à court de matières premières, a repris Greg après s'être encore étiré. Quant à moi, je penserais volontiers qu'Amery se sert de sa couverture pour le compte de cinq, dix ou vingt compagnies, en recevant une coquette commission au passage.

Choqué par cette réflexion, je me suis rendu compte qu'il ne m'était tout simplement pas venu à l'idée que d'autres firmes que Hood pouvaient agir de la même manière.

— Alors pourquoi ne l'avez-vous pas encore coincé ?

— Pour trois bonnes raisons. Primo, nous n'avons jamais pu nous rapprocher assez pour écouter les conversations et donc nous ne sommes sûrs de rien. Secundo, nous n'avons jamais vu d'argent passer de main en main. Il leur arrive de se serrer la main, mais rien de plus. Aucun échange de sacs ni rien de visible. Tertio, nous n'avons pas l'autorité qu'il faut pour le cueillir. Si nous le dénoncions à la police suisse, elle exigerait des preuves, or nous n'en avons pas.

Après s'être encore étiré, il s'est rassis et a posé les deux mains à plat sur son bureau.

— Si nous parvenions à prouver qu'Amery commerce avec l'ennemi, ou collecte de l'argent pour le compte de grosses firmes peu scrupuleuses, si vraiment nous étions certains de notre fait, la seule chose à faire, ce serait de le tuer proprement, dans la plus totale discrétion.

Il a laissé passer un silence, le temps pour moi de digérer.

— Vous voyez donc qu'il nous faut être sûrs de notre coup. Vos indices vont nous aider. Si dans les prochains jours, il rencontre quelqu'un de chez Frankel, ce sera la preuve flagrante que nos soupçons sont fondés, a-t-il conclu, puis il a jeté un coup d'œil à sa montre. Allons-y. Avant déjeuner, Amery prend toujours l'apéro au *Café Odéon*. On va y aller à pied et vous pourrez jeter un coup d'œil sur notre homme.

C'était mon premier jour en Suisse, et j'allais me retrouver au *Café Odéon*, le fameux antre du mouvement dada ! Je n'arrivais pas à y croire.

En chemin, je lui ai posé une question qui me turlupinait.

— Greg, pourquoi les Allemands ne paieraient-ils pas Amery sur un compte, directement, de banque à banque ?

— Trop dangereux. D'abord, il y aurait des traces écrites, et puis, les Suisses détesteraient ça. Pour eux, ce serait abuser de leur neutralité, et ils s'empresseraient de mettre un terme à tout le processus.

— À quoi ressemble-t-il, cet Amery ? Ce nom me dit quelque chose.

Greg m'a jeté un petit regard en coin.

— Ah oui ? Il est petit, des cheveux très noirs, d'épais favoris. Il porte toujours un col roulé.

Non, cette description ne m'évoquait rien.

— Montgomery, s'il y a la moindre chance que vous le connaissiez, il faut éviter qu'il vous voie. On va s'asseoir au fond du café.

Quel changement d'être en Suisse, après la Grande-Bretagne et la France ! Zurich était une ville pimpante, regorgeant de vie. Il y avait des fleurs partout, des gens assis à la terrasse des cafés mangeaient des glaces et des fruits, aucune troupe de soldats ne venait vous boucher la vue, et sur les visages des passants, pas de grise mine ni de fatigue. J'avais oublié à quoi ressemblait la paix.

Le *Café Odéon* était grand, animé, avec une façade en bois poli et des parasols rouge et jaune au-dehors. Les serveurs tout de noir vêtus portaient de longs tabliers qui leur tombaient presque jusqu'aux pieds.

Nous avons trouvé une petite table à l'intérieur, à droite d'une colonne derrière laquelle je pourrais me cacher au besoin. Sur la table, en plus des salière, poivrière et cendrier d'usage, il y avait un petit pot de lait froid. Greg a commandé des bières et a pris deux journaux pendus à un présentoir près de l'entrée, chacun relié par une sorte de tringle en bois.

— Et votre allemand, il est bon ? m'a demandé Greg dans cette langue.

— *Ich bin zweisprachig*, autrement dit, je suis bilingue, ai-je répondu.

— On devrait parler en allemand à partir de maintenant. Cela attirera moins l'attention.

— *Sehr gut*. Très bien.

J'ai feuilleté le journal. Le roi venait de rentrer à Londres d'une visite de dix jours sur les lignes de front françaises. Chez nous, on expérimentait les sirènes anti-aériennes ; jusqu'à présent, le début des alertes avait été signalé par un sifflement et leur fin par le son du clairon. Par ailleurs, les Américains avaient mobilisé leur garde nationale.

Mes yeux revenaient sans cesse au lac. J'avais toujours aimé les lacs. Je n'ai jamais compris cette attirance pour la haute mer, qui pousse certains à faire de la voile. Être sur une petite embarcation avec l'horizon pour seule compagnie correspond pour moi à de la privation sensorielle, ce nouveau concept de la psychologie moderne. Tandis qu'au bord d'un lac, il y a toujours quelque chose à regarder, les collines au loin, les yachts, le scintillement des vagues.

— Le voilà. Pile à l'heure. Amery en personne, a dit Greg.

J'ai suivi son regard. Un petit homme approchait une chaise d'une table au bord du trottoir. Il était aidé par un serveur qui le connaissait manifestement, mais qui, debout devant lui, le masquait à ma vue. Le type s'est assis, et il a continué à discuter avec le serveur. D'abord, je n'ai vu que son cou et ses épaules, et j'ai juste remarqué qu'il avait une pomme d'Adam proéminente, qui bougeait quand il parlait. Il avait dû passer sa commande, car le serveur s'est aussitôt éloigné. Alors j'ai pu voir son visage, et j'ai immédiatement plongé derrière la colonne.

— Vous le connaissez donc ? a dit Greg avec un flegme remarquable.

— Ça oui, je le connais, j'ai murmuré. Mais ce n'est pas Bryan Amery, Greg. En réalité, il s'appelle George Romford.

— S'il est ici sous un faux nom, c'est qu'il a quelque chose à se reprocher.

Greg et moi nous déjeunions dans une brasserie située à quelques rues de l'*Odéon*, tout au fond du restaurant, bien cachés, hors de vue des passants. Nous avions quitté l'*Odéon* par la sortie de secours en laissant Amery-Romford vaquer à ses occupations, pour le moment du moins.

Après avoir passé notre commande, un plat de saucisses frites accompagné d'une salade de tomates et d'un vin rouge suisse que Greg appréciait, mais que j'ai trouvé abominable, je lui ai raconté d'où je connaissais Romford, ses rapports avec moi, et la scène avec Pritchard.

— Eh bien, vous avez fait du chemin depuis, tous les deux, a remarqué Greg en buvant du vin. Mais pas dans la même direction.

— Ça explique pourquoi ce nom de Bryan Amery m'était familier. C'était l'un de mes camarades, à Stratford.

Greg a fait la moue.

— Mon petit doigt me dit que ce pauvre Amery est mort, et que Romford lui a emprunté son identité. Rien de plus facile, en temps de guerre.

On nous a servi nos plats, avec une rapidité surprenante qui m'a inspiré quelque méfiance. Les saucisses avaient été cuites à l'avance, ce qui n'a pas empêché Greg d'attaquer son plat avec appétit.

— Je vous l'accorde, l'usage d'un faux nom est suspect, Greg. Mais est-ce suffisant pour… qu'on le tue ? demandai-je avec l'impression de vivre une scène un peu irréelle. Ne faudrait-il pas d'abord comprendre la combine un peu mieux, pour y mettre fin comme il se doit ?

— Faut voir, répondit-il la bouche pleine. Je consulterai le général sur ce point. Pour l'heure, que pouvez-vous m'apprendre sur ce Romford ? Quel genre d'homme est-il, ses forces, ses faiblesses ? Vous le connaissez, ou l'avez connu. Vous pouvez grandement nous aider.

Les saucisses n'étaient pas bonnes. Si j'arrivais à finir la salade et les frites, ce serait déjà bien. Avec un verre de vin, en me forçant un peu.

— Oui, il y a deux ou trois choses dont je me souviens qui pourraient nous servir. D'abord, les femmes. Manifestement, Romford n'a jamais eu beaucoup d'expériences ni de succès auprès des femmes. Du coup il leur colle au train avec une insistance assez écœurante. Si nous devions l'approcher, ou l'appâter, il faudrait que ce soit par l'intermédiaire d'une femme. Ensuite, il a une manie : né dans l'East End, il déteste tous les aristos. À mon avis, cela cache une fascination refoulée. Donc, si vous avez dans l'équipe une fille distinguée, avec des manières d'aristos, c'est elle qu'il faut engager.

— Ensuite ?

— Il est un peu gêné aux entournures, quand il s'agit de parler l'allemand. Il l'a appris à l'école, mais n'est jamais allé en Allemagne, et ce séjour en Suisse est son premier en pays germanophone. Il vaudrait mieux que la personne qui l'approche ne parle pas trop bien cette langue, afin de le mettre en confiance, qu'il se laisse peut-être aller à confier certaines choses.

— Je comprends pourquoi le général vous a choisi, dit Greg. C'est drôlement bien vu. Mais moi non plus je ne pense pas être le dernier des imbéciles, et je pense pouvoir utiliser à bon escient ce que vous venez de me dire. (Il a fini son verre de vin et s'est aussitôt resservi.) Rebecca, Rebecca Berwick, voilà la femme qu'il nous faut… D'après vous, Romford a dans les combien ?

— Moins de trente ans.

— Impeccable, remarqua-t-il en souriant. Je dirais que Rebecca en a vingt-huit. Vous verrez, elle est charmante, mais assez intimidante. Son père est vicomte, il possède une bonne partie des bords du lac et la moitié de Battersea. Diplômée en mathématiques, elle travaille dans notre équipe de déchiffrage des codes secrets. Et… elle est vraiment sensass, physiquement. Pas mariée, on se demande pourquoi. Elle parle l'allemand, mais elle est loin d'être bilingue. C'est la femme idéale pour notre petit plan.

— Lequel est… ?

— Opération confessions sur l'oreiller. L'honorable Rebecca Berwick rencontre Georgie le frustré, le séduit, pour l'honneur du roi et de l'Angleterre, et apprend tous ses secrets ; qui il fréquente, pourquoi, par où passe l'argent, sans que le pauvre gars, transi d'amour, ne se doute de rien.

— Espérons que ce sera aussi simple que ça.

— Hal, si vous avez raison au sujet de Romford, alors moi j'ai raison pour Rebecca. Vous allez voir, ces deux-là vont former un duo on ne peut plus juteux.

— Il me tarde de faire sa connaissance.

— Ça va venir. Aujourd'hui, elle est à Berne à notre ambassade. Elle revient demain.

Cette nuit-là, allongé dans le lit de ma chambre d'hôtel quelconque, je songeais à Romford et à ce qui avait pu le conduire de Stratford à Zurich. Je m'étais souvent demandé si nos chemins se croiseraient à nouveau, et Romford lui-même avait dit qu'il l'espérait, lors de notre dernière rencontre à l'Agence. Mais j'avais supposé que ce serait dans la vie civile, une fois la guerre finie. Jamais je n'aurais imaginé que nous

nous retrouverions dans de telles circonstances. Qu'est-ce qui l'avait fait dévier, en supposant que Greg avait raison et que Romford travaillait bien pour les Allemands ? Était-ce seulement le résultat de la rancœur accumulée ? Prenait-il sa revanche sur un système qui, selon lui, le défavorisait ? Ou était-ce une explication un peu trop simple ? Est-ce que je le découvrirais jamais ?

Et cette Rebecca, serait-elle à la hauteur ? Greg ne tarissait pas d'éloges sur elle, mais la dernière aristocrate que j'avais rencontrée au cours de cette guerre, à savoir Genevieve, n'était pas précisément une héroïne.

Chère Sam,

Ça risque d'être une drôle de lettre. Comme tu le sais, je ne puis te dire où je suis, ni pourquoi, et j'ignore même si tu la recevras un jour. Sache seulement que je vais bien, que je suis bien arrivé, et que mes collègues de travail ont l'air efficaces et agréables. Tu n'as pas à t'inquiéter pour moi.

Tu me manques. Cette lettre va être censurée, excuse-moi donc de ne pas trop entrer dans les détails de notre vie intime. Quand je pense à la dernière nuit que nous avons passée ensemble, je me sens presque des envies de trahison, si tu vois ce que je veux dire ; et j'espère que tu as ressenti la même chose. Compte sur moi pour rentrer à la maison dès qu'on m'y autorisera.

Bonne nouvelle : là où je suis, on fabrique l'un des jouets préférés de Will. Si tout va bien, je pourrai lui rapporter quelque chose qui l'aidera à me pardonner d'être parti. Embrasse-le de ma part. Ainsi que Lottie.

Désolé, c'est court, mais comme je ne peux guère m'étendre et que je ne suis ici que depuis un jour ou deux, j'espère que tu ne m'en voudras pas.

Avec tout mon amour,

Hal

Je dois reconnaître que Greg n'avait pas exagéré. Rebecca était d'une beauté stupéfiante. En plus d'être bien roulée, elle avait des yeux bleus splendides, des cheveux blonds comme les blés, une peau éclatante et une voix suave, caressante, qui vous donnait l'impression quand elle vous parlait qu'elle et vous étiez seuls au monde, isolés dans un cocon de douceur ouatée. Et puis elle avait de la classe, ce mélange indescriptible d'assurance et de distinction, plus cet air blasé, revenu de tout, qui semblait dire que personne n'avait plus rien à lui apprendre. Une vraie femme fatale, quoi. Dès l'instant où je l'ai vue, je n'ai eu aucun doute : George Romford succomberait à ses charmes.

— Alors il va falloir que je couche avec lui.

Telles furent ses premières paroles quand Greg lui eut brossé à grands traits notre plan et son contexte, derrière la porte fermée de notre bureau.

— Pas nécessairement, dit Greg en faisant machine arrière.

Il y a eu un court silence.

— Si, le contredis-je, en me surprenant moi-même.

Rebecca a tourné son regard vers moi, avec un léger sourire aux lèvres.

— Il me plaît, lança-t-elle à Greg de sa douce voix en me montrant du doigt. Il a plus de couilles que toi, Greg.

Puis elle est revenue à moi.

— Je le ferai. Surtout, ne me donnez pas de médaille, si ça marche. Il n'y a rien de pire que de traiter avec l'ennemi, si ce n'est coucher avec lui. Quand commençons-nous ?

— Maintenant, aujourd'hui, demain, s'écria Greg. Il n'y a pas de temps à perdre. Dès que nous aurons trouvé le moyen de vous faire vous rencontrer.

— C'est facile, enchaînai-je en allemand.

— Comment ? fit Rebecca en se tournant vers moi.

— Vous attendez qu'il soit assis à sa table du *Café de l'Odéon*, et vous vous installez à la table voisine. Vous consultez le menu. Puis, dans votre allemand approximatif, vous lui demandez s'il peut vous aider à comprendre les mots qui vous manquent. Cela flattera sa vanité. Ensuite, à vous de jouer. Connaissant Romford, ce ne sera pas difficile.

Elle m'a jaugé du regard.

— Vous savez toujours vous y prendre avec les femmes, Hal ?

— Non. Je connais Romford, voilà tout.

— Bon, et une fois le jeu amorcé, comment est-ce que je continue la partie ? Qui suis-je ? Pourquoi suis-je à Zurich en pleine guerre ?

— Justement, j'y réfléchissais, intervint Greg. Qu'en penses-tu, Hal ?

— Collez le plus possible à la réalité... Votre famille sait-elle où vous êtes et ce que vous faites ici ? repris-je après un temps de réflexion.

— Oui, elle sait que je travaille en Suisse dans le service diplomatique. Du moins mes parents. On leur a dit de ne pas en parler.

— Il faut les mettre au courant, poursuivis-je. Leur conseiller, si on leur pose des questions, de prétendre que leur fille est fermée comme une huître et qu'elle ne veut jamais rien leur raconter de ce qu'elle fait, point final. Peut-on s'en occuper pendant la nuit ? demandai-je à Greg. Leur envoyer un télégramme. Où habitent-ils ?

— À Kelso. Mais ils ont un appartement à Londres, répondit Rebecca.

— Je vais envoyer un télégramme codé à mes agents, promit Greg. Quelqu'un ira briefer vos parents en personne pour leur faire comprendre combien c'est important.

— Bien. Maintenant, Rebecca, vous allez dire à Romford que vous êtes une pacifiste convaincue. Contre la guerre et tout ce qu'elle représente, vous êtes venue ici, à Zurich, pour rester en dehors du conflit, comme beaucoup d'autres artistes et écrivains. Disons que vous êtes vous-même écrivain. Si vous étiez actrice ou peintre, Romford pourrait demander à vous voir jouer ou à voir vos œuvres. Tandis que comme écrivain, vous aurez juste besoin de cahiers et d'une machine à écrire.

— Et comment justifier le fait que je parle si mal l'allemand, alors que je suis censée être là depuis le début de la guerre, c'est-à-dire deux ans et demi ?

— C'est simple, vous aviez un petit ami suisse qui parlait couramment l'anglais. C'est lui qui vous a amenée ici, au départ. C'était pratique, mais c'est aussi pour ça que vous n'avez jamais fait de progrès en allemand. Maintenant, vous devez vous débrouiller toute seule. Glissez ça au passage, sans insister. Romford croira que son jour de chance est arrivé.

— Vous avez l'habitude de ce genre de mission ? me demanda Rebecca.

Greg répondit à ma place.

— Non, il a été blessé au front durant les premiers mois de la guerre et il est entré dans les renseignements peu après. Le général l'a repéré, mais c'est sa première mission sur le terrain. Tu crois que son idée peut marcher ? Ça te va, d'être écrivain ?

— Mon frère en est un. Je copierai certains de ses tics et manies. Et il m'a fait rencontrer un ou deux autres écrivains. Je crois que je pourrai faire illusion.

— Très bien, mais surtout, n'en rajoute pas trop, recommanda Greg. Laisse Romford mener le jeu. Ne te pends pas trop vite à son cou, mais ne le laisse pas non plus filer.

Notre réunion s'est conclue là. Greg est parti envoyer le télégramme codé, Rebecca a regagné son bureau, qu'elle partageait avec deux collègues. Plus tard ce jour-là, deux nouveaux développements sont arrivés à point pour nous encourager. Greg a obtenu une réponse codée à son message envoyé à Londres, confirmant que les parents de Rebecca seraient informés le soir même. Il a aussi reçu la visite d'un de ses informateurs chargés de suivre les types que Romford rencontrait au *Café Odéon*. Le jour même, pendant que Greg, Rebecca et moi nous entretenions, Romford avait rencontré quelqu'un au café. Après le déjeuner, l'informateur avait suivi l'autre type jusqu'à son hôtel, le *Grüben*. Une enquête discrètement menée à l'hôtel avait révélé que cet homme, un certain Christoph Heyne, était un directeur de Frankel. La cargaison de pyrèthre, qui avait de toute évidence atteint l'Allemagne par le Maroc, était en cours de paiement.

Ce soir-là, Greg, Rebecca et moi avons dîné ensemble dans un restaurant situé à bonne distance de l'*Odéon*, du *Grüben* et du *Baur au Lac*. Après avoir revu avec eux notre plan d'attaque et défini l'emploi du temps du lendemain, j'ai relancé la discussion sur un sujet qui me trottait dans la tête.

— Greg, Romford se fait passer pour Bryan Amery. Pourquoi les Allemands avec qui il traite n'usent-ils pas eux-mêmes d'une couverture ? Et puisqu'on y est, si cette opération est si vitale pour eux, pourquoi n'est-elle pas organisée par le gouvernement allemand, de façon centrale ?

— Ah, je me demandais si tu te poserais la question. Je ne peux te donner de réponse définitive, mais je crois savoir pourquoi.

Nous attendions qu'on nous apporte le plat principal ainsi qu'une autre bouteille de vin (Greg avait une sacrée descente), et nous nous sommes renfoncés dans nos sièges quand le serveur est arrivé à notre table.

— N'oubliez pas le vin, précisa Greg en lui touchant le bras, et Rebecca m'a lancé un petit regard. Bon, reprit-il dès que le serveur se fut éloigné, rappelez-vous que l'Allemagne a une longue frontière commune avec la Suisse. Alors que la Grande-Bretagne en est fort éloignée. Ce qui veut dire que les hommes d'affaires anglais en Suisse, de par leur rareté même, se font facilement remarquer. Par conséquent, du côté anglais, on souhaite qu'il y ait sur place aussi peu de gens que possible, et qu'ils aient une couverture. Nous ne pouvons être certains qu'Amery-Romford soit le seul dans ce cas, après tout. Quant à l'Allemagne, c'est différent. Cette partie de la Suisse est germanophone, elle est depuis longtemps intimement liée à l'Allemagne sur bien des plans, commerciaux, financiers, culturels, scolaires.

« En fait, nous ignorons si l'opération dans sa totalité n'est pas dirigée de façon centralisée, nous savons juste qu'en surface, il n'y paraît rien. Et je peux comprendre pourquoi. Si elle était centralisée et ratait à un stade ou à un autre de son déroulement, c'est toute l'organisation qui sauterait avec elle. Après tout, il s'agit d'un grave abus du statut de neutralité suisse. Si tous les agents opéraient ici en secret, et qu'à un moment, tout le truc soit dévoilé, ce serait très embarrassant et cela priverait d'un coup l'Allemagne de toute possibilité d'accès aux matières premières. Alors que de cette manière, quelques hommes d'affaires allemands viennent ici pour leur propre compte et mènent ostensiblement des transactions à titre personnel, sous leur vrai nom. Si l'un d'eux était surpris à enfreindre la neutralité suisse, il pourrait être expulsé du pays, sans que cela nuise pour autant à la poursuite de l'opération dans son ensemble. Le système serait préservé et pourrait continuer à fonctionner.

La deuxième bouteille de vin est arrivée et, pendant que Greg le goûtait, Rebecca et moi sommes restés assis en silence, sans faire de commentaires. Ses arguments semblaient solides.

— Donc, reprit Rebecca quand Greg eut rempli nos verres, il faut d'abord que je fasse la connaissance de Romford, puis que je m'arrange pour qu'il m'invite à monter dans sa chambre. Et ensuite ? Qu'est-ce que je dois chercher ? De l'argent ? Des montagnes de francs suisses ?

— Oui, répondis-je. Mais ce qu'il nous faut savoir avant d'intervenir, c'est comment il se fait payer, et pas seulement combien… Vous ne le découvrirez peut-être pas dès la première visite, ajoutai-je après un petit silence.

Elle a lentement hoché la tête.

— Merci, j'y avais pensé.

Un autre silence s'est étiré.

— Avez-vous déjà fait l'amour avec quelqu'un que vous n'aimiez pas, ou qui ne vous plaisait pas ?

Elle m'a regardé fixement.

— M'en voudrez-vous beaucoup si je ne vous réponds pas ? a-t-elle dit avec un temps de retard. Cette situation sort de l'ordinaire, après tout. Non ?

Greg est intervenu.

— Eh bien, elle est inhabituelle, je te l'accorde. Mais je ne suis pas certain qu'elle soit unique en son genre, hélas ! avec cette foutue guerre.

Cette fois, un silence pesant s'est abattu sur nous.

— Tout ce que je vous demande, a enfin dit Rebecca, d'une voix à peine audible, c'est que notre petit scénario ne fasse pas le tour du monde. Est-ce que ça peut rester entre nous ?

Elle nous a scrutés intensément l'un après l'autre.

Greg a hoché la tête. J'ai fait de même.

Tôt le lendemain matin, Rebecca m'emmena faire les magasins. Sans entrer dans les détails, je lui confiai que j'avais une femme et un petit garçon, et que je voulais leur rapporter quelque chose. Elle me montra les principales rues commerçantes et une ou deux ruelles où se trouvaient des boutiques de spécialités du pays, qui vendaient surtout du chocolat suisse. À cette époque, le chocolat était une denrée de luxe en Grande-Bretagne. Notre circuit dans les ruelles de Zurich me rappela ce samedi matin à Stratford où j'étais tombé amoureux de

Sam. Mais aussi éblouissante que fût Rebecca, je ne succombais pas à ses charmes. En arpentant les rues de Zurich, je me surpris même plus d'une fois à suivre des yeux les femmes qui portaient des bandeaux.

L'heure du déjeuner approchant, en accord avec Rebecca, je préférai rejoindre le consulat plutôt que de me cacher derrière un pilier comme je l'avais fait le jour de mon arrivée. Romford me connaissant de vue, si je faisais partie de l'équipe chargée de le surveiller, il risquerait tôt ou tard de me repérer, et notre plan tomberait à l'eau.

Rebecca fit les travaux d'approche selon le mode que j'avais suggéré, et Romford mordit à l'hameçon tel un poisson affamé. D'après ce que Greg me raconta plus tard, il lui sauta presque dessus, là, dans le *Café Odéon*. Vu son empressement, Rebecca décida de ne pas aller trop vite en besogne et repoussa ses avances. C'était bien vu. Elle-même avait réfléchi à la meilleure manière de procéder. Elle pensait que cela éveillerait moins les soupçons si au lieu de revenir dès le lendemain à l'*Odéon*, elle attendait le surlendemain, et se faisait accompagner d'une amie. Cette amie était un peu plus vieille qu'elle, moins opulente et de carnation plus sombre, mais séduisante à sa façon. Elle s'appelait Liesl et était à moitié suisse, à moitié autrichienne. Quand Romford les aborda au *Café Odéon*, Rebecca se montra amicale et polie, sans plus.

Ce ne fut que lors de leur troisième rencontre, deux jours plus tard, qu'elle accepta de prendre un verre avec lui. Le verre se transforma en déjeuner, et le déjeuner en une invitation à dîner pour le surlendemain. Le poisson avait été bien ferré.

Le jour du dîner en question, Rebecca me montra encore quelques boutiques, dont un magasin de jouets où j'achetai à Will un modèle de train électrique très simple, avec une locomotive équipée d'une lumière qui clignotait. Pour Sam, ce fut un sac à main et du parfum. À Londres, on avait du mal à en trouver. Et pour toute la famille, deux gros paquets de sucre.

Romford avait invité Rebecca à dîner au grand restaurant du *Baur au Lac*, comptant avec juste raison qu'elle n'y était encore jamais venue. Et puis, suprême avantage, ils n'auraient qu'un court trajet à faire du restaurant jusqu'à sa chambre. Romford se comporta exactement comme nous l'avions prévu, et peu après minuit, le couple monta dans l'ascenseur. Greg faisait le guet depuis le hall. Il vint directement de l'hôtel me rejoindre au bar *Venner*, situé dans la rue étroite sur laquelle donnait notre bureau.

Nous étions assis devant nos deux whiskies comme des castors devant un barrage.

— J'espère que Romford est simple à contenter, sur ce plan-là, chuchota Greg.

— Oh oui ! ce sera vite expédié. En tout cas la première fois. Romford n'a guère d'expérience, à mon avis… Si vraiment il agit comme nous le pensons et que nous réussissions à le prouver, que se passera-t-il ?

Greg s'est penché, si près que j'ai senti un relent de whisky dans son haleine.

— Je te l'ai déjà dit, mon cher Hal : toi, Rebecca ou moi, nous devrons l'abattre.

Cher Hal,

Ta lettre est bien arrivée, ce matin. Elle est courte, ça oui, mais j'ai été surprise de la recevoir, et ravie, évidemment. Will a regardé sur une carte pour voir où se trouve ----- Il a été très calme et silencieux, les premiers jours qui ont suivi ton départ. Bien sûr, il n'a pas encore la notion du temps et ne se rend pas vraiment compte de ce que représentent les mois et les semaines. Tu es juste sorti de sa vie et il se demande pourquoi tu es parti, pourquoi tu préfères être loin de lui, de nous. C'est bien naturel, mais cela ne rend pas les choses faciles.

Tu manques aussi à Lottie. Elle aime bien qu'il y ait un homme à la maison, dit-elle, surtout que maintenant elle est obligée de cirer elle-même ses chaussures !

Et bien sûr tu me manques ....

..

en ce cas on ne se serait jamais connus. Comme tu le dis dans ta lettre, la dernière nuit que nous avons passée ensemble était… cela ne regarde personne alors je ne vais pas m'étendre là-dessus. Mais c'était à la fois troublant et merveilleux. Je n'aurais jamais cru que… bref, c'est moi qui censure la suite.

Une autre bombe lâchée par un zeppelin est tombée tout près, et l'école a été fermée pour deux jours. Tu sais, quand on nous a annoncé pour la première fois qu'il y aurait des raids aériens avec des explosifs tombant du ciel, cette idée m'a terrorisée, comme beaucoup de gens. À présent qu'ils se sont produits, nous nous y sommes faits, même si ça n'a rien de très amusant, bien sûr. Tu te rappelles, ce jour à Speakers' Corner et cet homme qui disait que nous vivions une nouvelle forme de guerre ? C'est possible, mais à mon avis, les raids de zeppelins sur Londres sont beaucoup moins effrayants que ce qu'on subit dans les tranchées. Nous les civils, nous n'avons pas droit au déluge de feu qui déferle sur le front, jour après jour. Et à mon avis, les raids ne rendent pas les gens fous comme certains soldats le deviennent au front. La pression psychologique n'est pas la même. (En ton absence, je lis beaucoup le soir dans notre lit. J'aime bien les ouvrages sur la psychologie et l'inconscient, ils m'aident à comprendre beaucoup de choses.)

Bon, il faut que je termine ma lettre. L'homme qui m'a déposé la tienne doit revenir incessamment la chercher, et je ne veux pas le faire attendre. C'est un peu comme si on avait notre propre service postal. Fais bien attention à toi, Hal, et ....

..

Tout mon amour,

Sam (des bisous de Lottie, Will et Whisky, qui se demande lui aussi où tu es passé).

Il était onze heures et demie du matin quand Rebecca est arrivée le lendemain au consulat.

— J'ai dû prendre une douche, déclara-t-elle. Pour me débarrasser de son odeur.

— C'était très pénible ? demandai-je le plus gentiment possible.

— S'il m'arrive un jour de prendre une bonne cuite, je vous raconterai peut-être. Mais n'y comptez pas pour l'instant, ni avant un bon moment. C'était affreux, je préfère ne pas y repenser.

— Il va bien falloir, Becky, insista Greg. Nous avons besoin de savoir ce qui s'est passé. Du café ?

— Ne m'appelle pas Becky, ne m'appelle plus jamais Becky. J'ai ce surnom en horreur, fit-elle en secouant la tête, comme pour se débarrasser de quelque chose accroché à ses cheveux. Oui, j'aimerais bien boire un café.

Greg est sorti le préparer. Je suis resté silencieux un moment.

— La guerre nous inflige de drôles d'épreuves, qui deviennent des souvenirs dont on se passerait bien. C'est cela qui t'inquiète ? De ne jamais être capable d'expurger ce souvenir, de te sentir souillée pour le restant de ta vie, et que cela gâche tes rapports avec les hommes ?

Elle m'a regardé.

— Encore une question à laquelle tu ne veux pas répondre ?

Elle s'est contentée d'un léger hochement de tête, et j'ai laissé tomber.

Greg est revenu avec le café.

— Voilà. J'ai ajouté un peu de whisky tiré de ma réserve personnelle. À des fins médicinales.

Rebecca a commencé par siroter son café, puis elle en a avalé une grosse gorgée.

— Ça va mieux, a-t-elle murmuré, puis elle s'est appuyée contre une armoire de rangement en métal. Bon, Hal avait raison. Romford a été fasciné par mon origine sociale, mon milieu, ma famille. Il a voulu savoir jusqu'où elle remontait, quels ancêtres elle comptait, généraux, hommes politiques, diplomates, évêques, professeurs d'université… Du coup, c'est surtout moi qui ai fait la conversation, et pendant le dîner, nous avons parlé en anglais et en allemand. J'ai commis quelques erreurs grossières de temps à autre, qu'il s'est empressé de corriger, pour me montrer comme il possédait bien l'allemand. Évidemment, il m'a posé des questions sur les livres que j'écrivais, mes opinions politiques, comment je m'entendais avec mon père. Je lui en ai moi-même posé quelques-unes, mais j'ai eu beau insister, il s'est défilé. Il fallait bien que je fasse mine de m'intéresser à lui. En revanche, il n'a pas caché ses intentions…

— Quoi ? s'écria Greg.

— Pas comme tu l'entends, idiot. Je veux dire qu'il a expédié notre dîner. Il a englouti son repas, avalé ses verres d'un trait. Par moments, nos échanges tenaient plus de l'interview que d'une véritable conversation.

— Il voulait finir de dîner au plus vite, pour t'entraîner jusqu'à sa chambre.

— Exactement, murmura Rebecca.

— Et alors ? Qu'est-il arrivé ? demanda Greg.

Mais Rebecca ne voulait pas qu'on la presse.

Elle a encore bu du café.

— Une fois dans la chambre, il a fait monter du champagne. Nous en avons pris une coupe. Puis il m'a sauté dessus. Vous n'avez pas besoin de savoir comment ça s'est passé, ni comment je m'y suis prise. Manifestement, il n'avait guère d'expérience. Sachez seulement que c'est moi qui ai mené le jeu et qu'il a eu son content… En fait, je l'ai bel et bien épuisé, a-t-elle ajouté avec un sourire sardonique. Ensuite, il s'est endormi, ou plutôt il est tombé comme une masse. C'était prévisible, après nos tumultueux ébats et tout ce qu'il avait bu. Ainsi ai-je pu en toute sécurité fouiller sa chambre.

— Magnifique, a murmuré Greg.

— Ne m'interrompez pas, que j'en finisse. En fait, il dispose d'une suite, avec chambre, salle de bains, salon, petit vestibule et toilettes. J'ai fouillé toutes les pièces, tous les meubles, les tiroirs, les coins, les recoins, ses bagages, sous les canapés, derrière les rideaux, même derrière les tableaux accrochés aux murs.

— Et ?

— Rien. Rien du tout. Pas d'argent, ni papiers, ni bijoux. Un ou deux billets de train, des notes de restaurant, des cigares. Mais c'est tout.

— Merde ! pesta Greg.

Un long silence s'est étiré dans la pièce.

— Pendant que vous étiez là, est-ce que quelqu'un d'autre est entré ? demandai-je.

— Oui, le garçon d'étage. Dès qu'on s'est réveillés, Romford m'a à nouveau sauté dessus. Ensuite, il a dit qu'il avait une faim de loup et il a commandé un petit déjeuner pour deux en faisant appel au room service : on appuie sur un bouton à côté du lit, le garçon d'étage entre, prend la commande et revient en l'apportant sur un chariot. Après, il aurait bien remis ça, mais j'ai objecté que je devais m'en aller.

Un autre long silence s'est ensuivi, que Greg a fini par rompre.

— Et maintenant, qu'est-ce qu'on fait ?

Il m'a regardé, ainsi que Rebecca.

— Ce que je vais proposer est épouvantable, mais je ne vois pas d'autre moyen, dis-je. D'abord, faisons encore un peu de café.

Je suis allé à la cuisine préparer trois tasses. Puis je les ai rapportées dans notre bureau et j'ai fermé la porte.

— Nous sommes pratiquement sûrs que Romford est bien notre homme, et donc que les Allemands le paient, sûrement en liquide, pour que l'argent puisse lui être remis en mains propres, sans doute dans cette chambre. Le fait que Rebecca n'ait rien trouvé signifie qu'ils limitent les documents au minimum et doivent les conserver autre part. Mais cela signifie surtout que Romford ne garde pas l'argent sur lui très longtemps, même pas pour une nuit.

— Et donc ? intervint Greg.

— Il nous faut tirer parti de l'appétit sexuel insatiable de Romford pour Rebecca.

— Que veux-tu dire ? demanda Greg.

— Et comment ? s'écria Rebecca au même moment.

— J'ai du mal à en parler, tant cette idée m'est odieuse. Rebecca, tu dois à nouveau dîner avec Romford, retourner à l'hôtel avec lui…

— Non !

— Et cette fois, cette fois… tu dois lui déclarer qu'il est l'un des meilleurs amants que tu aies jamais eus…

— Tu plaisantes…

— … et le lendemain matin, lui dire que tu as envie de rester au lit pour qu'il te fasse l'amour toute la journée. Reconnais que tu as plus d'expérience que lui (il l'admettra volontiers), mais qu'il te fait un effet bœuf. Mets ça sur le compte de la guerre, si tu veux, ou de vos différences sociales, mais prétends que tu n'as jamais connu pareille extase.

— Et dans quel but, exactement ? me lança Rebecca, avec une hargne qui ne m'a guère étonné.

— Il faut que tu puisses rester dans sa chambre toute la journée. Voir les allées et venues, observer son train-train, en espérant que ça éclairera un peu notre lanterne.

— Non, j'en ai assez fait. Va le baiser toi-même.

Cette obscénité m'a surpris, mais elle était de circonstance.

J'ai souri.

— S'il était homo, il faudrait que je m'y colle. Mais il ne l'est pas. C'est pour toi qu'il en pince, Rebecca. Tu es notre meilleur atout. Nous ne pouvons pas changer de ligne de conduite maintenant, tu peux le comprendre. Je sais que c'est dur, mais…

— Non, vous n'en avez aucune idée, ni l'un ni l'autre.

Soudain elle a semblé au bord des larmes. J'ai avancé vers elle, mais elle a levé le bras pour m'arrêter.

— Non, non, s'il te plaît. Je ferai comme vous dites. Mais ne faites pas comme si vous compreniez. Vous ne comprenez rien à rien.

Chère Sam,

Bien que censurée par endroits, ta lettre m'a fait un plaisir fou. (Je vais la garder et je la rapporterai chez nous pour que tu puisses me lire de vive voix les passages raturés.) Si vous saviez à quel point vous me manquez vous aussi (oui, même Lottie, tu peux le lui dire de ma part).

En tout cas, l'affaire qui m'occupe ici approche de son dénouement, et donc, si tout se passe comme je l'espère, je devrais pouvoir bientôt rentrer. J'ai fait quelques achats, et j'aurai une ou deux surprises pour tout le monde.

Le souvenir de notre dernière nuit n'est plus aussi vif dans mon esprit, mais encore assez, et j'espère qu'à mon retour nous pourrons retrouver l'humeur de ce moment.

De là où je suis, j'ai pu observer un peu le monde, et ce séjour m'a aussi donné quelques idées quant à ce que j'aimerais faire après la guerre. Mais d'abord, je dois finir ce pour quoi je suis venu. Ce qui suit risque d'être censuré, mais sache que l'une des personnes que j'ai rencontrées ici est une ancienne connaissance, que j'ai vue en dernier lieu là où toi et moi avons déjeuné ensemble pour la première fois. Comme le monde est petit, n'est-ce pas ?

Des tonnes d'amour pour tout le monde,

Hal

Rebecca revit Romford le lendemain à déjeuner, et accepta de dîner avec lui. Cette fois, ils se rendirent à un club, l'*Astoria*, et y restèrent tard (j'appris tous ces détails le lendemain matin). Rebecca espérait que Romford serait trop épuisé pour faire l'amour cette nuit-là. Je ne sus jamais si ce fut le cas. Peut-être prétexta-t-elle qu'elle était trop fatiguée, mais qu'il était un amant si merveilleux qu'elle voulait rattraper ça en restant au lit toute la journée du lendemain...

Bref, d'après ce que Rebecca nous raconta plus tard, Romford ne se fit pas prier. Son éveil sexuel était peut-être tardif, mais il çomptait visiblement rattraper le temps perdu. Ils se sont séparés vers dix-huit heures ce soir-là, et elle est venue directement nous rejoindre au bar du *Venner*.

Elle paraissait ravagée. Elle a avalé un whisky d'un trait, mais cela n'a pas suffi, visiblement.

— Tu veux prendre un bain ? proposai-je aussi gentiment que j'ai pu.

— Non. Rien ne pourrait me laver de ce que j'ai vécu aujourd'hui, répondit-elle en frissonnant de dégoût.

Ni Greg ni moi n'avons rien dit.

Enfin, elle a rassemblé son courage et murmuré :

— C'est sûrement lié au room service.

Nous l'avons regardée.

— Puis-je en avoir un autre ? demanda-t-elle en indiquant son verre vide.

Greg a fait signe au barman.

— Continue.

— Nous avons eu trois visites durant la journée. En plus de la jeune fille qui voulait faire la chambre et qu'il a renvoyée, le garçon d'étage est venu deux fois, pour le petit déjeuner et le déjeuner, mais seulement après que Romford eut appuyé sur le bouton à côté du lit. Il a frappé à la porte, est entré, a pris notre commande, est reparti et est revenu avec le chariot.

— Rien d'inhabituel là-dedans.

— Non, mais la troisième fois, il y a juste eu un coup frappé à la porte. Romford est allé lui-même ouvrir. Il n'avait pas fait appel au room service cette fois, j'en suis certaine, car je suis restée tout le temps au lit avec lui. Le type s'est pointé sans prévenir. Je l'ai vu pousser le chariot dans le vestibule. C'était un petit homme chauve avec des lunettes sans monture. Puis Romford a fermé la porte qui sépare la chambre du reste de la suite. Elle est restée close pendant un quart d'heure environ, et j'ai entendu les deux hommes parler, mais sans parvenir à entendre leur conversation. Ensuite j'ai entendu le chariot rouler en grinçant un peu sur ses roues. Romford est revenu dans la chambre. Il avait une bouteille de vin, et il a prétendu que c'était un cadeau de la direction. Pas besoin d'un chariot pour apporter une bouteille de vin, non ?

— Quelle heure était-il ?

— Quatorze heures trente.

Greg m'a regardé.

— Ils apportent l'argent dans une soupière, Romford le compte, puis l'argent est placé dans une banque.

— Peut-être. Cela veut dire qu'au moins une autre personne est mouillée. Où sont les cuisines du *Baur au Lac* ?

— Au sous-sol, je suppose, suggéra Greg. Mais je ferai vérifier.

J'ai posé ma main sur celle de Rebecca.

— Tu t'en es bien sortie, et c'est fini, maintenant.

— Non, ce n'est pas fini, grommela Greg.

Rebecca et moi l'avons regardé.

— Si tu coupes court maintenant à votre relation, il risque de suspecter quelque chose. Il faut le revoir encore une fois, j'en ai peur.

Effondrée, Rebecca s'est tournée vers moi.

— Ne t'en fais pas, la rassurai-je en esquissant un sourire, que j'espérais réconfortant. Dîne juste avec lui. Au fromage, fais mine de te vexer, provoque une dispute, et file à l'anglaise.

Le visage de Rebecca s'est éclairé.

— Tiens, je vais me gêner !

Comme il était quasi impossible de suivre les employés du room service dans leurs déplacements du sous-sol aux étages sans se faire repérer, nous avons posté un homme à l'extérieur des cuisines, ce qui fut assez facile à organiser, car c'était un lieu de passage très fréquenté par les clients et employés qui se rendaient aux boutiques de l'hôtel, chez le coiffeur, aux toilettes ou à la salle des chaudières ; nous avons également posté quelqu'un à l'étage de Romford. Au début le résultat fut assez déconcertant, car après avoir vérifié plus tard les horaires, nous découvrîmes que l'arrivée du room service à la suite de Romford ne coïncidait pas toujours avec les heures où le chariot avait quitté les cuisines.

Il nous fallut deux jours pour découvrir le pot aux roses.

Un chariot arrivait régulièrement à la suite de Romford, qui ne venait pas des cuisines.

Le lendemain, par conséquent, nous avons posté un homme à chaque étage. Cela aussi fut plus facile qu'il n'y paraît, car ils portaient l'uniforme du personnel de l'hôtel, transportaient des serviettes, des draps de rechange, des fleurs, etc. Et puis le *Baur au Lac* est immense : ses couloirs s'étendent sur des centaines de mètres, le personnel est presque aussi nombreux, et aussi anonyme, que la clientèle.

Ce que notre surveillance finit par révéler, c'est qu'une ou deux fois par jour, le prétendu room service sortait toujours de la chambre 306, au troisième étage, s'arrêtait d'abord à une autre chambre, différente chaque jour et située à divers étages, puis faisait toujours un deuxième voyage à la suite 411, celle de Romford. Le chariot restait environ un quart d'heure chez Romford (nos observations correspondaient sur ce point avec celles de Rebecca), puis il retournait invariablement à la 306. Ce chariot-là n'approchait jamais des cuisines. Un peu plus tard, l'occupant de la chambre 306 réapparaissait, vêtu à présent d'un costume sobre et portant un porte-documents. On le suivit : il se rendait toujours à la Haller & Kuhn Bank, sur Westheimstrasse.

Greg ne mit pas longtemps à établir que l'occupant de la chambre 306 était un certain Rolf von Maltzen, un

Suisse-Allemand qui représentait la Scholz-King, une aciérie anglo-suisse.

Le mode opératoire se révéla de lui-même. Après la rencontre initiale avec Romford au *Café Odéon*, ses agents de liaison passaient une nuit, une seule, au *Baur au Lac*. Ils ne rencontraient plus jamais Romford. Ils remettaient l'argent liquide à von Maltzen, dans leur chambre du *Baur au Lac*. Lui le portait à Romford pour vérification, puis il le rapportait à sa chambre en chariot, caché dans la grande soupière argentée. Là, il endossait son costume d'employé de banque et portait la somme à la Haller & Kuhn.

— Pourquoi Romford a-t-il besoin de von Maltzen ? voulut savoir Rebecca.

— Parce qu'en ce moment aucun argent ne peut sortir du pays, expliquai-je. Cela attirerait l'attention et laisserait des traces écrites. Passer régulièrement en fraude tout ce liquide en temps de guerre est bien trop risqué. Scholz-King est une grosse multinationale. Ils reçoivent le paiement ici, à Zurich. Romford confirme au Royaume-Uni que l'argent a bien été versé, et von Maltzen le confirme à ses patrons. Alors les Suisses de Londres paient Hood et ses acolytes. Il en sort une facture en règle pour transporter leur acier, et le tour est joué. C'est une fausse transaction.

— Comment sais-tu tout ça ? dit Rebecca.

— Je ne le sais pas. Je le découvre au fur et à mesure. Qu'en penses-tu ? demandai-je à Greg.

— Je suis de ton avis. Ce doit être dans les grandes lignes le mode de fonctionnement. Je vais prévenir le général par télégramme. Toi et moi devons trouver comment jeter un coup d'œil sur l'argent, pour être sûrs et certains que nous tenons notre homme. Une fois que ce sera fait, j'ai besoin de l'autorisation du général d'agir sans délai.

— Seras-tu vraiment forcé de le tuer ?

— Hal ! Pense à ce qu'il fait ! Il aide à consolider l'effort de guerre allemand. Et on ne peut plus directement. Il mérite la mort.

J'ai regardé Rebecca.

Elle a inspiré profondément.

— Pour moi, le plus tôt sera le mieux.

Ce soir-là, je m'étais promis d'écrire à Sam, mais notre plan approchait de son dénouement, avec une issue si terrible que j'étais à cran et incapable de me concentrer. Greg était parti rédiger en code son télégramme au général, aussi invitai-je Rebecca à dîner.

Elle déclina mon offre.

— Je dois souper avec Liesl, me dit-elle, puis en voyant mon air déconfit, elle ajouta : pourquoi ne pas venir aussi ? Mais je te préviens : c'est une boîte de nuit dada. Tu risques d'être choqué. J'ai beau sourire, je ne plaisante pas.

Je lui parlai de ma période munichoise d'avant-guerre.

— Oui, Munich, ce n'est pas mal comme mise en train. Mais ici, on est en plein dedans. Habille-toi décontracté, un pantalon en velours, si tu en as un, pas de cravate. La nuit sera longue. Retrouve-nous à vingt et une heures au *Venner*. Avec du liquide.

Je fis comme elle avait dit. Il se trouvait que j'avais un pantalon en velours, mais c'était bien mon seul vêtement un peu bohème. J'y adjoignis une chemise bleue et un blazer.

Rebecca et Liesl étaient déjà au bar quand je suis arrivé. Elles étaient toutes les deux en pantalon, outrageusement maquillées, la cigarette au bec. Je ne connaissais pas Liesl, et je n'avais encore jamais vu Rebecca sous ce jour.

Nous avons pris un verre ou deux au *Venner*, puis un taxi nous a conduits jusqu'au club. Situé dans le quartier Zaüne de la ville il s'appelait le *Café Pantagruel*. À l'intérieur, c'était bondé, l'air empestait le tabac, et un saxophoniste jouait une mélodie mélancolique, sur des notes aiguës. Malgré la foule, Rebecca et Liesl devaient être dans les petits papiers de la direction, car on leur a tout de suite trouvé une table. Il faisait très sombre, mais à mesure que mes yeux s'habituaient à l'obscurité, j'ai commencé à repérer quelques silhouettes bizarrement accoutrées.

Les musiciens de l'orchestre jouaient admirablement bien, le pianiste surtout était un virtuose, et alors qu'il se lançait dans un solo endiablé, j'ai remarqué les tableaux accrochés aux murs. C'étaient des sortes de collages très modernes, très maîtrisés, apparemment en bois et papier. Ils m'ont plu tout de suite.

— Ils sont d'un peintre nommé Kurt Schwitters, a murmuré Rebecca. C'est un ami de Liesl.

Une serveuse est apparue. Ou était-ce un serveur ? Très mince, très beau, très maquillé, et parlant l'allemand avec un accent que j'ai tout de suite reconnu comme étant celui de Munich.

— Rouge, blanc, whisky ou gin ?

— Du champagne, et une bouteille de Scotch, a répondu Rebecca en riant. On va se mettre dans tous nos états.

La silhouette de sexe indéterminé est repartie avec notre commande.

J'ai regardé autour de moi. Oui, l'endroit était on ne peut plus bohème. Il y avait quelques femmes, et quelques hommes, d'une beauté stupéfiante. Presque tous étaient fardés et habillés de façon décontractée ou exotique, robes décolletées, jupes courtes, hauts talons, longs fume-cigarettes, boas, vestes militaires sur des caleçons moulants, lunettes noires… Ils discutaient avec animation, se bécotaient, se faisaient des mamours, dansaient, se pelotaient. J'en vis même un ou deux sniffer de la poudre sur le dos de sa main.

Mais je ne regrettais pas d'être venu, au contraire. Je ne me fondais pas dans le décor, et je dénoterais toujours un peu dans ce genre de lieu, mais au moins, c'était vivant, alors que je me serais morfondu dans ma chambre d'hôtel. Après ce que j'avais vécu, la guerre semblait bien loin d'ici.

Et Sam, qu'en aurait-elle pensé ? Il n'y avait pas de boîtes de nuit à Middle Hill ni à Stratford, et à Londres, surtout à cause de Will, j'imagine, nous n'avions guère écumé ce genre de lieu. Lottie fréquentait un peu ces milieux-là, et Faye les hantait sûrement.

Quant à ma sœur, j'étais sûr qu'elle aurait adoré cet endroit. Elle et ses copines se seraient senties chez elles, ici. Qu'avait-elle dit en parlant de ses folles nuits londoniennes ? « On sort tous les soirs, on danse, on boit, on fume, on flirte… on tâte de tout. Oui, même des drogues, si on en a envie. » Il faudrait que je lui raconte ma soirée, quand je le pourrais.

Je me suis retourné vers Liesl et Rebecca. Sous la table, Liesl avait posé la main sur la jambe de Rebecca et lui caressait l'intérieur de la cuisse. Elles s'embrassaient passionnément.

Elles ont senti mon regard et se sont séparées. Rebecca a posé sa tête sur la poitrine de Liesl.

— Tu comprends maintenant pourquoi ce que j'ai fait pour vous était si dur ?

Nous sommes restés jusqu'à plus de trois heures du matin. Le champagne a vite disparu, mais le whisky a duré plus longtemps et notre souper (truite au bleu avec des frites) était délicieux. Fin saouls, nous avons dansé à deux, puis à trois. J'ai mieux fait la connaissance de Liesl ; elle habitait avec Rebecca, et j'appris qu'elle était un peintre jouissant d'un certain renom. L'un de ses collages était exposé ici même.

Rebecca et Liesl m'ont fait penser à Sam et à notre arrangement. Au pays, les gens comme mon père qui connaissaient la vérité, à savoir que nous n'étions pas mariés, désapprouvaient notre façon de vivre. Si d'autres l'avaient su, ils auraient certainement considéré que nous « vivions dans le péché », selon la phrase d'usage. Alors qu'auraient-ils pensé de Rebecca et de Liesl ? Pourtant ici, à Zurich, au *Pantagruel*, un havre sûr à l'abri du jugement d'autrui, elles étaient épanouies, heureuses, libres. Qu'y avait-il de mal à ça ? Qui avait édicté ces règles et de quel droit ? Je songeais à ma mère. Du moment que j'étais heureux avec Sam, elle ne verrait pas d'objection à ma façon de vivre. Il était vraiment temps d'emmener Sam chez mes parents.

La seule ombre au tableau, pour moi en tout cas, c'était Wilhelm. Était-il toujours en vie ?

Plus tard ce soir-là, alors qu'en mal d'affection, nous échangions des baisers avec force exhalaisons d'alcool, que je humais avec délice les odeurs de Rebecca et de Liesl, et que notre élocution commençait à se relâcher, Rebecca a rompu le charme.

— On devrait rentrer, maintenant. Il faut qu'Hal ait les idées claires, demain. Il va tuer Romford, dit-elle d'une voix pâteuse, puis elle m'a plaqué un gros baiser mouillé sur l'oreille. Ne me laisse pas tomber, Hal. Romford doit mourir. Boum boum ! a-t-elle conclu en se pointant deux doigts sur la tempe.

— Chut, Rebecca, pas ici, s'il te plaît.

— J'aurais préféré baiser avec toi qu'avec George Romford, Hal, déclara-t-elle en posant un doigt sur ma poitrine. Pourquoi n'était-ce pas toi ? Et pourquoi est-ce que je préfère les femmes, d'abord ? Liesl, ramène-moi chez nous.

Puis elle a dégobillé sur mes genoux.

Le lendemain, j'étais dans un drôle d'état. J'ai passé la matinée à lutter contre ma gueule de bois.

— J'ai préféré ne pas te mettre en garde, me dit Greg avec un regard plein de compassion. On ne sort pas indemne du *Pantagruel*... C'est Rebecca qui t'a emmené ?

J'ai acquiescé.

— Et alors ? Ta soirée s'est bien passée ? s'enquit-il d'un petit air grivois.

— Si on peut dire... As-tu eu des nouvelles du général ? enchaînai-je, changeant de sujet.

— Oui.

— Verdict ?

Il a poussé le télégramme vers moi, où était écrit :

« +VPMGOTQSMFYRTOMSYR.

OPMSI 173 + »

— Ce qui signifie ?

— Dès confirmation, finissez-en.

— Et le reste, les chiffres ?

— Bureau du Premier ministre, dossier secret numéro 173. Cela nous protégera, après la guerre.

Je n'ai rien dit.

— Alors, tu te sens d'attaque ? murmura Greg.

— Oui, acquiesçai-je après avoir inspiré profondément. Ça ne me plaît pas, je suis malade rien que d'y penser, mais oui, si je suis allé jusque-là, ce n'est pas pour flancher maintenant.

— C'est bien, mon gars. Eh bien, le plan est simple. Les jours à venir, toi et moi attendrons le temps qu'il faudra, postés au quatrième étage du *Baur au Lac* en nous faisant passer pour des membres du personnel, jusqu'à ce que von Maltzen se pointe à la chambre 411. Dès qu'il en ressort, nous l'interceptons, et si l'argent se trouve bien là où nous le pensons, nous le maîtrisons. Nous ne pouvons pas nous permettre de l'abattre, cela alerterait Romford et il risquerait de s'échapper. Je sais, ça va être délicat de retenir von Maltzen, mais il faut qu'on y arrive. Pense juste aux dégâts qu'ils font.

Il m'a toisé des pieds à la tête.

— Je suis plus costaud que toi, non ?

— Oui… c'est possible.

— Oui ou non ?

— Disons oui, alors.

— Bon. C'est décidé. La logique de la situation veut que ce soit moi qui m'occupe de von Maltzen. Toi, tu frappes à la porte de la suite 411, et quand Romford se pointe, tu le tues.

Je n'ai rien dit.

— J'insiste : est-ce que tu t'en sens capable ?

— Oui.

— Sûr ? Ça ne te gêne pas de l'avoir connu ?

— Sûr.

Cela aurait pu me gêner, avant. Mais pas depuis la nuit dernière. Pas depuis que j'avais découvert quel sacrifice Rebecca avait fait.

Cher Hal,

J'ignore si tu recevras cette lettre, ou si tu es déjà sur le chemin du retour. Alors je ne vais pas trop m'étendre. Will a les oreillons. Le médecin est venu et il a confirmé le diagnostic. Pauvre bout de chou, tu le verrais, lui qui avait déjà triste mine depuis que tu es parti, il fait peine à voir. Il refuse de rester tranquille pendant qu'on lui lit une histoire, il tourmente Whisky, bref, la vie à l'appartement n'est plus ce qu'elle était avant ton départ.

J'ai commencé à dormir de ton côté du lit, cela me donne l'impression d'être plus près de toi, et il m'arrive même de te parler comme si tu étais là. C'est un peu bizarre, tu ne trouves pas ? Serais-je en train de devenir folle ? Pourtant, ce n'est pas ce que je ressens, au contraire. Pour moi, c'est on ne peut plus naturel.

Quand vais-je rencontrer tes parents, Hal ? Tu ignores quelle chance tu as, d'avoir encore ton père et ta mère. Je sais que si elle était encore de ce monde, ma mère refuserait de me parler à cause de Will. Malgré tout, elle me manque, encore plus quand tu n'es pas là.

Oh, vivement de vraies lettres, une vraie conversation, au lieu de ces échanges tronqués auxquels nous sommes réduits. J'ai envie de contact humain, comme lors de notre dernière nuit ensemble.

Rentre vite à la maison. Baisers,

S

Un grand hôtel comme le *Baur au Lac* devait avoir des centaines d'employés. C'est sans doute pourquoi Greg et moi avons pu sans vergogne hanter le quatrième étage des heures durant le lendemain, en veste blanche et nœud papillon noir, portant chacun des serviettes, des draps, des bouteilles de désinfectant, sans que personne ne vienne nous poser de questions. En nous relayant, nous avons ainsi réussi à garder sous surveillance ininterrompue la porte de la suite 411. Moi, en me tenant à bonne distance, au cas où Romford ferait son apparition.

Le premier jour et le suivant, il ne s'est rien passé.

Le surlendemain, vers onze heures du matin, un employé en veste blanche a poussé un chariot hors de l'ascenseur, puis il a tourné pour se diriger vers la suite 411. Il était chauve, petit, et portait des lunettes. Cela correspondait si bien à la description que Rebecca avait faite de von Maltzen qu'il ne pouvait y avoir de doute.

Il a frappé à la porte et on l'a fait entrer.

Soudain en alerte, Greg et moi nous sommes postés près des ascenseurs. Greg s'est adossé au mur et a fait mine de bavarder avec moi en allemand, tandis que je m'appliquais à plier des serviettes. Un couple de clients est passé sans nous prêter attention. Une femme de chambre, authentique celle-là, est passée elle aussi, en nous jetant un petit coup d'œil suspicieux, mais elle a continué à vaquer à ses occupations.

Dix minutes ont passé. Douze, quinze, dix-sept minutes, et von Maltzen était toujours à l'intérieur.

— Il doit y avoir un sacré paquet de fric, a murmuré Greg avec un sombre sourire.

Juste à ce moment-là, la porte de la 411 s'est ouverte.

Le chariot est sorti dans le couloir, poussé par von Maltzen.

Puis Romford lui-même est apparu !

Ils ont continué à discuter sans se méfier.

En nous voyant, ils se sont interrompus. Romford m'a regardé. Puis, sans mot dire, il a tourné les talons et a foncé dans le couloir.

Ce n'était pas prévu dans le scénario. J'ai jeté les serviettes à la figure de von Maltzen pour l'empêcher de sortir son flingue, en supposant qu'il en avait un.

Puis j'ai contourné le chariot pour courir après Romford. Ce n'était pas facile, car ma jambe me faisait toujours un peu souffrir. Au bout du grand couloir, il a pris à gauche pour s'engager dans un couloir plus petit. Pour avoir fait précédemment le tour de l'étage habillé en employé, je savais que la sortie de secours était par là.

Une fois arrivé au coin, j'ai vu Romford disparaître par l'escalier de service qui menait à la sortie de secours.

Je l'ai suivi.

En atteignant l'escalier de service, je l'ai entendu dévaler les marches. Je lui ai couru après. Je ne pouvais le voir, mais je percevais ses pas qui résonnaient dans l'escalier, comme lui devait discerner les miens. Nous avons descendu un étage, puis un autre ; il arriverait bientôt au rez-de-chaussée. Étais-je en train de le perdre, ou de le rattraper ?

Soudain j'ai entendu un drôle de bruit, comme un choc, suivi d'un grognement. J'ai ralenti et regardé par-dessus la rampe d'escalier. Il était tombé et restait prostré, deux étages plus bas.

Aussi discrètement que possible, j'ai descendu les marches qui me séparaient de lui. En passant le palier intermédiaire, j'ai jeté à nouveau un coup d'œil par-dessus la rampe. Plié en deux, Romford se tenait la cheville. Il avait dû se la casser ; visiblement, il souffrait.

J'ai sorti mon revolver et me suis dirigé prudemment vers là où il avait glissé. J'étais plutôt nerveux en m'approchant de lui. Greg m'avait fourni un revolver et montré comment m'en servir, mais je n'avais encore jamais tiré avec.

Romford a levé les yeux.

— Saleté de Montgomery. Je savais bien qu'on se retrouverait un jour. J'espérais que tu avais été tué.

— Major Romford, dis-je posément. Qui fricote avec l'ennemi.

— D'où tiens-tu ça ?

— On vous a surveillé. On sait tout sur vos petites combines.

— Ah ouais ? Môssieur je-sais-tout… Toujours aussi lèche-bottes, à ce que je vois ? Tu dois être général, à présent. Avec toutes tes relations…

J'ai fait deux pas en avant. La douleur le faisait transpirer.

— Et vous, comment en êtes-vous arrivé là ?

— J'ai été viré de Stratford. Toi, évidemment, tu en es sorti promu. Mais moi, j'ai été sacqué comme un malpropre, tout ça à cause d'une petite gourde de secrétaire qui… Bref, reprit-il avec un sourire, un rictus plutôt. Les Allemands sont des malins. Ils avaient placé un espion à Stratford pour voir qui ils pourraient harponner. Quand j'ai été renvoyé, ils n'ont eu qu'à me cueillir.

Un éclair a fusé dans mon esprit, avec un petit temps de retard.

— C'était Rollo West ! m'exclamai-je, et je compris à l'expression de Romford que j'avais mis en plein dans le mille. J'aurais dû m'en douter. Il a essayé de nous empêcher d'aider nos camarades, Bryan Amery et moi. En fait, il cherchait à saboter le programme dans son ensemble. J'avais trouvé bizarre sur le moment qu'il connaisse tout un tas de termes de cricket en allemand. Alors il t'a fait changer de bord, hein ?

Romford m'a lancé un regard torve.

— Je m'en suis bien sorti, j'ai gagné une masse de fric, évité les tranchées, et je me suis tapé des tas de gonzesses.

— Oui, nous sommes au courant. Rebecca nous en a parlé. C'est l'une des nôtres. À ton avis, pourquoi est-elle restée au pieu avec toi toute une journée ?

— Espèce de salopard…

Comme Romford était différent de Wilhelm, le dernier ennemi que j'avais côtoyé d'aussi près ! Wilhelm était courtois, élégant, généreux. Tout le contraire de Romford.

— Comment t'es-tu fourré là-dedans ?

— Ils sont malins, les Boches. Tu nous l'as assez répété, hein ? Ils savaient depuis longtemps que les matières premières leur manqueraient un jour ou l'autre. Cette combine a été montée dès l'entrée en guerre. Elle a bien marché jusqu'à maintenant. Alors, de quel grade es-tu ?

— Quelle importance ?

— Moi, je suis *Oberleutnant*.

— Lieutenant-colonel ? C'est ce qu'ils t'ont dit ?

— Je resterai ici quand la guerre sera finie. Je me ferai un tas de fric.

— Colonel ou major, pour toi, la guerre est finie.

Il m'a fixé. Puis son regard a dévié pour viser un point au-dessus de mon épaule.

Je n'avais rien entendu, aucun mouvement, mais je n'avais pas fait attention. Est-ce qu'il bluffait, ou von Matzen était-il juste derrière moi ?

Le doute s'est-il vu sur mon visage ?

J'ai eu beau tendre l'oreille, il n'y avait rien, aucun bruit de pas, aucune respiration.

Mais j'ai aperçu un éclair de métal, quand Romford a sorti la main de sa poche.

Alors j'ai fait feu. Je lui ai tiré une balle dans la tête. Je l'ai tué, pour Rebecca. Parce que c'était un traître. C'est ce que j'ai dit plus tard. Mais en réalité, je l'ai tué parce que j'ai eu soudain très peur, et que j'ai cru qu'il allait me tirer dessus. Ou que quelqu'un derrière moi m'aurait le premier.

Pourtant aucune balle ne m'a atteint. Romford bluffait bel et bien. Nous étions seuls dans la cage d'escalier. Pour l'instant du moins.

Il était couché, la tête contre le mur, la moustache dégoulinant de sang, cette moustache que j'avais prise en grippe dès notre première rencontre. Sa jambe était tordue en un angle bizarre et il tenait encore son arme, le doigt posé sur la détente. George Romford était aussi laid dans la mort qu'il l'avait été dans la vie.

Un coup de feu passe rarement inaperçu, aussi ne me suis-je pas attardé. J'ai remonté l'escalier jusqu'au quatrième étage, passé la tête au coin pour regarder dans le couloir principal. J'étais en sueur, car je n'avais toujours pas vu de mes yeux s'il y avait bien de l'argent dans la soupière du chariot. Et j'avais tué Romford.

Greg était agenouillé dans le couloir, auprès d'un corps qui gisait sur le tapis.

En m'approchant doucement, j'ai vu que l'homme à côté de Greg ne bougeait pas, aussi ai-je accéléré le pas.

Greg s'est levé.

— Je lui ai rompu le cou, murmura-t-il. C'est une méthode plus discrète que la tienne. On ferait mieux de s'en aller.

— Et l'argent ?

Il a soulevé le couvercle de la soupière en argent.

— Il y en a plus que tu n'en reverras jamais.

Et donc, j'ai tué un homme. J'ai tué un homme. Ça demande une explication. Oui, j'avais passé des mois dans les tranchées et donc j'avais sûrement tué plusieurs Allemands, de l'autre côté du *no man's land*. Mais c'était un ennemi en uniforme, distant d'une centaine de mètres, sur un champ de bataille. Je n'avais jamais vu mes victimes, en supposant qu'il y en ait eu. Là, j'avais tué quelqu'un que je connaissais, habillé en civil, qui était à peine à trois mètres de moi, et je l'avais vu passer de vie à trépas. Ce petit gars impudent avec son accent des faubourgs était devenu une masse inerte, affalée dans une cage d'escalier, dans une drôle de posture qui n'avait plus rien de naturel ni d'humain, le visage et la chemise trempés de sang.

Oui, c'était un traître en temps de guerre, et il m'aurait tué sans hésiter si je lui en avais laissé l'occasion. Cela ne changeait rien. Nous sommes imprégnés de certains principes dus à notre éducation, et supprimer une vie est peut-être l'acte le plus répréhensible qui puisse exister. Je ne savais pratiquement rien sur Romford : s'il avait une famille, une épouse, des enfants, des gens qui l'aimaient, qui dépendaient de lui et à qui il manquerait, dont les vies seraient bouleversées à cause du sort infâme que je lui avais infligé. Un violent combat se jouait en moi, et j'étais sous le choc, épuisé, vidé.

Greg et moi n'avons pas traîné, après notre petite mission de soldats de l'intérieur. Toujours en vestes blanches, nous avons fait descendre le chariot deux étages plus bas et nous sommes glissés dans les toilettes pour hommes pour ôter notre déguisement. Nous avons emporté avec nous le sac qui contenait l'argent, laissé le chariot, puis repris l'ascenseur pour descendre au rez-de-chaussée, avant de sortir de l'hôtel l'air de rien, par la grande porte.

Quand nous sommes arrivés au consulat, Greg m'a emmené au *Venner* et m'a installé à une table. Il m'a fait servir un whisky bien tassé en me chuchotant à l'oreille de rester ici bien sagement.

Peu après, il est revenu avec Rebecca qui s'est assise à côté de moi et m'a fait un gros baiser sur la joue.

— Bravo, Hal ! murmura-t-elle. Tu m'as libérée d'un grand poids. Je vais commencer à me sentir propre à nouveau. Je ne t'en remercierai jamais assez.

Je l'ai juste regardée sans rien dire, et ses paroles, au lieu de m'apaiser, n'ont fait qu'accentuer mon malaise. Car c'était mon tour de me sentir souillé par ce que j'avais fait.

Elle s'est appuyée contre moi et a pris ma main dans les siennes.

— Mon pauvre, tu es dans un sale état. Il ne peut pas retourner à son hôtel comme ça. Je vais l'emmener chez nous. Liesl et moi veillerons sur lui cette nuit.

J'ai cru voir une lueur d'envie passer dans le regard de Greg, mais il a juste acquiescé.

— Pas de problème. À mon avis, nous sommes partis sans qu'on nous ait repérés. De toute façon, il faut que je rédige mon rapport et que je l'encode. Tant mieux si j'ai le bureau pour moi tout seul.

L'appartement de Rebecca et Liesl était féminin en diable. Il y avait tous ces détails qui ne trompent pas : fleurs, photographies, coussins en soie raffinés, petites figurines d'animaux en bois, autant de choses que seules les femmes se donnent la peine d'acquérir et de disposer çà et là, aux bons endroits.

Quand Rebecca lui a annoncé la mort de Romford, Liesl aussi m'a embrassé. Elles m'ont fait couler un bain, en l'accompagnant d'un autre whisky, et m'ont donné un immense peignoir. Pour le déjeuner, nous avons pris chacun un bol de soupe bien chaude dans la cuisine. Puis elles m'ont mis au lit. Liesl a fermé les rideaux, Rebecca a éteint la lumière, et elles ont doucement fermé la porte.

Cela me faisait drôle, de dormir en plein jour, et me rappelait mon enfance, quand on nous forçait Izzy et moi à nous coucher bien avant la tombée de la nuit, l'été. Nous avions horreur de ça. Entendre nos parents vaquer dans la maison, ou même certains soirs recevoir des amis à dîner, alors que nous étions cloués au lit à nous morfondre, était pour nous un vrai supplice.

Au bout d'une vingtaine de minutes à me tourner et me retourner, j'ai sombré dans un profond sommeil.

J'ai dormi des heures et quand je me suis réveillé, je ne me suis pas tout de suite rappelé où j'étais. Puis ça m'est revenu, et la nausée m'a submergé à nouveau.

J'avais tué quelqu'un.

Couché sur le dos, j'ai regardé les ombres qui glissaient sur le plafond, et elles m'ont fait penser à notre chambre de Penrith Mansions. Sam était-elle au lit en ce moment, bien réveillée comme moi et couchée de mon côté ? Lisait-elle ses livres de psychologie, ou avait-elle permis à Will de dormir avec elle ? Lui avait-elle laissé prendre cette habitude pendant que j'étais au loin ? Était-il guéri de ses oreillons ? Menait-il encore la vie dure à Whisky ?

Comme la maison me manquait… ainsi que toutes ces choses à la fois simples et extraordinaires qui font l'âme d'un foyer.

Et ma mère, comment allait-elle ?

Au moins, je pourrais rentrer, maintenant. Peut-être durant mon long voyage de retour, avec tous ces changements de train, parviendrais-je à oublier peu à peu que j'avais tué un homme.

Aux bruits et à la lumière ambiante, j'ai deviné qu'il faisait nuit et qu'il pleuvait. J'ignorais s'il était tard, aussi me suis-je levé pour aller à la fenêtre et profiter de la lueur des réverbères. À ma montre, j'ai vu qu'il était juste minuit passé.

En contemplant la grande avenue sur laquelle donnait l'appartement de Rebecca et de Liesl, j'ai entendu un léger bruit. Étaient-elles encore debout, ou y avait-il un intrus dans l'appartement ? Voilà que je recommençais à avoir peur. Quelqu'un du bord de Romford avait-il découvert où je me reposais et était-il venu le venger ?

J'ai ouvert la porte de ma chambre et scruté le couloir. Il était vide. Il y avait de la lumière venant d'une autre chambre, mais elle était si ténue que c'était sans doute celle d'un réverbère filtrant par une fenêtre.

J'ai entendu murmurer.

Passablement inquiet, je me suis glissé dans le couloir en peignoir, pieds nus, et j'ai avancé à pas feutrés sur la moquette qui tapissait le couloir. Que ferais-je si j'avais été filé et qu'il y avait bien quelqu'un dans l'appartement, résolu à se venger ? J'avais rendu le revolver à Greg.

Sur le seuil de la chambre, je suis resté pantois.

La faible lumière venant de la rue baignait la pièce d'une lueur ambrée. Complètement nue, Liesl était couchée sur le dos. Un rai de lumière tombait sur ses seins, laissant son ventre dans l'ombre. Les yeux fermés, alanguie, elle murmurait des mots sans suite. Dans l'ombre j'ai deviné la silhouette de Rebecca tandis qu'arc-boutée, à moitié hors du lit, elle avait sa tête entre les cuisses de Liesl. Elle aussi était nue.

Je n'aurais pas dû être là. Mais Liesl était très belle dans la pénombre, avec sa peau lisse, couleur miel. Son corps ondulait avec langueur, et j'ai contemplé, fasciné, le mouvement de ses épaules, le balancement de ses seins, son ventre lisse et plat, la courbe de sa gorge, la façon dont ses lèvres se fermaient et s'ouvraient, tandis qu'elle gémissait de plaisir.

Je n'avais pas remarqué qu'elle avait ouvert les yeux et me regardait. Quand je m'en suis rendu compte, j'ai senti mes joues s'embraser. Mais elle n'a pas changé de position. Elle a levé un bras et m'a fait signe d'approcher.

Sentant du mouvement, Rebecca a tourné la tête dans ma direction. Elle a souri.

— Tu as dormi des siècles. Nous avons failli te réveiller. Viens.

Elle s'est redressée et s'est couchée à côté de Liesl, en passant un bras autour de ses épaules.

Deux très belles femmes, nues, couchées là devant moi sur le lit, dans la semi-pénombre, avec le doux clapotis de la pluie au-dehors…

Tout mon corps, mes nerfs, mes sens étaient en feu, et ma faim, brutalement réveillée. Mais soudain, c'est à Sam que j'ai pensé et c'est d'elle dont j'ai eu envie, avec une violence inouïe.

Liesl a glissé les doigts entre les jambes de Rebecca qui s'est mise à gémir en s'abandonnant. Elle a écarté un peu les jambes et son bras est tombé par-dessus le bord du lit, en une attitude qui m'a rappelé la posture qu'avait eue Romford dans l'escalier, quand je venais de le tuer.

— Merci, murmurai-je en prenant la poignée de porte d'une main moite. Bonne nuit.

J'ai fermé la porte et j'ai regagné ma chambre.

Au petit déjeuner le lendemain matin, Liesl portait un kimono en soie et Rebecca une chemise d'homme. Personne ne fit allusion aux événements de la veille au soir, mais j'eus droit à de grandes démonstrations d'affection, de tendres caresses sur la main ou la joue. Rebecca prenait de sacrés risques pour son pays, elle venait de subir une rude épreuve, et elles voulaient toutes deux me faire savoir qu'en tuant Romford, j'avais remis les choses en ordre, du moins dans leur monde.

Je restai à Zurich encore quelques nuits, pour laisser passer du temps entre les meurtres du *Baur au Lac* et mon départ. Von Maltzen était citoyen suisse, après tout. La femme de chambre qui nous avait jeté un regard suspicieux pouvait avoir donné notre signalement à la police. Avait-elle remarqué mon léger boitillement, ou une pointe d'accent, dans notre façon de parler ? Un inspecteur de police zurichois un peu futé ferait-il le rapprochement ?

En tout cas, les recherches ne s'étendirent pas jusqu'à nous et moins d'une semaine plus tard, nous jugeâmes que je pouvais repartir en toute sécurité.

Pour ma dernière nuit à Zurich, j'emmenai Liesl et Rebecca dans un restaurant très chic près du lac. Après avoir abusé de divers spiritueux, nous sommes tombés dans une sentimentalité un peu larmoyante. À un moment Rebecca m'a embrassé, puis titillé l'oreille.

— Ça t'est déjà arrivé de coucher avec deux femmes, Hal ?

— Non.

— Tu veux essayer cette nuit ?

— Comme cadeau d'adieu, a renchéri Liesl en posant la main sur ma cuisse.

— Je suis flatté.

— Tu ne l'étais pas, la dernière fois. Tu as repoussé nos avances.

J'avais évidemment repensé à cette soirée. Pourquoi n'avoir pas fait honneur à leur proposition ? J'avais toujours en tête l'image de Liesl s'abandonnant tandis que Rebecca, la tête enfouie entre ses jambes, la faisait gémir de plaisir. Et le feu qui m'avait embrasé tout entier.

Bien sûr, c'est à Sam qu'allait tout mon désir, mais pourquoi me refuser une expérience inédite, insolite et si gentiment offerte ? C'était presque impoli de ma part. Était-ce à cause de mon dysfonctionnement, que Liesl et Rebecca ne pouvaient soupçonner ? Sam savait tout à ce sujet, avec elle, j'étais à l'aise. Et si la nuit avait tourné au fiasco, en me remplissant de gêne, sinon de honte ? Je ne connaîtrais jamais la réponse. Nous ne savons pas toujours pourquoi nous prenons parfois dans la vie certaines décisions. Si j'avais été « normal », intact en tout cas, j'aurais peut-être été infidèle à Sam, et que serait-il arrivé ensuite ? Sans doute rien. En tout cas, une fois rentré à Londres, je raconterais à Sam tout mon séjour à Zurich, sans jamais mentionner l'épisode de ma nuit chez Liesl et Rebecca, ni l'offre qu'elles m'avaient si gentiment faite.

Cette fois-là non plus, je n'y répondis pas.

Au lieu de ça, je leur racontai la Trêve de Noël, ma rencontre avec Wilhelm, l'échange des cigares et du Christmas pudding, la photographie qu'il m'avait donnée, ma rencontre avec Sam, et tout ce qui s'était ensuivi. Je leur dis que j'avais failli tout avouer à Sam, ce jour-là à Hyde Park, quand j'avais commis un impair en parlant du fait que Wilhelm était de Mannheim. Bref, je vidai mon sac, ce qui m'ôta sur le moment un grand poids de la poitrine. Je ne les reverrais sans doute jamais, elles ne risquaient pas de rencontrer Sam, et cela faisait du bien de pouvoir en parler à quelqu'un, de m'entendre leur raconter mon histoire et de voir leur réaction.

Elles ne m'ont pas jugé. Je suppose que je savais qu'elles s'en abstiendraient, et que c'est pour cette raison que je m'étais épanché. Sur Sam non plus, elles n'ont pas porté de jugement.

— Regarde-moi, dit Rebecca, moi aussi je couche avec l'ennemi. Liesl est à moitié autrichienne.

— Mais vous ne vous trompez pas l'une l'autre. Entre vous tout est franc, honnête... propre.

— Ça ne l'a pas toujours été, répliqua Liesl. Tu crois que c'est facile d'être lesbienne ? Si c'est toléré ici, à Zurich, c'est à cause de toute la faune qui y a trouvé refuge. Cette ambiance bohème n'existe pas depuis longtemps.

— Trouve ton bonheur où tu le peux, Hal, renchérit Rebecca en posant la main sur mon genou. Ce qui est arrivé est arrivé. Tires-en le meilleur parti. La guerre permet de sortir des sentiers battus, de transgresser les frontières ordinaires. C'est ce que nous avons fait.

Oui, mais les frontières ne sont pas toutes de même nature, ai-je pensé, sans le dire toutefois. Ensuite, nous avons fait une petite virée au *Pantagruel*, pour finir la soirée en beauté.

J'étais triste de les quitter. Elles avaient été bonnes envers moi. Le lendemain, elles m'ont accompagné à la gare, et Rebecca m'a glissé un petit paquet dans la main, au moment où je montais dans le train. Puis elles sont restées sur le quai à me faire signe alors que le train s'éloignait. Les reverrais-je un jour ? Izzy avait raison, ces amitiés en temps de guerre étaient très intenses.

Comme le train pour Genève prenait de la vitesse, je me suis installé dans le compartiment et j'ai défait l'emballage du paquet que Rebecca m'avait donné. C'était un livre, et elle avait glissé un petit mot à l'intérieur.

Je ne t'en ai jamais parlé. Je l'ai volé durant mon cauchemar avec Romford. Peut-être que ça t'aidera.

Baisers,

R

Déconcerté, j'ai ouvert le livre. En fait, c'était un carnet de croquis, et à mon grand étonnement, j'ai compris qu'il appartenait à Romford. Apparemment, il aimait dessiner, et il n'était pas mauvais, pas mauvais du tout. Ses croquis révélaient un talent caché que je n'aurais jamais soupçonné chez lui.

Je suis tombé sur un dessin de Rebecca, endormie dans le lit, nue, les seins découverts. Quelle était son intention en me donnant ce carnet ? Que ce dessin m'aiderait, d'une certaine façon ? Qu'il montrait chez Romford une telle concupiscence qu'il n'aurait cessé de la tourmenter et de la poursuivre de ses assiduités jusqu'à la rendre folle, si je ne l'avais pas supprimé ?

J'ai feuilleté le carnet en remontant de la fin vers le début. Il y avait des vues de Zurich, de Londres, et même de Stratford-sur-Avon.

Alors, en voyant un dessin de moi, j'ai compris l'intention de Rebecca.

Pas d'erreur possible : c'était moi sur ma moto. Sauf que Romford m'avait caricaturé. J'avais des crocs à la place des dents, des serres à la place des mains qui agrippaient le guidon, et deux petites cornes me sortaient de la tête. C'était un dessin plein de haine.

J'ai refermé le carnet d'un geste sec. Romford était un traître et un rustre, mais cette image de moi était-elle si fausse ?

Le train prenait de la vitesse maintenant, il passait dans une vallée étroite entre des montagnes.

Rebecca et Liesl avaient fait de leur mieux pour me rassurer, mais le trouble planait toujours dans mon esprit, telle une arrière-pensée obsédante. Pas assez cependant pour me pousser à révéler à Sam toute la vérité, de Plumont à Sedgeberrow, jusqu'à ce jour dans le pub de Middle Hill, où j'avais soudain changé de plan après l'avoir vue dans la cour de récréation. Ma position était si précaire, si instable qu'elle menaçait à tout instant de s'effondrer. Si, durant les semaines où j'étais parti, Sam avait regardé dans mon porte-documents, elle aurait trouvé la photo de Wilhelm, et toute ma tromperie aurait été dévoilée au grand jour. C'était encore possible. Qui sait ce qui m'attendrait, au lieu de l'accueil que j'espérais ? Mais ce n'était pas ma faute. Je n'avais d'autre choix que de vivre dans le mensonge que j'avais fabriqué. Il m'avait apporté le bonheur, un bonheur qui pouvait être détruit, souillé, ravagé en un instant, n'importe quand.

Peu après, la voie ferrée sortit de la vallée pour longer le bord d'un lac. J'ouvris la fenêtre du compartiment et jetai le carnet de croquis aussi loin que je pus. Je ne sus jamais s'il était tombé dans l'eau.

De retour à Penrith Mansions, je n'eus pas droit à de grandes effusions. Sans doute Sam était-elle un peu contrariée que je ne lui aie pas écrit plus souvent, même si elle avait hâte d'apprendre ce que j'avais à dire, en dehors de toute censure. Will aussi se montra réservé. Je lui avais manqué, et il apprécia assez le train électrique que je lui offris à mon retour, mais avant de se précipiter dans mes bras, il voulait être sûr que je n'allais pas disparaître à nouveau.

En revanche, le sucre fut accueilli par des hourras.

L'appartement n'avait guère changé. Lottie était toujours là, mais n'ayant pas de nouvelles de Reg depuis des semaines, elle s'angoissait beaucoup et vivait dans la crainte qu'un télégramme puisse arriver à tout moment pour annoncer sa mort.

En vérité, après l'effervescence de Zurich, la vie à Londres m'aurait paru un peu terne si une bonne nouvelle n'était venue l'éclairer. Étant donné le succès de l'opération Hood-Frankel, le général avait veillé à ce que je sois promu lieutenant-colonel, le rang dont Romford s'était targué.

Le jour de mon retour à Northumberland Avenue, un jeudi, le général avait une autre surprise en réserve.

— J'ai un gros boulot pour vous, Hal, mais je ne vais pas vous dire ce que c'est pour l'instant. Savez-vous conduire ?

— Oui, bien sûr, répondis-je, intrigué.

Allais-je devenir le chauffeur de quelque personnalité ?

— Bien. Je veux que vous preniez un long week-end de congé. Aujourd'hui on est jeudi, ne revenez pas avant mardi. J'ai réussi à vous procurer une voiture. Sortez de Londres, emmenez votre femme et votre petit garçon. Retrouvez-vous un peu en famille. D'accord ?

Tout à fait d'accord. En revanche, Sam n'accepta pas facilement de mettre ses devoirs d'enseignante « au rancart », comme elle dit, mais à l'idée de partir faire un tour en voiture, Will fut enthousiaste, et je piquai la curiosité de Sam en lui glissant que je connaissais le lieu idéal pour une petite échappée.

— Ah oui ? Lequel ?
— Stratford-sur-Avon.

Stratford n'avait guère changé. Nous descendîmes au *Crown*, où Maude, l'amie de Sam, travaillait encore comme serveuse. Les repas étaient toujours aussi quelconques. Il y avait plus de militaires dans le coin, maintenant que le terrain d'aviation s'était ouvert juste à l'extérieur de la ville, et en conséquence, les prix avaient beaucoup monté, surtout ceux des denrées alimentaires.

Stratford n'avait rien de l'élégance citadine un peu bohème que j'avais connue à Zurich. C'était même tout le contraire : une petite ville de province d'un calme rassis, enfoncée dans la campagne et dans ses habitudes. Nous nous sommes promenés sur la rive de l'Avon. Le paysage était toujours aussi champêtre avec ses vaches paissant dans les champs, mais j'ai fait en sorte de rebrousser chemin bien avant d'arriver à la barrière au tourniquet, où Wilhelm avait demandé à Sam de l'épouser. Elle n'a pas semblé le remarquer.

Le samedi, nous sommes allés en voiture jusqu'à Middle Hill, en croisant la base aérienne qui était maintenant en fonction. Nous avons pris un verre au *Lamb*, mais ce ne fut pas vraiment une réussite. Le pub avait changé de propriétaire, et le nouveau ne me connaissait pas. Un ou deux clients m'ont souri, mais c'est tout. Nous sommes descendus à la petite maison où Sam avait vécu, pour découvrir que trois enfants jouaient dans le jardin de devant, qui était maintenant à l'abandon.

— Allons-nous-en, a murmuré Sam en frissonnant.

Nous nous sommes vite éloignés, avec l'odeur du lisier dans les narines. Comme c'était un samedi, l'école était fermée. Nous l'avons dépassée pour entrer dans le cimetière attenant à l'église et traverser le ruisseau aux poules d'eau, puis nous avons franchi le portillon qui séparait le cimetière du terrain de cricket où une partie était en cours, sans doute l'une des dernières de la saison. Nous nous sommes assis sur l'herbe et Will a regardé la partie avec tant d'intérêt que j'ai tenté de lui en expliquer les règles. Grâce à ce moment de partage, et à l'intimité du trajet en voiture depuis Londres, nous avons enfin retrouvé notre ancienne complicité.

Sam et moi avions déjà beaucoup parlé durant le trajet jusqu'à Stratford. Sur le terrain de cricket, je lui ai fait le récit un peu décousu de toute l'opération Romford. Will s'était assis en bordure du terrain avec l'espoir que la balle arriverait jusqu'à lui, et il ne pouvait nous entendre.

Sam fut saisie d'horreur devant l'épreuve qu'avait subie Rebecca.

— Jamais je ne pourrais coucher avec quelqu'un juste pour obéir aux ordres d'un supérieur. C'est bestial ! Non, jamais je ne pourrais, s'exclama-t-elle en secouant vigoureusement la tête, comme pour chasser cette image odieuse et salissante.

— Je ne crois pas que tu y seras jamais obligée. Et puis pour elle, c'était encore plus dur que pour d'autres femmes.

— Qu'en sais-tu ?

— C'est une lesbienne.

— Mon Dieu !

À cet instant, Will s'est levé d'un bond et s'est mis à courir. La balle arrivait dans sa direction, et c'était sa chance de la saisir. Il l'a ramassée, l'a lâchée, l'a ramassée à nouveau, et a couru pour la donner au joueur le plus proche.

— Merci, mon gars, a dit le joueur de champ en ôtant sa casquette, avec un sourire.

Will est revenu vers nous l'air très content de lui en haletant comme s'il avait fourni un gros effort. Il faudrait que je lui achète une batte et une balle. Il ressemblait de plus en plus à Wilhelm, mais Sam n'y faisait plus allusion.

En décrivant dans le détail les horribles instants passés dans l'escalier du grand hôtel, j'ai revécu la scène du meurtre. Je le faisais autant pour moi que pour Sam. Ce ne serait qu'en me confrontant à ce souvenir que je pouvais espérer un jour en expurger ma mémoire.

Sam écoutait tout en gardant les yeux fixés sur le terrain de cricket et sur Will. À la fin de mon récit, elle est restée un long moment sans rien dire.

— Et s'il t'avait tué ? a-t-elle murmuré doucement. Si tu n'avais pas tiré le premier ?

— À quoi bon y penser ?

— Cette guerre joue avec nos vies, avec nos nerfs… Quand finira-t-elle ? Rien n'est plus comme avant, même Middle Hill. Si tu avais été tué, que serions-nous devenus, Will et moi ?

Ce soir-là, Sam mit Will au lit et se reposa un moment avant le dîner. Quant à moi, je descendis au salon de l'hôtel, commandai un whisky et m'installai confortablement dans un bon fauteuil pour lire les lettres d'Izzy. Il en était arrivé quatre durant mon absence et j'avais hâte de voir comment elle allait. Il n'y avait personne.

Un bon feu flambait dans la cheminée (la saison du cricket était presque finie, et avec elle les beaux jours). J'allumai l'un des cigares de Wilhelm, versai de l'eau dans mon whisky, et me rapprochai du feu pour me chauffer les jambes.

Cher Hal,

Des nouvelles, des bonnes et des mauvaises... Enfin, on nous a accordé un petit congé, à Alan et à moi. Quatre jours, du moins c'est ce qui était prévu. Au départ, nous pensions aller à Paris, mais tout bien réfléchi, nous aurions passé notre temps à voyager, aussi avons-nous décidé d'aller à Reims, et c'est de là que je t'écris. Nous sommes à l'hôtel, et prenons deux bains par jour, tu te rends compte !!!

Les Français cuisinent toujours comme des dieux, et nous avons eu droit à de grands vins (après nous être copieusement abreuvés de gin tonic !). Mais voilà qu'au beau milieu de ce festin, le couperet est tombé : un télégramme pour Alan, annonçant que sa femme avait tenté de se suicider ! Elle s'est ouvert les veines dans un bain d'eau chaude.

Or cette femme a deux enfants en bas âge. Si vraiment elle a voulu mettre fin à ses jours, a-t-elle pensé à ce qu'ils deviendraient ? Forcément. Cela veut-il dire qu'elle aime son mari plus que ses enfants ? Et que l'amour conjugal est différent de l'amour maternel ? Si j'étais dans la même situation, qu'aurais-je fait à sa place ?

Pour moi, tout cela montre que j'avais raison au départ : Alan n'aurait pas dû parler de nous à sa femme, pas pour l'instant en tout cas, c'était inutile, alors que le danger rôde autour de nous et que nous ne savons jamais de quoi demain sera fait.

Bref, Alan s'est vu accorder une permission exceptionnelle pour rentrer chez lui au plus vite et être auprès d'elle. Si vraiment elle a eu l'intention de se tuer, c'est une chose. Mais si son geste n'avait pour but que de le faire rentrer pour l'éloigner de moi, alors il va falloir qu'ils crèvent l'abcès une bonne fois pour toutes. Il ne le saura qu'après l'avoir vue.

Mon Dieu, Hal. Si tu voyais dans quelle situation nous sommes. Il n'y a aucune chance qu'un médecin vienne remplacer Alan dans notre unité, aussi ce sera à moi de mener la barque jusqu'à son retour. Ce qui était censé être un congé de détente a viré au cauchemar.

Tout mon amour et des tas de baisers,

Izzy

Cher Hal,

Je suis de retour dans la boue, le sang, les éclats d'os brisés, les hurlements dans la nuit, les corps tremblants qui glissent lentement vers la mort, vers Dieu sait où.

Aucune nouvelle d'Alan. En son absence, j'ai découvert un nouvel aspect de ma personnalité. Je suis devenue un vrai gendarme. Dans l'immense chaos qu'est cette guerre, l'armée dirige tout et en principe, chacun devrait savoir où est sa place, son rang, qui commande et qui obéit. Mais l'élément fondamental qui domine notre existence, c'est la confusion. Personne n'a la moindre idée de ce qui va arriver. La plupart du temps, nous ne savons même pas ce qui se produit au moment où nous le vivons.

Or, en ces temps et lieux de désolation, j'ai découvert que les gens qui m'entourent ont soif de certitude. C'est pourquoi je suis devenue autoritaire. Je dis aux gens ce qu'ils ont à faire, je distribue les tâches, sans forcément savoir ce qui est le mieux pour untel en une situation donnée, pourtant ils semblent apprécier mon style. Évidemment, en tant qu'infirmière, je jouis d'une certaine autorité, mais ça va plus loin ; par exemple, en cas de conflit, ils viennent me consulter et se rendent à mon jugement. Quand je me déplace dans les tranchées, je demande aux soldats de nettoyer, ranger, réorganiser telle ou telle chose ici ou là. Et ils le font. Pourquoi tous ces hommes obéissent-ils si facilement à une femme ? C'est étrange.

Quelques journaux anglais périmés nous sont parvenus. Alors comme ça, vous avez droit à des raids de zeppelins sur Londres ? Dieu merci, Papa et Maman sont loin de la capitale. J'ai lu que Max Bremner avait été tué. Ce nom ne te dira sans doute rien, mais c'était l'un des correspondants de guerre dont je t'ai parlé, qui avaient visité notre unité. Un type plein d'humour, qui écrivait très bien. Il avait quarante-deux ans et a été gazé. Quel gâchis.

Ça fait longtemps que je n'ai pas eu de tes nouvelles. Est-ce que tu vas bien ? Écris-moi. C'est un ordre !

Des milliers de baisers,

Izzy

Cher Hal,

Tu n'as pas écrit, goujat. Maintenant que Monsieur est monté en grade, il se croit trop important pour daigner se préoccuper de sa petite sœur, qui d'ailleurs n'est plus si petite. C'est ça ? Ou alors, je me dis que tu es peut-être sur une mission dont tu ne peux me parler, auquel cas je te pardonne. Mais sinon, eh bien sache que pour moi, dans ma hiérarchie personnelle, tu es dorénavant bien en dessous d'Einstein.

Alan est revenu et il n'est plus le même. Il dit que sa femme s'est ouvert les veines en sachant qu'il y avait des gens dans la maison qui la trouveraient, et donc que ce n'était pas une « vraie » tentative. Mais son comportement, son attitude à mon égard, les petits gestes de tendresse que nous avions l'un pour l'autre, cette béatitude un peu niaise que partagent les amoureux, tout cela a disparu, pour l'instant du moins. Il a aussi perdu beaucoup de cette détermination que j'aimais en lui. Comme si le fait d'être rentré chez lui l'avait affaibli intellectuellement. Son idéalisme en a pris un coup. Sans doute ce séjour en Angleterre a-t-il été déprimant pour lui, mais il ne veut pas en parler et ça ne me plaît pas.

Plusieurs heures plus tard : en fait, on vient juste d'en parler. Il m'a vue rédiger cette lettre, s'est penché au-dessus de mon épaule et a lu ce que j'écrivais. Ça a un peu éclairci la situation.

Alan reconnaît que son séjour en Angleterre l'a déprimé. Là-bas, les gens ont de la guerre une tout autre vision que ce qu'elle est ici, au front. Ils sont agressifs, nourrissent des sentiments antiallemands d'une violence caricaturale. Pas tant à Londres, qui est très engagé dans la guerre comme tu sais, qu'à la campagne, où la vie continue comme si de rien n'était : les gens jouent au cricket, vont au pub, à la pêche. D'une certaine façon, Alan le comprend, la vie doit continuer, sinon tout est perdu, et les gens ont besoin d'échappatoires. N'empêche, le fossé qui se creuse entre le front et la campagne anglaise est énorme. D'après lui, quand la guerre sera finie, il y aura une telle différence entre ceux qui seront allés au front et les autres que cela créera une grande rupture dans notre société, et changera le visage du pays.

On ne peut jamais savoir, mais j'ai confiance dans son jugement. Je profite de son absence pour te confier ceci : je ne crois pas que ce qu'il m'a dit explique complètement pourquoi il n'est plus le même depuis qu'il est rentré. Il doit y avoir autre chose, quelque chose de plus personnel, même si je ne sais pas encore quoi.

Écris, espèce de brute,

Izzy

Chère brute épaisse,

Celle-ci sera courte. Tu n'auras droit qu'à de courtes lettres tant que tu ne m'auras pas répondu. C'est tout ce que tu mérites.

Alan est retourné en Grande-Bretagne, en Écosse, plus précisément, pour l'enterrement de sa femme.

Hélas oui. Elle a fait une deuxième tentative et cette fois, elle ne s'est pas ratée. Il a reçu un télégramme il y a deux jours. Avant de partir, il m'a dit qu'il savait qu'il avait été maladroit avec moi. En fait, il se sentait coupable. Quand il est retourné chez lui la première fois, il s'est rendu compte que sa femme l'aimait vraiment, qu'il comptait plus pour elle que ses propres enfants, et que, contrairement à ce qu'il m'avait dit, sa première tentative n'était pas du tout un « appel au secours », mais une manière de l'avertir que s'il ne lui revenait pas, elle mettrait fin à ses jours pour de bon. Les enfants sont sous le choc, bien sûr. Quant à Alan... il se retrouve face à un vrai dilemme : car lui aussi m'aime plus qu'il n'aime ses enfants. C'est terrible, Hal. Est-ce contre nature que des parents tiennent à quelqu'un plus qu'à leurs propres enfants ?

Comme j'ai à nouveau tout sur le dos, je recommence à faire le gendarme. Même si au fond de moi, je suis complètement retournée.

Tout mon amour, mais seulement trois baisers, pour le moment du moins,

Izzy

Le lendemain, un dimanche, après avoir fait la grasse matinée, Sam, Will et moi sommes allés de nouveau à Middle Hill, mais nous nous sommes arrêtés peu avant le village pour nous balader au bord du canal. Au début, j'ai presque regretté ce choix. C'était là que nous nous étions promenés le jour où, sous une pluie battante, j'avais compris pour la première fois que Sam avait un bébé et qu'elle m'avait avoué ensuite, sous l'arche du pont, qui était le père de Will. Voulais-je vraiment lui rappeler tout cela ? Mais elle a juste dit :

— Tu te souviens de ce délicieux salon de thé près d'ici ? Et s'il était ouvert ? On va voir ?

Il l'était.

Les prix avaient monté, il y avait plus de monde, mais les scones étaient toujours aussi bons et, ô surprise, il y avait même de la crème pour accompagner la confiture. Inutile de préciser lequel de nous trois a englouti deux scones en se barbouillant de marmelade avant de sombrer dans un profond sommeil.

Nous sommes retournés vers la voiture par le bord du canal. J'avais Will dans les bras, et j'ai parlé à Sam de la dernière lettre d'Izzy, où elle dissertait sur les différentes formes d'amour.

— C'est ce que tu as lu hier soir au coin du feu, pendant que je me reposais ?

— Oui. Comment le sais-tu ?

— Je t'ai trouvé très silencieux, au dîner.

— C'est vrai. Excuse-moi.

— Tu n'as pas à t'excuser. De toute façon, tu n'es guère causant depuis que tu es rentré de Zurich. Je me suis dit que c'était à cause de… l'affaire Romford. Ce qui peut se comprendre.

— C'est vrai. Je m'en remets mal, Sam. Mais la lettre d'Izzy y était aussi pour quelque chose.

Elle a tendu le bras pour essuyer des miettes collées sur les joues de Will.

— Je n'ai pas beaucoup d'expérience en la matière, mais je peux dire qu'en effet, l'amour que je porte à mon enfant n'a rien à voir avec celui que j'ai éprouvé pour Wilhelm. Ça m'est tombé dessus sans prévenir. Je ne m'y attendais pas du tout, et je n'ai rien pu faire… Les mois d'hiver, il portait toujours une longue écharpe flottante autour du cou et sur les épaules. Je trouvais ça d'une élégance un peu… désinvolte. Oui, c'était quelqu'un de désinvolte, il ne me pressait jamais, et j'aimais ça. Il était toujours très gentil avec moi, mais aussi très déterminé dans le but qu'il s'était fixé, son projet d'aller en Amérique pour travailler dans la culture de la vigne ou du tabac. J'aimais bien ce mélange de douceur et d'assurance. Je le trouvais irrésistible. À propos, ajouta-t-elle en tripotant son bandeau, ce cigare que tu as fumé hier soir, d'où venait-il ?

— De Cuba, bien sûr. C'est un Cohiba, je crois. Pourquoi ?

Mais je savais pourquoi. Cette suée qui me trempait la nuque, cette crampe au creux du ventre me le disaient. J'avais encore commis un impair.

— Il sentait comme les cigares de Wilhelm. Tu ne fumes pas le cigare d'habitude, si ?

Il fallait trouver la bonne réponse et vite, pour qu'elle soit convaincante.

— J'ai commencé à en fumer lorsque j'étais à Munich, puis j'ai abandonné quand l'emphysème de ma mère a empiré. Je me suis offert une boîte quand j'étais à Zurich. Tu aimes cette odeur ? Sinon, je n'en fumerai plus.

— C'était juste pour que tu saches que cela me rappelle Wilhelm, me dit-elle en me pressant le bras.

J'étais toujours en sueur, mais je m'en étais sorti encore cette fois. Elle a repris la conversation où nous l'avions laissée.

— Mon amour pour Will aussi est plus fort que tout, quoique différent. Il a besoin de moi pour grandir, et comme toi, je veille à son éducation. Tu as remarqué comme il fait attention à ce que ses chaussures soient bien brillantes ? ajouta-t-elle en souriant.

Puis elle est restée pensive un moment, pendant que nous poursuivions notre marche.

— Quant à ce qu'a fait la femme d'Alan, l'amant d'Izzy, j'espère ne jamais me retrouver dans cette situation, mais… Oui, je peux comprendre ce qu'elle a dû éprouver, et la raison de son acte.

Elle a posé la main sur mon bras, nous nous sommes arrêtés et elle s'est tournée face à moi.

— Il existe une troisième forme d'amour, tu sais. J'y ai beaucoup réfléchi pendant que tu étais à Zurich. Je suis tombée amoureuse de toi, Hal. Ce n'est pas un coup de foudre, non. J'espère ne pas te blesser en disant ça. C'est plus comme… une fleur qui s'épanouit peu à peu, délicatement, à mesure que le printemps va vers l'été. Quant à Will, il t'adore. Autant que… je ne sais pas moi. Une balle de cricket !

Nous avons tellement ri que Will s'est réveillé.

Cette nuit-là, alors que nous mettions Will au lit, il a réclamé son « livre cacao ».

— Mon Dieu, je l'ai oublié, s'est aperçue Sam.

— Qu'est-ce que c'est que ça ?

— Pendant que tu étais en Suisse, le *Times* a sorti un nouveau dictionnaire pour enfants, avec des images en couleur grâce à une nouvelle technique d'imprimerie. Il y a une boîte de cacao sur la couverture et Will, comme tu sais, aime beaucoup boire du cacao. Surtout depuis qu'on a du sucre.

— J'aimerais bien voir son livre cacao. Moi aussi je m'intéresse aux nouveaux procédés d'imprimerie, d'ailleurs les Suisses sont très en avance dans ce domaine… Et qu'est-il arrivé d'autre pendant mon absence ?

— À part les bombardements aériens, tu veux dire ? Eh bien le roi nous exhorte tous à boire moins d'alcool, surtout à la maison ; il croit que ses loyaux sujets sont en passe de devenir alcooliques. Les télégrammes se paient maintenant neuf pence au lieu de six. On m'a dit la bonne aventure. Et je suis allée à une conférence avec Ellen, donnée par un psychiatre, sur les effets à retardement de la vie dans les tranchées, et le trouble qui affecte certains soldats, appelé psychose posttraumatique.

— Ça n'a pas l'air très drôle. Tu n'es pas allée au théâtre ?

— Tu as tort, cette conférence était très intéressante, affirma Sam en bordant Will. L'orateur venait d'un hôpital écossais. Certains de ces soldats perturbés mentalement sont très durs avec leurs femmes quand ils rentrent chez eux. Personne ne l'avait prévu.

Elle a embrassé Will en lui souhaitant bonne nuit.

— Quant aux théâtres, tu n'es pas à la page, mon vieux. Depuis les raids aériens, ils ferment la nuit, à cause du risque. Les seules représentations ont lieu maintenant en matinée, c'est-à-dire l'après-midi, et je ne peux pas y aller. On dit aux spectateurs d'apporter de quoi lire ou s'occuper, au cas où les bombardements auraient lieu de jour et qu'il faille interrompre la représentation. Dis, puisque j'ai oublié le livre cacao, il va falloir que tu nous aides.

— Ah bon ? Et comment ?

— Tu es allé à l'étranger, tu as voyagé. C'est à toi de raconter une histoire. Vas-y, on t'écoute.

Le lundi soir, quand nous sommes rentrés chez nous, une surprise nous attendait, très agréable en vérité. En notre absence, au lieu du télégramme qu'elle redoutait tant, Lottie avait vu son homme apparaître. Reg en personne, plus mince et taciturne que jamais. On lui avait accordé une permission, mais il avait eu un voyage mouvementé depuis la France. Son train avait été bombardé, la voie ferrée elle-même mise hors d'usage pour plusieurs jours, et le bateau qu'il devait prendre pour traverser la Manche n'était jamais arrivé. Cette suite de malchances aurait été presque comique si tant de gens n'avaient péri durant le processus et si cela n'avait pas retardé leurs retrouvailles.

Pourtant Lottie était folle de joie et de soulagement, et Sam ravie de voir sa sœur trouver enfin son compte au « rayon hommes ». Pendant que nous étions à Stratford, Lottie avait vu Ruth, l'aînée des sœurs, et l'avait invitée à la maison avec Greville, son compagnon, pour fêter ça. Ce soir-là, nous étions donc six à partager un plat de pâtes accompagné de whisky. Reg nous raconta des histoires du front, Lottie chanta ; quant à Ruth, elle nous divertit en nous parlant de son usine et des multiples imprévus qui venaient sans cesse perturber son fonctionnement. La soirée se prolongea si tard qu'on prépara la chambre d'amis pour Ruth et Greville. Les hommes allèrent se coucher, tandis que les sœurs continuaient à discuter.

Ce que Sam m'avait dit la veille près du canal m'avait réchauffé le cœur, et j'étais d'excellente humeur. Je venais de me coucher quand Will est entré dans notre chambre. Comme cela lui arrivait parfois, il ne réussissait pas à s'endormir et voulait de la compagnie. Je l'ai ramené à sa chambre et lui ai lu une histoire, le temps qu'il trouve le sommeil. J'ai posé le livre, je l'ai bordé en humant avec délice son odeur familière de propreté et de savon, puis je suis retourné à notre chambre.

En passant devant la porte du salon, j'ai entendu que les sœurs discutaient toujours, et par mégarde, j'ai saisi un mot au passage : « Wilhelm ».

Je me suis figé sur place, j'ai arrêté de respirer, et j'ai tendu l'oreille.

C'était Ruth qui parlait. Elle avait une voix plus forte, plus autoritaire que celles de ses sœurs.

— … longtemps maintenant. Et Will, qu'est-ce qu'il en pense ?

— Il pense que Hal est son vrai père, bien sûr.

— Et combien de temps pourras-tu continuer à donner le change ?

— Je ne sais pas. Plus la guerre durera, plus il sera difficile de lui dire la vérité. La dernière fois que nous avons feuilleté son dictionnaire illustré, nous sommes tombés sur une page montrant des uniformes de différents pays : anglais, français, américains et allemands. Will a pris son crayon et il a gribouillé sur tous les uniformes allemands… C'est normal, j'imagine, mais cela m'a fait drôle…

Elle s'est interrompue, alors Lottie a fait remarquer que j'étais « un type bien ».

— Oui, mais Sam a Wilhelm dans la peau, a répliqué Ruth.

Je n'ai pas entendu la réponse de Sam. Avait-elle acquiescé d'un simple hochement de tête ?

Puis, au milieu du brouhaha, j'ai reconnu sa voix.

— Je sais, vous pensez toutes les deux que je suis folle, d'être tombée amoureuse de Wilhelm et surtout d'avoir couché avec lui, mais jamais je ne le regretterai. Les semaines que nous avons passées ensemble étaient si intenses, j'ignorais que la vie pouvait être aussi… J'ai cru que mon cœur allait s'arrêter de battre quand la guerre a éclaté et que j'ai compris que je n'aurais peut-être plus aucune nouvelle de lui. Pourtant j'étais certaine qu'il trouverait un moyen de me faire savoir où il était et qu'il était sain et sauf. Hal est entré dans ma vie bien trop tôt. Mais j'ai réussi à lui cacher combien j'étais inconsolable, combien Wilhelm me manquait, comme tout mon corps le réclamait.

— Et maintenant ? a dit Lottie.

— Ça va un peu mieux. Avec le temps, je souffre moins de son absence. Hal et moi, on s'entend bien, au lit. C'est un amant attentionné, et quand nous faisons l'amour, j'oublie tout le reste. Je n'aurais jamais pensé que ce serait si important pour moi, mais c'est comme ça.

— Petite veinarde, a grommelé Lottie.

— Le plus drôle, c'est que je serais bien plus amoureuse de Hal, s'il n'y avait pas Will.

— Que veux-tu dire ?

— Plus Will grandit, plus il ressemble à son père.

— C'est naturel, non ?

— Bien sûr, mais il a également adopté certaines des manies de Hal, et cela aussi s'est fait naturellement. Résultat, en grandissant, il devient un doux mélange de Wilhelm et de Hal. Personne ne s'en rend compte, à part moi, évidemment. Hal ne peut savoir à quel point Will ressemble à son père, et je ne vais pas insister là-dessus, ce serait cruel. Mais je ne peux m'empêcher de le remarquer, de voir en Will ce mélange entre leurs deux personnalités. J'y suis confrontée tous les jours, et cela me fend le cœur. Que faire ?

— Si j'étais toi, a repris Lottie après un silence, je miserais sur Hal.

— Lottie a raison, a renchéri Ruth. Même si Wilhelm s'en sort, une fois la guerre finie, je te vois mal avec un mari allemand, après tous les morts et les blessés que nous avons eus.

Je n'ai pas entendu la réponse de Sam car juste à ce moment-là, j'ai senti du mouvement derrière moi. Will était debout dans le couloir, son pyjama tout défait, et il me regardait. Depuis combien de temps était-il là ? Qu'avait-il entendu ?

Je l'ai soulevé dans mes bras, l'ai remis au lit et j'ai fini de lui lire l'histoire.

— Qu'avez-vous donc ?

Tels furent les premiers mots du général quand il posa les yeux sur moi le lendemain.

— Le fiancé de ma belle-sœur est revenu du front en permission. On a fêté ça en famille.

— De quel régiment est-il ?

— Les fusiliers du Yorkshire.

— Il est verni. Ils sont en première ligne, en ce moment, près de Bertrix. Je croyais que toutes les permissions avaient été annulées. Bref, et votre week-end s'est bien passé ? Est-ce que j'ai eu raison ?

— Oui, mon général.

— Bon, maintenant suivez-moi.

Il s'est levé pour ouvrir une petite porte qui donnait sur un espace exigu où une femme était assise à un bureau, une brune d'une trentaine d'années, mince et portant des lunettes, en chemise blanche et pantalon.

— Hal, voici Nadia, votre nouvelle assistante. Nadia, voici Hal, autrement dit le colonel Montgomery.

Surpris l'un et l'autre par la tournure des événements, Nadia et moi nous sommes serré la main.

— Maintenant, entrez donc dans votre bureau, m'invita-t-il en m'ouvrant la voie.

Arrivé à l'autre bout de la pièce, il a ouvert une porte, qui donnait cette fois sur une pièce deux fois plus grande que celle de Nadia, dont l'unique fenêtre avait vue sur la légendaire pelouse. Et sur le bureau, il y avait un téléphone ! Je n'en revenais pas. J'allais donc faire un boulot qui nécessitait l'usage d'un téléphone.

— Oh ! il marche, ne vous en faites pas pour ça, plaisanta le général en me voyant décrocher le combiné et placer l'écouteur contre mon oreille. On vous montrera en temps utile comment il fonctionne. Bon, installez-vous, puis retrouvez-moi. Nous avons une foule de choses à voir aujourd'hui.

J'ai suivi sa consigne et me suis empressé de rejoindre Malahyde dans son bureau. Assis dans le fauteuil, il m'a fait signe de prendre place sur le canapé. Sur la table basse devant lui était posé un dossier couleur chamois.

— Avant d'en venir au fait, Hal, laissez-moi vous dire une chose.

— Oui, mon général.

— Nadia est-elle votre première assistante ?

— Oui, mon général.

— Dans ce cas, veuillez éviter d'avoir une liaison avec elle. Cela nous simplifiera la vie.

— Mais mon général…

— Je sais, loin de vous cette idée. Vous êtes un grand garçon, Montgomery. N'empêche, souvenez-vous-en.

J'ai hoché la tête sans faire de commentaire.

— Bon, voici quelles sont vos nouvelles responsabilités, annonça-t-il en jouant avec son luxueux stylographe. Nous entrons dans la phase finale de la guerre. Les Américains y participent, et l'année à venir verra la fin des combats. Cela ne fait quasi aucun doute : il y aura donc une conférence de paix définitive, dirais-je, pour en finir avec toutes les autres. Et les débats les plus coriaces porteront sur qui devra payer quoi et à qui pour avoir en premier lieu déclaré la guerre, et qui devra mettre le plus la main à la poche pour avoir conduit les autres pays à la ruine et à la banqueroute. Je veux que vous vous occupiez de calculer ce que la guerre nous a coûté et de mettre en ordre cette arithmétique.

Je l'ai regardé sans rien dire.

— Le Cabinet dispose d'un comité de reconstruction, Hal, mais il nous faut une étude détaillée, avec chiffres à l'appui. Pas seulement le nombre de victimes civiles et militaires, mais les quantités d'armes et de munitions que nous avons produites, à quel coût, combien de marchés nous avons perdus à cause de la guerre, quelles dépenses il va falloir engager pour indemniser les familles dont le père est mort, combien va coûter la reconstruction des immeubles endommagés ou détruits, le coût de tous les soins donnés aux blessés, combien de navires ont été coulés et ce qu'il faudra pour les remplacer. Ce que nous devons aux Américains. Et je ne parle que des choses les plus évidentes, bien sûr. Je veux qu'avec l'aide de Nadia (au fait, c'est une statisticienne), vous récoltiez tous ces chiffres. Vous avez la tête qu'il faut pour ce genre d'études. J'ignore les conditions dans lesquelles nous allons gagner la guerre, mais ce qui est sûr, c'est que nous ne voulons pas perdre la paix. Comprenez-vous ?

— Je comprends, mon général, mais…

— Mais quoi ?

— Ne pensez-vous pas qu'à l'heure actuelle, les gens ont d'autres priorités que de fournir ce genre de chiffres ?

— Ah ! Bonne remarque. Sachez que votre autorité vous vient directement du Premier ministre. Lloyd

George fera part cette semaine au Cabinet de votre nouvelle affectation, et les responsables de tous les services impliqués seront sommés par le Premier ministre lui-même de répondre promptement à vos questions. Ne vous en faites pas pour ça. C'est un travail important. Top secret, bien sûr.

Top secret au point qu'encore aujourd'hui, je ne puis coucher par écrit certaines de mes découvertes. Ce fut ainsi que Nadia et moi sommes devenus les mois suivants les personnes les mieux informées de ce que la guerre avait coûté au pays, du moins à ma connaissance. Le général ne parlait pas à la légère et effectivement, les instructions données par Lloyd George au gouvernement produisirent l'effet escompté. Je découvris que mon nom était connu de Whitehall et de ses environs, même si mon visage ne l'était pas. J'appris à faire bon usage du téléphone, et des responsables très haut placés prenaient mes appels ou s'empressaient de me rappeler.

Notre première tâche fut d'établir le niveau économique de la Grande-Bretagne en août 1914, ce qui ne fut guère difficile ; mais pour la suite, c'était une autre paire de manches. J'eus la bonne idée de demander à chacun des secrétaires généraux des ministères concernés de me recommander une personne de confiance avec qui je pourrais traiter. De cette façon, on ne me renvoyait pas de l'un à l'autre et personne ne pouvait se dérober. En conséquence, j'avais une vingtaine de personnes qui travaillaient directement avec moi.

C'était un travail passionnant, qui eut deux conséquences. D'une part, je suivis les nouvelles d'encore plus près : plus la fin de la guerre semblait proche, plus je sentais la pression s'accentuer. D'autre part, je me mis à rentrer à la maison de plus en plus tard, ce qui ne fut pas du goût de Sam.

— Tu vois à peine Will le matin, et il est couché quand tu rentres. Je sais, ce que tu fais est important, mais Will l'est aussi. Ne peux-tu t'arranger pour rentrer plus tôt, disons, deux soirs par semaine ?

— Je vais essayer.

J'étais sincère, car j'aimais bien raconter des histoires à Will, et lui aussi aimait les écouter.

La nuit suivante, je suis effectivement rentré tôt, mais ce fut pour tomber sur une Lottie folle de rage. À peine avais-je franchi le seuil de l'appartement qu'elle s'est ruée sur moi en hurlant, toutes griffes dehors. Je me suis défendu comme j'ai pu, car malgré sa petite taille, elle était animée d'une telle colère que cela décuplait ses forces.

Sam est arrivée juste derrière elle et l'a retenue. Sans réussir à la calmer, nous l'avons coincée en la maintenant contre le mur du couloir.

— Bon sang, mais qu'est-ce que j'ai fait ? ai-je fini par demander en haletant.

— La police militaire est venue ici aujourd'hui, répondit Sam posément. Ils ont arrêté Reg et l'ont emmené.

— Sur quel motif ?

— Désertion, souffla Sam.

— Et c'est toi qui leur as dit ! hurla Lottie. Tu l'as dénoncé, espèce de salaud !

— Mais non !

— Mais si ! Tu étais le seul à savoir que son régiment était toujours au front…

— Lottie, je t'assure que je n'ai rien fait.

— Si, c'est toi ! C'est toi ! vociférait-elle. Tu n'as pas pu t'empêcher de baver, espèce de petit lèche-cul de fonctionnaire ! Tu as donné mon Reg, le seul homme que j'aie jamais eu. Je te hais !

Elle a éclaté en sanglots et s'est affalée le long du mur, près de la commode.

Nous nous sommes tous retrouvés assis par terre. Par miracle, Will dormait toujours.

À la fin, après un long silence où résonnaient nos halètements et les sanglots de Lottie, Sam a chuchoté :

— Hal, tu n'as pas fait ça, n'est-ce pas ?

— Sam ! Comment oses-tu me le demander ? m'offusquai-je. Même quand quelqu'un du bureau m'a dit qu'il pensait que les fusiliers du Yorkshire étaient encore au front, cela ne m'a pas traversé l'esprit. Comment peux-tu même penser une seconde que j'aurais pu faire ça ?

— Excuse-moi.

Nous sommes restés prostrés, en silence.

— Que… que va-t-il lui arriver, Hal ? demanda Sam, posant tout haut la question qui torturait Lottie.

— S'il a vraiment déserté, il passera en cour martiale.

— Et alors ?

Je n'ai rien dit.

— Alors ?

— Tout dépend du verdict. Mais je suis sûr que…

— Et s'il est déclaré coupable ?

Elles me regardaient toutes les deux.

— Il se peut qu'on le fusille.

Lottie déménagea. Il fut impossible de la convaincre que je n'avais pas trahi Reg, et elle ne voulait plus vivre sous le même toit que moi ni accepter mon hospitalité. Pour la première fois, elle se permit quelques paroles dures contre les Allemands, sur l'idylle de Sam, et ce que la guerre avait fait à sa famille.

Sam en fut atterrée, Will troublé, et moi assez contrarié.

Je n'avais rien à me reprocher, mais ce départ signifiait que Sam avait rompu avec deux de ses sœurs. Surtout, Lottie ne serait plus là pour garder Will les week-ends. L'appartement autrefois baptisé « Gare Montgomery » paraissait étrangement vide.

Nous avons vite trouvé une femme de ménage pour s'occuper de la maison et de Will, mais ce n'était pas pareil que d'avoir Lottie. Depuis que Faye était partie, nous ne jouions plus aux charades mimées. À présent, nous ne pourrions même plus nous plaindre de la fascination obsessionnelle de Lottie pour les grands de ce monde. Et l'appartement ne résonnerait plus de ses chansons.

Il y avait un seul bon côté dans tout ce gâchis. Après notre escapade à Stratford et Middle Hill, j'avais acheté à Will une petite batte de cricket, mais il s'en était désintéressé, comme font souvent les enfants. La batte et la balle gisaient dans sa chambre avec ses autres jouets délaissés, bien que conservés jalousement. Pourtant, suite à l'histoire que je lui avais racontée à Stratford, j'avais pris l'habitude de lui faire la lecture et cela lui plaisait, ainsi qu'à Whisky. Durant ces séances, le chien se roulait en boule sur le lit et s'endormait en même temps que Will. Ces moments-là étaient si tendres, si douillets que, pressé de les retrouver, je me mis à rentrer à des heures plus régulières, comme Sam me l'avait demandé, quittant le travail entre dix-huit heures et dix-huit heures trente, pour voir Will et lui faire la lecture. Cela m'aidait aussi à garder mes relations avec Nadia dans un cadre strictement professionnel. Elle m'avait invité deux fois à boire un verre en sortant du travail, mais après avoir essuyé deux refus, elle n'insista plus.

Sam et moi glissions peu à peu dans une agréable routine, et nous ne sortions plus que très rarement le soir. Elle avait découvert que le patron du pub du quartier avait une fille qui voulait bien garder des enfants le week-end, en conséquence Lottie ne nous manqua pas autant que nous le craignions. Nous reprîmes donc l'habitude d'aller au théâtre dans le West End, même si les matinées du samedi manquaient singulièrement d'ambiance par rapport aux soirées.

Cher Hal,

Alléluia ! Merci pour ta lettre. Quand j'ai vu ton écriture sur l'enveloppe, j'ai embrassé le premier type qui est passé à côté de moi !

Ta lettre est plutôt succincte, mais ça fait du bien de savoir que tu es revenu sain et sauf de là où tu es allé.

Dernière dépêche de la page cinq du Times *(les journaux arrivent de temps en temps jusqu'ici) : un paragraphe intitulé « Guerre et Haute-Couture ». En deux phrases, nous y apprenons que « les robes d'après-midi sont toujours très en vogue, mais qu'il n'y a guère de demande pour les robes du soir ». Tu me diras, on aurait pu s'en douter, n'empêche, j'ai adoré le titre. Bravo les gars. Vingt sur vingt.*

Bon, j'ai reçu une autre missive top secret de Papa. Maman décline rapidement, paraît-il, et une terrible pensée m'est venue. Peut-être que je ne la reverrai jamais. Jamais, tu imagines ?

Alors Hal, s'il te plaît, c'est le moment d'être présent pour nous deux et de l'entourer le plus possible. Je t'avais prévenu que je pouvais être autoritaire. Même avec mon grand frère, tu te rends compte ? J'emploie donc le style de ces horribles télégrammes et je te dis avant de te quitter : +Va. voir. notre. mère. bientôt+stop+baisers+Izzy.

Un amour dérobé

Le seul face-à-face que j'eus avec le Premier ministre eut lieu en janvier 1918.

Comme d'habitude, Noël avait été pour moi un moment de tension, où mon malaise familier s'accentuait encore.

Beaucoup de nouvelles nous parvenaient alors de l'Amérique, qui vivait son premier Noël sous les armes depuis 1864 et la guerre civile.

Le général ne me prévint que vingt-quatre heures à l'avance de mon rendez-vous avec Lloyd George. Je venais d'arriver au bureau un matin quand il est entré.

— Cette partie de votre rapport, celle portant sur ce que nous devons à l'Amérique…

— Oui, mon général ?

— Le Premier ministre veut en discuter.

— Ah…

— Huit heures demain matin. Soyez là à sept heures trente. Nous irons ensemble à pied jusqu'à Downing Street.

— Bien, mon général. Et de quoi veut-il parler en particulier ?

— Je l'ignore, et il n'a pas à me le dire à l'avance. C'est le Premier ministre, que diable ! Soyez ponctuel.

Et donc, le lendemain matin, par une belle journée d'hiver d'un froid mordant, mais lumineuse, le général et moi avons remonté Whitehall pour tourner dans Downing Street. Le *Number Ten* était plus vaste que je ne l'imaginais, et l'on nous a conduits jusqu'à une pièce située dans les profondeurs du bâtiment. Lloyd George ne nous a guère fait attendre. Nous n'étions pas son premier rendez-vous de la journée, loin de là, car juste avant qu'il vienne à notre rencontre, d'autres visiteurs sont sortis de la pièce voisine.

Le Premier ministre était plus petit que je ne l'aurais cru, et il avait aussi les cheveux plus blancs, la moustache plus épaisse que sur les clichés reproduits par les journaux. Il m'a lancé un vif coup d'œil en me serrant la main, puis nous a invités à nous asseoir.

— Colonel Montgomery, vous avez fait un joli coup, avec cette opération menée en Suisse l'an dernier. Bravo. Je suppose qu'il faut prendre sur soi pour tuer de sang-froid un homme que l'on connaît.

— Merci, monsieur. Tout ce que je puis dire c'est que j'en rêve encore.

— Cela peut se comprendre. La guerre nous oblige parfois à de pénibles contorsions morales. Mais vous vous en remettrez, j'en suis certain. Sinon, vous auriez déjà craqué. Vous nous rendez un fier service, avec ces statistiques. Et vous serez récompensé après la guerre. Par un titre de chevalier, dirons-nous. Mais gardez ça pour vous, a-t-il ajouté en souriant. Bon, venons-en maintenant à notre dette envers l'Amérique. Elle est évidemment colossale, sur le plan moral autant que matériel. Le côté matériel est facile à calculer. Sinon facile, du moins faisable. Mais qu'en est-il du côté moral ?

— Je regrette, monsieur, mais je ne comprends pas.

— Votre rapport m'a fait réfléchir. Notre dette envers l'Amérique ne peut uniquement se mesurer en termes financiers. Le soutien que cette nation nous a apporté implique que nous avons aussi des obligations d'ordre moral à son égard. Voilà ce qui me préoccupe. Certes, nous savons combien coûtent un sous-marin, un tank, et ce qu'il faut pour reconstruire un immeuble qui a été bombardé. Mais comment estimer la valeur d'une vie ?

— Je ne suis pas sûr que cela soit possible, monsieur.

— C'est précisément ma question. Le général soutient que vous êtes un homme plein d'imagination. Au fil de votre travail, je voudrais que vous réfléchissiez à la façon dont nous pourrions estimer ce que coûte une vie. Je sais, reconnut-il en levant les mains. Cela peut en choquer plus d'un, en particulier les croyants. On a l'habitude de dire que la vie n'a pas de prix. Pourtant cette guerre a été terrible sur ce plan-là, et même si nous n'exigerons pas de l'ennemi qu'il s'acquitte de tout, nous devons tenir compte également des pertes que représentent ces vies humaines sacrifiées. Je pense à tous les brillants médecins, chercheurs, inventeurs, hommes d'affaires entreprenants, acteurs, écrivains de talent que nous avons perdus, et à ce que tous ces morts auraient pu accomplir, créer, gagner… Il nous faut avoir si possible une idée de ce que représente cette destruction de vies, en termes de potentiels gâchés. Avec pour critère la qualité aussi bien que la quantité. Combien d'œuvres, livres, tableaux, chansons, symphonies, combien de concerts, de représentations qui n'existeront jamais ou n'auront jamais lieu, parce que nos artistes ont péri. Quand je dis « nos artistes », je veux parler de ceux de notre bord, l'Amérique comprise. Ce serait une façon de montrer à ce pays combien nous avons apprécié son aide. Une sorte de grand monument dédié aux victimes de la guerre. Comprenez-vous mieux ce que je veux dire ?

— Oui, monsieur. C'est une idée fantastique, en admettant qu'elle soit réalisable.

— C'est précisément ce que je vous demande. Donnez-moi votre avis là-dessus dans un mois. Je ne veux pas de résultats, juste un rapport de faisabilité. En êtes-vous capable ?

— Je vais essayer, monsieur.

— Bien. Et surtout, n'oubliez pas les femmes. Ne faites pas l'impasse sur ce qu'elles ont fait pour nous. D'ici peu, un projet de loi sur l'émancipation des femmes va sortir. Tenez-en compte.

— Oui, monsieur. J'y veillerai.

— Bien. Merci. À présent, veuillez nous excuser. J'ai d'autres questions à voir avec le général, conclut-il en me tendant la main, me signifiant ainsi mon congé.

J'avais déjà commencé à travailler sur les dommages moraux de la guerre et l'évaluation de leurs coûts quand un soir, Sam et moi sommes allés à un concert au Wigmore Hall. La cantatrice était une soprano en vogue, originaire de Bristol qui plus est, et l'un des airs qu'elle chanta était *Let Me Weep*, tiré de *Rinaldo*, l'opéra de Händel. Ces tristes notes cristallines m'évoquèrent avec une lancinante nostalgie l'épisode de la Trêve de Noël. Pas seulement la voix du jeune gars qui avait chanté pour nous dans les tranchées et le son de l'harmonica, mais l'odeur des munitions, les cristaux de neige sur les arbres, les cris des mourants montant du *no man's land*, les couinements des rats qui se repaissaient des cadavres, les rudimentaires croix de bois que nous avions fabriquées ce jour-là pour honorer nos morts. Et bien sûr, ma rencontre avec Wilhelm.

Dans les journaux, la même campagne sévissait toujours pour interdire qu'on joue de la musique allemande dans les salles de concerts et, plus que tout autre, Händel était l'objet de polémiques. Oui, c'était un Allemand de naissance, mais l'Allemagne du XVIIIe siècle n'était pas celle du Kaiser, et puis Händel avait passé des années en Grande-Bretagne, à Londres, où il avait composé beaucoup d'œuvres et véritablement connu la gloire. Certains avançaient, à juste titre, qu'Händel était un compositeur anglais autant qu'allemand.

À la sortie du concert, nous nous sommes heurtés à une bande d'excités qui nous traitaient de « traîtres » en brandissant des pancartes et nous avons passé notre chemin en feignant de les ignorer.

— C'était l'air dont tu m'avais parlé, n'est-ce pas ? me demanda Sam un peu plus loin. Celui que le jeune a chanté la nuit de la Trêve de Noël ?

— Oui, en effet.

— Est-ce que ça t'a rappelé des souvenirs ?

— En partie seulement, dis-je, avec en tête la conversation que j'avais entendue par mégarde l'autre soir. Même les souvenirs les plus vifs s'estompent avec le temps. On ne peut pas se rappeler de tout.

— Tu as participé à des événements hors du commun, Hal, me répondit-elle en me serrant un peu le bras. Tu ne devrais pas les laisser s'effacer de ta mémoire, mais au contraire les conserver par écrit. Will aurait sûrement plaisir à en lire un jour le récit. Cela lui montrerait qu'Anglais et Allemands pouvaient fraterniser.

— À ton avis, une fois la guerre finie, combien de temps faudra-t-il pour que les deux peuples retrouvent des rapports normaux, sinon amicaux ?

— Évitons le sujet. Parlons plutôt de Händel et de sa délicieuse musique. Ne serait-ce pas merveilleux si Will héritait de la belle voix de ma mère ?

— Écoute-moi, Sam. J'y ai réfléchi. La guerre ne va pas durer toujours. Nous entrons dans la dernière phase. Quand elle sera finie, quand le calme sera rétabli, aimerais-tu… aimerais-tu aller en Amérique ?

— Quelle bonne idée, Hal ! Mais que veux-tu dire par là ? Que nous irions là-bas en vacances ?

— Eh bien, nous pourrions déjà y passer quelque temps en vacances, effectivement, mais aussi profiter de notre séjour là-bas pour voir si nous nous y plaisons, si nous pourrions y vivre…

Elle n'a rien dit.

— Cela t'éloignerait de tes sœurs, bien sûr. Mais à long terme, les sentiments antiallemands risquant de perdurer en Angleterre pendant… un bon moment… cela serait peut-être plus facile pour Will. Et pour toi.

— Tu es si gentil de penser à nous deux. L'Amérique ! s'est-elle exclamée en me prenant par le bras.

Elle ne m'a pas rappelé alors, ni plus tard, que Wilhelm et elle avaient songé jadis à émigrer, et moi non plus je n'y ai pas fait allusion. Mais j'ai vu que mon idée l'enthousiasmait et j'en suis resté là.

Quand nous sommes rentrés, j'ai payé la jeune fille du quartier qui nous servait de baby-sitter, et Sam est allée vérifier que Will dormait bien. Puis elle est revenue en passant par la salle à manger pour nous servir le whisky que nous prenions chaque soir avant d'aller nous coucher. Moi, je suis allé au salon pour voir si le feu flambait toujours et là, devant la cheminée, j'ai découvert que le tapis était jonché d'un fouillis de papiers et de photographies, dont celle de Wilhelm ! Tout le contenu de ma serviette avait été vidé par terre. La serviette elle-même gisait, ouverte, à côté du seau à charbon.

J'ai entendu tinter nos verres tandis que Sam les préparait. Will devait dormir à poings fermés, car elle ne s'était pas attardée dans sa chambre. Elle arriverait dans le salon d'une seconde à l'autre.

J'ai vite pris la photo de Wilhelm et l'ai glissée dans la serviette.

Au passage, j'ai juste eu le temps d'y jeter un bref coup d'œil, pourtant l'image de Wilhelm en uniforme a ravivé mes souvenirs du front et de la Trêve de Noël : la chasse aux lapins, les laisses de vase, la puanteur du *no man's land*. Que ce monde-là semblait loin. Si Wilhelm était toujours en vie, comment avait-il vieilli ? Je ne souhaitais pas qu'il soit mort, pas consciemment du moins. Mais alors que les sentiments de Sam à mon égard semblaient enfin évoluer, c'eût été si pratique, et tellement plus facile.

Comme je ramassais les papiers qui jonchaient le sol, la porte s'est ouverte et Sam est apparue, nos verres à la main.

— Oh ! Que s'est-il passé ?

— J'ai comme l'impression qu'un petit espion en herbe est venu fouiller dans mes papiers ultra-secrets, plaisantai-je, alors que j'étais en sueur. À cause de lui, je risque le peloton d'exécution.

— Attends, je vais t'aider, offrit-elle en posant les verres sur le dessus de la cheminée, et elle s'accroupit malgré mes protestations pour ramasser les papiers et me les donner.

— C'est ma faute, soulignai-je. Lottie savait qu'il ne fallait pas laisser Will jouer avec ma serviette. Je ne l'ai jamais expliqué à la nouvelle baby-sitter.

— Ça va de soi. Elle aurait dû s'en douter.

J'ai rangé les papiers dans la serviette et l'ai refermée. J'étais toujours agenouillé sur le tapis devant le feu. Sam m'a tendu mon whisky et s'est assise à côté de moi.

— Quelle bonne idée tu as eue, Hal, de penser à l'Amérique. Mais moi aussi j'ai une idée.

Elle m'a repris mon verre, l'a posé par terre à côté du sien, puis elle m'a embrassé et j'ai goûté sur ses lèvres humides le goût et l'odeur de whisky qui parfumaient aussi les miennes.

— Si nous faisions l'amour ici, devant le feu ?

Obéissant aux injonctions de ma gendarme de sœur, je rendis visite à mes parents. C'était le début du mois de mars et je m'étais enfin décidé à leur présenter Sam, qui était avec mon père dans la bibliothèque. Nous avions préféré laisser Will à Londres, jugeant qu'il y aurait ainsi moins de questions gênantes. Sam avait trouvé une nouvelle baby-sitter. Elle avait été mécontente de la précédente, qui avait laissé Will fouiller dans ma serviette, et j'étais on ne peut plus d'accord là-dessus. Cela faisait une personne de moins dans l'appartement à avoir vu la photographie de Wilhelm. Will risquait d'y faire allusion à tout moment. La nouvelle baby-sitter était la fille du pasteur de la paroisse située dans Old Church Street. La photo de Wilhelm était maintenant en lieu sûr, dans un tiroir fermé à clef de mon bureau de Northumberland Avenue. Je ne pouvais me résoudre à la détruire.

Je devais faire une promenade avec ma mère, mais vu son état, nous n'avons pas poussé plus loin que le jardin et nous sommes assis sur un banc. À nos pieds, langue pendante et battant de la queue, Einstein nous lorgnait d'un air de dire :

« Alors, et cette promenade ? »

— Elle me plaît, Hal. Pourquoi ne pas nous l'avoir amenée plus tôt ?

— Eh bien, nous vivons ensemble depuis… depuis que j'ai quitté Stratford, mais nous ne sommes pas mariés, lui avouai-je, en manière d'excuse.

— Hal, tu sais que ce genre de choses ne me dérange guère, du moment que vous vous aimez. Mais m'en voudras-tu de te demander pourquoi ?

— Elle a un fils en bas âge, que nous n'avons pas amené. Le père est parti au front et elle n'a pas eu de ses nouvelles depuis, expliquai-je en me félicitant intérieurement de n'avoir pas recouru au mensonge. Alors…

— Hum… Ce n'est pas idéal, comme situation, n'est-ce pas ? remarqua ma mère. Vous faites semblant d'être mariés, si je ne m'abuse ?

— Oui, du moins avec la plupart des gens. Ses sœurs savent la vérité, bien sûr.

— Et vous vous aimez ?

— Je crois.

— Comment ça, tu crois ? Ce n'est pas une réponse.

— Eh bien, moi, je l'aime. Quant à elle… je pense qu'elle y vient petit à petit.

— J'essaie de comprendre. Vous vivez en famille, mais le père peut réapparaître à tout moment, c'est ça ?

— En quelque sorte.

— Et donc, elle ne t'aime pas. Du moins pas comme toi tu l'aimes ?

Ma mère n'y allait jamais par quatre chemins.

— Au début, elle ne m'aimait pas, et c'était entendu entre nous. Elle était très amoureuse de l'homme qui est parti au front. Mais je crois qu'elle apprend peu à peu à m'apprécier. Quant au petit, c'est différent. Je suis le seul père qu'il ait jamais connu.

— Cher Hal, fit ma mère d'un ton soudain très tendre. Dire que ton père et moi nous craignions qu'à Londres tu ne souffres de solitude. Et ton handicap ? Rend-il les choses plus difficiles ou non ? Je me le demande.

— Maman, il ne faut rien exagérer. Ce n'est pas vraiment un handicap !

Elle a changé de sujet.

— Amenez le petit, la prochaine fois. Ça lui plaira de voir la maison, le jardin. Avez-vous un chien à Londres ?

— Oui…

— Il adorera Einstein. Ah, vous voilà ! s'exclama-t-elle en voyant Sam et mon père qui sortaient de la maison.

Mais au lieu de venir vers nous, ils sont allés admirer les rosiers.

Elle a toussé, avec un son caverneux qui ne disait rien de bon sur l'état de ses bronches.

— Tu sais, je n'aimais pas ton père quand on s'est mariés. J'étais amoureuse de quelqu'un d'autre, mais à dire vrai, ce garçon n'était guère fréquentable.

Pourquoi ces confidences ? Elle a jeté un bâton à Einstein pour qu'il fasse un peu d'exercice. Ce simple geste semblait déjà l'épuiser.

— Les femmes ont l'esprit pratique, continua-t-elle. Bien plus que les hommes. Ton père était un meilleur parti, et il m'a donné bien plus que… mon autre amoureux n'avait à m'offrir. Peu à peu, j'en suis venue à l'aimer. En tout cas, selon moi, ce qui marche le mieux en amour et dans la vie, c'est que les femmes soient aimées, et que les hommes les aiment.

Einstein a rapporté le bâton et s'est dressé devant nous, haletant, en frétillant de la queue. Il était d'une bêtise attendrissante.

Ce que ma mère venait de m'apprendre était aussi réconfortant que surprenant. Elle avait appris à aimer mon père et encore aujourd'hui, ils s'entendaient à merveille.

Ce fut à mon tour de changer de sujet.

— J'ai reçu une lettre d'Izzy, Maman. Elle y parle de l'épouse de son ami médecin, Alan, qui s'est suicidée. Cette femme tenait plus à son mari qu'à ses enfants, apparemment. Aimais-tu Papa plus qu'Izzy et moi ? Et est-ce toujours ce que tu ressens ?

Ma mère a ôté ses lunettes et les a nettoyées en se servant de l'ourlet de sa jupe.

— Ne te laisse pas piéger par les mots, Hal. Nous n'en avons qu'un pour désigner toute une gamme de sentiments. Les gens disent qu'ils aiment la pêche ou le théâtre, et je suis sûre qu'ils sont sincères, à leur façon. Les parents aiment leurs enfants, évidemment, ajouta-t-elle en me tapotant le genou. Mais pas comme ils s'aiment l'un l'autre. Quand on a fait l'amour avec quelqu'un, quand on a découvert la véritable intimité due à la confiance qu'il faut en amour pour se donner à quelqu'un, on découvre aussi qu'aucune autre forme d'amour n'égale celle-là. L'amour d'un père ou d'une mère pour son enfant ne se fonde pas sur l'intimité, mais sur l'instinct protecteur. D'ailleurs, les enfants n'aiment pas leurs parents de la même façon, et c'est bien naturel, car ils devront un jour tracer leur propre voie dans la vie. Ce qui fait que les parents aiment plus leurs enfants que ceux-ci ne les aiment. Je suis désolée pour les pères ou les mères qui ne le comprennent pas, car ils sont fatalement déçus, un jour ou l'autre.

— D'accord, mais…

— J'y viens. Je puis comprendre cette Écossaise, l'épouse de l'amant d'Izzy. Elle a éprouvé une impression d'échec insupportable, s'est sentie mal aimée, abandonnée, rejetée. Quand un enfant échoue dans la vie, son père ou sa mère peuvent en éprouver une certaine dose de culpabilité. Et lorsqu'un enfant se fâche avec son père ou sa mère, ou quitte la maison, cela fait un vide, certes, mais l'intimité demeure entre les parents. Deux personnes unies sont beaucoup plus fortes que deux individus séparés. C'est ce que l'on doit se dire, et c'est sur ce constat qu'on doit bâtir un foyer. Deux personnes unies forment un monde à elles seules, personne ne peut les atteindre. Quand on tombe amoureux, ce monde vous est accordé d'office. Lorsque l'amour vient petit à petit, il reste à construire. Ce n'est pas pareil, mais ce peut être tout aussi merveilleux.

— Est-ce que Papa est tombé amoureux de toi… tout de suite ?

— Oh oui ! Il avait eu des petites amies avant de me rencontrer, mais rien de sérieux. Quand il m'a vue, il n'a eu aucun doute.

— Alors qu'as-tu fait ?

— Je me suis fait un peu désirer, histoire de mettre ses sentiments à l'épreuve.

— Et l'autre ?

— Il a émigré en Amérique.

— Le cœur brisé ?

— Disons qu'il a travaillé dur là-bas, et qu'une fois fortune faite, trois ans plus tard, il est revenu me chercher.

— Et alors ?

— Je te l'ai dit, les femmes ont l'esprit pratique, elles ne sont pas romantiques. J'avais eu un fils entre-temps, toi en l'occurrence, et Izzy était en bonne voie. J'étais heureuse, ton père et moi nous avions la belle vie. Harold, c'est ainsi qu'il s'appelait, n'a pas vraiment essayé de me reconquérir. Je crois qu'il voulait surtout me montrer qu'il s'en était remis, et qu'il avait bien tourné. Il est reparti en Amérique et je ne l'ai plus jamais revu.

— Et Papa, est-il au courant ?

— Non. Ton père est comme toi, très indépendant. Il n'a pas besoin qu'on l'aime, il est surtout doué pour aimer. Il a été merveilleux avec moi. Il l'est toujours.

— Tu crois que je n'ai pas besoin d'être aimé ?

— Non. Est-ce que je me trompe ?

— Je ne sais pas. Je trouve cette affirmation un peu troublante.

— Mais non. C'est juste que tu as en toi la capacité de rendre les autres très heureux, mais que toi-même tu ne connaîtras jamais ni les affres du désespoir ni le comble du bonheur. Tu es ainsi fait, comme le sont la plupart des hommes. Le fait d'être rejeté ne te détruira jamais comme cela a pu détruire l'épouse de ce médecin.

Assez ébahi, je fus soulagé de voir mon père approcher.

— Chérie, rentrons, dit-il à ma mère. Il va pleuvoir. Sam coupe quelques roses pour que vous les rapportiez à Londres, ajouta-t-il à mon adresse. Ce qu'elle est belle, Hal. Et d'après ce qu'elle raconte, elle semble beaucoup t'aimer. Je retire toutes les critiques que j'ai pu faire. Je suis sous le charme.

Cette idée du coût moral de la guerre que je devais au départ au Premier ministre fit du chemin grâce à Sam. Depuis notre visite à Edgewater, elle avait réussi à persuader la fille du pasteur de garder Will les samedis, après-midi et soir. Nous pouvions donc reprendre nos promenades dans Londres et le long des canaux avant d'aller au théâtre. Depuis la fin des raids aériens, il y avait à nouveau des représentations en soirée. Ce fut lors d'une de ces sorties, en juin je crois, au bord du canal Vauxhall, que je parlai à Sam du projet de Lloyd George consistant à estimer la valeur d'une vie. J'avais fait quelque progrès dans ce domaine, mais j'avais envie d'avoir son impression. Trouverait-elle cette idée de très mauvais goût, ou pire encore ? Je n'aurais pas dû lui en parler, car ce projet était toujours top secret, mais me retrouver ainsi avec Sam au bord d'un canal m'inspirait un sentiment de sécurité, et dans ce décor familier, j'étais à l'aise.

Sam avait passé son bras sous le mien et elle s'appuyait contre moi.

— Cette idée vous vaudra sûrement quelques critiques acerbes, Hal, mais quant à moi, je la trouve merveilleuse. La semaine dernière à l'école, nous autres enseignants nous sommes livrés à un exercice de ce genre. Pour un enseignant qui voudrait prendre une assurance-vie – en temps de paix, s'entend –, il faudrait se livrer à ce type de calcul : évaluer la somme d'argent qu'il serait censé gagner sur la durée de vie moyenne propre à son métier. Les sommes d'argent auxquelles nous sommes arrivés sont ahurissantes.

Pris d'une soudaine quinte de toux, je me suis raclé la gorge.

— Je suppose que je pourrais contacter toutes les corporations, découvrir combien d'avocats, de professeurs, de médecins, de maçons, de postiers, de plombiers et d'écrivains ont été tués, et à partir de là calculer les gains qui ont été perdus. Mais est-ce que le coût d'une vie se borne à cela ? Une vie vaut-elle plus qu'une autre ?

— Ne parle pas du coût, ni du prix d'une vie. Le bon terme à employer serait plutôt le coût d'une mort. Ce serait très impressionnant, Hal. Tout le monde voudrait lire ce rapport. Quel est le nombre moyen d'œuvres réalisées par un écrivain ou un peintre au cours d'une vie ? Et combien d'écrivains, peintres, compositeurs, ébénistes, acteurs, danseurs, comédiens, combien de clowns même ont-ils été fauchés avant l'âge ? Que représentent ces morts en terme de rire, de beauté, de musique volés au monde et disparus à jamais ? Selon la manière dont tu le formuleras, le présenteras, tout le pays voudra obtenir une copie de ce rapport.

— Le Premier ministre m'a précisé de ne pas oublier la contribution des femmes.

— Il a raison. Tout à fait raison. Par nécessité, les femmes ont dû s'essayer à toutes sortes de nouvelles expériences et activités, dans cette guerre. C'est un fait acquis et on ne peut revenir en arrière.

Le niveau du canal que nous longions était très bas, et son eau envahie d'algues était souillée de toutes sortes de détritus : papiers journaux, pneus, haillons effilochés.

— Tu te souviens quand tu disais qu'il faudrait à ce paysage urbain un peintre à sa mesure ?

— C'est toujours vrai. Un peintre digne de ce nom saurait trouver de la beauté, même ici. Mais ne change pas de sujet, Hal. Si tu fais ce relevé statistique, il sera très précieux. Pourquoi ne pas contacter les corporations justement, pour leur demander de t'envoyer des détails sur des gens en particulier, les postiers récompensés pour leur courage qui furent tués au combat, mais aussi des maçons, tout aussi braves et morts dans l'ombre, sans être médaillés. Calculer combien eux auraient gagné s'ils avaient vécu. Faire de même pour les médecins, professeurs, écrivains, acteurs, conducteurs de train, gardiens de zoo. Édifier ainsi une sorte de mémorial dédié aux petites gens, autant qu'aux vedettes ou personnalités. Ces exemples spécifiques marqueraient les esprits. Songe à toutes les familles, comme Will et moi, qui n'ont pas quelqu'un comme toi sur qui compter. Je trouve que Lloyd George a raison de lancer une telle étude. Laissons l'archevêque s'indigner en clamant que c'est une idée infâme ou blasphématoire ; à mon avis, la plupart des gens la comprendront et l'approuveront. Et tu es là où il faut quand il faut pour la mener à bien. Tu verras, cette étude se vendra comme des petits pains. Des scones chauds et fondants, tu te rappelles ?

Elle a ri, s'est dressée sur la pointe des pieds et m'a embrassé.

Et donc c'est ce que je fis. Je remis mon rapport au général et à Lloyd George, en arguant que le document à venir devrait contenir non seulement des statistiques à l'état brut devant servir aux négociations de paix, mais une version plus populaire où figureraient des exemples spécifiques d'une large variété de professions, pour mieux faire comprendre la nature des pertes que la guerre avait infligées au pays tout entier. En nous fondant sur les moyennes ayant cours en temps de paix, nous pourrions évaluer tout ce qui n'avait pas vu le jour à cause des multiples victimes de cette guerre, depuis les chansons à succès, les sketches d'humoristes, jusqu'aux bébés eux-mêmes.

Cette étude ne serait pas du goût de tout le monde, mais comme Sam l'avait senti d'instinct, elle saurait toucher beaucoup de gens.

J'eus un retour de Lloyd George dans la semaine, avant la fin du mois de juin. Le général me convoqua. C'était en fin de journée.

Toujours aussi fringant, il m'a demandé de m'asseoir et m'a offert un whisky.

— Le Premier ministre trouve votre idée excellente et il a donné le feu vert. Quand pensez-vous que cette étude sera prête ?

— Je l'ignore. Un an peut-être.

— Vous avez six mois.

J'ai fait la grimace.

— Pourquoi tant de hâte ?

— La propagande doit faire son effet avant que ne débutent les conférences de paix.

En voyant mon air sceptique, il a un peu durci le ton.

— Hal, vous avez franchi une étape importante, et vous ne semblez pas vous en rendre compte. Lloyd George vous connaît en personne et pour l'instant, il a entière confiance en vous. Cela n'a pas que du bon, car dorénavant, vous ne pouvez le décevoir. Un échec serait fatal. Pour vous comme pour moi.

Il s'est interrompu pour me laisser le temps de bien digérer cette dernière phrase.

— Les pourparlers de paix vont être aussi âpres à mener que la guerre elle-même. Au train où vont les choses, il semble que vous deviez y jouer un rôle important. Alors ne vous tirez pas une balle dans le pied.

Un samedi du début du mois de juillet, je regardais par la fenêtre de l'appartement quand j'ai vu Sam et Will revenir des courses. J'ai alors remarqué que Will boitillait. Or il marchait parfaitement quand sa mère et lui avaient quitté l'appartement, et ils étaient juste allés faire des courses dans le quartier. Je me suis inquiété. Ce petit casse-cou avait-il fait une mauvaise chute ?

Alors qu'ils entraient dans l'appartement, je me suis rendu compte que le compteur à gaz s'était arrêté et me suis empressé de le recharger avec de la monnaie, car Sam avait quelque chose sur le feu.

Je venais de finir quand elle est entrée dans la cuisine.

— Où est Will ? lui demandai-je.

— Aux toilettes.

— Par la fenêtre, j'ai vu qu'il boitait. Que s'est-il passé ?

— Chut ! fit Sam en posant un doigt sur ses lèvres. Je l'ai prévenu que demain, c'était ton anniversaire. Il prépare une petite surprise. N'en parle pas pour l'instant… Au fait, il m'a dit que tu avais la photo de quelqu'un dans ta serviette, parmi tes secrets officiels, et qu'il pensait à t'acheter un cadre. Mais à la boutique, aucun ne lui a plu. Quelle est cette mystérieuse photographie ?

Je me suis senti rougir. Heureusement, j'avais prévu le coup.

— C'est George Romford, l'homme que j'ai tué à Zurich. J'ai dû écrire un rapport avec photo à l'appui, pour ne pas risquer d'être poursuivi après la guerre. Ce rapport est top secret… Ce n'est pas vraiment le genre de photo que j'aurais envie d'encadrer.

Avais-je été convaincant ? Sam n'aimait pas qu'on lui rappelle ce séjour à Zurich au cours duquel j'aurais pu être tué, et donc elle n'a pas fait de commentaire.

Quand Will est sorti des toilettes, il ne boitait plus. Je l'ai pris dans mes bras et l'ai emmené dans le salon pour lui lire une histoire.

Le lendemain matin, très tôt, il est entré dans notre chambre, portant une enveloppe et un petit paquet qu'il m'a tendus en disant « Bon anniversaire, Hal ».

— Merci, trésor, répondis-je en prenant l'enveloppe et le paquet, touché par cette gentille attention, même si c'était à l'origine l'idée de sa mère. Qu'est-ce que c'est ?

À l'intérieur de l'enveloppe, il y avait une feuille de papier pliée couverte de gribouillages faits aux crayons de couleur, censés représenter des personnages armés de fusils, avec les mots « Bon anniversaire, Hal », accompagnés de bouches sans doute dessinées par Sam, figurant des baisers.

— Merveilleux. C'est mon plus bel anniversaire, m'exclamai-je, et je le pensais sincèrement. Je vais mettre ce beau dessin sur mon bureau, au travail.

Je me suis un peu penché hors du lit pour embrasser Will, qui a pris le paquet posé sur le couvre-lit et me l'a mis dans les mains.

En l'ouvrant, je n'ai pu m'empêcher de rire.

— C'est drôlement bien vu, Will.

— C'est son idée, précisa Sam. C'est lui qui a tenu à l'acheter quand nous étions dans la boutique… Sans mentir, m'assura-t-elle devant mon air sceptique.

— Il a un sens de l'humour très développé, pour un enfant de trois ans, soulignai-je.

Will m'avait offert une boîte de cirage.

— Et cette histoire de jambe qui boite ?

— Mais oui, dit Sam en s'adressant à Will, alors, tu ne boites plus ?

— J'ai oublié, avoua-t-il d'un air penaud.

— Ah ! là là, quelle tête de linotte ! Bon, viens là, on va tout raconter à Hal.

Will a grimpé sur le lit et s'est installé entre nous.

— Il y a une semaine, Will et moi faisions les courses quand nous avons vu un aveugle avec une canne blanche. Will a demandé pourquoi ce monsieur avait une canne et je lui ai expliqué ce que signifiait le mot aveugle. Or il se trouve qu'une ou deux semaines plus tôt, à l'école, nous avions fait un exercice avec des petits pour leur faire comprendre ce que c'est d'être aveugle ou sourd. Pendant une ou deux heures, ils ont marché dans la cour avec des bandeaux sur les yeux.

Elle a fait une petite pause quand Whisky, se mettant de la partie, a bondi sur le lit et s'est couché près de Will.

— On a refait l'exercice en bouchant cette fois-ci les oreilles des enfants avec de gros tampons. Le but étant de leur faire appréhender de façon vivante la nature de ces deux infirmités, qu'ils fassent preuve de compassion pour ceux qui en souffrent et qu'ils les comprennent.

Elle a un peu poussé Whisky, qui avait tendance à s'étaler.

— Bref, j'ai tout raconté à Will, avec des mots simples, et il a eu l'idée de boiter toute la journée d'aujourd'hui, pour ton anniversaire, et pour voir le monde comme toi.

— J'ai oublié, fit Will en haussant les épaules.

— Ça ne fait rien, c'était très gentil de ta part et je suis très touché. Bon, maintenant, je ferais mieux de me lever pour cirer quelques chaussures.

— Je vais chercher les miennes ! s'écria Will et il descendit du lit pour courir jusqu'à sa chambre, suivi de Whisky qui bondissait en jappant.

— Tiens, dit Sam en me tendant elle-même un paquet. Joyeux anniversaire. Un seul cadeau… tes parents approuveraient.

J'ai défait l'emballage. C'était un livre : *La Psychologie de l'inconscient*.

— J'espère que tu ne le trouveras pas trop sérieux. Il est écrit par un Suisse, Carl Jung, et comme tu as passé du temps là-bas… J'ai pensé qu'il pourrait te plaire. Je l'ai lu moi-même, et il est fascinant. Ellen Smith m'en avait parlé à l'école. C'est une théorie toute nouvelle qui montre que nous avons tous des raisons cachées expliquant pourquoi nous agissons, pensons et nous comportons de telle ou telle façon sans en être conscients.

Et donc, au lieu de me lever, je suis resté à lire au lit, une fois n'est pas coutume. C'était mon anniversaire, après tout. Une heure plus tard, j'ai pris un petit déjeuner sans me presser, puis un long bain. Je suis sorti chercher les journaux du dimanche dans la boîte aux lettres, je les ai lus un moment, puis je me suis mis à mon activité dominicale, qui consistait à brosser et à cirer toutes nos chaussures.

Si Will appréciait comme moi des chaussures lustrées, jusqu'à présent, il n'avait jamais montré beaucoup d'entrain à les cirer lui-même. Ce jour-là, il s'est assis à côté de moi et je lui ai donné un chiffon enduit d'un peu de cirage noir. Il s'est appliqué sans trop de zèle à cirer l'une de ses petites bottes. Comme j'étais moi-même concentré sur ma tâche, j'ai remarqué juste à temps qu'après avoir renoncé à son projet initial, il avait réussi à ouvrir la boîte de cirage qu'il m'avait offerte et qu'il s'apprêtait à en lécher le contenu.

— Non, Will ! me suis-je écrié. Ça te rendrait malade. Respire l'odeur si tu veux, mais n'en mange surtout pas.

Sensible au ton de ma voix, il a obéi et a levé la boîte vers son visage pour la renifler.

En le voyant faire, je n'ai pu résister, je lui ai donné une pichenette et un peu de cirage noir lui est resté collé au bout du nez.

Il s'est mis à glousser, s'est levé, a placé la boîte devant mon nez et m'a fait pareil.

Alors j'ai enduit de cirage le chiffon que je tenais et lui ai dessiné deux traits noirs sur les joues.

— Tiens, te voilà déguisé en Peau-Rouge.

Il m'a rendu la pareille… À ce train-là, quelques minutes plus tard, nous ressemblions plus à des Africains qu'à des Indiens. Je l'ai pris dans mes bras et l'on s'est regardés tous les deux dans la glace.

Will s'est mis à rire de plus belle. Sam est venue nous rejoindre pour savoir la cause de ce fou rire.

— Hal ! s'exclama-t-elle d'un air consterné en nous voyant.

— Ne t'inquiète pas, ce n'est que du cirage. Un bon bain, et il n'y paraîtra plus.

— Ce n'est pas ça. Mais tu as vu l'heure ? Il est une heure moins le quart.

— Et alors ?

— J'ai organisé un déjeuner-surprise pour ton anniversaire. Ellen Smith et son mari, plus des collègues de travail à toi. Ils vont arriver d'une minute à l'autre.

J'ai vite fait couler un bain et Will et moi nous y sommes plongés. Will adorait ça.

À dire vrai, enlever tout ce cirage fut beaucoup plus laborieux que je ne l'imaginais. Un pain de savon entier y est passé, et Will ne m'a pas facilité la tâche, car il s'amusait beaucoup et gigotait sans arrêt.

À une heure et demie, j'ai enfin fait mon apparition dans le salon pour rejoindre les invités, qui étaient tous arrivés entre-temps. Sam leur avait expliqué pourquoi Will et moi manquions à l'appel, ce qui les avait bien fait rire, et le déjeuner fut un franc succès. Une fois les invités partis, il était dix-sept heures, et Will était vanné. Sam est allée le coucher.

Quant à moi, j'ai lu mon livre cadeau pendant une ou deux heures en allant voir de temps en temps si Will dormait toujours. Il sentait encore plus le savon que d'habitude, une odeur que j'en étais venu à aimer.

En début de soirée, Sam est apparue en robe de chambre.

— Que dirais-tu d'un autre cadeau d'anniversaire ?

— Un, ça me suffit. Tu sais que j'ai été élevé comme ça.

— Oui, mais tu ignores de quel cadeau il s'agit, répliqua-t-elle avec un drôle de petit sourire. C'est Will qui m'a donné l'idée. Si je me souviens bien, toi et moi, nous n'avons encore jamais pris de bain ensemble.

Au cours de la guerre, nous n'avions pas souvent vu Ruth. En tant que contremaîtresse dans une usine de confection d'uniformes au nord de Londres, elle était toujours très occupée, étant donné la forte demande. En juillet 1918 cependant, nous reçûmes une lettre d'elle nous invitant à fêter ses fiançailles. Sam s'empressa d'accepter.

La fête avait lieu à l'usine, ce qui est moins bizarre qu'il n'y paraît, car on y fabriquait aussi des tentes de campement, et pour l'occasion, une grande tente avait été dressée.

L'événement m'est resté en mémoire pour trois raisons. D'abord à cause de la gêne due au fait que Faye et Lottie étaient là toutes les deux ; nous nous sommes donc soigneusement évités tout au long de la soirée en une savante chorégraphie, ce qui n'était guère difficile car Ruth avait fait les choses en grand et il y avait plus de trois cents personnes. Ensuite parce qu'à un moment, Ruth nous a entraînés à l'écart de la foule pour nous emmener à l'intérieur de l'usine en disant qu'elle avait quelque chose à nous montrer, et elle nous a conduits jusque dans un petit bureau, où elle a ouvert les portes d'une grande penderie.

— Voici notre dernier modèle. Tu peux en avoir un gratuit si tu veux, a-t-elle proposé à sa sœur. Ils seront disponibles en boutique dans un mois, mais j'ai pensé que vous aimeriez en avoir la primeur.

Devant nous il y avait une rangée d'uniformes de l'infanterie, taille enfant.

— Merci, a dit Sam, visiblement troublée. J'y réfléchirai.

Nous avons rejoint les autres invités dans la tente.

Greville, le fiancé de Ruth, était un Gallois d'Aberystwyth, maigre et nerveux, avec des yeux gris acier, un long cou et un visage en lame de couteau.

— De sacrés numéros, hein, ces filles Ross ? me lança-t-il avec un coup d'œil complice.

— Ça oui, acquiesçai-je. On peut dire qu'elles ont du tempérament.

— Vous travaillez au ministère de la Guerre ?

— Oui, et vous ?

— Dans les forces de sécurité. Je ne peux pas en dire plus.

— Je comprends. Comment avez-vous rencontré Ruth ?

— Elle m'a aidé dans une affaire. Là non plus, je ne peux pas trop donner de détails. Sachez seulement que nous avions besoin de placer quelques types derrière les lignes allemandes et qu'il nous fallait des uniformes allemands. Nous en avions capturé deux, mais ça ne suffisait pas. Ruth a su les copier parfaitement. Comment a-t-elle fait pour obtenir le bon tissu, la bonne couleur, et reproduire la coupe, les coutures à l'identique, je ne le saurai jamais, mais elle a réussi, et l'opération a été un succès. Elle aura droit à une récompense honorifique après la guerre, une médaille du travail, je pense.

— Vous allez partir en lune de miel ? demanda Sam.

— Non. Nous ne pouvons nous absenter ni l'un ni l'autre. On se rattrapera plus tard… Vous-mêmes, vous avez un fils, hein ?

— Oui, répondit Sam en me pressant la main.

— Est-ce qu'il veut devenir soldat ?

— Il n'a que trois ans et demi. Quand il sera en âge de l'être, la guerre sera finie depuis longtemps.

— Je l'espère, souffla Greville. Bon Dieu, ce que je peux les détester, ces sales Boches ! Pas vous ?

Vers la fin du mois, nous sommes allés à nouveau à la foire de Battersea. Will avait trois ans et demi, et la foire était sans doute le seul événement dont il se rappelait d'une année sur l'autre, tant cette expérience inédite marquait son esprit. C'était toujours un beau petit garçon un peu rondouillard, et fusils et revolvers étaient devenus ses jouets préférés. Trois matinées par semaine, il fréquentait le jardin d'enfants de Mlle Allardyce, et il s'était fait des copains. Nous en étions ravis pour lui, mais Sam appréciait moins l'atmosphère chauvine qui régnait dans l'établissement, où les jeux guerriers étaient de loin les plus populaires. Tous les petits garçons voulaient jouer à la guerre en endossant le rôle du gentil soldat anglais et personne, évidemment, ne voulait jouer celui du méchant soldat allemand. Sam n'en parlait pas, mais je savais qu'elle craignait que cela n'ait sur Will un effet à retardement.

Je trouvais sa situation d'autant plus poignante que Will ressemblait de plus en plus à son père biologique.

À part la différence de couleur de cheveux, il avait les yeux et le nez de Wilhelm, le dessin de ses lèvres, de son menton. De temps en temps, quand j'étais seul à travailler dans mon bureau, je sortais la photographie de Wilhelm pour mieux vérifier mes impressions. Will avait attrapé certaines de mes manies, mais quand on connaissait Wilhelm, il ne pouvait y avoir de doute, tant la ressemblance était frappante.

C'était un enfant intelligent, curieux, et un peu trop intrépide à notre goût, comme je crois l'avoir déjà dit. Il fallait toujours l'avoir à l'œil pour l'empêcher d'escalader les meubles ou de s'approcher des différentes sources de danger, rivières, canaux, locomotives, chevaux. Il était aussi fasciné par le feu, comme le sont peut-être tous les enfants.

À Battersea, cette année-là, il y avait une nouvelle attraction. Une sorte de grande roue dont les sièges tournaient aussi sur eux-mêmes. Will était bien trop jeune pour y monter, mais il aurait sauté sur l'occasion, si Sam ou moi avions dit oui.

Alors que nous regardions cette impressionnante machinerie, il s'est débrouillé pour échapper à notre surveillance et s'est rapproché de la roue plus qu'il n'aurait dû. Il y avait du monde, et pendant un instant, je l'ai perdu de vue. Le moteur a démarré en même temps que la musique, la roue a commencé à tourner lentement et les sièges à pivoter. Les passagères ont agrippé leurs chapeaux, resserré leurs foulards tandis que le manège prenait de l'élan, et les sièges se sont mis à tourbillonner à une vitesse étourdissante. Alors j'ai aperçu Will debout au premier rang, et j'ai fendu la foule dans sa direction.

Soudain, on a entendu un fort craquement au milieu des cris, et tandis que je me faufilais entre les badauds, j'ai vu qu'un câble s'était rompu, et qu'il se déroulait en claquant. Il a fouetté Will au passage et le petit s'est effondré. Sam a hurlé derrière moi. Un instant après je me suis retrouvé près de lui, j'ai ôté vite ma cravate et l'ai serrée autour de l'avant-bras de Will, au-dessus de la coupure dont le sang jaillissait. Le câble avait sectionné une artère, et il fallait absolument faire un garrot pour empêcher le sang de couler.

Il y avait du sang partout, sur Will, sur mes vêtements, mon visage, sur l'herbe autour de nous. Les femmes hurlaient alors que la roue allait ralentissant au même rythme que la musique.

— Où vas-tu ? cria Sam en me voyant prendre Will dans mes bras et partir au pas de course.

— Suis-moi ! lui criai-je par-dessus mon épaule, en économisant ma respiration.

Je suis passé entre la roue et le toboggan géant et me suis précipité vers la sortie du parc. J'entendais Sam courir derrière moi. Ma jambe me faisait mal, mais pas trop, pas encore.

Une fois sorti du parc, j'ai tourné vers le nord et pris le pont pour traverser la Tamise. Je savais que le temps était compté. Mon garrot était l'œuvre d'un amateur et ne tiendrait pas longtemps. Will était pâle et semblait effrayé. Moi aussi, même si j'essayais de ne pas le montrer.

J'ai atteint l'autre bout du pont et traversé la route au pas de course, en effrayant au passage deux chevaux. Leurs cavaliers m'ont crié dessus, mais je n'ai pas ralenti. Le Lister Hospital se trouvait juste en face, de l'autre côté. Sam et moi, nous étions passés devant cet hôpital un bon nombre de fois, durant nos virées londoniennes.

— Vite ! criai-je à la première infirmière que je vis. Le petit a une artère sectionnée ! Il a besoin qu'on la cautérise, puis qu'on lui fasse une transfusion sanguine.

L'infirmière, qui avait à peine dix-huit ans, m'a regardé avec stupeur.

— Allez chercher votre chef tout de suite. Elle saura quoi faire.

À cet instant, une femme plus âgée est apparue en uniforme bleu marine.

— Que se passe-t-il ?

Sam est arrivée en haletant et est restée près de moi sans rien dire, terrifiée.

— Il n'y a pas de médecin en service pour l'instant, m'annonça l'infirmière-chef, une fois mise au courant. Il a été appelé à l'extérieur pour un accident.

— Alors il va falloir que vous vous en chargiez.

On ne parle pas sur ce ton aux infirmières, aussi m'a-t-elle foudroyé du regard.

— Nous n'avons pas de sang en réserve.

— Je suis du groupe O, répliquai-je. Prélevez ce qu'il vous faut.

En voyant combien Will était pâle, elle a hoché la tête.

— Suivez-moi.

La salle d'opération était à l'autre bout du couloir. J'ai doucement allongé Will sur la table. Il avait fermé les yeux, son visage blême était maculé de larmes et de sang. Moi-même j'avais les larmes aux yeux.

L'infirmière a remplacé mon garrot de fortune par un autre, fait d'un tuyau en caoutchouc. Celui-là tiendrait.

Calmement, elle a fixé au bon bras de Will une perfusion de sérum physiologique, puis s'est chargée de cautériser l'artère. L'odeur de roussi a rempli la pièce. Will s'est mis à pleurer.

— Ne t'en fais pas, murmurai-je. Ça ne va pas durer longtemps.

L'infirmière a posé un tampon de coton sur la blessure et l'a pansée. Puis elle a défait le garrot et a observé un moment, pour voir si le sang se remettait à couler. Une fois rassurée, elle s'est tournée vers moi.

— Ôtez votre veste et relevez votre manche de chemise. Combien de sang a-t-il perdu, à votre avis ?

— Je l'ignore. Ne lésinez pas, prenez ce qu'il vous faut.

Elle a choisi une aiguille pour sa seringue, fait ressortir ma veine en tapant dessus et, à en juger par l'odeur, a passé de l'alcool dessus.

Sam tenait la main de Will du côté de son bras valide.

La prise de sang a duré plusieurs minutes, le temps de remplir une bouteille. Sam regardait la scène avec angoisse, passant de Will à moi. Comme beaucoup de gens, elle ignorait tout de cette nouvelle technique, que je connaissais grâce à ma sœur et à la séance de don du sang que nous avions eue au ministère. J'avais reçu une lettre peu après m'informant que mon groupe sanguin était O.

Enfin, l'infirmière a pris la bouteille et l'a suspendue à l'envers à côté de l'autre perfusion, pour la relier au bras de Will.

La plus jeune m'a donné un tampon de coton trempé dans de l'alcool, que j'ai pressé contre le petit trou laissé par l'aiguille au creux de mon coude.

— Tu vas juste sentir une petite piqûre, mon garçon, dit l'infirmière-chef d'une voix douce en s'adressant à Will. Ça va faire un peu mal, mais pas longtemps. Tu as été très courageux jusque-là, alors tu vas rester bien sage et ne pas bouger, hein ?

Will a acquiescé d'un air grave.

— Mes chaussures sont sales, a-t-il chuchoté en pleurnichant un peu.

Sam et moi nous sommes regardés et elle a presque souri à travers ses larmes.

L'infirmière a piqué le bras de Will, qui a gémi. Sam lui a embrassé le front. Nous avons regardé le niveau de la bouteille baisser lentement au fur et à mesure de la perfusion.

Soudain la porte de la salle d'opération s'est ouverte et un homme en blouse blanche est entré d'un pas martial. Il était grand et mince et ses cheveux lui tombaient sur le front. Il a saisi en un instant la situation.

— D'où vient le sang ?

— C'est le mien. Je suis du type O.

— Qu'en savez-vous ?

— Ma sœur travaille dans une unité expérimentale sur le front qui s'occupe de transfusions sanguines. Je travaille au ministère de la Guerre et j'ai déjà donné mon sang. On m'a dit que j'étais du groupe O.

— Je l'espère pour ce petit, répondit le médecin. Bon, maintenant, attendez dehors, s'il vous plaît. On dirait que l'infirmière Wakefield a fait du bon boulot, mais je suis légalement responsable des patients qui entrent ici, et il me faut vérifier son travail.

La jeune infirmière nous a escortés tandis que le médecin se penchait sur Will. Sam sanglotait. Je l'ai prise par l'épaule et elle a levé les yeux vers moi.

— Il va s'en sortir ?

— Oui, affirmai-je en m'efforçant de paraître plus calme que je ne l'étais en réalité.

Et pour lui changer les idées, je l'ai informée des derniers progrès de la science dans ce domaine en lui parlant d'Izzy, de son unité, et des hommes blessés au front à qui cette nouvelle technique avait sauvé la vie.

La jeune infirmière est venue nous apporter du thé, et un agent de police est apparu. Il a ôté son casque et s'est approché de moi.

— Excusez-moi, monsieur, est-ce vous qui êtes parti de la foire en emportant un petit garçon blessé dans vos bras ?

— Oui. Il est en salle d'opération avec le médecin.

— Je ne veux pas vous importuner, monsieur, mais nous aurons besoin de votre déposition, car la société qui gère la foire risque d'avoir à comparaître devant la justice pour négligence.

— Oui, bien sûr.

— Pour le moment, il me faut juste votre nom et votre adresse.

— Y a-t-il eu d'autres blessés ? demanda Sam.

— Je ne crois pas, madame, en tout cas rien de grave. Comment va le petit ?

— Nous le saurons bientôt, répondis-je.

Après avoir noté les renseignements, l'agent de police a rangé son calepin en nous souhaitant bonne chance et nous a fait ses adieux.

— Encore un peu de thé ? nous a proposé la jeune infirmière, mais juste à cet instant, le médecin est apparu et s'est avancé vers nous.

— Vous êtes la mère ? demanda-t-il à Sam.

— Oui.

— Et le garçon, comment s'appelle-t-il ?

— Will.

— Bon, Will s'en remettra, madame, déclara le médecin en se radoucissant. Il lui faudra quelques jours. Il est sous le choc, et il va être un peu faible. Mais vous avez eu de la chance que l'accident se soit produit non loin d'un hôpital. Et votre vitesse de réaction lui a sauvé la vie. Je lui ai donné un sédatif pour enfants, et il s'est endormi. Aidez l'infirmière à remplir les papiers d'admission et vous pourrez aller le retrouver.

Il m'a regardé.

— Heureusement que vous êtes du groupe O. Vous en êtes bien certain, au moins ?

— J'ai un certificat médical qui l'atteste.

— Ce petit pourra remercier son papa. Car vous êtes son père, je présume ?

— Oui, répondit Sam avant que j'aie eu le temps d'ouvrir la bouche.

Un soir du mois d'août alors que je rentrais à la maison, j'ai vu une femme se lever du banc qui se trouvait dans le petit square, entre notre immeuble et la rivière. Je n'ai eu aucun mal à reconnaître de qui il s'agissait tant cette silhouette m'était familière.

— Lottie !

— Ne t'en fais pas, Hal, je ne vais pas te crever les yeux, m'a-t-elle rassuré, ce qui m'a fait sourire.

— J'ai comme une impression de déjà-vu. La première fois que tu m'es apparue, tu étais assise là, sur ce banc. C'était quand nous venions de trouver l'appartement.

— Je m'en souviens. Mais si je t'ai attendu ici, c'est parce que Sam a refusé de me laisser entrer… Ne t'inquiète pas. Je ne lui en veux pas.

— C'est vrai ? Alors pourquoi es-tu là ?

— Reg a été fusillé aujourd'hui.

— Lottie… Je suis désolé…

— Non, non, Hal, je ne suis pas venue en quête de compassion. Mais pour m'excuser… Il est passé en cour martiale comme tu l'avais prévu. Je n'ai pas eu le droit d'y assister car Reg et moi n'étions pas mariés, mais un ou deux de ses amis sont venus témoigner, et grâce à eux, j'ai découvert qui était le salaud qui l'avait dénoncé… C'était Greville.

J'ai compris avec un petit temps de retard qu'il s'agissait du fiancé de Ruth, ce type qui travaillait dans les forces de sécurité et que j'avais rencontré à l'usine, pour leurs fiançailles.

— Lottie, murmurai-je. C'est terrible. Comme je regrette.

— Contente-toi de me faire un baiser sur la joue, Hal. Pour montrer que tu me pardonnes. Cette foutue guerre sème la zizanie même au sein des familles, en nous dressant les uns contre les autres.

Je l'ai embrassée sur la joue.

— Est-ce que ça veut dire que tu reviens vivre avec nous ?

— Non, Hal. J'ai apprécié le temps que ça a duré. Tu es quelqu'un de bien et tu m'as soutenue dans les moments difficiles. Mais j'ai repris le théâtre, et c'est là qu'est ma place. Faire semblant, ça me connaît. Je m'en tirerai… À nous quatre, les sœurs Ross, nous formions une famille, Hal, et regarde ce qui nous est arrivé. Toi, tu as su passer l'éponge, mais il reste tellement à pardonner. Est-ce que nous le surmonterons un jour ? Au revoir, Hal.

Je m'étais déjà éloigné de quelques pas quand je l'ai entendue m'appeler, et elle m'a lancé une phrase que je n'ai pas bien comprise. Je me suis retourné. Elle était restée debout, à côté du banc.

— Quoi ? Qu'est-ce que tu dis ? demandai-je en me rapprochant.

— Tu n'es pas avec la bonne, tu sais, Hal. Tu ne t'en es jamais rendu compte, n'est-ce pas ? Tu n'as toujours eu d'yeux que pour Sam…

— Où veux-tu en venir ?

— Elle ne t'aime pas, Hal. Il y aura toujours ce maudit Allemand entre vous. Mais je… je me rappelle cette fois dans la salle de bains, le jour où tu étais malade. Je n'ai pas su profiter de l'occasion, mais… j'en ai toujours eu envie.

— Lottie !

— Je ne l'ai jamais montré, par la suite. Non. D'abord, vous m'hébergiez, et puis je voyais bien que tu étais fou de Sam. Mais je la connais mieux que toi, Hal. Fais attention. Oui, elle t'apprécie, elle apprécie ce que tu fais pour elle, mais t'aime-t-elle réellement ?

— Ça suffit ! m'écriai-je. N'en dis pas davantage, je t'en prie. Nous avions conclu un accord. Peu m'importe ce que tu crois savoir, garde-le pour toi. Je regrette ce qui est arrivé à Reg, mais ne va pas bousiller ta vie, Lottie. Pars, maintenant. S'il te plaît ! la priai-je avec un geste de la main.

Elle a hoché la tête, a tourné les talons et s'est éloignée.

Quand je suis rentré dans l'appartement, Sam était folle de rage.

— Je vous ai vus ! J'ai vu toute la scène ! Tu l'as embrassée ! Tu lui as pardonné, c'est ça ?

— Oui. Oui, je lui ai pardonné. J'ai eu tort ?

— Ça t'est facile à toi, hein ? Tu as entendu ce que Lottie nous a dit sur Will et les Allemands quand elle est partie ? C'était aussi méchant que les insultes proférées par Faye des mois plus tôt. Est-ce que tu te rends compte à quel point j'ai été offensée ? Je ne peux pas leur pardonner. Pas plus qu'à Ruth.

— Pourquoi en vouloir à Ruth ?

— Elle et Greville t'ont fait endosser toute la culpabilité alors que c'est lui qui avait dénoncé Reg. Tu as tout pris pendant qu'eux restaient assis à regarder, les bras croisés. C'est inqualifiable, Hal… Je vais aller voir Ruth demain. Elle va sentir son malheur. Le *Hindenburg*, c'est de la guimauve à côté de ce que je vais lui passer.

— Sam, écoute. Est-ce bien sage de t'en prendre à Ruth ? De te fâcher ainsi avec toutes tes sœurs ?

Elle s'est approchée, m'a pris la main et y a posé un baiser.

— Parfois j'ai l'impression que tu ne me connais pas du tout, Hal. Tu te rappelles ce petit matin à la gare de Middle Hill ? J'ai tout lâché pour partir avec toi à Londres le jour même. Pourtant je n'ai pas agi à la légère. J'ai mûrement réfléchi, j'ai pris ma décision, et je ne l'ai jamais regrettée. Jamais. Tu as dû le remarquer. Comprends-moi, c'est dans mon caractère. J'ai toujours su ce que j'avais à faire. Ruth n'est qu'une hypocrite. Elle a laissé Lottie croire que c'était toi qui avais trahi Reg. C'est impardonnable.

— Tout à l'heure, Lottie se plaignait que la guerre divise ainsi les familles.

J'étais en pleine confusion. Devais-je croire aux choses déplaisantes que Lottie venait de me dire ? Était-ce vrai, ou son chagrin l'avait-elle remplie de dépit, et rendue jalouse de sa sœur ? Est-ce que j'avais confiance en Sam ?

— De quelle famille parle-t-elle ? Je sais ce que je fais, Hal. Il le faut. Je suis à toi, maintenant. Ma famille, notre famille, c'est toi, Will, moi, tes parents… et les deux chiens, bien sûr, ajouta-t-elle avec un sourire. Tu as sauvé la vie de notre enfant, Hal. Tu es son père. Nous ne pouvons revenir en arrière. Il te copie, il a tes manies. Lui aussi tord un peu la mâchoire quand il est en colère… Tu as remarqué ? Comme ton père, et comme toi.

Elle a laissé passer un petit silence.

— Je me suis détachée de Wilhelm, Hal. Vous voir tous les deux dans le bain, Will et toi, avec tout ce cirage en guise de peintures de guerre, plus ce qui s'est passé au Lister Hospital, quand tu as donné ton sang pour lui… Voilà ce qui fait une enfance. Pour tout te dire, je pense que Will t'aime plus qu'il ne m'aime. C'est naturel, pour un petit garçon. Et Ruth a mis tout cela en danger. Je ne puis le tolérer… Demain, elle va sentir sa douleur, je te le dis ! menaça-t-elle avec des éclairs dans les yeux. Du gaz toxique, ce serait encore trop bon pour elle !

Hal chéri,

Oui je sais, c'est un peu exubérant comme début, mais je me sens d'humeur généreuse, aujourd'hui. Le soleil brille, et nous avons tous tellement hâte que la guerre finisse, puisqu'il paraît que c'est pour bientôt.

Papa m'a appris que tu avais amené ta dulcinée chez eux en visite. Magnifique. Sauf qu'il ne donne même pas son nom. C'est bien son genre, d'oublier des détails aussi importants. Comment s'appelle-t-elle ?

Alan m'a demandé de l'épouser. N'en parle pas à Maman ! Pas encore en tout cas. J'hésite, et je ne lui ai pas encore donné ma réponse. Je suis certaine qu'il m'aime mais… Mais parmi ses motivations du moment, la culpabilité joue un grand rôle, à cause du suicide de sa femme. C'est difficile à expliquer. En bon Écossais puritain, Alan ne supporte pas le gâchis : si nous ne nous marions pas après tout ce qui s'est passé, alors le suicide de sa femme aura été vain, toujours selon cette même logique. Et si au bout du compte, elle s'est tuée pour rien, ce sera presque comme s'il s'était moqué d'elle. Un vrai casse-tête moral.

Quant à ses enfants, je n'ose prendre de leurs nouvelles. Il m'en parlerait sûrement s'il y avait un problème.

Écris-moi, raconte-moi depuis combien de temps vous êtes ensemble, ta douce et toi. Quel effet ça fait, de partager le même lit toutes les nuits ? (Je me garde de poser des questions sur ce que vous y faites, sinon tu vas encore te mettre en rogne.) Ben dis donc, ça y va les parenthèses, aujourd'hui. Mais je suis sérieuse, dis-moi comment c'est, la vie conjugale. D'après Papa, l'élue de ton cœur est très belle, et j'ai eu l'impression qu'il t'enviait presque ! (Tu te rends compte, à son âge ! Voilà que je recommence.) Tu es un homme heureux.

Bon, j'ai quelque chose de délicat à te dire. Je ne peux pas en parler à Alan pour l'instant, il pourrait considérer ça comme une trahison, mais il faut que j'en parle à quelqu'un. Je n'ai pas envie de rester infirmière toute ma vie. Au cours de cette guerre, j'ai vu tellement de sang, de morts, de mutilations que j'en ai ma dose pour le restant de mes jours. La vie sera différente après la guerre, surtout pour les femmes, nous pourrons exercer des tas de métiers, j'en suis sûre, et cela m'a fait réfléchir. J'aimerais bien devenir journaliste. Tu trouves ça trop ambitieux ? Moi non. Je prends beaucoup de plaisir à écrire mon journal, et ces lettres m'ont aidée à tenir le coup (sans parler de celles que j'ai écrites pour d'autres). J'ai bien aimé ces correspondants de guerre qui sont venus nous rendre visite. Ils étaient cultivés, en avaient vu de toutes les couleurs, connaissaient des tas de trucs, et pourtant leur curiosité d'esprit ne s'était pas émoussée, au contraire. Et puis ce qu'ils étaient drôles, spirituels, je veux dire !

Qu'en penses-tu ? Il faudrait que je me tienne informée, que j'apprenne à me servir d'une machine à écrire, que je bosse un peu ma ponctuation et ma concordance des temps, mais cette vie m'attire.

Tout plein d'amour. (Je me sens toujours d'humeur généreuse.)

Des milliers de baisers,

Izzy

P.-S. Je viens juste de lire ce qui précède et tu sais quoi ? Dès que j'ai fini cette lettre, je vais dire à Alan que j'accepte son offre ! Tu es le premier à le savoir. Mais chut ! je ne lui parlerai pas de mon envie de devenir journaliste pour l'instant.

Une semaine plus tard, je travaillais à mon bureau sur le rapport « Coût d'une mort », selon le titre choisi. Je dois l'admettre, Sam avait eu raison. Le bilan des potentiels humains perdus par le pays durant la guerre était alarmant. Ce n'était pas toujours simple. Par exemple, j'avais du mal à faire une évaluation globale du taux de remariages. Normalement, en Grande-Bretagne du moins, la plupart des femmes divorcées, qui n'étaient d'ailleurs pas légion, se remariaient tôt ou tard, et leurs perspectives d'avenir, après avoir connu un creux, remontaient. Mais hélas ! la donne avait changé. Combien de femmes pourraient se remarier alors que sur une génération au moins, il y aurait si peu d'hommes disponibles ? Comme Izzy me l'avait rappelé, ce constat faisait froid dans le dos.

Je travaillais sur cette question ce jour-là quand Nadia a passé la tête dans l'embrasure de la porte.

— Le général veut vous voir. Dans les plus brefs délais.

Ce ton péremptoire m'a intrigué, car d'ordinaire, le général était la politesse même. Je m'y suis donc rendu sur-le-champ.

Il n'était pas seul, et il m'a présenté son visiteur, un certain colonel Roland Moore.

— Le colonel Moore commande l'un de nos services de sécurité. Vous n'avez pas besoin de savoir lequel. Je veux que vous l'écoutiez attentivement. Apparemment, vous auriez enfreint l'Official Secrets Act.

Sous le choc, je me suis affalé sur le canapé. Moore en est venu droit au but.

— D'après ce que nous savons, vous avez fait part à votre épouse d'informations que vous auriez dû tenir secrètes. Et il se trouve que votre épouse a eu un enfant d'un ressortissant allemand.

— Puis-je savoir qui vous a donné ces informations ? demandai-je, alors qu'ils me scrutaient tous deux d'un œil perçant.

Moore a ignoré ma question.

— Je remarque que vous avez dit « informations » et non « allégations », souligna-t-il.

— Vous jouez sur les mots.

— Répondez.

— Mon épouse, comme vous l'appelcz, n'est pas ma femme, en réalité, même si nous vivons ensemble depuis 1915. Elle est effectivement tombée enceinte d'un professeur allemand en juillet 1914, à Stratford-sur-Avon, et lui est rentré en Allemagne avant la déclaration de guerre. Depuis, il n'a pas donné de nouvelles. Il ignore qu'il a un fils. Je lui ai peut-être raconté une ou deux choses au cours des deux dernières années, mais rien d'important ni de compromettant.

— Hum. Ce sera à nous d'en juger. Votre... compagne vous a-t-elle parlé de cet Allemand ?

— Oui, et de sa propre volonté.

— Avez-vous rencontré cet homme ?

— Non, mentis-je. Il était rentré en Allemagne plus d'un an avant que je rencontre Sam, ma compagne, comme vous dites.

— Pourquoi l'avoir prise sous votre aile, si je puis dire ?

— Je suis tombé amoureux d'elle. À cause d'une blessure de guerre, je ne puis avoir d'enfant, et elle avait un enfant sans père. Cet arrangement nous convenait à tous les deux.

— Vous n'avez pas fait ça par sympathie pour les Allemands ?

— Bien sûr que non. Je ne suis pas un ultra-nationaliste, mais je sais où se trouve mon devoir. Quelles informations suis-je censé lui avoir données ?

— On prétend que vous lui avez révélé ainsi qu'à sa sœur l'identité d'une espionne sévissant ici, à Londres, une certaine Genevieve Afton, avant même d'en informer vos supérieurs du ministère.

— C'est vrai, reconnus-je.

Et je leur ai expliqué ce qui s'était passé ce soir-là, comment en rentrant de ma filature, j'étais fatigué et sous le choc de ce que je venais d'apprendre sur ma collègue de travail. Oui, j'avais eu un moment de faiblesse, et je leur avais raconté ma soirée. Mais c'était justement une remarque faite par la sœur de ma femme qui m'avait mis la puce à l'oreille, au départ. Une remarque faite par hasard sur le père de Genevieve Afton, et qui ne collait pas avec ce que ma collègue prétendait. Sans cela, jamais je ne l'aurais soupçonnée de traîtrise.

J'ai sorti un mouchoir et me suis tamponné les lèvres.

— D'ailleurs, je sais qui vous a donné ces renseignements, repris-je. C'est Greville Muirhead, le fiancé de Ruth, la sœur aînée de ma femme, avec qui elle s'est brouillée la semaine dernière. Et savez-vous pourquoi ? Parce que Greville avait dénoncé l'amant de Lottie, une autre sœur, qui avait déserté…

— Oui, j'y venais justement. Apparemment vous saviez que cet homme était à Londres, mais vous n'avez rien dit.

— Parce que je n'ai pas pensé une seconde qu'il pouvait avoir déserté ! Même quand le général ici présent m'a dit qu'il pensait que son régiment était encore au front, je n'ai pas fait le rapprochement. Et puis pourquoi croyez-vous que ce Muirhead fait tant de zèle ? Par conscience professionnelle ou pour le bien du royaume ? Non. Par esprit de rancune, tout cela à cause d'une querelle de famille entre sa fiancée et la sœur de celle-ci, qui se trouve être ma compagne, comme vous l'appelez. Genevieve Afton a été fusillée pour trahison il y a des mois. C'est vrai, je n'aurais pas dû en parler à ma femme, mais cela n'a rien changé.

— Hal dit vrai, colonel, a confirmé posément le général. C'est lui qui a démasqué Genevieve Afton, qui fut exécutée, et lui aussi qui a tué un autre traître depuis, sur ordre du Premier ministre. Sa loyauté ne peut être mise en doute. On lui fait confiance, au plus haut niveau.

Le colonel est resté silencieux un moment.

— Pourtant, il a dit à sa femme qu'il allait en Suisse alors qu'il n'aurait pas dû. C'est un autre point en sa défaveur... Général, vous êtes le haut responsable de cette étude sur les dommages de guerre, reprit-il après avoir encore laissé passer un silence. Ce serait un désastre si son auteur se révélait traître. Êtes-vous satisfait de cet homme ? Vous portez-vous garant de lui ?

— Oui, absolument, affirma Malahyde. Je n'ai aucun doute sur sa bonne foi.

Autre silence.

— Très bien, mon général. Dans ce cas, je ne pousserai pas plus loin mes démarches. En revanche, un rapport sur ces points litigieux figurera dans son dossier.

Il s'est levé et s'est tourné vers moi tandis que je me levais aussi.

— L'Official Secrets Act n'est pas une simple formalité, loin de là, m'a-t-il tancé. Il est formellement interdit de révéler quoi que ce soit à quiconque, épouses, petites amies ou autres. Inutile de vous dire qu'une nouvelle entorse à cette règle ne vous serait pas pardonnée. Est-ce clair ?

J'ai acquiescé et il a pris congé.

Le général m'a raccompagné à mon bureau.

— Il m'est arrivé un jour de dire à ma tendre épouse une chose que j'aurais dû garder pour moi, me confia-t-il.

— Et alors ?

— Elle vient d'une vieille famille où l'on travaille de père en fils dans la diplomatie, ambassadeurs, attachés, consuls… Bref, des gens habitués à diriger le pays et à le représenter. Elle m'a dit qu'en cas de récidive, elle exigerait le divorce. Quelle tentation ! J'avoue que j'ai eu du mal à résister, conclut le général, l'œil pétillant de malice.

Après les congés d'été, l'école de Mlle Allardyce a rouvert en septembre. Durant la deuxième semaine, la directrice a organisé une réunion pour rencontrer les parents. Comme l'école n'admettait les enfants qu'à partir de l'âge de trois ans, Will n'avait pu y entrer qu'au printemps et donc, nous n'avions pas été conviés à cette occasion l'année précédente.

L'école consistait tout bonnement en une maison à trois étages, entourée d'un grand jardin qui donnait sur le devant sur Queensgate Road.

Les parents étaient dispersés dans toute la maison. Comme boissons, il y avait du sherry, de la bière et de la limonade. Sam a pris un sherry, moi je m'en suis tenu à la bière. Tout en allant d'un groupe à l'autre pour faire la connaissance des parents, j'ai perdu Will et Sam de vue. Soudain, j'ai été abordé par un petit bout de femme aux cheveux gris, dont j'ai supposé qu'elle était Mlle Allardyce en personne, vêtue d'un tailleur agrémenté d'un somptueux collier de perles, qui m'a fait me demander à combien se montaient les frais de scolarité.

— Vous devez être monsieur Ross, me dit-elle d'un ton si énergique qu'il en était presque agressif.

Sur la défensive, j'allais répondre non quand Sam, qui avait dû l'entendre de loin, s'est approchée et m'a doucement pressé le bras.

— Euh… oui, marmonnai-je.

— Il y a un air de famille qui ne trompe pas, affirma-t-elle en me regardant. Un garçon intelligent, ce petit Will. Il est né pour commander, vous savez. Il pourrait faire carrière dans l'armée.

— C'est un peu tôt pour le dire, non ? objectai-je le plus courtoisement possible. Il n'a que trois ans.

— Certes, mais la valeur n'attend pas le nombre des années, et il faut toujours encourager les petits, les mettre sur la bonne voie. Ils n'oublient jamais ce qu'ils apprennent à cet âge.

Sur ce, elle s'est esquivée, pour aller au-devant d'autres parents.

— Je suis désolée, murmura Sam. J'aurais dû te prévenir. Quand j'ai inscrit Will ici, je n'ai pas pensé à te demander ton avis. Et je n'ai pas osé me servir de ton nom de famille.

— Tu ferais mieux de te décider une bonne fois pour toutes, et vite. On ne change pas de nom comme de chemise, répondis-je d'un ton aigre, et je me suis éloigné.

Je ne suis pas allé très loin, car dans le jardin, il y avait du tapage, et les enfants s'étaient agglutinés contre la grille, surveillés du coin de l'œil par des parents. En fait, ils regardaient des soldats qui défilaient dans la rue au soleil, des grenadiers tout fringants, portant des pantalons gris rayés de pourpre. Alors qu'ils approchaient de l'école, le sergent-major qui les menait a soudain lancé avec un geste plein de panache : « Tête droite ! »

Comme un seul homme, les soldats ont tourné la tête à droite, vers les enfants. Certains des garçons, impressionnés, ont salué gauchement en retour. Dont Will.

— Fixe ! a clamé le sergent-major, et les grenadiers, regardant à nouveau droit devant eux, ont continué à défiler et ont disparu.

Je me suis retourné. Postée derrière Will, Sam m'a fait un petit signe pour me faire comprendre qu'elle rentrait à la maison, et elle a entraîné Will, le forçant ainsi à baisser le bras.

Très cher Hal,

Je vais te relater un « incident », histoire de débuter ma nouvelle carrière de journaliste ni vu ni connu (Alan n'est toujours pas au courant).

L'autre jour, nous étions bien à l'arrière des lignes et profitions d'une accalmie pour nettoyer notre matériel et faire d'autres travaux d'entretien, quand un Français est apparu. Il avait la trentaine, et exerçait comme médecin dans une petite bourgade voisine, dont le nom commence par un A. Comment avait-il franchi le dispositif de sécurité, je l'ignore, toujours est-il qu'il avait réussi. Paniqué, il nous a dit que sa femme venait d'accoucher, qu'elle avait eu une hémorragie et avait perdu beaucoup de sang... Bref, il avait sûrement entendu parler des transfusions sanguines pratiquées par notre unité, et il était venu nous demander notre aide. Mais à cet instant, la police militaire s'est pointée avec le commandant en poste. Ils ont arrêté le médecin, ou plutôt ils ont essayé. Alors qu'ils avançaient pour se saisir de lui, il a sorti un pistolet. Tout le monde s'est figé. Imagine la scène : le médecin français visant Alan de son pistolet, et les trois membres de la police militaire pointant leurs armes sur lui.

L'officier lui a expliqué que nous ne pouvions l'aider, que le sang dont nous disposions était réservé au seul usage militaire. Le médecin a répliqué que si nous combattions en France, c'était pour protéger ce pays, son mode de vie et ses habitants, dont nous étions les hôtes et les alliés. Enfin, disons que je rends compte de ses propos en termes plus choisis que ceux qu'il a employés, car en réalité, le ton de ces échanges était plutôt vif. Alan les a laissés vider leur sac, puis il a déclaré qu'il était du côté du médecin, qu'il y avait une accalmie dans les combats, et qu'un ou deux litres de sang en moins seraient sans conséquence sur l'effort de guerre. Et donc il a pris quelques bouteilles de sang, s'est posté devant le médecin pour lui servir de bouclier humain, a affirmé qu'il partait sur-le-champ avec lui et qu'ils iraient à pied jusqu'à A si nécessaire, pour procéder à la transfusion. En tant que médecin, il devait assistance à cette femme, et s'il était en son pouvoir de lui sauver la vie, il le ferait.

C'était une scène d'une grande tension dramatique. Alan et le Français sont passés devant les trois hommes armés, et personne n'a rien fait pour les arrêter. J'ai couru derrière eux et nous nous sommes tous les trois dirigés vers le village en hâtant le pas.

Quand nous sommes arrivés, la femme était morte. Elle s'était vidée de son sang pendant que nous discutions. Chose extraordinaire, le bébé, un garçon, avait survécu, mais pour la mère, il n'y avait plus rien à faire. Nous avons consolé le médecin, qui était aussi le père, comme nous avons pu. Puis Alan et moi sommes repartis en sens inverse.

Nous avions fait deux ou trois cents mètres quand nous avons entendu deux coups de feu. Tu peux deviner la suite, hélas ! le médecin français s'était tué, ainsi que le bébé.

Depuis, les habitants de A nous en veulent et nous nous en sommes fait des ennemis.

Comme les gens se trompent de penser qu'en temps de guerre, il y a un bon et un mauvais côté, que les choses sont bien distinctes, noires ou blanches. La guerre regorge de ces situations troubles. J'étais fière d'Alan et de sa conduite, mais cet épisode l'a beaucoup atteint. Ces derniers temps, il me harcèle pour qu'on se marie au plus vite. Le romantique en lui dit qu'un mariage sur le front serait très émouvant. Mais je ne suis pas d'accord. Moi, je veux me marier dans la petite église d'Edgewater, en présence de mes parents et de mon frère chéri, avec fleurs, cantiques, tantines fagotées dans leurs horribles robes, bref tout le tralala... N'avais-tu pas un petit faible pour une des filles de notre pasteur, à une époque ? Je me rappelle que tu virais au rouge écarlate dès qu'elle apparaissait. Peut-être que tu ne t'en rendais pas compte, mais nous si !

En parlant de Maman, je pense aussi que la perspective d'un mariage à Edgewater lui donnerait quelque chose à quoi se raccrocher. Elle m'a écrit une lettre plutôt dure l'autre jour, en me demandant si je me sentais en partie responsable de la mort de la femme d'Alan. Tout ce que je puis dire, c'est que je n'ai jamais voulu qu'Alan parle de notre liaison à sa femme, et que selon moi, c'était prématuré. Il faudra bien que je fasse la connaissance des petits, et ce ne sera pas facile. Mais c'est surtout à mon mariage à Edgewater que je pense en ce moment. Entre les Allemands et les villageois hostiles, nous sommes bien entourés… Comme la paix et la gentillesse qui règnent chez nous me manquent, tu ne peux t'imaginer.

Mais… la guerre est presque finie, du moins semble-t-il. Quelle épreuve elle aura été pour chacun d'entre nous. Je comprends maintenant pourquoi ceux de notre bord se nomment les Alliés. Serons-nous encore amis quand la paix viendra ?

Tout cela est beaucoup trop sérieux pour une lettre.

À ton avis, qui devrais-je choisir comme demoiselles d'honneur ?

Plein d'amour et des tas de baisers,

Izzy

— Vous avez reçu une lettre, m'annonça Nadia, mon assistante, en se penchant vers moi, une tasse de café à la main, une enveloppe dans l'autre.

— À votre ton, on dirait que celle-ci sort de l'ordinaire.

— En effet. Elle ne dépend pas du courrier interne, mais vient de l'extérieur.

L'existence de notre unité étant top secret, tout notre courrier provenait des rares ministères ou départements qui la connaissaient et arrivait par le service postal interne, établi à Whitehall. L'enveloppe affranchie et tamponnée que Nadia me tendait était blanche au lieu d'être brune, et elle avait été ouverte par le censeur.

— Si le censeur l'a laissée passer, elle ne doit pas être très importante, remarquai-je.

La lettre était signée… de Lottie. Pourquoi m'écrivait-elle ici, et que pouvait-elle avoir à me dire ?

J'ai pris la tasse de café que Nadia m'avait apportée et me suis assis pour la lire. Comme Lottie le précisait un peu plus loin, cette lettre était une branche d'olivier à deux rameaux, tendue en gage de paix. Premier rameau : fidèle à elle-même, après une liaison tumultueuse, Faye se mariait avec un acteur qu'elle avait rencontré grâce à Lottie, car cette dernière était enfin retournée à sa passion et travaillait dans un théâtre du West End. Les deux sœurs s'étaient réconciliées. Faye nous avait vus Sam et moi aux fiançailles de Ruth, elle s'était sentie mal à l'aise de ne pas nous parler, et voulait reprendre des « relations normales », selon l'expression de Lottie. Par conséquent, nous étions invités à son mariage, qui aurait lieu à St Martin's in the Field d'ici trois semaines, puis à la fête qui suivrait, et se tiendrait sur la scène du théâtre où se produisait son fiancé acteur. Faye n'était pas certaine de l'accueil qu'elle aurait reçu en contactant Sam directement, aussi avait-elle demandé à Lottie d'intercéder auprès de moi.

Deuxième rameau d'olivier, tendu par Lottie elle-même : elle regrettait ce qu'elle m'avait dit en bas de chez nous, le jour où Sam ne lui avait pas permis d'entrer. C'était juste par dépit, pour se venger du fait que Sam n'avait pas voulu lui pardonner.

Même s'il y avait une part de vérité dans ce que je t'ai dit. Par exemple, j'ai toujours eu un petit faible pour toi, et si nous nous étions rencontrés dans d'autres circonstances, on aurait pu prendre du bon temps tous les deux. Mais je n'avais pas le droit de dire ce que j'ai dit sur Sam. Bien sûr je la connais mieux que toi, depuis bien plus longtemps en tout cas. Mais elle ne m'a jamais parlé de toi ni de votre vie commune, et je ne lui ai jamais posé de questions à ce sujet, tu peux me croire, Hal. J'ai honte, et pour la deuxième fois, je te demande de me pardonner. J'espère vous voir au mariage.

Je suis resté assis à siroter mon café tout en relisant la lettre de Lottie. La question du mariage de Faye ne posait pas de problème en soi ; Sam accepterait ou non d'y aller. Mais les autres questions abordées n'étaient pas aussi simples à résoudre. D'abord, devais-je croire Lottie ? Avait-elle sincèrement changé de sentiments depuis cette rencontre en bas de Penrith Mansions ? S'il en était ainsi, pourquoi, et pourquoi maintenant ? Je n'en avais aucune idée. En tout cas, je savais que Sam avait discuté de nos relations avec ses sœurs, pour les avoir entendues par mégarde la nuit où Will ne pouvait pas dormir, après la fête donnée pour le départ de Reg. Donc, cette partie au moins de sa lettre n'était pas vraie. En outre, qu'allais-je dire à Sam ? Comment lui présenter les choses, lui transmettre l'invitation au mariage de Faye, et la volonté des deux sœurs de faire la paix ? Je ne pouvais en aucun cas lui parler de cette lettre arrivée au bureau. Sam trouverait cela très étrange et exigerait de la lire. J'étais coincé.

Quand le week-end est arrivé, je n'avais toujours rien décidé. Le jeudi, deux jours plus tôt, Sam m'avait annoncé que Will participerait à une course à pied à l'école le samedi suivant.

— Il veut que tu l'y emmènes et que tu y assistes. Moi, j'ai des choses à faire. Ça ne te dérange pas de t'en charger ?

— Bien sûr que non.

Mais le lendemain soir quand je suis rentré, Sam est allée me servir un whisky et elle m'a pris à part.

— C'est annulé, pour samedi.

— Pourquoi ? Que s'est-il passé ?

— Oh, Hal ! dit-elle d'un air navré. Je suis allée voir la directrice, Mlle Allardyce. C'est la première fois que Will est sélectionné, et comme je savais qu'on ajouterait son nom à la liste de l'équipe pour l'afficher sur le panneau de l'école, j'ai informé la directrice que son nom de famille n'était pas Ross, mais Montgomery. Elle m'a demandé pourquoi, et j'ai dû lui avouer que nous n'étions pas mariés… Elle a été choquée. Pire, elle s'est mise dans une colère noire, m'a traitée de tricheuse et m'a demandé de retirer Will de l'école… Tout est ma faute, Will va être anéanti, conclut Sam, au bord des larmes.

— La course, ce n'est pas compliqué à régler, répondis-je après un petit temps de réflexion. J'emmènerai Will voir un match de football à la place, au Woolwich Arsenal ou à Tottentham. Il sera tellement content qu'il en oubliera ce qui était prévu.

— Oh, Hal, tu ferais ça ?

— Rien de plus facile. Reste à savoir comment tu vas lui expliquer pourquoi il change d'école, et ce que tu diras à l'avenir…

Elle est venue s'asseoir sur mes genoux et m'a tendu le whisky.

— Ellen Smith m'aidera à trouver un autre établissement. Elle est au courant, pour nous. Je dirai à la nouvelle école que nous sommes mariés, bien sûr. Je ne voudrais pour rien au monde vous infliger ça une nouvelle fois, à Will et à toi.

Je me demandais toujours comment régler cette histoire d'invitation au mariage de Faye, quand un courrier est arrivé à point nommé pour m'enlever cette épine du pied. Le lundi matin, il y avait un carton d'invitation dans notre boîte aux lettres, accompagné d'un mot où Faye nous suppliait de lui pardonner et demandait si Sam voudrait bien que Will lui serve de garçon d'honneur. Elle ajoutait que Ruth lui ferait sa robe de mariée, ainsi que celles des deux demoiselles d'honneur et le costume de Will.

— Elle tend une main, soulignai-je au petit déjeuner ce matin-là, ravi de la tournure des événements… Vous allez pouvoir faire la paix.

— Non, grommela Sam. Après la façon dont Faye et Ruth se sont conduites envers toi, il n'en est pas question.

— Sam ! Ne sois pas bornée. Ce sont tes sœurs, ta famille, on ne renie pas ainsi les liens du sang.

— Liens du sang, tu parles ! Mon père était de mon sang, et regarde comment il s'est comporté avec nous. Sir Mortimer ne l'était pas, et il a été bien meilleur pour nous que notre propre père. Toi aussi tu as été bon pour Will, bien plus que mes sœurs… Alors ne me parle pas de la valeur des liens du sang, s'il te plaît !

Elle a fini son thé et s'est levée pour mettre sa tasse et sa soucoupe dans l'évier.

— Hal, combien de fois devrai-je te le dire : c'est toi ma famille maintenant, toi le père de Will, et c'est avec toi que je vis. Mes sœurs savent qu'elles ont mal agi, envers Will, envers toi, envers moi… et elles voudraient que je passe l'éponge, comme si de rien n'était.

— Fais un pas vers elles, Sam. Elles ont fait la moitié du chemin.

— Pour ma part, le chemin s'arrête là. Will ne sera le garçon d'honneur de personne, pas pour l'instant en tout cas. Le mariage de Faye ne durera pas, de toute façon. Tu la connais.

J'ai laissé passer un silence.

— Si pour toi je suis vraiment le père de Will à présent, alors écoute-moi. Je trouve que nous devrions nous réconcilier avec Faye.

— Non, répliqua Sam.

Vu son air, sa décision était sans appel.

À la fin octobre, ma mère est morte. Cette nouvelle ne fut pas vraiment une surprise, mais elle porterait un rude coup à Izzy, et à ses beaux projets de mariage en grande pompe. Maman est morte un jeudi, ce qui, d'une certaine façon, nous a aidés à nous organiser. Le télégramme de mon père nous est parvenu le vendredi, et donc nous avons pu demander à la fille du pasteur de garder Will tout le week-end.

Le samedi matin, quand nous sommes montés à bord du train partant de Paddington, il faisait un temps maussade, assorti à notre humeur du moment. Bizarrement,

Sam était plus affectée que moi par ce décès attendu. Ma mère n'était pas versée dans la sentimentalité, elle gardait pour elle ses émotions, et je lui ressemblais beaucoup. Mais Sam, que sa première visite à Edgewater avait enchantée, considérait mes parents comme sa nouvelle famille, et les circonstances bien différentes de cette deuxième visite l'attristaient beaucoup.

À l'aller, le train était presque vide, et nous avions un compartiment pour nous tout seuls. Nous avons parlé de toutes sortes de choses ; entre autres, Sam est revenue sur mon entrevue avec le colonel Moore et le général.

— C'est moi qui t'ai fourré dans ce pétrin, n'est-ce pas ? Je suis allée trop loin, lors de ma dispute avec Ruth. Après tout ce que tu as fait pour moi et ma famille, voilà comment je te remercie. Si tu savais comme je regrette.

Le train passait devant des réservoirs où des hommes en combinaison s'exerçaient à la plongée.

— J'y ai beaucoup pensé, reconnus-je. Comment en es-tu venue à leur dévoiler l'histoire de Genevieve Afton ?

— Oh, j'ai dit à Ruth que Lottie avait aidé à démasquer une espionne, et que Greville et elle n'avaient pas à dénoncer son homme. Que Lottie avait été aussi utile que Ruth à l'effort de guerre, et que te faire passer pour un mouchard à ses yeux était méprisable. Une chose en a entraîné une autre, et Greville n'en a pas perdu une miette. Quel salopard... Je regrette tellement, conclut-elle en me touchant la main.

J'ai pris la sienne et j'y ai déposé un baiser.

— Il n'y a pas de mal. C'était juste une petite semonce pour me mettre en garde. De toute façon, la guerre est presque finie. Ça ne risque plus de m'arriver.

— Dis-moi, Hal… reprit-elle au bout d'un moment. Quand la guerre sera finie pour de bon, m'en voudrais-tu beaucoup si je m'essayais à autre chose qu'à l'enseignement ?

Voilà qu'après Izzy, Sam aussi voulait changer de métier.

— Tu as une idée en tête ?

Elle allait me l'expliquer quand le train s'est mis à faire un bruit de ferraille en passant sur un aiguillage, et elle a dû attendre que le vacarme cesse.

— Tu as dû remarquer que je m'intéressais beaucoup à la psychologie ?

— Tu veux parler du livre que tu m'as offert sur l'inconscient ?

— Oui, le livre de Jung. Mais avant ça, il y a eu cette conférence donnée par un psychiatre d'Édimbourg, et puis cela fait un bon moment que je me questionne sur les différentes façons dont la guerre a affecté les familles, en particulier les enfants.

— Bon, mais où veux-tu en venir ?

— Eh bien, j'aimerais faire des études de psychologie…

— Tu veux devenir psychiatre ?

— Non… ce serait beaucoup trop long. Il faut faire des années de médecine. Mais à la London University, il existe un cursus de psychologie sur un an, que je pourrais suivre. Cela me permettrait de voir si je suis faite pour ça, et de me renseigner sur les débouchés possibles.

— Quel genre de travail aimerais-tu faire ?

— Essayer d'aider les gens d'une façon plus personnelle et plus technique que l'enseignement. En particulier les enfants qui ont été perturbés par la guerre, qui ont perdu leur père, ou même leurs deux parents, dans certains cas.

Je lui ai parlé d'Izzy et de ses nouvelles aspirations.

— Toi aussi, tu pourrais découvrir qu'aider les autres en en faisant son métier exige beaucoup de soi-même et peut s'avérer pesant, à la longue.

— Oh non, Hal. Ta sœur a côtoyé de près le sang, la mort et l'horreur vingt-quatre heures sur vingt-quatre, sept jours sur sept, pendant plus de deux ans. Ça n'a rien à voir avec ce que je voudrais faire. Les gens auront grand besoin de soutien psychologique, après la guerre.

— Eh bien, je n'ai aucune objection, si vraiment tu en as envie. J'espère seulement que tout le chagrin que tu rencontreras ne t'atteindra pas trop.

— Tu seras là pour me remonter le moral et me maintenir à flot, a-t-elle dit doucement en m'embrassant la main.

Malgré l'heure matinale, nous nous sommes assoupis un petit moment, bercés par le balancement du wagon. Je me suis réveillé plus tard, à la sortie de la gare de High Wycombe. La voie ferrée traversait une forêt de hêtres.

— Tu es un peu nerveux ? Tu te demandes comment ton père fait face ? demanda Sam.

— Stoïquement, j'en suis sûr, selon la tradition en vigueur dans la famille Montgomery. D'ailleurs, ce n'est pas tout à fait vrai, rectifiai-je. Oui, mon père, ma mère et moi sommes d'un naturel stoïque. Mais pas Izzy. Elle a un tempérament exubérant qui compense un peu le nôtre. Cela se sent à la verve qui pétille dans ses lettres.

Comme le train filait vers l'ouest, le temps commençait à se gâter. Nous avons essuyé une grosse averse en approchant de Lechlade, mais quand nous avons atteint Chalford, où nous descendions, elle s'était arrêtée.

J'avais envoyé un télégramme à mon père pour le prévenir de notre heure d'arrivée, et la voiture nous attendait à la gare, avec au volant Trevor, le fils du vieux Dr Barnaby, qui faisait des petits boulots avant d'entrer à Cambridge à la fin de la guerre.

Il eut la bonne grâce de s'éclipser après nous avoir déposés devant la maison. Au début, nous avions beau l'appeler, nous ne trouvions pas mon père. Enfin Sam l'a aperçu.

— Il est là-bas dans le jardin, assis sur le banc préféré de ta mère.

— Papa, l'appelai-je en m'approchant de lui.

Mais il n'a pas bougé. Il est resté prostré sur le banc, le dos courbé.

Alors j'ai vu qu'il pleurait. Cela lui ressemblait si peu… Inquiet, je me suis assis à côté de lui et j'ai passé un bras autour de ses épaules. Cela non plus ne me ressemblait guère.

Mais il n'a pas réagi. Au lieu de ça, il a continué à pleurer en tremblant comme une feuille.

Déconcerté, j'ai vu alors Sam se pencher pour ramasser sous le banc un papier qui était tombé par terre, sur les graviers.

J'ai sorti un mouchoir et l'ai donné à mon père. Il l'a pris, mais s'est contenté de le rouler en boule.

— Hal, me dit Sam en me tendant la feuille de papier.

— Attends, Sam… Papa, rentrons. Il va se remettre à pleuvoir. Tu vas attraper froid.

— Hal, lis ça, insista Sam avec un ton si péremptoire que j'ai levé les yeux.

Elle tenait un télégramme.

+REGRET. DE VOUS. INFORMER. INFIRMIÈRE CHEF. ISOBEL. ELIZABETH. MONTGOMERY. DÉCÉDÉE. AUJOURD'HUI. SUITES BLESSURES. OBUS. REÇUES AU COMBAT. PLUS TÔT. CETTE SEMAINE+STOP+LETTRE. SUIT+STOP+ALAN. MACGREGOR+MÉDECIN. CHEF+STOP

À part dans mon enfance, je n'avais jamais pleuré. Mais là, oui, j'ai pleuré. Mon père et moi sommes restés assis sur le banc préféré de ma mère. Mon amour de sœur, mon fidèle lieutenant qui m'avait accompagné dans tant d'aventures, mon petit tyran, la seule personne au monde qui pouvait me parler avec une sincérité absolue frisant l'insolence sans que je lui en veuille, n'était plus. Elle était morte. Je ne la reverrais plus. Je ne recevrais plus ses lettres bourrées de points d'exclamation. Ses yeux d'un brun velouté, son petit nez spirituel, sa candeur désarmante avaient disparu à jamais. Je ne connaîtrais jamais ses fameuses colocataires. Je ne verrais plus les regards envieux que me jetaient les hommes qui me prenaient pour son amoureux. Il n'y aurait plus de dîners avec elle. Plus de ces gins tonic qu'elle adorait. Pas de mariage, de nièces ni de neveux. Elle ne connaîtrait jamais Sam, Will ni Whisky. Et eux ne la connaîtraient jamais.

Salauds d'Allemands.

Sam est allée dans la maison pour préparer du thé ou des remontants, mais surtout pour nous laisser seuls, je crois.

Je m'étais préparé à la mort de ma mère, en espérant qu'elle vivrait assez longtemps pour assister au mariage d'Izzy. Mais aucun de nous ne se faisait d'illusion. Et j'avais emmené Sam lors de ma dernière visite parce que nous savions, ma mère et moi, que c'était le début de la fin. Une manière d'adoucir un peu ses derniers instants.

Mais cette mort-là, si prématurée, tragique, violente… Je n'étais pas en mesure d'y faire face. Depuis la dépression que j'avais eue après ma blessure, je m'en étais plutôt bien sorti, sur le plan privé et professionnel, j'avais su tirer parti de ce qui m'était offert.

Mais là, non. J'étais anéanti. Salauds d'Allemands.

Je ne me souviens pas du déroulement de cette journée. Je crois que Sam a demandé à Trevor d'aller chercher le vieux Dr Liam Barnaby, qui a dû nous donner à chacun un sédatif. Ou bien nous nous sommes abrutis en buvant du whisky ou du cognac jusqu'à tomber ivres morts. Non, je ne m'en souviens pas.

Comme la plupart des médecins, Liam disposait d'un téléphone, aussi le lundi matin, le surlendemain, j'ai pu joindre le bureau depuis son cabinet, et j'ai demandé à parler à Malahyde. Le général a été plus que compréhensif. Il m'a accordé la semaine et a usé de son autorité pour faire rapatrier chez nous au plus vite la dépouille d'Izzy.

Alan MacGregor a tenu parole. Le mardi, on nous a remis une lettre en mains propres. MacGregor nous y informait qu'Izzy avait été intoxiquée par du gaz moutarde, précisément celui mis au point par Fritz Haber dans son institut berlinois. Comment aurais-je pu me douter, quand j'avais fait le rapprochement des mois plus tôt, des répercussions que ses recherches auraient sur ma vie ? J'apprendrais plus tard qu'au cours de cette guerre, le gaz moutarde avait tué quelque cent trente-cinq mille soldats alliés. Mais il n'a pas tué Isobel. Il l'a brûlée et aveuglée, comme tant d'autres de ses victimes. Égarée, affolée, elle s'est avancée en terrain découvert et a reçu un éclat d'obus à la tête. Elle a été rapatriée, mais elle est morte en cours de route, à Ashford, dans le Kent.

Au moins elle ne serait pas enterrée dans un coin perdu de Flandres ou de France. Grâce au général, sa dépouille nous parvint le mercredi.

Sam était rentrée à Londres pour s'occuper de Will. Mais elle est revenue pour l'enterrement.

Quand mon père et moi nous sommes résolus à affronter la terrible vérité, en ce sombre dimanche, nous avons décidé de les faire incinérer toutes les deux. Et donc, le vendredi suivant, les obsèques se déroulèrent en deux temps. D'abord, une cérémonie à l'église d'Edgewater, celle où Izzy avait espéré se marier.

Sam avait réussi à confier Will à la femme du pasteur d'Old Church Street, qui sut nous aider dans ces moments difficiles. Les deux sœurs de ma mère sont venues, ainsi que quelques amis. Mais pas Alan MacGregor. Il était sans doute retourné au front. Pauvre homme, en peu de temps, il avait perdu coup sur coup les deux femmes de sa vie. Il y eut beaucoup de monde à l'église, on entonna les hymnes de circonstance, et j'engageai pour l'occasion un membre du chœur de la cathédrale de Gloucester, pour qu'il chante *Let Me Weep*, de Händel. Mon père était si abattu qu'il n'y vit pas d'objection, et il convint même que cette mélodie correspondait parfaitement à notre état d'esprit.

Mais il n'y eut pas de veillée mortuaire. En petit groupe, nous nous sommes rendus à Stroud, où se trouvait le crématorium. Ensuite, mon père, Sam et moi sommes rentrés à la maison, où nous l'avons laissé seul afin qu'il fasse ce qu'il voulait des cendres de ma mère.

Quant à moi, je savais ce que je voulais faire des cendres d'Izzy, et mon père était d'accord. Sam m'a accompagné. Nous avons pris à gauche en sortant de la maison, dépassé l'église, puis descendu un chemin défoncé jusqu'à une grange. Au-delà, un pré montait en pente douce jusqu'à un bosquet d'arbres.

— Tu te rappelles quand je t'ai parlé de ce taureau ? C'est là qu'il était enfermé.

Le pré avait été travaillé et on y avait planté des pommes de terre, ce qui pouvait se comprendre, en ces temps de restrictions. J'ai emmené Sam jusqu'à la grille en fer qui clôturait le pré d'un côté. Elle disparaissait sous les hautes herbes et le lierre, mais nous avons trouvé le tourniquet qui nous servait étant enfants au fameux jeu dit « Charge du taureau », et nous l'avons passé. J'ai marché en rond, en éparpillant les cendres d'Izzy sur le sol.

— Ça lui aurait plu, d'être la dernière à occuper le terrain. Une façon de damer le pion au taureau.

Puis nous sommes restés un moment immobiles sans parler, à contempler le pré, sentir la brise, écouter les oiseaux, chasser les insectes qui nous tournaient autour. Les cendres d'Izzy avaient déjà presque disparu. Ce n'était pas un tombeau de famille, mais au moins, elle était chez elle.

J'étais triste ce jour-là, plus triste que je ne l'avais jamais été, mais j'étais aussi empli d'une colère noire envers les Allemands. Oui, Händel avait composé cette musique sublime, mais c'était il y a longtemps, et les dernières générations de ce pays n'avaient produit que des armes de mort, gaz toxiques, bombes lâchées du ciel, torpilles. Faye avait raison… Comment Sam avait-elle pu tomber amoureuse d'un Allemand ? Comment pouvait-elle être encore attachée à Wilhelm, après toutes ces années de tourmente et ce que sa famille et la mienne avaient subi ? Elle ne parlait pratiquement plus de lui, mais il était là, dans nos pensées, telle une mine enfouie sous une fine couche de terre et pouvant exploser à tout moment, au moindre faux pas. La mort de ma mère, celle d'Izzy, les funérailles, voir mon père pleurer pour la première fois… Au lieu de m'abattre, tout cela me hérissait de mépris, me remplissait d'une haine farouche, brûlante et, je peux bien l'admettre aujourd'hui, une partie de moi en voulait à Sam. Jamais je n'aurais cru que j'en viendrais un jour à ressentir de la rancœur à son encontre. Blême de colère, je ne supportais plus l'idée qu'elle puisse encore éprouver quelque chose pour Wilhelm. C'était mal. Wilhelm était un ennemi, il portait une part de responsabilité dans nos épreuves. Je devais le lui dire, et lui avouer du même coup ce que j'avais fait : comment je l'avais trompée, mais aussi comment je l'avais délivrée du désert affectif et de la solitude auxquels sa situation l'aurait condamnée, si je n'étais pas venu à sa rencontre. La comédie, si l'on peut dire, avait assez duré. Cet après-midi même, je la ferais asseoir dans la chambre d'Izzy, une chambre où ma sœur ne reviendrait plus jamais, et je lui dirais ce que j'avais fait, comment j'avais tenté de lui dérober son amour, pour qu'elle puisse décider de la suite en connaissance de cause. Quant à moi, peu m'importait.

J'ai jeté un dernier regard sur le pré où reposaient maintenant les cendres d'Izzy, fondues dans le paysage, et où je ne reviendrais pas. Puis j'ai marché en tête jusqu'à la clôture, et j'ai laissé Sam sortir la première par le portillon.

Mais une fois entrée dans le petit passage qui formait un coude, elle m'a bloqué la voie en maintenant le tourniquet d'une main ferme.

— Ce sont des hêtres, là-bas ? m'a-t-elle demandé.

J'ai hoché la tête.

— Est-ce là que vivent les blaireaux et les renards, et où les campanules et les jacinthes sauvages poussent au printemps ?

— Oui.

— Et est-ce la période de l'année où la Seven en crue fait son mascaret ?

— Je l'ignore, répondis-je laconiquement, quoique un peu surpris. Tu te souviens de ça ?

— Je me souviens de tout, dit-elle, et elle se pencha pour poser sa tête sur mon épaule. Je me souviens aussi du jour où je t'ai dit, sur le quai de la gare de Middle Hill, juste après ton affectation au ministère de la Guerre, que je ne t'aimais pas. Que je ne t'aimais pas, mais que j'apprendrais peut-être à t'aimer…

Je l'ai laissée continuer sans réagir.

— Je n'y croyais pas moi-même, et je m'en suis toujours voulu d'avoir prononcé ces paroles. Pour moi, l'amour avait toujours été immédiat. Eh bien, j'avais tort, conclut-elle en relevant la tête pour me regarder. J'ai appris à t'aimer, Hal.

Elle a inspiré profondément.

— Il nous est arrivé tant de choses. À cause de la guerre, j'ai rompu avec toutes mes sœurs, l'une après l'autre. Deux d'entre elles ont perdu leur compagnon. Toi, tu as perdu une sœur… Au départ, je n'avais pas de haine pour les Allemands, et toi non plus, je le sais. Mais maintenant, après toutes ces épreuves, ces tourments, c'est dur de ne pas se laisser gagner par… l'amertume.

J'ai hoché la tête. Elle avait raison. Isobel n'avait jamais fait de mal à personne.

— Et j'ai réfléchi au sujet de Will. Doit-il vraiment savoir qui est son père ? La haine règne partout, et ce sera toujours dur pour lui, à partir du moment où il connaîtra la vérité. Il pense que tu es son père. Il t'adore. Pourquoi ne pas en rester là ?

Elle a grimpé sur l'un des barreaux du portillon de sorte que son visage s'est trouvé au niveau du mien.

— Quand je te parle de Wilhelm, cela te fait du mal, Hal, je m'en rends compte, mais c'est la dernière fois. Tu sais qu'il m'avait demandée en mariage à un portillon comme celui-ci, près de l'Avon, là où toi et moi nous sommes promenés un jour. Il m'avait piégée dans le tourniquet, comme je te piège aujourd'hui, en me disant qu'il ne me libérerait que quand je lui aurais donné ma réponse. Je ne t'ai jamais caché son existence, Hal, mais je t'ai caché la profondeur de mes sentiments pour lui au début, quand on s'est rencontrés. D'une certaine façon, tu es entré trop tôt dans ma vie. Il y a eu des moments au début de la guerre où je souhaitais presque que nous la perdions pour que Wilhelm puisse revenir. C'est terrible, n'est-ce pas ?

« Mais les années ont passé. Tu as été merveilleux avec moi, avec Will, avec mes sœurs. Nous ne pouvons continuer cette vie faite d'attente, de non-dits, de demi-mesures. Ce n'est pas une vie, d'attendre… (Elle a souri.) On est déjà passés par là, tu te souviens ?

— Ah ? Non. Que veux-tu dire ?

— Je me rappelle ce jour, sur le quai de la gare de Middle Hill, dans la vapeur et les cliquetis des signaux… Je t'ai dit que si je devais aller avec toi à Londres, il fallait que je me décide avant de connaître le verdict du conseil d'établissement. Il fallait que je choisisse d'être avec toi. Que ce ne soit pas juste un pis-aller.

Oui, je m'en rappelais, mais là encore, j'ai gardé le silence et je l'ai laissée continuer.

— Nous en sommes au même point. Ce que je vais dire, je dois le dire avant que la guerre soit finie, avant que je découvre, d'une manière ou d'une autre, si Wilhelm est en vie... et quels sont ses sentiments pour moi. Je dois choisir, décider de mon propre chef.

Elle a ôté son bandeau, l'a jeté, puis a laissé ses cheveux voler au vent.

— C'est ici, maintenant, en cet endroit précis que ça se joue pour toi et moi. Ce jour-là, sur le terrain de cricket, quand tu m'as demandé de venir avec toi à Londres, tu as dit que nous étions piégés tous les deux, même si c'était de façon différente. Tu avais raison et... et cet argument m'a persuadée en partie de venir avec toi. Mais je ne me sens plus prise au piège.

Elle s'est hissée sur la pointe des pieds, sur le barreau du portillon, et m'a embrassé sur la bouche.

— Si tu veux toujours m'épouser, Hal, mon chéri, la réponse est oui.

Le vent faisait voler ses cheveux autour de son visage. J'ai senti l'odeur de Will sur elle.

Toute ma colère avait disparu.

— Ce n'est pas juste par pitié, parce que j'ai du chagrin ? demandai-je en sentant ses cheveux me caresser le visage.

Elle n'a pas bougé, sauf pour secouer la tête.

— Tu as sauvé la vie de Will. Je crois que c'est depuis ce moment que je t'aime.

Elle a tourné la tête vers la mienne et nous nous sommes embrassés. J'ai baisé ses lèvres, ses joues, son cou. Nos langues se sont mêlées.

— Écoute, Sam, murmurai-je. Je suis flatté et honoré par ton offre, mais la guerre sera bientôt finie. Si tu veux attendre six mois, au cas où…

Elle a posé un doigt sur mes lèvres.

— Chut. Tu ne m'as pas écoutée. C'est toi que j'aime maintenant. Will t'a toujours aimé. Moi, il m'a fallu une guerre.

Elle a reculé pour me laisser sortir.

— Viens maintenant, ne laissons pas ton père seul trop longtemps.

Sur un point en tout cas je me trompais, car quand nous sommes rentrés des funérailles à Penrith Mansions, une lettre m'attendait, une lettre d'Izzy.

Cher Hal,

Quelle drôle d'époque. À présent que la guerre est presque finie, les hommes prennent moins de risques, les officiers aussi veillent à moins exposer la vie de leurs soldats. Résultat : notre charge de travail s'est allégée. Pas de beaucoup, mais assez tout de même. On dirait que le monde retrouve enfin un peu de bon sens.

Laisse-moi te lancer un défi. Tu vis à Londres depuis un bout de temps maintenant, alors tu dois savoir quel est le meilleur restaurant de la ville, le dernier endroit à la mode, fréquenté par la fine fleur du pays. Malgré le rationnement et les pénuries, il doit bien y avoir un endroit avec un piano-bar et du gin à volonté. Je veux que tu m'y emmènes. J'ai tellement hâte de quitter cet uniforme pour me mettre sur mon trente et un !

Depuis que je me suis enfin avoué à moi-même que j'en avais assez de ce métier, après des semaines de faux-fuyants, je me sens libérée. J'ai vraiment envie de devenir journaliste... Je suis sûre qu'écrire peut être une vocation tout aussi noble que celle d'infirmière, et tout aussi satisfaisante. Figure-toi qu'Alan n'a rien contre, tout compte fait. Il a suggéré que j'écrive des articles dans la presse médicale. Non merci ! Je lui ai répondu que je voulais bien écrire sur n'importe quel sujet, sauf sur la transfusion sanguine. Très peu pour moi. Qu'est-ce qui m'irait mieux comme nom de plume, à ton avis ? Isobel Montgomery ou Isobel MacGregor ?

Tout plein d'amour,

Izzy

En fait, Sam et moi ne pouvions nous marier dans l'immédiat, vu les circonstances. Les morts d'Izzy et de ma mère étaient trop récentes, et puis les événements se précipitèrent. Plus tard cette semaine-là, moins d'une quinzaine de jours après la mort d'Izzy, l'Armistice fut signé. Aussitôt, une conférence de paix fut prévue à Paris au début de l'année 1919. Auparavant, une préconférence se déroulerait à Londres, et le général et moi étions bien sûr chargés de sa préparation. Mon « Coût moral de la Guerre », comme cette étude avait été rebaptisée, sortit au même moment. On peut dire qu'elle fit du bruit.

Le 14 décembre, le Women's Emancipation Bill fut rendu public. Nous allions vers de profonds changements de société. Et dire qu'Izzy ne serait pas là pour voir ça.

À Noël, Sam et moi sommes allés à Edgewater pour tenir compagnie à mon père, et cette fois nous avons emmené Will et Whisky. Mon père s'est entiché de Will dès le premier coup d'œil. Quant à Will, il a adoré l'immense vieille maison pleine de coins et de recoins. Physiquement, il se remettait assez bien de sa blessure reçue au champ de foire, mais psychologiquement, il avait perdu une bonne partie de sa curiosité. Et donc, la maison de mes parents était pour lui un champ d'exploration parfait, où il pouvait sans risque s'aventurer. Will et Whisky ont pris Einstein en sympathie, et le chien, déboussolé par la soudaine disparition de ma mère, a accueilli cette juvénile compagnie avec gratitude. Ils ne se quittaient pas, tous les trois. Ils entraînaient mon père dans de longues randonnées sur les hauts plateaux des Costwolds. Will était né à la campagne, dans le Warwickshire, mais il n'en gardait aucun souvenir, et depuis, il n'avait connu que Londres et ses paysages urbains. Aussi, un nouveau monde s'ouvrait à lui, et il adorait se promener dans les bois de hêtres, suivre les ruisseaux qui serpentaient à travers la lande. Ces balades faisaient aussi beaucoup de bien à mon père.

Ils revenaient avec des œufs d'oiseaux, des tessons de poterie trouvés près d'une villa romaine, des histoires de moines qu'ils avaient vus aux alentours du monastère. Un jour Will est rentré en claironnant fièrement : « J'ai bu de la bière. »

— Quoi ? s'est exclamée Sam en s'étranglant à moitié.

— Ne vous en faites pas, a dit Papa en rigolant. Il a juste trempé ses lèvres dans ma chope. Einstein aussi en a goûté.

Pendant le repas de Noël, Papa nous a annoncé qu'il était décidé à vendre la maison. Quelques années plus tôt, il avait acheté un cottage dans le village, qu'il destinait à ma mère, pensant qu'il partirait le premier.

Il nous a regardés, tous les deux.

— Est-ce que vous voulez la maison ? Si vous en avez envie, elle est à vous. Sinon, je la vendrai. Et c'est vous qui récolterez l'argent, le moment venu.

Ni Sam ni moi n'avons su que répondre, mais Will est intervenu.

— Ça veut dire qu'on pourrait vivre ici ? Avec Whisky et Einstein ? demanda-t-il, les yeux brillant d'excitation.

Sam n'a rien dit, mais j'ai bien vu que cette idée la séduisait.

— Il te faudra des semaines, voire des mois pour débarrasser toutes tes affaires, Papa. Cela nous donnera le temps d'y réfléchir.

— J'ai déjà débarrassé presque toutes les affaires de ta mère. J'aurais voulu en faire davantage, mais cette histoire officielle de la guerre me prend pas mal de temps. Je commence tout juste à m'occuper des affaires d'Izzy… Est-ce que tu pourrais m'aider à trier les livres, tant que tu es ici ?

Bien sûr, j'ai accepté, mais je n'ai pu tenir parole, car un télégramme est venu abréger mon congé. Deux jours après Noël, j'étais convoqué à Paris pour rejoindre l'équipe qui préparait la conférence de paix. Je ne pouvais refuser : après mon bref passage au front, et mon sauvetage des eaux stagnantes de Stratford par le colonel Pritchard, la conférence de paix serait le couronnement de mon engagement dans la guerre.

La paix

Pendant les six premiers mois de l'année 1919, Paris fut le centre du monde. Plus de huit millions de soldats avaient été tués pendant la guerre, et des centaines d'hommes politiques, de diplomates, de banquiers, de professeurs, d'économistes, d'avocats et de journalistes se rassemblaient à présent à Paris pour tenter de forger une paix durable.

S'il y avait des hommes d'État représentant de nombreuses nations (plus d'une trentaine de pays envoyèrent des délégations), le vrai travail était accompli sous l'égide des « Quatre Grands », comme on les appellerait, à savoir la France, la Grande-Bretagne, l'Italie et les États-Unis. L'équipe britannique à elle seule comprenait quatre cents personnes. C'était une période de mutation extraordinaire, où tout semblait à nouveau possible, et où de nouvelles frontières se dessinaient en Europe centrale ainsi qu'au Moyen-Orient. Au milieu du mois de janvier, toutes les délégations étaient arrivées à Paris.

Un Paris beau et triste à la fois. Il avait beaucoup plu et la Seine était en crue. Malgré le chic bien connu des Parisiennes, la moitié des passants et passantes portaient du noir en signe de deuil. Un cratère béant défigurait la roseraie des Tuileries, et des canons saisis à l'ennemi étaient exposés place de la Concorde. On avait fait de larges coupes dans les rangées de marronniers qui bordaient les grands boulevards pour s'en servir comme bois de chauffage. Il y avait pénurie de charbon, de lait, de pain.

Durant les premières semaines, nous n'avons pas eu le temps de souffler. Mais au printemps, il y eut une suspension d'un mois, pour permettre au président Wilson de retourner en Amérique afin de persuader le Congrès du bien-fondé de son idée d'une Société des Nations. Durant cette interruption, comme tous les membres de la délégation, je fus autorisé à inviter ma famille, en l'occurrence Sam et Will, à passer quelques jours à Paris avant que la conférence reprenne.

Notre délégation occupait cinq hôtels dans Paris, tous près de l'Arc de triomphe, dont le *Majestic* était le plus central. C'était là que j'étais cantonné. Les règles de sécurité y étaient très strictes, les portes étaient gardées par des hommes de Scotland Yard, et une équipe de cuisine de chez nous s'occupait de préparer nos repas. Comme les épouses et petites amies n'avaient pas le droit de séjourner dans les hôtels officiels, je déménageai pour l'*Hôtel de Sèvres*, près des Invalides, afin de pouvoir être avec Sam et Will pendant leur séjour. La délégation allemande ne participait pas à la conférence de paix proprement dite, mais elle était attendue incessamment pour recevoir les exigences des Alliés.

Paris s'animait. Malgré la frilosité du climat, les courses hippiques avaient repris à Saint-Cloud, les boutiques étaient mieux achalandées, on jouait *La Bohème* à l'opéra, et Sarah Bernhardt était remontée sur les planches lors d'un gala de charité. Dans les bars, les nouveaux cocktails américains faisaient fureur. Au *Majestic*, il y avait même des lectures de poésie et des bals, très courus, où l'on dansait le tango ainsi qu'une nouvelle danse, le fox-trot. Les gens partaient en excursion sur les champs de bataille, espérant en rapporter comme souvenirs des casques allemands, des cartouches d'obus vides.

Cette visite de Sam et Will ne pouvait être qu'idyllique. Enfin Sam pouvait assouvir sa passion des voyages. Nous passions des journées éreintantes à courir la capitale : le Louvre, la tour Eiffel, les Tuileries dévastées, le Sacré-Cœur, les Halles. Nous avons remonté la Seine en bateau, goûté aux saveurs exotiques de la cuisine française, et nous nous sommes même risqués à une fête foraine, où je n'ai pas lâché la main de Will une seconde. Un soir, nous avons engagé une baby-sitter et j'ai emmené Sam chez *Larue*, une boîte de nuit assez osée.

Vers la fin de leur séjour, nous sommes partis à Versailles pour la journée. Pour y être déjà allé plusieurs fois, je connaissais le château et savais m'orienter dans l'immense parc alentour. Sam semblait ravie de notre excursion, mais Will s'est vite fatigué. Au bout d'une heure ou deux, nous nous sommes mis en quête d'une brasserie pour déjeuner et, en chemin, nous sommes tombés sur une grande foule qui encombrait la rue, devant l'*Hôtel des Réservoirs*. C'était là que séjournait la délégation allemande, arrivée depuis la veille. Les gens espéraient apercevoir l'ennemi.

J'ai hissé Will sur mes épaules, mais ni lui ni moi n'avons rien vu. Les Allemands postés dans l'hôtel pouvaient observer la rue sans craindre d'être aperçus de la foule.

Will « mourait de faim », selon son expression favorite du moment, aussi ne nous sommes-nous pas attardés et nous sommes repartis en quête d'un restaurant.

Tout cela était bien beau, pourtant je sentais un changement chez Sam depuis nos retrouvailles, sans parvenir à mettre le doigt dessus. Au début, j'ai cru que Paris la décevait peut-être, mais j'ai vite rejeté cette idée. Elle n'était pas vraiment froide ni distante, mais il n'y avait plus entre nous la même intimité. À présent, elle préférait lire elle-même une histoire à Will plutôt que de me le confier. Elle ne me parlait plus de ses projets ni de son goût pour la psychologie. Je tentais de me raisonner en me disant que j'avais passé deux mois loin d'eux, qu'il fallait être patient.

En revanche, Sam m'avait apporté un cadeau précieux entre tous : le journal intime d'Izzy.

— C'est ton père qui l'a trouvé, dans le carton envoyé par son équipe médicale et qui contenait ses affaires... Selon lui, il est très bien écrit, et une fois revu et corrigé, par toi peut-être, il pense pouvoir le faire éditer. D'après lui, il pourrait y avoir un créneau pour ce genre de document vécu, maintenant que la guerre est finie.

J'ai reçu le carnet avec gratitude. Les lettres d'Izzy m'avaient tant plu que j'avais hâte de m'y plonger. Ces Mémoires de guerre devaient être vivants, drôles, émouvants. Elle n'aurait pas dû les tenir, bien sûr, c'était contre le règlement, mais venant d'Izzy, il n'y avait pas lieu de s'en étonner.

Le lendemain de notre excursion à Versailles, j'ai accompagné Sam et Will à la gare du Nord pour qu'ils retournent en Angleterre. Grâce aux privilèges dus à mon rang, ils avaient de bonnes places en première classe. J'ai aidé Will à grimper en voiture et l'ai embrassé sur le front. Quand je me suis tourné vers Sam, elle a fait le mouvement inverse de celui qu'elle avait eu des années plus tôt. Cette fois, au lieu de m'offrir ses lèvres, elle a détourné la tête et je n'ai eu droit qu'à sa joue. Puis elle m'a regardé dans les yeux, mais je n'ai pu déchiffrer son expression.

— Écriras-tu à ton père au sujet du manuscrit d'Izzy ?

— Oui, mais sans doute pas dans l'immédiat. Maintenant que la délégation allemande est en ville, d'âpres pourparlers vont commencer et je vais être très occupé.

Elle a simplement hoché la tête.

Dans les coups de sifflet et les jets de vapeur, le train s'est ébranlé. Sam tenait Will tandis qu'il me faisait des signes d'adieu par la fenêtre. Moi aussi j'ai agité la main jusqu'à ce que le train disparaisse de ma vue.

Cet après-midi-là, j'ai réintégré le *Majestic*. Les quarante-huit heures qui ont suivi, je n'ai pas eu une minute à moi, tant j'étais occupé à mettre la touche finale à nos documents d'orientation en vue de la dernière phase de la conférence qui allait reprendre.

Lloyd George était d'humeur enjouée, même s'il devait mener de front sa politique intérieure et les grands événements qui avaient lieu à Paris. Plutôt qu'à l'équipe du Foreign Office, il préférait faire appel à ses propres gens, ce qui signifiait que nous étions toujours sur la brèche. Je me souviens qu'un de nos principaux problèmes du moment était de mettre un frein à l'esprit chauvin des Français. Nous découvrîmes que nos alliés avaient mis sur écoute les chambres de l'*Hôtel des Réservoirs* pour suivre pas à pas les intentions des Allemands au fil des négociations. Certains membres de la délégation anglaise trouvaient le procédé déloyal, mais pour l'instant, seul l'Armistice avait été signé, aucun réel traité de paix n'avait été conclu, et donc, en un sens, c'était légitime.

Entre les Français et nous, les réparations que les Allemands devraient nous payer constituaient un grand sujet de désaccord. Les Français avaient une unité semblable à la nôtre chargée d'évaluer les dommages de guerre, même si eux s'étaient centrés sur les coûts purement financiers des combats, sans tenir compte des dommages moraux. Leurs calculs des pertes étaient exorbitants, au point que je voyais mal comment les Allemands pourraient jamais verser aux Français ce qu'ils demandaient.

Normalement, nous faisions une pause déjeuner vers midi trente, un compromis entre les habitudes des uns et des autres : Américains et Français s'arrêtaient d'ordinaire à midi pile, tandis qu'Anglais et Italiens préféraient déjeuner plus tard. D'habitude, je prenais juste un sandwich et un verre d'eau, suivis d'une cigarette, puis, comme nous restions assis toute la journée durant les négociations, je faisais une petite promenade dans les jardins de Versailles parmi les marronniers et les rhododendrons, où régnait une atmosphère beaucoup plus paisible que dans le château lui-même.

À la pause déjeuner du deuxième jour de la séance allemande, je remontais à pied du Jardin de France en admirant la façade du Petit Trianon, quand je vis que mes chaussures s'étaient salies sur les graviers. Il y avait une fontaine tout près, entourée d'un étang circulaire avec un rebord en pierre. Je m'en approchai, je sortis un mouchoir de ma poche et posai le pied sur le rebord de la fontaine pour épousseter ma chaussure. Alors deux bas de pantalons gris entrèrent dans mon champ de vision et j'entendis une voix dire doucement « Hal ? C'est vous ? ».

Je levai les yeux.

C'était un officier allemand, un *Oberleutnant*, du même rang que moi. Or nous n'avions pas affaire aux officiers allemands, du moins pas moi. Ils venaient juste d'arriver. Comment celui-ci pouvait-il connaître mon nom ?

Pourtant au fond de moi, malgré mon déni, je savais déjà de qui il s'agissait. Pris d'un grand frisson, le cœur battant, la gorge soudain brûlante et sèche, je me suis redressé.

Wilhelm avait survécu à la guerre.

Il flottait dans son uniforme tant il était amaigri, son visage était marqué par l'épuisement, ses yeux cernés, et il n'avait plus si fière allure que quand je l'avais vu sur le front, avec son foulard blanc. Oui, il n'était plus que l'ombre de lui-même. Mais il avait survécu.

Est-ce que je l'ai salué ? Nous avions échangé une poignée de main dans le *no man's land*… Il a ôté sa casquette et cette fois encore, nous nous sommes serré la main.

Pendant un moment, ni lui ni moi n'avons rien dit. Mon sang battait dans mes oreilles. Ma nuque était trempée de sueur. J'avais l'impression que ma poitrine allait exploser.

— Que vous est-il arrivé, depuis tout ce temps ? je réussis à dire en allemand.

Il a souri et, en anglais, m'a raconté qu'il était devenu commandant de son régiment, puis avait été engagé par le général Ludendorff comme adjudant dans son état-major, où il avait montré un certain talent pour la propagande. En 1917, il avait été affecté à l'équipe de propagande de l'armée, et il était ici, à Versailles, en tant qu'officier de liaison avec la presse allemande.

— Et vous, Hal ? Il m'a semblé que vous boitiez un peu ?

— Oui, j'ai été blessé… C'est arrivé une semaine après la trêve. Hôpital, convalescence, puis je suis entré dans les renseignements au ministère de la Guerre, et je suis ici en tant qu'expert, pour rendre compte de ce que la guerre nous a coûté et estimer les réparations… J'ai transmis votre photographie, ajoutai-je, en mentant avec un aplomb parfait, malgré mon trouble.

— Oui, je sais.

— Comment ça, vous savez ? Êtes-vous déjà allé en Angleterre ? Je sais que vous vouliez vous y rendre dès que la guerre serait finie mais… avez-vous vu Sam ?

— Non, bien sûr que non, je ne suis pas allé en Angleterre. Comme vous, je fais partie de notre délégation officielle. C'est la première fois que je sors d'Allemagne depuis plus d'un an. Mais oui, j'ai vu Sam.

— C'est vrai ? Mais où ? Quand ?

— Il y a trois jours, quand vous étiez tous les trois devant l'*Hôtel des Réservoirs*. J'étais à l'intérieur.

J'étais troublé. Cela expliquait-il le comportement de Sam durant son séjour à Paris ? Non… Son changement d'attitude datait d'avant.

— Pourquoi n'êtes-vous pas sorti à notre rencontre ?

— Vous plaisantez ! Si j'étais sorti, la foule était si agressive qu'elle m'aurait lynché. Cette populace est restée trois jours durant devant l'hôtel à vociférer.

Il a tripoté sa casquette, d'un geste qui trahissait sa nervosité.

— Et puis rappelez-vous que j'étais très amoureux de Sam. À vrai dire, maintenant que je l'ai revue, je sais que je le suis toujours. J'avais promis de l'amener ici, à Paris. Pour lui faire découvrir les charmes de cette ville… C'était dur à supporter, de la revoir en de telles circonstances.

J'ai observé un silence prudent.

— Mais surtout, vous paraissiez former une famille si unie, reprit Wilhelm. Votre petit garçon avait l'air fatigué, juché sur vos épaules, mais il semblait heureux, ainsi que Sam et vous. Je ne pouvais pas… m'immiscer dans votre vie. Cela n'aurait pas été bien. Nous avons chacun quatre ans de plus, presque cinq depuis la dernière fois que j'ai vu Sam. Si je… si je m'étais montré, qui sait quels fantômes cela aurait fait surgir du passé ?

Je n'en croyais pas mes oreilles. N'avait-il pas remarqué à quel point Will lui ressemblait ? Peut-être pas, à cette distance.

— Vous devez avoir l'impression… que je vous ai volé Sam, non ?

Voilà. C'était sorti.

— Volé ? Oui, peut-être, en un sens. Mais c'est moi qui vous ai demandé de lui transmettre mon message. Sachant combien elle était belle, ce n'était pas sans risque. Du risque, il y en avait de toute façon. Sans vous, Sam n'aurait eu aucune nouvelle de moi pendant des années, elle n'aurait pas su que j'étais encore en vie. Et j'étais devenu l'ennemi. Si elle a préféré la sécurité que vous lui offriez, étant anglais, pourquoi m'en plaindre ? C'était la guerre, je pouvais être tué, vous étiez là, la vie doit continuer.

Il a souri avec regret.

— J'ai passé beaucoup de temps à m'occuper de propagande durant la guerre, à trouver des moyens d'accentuer encore la haine des gens de chez nous pour les Anglais. Et ça a fonctionné, je puis vous l'assurer. Alors peut-être qu'aujourd'hui, Sam déteste les Allemands, même celui qu'elle aimait autrefois. Ce serait naturel.

Visiblement, il faisait de gros efforts pour se maîtriser, conserver un semblant de calme. Ce n'était pas facile pour lui.

— J'ai survécu, mais à un moment, notre unité a été bombardée, notre cantonnement incendié, et ma tunique a brûlé dans l'incendie, avec la photo de Sam. À présent que je l'ai revue, je sais que ma mémoire est bonne. Elle est aussi belle que dans mon souvenir. Et vous l'avez rendue heureuse, ça se voit. Vous avez fondé une famille, et votre bord a gagné. (Il s'est encore forcé à sourire.) Mon pays est ravagé par les grèves, les violences, la révolution. Ce n'est pas du tout un monde pour Sam. Si je m'étais présenté à vous l'autre jour, si j'avais risqué la colère de cette foule devant l'hôtel, combien de blessures aurais-je réouvertes ? Ce petit garçon ne mérite pas ça. Comment s'appelle-t-il, au fait ?

— Will, répondis-je péniblement.

— Ah, d'après Shakespeare, c'est ça ? fit-il remarquer avec un sourire. Hal, je me suis souvent demandé si nous nous rencontrerions à nouveau et dans quelles circonstances.

Il a sorti un cigare de sa poche et me l'a offert, mais j'ai refusé poliment d'un petit signe de tête.

— Il m'en reste encore un sur les trois que vous m'aviez donnés.

— C'était quelque chose, cette trêve, hein ?

— Parfois je me dis que ce fut le seul moment de lucidité durant quatre années de démence. Ma sœur est morte, à cause des gaz.

Il a secoué la tête.

— Nous n'aimions pas tirer ces obus, vous savez… Que voulez-vous. Mon frère s'en est sorti. Pourtant, la guerre ne m'a pas épargné. Mon pays est dévasté… Tout cela pour rien. Et à cette conférence, les Français vont nous humilier, déjà ils nous mènent la vie dure. À l'hôtel, il n'y a pas de personnel, la nourriture est infecte. Peut-être le méritons-nous.

Et moi, qu'est-ce que je mérite ? me suis-je alors demandé. Qui sommes-nous les uns les autres pour mériter ou non, ceci, ou cela ?

Le jardin se vidait. La séance de l'après-midi était sur le point de commencer. Je me suis senti obligé de le dire.

— Nous reverrons-nous ?

— Non, murmura-t-il. Maintenant que l'horreur est finie, je ne vais pas regarder en arrière. Je pourrais dire que je suis perdant sur les deux tableaux, si je me laissais aller. J'ai perdu la guerre, et j'ai perdu Sam. Mais vous le savez, Hal, celui qui a vécu la guerre de près et a survécu… n'est pas perdant, conclut-il, d'une voix qui s'est presque brisée.

Nous avons laissé passer un silence.

— Pensez à ceux que vous et moi avons enterrés sur cette parcelle de terre, en un seul jour… Je suis content que nous nous soyons rencontrés durant la trêve. C'est un honneur pour moi d'y avoir participé avec vous. Je ne le regrette pas, malgré ce qui est arrivé. Cela me réconforte de savoir que vous avez parlé de moi à Sam et qu'elle a pris sa décision. Bien sûr, je suis triste, mais me voilà libre, à présent. Oui, ce que vous m'avez dit m'a libéré. Je suis content que nous nous soyons rencontrés aujourd'hui.

Il a remis sa casquette, m'a tendu la main.

— Nous avons partagé pour quelques instants cette Trêve de Noël, et aujourd'hui, nous partageons pour quelques instants cette conférence de paix qui façonnera le monde de demain pour Will, et tous les autres enfants. Combien d'hommes peuvent en dire autant ?

Il s'est retourné et s'est éloigné.

Cet échange, et en particulier la part que j'y ai prise, marque l'autre moment de ma vie où j'ai touché le fond. À présent, j'avais trahi Wilhelm deux fois, la première en ne donnant pas sa photo à Sam alors que je l'avais promis, la deuxième en prétendant le contraire, et en lui cachant que Will était son fils.

Comment ai-je passé le reste de cette journée, je l'ignore. Dès que la séance a été finie, je me suis précipité à mon hôtel et me suis effondré sur le lit. J'étais anéanti. Je continuais à me demander si Sam n'avait pas aperçu Wilhelm à Versailles, mais non, ce n'était pas possible : son subtil changement d'attitude datait des premiers instants de son arrivée à Paris, bien avant notre passage devant l'*Hôtel des Réservoirs*. Il me vint à l'esprit qu'elle était ainsi parce qu'elle avait toujours espéré que ce serait Wilhelm qui lui ferait découvrir Paris. En ce cas, il occupait toujours ses pensées, et elle m'avait menti quand elle m'avait déclaré qu'elle avait appris à m'aimer, le jour où nous avions répandu les cendres d'Izzy dans le pré du taureau.

Izzy. Cette nuit-là, incapable de trouver le sommeil, j'ai pris le journal de ma sœur que Sam m'avait apporté et je me suis mis à le lire vers deux heures du matin. Au début, il était écrit dans un style un peu gamin, avec plus d'enthousiasme et d'élan que de talent, mais après la déclaration de guerre, il gagnait rapidement en qualité littéraire. Je découvris qu'Izzy pouvait se montrer plus acerbe envers son frère par écrit que dans la vie, mais alors le ton qu'elle employait lui ressemblait si bien que j'avais presque l'impression d'entendre sa voix. C'était si poignant que j'étais prêt à tout lui pardonner. Ses réflexions sur les premiers désastres de la guerre étaient originales, pertinentes, souvent teintées d'humour noir. Le journal suivait un ordre chronologique, mais il était aussi bourré d'apartés, de retours en arrière, de considérations sur des choses qui l'avaient frappée, la façon dont les soldats des tranchées décoraient leurs uniformes pour se distinguer les uns des autres, l'odeur du front ; les multiples accents, qui faisaient que certains se comprenaient mal ou pas du tout… Je retrouvais Izzy dans toute sa drôlerie. Certains des épisodes m'étaient déjà familiers car elle me les avait racontés dans ses lettres. Malgré mon scepticisme initial, je commençais à comprendre pourquoi mon père jugeait que son journal méritait d'être publié.

J'en arrivai à un passage intéressant sur les multiples rôles, outre celui d'infirmière militaire, qu'elle avait dû jouer sur le front face aux scènes d'horreur qui s'y déroulaient : écrivain public, petite amie à temps partiel, confidente des mourants. Elle m'avait envoyé plusieurs lettres où elle les décrivait déjà. Mais il y avait aussi des réflexions inédites sur les différences entre les hôpitaux militaires du front et les hôpitaux civils de chez nous. J'appris qu'au départ, elle et mes parents avaient été mal informés de mes blessures. On leur avait dit que j'avais perdu une, voire deux jambes, selon un rapport. Accablée, Izzy s'était juré de passer sa vie à s'occuper de moi en maudissant la guerre. Quand elle eut découvert que mes blessures étaient moins graves qu'elle ne l'avait craint, son soulagement fut tel qu'elle comprenait mal pourquoi j'étais si déprimé. Pour elle, c'était une erreur de m'avoir rapatrié en Angleterre ; si j'étais resté en France, parmi des hommes qui avaient subi bien pis que moi, je me serais remis plus vite et ne serais pas tombé dans cette profonde dépression.

Même si je n'appréciais pas tout ce qu'elle disait sur moi, j'avoue qu'elle était par moments d'un humour féroce, irrésistible. Certains passages devraient être un peu remaniés, mais mon père avait raison ; le journal d'Izzy méritait indubitablement d'être publié. Avec tout cela, Dieu sait combien de vies elle avait pu sauver, à combien de petites amies elle avait écrit, en s'efforçant de trouver vaille que vaille des paroles de consolation. Sur le quai de Stratford ce matin-là, je lui avais dit que j'étais fier d'elle. Comme j'étais content d'avoir prononcé ces mots, les derniers que j'aie pu lui dire de vive voix. Et comme je me réjouissais aujourd'hui qu'elle soit tombée amoureuse d'Alan. Izzy avait discouru sur le sexe avec une liberté de ton qui m'avait choqué, durant notre dîner à Stratford, mais entre le sexe et l'amour, il y avait un gouffre. Et elle avait connu l'amour, avant d'être tuée… Oui, j'en étais content pour elle. Elle m'avait parlé à Stratford de ce nouveau psychanalyste, « Sigmund quelque chose ». Eh bien j'avais lu un des livres de Freud sur sa recommandation (avant que Sam découvre Jung), et selon lui, pour s'épanouir dans la vie, on n'avait besoin que de deux choses : un travail utile, productif, et l'amour. Plus que quiconque, Izzy faisait œuvre utile, pas seulement grâce aux transfusions sanguines, mais aussi par le soutien qu'elle apportait aux mourants dans leurs derniers moments ; et puis elle aimait et était aimée. Oui, malgré la brièveté de son existence, mon adorable sœur avait vécu ce que la vie avait de mieux à offrir. Même si elle l'avait tuée, la guerre lui avait aussi apporté le bonheur, comme à moi. C'était une pensée à laquelle se raccrocher.

J'ai continué ma lecture… C'est là que commence et que finit mon histoire. En plus de son style enjoué et de son effronterie, Izzy avait une excellente mémoire. Le passage suivant était le récit complet et détaillé de la visite qu'elle m'avait rendue alors que je me remettais de mon opération à Sedgeberrow. Elle y racontait aussi comment, par ennui, elle avait fouillé dans mes vêtements et trouvé la photo qui lui avait fait croire que j'étais homosexuel. Naturellement, elle rendait compte de mon explication et de mon récit de la Trêve de Noël. Elle avait lu d'autres articles dans la presse sur ce cessez-le-feu non officiel, et avait su replacer ma propre expérience dans un contexte plus large : ma rencontre avec Wilhelm, notre échange de cadeaux, la photo qu'il m'avait confiée en me chargeant de la remettre à sa petite amie. Izzy supposait évidemment que je l'avais fait.

Et Sam avait lu le journal.

Il était quatre heures et demie du matin quand je suis arrivé à ce passage. Dehors, sur le boulevard Raspail, il pleuvait, et l'eau crépitait contre les vitres. J'entendais les sabots des chevaux marteler les pavés humides, et une voiture passer de temps en temps dans une flaque d'eau en éclaboussant la chaussée. Je me suis rappelé ce jour où il pleuvait tout aussi fort, et où Sam et moi nous promenions le long du canal à Middle Hill.

Le fait que Sam avait lu le journal d'Izzy expliquait beaucoup de choses. Tout, en réalité. En particulier sa façon d'être avec moi pendant son séjour à Paris. Pourtant, plus j'y réfléchissais, plus j'étais déconcerté. Si elle avait lu ce passage, comme j'en étais certain, alors pourquoi être venue à Paris ? Pourquoi ne pas juste me tourner le dos et disparaître en prenant Will avec elle ? Ou encore, puisqu'elle était venue, pourquoi n'avoir pas, à un moment donné de son séjour à Paris, crevé l'abcès une bonne fois pour toutes en jouant cartes sur table ? Or elle n'avait rien fait de tel. Cela n'avait pas de sens.

À cinq heures du matin, campé à la fenêtre, je regardais tomber la pluie. Sur le boulevard, quelques traînards rentraient de leur folle nuit en titubant, mais la plupart des passants étaient des solitaires, des gens de la nuit qui étaient bien forcés d'être debout à cette heure grise : agents de police, garçons quittant leur service, livreurs de journaux, boulangers. Will devait dormir à poings fermés, avec son odeur de propre que j'aimais tant. Peut-être bougeait-il dans son sommeil, ou frottait-il la cicatrice qui lui restait de sa blessure au bras reçue à la foire de Battersea, comme je l'avais vu le faire si souvent quand, penché sur lui, je lui souhaitais bonne nuit en silence.

Les minutes s'égrenaient. Un peu avant six heures, je me suis demandé s'il y avait une chance pour que Sam ait appris à m'aimer et qu'elle m'aime encore, parce que notre vie lui plaisait, qu'elle avait hâte de vivre dans la maison de mon père, et qu'elle comprenait ma façon d'agir. Après tout, c'était arrivé en temps de guerre, avec tous les dangers et les incertitudes que cela supposait. À ses yeux, ma conduite était-elle pardonnable ? Le fait d'avoir sauvé la vie de Will me valait-il encore un peu de crédit ?

Mais quelle sorte d'amour était-ce là, comparé à la brûlure ardente de la passion absolue, immédiate qu'elle avait eue pour Wilhelm ? Pourtant, fidèle à sa promesse, depuis le jour où nous avions répandu les cendres d'Izzy dans le pré, elle n'avait plus jamais mentionné le nom de Wilhelm, pas même à Paris.

Six heures. Je pris un bain et, allongé dans l'eau, je compris enfin pourquoi Sam n'avait pas réagi.

Tout était enfin dévoilé entre nous, pour la première fois. Hal, c'est à toi de décider, me disait-elle. Toi, l'auteur de l'étude sur le coût moral de la guerre, tu as fait preuve d'une amoralité inconcevable. Ce sont tes actes qui nous ont mis dans cette situation impossible, et c'est par la malhonnêteté, la tromperie, la traîtrise que tu nous as conduits jusque-là, dans cette histoire d'amour dérobée. Que comptes-tu faire à présent ?

Sauf que Sam ne savait pas tout. Elle croyait tout savoir, enfin, après des années d'ignorance. Mais de nouveau, ironie du sort, elle n'avait pas en main tous les éléments. Moi oui. Je savais que Wilhelm était en vie, et toujours amoureux de Sam. Je savais même où il était.

Comme au tout début, j'étais la seule personne capable de voir le tableau dans son ensemble.

Sam ignorait que Wilhelm était à Paris au moment où elle s'y trouvait aussi, Paris, où il avait promis de l'emmener. Après nous avoir vus, Wilhelm pensait que nous étions une famille unie, et il ne chercherait pas à retrouver Sam, comme il en avait autrefois fait le serment. Si je faisais croire à Sam que je n'avais pas encore eu le temps de lire le journal d'Izzy, si je réussissais à faire traîner les choses encore une semaine ou deux… Cela ferait bientôt six mois que l'Armistice avait été signé. En Allemagne c'était le chaos, il y avait des rumeurs de révolution. Une fois que la conférence de paix serait finie, Wilhelm y retournerait et nos vies ne se croiseraient plus. Oui, si je ne faisais rien, absolument rien, l'attrait de la vie avec moi irait croissant, tandis que les perspectives d'avenir liées à Wilhelm s'estomperaient peu à peu. Will m'aimait. J'étais engagé dans un travail d'une importance historique et Sam le savait. J'allais être fait chevalier ; Sam pourrait devenir lady Montgomery, si elle le souhaitait. Avec moi, elle aurait la belle vie… Et puis était-ce si mal d'avoir agi ainsi ? Wilhelm était l'ennemi, et l'ennemi avait tué ma sœur, tué le fiancé de Faye. En un sens, c'était aussi par sa faute que Reg, l'homme de Lottie, était mort.

Tout cela date d'il y a une semaine. Ce matin-là, je suis sorti du bain, j'ai enfilé mon peignoir, je me suis assis et, vers six heures trente du matin, j'ai commencé à écrire cette histoire.

Elle t'est destinée, Will, et maintenant je m'adresse à toi pour la première fois. Elle est pour toi, même si je suis certain que ta mère, Sally Ann Margaret, la lira la première. Après tout, c'est elle qui m'avait conseillé d'écrire mes mémoires afin qu'un jour, tu puisses les lire, après l'une de nos visites au Wigmore Hall.

Je ne suis pas retourné à la conférence de paix. J'ai écrit à Malahyde pour l'informer que je n'étais pas bien, et depuis lors je suis resté dans ma chambre d'hôtel, pour coucher cette histoire par écrit. Maintenant que j'arrive à la fin, il me reste trois choses à dire.

D'abord, je veux que ta mère et toi, vous ayez la maison d'Edgewater, plus tout ce que mon père me laissera après sa mort. J'écrirai séparément à mon père, mais je demande, en second lieu, que vous lui montriez ce récit. Je ne veux pas qu'on excuse ce que j'ai fait, mais je souhaite qu'on me comprenne. Ma mère n'en aura jamais connaissance, et cela me désole. Elle m'a toujours compris d'instinct, mieux que mon père, et avec le recul, je me rends compte maintenant qu'elle avait pleinement réalisé les répercussions que ma blessure aurait sur ma vie. Elle comprenait, sans doute mieux que moi, que peu de femmes sont capables de s'attacher à un homme qui ne peut avoir d'enfants.

Elle s'inquiétait en secret que je mène une existence solitaire. Et je sais maintenant, pour avoir parlé avec l'une de ses sœurs lors de ses funérailles, que ce qu'elle me raconta lors de notre dernière conversation sur son banc préféré, disant qu'elle n'était pas vraiment amoureuse de mon père au début, était de l'invention pure. Elle a fabriqué cette histoire pour m'apporter un peu de réconfort et de sérénité. Une belle preuve d'amour maternel…

Troisièmement, je te demande de ne pas chercher à me retrouver, même si tu as la bougeotte comme ta mère. Quand Sam lira ce récit, je serai à bord d'un bateau pour une destination lointaine, Australie, Canada, Chili. Qui sait ? Je le déciderai quand j'arriverai au Havre et découvrirai quel est le prochain navire en partance.

Sam m'a chargé de décider, et c'est là ma décision, ma réponse : vous libérer ta mère et toi, du passé, de moi, assurer votre indépendance sur les plans financier et affectif. Croyant que tu étais mon fils, Wilhelm m'a dit que te voir juché sur mes épaules l'avait libéré, qu'il s'était senti triste, mais libre d'aller de l'avant. Tu es son fils, pas le mien. Je ne puis le laisser construire sa vie sur cette erreur, dans l'illusion d'une fausse liberté.

Quand tu apprendras que je ne suis pas ton père, tu accuseras le coup. Ce sera un choc terrible, brutal, et je m'en excuse. Mais c'est pour cette raison que j'ai écrit ce récit. En grandissant, tu découvriras qu'avoir un père allemand en Angleterre ou une mère anglaise en Allemagne n'est pas facile. J'espère que les dispositions que j'aurai prises aideront à alléger les épreuves que ta mère, ton père et toi vous traverserez. Ta mère a compris vers la fin, je crois, qu'en Angleterre, les sentiments antiallemands ne finiraient pas de sitôt. Cela explique beaucoup de choses.

J'ai aimé ta mère, Will. Oh, comme je l'ai aimée ! Rien ne la remplacera jamais dans mon cœur. Mais toi aussi je t'ai aimé. Quand j'ai craint pour ta vie à la foire de Battersea, sur Chelsea Bridge, puis au Lister Hospital, je crois que j'ai découvert quelque chose de pire que la guerre elle-même. Durant ta courte vie, mon garçon, tu as bu deux gorgées de bière et tu as fait semblant de trouver ça bon, pour me faire plaisir. Le lendemain du soir où j'étais rentré très tard, suite à ma filature de Genevieve Afton, tu nous as rejoints dans notre lit pour t'assurer que j'étais encore là, et j'ai senti ton petit corps se trémousser quand tu as grimpé sur moi, tes petits doigts s'enfoncer dans la chair de mon épaule, ta petite bouche m'embrasser l'oreille. Alors j'ai éprouvé une émotion si violente, si intense, si merveilleuse que ce fut comme un choc électrique. Je me suis rendu compte que je n'avais été qu'à moitié vivant, jusqu'à cet instant.

Qui aurait pu penser qu'une guerre puisse m'apporter un tel cadeau ?

Oui, je t'ai aimé, Will chéri, mais plus important encore, tu m'as aimé. Tu es peut-être la seule personne au monde en dehors de ma famille dont je suis sûr qu'elle m'a aimé. Un jour tu sauras aussi qu'il y a différentes formes d'amour. Celui qu'on porte à un enfant. Celui que se portent un homme et une femme.

Quand ta mère m'a dit pour la première fois sur le terrain de cricket qu'elle ne m'aimait pas, alors que tu rampais à plat ventre sur la couverture, j'ai décidé que je m'en arrangerais, que le baiser qu'elle m'avait donné lors de notre rencontre précédente était prometteur, et que le temps jouerait en ma faveur. Puis quand j'ai vu combien je lui manquais, la nuit où je suis rentré tard sans prévenir, je me suis dit que notre lien gagnait en profondeur. Lorsque nous étions près de cette écluse sur le canal, à regarder une péniche monter d'un niveau à un autre, et que Sam a dit que notre horizon s'élargissait de la même façon, je l'ai crue. C'était une si belle image. Quand nous avons fait l'amour la veille de mon départ pour la Suisse, j'ai cru que nous avions atteint un degré d'intimité qu'aucun de nous n'avait encore jamais connu. Puis elle m'a écrit, en Suisse, pour dire qu'elle dormait de mon côté du lit, et j'ai cru que ce geste spontané confirmait notre attachement. Le soir de mon anniversaire, lorsqu'elle m'a proposé de prendre un bain avec elle, elle m'a convaincu qu'un jour, elle serait capable de m'aimer. Au Lister Hospital, elle a répondu sans réfléchir que j'étais ton père, et j'en ai été touché, j'ai cru cette fois encore qu'une étape avait été franchie. Quand elle s'est disputée avec Ruth en lui reprochant de m'avoir laissé porter le chapeau aux yeux de Lottie, alors que c'était Greville qui avait dénoncé Reg, ta mère a fait passer notre famille, comme elle l'a appelée, avant la sienne. Elle a nié vigoureusement l'importance des liens du sang, et je n'ai pas vu de raison de ne pas la croire. Dans le pré où nous venions de répandre les cendres d'Izzy, elle a grimpé sur le barreau du portillon pour m'annoncer qu'elle voulait bien m'épouser, et toute ma colère s'est dissipée en un instant. Je suis sûr qu'elle était sincère, comme chaque fois qu'elle a prononcé des paroles réconfortantes.

Oui, je suis sûr qu'elle a essayé de m'aimer. Et nous nous sommes beaucoup apporté l'un à l'autre.

Mais… je ne puis oublier sa gêne quand Ruth lui a montré les uniformes pour enfants que son usine avait confectionnés, ou quand tu as salué les grenadiers depuis le jardin de chez Mlle Allardyce, le jour de la fête. Pourquoi t'avait-elle inscrit sous le nom de Ross et non sous le mien ?

Ta mère m'a-t-elle aimé, Will, ou bien… Non. C'est trop dur pour moi de l'écrire. Tu comprendras ce que je ne puis me résoudre à dire moi-même.

Je me rappelle cette promenade dans les ruelles de Stratford, ce samedi de juillet 1915, quand je suis tombé amoureux de ta mère parmi les échoppes et ateliers des artisans. Cet éclair qui saisit, ce feu ardent qui se répand dans tous les membres, organes, veines et artères, quand l'amour transforme soudain votre physiologie. Cette pure alchimie, cette énergie miraculeuse, mystérieuse, si différente du feu couvert, de la lente éclosion auquel Sam comparait ce qu'elle éprouvait pour moi. L'ayant vécu, j'aurais dû le comprendre.

Jusqu'à la semaine dernière, j'ai cru que j'avais été malin et que j'avais dupé tout le monde, surtout Sam, en m'arrangeant pour la rencontrer, puis pour construire une vie, une famille, un amour à partir d'un audacieux calcul, en jonglant habilement avec nos ennuis et nos manques respectifs, piégés comme nous l'étions par le hasard des événements et des circonstances. Mais le seul que j'ai dupé, c'est moi-même.

La conférence de paix durera encore quelques semaines, et donc, quand ta mère lira ceci, elle saura où trouver Wilhelm. C'est étrange de penser que le seul amour dont je sois sûr en ce monde est celui que me porte l'enfant de Wilhelm, l'engeance de l'ennemi, un ennemi qui n'en était pas un, d'ailleurs. Oui, c'est une idée étrange et ironique, mais la vie est ainsi faite.

En te libérant, Will, et en libérant ta mère, j'espère me libérer moi-même. Ta mère ne pouvait s'en douter quand elle m'a donné le journal d'Izzy, mais les grands événements qui ont déclenché toute cette histoire auront aussi aidé à la résoudre. Du moins je l'espère.

Il se fait tard et il pleut toujours. Dans quelques heures, je partirai pour Le Havre.

Contrairement au magnifique journal d'Izzy, mon récit n'est pas destiné à être publié. Si Sam, mon père, et même Wilhelm le lisent, ce sera bien. Mais d'abord et avant tout, c'est un cadeau pour toi, mon garçon, mon Will chéri, parce que dans la guerre et dans la paix, j'ai été heureux, joyeux, et très fier, d'avoir été, même si peu de temps,

Ton père

THE LONDON TIMES, 12 MARS 1926

VICTIMES BRITANNIQUES DANS L'INCENDIE D'UN CLUB BERLINOIS

BERLIN : la police présente hier sur les lieux a identifié d'autres victimes de l'incendie criminel qui a ravagé le *Pelikan Cabaret Club*, situé dans Schillerstrasse, dans le quartier Wedding de Berlin. Il n'y a pas encore eu de poursuites judiciaires, mais l'on suppose que l'attaque a été orchestrée par le Parti national-socialiste, avec pour cible l'œuvre de Liesl Seide, l'artiste expressionniste suisse-autrichienne d'origine juive.

En plus de Mlle Seide, dont le corps a été identifié dimanche, on sait maintenant que parmi les dix-sept victimes se trouvaient trois citoyens britanniques : Piers Pargeter, le saxophoniste d'un orchestre de jazz de La Nouvelle-Orléans en tournée en Allemagne ; Rebecca Berwick, fille cadette du comte de Berwick and Alnwick ; et le colonel Henry (Hal) Montgomery.

Montgomery, âgé de trente-cinq ans, était né à Edgewater, dans le Gloucestershire. Après avoir été blessé au front durant la Grande Guerre, le colonel Montgomery fit une brillante carrière dans les services de renseignements militaires et politiques, et fut membre de la délégation britannique présente à la conférence de paix de Versailles. Il fut l'auteur d'une étude très appréciée sur les « coûts moraux » de la guerre, qui connut en 1919 un grand succès de librairie. À Berlin, il travaillait comme éditeur spécialisé dans la reproduction d'œuvres d'art, Liesl Seide figurant parmi ses artistes les plus en vogue. Il ne s'est jamais marié.

Composé par Facompo
à Lisieux (Calvados)

Imprimé en France par

CPI
BRODARD & TAUPIN

à La Flèche (Sarthe)
en mars 2013

POCKET – 12, avenue d'Italie – 75627 Paris Cedex 13

N° d'impression : 72557
Dépôt légal : avril 2013
S23288/01